René Schickele

Maria Capponi

Roman

René Schickele: Maria Capponi. Roman

Erstdruck: München, Kurt Wolff, 1925 unter dem Titel »Ein Erbe am Rhein«.

Neuausgabe
Herausgegeben von Karl-Maria Guth
Berlin 2017

Umschlaggestaltung von Thomas Schultz-Overhage unter Verwendung des Bildes: Ferdinand Hodler, Frau in Ekstase, 1911

Gesetzt aus der Minion Pro, 11 pt

Verlag: Henricus - Edition Deutsche Klassik GmbH
Mörchinger Str. 33, 14169 Berlin, info@henricus-verlag.de
Druck: Libri Plureos GmbH, Friedensallee 273, 22763 Hamburg

ISBN 978-3-7437-0598-2

Bibliografische Information der Deutschen Nationalbibliothek

Die Deutsche Nationalbibliothek verzeichnet diese Publikation in der Deutschen Nationalbibliografie; detaillierte bibliografische Daten sind im Internet über www.dnb.de abrufbar.

Inhalt

Erster Teil 4
   Schneeglöckchen 4
   Die Zeit um Ostern 6
   Die Gletscherspalte 9
   Mein Haus 20
   Eine Nacht in Breuschheim 24
   Ulricus 40
   Die letzten des Geschlechts 52
   Eine Heckenrose zwischen heissen Steinen 56
   Götterfahrt 57
   Il Felze 78
   Ein Toter liegt auf der Schwelle 97
   »Ich will sie in Venedig wiedersehn ...« 122
   Liebe und Weltgeschichte 134

Zweiter Teil 155
   Olivenland 155
   Die Kassiopeia 179
   Mistral 193
   Die Stadt voll Kreaturen 206
   Die Fahrt auf dem Baou 226

Dritter Teil 258
   Sie kommen. Wir gehn 258
   Guter Mond 278
   Die Tulpen 287
   Ende des Idylls 295
   Schluß 305

Erster Teil

Schneeglöckchen

Ich habe ihr geschrieben und sie gebeten zu kommen. Der Brief liegt verschlossen vor mir. Ich entsinne mich kaum seines Wortlauts. So behält man von einer tiefen Liebesstunde nur die Erinnerung an eine traumhafte Begebenheit ... Ich bitte sie in dem Brief, zu mir zu kommen, soviel ist gewiß. Werde ich ihn absenden? Durfte ich ihr denn überhaupt so zügellos schreiben, sie *so* bitten, nach jener Trennung in Mailand und einem zweijährigen Schweigen? Bedeutet ein solcher Brief nicht dasselbe wie ein nächtlicher Einbruch in ihr Schlafzimmer? Sie erwartet mich nicht, ich weiß nicht, wie sie lebt, ob einsam oder nicht, ob zufrieden oder nicht, ich weiß nichts von ihr als den Namen der römischen Straße, worin das Familienhaus der Capponi steht. In den zwei Jahren ist sie für mich eine Fremde, bin ich ein Fremder für sie geworden, ärger, als es ein Toter für den Überlebenden sein kann, denn es fehlt die Gewißheit des Grabes ... Auch andre Fragen stelle ich mir, so, ob ich wohl geschrieben hätte, wenn meine Frau noch lebte, und darauf finde ich keine Antwort, sondern nur zehn verschiedene Antworten, bei denen jede Behauptung mit Bedingungen umstellt ist wie mit Vexierspiegeln ... Aber nein, wenn Doris noch lebte, so hätte ich vermutlich keinerlei Grund, Maria zu Hilfe zu rufen. Ich wäre gesund. Doris und mir, uns fehlte nichts und niemand, als ich sie verlor, und nicht umsonst hatte Maria bei unsrer letzten Trennung das Zeichen des Kreuzes über mich, den ihr Verlorenen, geschlagen!

So glaube ich es wenigstens, doch bin ich mir der Lückenhaftigkeit meiner Erinnerungen bewußt. Und wohin sollten derartige Fragen auch führen, wenn nicht, an allen Ecken und Enden, vor ein Gericht, zu dem ich Doris selbstquälerisch aus dem Grabe herbeiriefe, damit sie gegen mich zeuge, gegen mich und Maria. Wie lächerlich! Als ob ich der Mann wäre, der sich wegen seiner Gefühle und persönlichen Erlebnisse vor ein Gericht ziehen ließe, und wäre es von mir selbst!

Dies alles ist nur das Gestammel meiner Herzschläge, im Halbdunkel des Bewußtseins, verschlafen ...

Ich erhebe mich, mühsam noch immer, vom Tisch.

Ich blicke auf die Ebene.

Vor fünf Minuten war noch alles in einen dicken, gelben Dunst gehüllt wie in eine Wolke von Pollen der Weidenkätzchen. Jetzt trocknet die Sonne die Aufschrift des Briefes an Maria Capponi.

In den fünf Minuten geschah, daß die gelben Wolken silbergrau wurden und Hügel darin sichtbar in weiter Ferne. Die Hügel kamen angeschwommen, und gleichzeitig, als vollzöge sich eine einheitliche Vorwärtsbewegung, graste weißer Wasserdampf die Wiesen herauf. Dann klaffte ein Stück Bläue im westlichen Himmel, schwarz gerändert: ein Ausblick auf die hohe See, wo, unsichtbar, die Sonne fuhr. Die Regentropfen am Fensterrand hingen blind … Darauf begann die silbergraue Wolke, die, als sie noch gelb gewesen, alles verhüllt hatte, blau zu dampfen, ja, und dann verschwand sie, ich kann nicht sagen, wie. Als letzte Spur von ihr bekränzt ein heller Schein die Hügel. Und dies ist nur das Allergröbste, was in den fünf Minuten vorgegangen.

Jetzt funkeln die Wiesen. Die Bäume verpulvern ihr Grün. Aber der Rauch des Schnellzugs Amsterdam-Mailand, der drunten in der Ebene vorbeifährt, krümmt sich, dehnt sich und will nicht vergehn, und dort, noch tiefer in der Ebene, öffnet sich eine zweite grüne Welt … Die elsässische Ebene liegt voll Sonne! Doch zwischen uns und ihr ist noch ein Dunst, der sie verschleiert … Er ist nicht mehr! Das Land links des Rheins, das Land rechts des Rheins atmet ein einziges Lächeln.

Vögel segeln von Wipfel zu Wipfel, setzen sich, fragen die Stille an, fliegen weiter. Die jungen Obstbäume tragen schauernd eine Flimmerkrone, und ihre großen Brüder sind Gerüste von Domen, überfließend von Licht. Im dunkel zerklüfteten Gewölk mischt der Himmel die Farben für den Sonnenuntergang.

Schöne Welt, heitere Welt, ach, wir traurig entstellten Menschen! Warum können wir nicht eingehen in Baum und Gras, in Blume und Wolke und nur dasein, wunderbar sinnlos, ewig bewegt und doch unbesorgt gleich ihnen! Warum ist des Menschen Sterben so schwer?

Ich lehne mich aus dem Fenster und begegne einem Wind, den ich an seiner würzigen Milde als den Zephir erkenne. Welch ein Winter liegt hinter mir! Doch nun ist der Frühling im Anzug. Unser Planet wiegt leichter. Schon fühle ich, wie ich selber an Gewicht verliere.

Zur Zeit, da ich noch Mythologie und Weltanschauung lernte, teilte ich meine Verachtung zwischen dem Zephir und der Serenitas, die ich mit Recht für ein Paar hielt, doch schob ich ihnen aus Bosheit bunt bestickte Pantoffeln unter, den »schicksallosen Alten« – wo sie doch in Wirklichkeit auf den leichtesten aller Götterfüße durchs Leben gehn und ihre verwandten Gesichter von Schicksalen schimmern wie vom feurigen Anhauch eines ganzen sommerlichen Gartens.

Maria wird kommen! Ich sehe die Schneeglöckchen in ihrem Winkel beim Abendläuten, und ich entsinne mich eines Tages, da ich in den Alpen tausend Meter unter mir ein winziges Dorf erblickte, dessen Kirchturm zu Abend läutete. Die Glocke fing bei jedem Zug einen Sonnenstrahl und schleuderte ihn empor. Mit den Augen hörte ich sie läuten, wie jetzt die Schneeglöckchen.

Und Maria stand neben mir. Wir hielten uns mit dem Arm umschlungen und lächelten einander an. In unser beider Körper war keine einzige dunkle Stelle, und wir lachten auf, nur, um unser Lachen in den Tiefen unserer Körper widerhallen zu hören.

Die Zeit um Ostern

Seit dem Tod meiner Frau bin ich immer allein gewesen.

Erwachte ich zum Leben, oder starb ich »auf Abzahlung« – entschlief ich langsam?

Es war Winter, Sommer und wiederum Winter. Dann sollte es Frühling werden, ich überzeugte mich im Kalender, auch in dem Jacquots (die ersten Pannen tauchten im März auf), und Jacquot ließ es sich vom Herrn Lehrer bestätigen. Aber monatelang fiel immer Regen vom Himmel, und die Sonne, wenn sie kam, schien nur zur Vorbereitung eines neuen Wassersturzes aufzutreten. Eine Ewigkeit grauen Himmels und dichten Nebels war, eine Ewigkeit voll stockender Winde, in denen Regen und Hagel das Land peitschten, eine Ewigkeit grundloser Wege – der Wald roch nach verfaultem Holz, den Berg herab purzelten tausend Wässerlein, die es vorher nicht gegeben.

Ich nahm keine Schlafmittel mehr. Ich trank nicht mehr. Ich hoffte auf den Frühling. Soweit Schule und Spiel ihm Zeit ließen, half Jacquot mir dabei.

Da waren die Veilchen im Garten. Wenn die erst ihre kleinen lila Wimpel heraushingen, so sagten wir uns, da *müßte* es Frühling werden, ja, richtig gesehn, *wäre* es dann Frühling.

Die armen Veilchen! Einmal schien die Sonne – o, nicht lange, nur so zwischen zwei Regen. Jacquot, der im Garten spioniert hatte, kam und meldete: »Die Veilchen grünen.« Richtig, die Veilchen grünten. Ihr Laub hatte Lebensfarbe angenommen vor allem andern Grün im Garten. Gleich darauf waren die blauen Knospen da und ließen im Regen den Kopf hängen. Acht Tage standen sie so. Und warteten. Im Regen! Sie hatten den heißen Liebesbrief der Sonne erhalten und waren pünktlich gewesen beim Stelldichein. Wo aber blieb die Sonne?

Die Falsche! Sie tanzte in den Hotels an der Riviera!

Es war schon viel, daß sie uns von Zeit zu Zeit eine lange Nase drehte hinter der Gardine ihres Ankleidezimmers hervor, wenn sie sich zum Ball schmückte.

Indes, die Veilchen waren da. Bald darauf hieß es, auf der Böschung unterhalb der Steinterrasse gäbe es etwas zu sehn. Jacquot stand neben mir und deutete mit dem Finger hierhin und dorthin. Aber ich sah nichts als Erde, Steine, Holzstückchen. Schließlich entdeckte ich ein verrostetes Zehnpfennigstück. Jacquot wurde ungeduldig. Ob ich blind sei, fragte er und schenkte dem Zehnpfennigstück keine Beachtung. Er hockte zusammengekauert neben meinem Stiefel und berührte mit dem Finger fast die Erde. Ich stellte das Bein vor, damit er nicht auf die Böschung hinabfiele. Doch darum ging es nicht, ob er hinabfiele oder nicht, und ich mußte niederknien und mich neben ihm über den Abgrund beugen. Sein Finger auf dem Boden des Abgrunds berührte einen andern winzigen, grünen Finger, den sah ich, und dann erkannte ich noch mehr davon in der Umgebung. Das waren also dann die Tulpen, die kamen, und ich durfte aufstehn.

Wie Jacquot mich weiter verklagte, daß er mit seinem Fingerchen erst das andre habe berühren müssen, bis ich die »Tulpen« gesehn, rief ich aus: »Sie sind ja auch noch so klein wie du, deine Tulpen!« Er schaute mich an, ob ich spaßte, aber ich blieb ernst und ließ den Blick schweifen, als dächte ich bereits an etwas anderes. Da kniff er mich mit aller Kraft ins Bein und bemerkte ruhig: »Jetzt such mal, Vater, wer dich gepfetzt hat, ob du ihn findest, wenn ich ihn dir nicht zeige!«

Seit diesem Vorfall sagt er, wenn er sich unterschätzt glaubt: »Ach so, du sprichst von den Tulpen.«

Und es regnete wieder in Strömen. Unser Haus war eine Arche, das Wasser strömte Tag und Nacht über den Garten. Kundschafter aus der Stadt, die bis in unsern Wald gelaufen kamen, um die Taube mit dem

Ölzweig womöglich in ihrem Nest aufzustöbern, blieben hundertmal stecken, versanken bis über das Schuhwerk im Boden. Im Wald aber war ein Brausen wie von der herannahenden Sintflut. Nachts sah man weder Mond noch Sterne. Wir schliefen in der großen Stimme des Waldes und erwachten in ihr. Es war nicht jene Stimme, wie sie im Sommer spricht, und die bewegter, wärmer und noch im Sturm sanftmütiger klingt als die eherne Stimme des Meeres, nein, sie war eintönig wie ein riesiges Trommelfell, auf das es regnet, eine kahle, traurige Winterstimme.

Eines Morgens – es war der Morgen des 17. März – erwachte ich von einer seltsamen Liebkosung: einer duftenden Brise, wie sie im Mittelländischen Meer plötzlich von Afrika herüberweht, einer ganz klaren Morgenröte, wie sie mich einmal anrührte, als ich ihr durch die Luke meiner Kabine die Stirn entgegenhob und unter ihrer Berührung auch ich zu klingen begann gleich jener Küste einer griechischen Insel, der felsigen Lichtorgel, an der das Schiff langsam vorbeiglitt ... Von so etwas mußte ich wohl geträumt haben. Dann erst vernahm ich Kinderlachen aus dem Garten, das Sonne um sich verspritzte, und eilige, auffallend klangvolle Schritte, die plötzlich, als sie den Kies der Terrasse betraten, ebenfalls zu einem Lachen wurden.

Ich sprang aus dem Bett und stieß die Fensterläden auf. Da sah ich so mächtig, als hätte ich es noch nie gesehn, da sah ich zum erstenmal einen blauen Morgen, den Sohn des Himmels, mit der grünen, blitzenden Erde vermählt! Alle Vögel des Waldes sangen bei uns in der Höhe, alle Hähne krähten im Tal, und als die Morgenglocken zu läuten begannen, war es mir so klar wie dieser Tag, daß kein Sakristan und kein Dorfknirps an ihrem Seile hing, sondern daß sie es ganz allein unternommen hatten zu läuten, den Frühling einzuläuten und Himmelsbläue auf die Erde zu schleudern und aus den Wiesen und Wäldern den Tau in den Himmel.

Seitdem ist es Frühling. Blühende Veilchenhänge, Schlüsselblume, Anemone. Im Wald gibt der Specht Signale auf seiner kleinen Holztrommel. Die guten. Daß es Ernst sei! Daß man diesmal auf den Frühling bauen könne! Und hört nur, da antwortet der Himmel mit dem ersten Gewitter, seinem Ehrenwort, daß der Winter zu Ende.

Die Gletscherspalte

Meine Frau erscheint mir nicht mehr im Traum. Unser Junge blickt mich schon lange wieder mit Augen an, in denen ich vergeblich nach einem Vorwurf suche.

Und doch habe ich ihm seine Mutter verloren!

»Verloren?« fragt ihr. Jawohl, auf dem Schneefeld unterhalb des Petergrats zwischen Lauterbrunnen und Lötschental, genauer gesagt auf dem Weg von der Mutthornhütte zum Tschingelgletscher, dort habe ich ihm die Mutter verloren, ich und kein andrer! Jacquot kennt alle diese seltsamen Schweizer Namen und zeigt sie auf der Karte ...

Nun also, hier auf dem großen, blauweißen Flecken stürzten Doris und ich in eine Gletscherspalte, das heißt, plötzlich sanken wir in den weichen Schnee ein (es war ein heißer Augustmorgen, Föhnwetter), der Schnee sank unter uns, um uns, so fuhren wir in die Tiefe.

Zuerst nahmen wir es von der heitern Seite, denn obwohl wir gut fünfzehn Meter tief gestürzt waren, hatten wir kaum einige Püffe abbekommen, wir waren sogar recht weich gefallen, in Schnee gepackt, der dann unter unsern Füßen irgendwohin weitergereist war, und standen ziemlich bequem, auf festem Grund, zwischen blaugrünem Eis. Die eine Wand war am Boden ein wenig ausgehöhlt.

Im hellen Himmel über uns hingen winzige goldene Tagsterne ...

Sie erinnerten mich an ein Wappen mit goldenen Bienen auf blauem Grund. Nein, jetzt fiel es mir ein, es war kein Wappen, sondern das Schlafzimmer eines reichen Kaufmanns in Berlin. Wir lachten über die Narrheit, unbedingt in einem Bienennest – schlafen zu wollen.

Auch ein Gewitter, das nachmittags mit urweltlichem Getöse über den Gletscher zog, erregte uns mehr, als daß es uns erschreckt hätte. Im Schein eines langen Blitzes, der sich einmal, ein flatternder Flügel, über die Spalte hing, sahen wir uns. Wir standen wie in einem riesigen Spiegelsaal! Entzückt sanken wir einander in die Arme.

Kaum, daß Regen in die Spalte fiel, oder wir waren schon so naß, daß wir ihn nicht spürten. Wir hörten ihn nur! Der Gletscher schien bis in seine Tiefen unter unsern Füßen zu rauschen, und er rauschte noch lange, nachdem das Gewitter sich bereits verzogen hatte und wieder Sonne schien.

Doris hob ihre Armbanduhr. Sie ging. Es war vier Uhr.

Mein Pickel war oben geblieben oder sonstwie verschwunden, aber der Rucksack lag neben uns. Wir tranken heißen Kaffee aus der Thermosflasche, aßen harte Eier und ein Wurstbrot. Lachend stritten wir, wer von uns den andern in dieses kristallene Abenteuer gelockt habe. Es war Doris, soviel mußte ich zugeben, die keinen Führer hatte nehmen wollen, »um endlich einmal mit mir allein zu sein«, und sie klatschte in die Hände, weil der Streich ihr in ungeahntem Maße geglückt war. Wenn ich aber (so ging ich den Dingen auf den Grund), wenn ich ihrem Drängen nicht nachgegeben hätte, was dann? Mochte auch die Idee von ihr sein, so blieb die Ausführung darum nicht weniger mein Werk. In meiner Macht hatte es gelegen, ja oder nein zu sagen. Mit meinem Ja hatte ich die Entscheidung getroffen, ich, nicht sie. »Halt mal«, unterbrach sie mich, und sie stellte mir eine Falle. Hatten wir nicht den Weg zweimal hintereinander mit dem Führer zurückgelegt, ohne auch nur eine Gefahr bemerkt zu haben? Ich glaubte, das spräche zu meinen Gunsten, aber nein, im Gegenteil. Dann durfte ich mir meine Entscheidung auch nicht zum Verdienst anrechnen. Sie hatte keinen Führer gewollt, sie, nicht ich. Wir hatten keinen Führer genommen. Deshalb saßen wir jetzt in einer Gletscherspalte. Ich hatte an keine Gefahr geglaubt? Nun, bitte, da saßen wir. Das wäre uns mit einem Führer nicht passiert. Der hätte uns am Gängelseil brav über den Gletscher gebracht und drunten im Hotel abgeliefert.

»Ums Himmels willen«, fiel mir ein, »im Hotel wissen sie nicht einmal, wohin wir gegangen sind!«

Ich fühlte, wie sie erbleichte. An ihren Händen fühlte ich es, die ich im Schrecken ergriffen hatte.

Um uns über die gruselige Anwandlung hinwegzuhelfen, begann ich zu schelten.

Was war das aber auch für ein verfluchter Unsinn, allein über die Gletscher spazieren zu laufen, weil es den Kindern, von sicherer Hand geleitet, ein- oder zweimal oder selbst ein Dutzendmal gelungen war, unangefochten hindurchzukommen! Und ins Hotel zurückgekehrt, fiel Doris ein, zwischen Suppe und Braten den Eindruck zu besprechen, als sei man, in weißer Unschuld über Täler und Höhen schwebend, im Himmel und jeder Gefahr entrückt gewesen, um sodann plötzlich, zur festgesetzten Zeit, reibungslos am Speisetisch zu landen:

»He, Bürschchen! Jetzt schwärme mir mal was vor, was ein Mensch alles erlebt, wenn er vom Lauterbrunnen ins Lötschental lustwandelt!

›Das ist ein deutlicher Erdring‹ – nicht wahr? ›Der Äquator ist gar nichts‹ – wie? ›Es gibt keinen Äquator‹ – was?«

Sie zupfte mich abwechselnd an beiden Ohren.

»Wir wollten ja gar nicht bis ins Lötschental«, widersprach ich.

»Nein, wir wollten nur wieder mal zuschauen, was ein Mensch erlebt, der hinübergeht – ›auf gleitender Regenbogenbrücke‹! Kerle, du bist ein Dichter, obwohl du bei der Infanterie gedient hast. Weißt du jetzt, was er erlebt? Er erlebt, daß seine Frau erfriert! Wer paßt dann in Breuschheim auf, daß die Hühner nicht in den Garten laufen? Komm, wärme mich!«

Ich nahm sie in die Arme. Auf dem Boden der Gletscherspalte war es zu eng, um nebeneinander zu liegen, aber das machte uns nichts, und wir versanken in Liebkosungen, unser Blut, unsre Ohren brausten davon. »Du hast mich noch nie so geliebt!« rief Doris plötzlich aus, sie schrie auf, noch einmal, ihr Herz wankte im Triumph.

»Ich habe noch nie so gefürchtet, dich zu verlieren«, flog es mir durch den Kopf, und ich weiß, daß sie gleichzeitig dasselbe dachte, ich weiß es, wenn ich es auch damals nicht recht verstand …

Entwurzelt und hingerissen, taumelnd in Raum und Zeit, schlug sie mich in Banden, bis ich mich zu fürchten begann. Sie aber hatte aufgehört, sich zu fürchten, mich zu fürchten, sie hatte die Furcht selbst und alles vergessen, alles außer ihrem Triumph.

»Mein bist du, mein – endlich mein. Niemand mehr wird dich mir nehmen. Eher töte ich dich. Ach, Claus, wie hab ich dich lieb …!«

»Siehst du, wie recht ich hatte«, sagte sie, als wir wieder nebeneinanderstanden. »Ich mußte endlich einmal mit dir allein sein.«

War sie es denn nicht oft genug?

Nein, nicht so. »Und wer sagt mir, daß du dann nicht an die wilde Maria Capponi denkst?«

Ich lachte:

»Wilde?«

Sie nickte.

»Aber Doris! Sie ist doch die Vernünftigkeit in Person! Ich schwöre dir, ich habe sie nie wild gesehn!«

Sie schüttelte den Kopf. Sie wußte es besser … Dann wußte sie eben mehr als ich!

»Vielleicht«, schloß sie und sah auf die Uhr.

Es war fünf.

Um diese Zeit kamen die Touristen aus dem Lötschental über den Gletscher. Wir beschlossen, von Zeit zu Zeit zu rufen, aber wir erkannten gleich, daß unsre Rufe in der Spalte stecken blieben oder doch nur wenig darüber hinausdrangen. Wir saßen zu tief.

»Sie werden mein Pickel finden«, sagte ich, »oder jedenfalls die Einbruchsstelle bemerken. Sie ist ja offen!« Und wir tranken den Rest des Kaffees, weil wir uns heiser gerufen hatten.

»Erzähl mir was!« bat sie müde.

»Hallo, Doris!« Ich ermahnte sie. »Unter keinen Umständen darfst du einschlafen. Hörst du? Unter keinen Umständen einschlafen!«

Sie räkelte sich.

»Ich weiß. Deshalb habe ich dich ja gebeten, mir etwas zu erzählen!«

Ich zog meine Überstrümpfe aus, legte sie ihr über die Schultern und bat sie, sich leicht gegen die Eiswand anzulehnen. So konnte ich sie am besten im Auge behalten. Und ich erzählte.

»Weißt du noch, wie wir mal ...« – »Erinnerst du dich ...« O, wir wurden immer munterer. Doris erzählte gern, und ich dankte dem Himmel für diese Eigenschaft. Von Zeit zu Zeit riefen wir. Plötzlich sang Doris ein Lied! Das war eine glänzende Erfindung. Denn das vergebliche Rufen hatte unsre Stimmung gedrückt. Wir sangen nur mehr Lieder, allein oder gemeinsam.

Es war acht Uhr.

»Claus, ich erinnere mich an einen Frühlingstag im Winter. Es ging gegen Mittag, ich saß im Hotelzimmer auf dem Sofa. Über dem Fenstersims lief, merkwürdig fern, eine Reihe Schieferdächer. Das war Freiburg. Ich war von Rheinweiler herübergefahren, um mit einem Anwalt zu sprechen. Ich wollte die Scheidung. Ja, Maria Capponis wegen ... Sie war von Kind auf deine Geliebte, und wenn du schlechter Laune warst, so fuhrst du zu ihr und kamst vergnügt zurück. Und dann warst du auch wieder ganz verliebt in mich und wild und quältest mich – recht eintönig, du mußt schon erlauben. Du ließest mich verstehen, es gebe etwas Großes, Erschütterndes, dem ich ewig verschlossen bliebe: Leidenschaft ... Trotzdem gingst du mit starken Schlägen gegen das Tor an. Von alledem verstand ich nur so viel, daß wir uns trennen mußten ... Ich saß also im Hotelzimmer und blickte zum offenen Fenster hinaus. Über den Dächern ragten zwei hohe Pappeln und, weiter entfernt, zwei kleinere. Es lag etwas wie Schweiß der Erde in der Luft. Das kam von der heißen Frühlingssonne. Es war Winter, Claus, mitten im Winter!

Höher, in der Bläue, über sie hin, soweit ich blickte, war Wolkenschmelze, die das Blau wässerte, so daß der Himmel in Milde verging ... Vom Berg, durch die Pappeln, kamst du gelaufen, Claus! Dein kurzes Atemholen an den kleinen entfernten Pappeln, du hobst den Arm, klang wie ein Traumruf. Du trugst einen weißen Tennisanzug und einen Strauß Veilchen im Gürtel. Kamst gelaufen auf das offene Fenster zu, schnurstracks ... Ich schloß die Augen. Zog den Duft der Veilchen ein. Sie standen vor mir auf dem Tisch, ich starrte lächelnd auf sie und dann wieder ins Freie, in den Rauch der Kamine, einen Rauch wie von kleinen Opferfeuern, über der besonnten Stadt. Ich ging hinunter in den Salon und musizierte, stundenlang, ich vergaß das Mittagessen, so beschwingt war ich. Traurig? Nein, aber auch nicht froh, eher beides ineinander. Ich wußte nur, daß ich nicht von dir los konnte ... Nachher suchte ich eine Wahrsagerin auf und erzählte ihr meinen Traum. Ich hätte ›Gesicht‹ oder ›Vision‹ sagen sollen, aber das hätte sie vielleicht nicht verstanden. Ihr Beruf war, sich mit Träumen zu befassen ... Sie sagte mir, ich würde ein teueres Wesen verlieren, und tröstete mich mit dem Wiedersehn nach dem Tode.«

»Ja, Doris, und ich holte dich in Rheinweiler ab. Die Tante segnete aufs neue unsern Bund. Das heißt, erst warst du noch böse ...«

»Kerle, du tatst, als ob nichts gewesen wäre! Aber meine bösen Worte, Claus, waren ja nur ein Spiegel, in dem ich mich selbst verzerrt erblickte. Kinder waren wir, immer nur Kinder, obwohl du schon einundzwanzig alt warst, als wir heirateten. Kinder – bis heute. Warum bestehst du eigentlich darauf, daß wir die Erwachsenen spielen?«

»Vorbei! Bestehe nicht mehr! Aber sag, Doris: erinnerst du dich, wie ich dich zum erstenmal nach Breuschheim brachte ...? Als Knabe roch ich den Frühling auf den engen Wegen zwischen den Reben, wie man von weitem einen Brand riecht. Fein schmeckt das! Ich lag im Wald, der wiederum anders roch, nach Harz und heißem Tannenreisig, ich sprengte durch die Wiesen, das Gras reichte mir bis an den Mund. In einem Weizenfeld verschanzt, spürte ich zum erstenmal, wie die Liebe zu mir kam. Damals durchwuchs die Heimat mich, wie Urwald. Wald, Wiese, Fluß, Reben, Berg und Tal und die Luft, die Tageszeiten, die Jahreszeiten, das lebte alles und gedieh in mir und war da, deutlich, zum Greifen. Die Flut andrer Länder ging darüber. Es blieb da. Ein Gedanke genügte, damit es heraussprang. Dann kam ich wieder: mit dir! Ich schritt wie ein Sieger, der ein Königreich verschenkt – sein größtes, sein schönstes, ach was, sein einziges! Wie war durch dich die Heimat vertieft, bis auf den Grund deines Herzens, und in den Himmel erhoben, dem wir uns maßlos anvertrauten! Die Liebe, deren Atem mich im Weizenfeld angehaucht hatte, hier stand sie bekränzt, ihre starken, klaren Hände hielten mein Herz. Später, in Sommernächten, als wir aneinander litten – standen wir nicht dennoch im Rebengang des Gartens, Leib und Seele verschmolzen? Siehst du ihn noch, den Mondschein auf dem gelben Sand? Den unendlich zarten Schatten der Weinblätter? Die festen Striche der Pfähle? Die weiße, weiße Wand unseres Hauses in der hellen Nacht? Du!! ... Sie ist nur noch in dir, meine Heimat, soweit du sie besitzest und erhältst. – Ich bitte, bringe den fremden Mann zurück in die Heimat, ich bitte, ich bitte: Gib!«

»Was sollte ich dir denn geben, was du nicht schon besäßest, Claus? Mehr habe ich nicht ... Mir scheint, diese Worte habe ich genau so schon einmal gesprochen, ich glaube, im Anhalter Bahnhof. Du fuhrst von Berlin fort, ich sollte noch einige Tage bei meinen Verwandten bleiben. Es war eine Belohnung. Ich sollte tanzen dürfen, Museen und Theater besuchen, neue Menschen sehn. Wenn du bei mir warst, wolltest du ja immer allein sein. Kaum war dein Zug aus der Halle gelaufen, da wurde alles um mich zu einem glücklichen Traum. Ich besuchte Museen und Theater, sah Haufen von Menschen, tanzte und lachte – wie im Traum ... Du hattest mich reichlich belohnt: ich durfte auch noch über München heimfahren. Ach, mein München! Ich hatte ein hübsches Zimmer in den ›Jahreszeiten‹, konnte die vier Türme der Theatinerkirche sehn und die beiden Zwiebeln der Frauenkirche, alle grün patiniert, große Architekturflächen des Hoftheaters und des Marstalls, und unter dem Fenster lief eine Dorfstraße vorbei, die ein weltkundiger Bürgermeister ganz städtisch hatte pflastern lassen.

Hier wollte ich dich erwarten ... Mir war zumut wie als Mädchen in den Exerzitien vor Ostern. Ganz war ich auf dich beschränkt und versenkte mich, um dich würdig zu empfangen ... Ich sah wieder viel Menschen, war abends im Konzert, aber in der Nacht konnte ich nicht schlafen. Mein Herz hungerte nach dir, meine Hände schmachteten nach den deinen. Zärtlich hüllte ich mich in meinen Körper. Die Hände legte ich lautlos an die Hüften, die Beine dicht aneinander: fast war ich du ... Ich schloß die Augen, um mich ganz in dich zu verwandeln ... Mein Körper war mir heilig. Nun warst du da ... Ich hatte lange gewartet mit der alleinigen Kraft meiner Zärtlichkeit, ohne Begierde. Du warst gekommen, wie ein Traum aus dem andern rinnt. Nun war ich du. Wie warst du mein! ...

Sag, Claus, ist das nicht Liebe?«

»Ach, Doris, du! Als ich dich kennenlernte, dachte ich: sie ist, fertig, diesem Frühling entsprungen. Sie riecht wie diese Erde, an einem warmen Tag vor Ostern. Scheu ist sie und herb und grenzenlos in ihrer Hingabe, wenn sie schauert vor der Gewalt der Liebe und in Dumpfheit verfällt – Befangenheit in feuchter Wärme wie die Erde an einem sonnigen Tag vor Ostern. Sie ist treu wie dieser Baum, der sich krampfhaft zusammenzieht vor der Lust der Säfte, die sich in ihm rühren. Ihr Leib bebt in der Umarmung, als zerschlüge ihr Herz sie, ihre Augen weinen vor Glück, sie fürchtet sich, voller Sehnen, nach dem lautlosen Donnerschlag, mit dem die Knospen springen. Wie strafft sich ihr Körper, um sich selbst abzuschnellen! Frühling! Frühling, ich hätte nicht erfahren, was das ist, wäre ich ihr nicht begegnet ... So wurde Köln für mich eine heilige Stadt. Dann wandelte der Sommer vor uns, korngelb und groß. Du warst Mutter geworden. Üppigkeit ohne Schwere nistete zwischen deinen Gebärden, du bewegtest eine sanfte Fülle, die dich einhüllte wie ein schweres Tuch von ganz zartem Gewebe. Du warst wissend, ohne Frechheit. Dein Übermut selbst schenkte von deiner Weisheit und Güte dem, an dem er sich ausließ. Manchmal befiel dich die schwüle Unsicherheit eines Gewittertags –, der erste Blitz riß dich in dein Selbstbewußtsein zurück. Dann hobst du dich wie der Baum im Unwetter, das sich über ihn ausgießt. Bei jedem Blitz maßest du, gleich dem Baum, aufschnellend auf dem durchwurzelten Platz, deine ganze Größe bis zum Scheitel und wichst nicht um eines Fingers Breite von dir ab. Wie bist du schön am Abend, wenn du dich vom Kinde getrennt hast und in deinem Sturmhut von Haaren, mädchenhaft schnellfertig und wie umklingelt von deinem Lachen, ein wenig den Kopf neigst, um durch das Abendtor in die Nacht zu springen! Siehst du mein großes Zimmer in Breuschheim? die Bücher? die Bilder? meinen Tisch? den Diwan? die Fenster auf den Garten hinaus? im Mondlicht geistern die Berge –, wie bist du mein und weißt, königlichen Herzens, was das ist! Wieviel Fülle, Kraft und dreifach in allen Proben gehärtete, ach so lockere Anmut –, meine Doris!

Der Frühling heißt jetzt Sommer. Es wäre in jeder Weise voreilig von ihm, sich mit dem Gedanken an den Herbst abzugeben. Er weiß von ihm, wie das eine Ufer des Baches vom andern weiß, wenn sie sich bei besonderen Sonnenuntergängen im Wasser vermischen. Fast zu heftig ist solcher Farbenrausch, zu groß die Stille der Stunde, ein ferner Glockenschlag erschüttert einen bis zu Tränen – als sei das der Tod, der da in der Gestalt eines blauen Falters geflogen käme ... Das sind Dinge, die auf die Nerven gehn, uns allen, Mensch und Tier, Doris, wahrhaftig, ich liebe dich über alles. Ich habe immer nur dich geliebt!«

»Danke, Claus, danke!«

Ich war bereit, ihr alles zu sagen von Maria und mir, aber, als erriete sie meinen Gedanken, wehrte sie ab:

»Wenn nicht Maria, wäre es eine andre gewesen. Wir waren Kinder und wollten spielen, ich mit fremden Menschen und Ländern, bei Tanz und Musik, und du, mannshoch, mit Frauen. Ich bin vielleicht nicht für die Liebe geschaffen, Claus, es sei denn, daß du meine Art zu lieben schätzen lernst ... Sie ist bitter, die Liebe. Es lebt sich schwer mit ihr. Man will herrschen und triumphieren. Der andre auch ... Ich verstehe es jetzt. Siehst du, deshalb wollte ich einmal mit dir allein sein. Es gab zuviel, was ich nicht verstand.«

»Und jetzt verstehst du?«

»Ich fange an ... Aber, nicht wahr, Claus? wir wollen uns nie mehr quälen? Unter keinem Vorwand. Wenn einen von uns der Teufel reitet, so schwenken wir ab und lassen ihn sich austoben, bis er genug hat. Und dann, dann kommen wir wieder und fressen aus der Hand.«

»Doris, ich schwöre, nie mehr!«

Sie hob sich auf den Zehen, streckte sich und legte mir mit ausholender Gebärde die Arme um den Hals:

»Ach, wie ich mich auf das Wiedersehen mit Jacquot freue!«

Leise lachte sie in sich hinein.

Es war neun Uhr. Berauscht von unserer Liebe, hofften wir mit jeder Minute stärker. Wir glitten lange an der Grenze der Gewißheit hin.

Als es aber Nacht wurde und niemand kam, uns zu helfen, als es Nacht geworden war, ... verbrachten wir sie entsetzt in den großen, weißglühenden Nachtsternen über der Gletscherspalte. Wir sprachen, sprachen immerzu. Es war herrlich, was wir einander sagten. Es war furchtbar. Wir schrien und küßten, an allen Gliedern bebend, auf dem Marterbett des Todes. Es war furchtbar. Es war nur furchtbar.

Mit meinem Taschenmesser stach ich Eisstücke aus den Wänden, denn wir verdursteten, bis es abbrach. Es war mir lieber so ... Ich fühlte mich meiner nicht ganz sicher, wie wir so sprachen, immerzu sprachen und, in eine einzige Fackel, lichtlos im Innern verbrennend, gehüllt – einander würgten und küßten. Die Wände der Spalte schienen immer enger zu werden. Sie erdrückten uns.

Doris hatte es nicht bemerkt, wie die Klinge abgebrochen war.

»Sobald es hell ist, Doris«, stotterte ich, »bald, ganz bald ... will ich mit dem Messer Tritte ins Eis schneiden. Wir klettern heraus. Gestern abend, als mir das mit dem Messer einfiel, gestern hätte es keinen Zweck gehabt. Wir wären doch nicht vor Nacht nach Hause gekommen.«

»Nein«, sagte sie.

Hunger verspürten wir keinen.

Es war jetzt ganz hell, aber ich konnte sie nicht mehr hindern einzuschlafen.

Wie ich sie, an mich gedrückt, sie schüttelnd, sie rufend (o, wie süß klang und wie fern schon ihre Antwort: »Ja, Claus«) am heißesten liebte und dachte, diese Gletscher alle müßten schmelzen in meiner Glut, da spürte ich plötzlich einen kalten Hauch sich auf mein Gesicht legen, und es fiel Schnee. Nein, es war ihr Kopf, der auf meine Schulter gefallen war. Sie schlief! Sie war verloren. Ich ließ sie auf den Boden der Gletscherspalte gleiten und legte mich auf sie. »Es ist nicht Platz genug, um nebeneinander zu liegen«, murmelte ich zur Entschuldigung und schob ihre Hände unter mich und die meinen unter ihren Kopf, nun würde ich auch gleich einschlafen. Gleich hätte ich sie eingeholt in ihrem Schlaf, und mir war, als schliefe als dritter der kleine Jacquot bei uns, ja, als wäre er noch gar nicht geboren, als träumten wir ihm erst entgegen ... Ich spürte ihre Hände mild unter mir, an meinem Schoß, und mein Gesicht lag so auf dem ihren, daß die Wimpern meines rechten Auges gegen die Wimpern ihres linken Auges strichen, doch diese rührten sich nicht.

Da durchfuhr mich ein Gedanke wie Feuer. Ich lag hier, um sie zu wärmen, ich mußte sie warmhalten, damit sie nicht erfror, nur das brauchte ich zu tun, so konnte sie ruhig schlafen, bis Hilfe kam. Wir waren gerettet! Wir lebten! Plötzlich hörte ich Jacquot Vater und Mutter rufen, und ich antwortete ihm, wir unterhielten uns – lachend, schreiend, mit allen Flüchen der Hölle und gleich darauf zärtlich, wie ich mich nie gekannt hatte, unter Tränen und wuterstickten Drohungen erzählte ich ihm, was mit seinen Eltern geschehn war, ich erhob mich auf den Knien, um lauter zu sprechen.

»Jacquot!« rief ich, »Jacquot!« denn mir kam es vor, als ob seine Stimme sich wieder entfernte. Indem ich die Knie gegen die Wände der Spalte stemmte, versuchte ich, mich mit den Ellenbogen emporzuarbeiten.

»Jacquot, hörst du mich?«

Jetzt war seine Stimme ganz nahe, und aufstöhnend ließ ich mich mit den Knien und Ellenbogen zurückgleiten, langsam und vorsichtig, um Doris nicht wehe zu tun, und ich legte mich auf sie, um sie zu erwärmen. Wieder fühlte ich ihre Hände und streichelte mit meiner Wimper die ihre.

»Schlaf, mein Liebling«, wünschte ich ihr, »schlaf nur! Ich kümmere mich um das Kind, ich halte es da.«

Denn die Unterhaltung mit dem Kind, die wollte ich um nichts in der Welt abreißen lassen. Jacquot mußte, mit Gottes oder des Teufels Hilfe, in der Nähe gehalten werden – und wenn es ihm selbst Tränen und Blut kostete, er mußte bei uns sein.

»Hier, Jacquot, hier!«

Ich brüllte, ich schmeichelte, mit unerschöpflichen Tränenströmen rief ich ihn, ich zerriß ihn mit meinen zornigen Worten in Stücke, je nachdem, ob seine Stimme sich näherte oder entfernte. In gleichem Maße entwand ich mich mit den Knien und Ellenbogen, mit Zehen und Fingern der reglos ausgestreckten Frau und holte Jacquot zurück und ließ ich mich auf sie nieder, um sie zu erwärmen.

Manchmal bedurfte es Stunden besessener Arbeit, bevor ich die Stimme des Kindes wieder vernahm, und ich konnte nicht eine Minute auf Doris liegen bleiben, weil Jacquot gleich wieder davonlief. Dann kam ich fast bis zur halben Höhe des Spalts hinauf, immer bis an die gleiche Stelle, wo die Wände sich einander näherten und ich nicht einmal mit einem einzigen Ellenbogen Platz fand. Andre Male glaubte ich, das Kind an der Hand und auf Doris liegend, einen langen erquickenden Schlaf getan zu haben.

In solch einem Augenblick bemerkte ich, daß Dorisens Augen halb geöffnet waren. Ich erschrak furchtbar, ich glaubte, ich hätte sie mit meinem Geschrei und Getue geweckt. Sie mußte aber schlafen, bis Hilfe kam. Sie durfte nicht vorher aufwachen. Sonst war alles verloren. Sonst starben wir. Ich schloß ihr unter angehaltenem Atem die Augen, mit den Lippen schloß ich sie zu, aber gleich darauf standen sie wieder halb offen.

Da fühlte ich, wie ich verrückt wurde. In meinen rotglühenden Kopf griff eine eisige Hand, die suchte zwei, drei Sekunden darin herum, dann drückte sie zu und – und hätte mich beinahe mit einem Ruck mir selbst entrissen! Was wäre zurückgeblieben? Ein Bündel Lumpen und Angst ... Glücklicherweise fiel mir rechtzeitig ein, daß ich Doris schon einmal so hatte schlafen sehn, mit festgeschlossenem Mund und halbgeöffneten Augen, sogar sehr oft, im Bett, im Freien, einmal auf dem Pferd, als wir in einer Vollmondnacht dicht nebeneinander nach Hause geritten waren. Ich sah deutlich unsern Schatten auf dem langsam gleitenden Spiegel der Breusch, wie er bald ein Stückchen vor, bald hinter uns mitging. Deutlich sah ich ihr mondweißes Gesicht und einen bläulich silbernen Tropfen in jedem der halbgeschlossenen Augen. Und ich schluchzte endlosen Dank. Es war ein stummes Schluchzen des Körpers in seiner Tiefe. Ich hatte weder Tränen mehr, noch eine Stimme.

Wie die Sterne des Tages denen der Nacht zu weichen begannen und ich mit tonlos wimmernden Lippen zu Jacquot sprach, vernahm ich ... allmählich ... von weit her ... eine fremde Stimme.

Und da geschah das Wunder.

Ich schrie!

Nachdem ich seit Stunden unfähig gewesen war, den leisesten Hauch mit den Lippen zu formen, schoß, ganz von selbst, ein Schrei aus meiner Kehle, ein Schrei, wie ich ihn niemals, weder vorher noch nachher, ausgestoßen habe. Das Seil, das sie zu mir herabließen, erwies sich als zu kurz. Sie mußten zur Mutthornhütte gehn und Hilfe holen. Als sie wieder riefen, antwortete ich nicht. Ich schlief.

In Tücher gepackt, zwischen Wärmflaschen, mit Wickeln an Händen und Füßen wachte ich auf.

Erst sah ich nichts als glühendrote Sonne. Ich lag auf einem Feldbett im Freien. Dann erkannte ich die Mutthornhütte. Ich schaute mich um, ob ich ein andres, gleiches Bett entdecke. Nein, ich war allein.

Ich fragte nicht.

Sie packten mich auf und trugen mich hin unter ins Tal.

Ich schlief.

Mein Haus

Seitdem wohne ich in einem einstöckigen Häuschen am Rande des Schwarzwalds, oberhalb Rheinweilers. Zwischen Rheinweiler und dem Waldhaus liegt der Kurort Römerbad. Die Römer haben ihn gegründet, und die warmen Quellen, in deren Wasser sie gebadet, fließen noch immer. Die Ruine ihres einfachen, aber höchst eleganten Bades liegt hinter dem neuen, prächtig zeitgemäßen Marmorbad, im Park des Grafen Breisach. Während der schönen Jahreszeit ist der Ort sehr belebt, der Winter, obwohl mild, verschließt ihn der Außenwelt. Dann liegen die vielen Hotels und Villen in anmutigem Verfall, ein Tag gleicht dem andern, keiner wird gezählt. Dann herrscht der Hochwald mit seinen Stürmen, seinem nicht minder unheimlichen Schweigen, und es wandeln die paar Einwohner, auch am hellichten Tag, in traumhafter, einem etwa durchkommenden Fremden unverständlicher Erregung als die Nachtwächter des versunkenen Kurortes, einzeln und in Gruppen Hier ist der warme, gehütetste Winkel des alemannischen Gartens. Lebte ich hier in der Verbannung, es wäre das schönste Exil der Welt, am Rande eines tiefen Waldes auf der einen, eines ständig sich wandelnden Himmels auf der andern Seite und so heiter!

Meine Tante lieh mir ihren Chauffeur, der sommers gärtnert und Holz spaltet, winters Feuer anmacht und das Haus putzt, auch bedient er bei Tisch. Er tut ein übriges, indem er der Köchin das Geschirr wäscht. Er heißt Grether Fritz und ist aus Rheinweiler gebürtig.

Mit Ausnahme von ihm und einem verkrüppelten Vetter sind alle Männer seiner Familie im Krieg gefallen, und die Frauen haben zu ihren elsässischen Verwandten über den Rhein gewechselt. Der Krüppel ist verschollen. Er soll als Bettler in den Städten reich geworden sein.

Dagegen ist dem Fritz, der im Lande und ein armer Teufel geblieben, kein Haar gekrümmt worden, wiewohl er vier Jahre lang von der russischen zur französischen Front unterwegs war, doch, sagt er, habe er vom Reisen für sein Leben genug. Er hütet Jacquot wie ein ganz kluger Hund, ein noch klügerer als Barry, und Jacquot vergilt es ihm mit einer ständigen Sorge um sein Wohlbefinden. Er steckt ihm nicht nur jede erreichbare Wurstware zu, er gibt ihm auch von der Schokolade und den Waffeln ab, womit die Großmutter in Breuschheim und der Großvater in Köln ihn reichlich versehn. Ihre liebste Beschäftigung ist das Studium von Automobilen, die im Umkreis einer Stunde vorbeifahren, (Jacquot erkennt eine Automobilmarke von weitem, am Geräusch des Motors, am Bau der Karosserie) ihre gemeinsame Klage, daß wir kein Auto mehr besitzen, wenigstens nicht auf dieser Seite des Rheins, und ihr Festtag, wenn sie »eins ausheben«, das heißt, wenn sie »auf eine Panne stoßen«. Dann wird den fremden Kollegen geholfen! Sie reden wochenlang davon, bis zum nächsten, das sie »ausheben«, und Jacquot führt ein Buch, »der Kalender« genannt, darin sind die Tage vermerkt, wo ein Auto vorbeifuhr, und die Sonntage, wo eines stecken blieb. Und dies genügt, daß sie beide vergessen, wie eintönig das Leben hier oben verläuft.

Meine Mutter schickte ihre Köchin, die ebenfalls Kathrin heißt wie die in unsrer Familie unsterbliche, halbblinde Köchin meiner Ururgroßmutter. Unsre Kathrin ist nicht blind, nur leider zu alt, um mit Grether Fritz den Bund fürs Leben einzugehn. Grether Fritz macht sich nichts aus Frauen. Er ist genug gereist.

Tante Sidonia hat mir das frühere Jagdhaus zur Volljährigkeit geschenkt, und Doris und ich haben unsre Flitterwochen und dann noch manchen Sommer hier verlebt. Hier ist Jacquot geboren. Das Haus liegt einsam. Bis zur Eisenbahnstation Rheinweiler ist es eine gute Stunde, Römerbad erreichen wir in zwanzig Minuten, doch ist Jacquot der einzige von uns, der von den zauberhaften Einrichtungen des Kurorts Gebrauch macht.

Nach dem Krieg fanden wir das Haus von einem angeblichen Waldhüter bewohnt. Ich sah ihn mir an. Es war ein russischer Gefangener, der in die Familie eines vermögenden Bauern eingeheiratet hatte. Der Bauer war Bürgermeister eines Dorfes hinter Römerbad und hatte seinem Schwiegersohn im letzten Kriegsjahr das leerstehende Haus als eheliche Wohnung zugewiesen. Doris und ich mußten deshalb erst in Römerbad Wohnung nehmen. Wir kannten das Hotel und seinen Besitzer, Herrn Muser. Nirgends hätten wir besser aufgehoben sein können. Es ließ sich leben, es ließ sich viel vergessen hier und manches sinnen und trachten. Wir wollten einige Tage im Hotel zuwarten und blieben Wochen.

Tante Sidonia zählte die Familie Muser zum »besten Hoteladel«. Nicht minder wahrscheinlich, als daß die von ihr hochgeschätzte Schweizer Zirkusfamilie Knie schon im alten Rom mit Roß und Gauklern aufgetreten, wäre ihr die Annahme erschienen, die Beamten und Offiziere der weltbeherrschenden Stadt seien in Römerbad bei der Familie Muser abgestiegen. Jedenfalls lebten die Muser in der Erinnerung des Landes dasselbe ewige Leben wie die Rheinweiler und die Breisach. Auf alten Stichen sah man das erste Hotel in Römerbad: ein hübsches Gebäude im klassizistischen Geschmack, von dem auch in der Literatur der Zeit verschiedentlich die Rede war. Es hieß »Zum Vogesenblick« und war von den Muser gebaut. Im Lauf der Zeit wuchs das Lustschlößchen zu einem riesigen Palast an, aber es hieß noch immer »Zum Vogesenblick«. Darauf regierte nun Herr John Muser, ein bürgerlicher Edelmann, der auf der Welt nichts so liebte wie das Geigenspiel. Doris musizierte mit ihm.

Von fern zuhörend, verschlang ich deutsche Zeitungen, von denen mir seit dem Waffenstillstand keine mehr zu Gesicht gekommen war, aber sie machten mich nur noch hungriger. Um satt zu werden, abonnierte ich auf ausländische Blätter. Ohne den Reiz zu verkennen, der in der Fremdheit der Sprache lag, konnte ich mir doch nicht verhehlen, daß diese führenden Weltblätter einander glichen wie das Eisengeschäft en gros in Sidney dem Kolonialwarenhaus en gros in Hamburg, wie eine Pariser Damenschneiderei einem Londoner Reisebureau und das Berliner Bureau des Kalisyndikats dem Bukarester Bureau der westöstlichen Erdölgesellschaft. Was an »letzten Nachrichten« in den Zahlentabellen des Kurszettels auf den Pulsschlag genau sich ausdrückte, das war auf den ersten Seiten der Zeitung in eine allgemein mißverständliche Sprache übertragen, mit der die Leser in Ermanglung einer zeitgemäßen Bildung nicht nur sich selbst, sondern auch ihre unschuldigen Frauen und Kinder fütterten, wodurch ständig Millionen Opfer für einen neuen Börsencoup der Weltgeschichte im Namen eines altvertrauten Gottes bereitgestellt blieben. Bald ließ ich die Zeitungen und schaute mit ungemischter Lust auf die roten Absätze von Mozartischen Weisen, stand ergriffen vor dem Gesicht eines Konzerts von Beethoven, in das Tag und Nacht und die Jahreszeiten sich mit Menschenhand eintrugen, sah die nervösen Kondottierefäuste Wagners sich öffnen und, das Schwert wegwerfend, in zweideutiger Lust vergehn, folgte innig vergnügt den langen, gesalbten Fingern Debussys, die über die Formen eines Frauenkörpers glitten, ohne zu verweilen, lauschte den neu entdeckten Vogelkonzerten der Jüngsten. »Verweile«, rief ich, »verweile um mich, Seele Welt, du Krieg und Friede der Engel!« Wenn die zweifellos gerechtfertigten Gelüste der Gottesgeschöpfe das Maß der Verlogenheit übersteigen, sagte ich mir, *so macht man Musik!* Das Reich der Begierde dehnt sich grenzenlos, ein Augenaufschlag schluckt das Irrlicht eines Hundertpfundscheins, Wimpern ziehn, sich hebend, auf ihren Schwingen zahllose Sklaven ans Licht, in hohem Gesang, der ertönt, öffnen sich lautlos die Pforten der Hölle ... Und nirgends in der Welt lebten auf einem Fleck soviel begeisterte Musiker beisammen, wie im königlich-preußischen Generalstab – auch das sagte ich mir, lächelnd. Für eine Weile war die Zeit entgiftet.

Wir versäumten nichts im Hotel Vogesenblick, und wenn Doris mit eins falsch spielte, weil sie, überwältigt, an etwas andres dachte als an ihre Noten (Herrn Muser geschah das nie!), so liefen die Noten, vom geduldig maßregelnden Hotelier auf dem Fuße gefolgt, von allein weiter. Ich erriet, was Doris vom gestrigen, vom morgigen Tag in so verwirrender Weise beschäftigte, und der musikalische Traum des Menschen setzte sich fort, von allein, und es tat gut, so zu leben, so zu hoffen, so bereit zu sein für Glücksfälle, die vielleicht niemals einträten, vielleicht aber auch schon morgen. Doch eines Tages erkrankte Herr Muser an einem Hexenschuß in der rechten Schulter, da beschloß ich zu handeln.

Ich machte dem Bürgermeister des Dorfes hinter Römerbad, dessen Schwiegersohn mein Haus besetzt hielt, einen Besuch, lud ihn nach Rheinweiler ins Schloß und bat den Amtmann des Bezirks sowie einen bekannten Rechtsanwalt, mir bei der Erörterung der Wohnungsfrage zwischen einer Flasche Markgräfler und einer Flasche Burgunder Weines behilflich zu sein.

Die wirklichkeitsfrohe Gesellschaft kam über grundsätzliche Erörterungen gar nicht hinaus, »der Gerechtigkeit halber« erbot sich der Bürgermeister spontan, mir in meinem Hause Raum zu schaffen, und als die Tante für eine Weile hinausgegangen war, fluchte er grimmig auf die hergelaufenen russischen Schwiegersöhne.

»Gibt es denn hier herum so viel?« fragte ich verwundert, worauf der Wackere mit der Faust auf den Tisch hieb, daß der Wein in den Gläsern wippte.

»Man könnte ein Regiment daraus bilden!« versicherte er, und dann begann er mit dem Amtmann zu flüstern; er wollte wissen, ob es kein Mittel gebe, die lästigen russischen Schwiegersöhne abzuschieben, wohin, das war ihm gleich.

So richteten wir uns denn in unserm Waldhaus ein. Wir vertrugen uns nicht schlecht mit unsern Zwangsmietern, jedoch die ungenierte

Lebensweise der Meinen mißfiel ihnen, und sie zogen aus. Wohin, das war nun wieder mir gleich.

Jacquot besucht die Schule im Städtchen, ich lerne mit ihm. An schönen Tagen geht er im Kurpark Römerbads spazieren, wechselt prüfende Blicke mit kurzröckigen Fräulein, die ihm aber meist aus guten Gründen mißfallen. Dagegen bleibt er stehn, wenn ihm ein andres Mädchen begegnet, mit Namen Anna Gräßlin. Sie lächeln einander an, manchmal führen sie, ein paar Schritte nebeneinander hergehend, ein bedächtiges Gespräch. Das Mädchen ist die Tochter einer Weinhändlerswitwe, die mit dem Baron Breisach im Römerbader Schloß Beziehungen unterhalten soll. Grether Fritz spricht abfällig von ihr und gibt acht, daß Jacquot der armen Kleinen nicht zu nahe kommt. Den Baron Breisach, er scheint mir übrigens nicht ganz bei Verstand zu sein, haßt der Junge, er weigert sich, ihm die Hand zu reichen, und weicht ihm, sowie der Baron auf einem Waldweg auftaucht, von weitem aus, wobei er heimlich Barry auf ihn scharf macht. Von alledem höre ich nur durch Grether Fritz. Trotzdem glaube ich meiner Sache sicher zu sein: Jacquot hegt keinen Argwohn mehr gegen den Vater, und wenn er so oft von der Schweiz, dem Petersgrat und dem Tschingelgletscher spricht, so hofft er noch immer, so wünscht er unbändig, daß ich mit ihm in die Schweiz fahre und ihn wie einen Hund, den man auf die Fährte setzt, dort oben suchen lasse. Er wird die Mutter finden!

Als ich ihm kürzlich sagte, die Mutter liege bei uns daheim in der Breuschweilener Kapelle begraben und ich würde ihn vielleicht bald einmal hinführen, so glaubte er mir nicht. Ich hatte es ihm ja auch bisher verschwiegen!

Warum?

Weil es meinem eigenen Gefühl mehr entsprach, Doris in Eis und Schnee »verloren« zu haben?

Weil ich heute noch mit Schrecken an das Begräbnis meiner Großmutter denke, wo ich, so alt wie heute Jacquot, aus purer Konvention sinnlos gequält wurde?

Eine Nacht in Breuschheim

Als sie Doris in Breuschheim beisetzten, lag ich zu Zürich im Krankenhaus, man verheimlichte mir alles, bis eine Mitteilung eintraf, die, von der Greisenhand meines Vaters geschrieben, lautete: »Doris ruhe bei uns in Breuschheim«. Sofort ließ ich durch den Arzt telephonisch anfragen, ob Jacquot beim Begräbnis gewesen sei. Nein – er hatte nichts gesehn und nichts gehört, und als wäre mein Gewissen nun beruhigt, verlangte ich nach ihm.

Meine Mutter brachte ihn im Auto nach Zürich. Sechzig Jahre ruhten sauber gefältelt auf ihrem Gesicht. Es war mein erstes Lächeln, als ich die alte Frau mit dem Kleinen an der Hand ins Zimmer treten sah. Ihnen folgte meine Schwägerin Pia. Gleich fielen mir ihre geübten Augen auf; sie maßen mich mit einem Blick. Davon abgesehen, glich sie Doris, doch schien sie größer, leichter, kühler. Ihr Gesicht hatte einen neugierig ernsten Ausdruck.

Ich wollte Mutter und Sohn an meine Brust reißen, aber die steifen Glieder erlaubten es nicht, mit Mühe unterdrückte ich einen Schmerzensschrei. Sie setzten sich zu mir. Da war er also, Jacquot! Ich betrachtete ihn.

Er sah sich immerfort nach der Tür um.

»Sag doch etwas, Jacquot!« bat ich, denn ich wollte seine Stimme hören. Statt zu antworten, lachte er leise auf, legte den Finger auf den Mund und begann im Zimmer zu suchen. Er öffnete den Schrank.

»Wir haben ihm gesagt«, flüsterte meine Mutter, »du suchtest sie, sie habe sich in den Bergen verlaufen.«

»Jacquot!« rief ich in befehlendem Ton …

Mit einem Ruck drehte er sich um. Er stand ernst und entschlossen. Da brach die alte Mutter in Tränen aus.

Jacquot indessen rührte sich nicht. Sein Gesicht blieb das gleiche und, wie mit Gewalt, mir zugewandt. Er sah mir ins Gesicht, und sonst sah er nichts. Er wollte nichts andres sehn.

»Jacquot«, sagte ich ruhig, »wir finden sie nicht. Keine Hoffnung mehr. Die Mutter ist verloren.«

Er schüttelte den Kopf. Das war alles.

Und dann erzählte ich ihm die Geschichte. Die Geschichte einer Verlegenheit, aus einer andern Verlegenheit geboren! Die Geschichte, wie seine Mutter »verloren gegangen ...« Er stand noch immer da. Erst als ich einen Atlas bringen ließ und ihn fragte, ob ich ihm zeigen solle, wo die Mutter verloren gegangen sei, da nickte er und trat an mein Bett. Die Schwester mußte die Karte halten und ihm alles zeigen, was ich nannte. Meine Mutter hatte das Zimmer verlassen, Pia hielt sich still in einer Ecke beim Fenster.

Jacquot hörte aufmerksam zu und schwieg.

»Verstehst du denn das schon alles, du Kleiner?« fragte die Schwester schmeichelnd. Irgendwie empfand das Kind das Unschickliche der Frage, es nickte abweisend und war sichtlich befriedigt, als die Schwester sich darauf zurückzog, Ich wollte meine Geschichte zum drittenmal beginnen, da unterbrach er mich. Endlich hörte ich seine Stimme! Es war die Stimme, die in den Gletscherspalt gekommen war …

Ich ließ den Kopf ins Kissen fallen und schloß die Augen.

»Jacquot!«

Aber was hatte er denn gefragt?

Ich brauchte ihn nur anzusehn.

»Kaufst du mir eine solche Karte?« wiederholte er.

»Gern, Jacquot, und sie soll dir allein gehören.«

»Nicht nötig, aber es muß eine gute Karte sein.«

Ich nickte.

Da erst merkte er, wie elend ich war. Er glitt am Bett hin und legte seinen Kopf auf das Kissen neben den meinen. Die großen, blauen Augen waren voll Tränen, und vor lauter Anstrengung, nicht zu weinen, machte er ein mürrisches Gesicht. Nur der Mund zuckte – weil er gern sprechen wollte, jedoch unter der Bedingung, daß das Wort nicht die Tränenschleuse öffnete. Es gelang ihm, wenn auch unvollkommen. Zwei dicke Tränen traten über den vollen Rand. Er schluckte.

»Ich finde die Mutter«, sagte er mit gepreßter Stimme. Er hielt die Gewißheit in Fäusten.

Da trat unangemeldet wie immer, ich hatte um dieses Zeichen der Vertrautheit gebeten, Lord Berrick ins Zimmer. Pia reichte ihm die Hand, bemerkte sein krankes Auge, stutzte, hob ein wenig die Stirn, und ihr Lächeln, das bestirnte Lächeln Dorisens, wenn auch um einige Sterne ärmer, aber dafür um wieviel durchsichtiger, überflutete sein Gesicht. Sie zuckte auch, bei gewissen Fragen, liebreizend mit der Achsel wie Doris. Sie nahm gleichsam seinen Kopf in die Hände und schaute ihn an. Und er mußte erkennen: er war ihr angenehm, das arme Auge störte sie nicht, im Gegenteil, gerade das begann sie zu lieben …

So war die Art meiner Doris.

Das gleiche wiederholte sich beim Abschied. Wie überaus gütig und zugleich forschend blickte sie auf die Knoten der Finger, das Gelenk und, als der Lord zur Tür ging, auf seinen Rücken. Und in dieser Haltung blieb sie, der geschlossenen Tür zugewandt, eine Weile stehn, als schickte sie ihm ihren Schutzengel nach. Ja, das war Doris!

Nein, es war nur ein Handgriff, der gemeisterte Ausdruck für eine Seelenregung, von der jüngeren der reiferen Schwester abgenommen und alsdann frei geübt. O schmerzliche Verwandtschaft! Doris hatte nicht ihresgleichen, hier sprang es mir in die Augen, und sie war tot. Eine steinerne Gestalt auf ihrem Grab, irgendein Bild in einem Museum hätten ihr ebenso geglichen. Verstümmelt, gleichsam geteilt, mit halbem Atem lag ich beim Abschied zwischen Jacquot und meiner Mutter.

Als ich halbwegs gesund war, jedenfalls wieder gehn konnte, holte ich den Jungen zu mir. Ich kam abends in Breuschheim an und fuhr am andern Morgen mit ihm fort.

Der Diener Joseph, Balthasar Breuschheims »Hand und Ohr«, der im Hause geboren und von meinem Vater mit viel Aufwand und Umsicht sowohl zum Diplomaten wie zum Kammerherrn, nämlich zu seinem Agenten bei den Bauern und Behörden und seinem persönlichen Mundschenk erzogen war, ein Prachtskerl, der »feinste Mann im Haus«, erwartete mich in Kehl am Bahnhof, Jacquot im Auto an der Rheinbrücke. Jacquot hatte es unter Berufung auf Vetter Léo durchgesetzt, daß der Wagen die Brücke passieren und bis zum deutschen Zoll fahren durfte. Er war sehr aufgebracht darüber, hier angesichts des Bahnhofs warten zu müssen, statt für seinen Vater vorzufahren, wie es sich gehört hätte, um so mehr, als der Wagen die neueste Schöpfung unserer Fabrik war.

Bei der Paßkontrolle fragte der französische Beamte in verdächtigem Französisch, ob ich bei den Kürassieren gedient hätte. »Nein«, antwortete ich, »das war mein Bruder Ernst«, und ich setzte ein erwartungsvolles Lächeln auf, bereit, dem Burschen bei einer etwa erfolgenden kritischen Äußerung über das rosige Schnäuzchen zu fahren. »Ich bin ebenfalls deutscher Offizier gewesen«, setzte ich hinzu, nicht, als ob ich mich dessen hätte rühmen wollen (es wäre wahrhaftig das erstemal gewesen), sondern um den Anschein zu vermeiden, als läge mir daran, mich bei einem jener seltsamen Patrioten, wie sie damals im Land herumstanden und die Böcke von den Schafen schieden, in Vorteil zu setzen. »Denke nure, Herr Baron«, kam es in wohllautendem Dialekt zurück, »ich hab Eich doch nemme kennt und hab schon g'meint, do reist einer uf em'e falsche Paß« … Frankreichs Wachtposten an der

Kehler Rheinbrücke enthüllte sich errötend als ein früheres Mitglied unsrer Breuschheimer Räuberbande, es war ein Bauernsohn aus einem benachbarten Dorf, der auf dem Umweg über die Fremdenlegion zu der hohen Würde eines Commissaire spécial aufgestiegen war. Als ich ihn beglückwünschte, dankte er kokett, meinte aber, es sei nicht alle Tage Messti.

Erheitert fuhr ich in die große Brücke ein, die Deutschland von Frankreich trennt, und betrat meine, in einem tausendjährigen Leben und Lieben mein gewordene, durch viele Schmerzen geheiligte, bittersüße Erde ... Mein Herz schlug wie beim Anblick der Geliebten, obwohl die Kohlenhaufen, Krane und Werktürme, an denen ich beglückt entlang flog, gerade diesen Winkel zum häßlichsten des ganzen Landes machten. Doch darunter quollen für mich noch immer die Fliederbüsche des wilden Gartens, wohin ich zwei oder dreimal mit Viviane von Bock im Ponywagen hinausgefahren war, bebten noch immer Kornfelder im sonnigen Wind, und der Kohlenstaub, das Knirschen von Eisen, das Heulen der Sirenen vermochten nicht, die weißen Kleider und das lustige Lachen einer ewig sommerlichen Kinderwelt zu verschütten. Und als wir das heiße, staubflimmernde Straßburg durchquert hatten, breitete sich unverdorben, unverändert das Paradies, mein reinstes Herz, mein Land, herbstlich bunt und fruchtbeladen, von seinen blitzblanken, blumenfrohen Dörfern durchtanzt. Es war fast ein Jahr her, da hatten Doris und ich an einem ähnlich überschwenglichen Tag Breuschheim verlassen, aber es hätte ebensogut erst gestern sein können, gestern erst oder vor zwanzig Jahren, in einem andern Leben oder gestern ... Da war das Schloß. Am Eingang knieten die beiden steinernen Gestalten aus dem 16. Jahrhundert, ein Breuschheim und seine Gattin, die Erbauer des Schlosses. Mir kam es vor, als beteten sie für Doris.

Die Eltern erwarteten mich in der Halle, und da das Kind anwesend war, bemühten wir uns, möglichst unbefangen zu erscheinen und den Ton weder zu hoch, noch zu tief zu stimmen. Doch wollte dies nur dem Vater recht gelingen, dem die Mutter und ich bei den Betätigungen seiner leicht gedämpften, bewußten Liebenswürdigkeit mit Verwirrung zusahn. Jacquot an der Hand, geleitete er uns die Treppe hinauf, ein Blick und Händedruck des Großvaters genügte, daß Jacquot sich an der Tür des weißen Salons empfahl, und dann saßen wir in dem weiten hellen Raum, der jetzt vom Abendlicht erfüllt war, und in dessen Polstersesseln buntgewirkte Engel musizierten und dieselben paar Feldblumen sich zu immer neuen Sträußen vereinigten, während die Kristallzapfen der Leuchter, kühl funkelnd, die Farben des Sonnenuntergangs zerlegten, saßen da und blickten alle drei schweigend durch die offenen Glastüren auf die Wipfel der Parkbäume. Joseph brachte Wein und Makronen. Er kam und ging fast lautlos. Ich war meinen Eltern dankbar für alle die guten Gedanken, die sie nicht aussprachen, während wir über Dorisens, in diesem Abend zitternden Bilde gebeugt saßen ... Die Flügeltüren des roten Salons standen auf, und der Schein der untergehenden Sonne auf den geschlossenen Vorhängen erweckte den Eindruck, als lodere hinter ihnen eine Feuersbrunst, als brenne das Dorf. Es beherrschte mich das gleiche Gefühl in diesen Räumen wie als Kind: daß ich hier am Ort der Liebenswürdigkeit und Selbstbeherrschung weilte, wo die Ausbrüche irgendwelcher Leidenschaft zu Fratzen würden, zerstörerisch und nicht zu ertragen. Und auch das Abendgeläut, das jetzt zaghaft einsetzte, rief nicht Hilfe und Not, es war eine religiöse Stimme voll schwindelnder Ergebung in das Ende.

Meine Mutter faltete die Hände, ihre Lippen bewegten sich, und, wie immer, wenn sie betete, schien sie plötzlich viel älter ... Balthasar Breuschheims Augen ruhten ernst auf dem Antlitz seiner Frau. Beide saßen aufrecht in ihren Sesseln, zierlich beide, doch der Vater breit und rund, die Mutter schlank, von mädchenhafter Fülle, mit schmalen, abfallenden Schultern. Das Abendglöckchen entschlummerte wie ein Kind.

Endlich erhob sich mein Vater und sagte:

»Da streiten sich die Leute, ob Christus gelebt habe.« Er breitete die Arme aus: »Ja, wer soll denn gelebt haben, wenn nicht *er*!«

Es war das erstemal, daß ich von meinem Vater einen religiösen Ausspruch vernahm. Das Wort traf mich mit seltsamer Wucht, und dann durchdrang es mich, langsam und mild. Ich empfand es aus unklaren Gründen als einen Trost von solcher Stärke, wie ich ihn noch nie gekannt.

Da trat Ernst ein. Er drückte mir militärisch knapp die Hand und sprach, mit allen Anzeichen des Kummers im männlich schönen Gesicht, von meinem Schmerz, der ihm fast ebenso nahegehe, als wäre ihm selbst die Frau gestorben. Und er drückte mir noch einmal die Hand für meine Schwägerin Anne-Marie, die verreist war. Als er nunmehr dazu überging, von Geschäften zu sprechen, und im Anschluß an eine Kuhgeschichte auf die Juden schalt, unterbrach ihn Balthasar Breuschheim heftig mit dem Hinweis, daß man »bei uns« die Juden eher liebte als haßte. Das war nicht neu. Aber wiederum überraschte es mich, wie er diese Vorliebe begründete, und ich möchte fast annehmen, die Begründung sei ihm spontan aus dem Geiste der Stunde offenbart worden. Dafür sprach sowohl die Heftigkeit der Empfindung wie die Unklarheit der Formulierung. Die Juden, sagte er, erhielten den Gedanken an Christus lebendig, sie seien seine ewigen Vorläufer; solange ein einziger Jude lebe, könne Christus der Welt nicht verlorengehn, selbst wenn es keine Christen mehr gäbe – ja, er verstieg sich zu der Vermutung: gerade dann, in diesem gar nicht so unwahrscheinlichen Falle werde Christi Herrschaft am nächsten sein ... Ernst kam auf die Kuh zurück, aber nicht auf den Juden.

Beim Abendessen traf ich Vetter Léo, der als Divisionär in Kehl garnisonierte. Er sprach nur die paar Worte, wie man sie in aller Welt gebraucht, um jemand sein Beileid auszudrücken, am geläufigsten in der französischen Sprache, aber er stammelte und sah mich dabei so hoffnungslos an, daß ich ihn gerührt auf die hingehaltenen Backen küßte, die ausdrucksvollsten, die ich je an einem dicken Mann gesehn. Offensichtlich um mich zu »zerstreuen«, begann Léo später, als das Kind im Bett war, von Politik zu reden. Nun war dies das denkbar schlechteste Mittel, mich zu zerstreuen, davon konnte ich nur traurig und böse werden, und ich sagte es ihm, mit diesen Worten.

Er rollte gerade eine Zigarette. Ohne aufzusehn, erwiderte er ernsthaft:

»Ich hätte es mir denken sollen! Schon als Kind konntest du deine Angelegenheiten und die der Allgemeinheit nicht auseinanderhalten. Mein Jüngster ist ebenso, es liegt in der Familie.

Ich selbst spreche übrigens nur mit Verachtung ... davon.

Worauf mein Vater:

»Die Angelegenheiten der Allgemeinheit sind genau so viel wert, wie sie sich mit unsern persönlichen vertragen, natürlich auch solchen höherer Art. Wenn ich fragen darf, was ist das, die Allgemeinheit?«

Mein Bruder behauptete, sie zu kennen.

»Er wird sich aber hüten«, rief mein Vater aus, »diese Dame in Gegenwart seiner Mutter näher zu beschreiben.« Er war sichtlich erregt.

»Nun«, lenkte die Mutter ab, »ich meine, die Allgemeinheit, das ist die Mehrheit.« So nahm sie an der Unterhaltung teil, lebhaft wie immer, mit kleinen, zierlichen Bewegungen, wobei man ihr anmerkte, daß ihre Gedanken aus weiter Ferne kamen und ständig dahin zurückkehrten. Und das weiße Licht jener Ferne lag auf ihrer sauber gefältelten Stirn.

Vetter Léo zündete seine Zigarette an.

»Richtig!« Im Schein des Streichholzes erinnerte sein Gesicht an einen schön gebratenen Truthahn. Ich bekam Hunger. Beim Abendessen hatte ich nur zugesehn, wie Jacquot aß.

»Leider«, meinte mein Vater, »scheint mir diese Mehrheit geistig die konfuseste aller Minderheiten zu sein. Und sie kommt uns alle teuer zu stehn, sehr teuer!«

Damit war das politische Gespräch zu Ende, und Vetter Léo erzählte von sich und den Seinen, am ausführlichsten aber von den Kindern. Viele und gewichtige Kapitel fuhren da heran, hintereinander und durcheinander, zusammengehörig, wie die Wagen einer Eisenbahn, mit der Kinder spielen, und jedes dieser Kinder war ein Original. Daran fand ich nichts Wunderbares, denn in der Tat ist jedes Kind ein Original, und die Erwachsenen brauchen verteufelt viel Zeit und Anstrengungen, bis sie die Kinder untergekriegt haben und diese ebenso platt geworden sind wie sie selbst. Das war auch die Meinung Vetter Léos. Ich kenne nur noch einen Menschen, der ebenso gern und so gut von Kindern erzählte, den Kellner Emilio im Hotel Danieli zu Venedig.

»Im Kriege«, sagte Vetter Léo, haben die Kleinen ein wenig Luft bekommen, aber die Obstbäume sind verdorben. Die Frauen können nicht pfropfen.« Nach den Kindern, den eigenen und den verwandten, waren nämlich die Obstbäume an die Reihe gekommen, dann erst folgten, schon recht weit vom Paradies entfernt, »les bonnes brutes«: die Menschen. Er beurteilte sie gnädig, aber liebte sie nicht …

Wir saßen lange beisammen. Die hohen Fenster standen offen, unbehindert drang, in ihrer bebenden Ebbe und Flut, die Frühsommernacht herein, und wenn der Vetter schwieg, so lauschten wir dem Tumult, der aus dem Dorf heraufdrang, denn es war Patronstag und Tanz und Musik in den Wirtschaften. Gegen Mitternacht wurden alle müde, wir hier oben und die im Dorf.

»Also«, stellte Vetter Léo beim Gutenachtgruß fest, »also hat selbst der wildeste Krieg es nicht vermocht, unsre Familie auseinanderzureißen. Im Anfang konnte man es nicht wissen. Jetzt steht es fest. N'est-ce pas, mon eher Ernest?« Ich hörte, der frühere Pasewalker Kürassier ziere bereits als Reserveoffizier die französische Armee. Und damit war alles im Hause Breuschheim wieder in Ordnung.

»Morgen gehe ich zu euerm Pfarrer und stifte eine Dankmesse«, sagte Vetter Léo.

Ich küßte die Eltern und zweimal den schönen, rotbraunen Truthahn auf beide Backen, ließ mir vom großen Bruder gönnerhaft über die Haare streichen, und eilte die Treppe hinab in die Speisekammer hinter der Küche. Holte Wein aus dem Keller und zog mit allem Nötigen in mein Zimmer, um zu soupieren.

Ich dachte: so saß ich hier, als Achtzehnjähriger, wenn ich mit dem letzten Zug aus Straßburg heimkam und auf Socken, mit dem Scharfsinn eines Verbrechers alles zusammensuchte, was Küche, Keller und Vorratskammer einem ausgehungerten Studenten bieten konnten. So saß ich später mit Doris, war es doch mein erstes gewesen, sie in diesem Sport der spät heimkehrenden Kinder auszubilden! Sie hatte es schnell zur Meisterschaft gebracht. Der Tisch war wie von Heinzelmännchen gedeckt, kaum, daß ich einige hundert Schritte im Garten zurückgelegt hatte – im grenzenlosen Machtgefühl eines, den die liebende Frau erwartet, und vor dessen Blick sich zahllose Liebesstunden gleich einer Flucht erleuchteter, menschenleerer Säle eröffnen, in deren tausend Spiegeln er mit vollen Zauberkräften wird walten und schalten können, Welten herausziehend, Welten verwerfend, nach seinem Belieben, und immer die Geliebte entzückend, indem er sich selbst beglückte! ... Die Nächte jenes Sommers waren heiß, oft liefen wir noch im Schlafanzug in den Garten ... Allerdings, unser Garten mußte für einen der schönsten der ganzen Erde gelten, ein Wunderwerk, weit und tief und bei Nacht nicht wieder zu erkennen für einen, der ihn nur tags gekannt hätte, ein Nachtgarten aber, durch den ein Erblindeter fände, der ihn einmal nachts gesehn. So, wie ich mich jetzt in ihm zurechtfand, ohne ein einziges Mal anzustoßen ... Ein Garten, klar wie die Geometrie und üppig wie ein verzaubertes Schachbrett, auf dem die Figuren mitten im Spiel plötzlich in Gruppen von Bäumen und Büschen verwandelt worden wären, von einem »Gardez la Dame!«, das gleichzeitig einen Felsen von einem lachenden Bächlein entbunden hätte ... Ach, Liebende gingen nachts in unserm Garten so sicher wie Schlafwandler, das konnte ich wohl bezeugen! Ja, aber war ich denn jetzt, war ich denn noch ein Liebender?

Ich hatte mich über den Balkon meines Zimmers gehoben und war auf den Weg zwischen den Frühjahrsrabatten abgesprungen. Da stand ich nun und fragte mich, fragte mich ernsthaft, ob ich noch unter den Liebenden weilte, erstaunt, daß mein Herz so klopfte, gierig und angstvoll zugleich ... Ich hob das Haupt: vor mir im Himmel hing das weitgezogene M der Kassiopeia. Und da beschloß ich, an Maria Capponi zu schreiben, auf der Stelle. So sehr begehrte ich sie, Maria, sie!

Wirklich? Mein Fuß stockte. Wirklich? War es Maria, die ich begehrte? Hatte ich nicht die ganze Zeit nur an Doris gehangen mit meinen Gedanken, Wünschen, Begierden? Lebte von Maria auch nur ein Hauch in diesem Garten, den ich fiebernd durcheilte? Ein Mädchenkleid, ein weißes Sommerfähnchen, das dort an der Brücke flatterte, das war alles, was hier von Erinnerungen an Maria übriggeblieben. Dagegen Doris – oh, wie fühlte ich sie brennend nahe bei jedem Schritt! Aber war es denn, ohnmächtig griffen meine Arme, meine Augen, alle meine Sinne ins Dunkel, war es Doris, konnte es denn überhaupt Doris sein, die mich mit dieser unsichtbaren Hand anrührte, daß ich atemstickend zu Boden sank? Wann hatte mich Doris je im Leben so berührt ... vor jener Nacht ... in der Gletscherspalte? Nie! Dagegen Maria: ach, deren Hand war voller Magie. Sie brauchte sie nur zu heben, damit gleich alle Dinge darum zu atmen und zu glänzen begannen. Alles Licht des Tages strömte in sie, eine alabasterne Ampel hing sie in der Nacht, oder sie flog auf wie der Saum eines Flügels. Oh, schon die vergessenen Handschuhe auf dem Deckel des Konzertflügels im Hotel von Cap d'Antibes, in die ich tief einatmend das Gesicht gedrückt hatte! Die Handschuhe, mit denen sie hereinkam, und die sie langsam aufknöpfte, während sie mich, aus den Augenwinkeln lächelnd, aufmerksam betrachtete, und die plötzlich ihre Hände entblößten, erst die Rechte, dann die Linke, worauf sie mit ihren nackten Händen dasaß, schmal, glatt, gefährlich, mit Zähnen, die den roten Mund öffneten, mit Beinen, die niemals dicht schlossen, und die sich jetzt leise rührten, indes ihr Blick ins Bodenlose ihrer Augen zurücksank – wahrhaftig eine große Blume, ein Tier fast, das sich entfaltete! Die Handschuhe, die im Laden mit vielen fremden, gleichgültigen vermengt waren, bis die Verkäuferin, diese Kupplerin, das für Maria Capponi bestimmte Paar, das lange geheimgehaltene, vermummte, einzige, ihr Paar ihr in die Hände auslieferte ...

Auf der Stelle wollte ich ihr schreiben, wenngleich ich sie wohl nicht mehr liebte, obwohl sie mich vielleicht nicht mehr liebte.

»Vielleicht« war ein Wort, so weit und so tief und so voller Lichter wie der Sternhimmel über mir. Vielleicht liebte sie mich noch? In dieses »Vielleicht« stürmte ich, die Fahne eines neuen Lebens entfaltet, mit erhoben gespreizter Hand, Musik in den Ohren ...

Ich war in mein Zimmer zurückgeklettert. Unter unaufgeschnittenen französischen Büchern, die der Buchhändler nach unsrer Abreise im Sommer 1919 geschickt hatte, lag eine elsässische Zeitung aus jenem Monat. Von einem zufällig erblickten Satz geködert, begann ich zu lesen. Es war eine Verteidigung der niederträchtigsten Spitzelei. Nach dem Einmarsch der Franzosen hatten die Hausknechte in Elsaß-Lothringen (Elsässer! Elsässer – nicht Franzosen!) ein neues Inquisitionsgericht gebildet, commission de triage genannt, dahin rannten alle Wackern (Elsässer, nicht Franzosen), die sich eines Konkurrenten zu entledigen hatten, denunzierten, logen, verleumdeten und ließen ihn absetzen, entrechten, aus dem Lande weisen. Ich hatte mir sagen lassen, daß in dem Gericht manchmal ein anständiger Mensch gesessen und, würgend vor Ekel, versucht habe, das Schlimmste zu verhüten. Der Artikelschreiber schien das zu bestreiten, nach ihm war bei jenen Foltern nur »Recht geschehn«. An der Rheinbrücke hatten dann Lausbuben gewaltet, um die Vertriebenen mit Roßäpfeln zu bewerfen. Eine glorreiche Zeit für uns, jenes Jahr 1918-1919, notre guerre à nous, der elsässische Nachkrieg!

Ich schüttelte mich, aber schließlich, so unmenschlich dumm war die Gemeinheit, mußte ich laut auflache ...

»So will ich an einem Glase Sekt umkommen!« rief ich mit Falstaff.

Ich brach im Sektkeller ein, genau, wie ich es Doris gezeigt hatte. Ein Kinderspiel. Der Sektkeller war mit einer Lattentür abgeschlossen, und an einer langen Kette baumelte ein Vorhängeschloß. Also hob man die Lattentür aus den Angeln.

Das erste Glas leerte ich auf das Wohl meines Vaters.

»Nicht drei wackere Leute leben ungehangen im Elsaß«, sagte ich wiederum mit Falstaff, »und der eine von ihnen ist fett und wird alt. Gott helfe uns! Eine schlechte Welt! Ich wollt', ich wäre ein Quäker: ich könnte Psalmen singen oder sonst was.«

»A la tienne«, rief ich beim zweiten. Damit war Vetter Léo gemeint. Denn, daß es unter den Siegern Männer mit solchen Pausbacken gab, schien mir – was denn? ... ein Augenzwinkern Gottes. »Am Ende«, dachte ich, »schaffen sich die Militärs noch selber ab. Denn andre als sie bringen das Kunststück nicht fertig.«

»Kind, mach' dir nichts aus den Militärs«, hörte ich da in Gedanken meinen Vater ausrufen. »Paß auf, sie machen es nicht mehr lange. Sie sind viel zu teuer.«

Ich machte mir nichts aus den Militärs, wiewohl ich sie im Verdacht hatte, sie dächten schon wieder an ihr Handwerk – den verdammten Krieg.

Nein, ich hätte damals nicht im Elsaß bleiben können, vor meinen eigenen Landsleuten war ich desertiert – heute bekannte ich es ohne Scham. Damals allerdings hatte ich es bestritten, selbst Doris gegenüber, die nicht sah und nicht hörte, und die nur hatte bleiben wollen, hier bleiben, wo meine und Jacquots und also auch ihre Heimat war. »Ein halbes Jahr Ferien, Doris«, hatte ich gesagt, »ein halbes Jahr Friede in unserm Waldhaus, mit kleinen Ausflügen in die Schweiz, bitte, Doris – dann kommen wir wieder. Jacquot bleibt als Pfand in Breuschheim …«

Nun brachte ich es nicht über mich, ein drittes Glas zu trinken. Warum trank ich sonst? Um zu schlafen. Es war, als ob ich mich einmal (und ich wußte, wann) allzu blindwütig gegen den Schlaf gewehrt hätte und er mich seitdem flöhe, kaum daß die müde Hand sich nach ihm hob. So hatte ich denn zu den Zaubermitteln gegriffen, Narkotika und Wein – ach! es war nicht schwer für einen, der die Kunst verstand, der Schlaf ließ sich locken wie eine Meise und saß ihm zahm auf der Hand. Man konnte ihn hänseln, ihm zupfeifen, ihn jagen und aus dem Fenster klatschen – fort war er, und man brauchte nur die Hand zu heben, da saß er auch schon wieder gehorsam darauf. Die Kunst hatte ich im Zürcher Krankenhaus gelernt.

Heute aber wollte ich nicht schlafen, und ich hatte meine Gründe. Mir schien, ich brauchte mich nur ins Bett zu legen, in »unser Bett«, und gleich führe es wie ein Lift in die Tiefe, in die Gruft der Kapelle, zu Doris. Denn es war ja ebenso gut ihr Bett wie das meine. Sie konnte mit demselben Recht ihren Platz darin beanspruchen wie ich. Nicht, als ob ich im Ernst an eine solche Möglichkeit gedacht hätte! Nein, das nicht. Ich glaubte nicht geradezu an Bilder und Vergleiche, obzwar, … obzwar sie einen oft genug nicht mehr von der Wirklichkeit trennten, als die Fensterscheibe den Mann draußen von dem andern, der ihn aus dem Innern der Stube anschaut. Kurz und gut, ich zog es vor, hier in meinem Arbeitszimmer zu wachen. Die Nacht war lau, und ich liebte mein Zimmer. Als Kind hatte ich darin gespielt, alles, aber auch in der Tat alles, was Kinder spielen, denn zwischen diesen vier Wänden, deren beide großen Fenster alles Licht des Himmels und auch den Abendstern einließen, hatte mich der Abbé Simon unterrichtet: wieviel hatte ich hier gelacht, geweint, wie mich bei sichtbarem Leibe versteckt und gebetet! Der Balkon war die Schiffslände meiner Jungensträume, das Zimmer das Kontor dazu, und beide hatte ich, wie sie waren, mit Doris geteilt, feierlich und in gutem Glauben, wie Kinder das tun, so daß es von diesem Augenblick an ebensowohl ihre Schiffslände und ihr Kontor gewesen war wie das meine ... Mein Blick fiel auf eine unaufgezogene Photographie, die auf einer Ecke des Tisches lag. Das Bild zeigte Doris im Radfahrkleid vor dem Tor des Salemer Schlosses. Sie lachte mich an.

Ihr Götter – wer war Maria Capponi?! Eine braunhäutige Amazone, eine Fremde, die man im Walde fand, und die man im Walde verließ. In meinem Leben, im Hellen, unter den Dingen, die zählten, hatte es nur Doris gegeben, nur sie!

Ich sah auf die Uhr. Es war vier.

Außer mir wachte niemand mehr im Haus. Ich wußte es, wie ich wußte, daß Doris »tot« war, aber ich empfand es nicht. Ich trat auf den Balkon und blickte zum Gästehaus, zum Kavalierhaus hinüber, das sie im Dorf »Kavalleriehüs« nannten, und, da, im Eckfenster, wo Doris vor der Hochzeit gewohnt hatte, *brannte Licht*... Ich wagte mich nicht von der Stelle, krampfhaft hielten meine Hände das Balkongitter, ich wagte nicht, mich umzudrehn ... Alle Muskeln gespannt, mit bebendem Gehör, wartete ich ... Worauf? Daß Doris ins Zimmer träte? Nein, das war unmöglich, denn – sie lag auf dem Diwan und horchte nach mir, wie ich hier auf dem Balkon nach ihr. Wir lauschten auf unsere Atemzüge.

Gewaltsam lenkte ich meine Gedanken auf die Kapelle, wo sie »begraben« lag. Ich beschloß sogar, hinüberzugehn und mich zu überzeugen, daß eine der Steinplatten ihren Namen trug, mit ihrem Familienwappen in der einen Ecke, der Mörtel in den Fugen war noch frisch. Aber – wozu sich erst »überzeugen«? Ich sah sie ja vor mir, die Sandsteinplatte, so deutlich, wie wenn ich davor gestanden hätte. Obwohl ich die Kapelle heute nicht betreten, die Grabplatte noch nie mit leiblichen Augen erblickt hatte, sah ich sie dennoch, und das genügte. Ebenso konnte ich unter ihrem Namen den meinen lesen und in der andern Ecke das Breuschheimer Wappen erkennen, wie es wäre, wenn mein Sarg einmal neben dem ihren im Gewölbe stände. *War ich darum etwa tot?* Oder Doris weniger lebendig? Sagte mir nicht jeder Nerv, daß sie da war, fühlte ich nicht mit meinem ganzen Körper, wie sie drinnen auf dem Diwan lag und nach mir hin horchte?

Da – was war das? Eine rote, eine grüne Laterne. Ich schaukelte, roch Wasser und Kohlenrauch. Es war still. Wir schwammen auf dem nächtlichen Bodensee. Doris lag, von der Radfahrt ermüdet, auf dem Sofa der Kabine. Wir hatten auf dem Rad Salem besucht und dann in Überlingen das letzte Schiff nach Konstanz genommen ... Eine große Welle Helligkeit, Heiterkeit ging über mich hin! Ich sah, wie wir unter dem Tor des Salemer Schloßhofes durchfuhren, und hörte den Schlauch meines Fahrrads platzen. Pum! ...

Jetzt konnte ich das Geländer des Balkons loslassen und ruhig in mein Zimmer gehn. Die helle, fröhliche Welle bettete mich auf den leeren Diwan. Doris und ich fuhren auf dem Bodensee, sie ruhte auf der einen Seite der Kabine, ich auf der andern. Ich schloß die Augen und dachte an den vergangenen Abend ... Es war um die siebente Stunde, und vom Himmel sank eine Güte, die speiste Wald und Feld. Eine Birkenallee, die rechter Hand einen sanften Bogen um die Wiesen schlug, hielt die zärtliche Stunde ernst im Arm Später gesellte sich der Straße ein Bach zu, sein dunkelgrünes Wasser floß um Perlenbänke. Linker Hand flog ein pfingstliches Leuchten über die Wiesen, das fast blendete, und alles Licht schaukelte, soweit wir blickten, auf den Millionen Spitzen des Grases, an vielen Stellen dunkler gefärbt vom Sauerampfer, an andern verwehend zwischen den zarten Büscheln von Schilfgras. Die Wiesen schwollen zu weiten Hängen, bis zum Wald, der, groß und still, seine schönste Krone trug über dem Tal ... Jetzt blickten wir, der Weg war gestiegen, in dieses Tal hinab, es glich einem See, dessen Wasser sich verlaufen hatte – ja, bei einer plötzlichen Wendung des Kopfes, vom hellen Westen nach dem dunkleren Osten, glaubte ich wahrhaftig den Bodensee zu erkennen. Die Häuser schimmerten wie Wellen, die Wiesen waren fast blau ...

In Lippertsreute nahmen wir einen Abendimbiß, indes der Schlosser einen neuen Schlauch um das Hinterrad legte. Wir waren beide vom Abend erregt, sprachen nicht, maßen uns nur mit Blicken, die uns von einem strengen und wollüstigen Gott in die Augen gelegt waren. Dorisens Locken (sonst leichtsinnige Mädchen, die selbst siegreiche Gladiatoren auslachten) ergaben sich, ohnmächtig über die Stirn hängend, ihrem Mund, der mit müdem Trotz das Antlitz beherrschte. Sicher blickte ich böse drein, denn ich hätte sie auf der Stelle besitzen mögen, in diesem verqualmten Wirtshauszimmer ...

Wir fuhren weiter, nach Überlingen, und ließen die Räder laufen. Es ging einen ziemlich steilen Weg hinab: an Steingeländern vorbei, unter denen ein Bach rief, durch Wälder, in denen der Mond umging, Obstbäume begruben die Straße mit ihrem Gewölbe. So sanken wir, ohne die Füße zu rühren, in eine üppige Stadt am Südmeer, die von einem vergnügten Fest ausruhte! Noch hing die Freude, zwischen gewaltigen Schlafschatten, in mondweißen Teppichen bis auf die Mitte der Straße. Ein paar Lautenklänge irrten noch auf den Dächern. Ein junges Frauenlachen schlug auf mit dem bestimmten Klang eines Springbrunnens ... Ich mußte mich wachrütteln, gähnen, mir die Arme um die Schultern schlagen, wiederum gähnen, so leibhaftig lebte ich im Geiste die Stunden jenes fernen Abends.

Vielleicht ist sie wirklich »tot«, dachte ich und erhob mich vom Diwan. Mit leisen Schritten begann ich, im Zimmer auf und ab zu wandern und alles aufmerksam zu mustern, Möbel, Bücher, Bilder. Vielleicht stimmt es. Aber in diesem Fall lebe ich zehnfach mit ihr, der Toten. Ich habe für unser Leben ein Gedächtnis, wie es mir früher völlig abging, ich weiß von ihr in einer Art, daß ich staune. Vielleicht ist sie tot. Aber sie ist da – wie nie zuvor. Wir leben miteinander – wie nie zuvor. Es sei denn, daß ich selber sterbe, in den Tod hinüberschlafe, daß ich mich mit allen meinen werbenden Gedanken beeile, sie trotz ihres Vorsprungs einzuholen ...

Ich warf noch einen Blick durchs Zimmer, dann schlich ich die Treppe hinab und über einen langen Korridor, trat in Jacquots Stube, machte Licht. Er schlief, blond in seinem schmalen, weißen Bett, mit Backen so rot, als wären sie gemalt.

An der Tür war ich stehn geblieben, die Hand am Schalter. Das Bett stand neben mir an der Wand. Als das Kind sich rührte, löschte ich rasch das Licht. Leise in mich hinein lachend, lief ich den Korridor entlang, hörte meine Mutter husten, so wie man hustet, wenn ein andrer es hören soll, sagte mir: die alte Frau hat noch immer den leichten Schlaf der Mütter, überschlug in Gedanken ihr Zimmer, das große, mit blauer Seide ausgeschlagene Gemach (das Greisinnengesicht unter der Spitzenhaube, das die Liebe in lauter Falten gelegt hatte, um Platz darin zu finden, nistete in dem großen Raum nicht anders als wie eine Meise im Garten) und das lange, schmale Zimmer daneben mit der Tapete voller Märchenbilder, die, weil sie aus allen Sprachen genommen waren, ein zwischen ihnen verteilter Schwarm von Papageien verdolmetschte, diesen ersten, herrlichen, später in keinem Luxuszug der Erde wieder auffindbaren Schlafwagen, wo, blond, weiß und rot, Jacquot schlief. »Wir leben alle, gute Mutter, keiner von denen, die wir lieben, ist tot!«

Am Ende des Korridors stand eine Tür auf. Die Dusche, Boden und Wand mit weißen Kacheln belegt. Wenn der Vater aus den Feldern heimkam, duschte er hier und wechselte den Anzug. Ich warf die Kleider ab, zog an der Kette, sprang in den prasselnden Strahl. Keiner von denen, die wir liebten, war tot …

Der Morgen dämmerte. Ich nahm Abschied vom Garten. Er ließ sich nichts anmerken von seiner Verlegenheit, von mir in der vergangenen Nacht überfragt worden zu sein, und der Atem eines schönen Tages half ihm, indem er eine ganze Herde goldener Schäfchen über den Gipfel des Donon-Berges trieb. Er half sich selbst, indem er im Bächlein die Goldfische hieß, um die Steine herum nach der Schwanzflosse einer Forelle auszuschauen, und den Forellen, darüber abzustimmen, welche von ihnen so früh aus dem Bett sollte, um die Front der zahnlosen Schnapphähne zu durchbrechen. Da flitzte sie unter einem Stein heraus und in das nächstliegende Ufer, die Erwählte. Sicher hatte man das Versteck zuvor auf der Generalstabskarte ermittelt, sie wäre sonst nicht so unfehlbar geschossen.

Jenseits der Breusch klingelten die Schnitter gleich Meßdienern, sie schwitzten, soviel Tau hatten sie schon der Sonne vor der Nase weggeschnitten. Dann trat Stille ein. Die Sonne!

Schweigen.

Nur die Hähne, die das katholische Morgengebet nicht gelernt hatten, spektakelten weiter, die Dorftrottel! Als aber der Wetzstein wieder gegen die Sense klingelte und alle gut geartete Kreatur sich aus der Kniebeuge erhob, erwies es sich, daß die Hähne nicht etwa selbstsüchtig geredet und getatet, sondern im Gegenteil nur brav die Signale für die tägliche Formierung der Arbeitsbataillone geübt hatten, um, kurz gesagt, die Menschheit rechtzeitig auf den Trab zu bringen. Sie machten ihre Sache so gut, daß sie, je höher die Sonne stieg, um so entbehrlicher wurden. Sie empfanden es selber. Auf einmal schwiegen sie. Die Erwachsenen waren an der Arbeit, die Kinder in der Schule und die Herren der Welt fuhren im Auto zu ihren Befehlsständen.

Als ich, Punkt zwölf, mit Jacquot über die Breisacher Rheinbrücke kam, waren weit und breit keine Hähne mehr zu vernehmen, nur

Zollbeamte. Zehn, vielleicht auch zwanzig Millionen Männer waren eines gewaltsamen Todes gestorben, damit dieser Familienvater mit der grünen Mütze Jacquots Taschen am großartig strömenden Rhein nach Schokolade durchsuchte. Jacquot hatte den Hut voll davon. Der Familienvater mit der grünen Mütze fand keine Schokolade.

»Hübscher Junge«, sagte Grether Fritz, als er den Jungen aus dem Wagen hob.

Jacquot aber war traurig. Dies war nicht die Schweiz. Er sah nicht das kleinste Schneefeld. Kein Zweifel, man erlaubte ihm nicht, die Mutter zu suchen. Als ich ihm, zum Ausgleich, erzählte, daß er in diesem Haus zur Welt gekommen, zuckte er die Achsel, genau so, als wollte er mich mit seinem ungeschickt nachgeahmten Achselzucken daran erinnern, daß er seiner Mutter Sohn sei und also gewisse Rechte auf sie habe ... In seinem Gesicht, das er zu mir aufhob, stand lebensgroß der Vorwurf der Treulosigkeit.

Indes, als Kind war er an Überraschungen gewöhnt. Einmal aufmerksam gemacht oder auch nur von einem Argwohn erfaßt, liebte er es, ihnen zuvorzukommen ... Die Nacht hatte ihm Rat gebracht. Am Morgen fand ich ihn im Dachstock, wie er in den leeren Gastzimmern suchte.

Ulricus

Man sieht wie durch ein Fernrohr, es wird regnen.

Das Dach des Rheinweilener Schlößchens blüht geranienrot im langgestreckten Garten der andern Dächer, darin einzelne Pappeln die Wege anzeigen, die Wege für Mensch und Tier, und zwei lange Reihen von ihnen den Rhein, an dem, bis zum Meere, Gottes Mühlen stehn.

Es war Hochmut der kleinen Rheinweilener Barone, bewußter Hochmut, daß sie dieselben Pappeln, die Napoleon den Rhein entlangpflanzen ließ, hernahmen und neben die Misthaufen ihres Dorfes setzten, als wäre für sie seines strömenden Weges hier ein Ende, als sollte seiner langatmigen Geschichte von ihnen das Schlußwort gesprochen sein. Das Wappen der Reichsfreiherren von Rheinweiler war viel älter als dieser gärtnerische Einfall meines Urgroßvaters, welcher Einfall aber im Wappenspruch selbst seine Rechtfertigung fand, der lautete: »Nicht weiter.« Das gleiche besagte das Gatter im Schild, durch das der Vollmond blickte.

Mein Urgroßvater war Revolutionär aus Vernunft gewesen und wurde infolgedessen ein Anhänger Napoleons. Er setzte sich seinerseits in die Geschichte, indem er den badischen Staat gründen half. Napoleon, der einmal im Schlößchen übernachtete, erhob ihn beim Morgenkaffee in den Grafenstand.

Urgroßvater sah sprachlos zu, wie der Kaiser ein Dutzend Milchwecken schlang und dazu, in einer Minute, die Kaffeekanne leerte. Er fand keine Zeit zu antworten.

»Schade, daß Sie nicht Soldat sind«, sprach der Kaiser, da stand er aber schon unter der Tür. »Vous auriez gagné une bataille et je vous aurais fait prince.«

Am Fuß der Treppe wartete ein Trupp schöner, glänzender, funkelnder Männer, frisch wie Indianer, blitzende Pferde hinter sich, die den Kaiser anwieherten, während ihre Herren salutierten und mit eins alle Kirchenglocken zu beiden Seiten des Stroms das Angelus läuteten, als sei der Herr selber aus der Nacht getreten.

»Ein schöner Tag, Sire«, sagte Ulricus Rheinweiler. »Schöne Pferde«, fügte er hinzu.

Die Rheinstraße durch das Dorf hinunter zog Artillerie, blitzblank Mann, Fuhre und Roß. Sie zog hinter dem Schloßgitter vorbei, hell, breit, unaufhaltsam wie, auf der Rückseite, der Rhein.

»Schöne Kanonen«, schloß Ulricus.

Da wandte sich der Kaiser und reichte ihm zum Abschied die Hand. Sein Blick fiel auf das Wappen über der Tür: »Nec ultra«.

Er sperrte den Mund auf: »Ah!« lächelte er mit dem Gesicht eines italienischen Gassenbuben. »Warum nicht?« fragte er. »Wir leben doch! Heißt nicht leben – fortschreiten?«

Mein Urgroßvater erzählte:

»Ang'schaut hat er mich wie e Rekrut, von obe bis unte und besondersch in der Bruschtweit' ...«

Der Kaiser saß im Sattel. Die glänzende, funkelnde Meute von Menschenjägern hinter ihm. Alle Gottseibeiuns im Sattel. Die Generale hinter den Marschällen. Die Adjutanten hinter den Generalen. Die Burschen hinter den Adjutanten. Jetzt trabten Dragoner auf der Straße, ihre Helme vergoldeten hastig das Parkgitter. Ein Offizier sprengte durch das offene Tor davon.

Die Glocken schwiegen, und die Armee stand still.

»Na, sagt er, so rede Sie mit Ihrem Großherzog ... Und beim Wegreite guckt er noch mal aufs Wappe ... Bis nach Mittag hat's weiter gemacht uf der Straß, Kavallerie und Infanterie und Schenie, und alles sauber wie am Sonntag morge ...«

In der Nacht gab es Lärm. Elsässische Rekruten rückten im Eilmarsch über die Schiffbrücke. Sie sangen:

»Gottvater hat einen Sohn,
Und der heißt Napoleon ...«

Das Fenster des Schlafzimmers stand offen. Der volle Mond schien herein.

»Hörsch«, flüsterte Ulricus, und er hob seine Frau hoch und bog ihr Gesicht in den Mondschein:

»Hörsch, Liesel? Hörsch?«

»Gottvater hat einen Sohn,
Und der heißt Napoleon ...«

»Eine Schande!« murmelte sie, »Deutsch singen sie ... Deutsche! ... auf Napoleon.«

Sie verstand nichts von Weltgeschichte.

Er aber, der alte Humanist, der seinen Namen immer lateinisch schrieb, jedoch Katholik in einer protestantischen Enklave, er jubelte über das Aussingen eines Mysteriums, vor dem der preußisch gesinnte Pastor sich unter die Bettdecke verkroch, weil das Wunder auf Lafetten fuhr.

»Warum nicht?« rief er und stützte sich im Bett auf, bis er das Glitzern der Bajonette sah, und wie sie das ebenfalls entzündete Parkgitter mitnehmen wollten auf die Wanderschaft. Er streichelte das vom Mond entsetzte Gesicht seiner Frau. »Schlaf, Liesel, schlaf.« Und legte es sanft in die Kissen zurück.

Während er wieder einschlief, erschien es ihm immer deutlicher als recht und natürlich, daß in Zeiten der Erneuerung wie dieser, wo das Wunderbare auf allen Straßen des Erdteils herumlief, kein großes Geheimnis sich klein genug machen könne, um den verwirrten Menschen wenigstens eine Ahnung vom Sinn des Geschehens zu vermitteln ... wie damals ... vor langer Zeit in jenem fernen Land ... und später ... Wie immer, wenn der Herrgott den Menschen wieder einmal einen Ruck gab!

Der kleine Makkaronioberst Gottes Sohn? Warum nicht! Ulrico lachte das Herz, und er fühlte noch, wie er die Schwelle eines großen, lichten Traums betrat.

Paar Tage darauf fuhr das Ehepaar vierspännig in die Stadt. Erst aber stellten sich die Kinder, die die Eltern nicht abreisen lassen wollten, wie der Wagen heranfuhr, alle acht mitten in die Durchfahrt, und nur der Kleinste schrie, der Zweijährige, den die vierjährige Annette, meine Großmutter, an der Hand hielt. Ulricus mußte Hals über Kopf zwischen den Kutscher und den Diener auf den Bock springen und ihnen helfen, die Zügel der scheuenden Pferde zu halten, und gleich mit einem zweiten Sprung in den Wagen zurück, wo Liesel drauf und dran war, sich wie aus einem brennenden Haus auf das Pflaster zu stürzen. Mit Hilfe vorbeigehender Bauern, die der Verwalter dazu antrieb, die aber erst eingriffen, als sie Ulricum selbst brüllen hörten: »Weg mit den Kindern!«, wurden diese eingefangen, und die Kutsche konnte passieren.

Ulricus zog den Galadegen, um den Kindern zu drohen, die, von den Bauern freigelassen, nunmehr hinter dem Wagen herrannten. Mit der andern Hand und einem Knie hielt er seine Frau fest, denn sie rang wider ihn und rief schluchzend: »Laß mich hier! Laß mich bei den Kindern! Ich will nicht zu Napoleon!«

Die Kinder, die ihren Sieg über die Mutter erkannt hatten, liefen, was sie konnten, um sie, die gleich aus dem Wagen stiege oder fiele, in Empfang zu nehmen. Wenn sie sich schließlich dennoch in ihrer Erwartung getäuscht sahen, so lag das nicht an einer falschen Rechnung von ihnen, sondern einzig und allein daran, daß die Pferde durchgegangen waren.

Vom Wagen war nichts mehr zu sehen als eine Staubwolke, da sammelten sich die acht Kinder langsam auf der Mitte der Straße. Die ältesten kamen, außer Atem, zu den mittleren zurück, die hilflos bald nach vorn, bald zurückblickten, wo Annette mit dem Kleinsten auf dem Hintern saß. »Papa ist schuld«, greinte Annette und putzte dem Büble die Nase.

»Nein«, stellte der Älteste fest, er war aber auch schon zwölf Jahre alt, »nein, die Pferde.

Plötzlich fanden sie sich alle befriedigt. »Die Pferde sind schuld«, rief Annette den beiden Kindermädchen entgegen, die nun auch eintrafen. »Die Ferde sin dudange«, lachte das Büble, und alle lachten mit.

Unterdessen hatte Ulricus alle Mühe, den Galadegen wieder in die Scheide zu bringen. Als es ihm endlich gelungen war, nahm er Liesels Kopf in den Arm, sagte, ohne selbst zu wissen, wen er damit meinte, die Pferde oder die Kinder: »Laß sie laufen!« und küßte mit kleinen zarten Küssen ihr verweintes Gesicht ab, bis endlich, endlich der Sonnenaufgang auf dem kleinen Naturtheater gelang und Liesel lächelte.

»Wenn wir in die Stadt kommen, ist der Napoleon schon längst wieder fort.«

Er flüsterte es ihr ins Ohr, als wäre das von ihm eine ungemein zärtliche Liebeserklärung. Die Pferde waren in Trab, dann in Schritt gefallen. Ulricus reichte Liesel kleine Batisttücher aus ihrem Beutel, einen Spiegel und Kölnisches Wasser und Puder, zupfte ihr Kleid zurecht, strich und bügelte, bis sie sagte: »So, jetzt bin ich wieder schön« und sich nun ihrem Gatten zuwandte und ihn unter Scherzen schnell so herrlich herrichtete, wie er bei der Abfahrt gar nicht gewesen war.

Darauf saßen sie aufrecht nebeneinander wie auf einem doppelten Thron, genossen des goldenen Tages, der zwischen Schwarzwald und Vogesen in der blauen Luft hing, und gaben in den Ortschaften acht, daß sie keinen Gruß übersahen.

Sie stiegen in ihrem kleinen Stadthaus ab, das fast das ganze Jahr allein von einer alten, halbblinden Köchin bewohnt war. Ulrichs verstorbene Mutter hatte ihr, mit einer kleinen Leibrente, das Wohnrecht im Dachgeschoß vermacht, und es herrschte dort, auch außerhalb der wenigen Wochen, wo Mitglieder der Familie sozusagen bei Kathrin zu Gast waren, ein abwechslungsreiches, geselliges Leben. Denn diese empfing nicht nur ihre persönlichen Freundinnen, sondern auch ältere Köchinnen der Stadt, soweit sie in herrschaftlichen Häusern dienten und Kathrins gesellschaftlich bevorzugte Stellung anerkannten. Allerdings, für die Zeit, wo die Herrschaft bei ihr wohnte, blieben ihre Salons geschlossen, aber nur aus dem Grund, weil sie durch die Führung des Regiments im Haus vollauf in Anspruch genommen war.

Kathrin begrüßte das Ehepaar in der Mitte ihrer Küche mit einem Hofknicks, worauf sie Liesel die Hand küßte und, Ulrich mit ihren Blicken festhaltend, ungeduldig wartete, bis Madame die Küche verließ. Kaum hatte sich hinter Liesel die Tür geschlossen, da griff sie Ulrich mit beiden Händen in die Haare und zog ihn in ihre Arme, die sich alsbald gewaltig um ihn legten, und eine Minute lang ergoß sich aus Höhen der Verzückung ein Gewitter auf den armen Baron, der sich dessen heute viel weniger zu erwehren wußte wie vor dreißig Jahren, obwohl ihm mit jedem Jahr mehr vor dieser Minute bangte. Entzog ihm doch jedes Jahr ein Stück mehr von der Waffe des Kindes, jenes »Sesam öffne dich«, das darin bestand, daß er Kathrin schnell ins Ohr oder in die Nase biß und aus dem berstenden Turm entfloh. Kathrin aber war mit jedem Jahr mehr überzeugt, es spreche in dieser Verzückung die Stimme der toten Mutter zu ihrem Sohn, um ihn, über die Befriedigung einer erlaubten Zärtlichkeit hinaus, auch noch mit den Ermahnungen und Erquickungen der heiligen Kirche zu versehn.

»Du Erzengele, du Heiligebildle« – sie sagte volkstümlich: Helje – »Jetzt hasch au no de badische Staat gegründet! Gott lohn es dir, Büble! Und der Napoleon hat bei euch g'schlofe, und er hat dich zum Fürscht mache wolle, und du hasch nur auf unser Wappe gezeigt, wo steht: ›mir han genug‹, und er hat sich g'schämt, der groß Kaiser, g'schämt hat er sich vor meim Büble und hat nix g'sagt, als, er war grad so gern e Rheinweiler und so en alter kaiserlicher Baron, grad so gern, hat er g'sagt, und noch lieber, als nur so e frisch ausstaffierter Kaiser. Da hat der Papscht selber gelacht, wie sie's ihm hintertrage habe, und die selig Mutter im Himmel, du mein Herzensschätzle. Die ganze Stadt isch voll von dir …

Sie schrie, daß die kupfernen Kochtöpfe an den Wänden hinterher brummten, denn weil sie blind war, hielt sie die andern für taub.

Endlich öffnete sie die Arme, stieß ihn fast von sich:

»Lauf, du Kardinalsbub, lauf naus und hör', was sie von dir sage!«

Im Gang hörte er sie noch hinter ihm herschreien:

»Daß du mir aber demütig bleibsch vor dem Herrn!«

Am Abend hielt Ulricus mit Liesel seinen Einzug in die Gesellschaft. Man empfing ihn derart, daß er scherzhaft ausrief:

»Aber, aber, meine Herren, ich ziehe hier doch nicht durchs Brandenburger Tor ein.«

Als aber ein Esel im Laufe des Abends so weit ging, Ulrichs Genie über das Napoleons zu stellen, hob jener, um nicht die allgemeine Munterkeit sowie die eigene durch eine entsprechende Antwort auf die grobe Schmeichelei zu stören, das Gespräch vielmehr endlich von sich abzulenken, bedeutungsvoll den Finger in die Höhe und sprach feierlichen Tones in die Stille:

»Gottvater hat einen Sohn,
Und der heißt Napoleon.«

Und damit begann das Ende seines politischen Glücks.

Ein Bischof erhob sich und verließ den Saal. Drei, vier Herren versuchten zu lachen, aber die Damen blickten auf die offene Tür, worin der Mann Gottes verschwunden war, was immerhin zur Folge hatte, daß niemand ihm nachfolgte. Einige gingen, mit abfälligen Rücken, beiseite, ja, es bildeten sich sogar Gruppen solcher Rücken, und die andern, es war dies die Mehrzahl, sahn einander und Ulrich fragend an. Dessen Blick aber kam auch nicht schnell genug von jener Tür los, denn daß ein Bischof gerade vor einem Rheinweiler ausrückte, gleichsam der Kirchturm aus dem Dorf, erschien ihm als eine unfaßliche Tollheit.

»Das war eine verkleidete Betschwester«, sagte er schließlich. »Ein Mann der Kirche kann nicht so dumm sein.«

Der Rücken eines Kavaliers in französischer Generalsuniform drehte sich um, es war der Graf Breisach, der höflich erwiderte:

»Pardon, lieber Baron, es war dein Vetter – mein Bruder.

Da ging Ulricus mit ausgestreckter Hand auf ihn zu und, lachend:

»Ich ahnte es wohl. Aber ich hätte Rom gegen Altbreisach gewettet, daß ich mich täuschte. Von tausend Scherzen war dieser Gottessohn der erste, den wir in der Verwandtschaft mißverstehn. Er hat es halt in sich, der Napoleon. Sein Name ist Streit.«

»Übrigens«, wandte er sich an die Damen, »es ist gar kein Scherz, sondern der Kehrreim eines Soldatenliedes, das ich vor einigen Tagen auf der Rheinweiler Schiffbrücke gehört habe.«

Breisach klatschte unhörbar in die Hände:

»Bravo! Gut! Gut! Erzähle!«

Und um zu zeigen, mit wieviel Behagen er sich die zu erwartende Lügengeschichte anzuhören gedenke, ließ er sich mit leicht gebreiteten Armen langsam in einen Sessel nieder ...

Nun befand sich in der ganzen Gesellschaft, meinen Großvater eingeschlossen, niemand, der Napoleon so hitzig verehrt hätte wie gerade der Graf Breisach, übrigens mit besonderm Grund, hatte er doch als Führer einer Kavalleriebrigade unter dem Befehl des Kaisers gefochten. Auch trug er heute abend die große Uniform. Aber gerade daher rührte der Gegensatz zwischen ihm und meinem Urgroßvater: Breisach feierte in Napoleon den größten Soldaten aller Zeiten, Rheinweiler dagegen das erste Verwaltungsgenie, das die Welt seit den Cäsaren gesehn.

Breisach erklärte meinem Urgroßvater stundenlang Napoleons Schlachten, wobei er behauptete und bewies, daß der Kaiser sich der

Artillerie nur als einer Nebenwaffe zur Unterstützung der Kavallerie bediene. Mein Urgroßvater machte Breisach die Verwaltungsreformen klar, die Europa erst wieder auf den Stand der Organisation gehoben und natürlich, der Zeit gemäß, darüber hinaus, bei dem die großen Römer es verlassen.

Sie stritten. Sie bildeten Parteien.

Breisach liebte seine engere Heimat die fünf Wochen im Jahr, die er auf seinem Gut verbrachte, und wenn er in Pariser Salons vom Schwarzwald erzählte. Das ganze Jahr aber liebte er die Kavallerie. Was konnte er vom neuen badischen Staat viel Gutes für sie erwarten? Wenn ihn einmal nicht gerade Paris blendete, so blickte er nach Berlin, der Heimat des nächstbesten Kavalleristen, dem er leider gewisse Schwächen vorwerfen mußte, die man an Napoleon vergeblich gesucht hätte, wie Hang zum Flöteblasen und zur Literatur: »die Totengräber seines Genies«. Wenn nach der napoleonischen noch einmal eine große Armee aus dem Boden wachsen sollte, dann vermutlich dort oben.

»Wo«, fuhr mein Urgroßvater fort, »auch die guten Kartoffeln gedeihn, während bei uns nur der Wein fortkommt.

Ulricus hatte die Proklamation der Menschenrechte in eigener Übertragung am Schloßtor Rheinweilers angeschlagen und seine Bauern mit den Reden Mirabeaus und Dantons bekanntgemacht als den neuen Evangelien oder richtiger: deren Exegese – nicht aber, ohne den katholischen Teil der Rheinweilerer Christenheit darauf hinzuweisen, das Verhältnis zwischen der Revolution und der römischen Kirche wäre noch nicht abgeklärt und man ließe deshalb diesen Dingen am besten ihren Lauf, abwartend, wie und wann der Nachfolger des Menschenfischers seinen Fischzug täte … Der Tag konnte nicht fehlen! Als der erste Führer stürzte, verstand er sofort, daß die andern folgen würden, und bereitete Liesel schlaflose Nächte mit seinem Haß auf Robespierre. Und alle die geliebten Köpfe fielen, Danton, Desmoulins, Westermann, einer nach dem andern! Der Frühling der Welt ersoff in Blut! Wildgewordene Schulfüchse regierten an Stelle der geborenen Herren. Regierten? Sie rächten sich. Das Tintenfaß speiste die Guillotine, der Bakel führte Krieg. Schon hatten sie die Göttin der »Vernunft für Spießer« aus dem Bordell geholt, wohin sie von je gehörte, wo sie zu Hause und an ihrem Platze war, und suchten nach einem Felsen Petri für sie, die naseweisen Kinder, denen die Kommunion zu albern war, und ließen neue Liturgien für sie dichten und Symbole malen, gottesjämmerliche

Plagiate der alten, nur schlecht geschrieben und, was die Malerei anlangte, vom Modell in Gips genommen. Schulfüchse, die sich für gottähnlich hielten, weil sie über die Bajonette und Kanonen im Land geboten und jeden umbringen konnten, der widersprach oder auch nur einfach den Mund hielt!

Von alledem begriff Breisach wenig. Um so lebhafter stimmte er bei, wenn sein Vetter das Auftreten Bonapartes mit den Worten schilderte: »Er war schon lange da und lauerte, er sah wenig, aber er wagte, er siegte, der Frechdachs, und schau mal an, es war ein junger Mann mit Geschäftsblick.«

Doch ließ das letzte Wort ihre Diskussion von neuem aufflammen. Breisach haute auf den Tisch: »Kavallerie! Kavallerie!! Was soll da der Geschäftsblick?! Was machst du mit dem Geschäftsblick ohne Kavallerie?«

»Ich hole«, antwortete mein Urgroßvater, »ich hole Kanonen.«

»Hilfswaffe!« brüllte Breisach, außer sich.

»Richtig«, fuhr mein Urgroßvater fort, »kam dann das Konkordat. Er ließ sich, per procura, vom Papste krönen. Es war also dennoch Sommer geworden, ein Sommer, von Gott gesegnet. Meine Bauern freuten sich und ich auch.«

»Ja«, stimmte Breisach zu. »Die überschätztesten Generäle der Welt sind Rapp und Murat. Rapp gäbe wenigstens einen passablen Veterinär ab. Aber Murat ist nur ein Pferdedieb.«

»Nur?«

»Nur!«

»Es muß ein schlechtes Geschäft sein, wenn einer nicht Kenner ist.«

»Glänzend! Sie bringen es, sie bringen es ... fast bis zum Kaiser.«

Mein Urgroßvater erhob sich und nahm einen Leuchter vom Kamin. »Und die Kenner?«

»Die Kenner kriegen nie mehr als eine Brigade.«

»Gute Nacht, Vetter«, nickte Ulricus, »wenn du erlaubst, geleite ich dich in dein Zimmer.«

So ungefähr pflegte das obligate Gespräch der Vettern über Napoleon seit Jahr und Tag zu verlaufen. Zuletzt war jedoch eine Verschärfung des Gegensatzes eingetreten. Als Breisach seinen Abschied genommen und sich »vorläufig« auf sein Alt-Breisacher Gut »zurückgezogen« hatte, sahen die beiden einander öfter, zumal Breisach, sein Exil auf den Buckel nehmend, von einem Verwandten zum andern im Lande herumzog und jeden Monat etwa in Rheinweiler vorkam. Bald warfen sie einander vor, Napoleon zu vergöttern, »als ob ein genialer Kavallerist nicht Manns genug wäre!«, trotzte der eine, der andre: »als ob ein Mann, der einen Erdteil erneuert hat, ein Schulfuchser wäre!«, und schließlich schieden die beiden voneinander wie von einer Krankheit. Ulrich blieb in Rheinweiler, diesem Mittelpunkt der Welt, mit einem Garten darum: dem neuen badischen Staat, und arbeitete an einem Kommentar zum Code Napoleon, der im Großherzogtum Baden eingeführt werden sollte. Inzwischen trug Breisach ihre Auseinandersetzung im Lande herum, wobei er den Part seines Vetters, wie man denken kann, mit weniger Überzeugungskraft vortrug als seine eigene Rolle.

So war es dazu gekommen, daß ihr letztes Beisammensein vor dem heutigen Abend ein beinahe feindliches Ende genommen hatte. War doch Ulrico beim Abschied »als sein letztes Wort entfahren, ein Soldat sei überhaupt kein Mensch, sondern eine Funktion, und überdies habe von allen Waffengattungen die Kavallerie die geringste Zukunft. Vom zornbebenden Vetter um die Angabe näherer Gründe ersucht, hatte Ulrich den Kopf geschüttelt und auf dem Weg zum draußen wartenden Reisewagen nur hinzugefügt:

»Was könnten meine Gründe dir bedeuten! Man braucht dich nur einmal in deiner schönen Uniform gesehen zu haben – die ist ein Grund, gegen den ich mit allen den meinen nicht aufkomme, nicht nur bei den Damen.«

Da hatte Breisach allen Ernstes gedroht, so lange nicht wiederzukehren, bis nicht der Vetter die ungeheuerliche Beleidigung einer ganzen Waffengattung (von seiner Person sah er dabei ab) in einem Rundschreiben an sämtliche Verwandten zurückgenommen.

Und nun saß er da, der schöne General, im glänzenden, duftenden Saal, gerade unter dem Kronleuchter, in der Mitte aufgeregter Damen, die nun nicht mehr nach der Tür, sondern alle auf ihn blickten, wie er mit großartiger Arroganz den Rheinweiler auf die Bühne stellte.

Er beugte sich ein wenig vor und legte die Hand ans Ohr ...

Ulricus begann: »Mein geliebter Vetter glaubt nur an das Gesetz des Kavalleriesäbels, mir scheint eines für die Richter besser ...«, und trug, bei dieser ersten und vielleicht nie wiederkehrenden Gelegenheit, den allbekannten, aber bisher immer nur vom Gegner plädierten Prozeß mit dem Vetter vor, in guter Laune und also witzig genug, daß schon beim zehnten Satz nicht mehr er, sondern der Breisach auf der Bühne stand und alle Bewegungen und Sprünge machen mußte, wie der Vetter die Schnüre zog. Liesel, die eben noch vor Scham einer Ohnmacht nahe gewesen, verliebte sich auf einmal wieder und diesmal vor lauter Stolz in ihren Mann, ja, sie vergaß sich völlig und klatschte mit den andern Beifall und rief sogar einmal, als Ulrich dem militärischen Genie Napoleons ehrerbietigst zu Leibe rückte: »Bravo!«

»Recht hast du, Liesel!« fielen da ihre Freundinnen ein, »brav so, Liesel!« und die klatschenden Herren, auf das hingerissene Gesicht mit den großen, nassen Augen aufmerksam gemacht, wandten sich weiterhin klatschend, aber gedämpfter jetzt und in huldigender Haltung zu Liesel, die erschrocken aufsprang und zehnmal so schnell zur Tür hinauslief, wie der Bischof sie durchschritten hatte. So war ein Loch mit einem andern gestopft, und Ulrich verließ den Saal als der »beste Mann im Badener Land«.

»Aber, aber«, wehrte er spöttisch, als die Herren ihn bis zur Treppe geleiteten, »ich ziehe doch nicht durchs Brandenburger Tor ab.«

Auf der Mitte der Treppe drehte er sich um und winkte zurück:

»Messieurs, ich hoffe Ihnen allen eine Freude zu bereiten, wenn ich Ihnen verspreche: ich komme wieder!«

Zu Liesel in den Wagen steigend, sagte er indessen:

»Nein, ich bin sie leid. Wir präsentieren uns morgen der Herrschaft und trotten übermorgen heim. Der badische Staat steht auf eigenen Füßen, er braucht mich nicht mehr, er braucht nicht einmal mehr den Napoleon. Und, Liesel, wenn der Kaiser stürzt (und natürlich stürzt er eines Tages, denn vorher gibt er keine Ruhe, der Engländer übrigens auch nicht), so bin ich's gewesen, der ihn den Badenern aufgehalst hat … Am besten, wir bleiben gleich daheim! Aus Rheinweiler vertreibt uns keiner. Einsam –«

Liesel lachte ihr dunkles Mädchenlachen:

»Einsam? Wir haben acht Kinder!«

»Richtig, Liesel! Wenn der Kommentar fertig ist, beteilige ich mich am Geschäft unseres Schulfuchsers. Ich erziehe meine Kinder. Sonst, wenn ich nicht aufpasse, wird mir das eine oder andre gar noch Kavallerist …«

Am folgenden Morgen fuhr das Ehepaar, von Posaunenstößen geweckt, aus dem Schlaf. Es war Kathrin, die erst leise die Fensterläden geöffnet, dann aber losgeschrien hatte:

»Bübel, was hasch ang'stellt?! Blamiert hasch dich vor Welt und Kirche. Den hochwürdigen Herrn Bischof und Grafen von Breisach hasch mit deine Blaschfemien aus dem Saal g'jagt. Hab ich dir's nit g'sagt: daß du mir demütig bleibsch vor dem Herrn?!«

»Du lieber Himmel!« stöhnte Ulrich, während er sich die Augen rieb.

»Herum isch mit dem Himmel«, antwortete die Posaune. »Jetzt könnt Ihr in der Hölle braten – wenn ich euch nit herauszieh'.«

»Kathrin«, sagte Ulrich leise, »Kathrin, meine Frau weint, weil du so schreist.«

Sie taumelte wie vom Schlag getroffen. »Oh!« entrang es sich ihrer Brust. Sie schlug die Hände vor den offenen Mund, nickte heftig, tastete sich rückwärts aus dem Zimmer.

Jedoch der Reisewagen mit den Rheinweilern rollte noch auf der Basler Landstraße, da hatte Kathrin bereits ihre Salons geöffnet. Die drei Zimmer des Dachgeschosses waren überfüllt. Der Tee dampfte aus chinesischen Schalen, wie sie manche der eingeladenen Damen noch bei keiner Herrschaft gesehn hatte. Große Teller mit Selbstgebackenem machten die Runde. Kathrin schritt von Zimmer zu Zimmer, wies auf die Konfitürgläser und schrie: »A Dischkretion!«

Sie wollte sehn, wer stärker sei: der ehrwürdige Herr Bischof und Graf von Breisach oder sie. Die großherzogliche Herrschaft hatte sich zwar außerordentlich gnädig gezeigt, und die Kavaliere hatten gekuscht ...

»Gekuscht«, erklärte Kathrin, »wie die Hundel vor dem Löb.« In der Tat fand sich niemand, Ulrich zu verteidigen, denn keiner griff ihn an. Kathrin erfuhr am gleichen Tag und noch bevor das Ehepaar zu Hof gefahren, daß die Breisach die Parole ausgegeben hatten: »Kein Wort mehr von ihm. Ein toter Mann, begraben in Rheinweiler. Amen.

Soso? Nun, um so lauter sprach Kathrin »von ihm«. Vor dieser Stimme konnte kein gutes Haus der Hauptstadt sich verschließen, sie tönte und stieg bis zum Thron. Es war die Stimme des Volkes in Person. Laut und unermüdlich, zwang sie auf die Dauer jeden Gegner nieder, drückte ihn an die Wand, blies ihn in den Weltenraum. Kein Zweifel, vorerst und für geraume Zeit siegte Kathrin über die Breisach und ihren Anhang. In den Salons sang man das Napoleonslied der elsässischen Rekruten spaßeshalber zur Harfe. Ulricus war und blieb der »beste Mann im Badener Land«.

Bald konnte Kathrin ein Festessen geben, für das sie ein besonderes Dankgebet »zur Abwendung von Verleumdung- und Leibesschaden« aus ihrem fettgedruckten Gebetbuch herausgesucht. Noch nie war soviel »von ihm« die Rede gewesen! Die Breisach selbst sprachen von nichts anderm. Kathrin diktierte einen Brief, der mit Extrapost nach Rheinweiler abging. Darin teilte sie der ewig hochzuverehrenden freiherrlichen Herrschaft mit, es sei ihr mit Gottes Hilfe geglückt, den Herrn Baron respektvollst an den Haaren aus der Hölle herauszuziehen und ihn wieder an den Platz zu stellen, welchen die selige Frau Mutter für ihn bestimmt, nämlich an den Rand und vor ein Gartenpförtchen des Himmels ...

Der General Breisach hatte seinem Bruder, dem Bischof, versprechen müssen, fortan bei seinen Familienrundreisen Rheinweiler zu überschlagen. Er traf fast gleichzeitig mit Kathrins Extrapost dort ein.

»In keinem Haus Badens herrscht eine solche Arbeitsluft!« versicherte er ein über das andere Mal und rieb sich vergnügt die Hände.

Schließlich gestand er Liesel, er arbeitete an einem Werk über die »Artillerie als Hilfswaffe für die Kavallerie«. Ulrich schlug vor, ihm Bücher für seine Arbeit aus Basel besorgen zu lassen, der Vetter dankte mit Tränen. Täglich mehrmals ging er auf die Basler Landstraße hinaus, um nachzuschauen, ob die Bücher kämen. Als sie eintrafen, murmelte er etwas von einem schlechten Traum, den er die vergangene Nacht gehabt, und reiste bekümmert ab.

Ulrichs Kommentar erschien. Kathrin bekam ein Exemplar durch die Post. Sie konnte es nicht lesen, aber die Herrschaften der Hauptstadt rissen sich bei ihren Köchinnen um das Buch. Bald war es spurlos verschwunden. In diesen Tagen verkaufte der Buchhändler mit seinem Nachbar, dem Bäcker, um die Wette. »Kein Wort mehr von ihm!« höhnte Kathrin und streichelte vor dem Einschlafen das Extraexemplar, das, wie gerufen, im rechten Augenblick zu ihr zurückgefunden und statt seiner die zahlreichen Exemplare des Buchhändlers ins Treffen gebracht hatte.

Die letzten des Geschlechts

Langsam, zögernd sprach sich die Kunde von Napoleons Sturz im Land herum. Niemand freute sich. Zuviel Badener hatten, mit Recht oder

Unrecht, für den Kaiser geglüht, er hatte ihnen einen schönen Staat geschaffen, sie hatten dafür bezahlt. Viele waren für ihn gestorben, darunter der General Breisach an der Spitze seiner alten Brigade. Zwischen Napoleon und Baden stand die Rechnung glatt. So nachsichtig sind die Völker für ihre großen Quälgeister.

Nein, niemand freute sich.

Kaum daß Ulrich Rheinweiler sich der vielen Besucher erwehren konnte, die von beiden Seiten des Rheines ankamen, um von ihm ein billiges Wort über den erlegten Jäger zu hören.

Es kamen aber auch andre. Nach einem Auftritt mit bourbonengläubigen Verwandten aus dem Elsaß, die mit Halaligeheul bei ihm eingebrochen waren, wie er gerade mit dem Bischof Breisach und einigen Freunden bei stiller, ernster Gedenkrede beisammen saß, hatte er sein Haus für immer geschlossen. In seinem Schmerz schrieb er das kleine, viel später berühmt gewordene Buch »In Memoriam«, über »Napoleon als Verwalter«. Er zog seine Kinder auf, deren er nun vierzehn besaß, und sie allein schon verhinderten, daß die Eltern vorzeitig alterten. Die Urgroßmutter bewahrte ihr Marquisenfigürchen bis ins Grab, und meine Mutter hörte ihr weiches, dunkles Mädchenlachen zum letztenmal, als Liesel eines Wintertags auf der Durchreise nach Paris in Breuschweiler vorsprach. Sie war fünfundsechzig Jahre alt und begleitete ihren Gatten in die französische Hauptstadt, wo er auf oft erneuerte Einladung der Akademie über sein Lieblingsthema lesen sollte. In Paris erkrankte sie an einem »bösen Fieber«. Ulrich reiste mit ihrem Sarg nach Rheinweiler zurück.

Er begrub Liesel nicht in der Kapelle, sondern im Park, den er darauf in jahrelanger Mühe ganz und gar umgestaltete. Aus hohen Bäumen, die in englischer Art geordnet sind, blickt ihr Grab über hängende Blumengärten und durch das Parkgitter auf den Rhein.

Er selbst wurde sehr alt, und er erlebte es noch, daß er unter seinen Standesgenossen »der Franzos« hieß, und daß Narren neben andern Verkehrtheiten zu erzählen wußten, er, der Baron von Rheinweiler, sei es gewesen, der Napoleon »nach Baden gerufen und damit alles Unheil verschuldet« habe. »Es konnte nicht fehlen«, dachte er in Erinnerung an das prophetische Wort, das er einmal zu Liesel gesprochen. Das Volk hielt ihm ruhig die Treue, wenn es ihn auch ein wenig überlebensgroß sah, wofür man vielleicht am meisten die aus der Hauptstadt wieder aufs Land verzogenen Köchinnen verantwortlich machen muß, die durch Kathrins Schule gegangen. Deren Stimme wollte nicht sterben, obwohl ihre Person längst vermodert war.

Von seinen Buben wurden nicht weniger als drei Kavalleristen. Er hat dieser lebendigen, in sein eigen Fleisch und Blut gekleideten Torheit mit friedlichem Lachen ins Gesicht gesehn. Ein vierter folgte als Bischof dem Breisach nach. Ein fünfter ging, wie er schon einmal als Kind heimlich bis nach Basel gelaufen war, als Jüngling nach Amerika und blieb über den Tod des Vaters hinaus verschollen. Er kam mit Frau und Kind und einem Haufen wilder Pferde und auch, wie es hieß, mit beträchtlichem Gelde zurück und kaufte rings um Rheinweiler so viel Land zusammen, bis es sich lohnte, das Gut zu Pferde abzureiten. Von ihm rührt auch das geraniumrote Dach des Schlößchens her. Er hieß ebenfalls Ulrich und war der Vater meiner Mutter.

Er hatte eine lustige, verwegene Art, erzog seine Mädchen auf dem Rücken der Pferde, als habe er sie zu Zirkusreiterinnen ausersehn, und sperrte die Knaben in katholische Internate, gespannt, ob sie von dort durchbrennen würden oder nicht. Im Ablauf des Jahres rutschten alle Bauern Rheinweilers einmal zu ihm zu Tisch, er saß auch mit ihnen im Wirtshaus und versuchte ihnen zu erklären, was ein Cowboy und was ein Farmer sei. In einen von beiden hätte er am liebsten alle ihm erreichbaren Menschen, wenigstens äußerlich, verwandelt.

Die meisten Winter, gleich nach Weihnachten, brach er, »um sich auszulüften«, nach Amerika auf, kam aber immer nur bis Rom, Paris oder London, je nachdem, welchen Weg er für seine Amerikareise gewählt.

Von seinen oberrheinischen Standesgenossen hat er, mit Ausnahme der nächsten Verwandten, sein Lebtag keinen einzigen wissentlich zu Gesicht bekommen, und er leugnete zu wissen, was ein Großherzog, was Würdenträger und überhaupt, was ein »Hof« sei. Sooft jemand die Rede darauf brachte, rief er in echter Verzweiflung: »What is it?«, Worte, aus denen die Bauern eine Art Beschwörungsformel heraushörten. Sie hielten dann ehrfürchtig an sich, wie man vor einem unverständlichen, aber zweifellos traurigen Familiengeheimnis mit dem Hut in der Hand stillsteht, und warteten, bis Großvater das Schweigen brach.

Dies war nun der »Amerikaner« der Familie, der Sohn Ulrici Rheinweilerii, und als er starb, hielten sich die Pappeln, die sein Vater nach Rheinweiler hineingepflanzt hatte, sicher schon recht gut. Jetzt aber sind sie gewaltige Kerle geworden, die um das geranienrote Schlößchen herumstehn und immer weniger Lust zeigen, in Reih' und Glied zu den andern zurückzutreten, die ihren nicht minder feierlichen, aber zweifellos eintönigeren Dienst beim Rhein versehn.

Die Männer des Geschlechtes sind tot. Tante Sidonia sorgt dafür, daß das Wappen über dem Haustor in gutem Zustand bleibt. Alles andre beginnt langsam zu verfallen. Sie wiederum führt den Spitznamen: »Die Russin«. Warum? Sie hat einen Teil ihrer Mädchenzeit in Rußland verbracht. Aber ich weiß eine tiefere Bedeutung …

Sie ist unverheiratet, und ihr vordem schönes Gesicht hat ein wildes Gebet versengt und verwüstet. Ihre Jugendbildnisse schauen sie an wie frohe, schuldlose Geschwister, die sie an den Teufel verraten hat. Zu ihrer stündlichen Strafe beläßt sie sie an den Wänden ihres Zimmers. Es ist das Zimmer, wo eines Nachts Ulricus aufwachte und die elsässischen Rekruten auf der Schiffsbrücke singen hörte: »Gottvater hat einen Sohn, und der heißt Napoleon« und sich sagte: »Ein kleiner Makkaronioberst Gottes Sohn? Warum nicht!«, von Herzen lachte und im Weiterschlafen noch fühlte, wie er die Schwelle eines lichten Traums betrat.

Um diese Schwelle kämpft Sidonia nun schon ein halbes Menschenleben lang vergeblich. Einmal war sie im Begriff, sie zu überschreiten, da stürzte ein Mensch mit durchschossenem Kopf darüber hin, und dort liegt er, und sie bekommt und bekommt ihn nicht fort, ihr verzweifeltes Gebet ist nicht stark genug, ihn aufzuheben … Sie ist durch das Fegefeuer gegangen, soweit sie konnte, sie hat die Welt in Flammen gesehn und sich hineingestürzt, so tief es ging, und aller Schmerz hat sie nicht zu entsühnen vermocht. In einem Zimmer des Hotels Danieli zu Venedig liegt er vor ihren Füßen, sie flieht noch immer vor dem Anblick, aber sie muß an ihm vorbei, es gibt keinen andern Weg ins Freie, niemand will ihn aus dem Wege räumen, immer mehr schwindet ihr die Kraft, bald wird sie sterben, sie kommt nicht hinaus, kommt nicht zu Gott …

Auch ich habe ihn liegen sehn, den schönen Russen, ich war vierzehn Jahre alt, im Gange des Hotels wartete Maria Capponi, daß ich aus dem schrecklichen Zimmer herauskäme. Sie war ein Jahr jünger als ich, und tags darauf tauschten wir unsern ersten Kuß.

Wie viele sind dieser ersten Liebkosung in unserer zwanzigjährigen Freundschaft gefolgt und von wie verschiedener Art! Lieben wir einander? Haben wir – nicht uns, sondern einander je geliebt? Oder nicht vielmehr nur unsern Sinnen, unserm Geschmack, unsrer Phantasie mit Kunst geschmeichelt und uns, ach ja, uns sehr geliebt?

So viel weiß ich: enthielte unsre Liebe von der Inbrunst meiner armen Tante auch nur den hundertsten Teil – wir würden wahnsinnig, gingen miteinander in den Tod, nein, wir ertrügen es nicht!

Eine Heckenrose zwischen heissen Steinen

Diese Nacht ist farbiger Tau gefallen, der an der Sonne nicht vergeht: die Primeln blühn! Im Gebüsch am Waldrand blitzen bunte Anemonen, und an den sonnigen Plätzen breiten sich Hyazinthen und gelbe Narzissen aus. Die schönsten Narzissen, die Dichternarzissen, haben ihren Kelch noch nicht geöffnet, doch duften sie schon weit hinaus.

Die Kaiserkronen, gelb wie unreife Zitronen und rostbraun, riechen nach Tiger unter den parfümierten Veilchen.

Unter dem Blütenfall der Blutjohannisbeere schäumt die japanische Schneekirsche. Von dort fließen die Krokusse über den Rasen und bilden einen See, der morgens im Dampfe wogt ... Sind sie nicht wie die letzten Kreuzzügler, diese Krokusse? Gelb, rot, blau, lila, purpur, weiß waren die Farben. So licht sind sie, daß man sie als Farbe entdeckt. Das ist die Farbe Rot, das die Farbe Gelb, das die Farbe Weiß reiner als in den Pokalen der Drogisten, und dies das katholische und apostolinische Lila. Wenn man sie später am Tag sieht, fröstelt man leicht. Es ist ein wenig zu hell, ein wenig zu luftig auf dem Rasen! Die Tausendundeine Nacht, über der es plötzlich Tag geworden ...

Hoch oben im Wald, zwischen heißen Felsen, habe ich eine Heckenrose gefunden, die schon blüht. Ein Wunder!

Man hat gut sagen, der Mensch sei so alt, wie er sich fühle. Es gibt einen Hauch auf der Haut, der noch der Lebensodem selbst ist, Knaben, Mädchen, in rosigen Morgenwind gekleidet, Tage mit einem Nachgeschmack wie von Erdbeere und Pfirsich. Man lebt sie nicht zum zweitenmal.

Als man sie aber lebte, wußte man nichts davon. Unser schönstes Alter gehört nicht uns, sondern den andern. Wir stehn alle unser Leben lang als Bettler davor ...

Jacquot, du weißt nicht, wie köstlich du bist!

Götterfahrt

Es regnet wieder, der Wald trieft von Wasser. Unmöglich, das Haus zu verlassen. Ich versuche zu arbeiten.

Doch ist »arbeiten« zu viel gesagt oder zu wenig. Arbeit setzt ein Pensum voraus, etwas »Zugewogenes«: morgens findet man es in der Wage vor, und abends muß die leere Schale so weit gefüllt sein, daß sie mit der andern, darin die Gewichte liegen, in der Gleiche schwebt. Das ist die schöne Form der Arbeit, ihr Rhythmus hat etwas geheimnisvoll Wohltuendes für den Menschen – vielleicht weil er sich damit in ein Gesetz einfügt, mit dem, bis in die hinterste Ecke des unsern Blicken erreichbaren Raumes, alles Geschaffene zweifellos Tritt hält. Jacquot, Grether Fritz und Kathrin mit Sonne, Mond und Sternen. Auch unsre Katzen. Und die verdammten Wühlmäuse, die zwei junge Pfirsichbäume im Garten abgesägt haben, köstliche Venusbrust-Pfirsiche, ein Geschenk Vetter Leos, dieses bedeutendsten Pomologen unter den Generalen.

Dann gibt es aber auch Arbeit, die weder eine Zeiteinteilung noch eine andre Grenze kennt als den Tod – wilde Stunden- oder Jahresrennen, bei deren Beginn die Gewichte der Uhren ausgehängt werden. Man sieht nicht ab, was einem zugemessen, man strömt sein Blut in Schweiß aus und hört es tropfenweise in die dunkle Schale fallen. Wir Kinder der Zeit kennen alle Arbeit, deren ein Mensch fähig ist ... Wir haben sie alle getan. Unsere Nachfahren können uns nur übertreffen, wenn sie die Arbeit verlernen. »Der Fortschritt«, sagte Vetter Leo damals in Breuschheim, »der Fortschritt ist ein Rosenkranz, er geht im Kreise.«

Was nun meine Arbeit anbelangt, so gehört sie zur ersten Art durch die Befriedung des Gewühls in meiner Brust, die ich von ihr erhoffe, zur zweiten durch die Ferne und Ungewißheit des Ziels. Ich versuche, mich aus den Trümmern einer Welt herauszuarbeiten, mit nichts als einer kleinen Feder. Die Arbeit begann, als ich mich zu meiner eigenen Überraschung hinsetzte, um an Maria zu schreiben, und jetzt muß ich fortfahren – bis zu irgendeinem Ende.

Wenn ich aufblicke, sehe ich das Bildnis Ulrici auf der einen Seite der Tür, auf der andern die Kopie nach dem Erasmus des jüngeren Holbein.

Diese hat Ulrich eigens für sich anfertigen lassen, aus Verehrung für den göttlichen Mann, versteht sich, aber wie ich muß auch er, mehr noch als die Gegenwart des Meisters, den tief beruhigenden Einfluß des Bildnisses empfunden haben, der wahrlich an Wachhypnose grenzt. So daß ich, stelle ich mir meinen Urgroßvater am Schreibtisch vor, in seiner sanguinischen Gestalt wie eine Spiegelung den zarten Umriß des schreibenden Erasmus zu erkennen meine. Sollte ich nicht am Ende, wie ich nun selber hier am Schreibtisch sitze, einer durchsichtigen chinesischen Schachtel gleich das Bild meines Urgroßvaters mitsamt dem darin beschlossenen Erasmusschatten enthalten? Wir alle verwahren wohl solche Schutzpatrone im Leib, blutsverwandte und andre, eine Unsumme Geist von längst Verstorbenen, uns Verbündeten und von Widersachern, deren innerste Kraft, durch uns vermehrt oder geschwächt, wir weiterleiten in jene tapferste, jene ohnmächtigste unserer Vorstellungen, die wir voll Selbstbewußtsein Ewigkeit nennen.

Sicher ist indes nur, daß ich mit Ulrich die Vorliebe für die Mythologie gemein habe. Ich besitze sein Gebetbuch, durch das mythologische Gestalten im Geschmack des 18. Jahrhunderts tanzen. Oberhalb und unterhalb eines jeden. Abschnittes schließen sich die Figuren zu lebhaften Szenen zusammen, und diese wie auch die Gestalten haben mit dem Inhalt des Kapitels auf keine als nur vielleicht eine heidnisch-okkulte Weise zu schaffen. Seine Vorliebe für körperlich beschwingte Interpretationen des Geheimnisvollen hinderte Ulrich nicht, katholisch zu leben und zu sterben, ja, ich bin gewiß, er empfand die kitzlige und tragische Nachbarschaft von Heidentum und Christentum keineswegs als ein bloßes, müßiges Gedankenspiel.

Als Junge wußte ich noch nichts von Urgroßvaters lustigem Gebetbuch. Hätte ich es aber zu Gesicht bekommen, ich wäre nicht im geringsten erstaunt gewesen.

Hatte mir doch die Vorsehung, wie vom seligen Ulrich selbst beraten, einen Freund bestellt, der, in der Kunst des Zeichnens geschickt, wohl gar imstande gewesen wäre, selbst solch ein Gebetbuch herzustellen. Er hieß: l'Abbé Simon und war mein Hauslehrer.

Bei der ersten Berührung mit der Mythologie bemerkte der Abbé mein Entzücken. Es rührte daher, daß plötzlich ein farbiger und bewegter Sommer in der heiligen Geschichte für mich ausbrach; meine Phantasie vergaß die Kopfhängerei und sprang über die Hecken, wo sie auf andre Kinder stieß und sogar auf Erwachsene, die den Zeigefinger nicht gebrauchten, um ihn als pedantische Propheten vorwurfsvoll aufzuheben, sondern die damit auf Schmetterlinge und, wahrhaftig, auf goldene Äpfel zeigten. Hinter jenen jagte man nun lachend her, diese stahl man still von den Bäumen. Überall waren Götter und Göttinnen in der Nähe, die es auf ihre Weise nicht anders trieben ... Der Abbé sprang mit, und er sprang gut. Da er sich einer hohen, hageren Gestalt erfreute, konnte ich, auf seinen Schultern reitend, sogar bis zu den Früchten der Birnbäume reichen; an die Apfelbäume kam man mit einem Luftsprung heran. Die Bäume dröhnten wie eine Sonnenorgel. Den ganzen Tag war Gottesdienst, der ganze Tag war heilige Geschichte, im leichten, sauberen Sinne von Ulrici Gebetbuch.

Ist es unter solchen Umständen verwunderlich, wenn ich bei meiner ersten Reise nach Venedig bald hinter Mailand auf mythologische Gestalten stieß?

Die Reise kam völlig überraschend, nicht nur für mich, nein, auch für die Rheinweiler Tante, denn wir waren nur nach Basel gefahren, damit ich, wie sie sagte, mein »Feriengefühl vertiefe«, was alljährlich durch Besuch des Zoologischen Gartens, des Museums, der Konditoreien und »etwas Hotelleben« geschah. Vom Hotelleben behagte mir am meisten das tägliche Vollbad. In Rheinweiler mußte ich es nämlich entbehren, weil meine Tante aus vielen Gründen, von denen ich allenfalls den einzigen unausgesprochenen, ihren Geiz, gelten ließ, die Verabreichung eines Vollbades an ein Kind für Erziehung zum Größenwahn erklärte und mir nur den Genuß einer nicht einmal halbgefüllten Wanne gestattete. Das nannte Tante Sidonia, mit englischer Aussprache, aufmunternd ein »Plantsch-Plantsch«.

Die Ferien, die ich in Rheinweiler verbracht, gingen also ihrem Ende zu, und weil ich unter der Führung der Tante in der Gutswirtschaft wieder einmal brav hatte »regieren« gelernt (von welcher Kunst man ihrer Meinung im »demokratischen« Breuschheim »nicht die ersten Buchstaben des Alphabets« verstand), sollte ich belohnt werden und mich in einer großen Stadt wie Basel »austoben« dürfen. Im Museum und im Zoologischen Garten war ich gewesen, auch in einigen Konditoreien, von denen mir die ganz dicht am Rheinufer gelegene Spielmannsche am besten gefiel, weil man in den geraniengesäumten Kojen wie auf einem Dampfer saß und, gemischtes Eis mit Schlagsahne schlürfend, geradezu glorreich den Rhein hinabfuhr, am Nachmittag aber sollten wir zu noch höherem Ziele aufbrechen. Dieses Ziel hatten wir bei der Rückfahrt vom Zoologischen Garten entdeckt, als wir am Zirkus der Familie Knie vorbeigekommen waren, von der Tante Sidonia voller

Hochachtung zu erzählen wußte, sie, das heißt die Familie Knie, habe vielleicht schon im kaiserlichen Rom Zirkus gespielt, so alt sei sie. »Die Familie Knie, das ist bester, alter Zirkusadel. Claus, das mußt du sehen! Nach dem Tee fahren wir hin.« So sagte sie, und ich stimmte laut den Triumphmarsch aus Aida an, in den Donja summend einfiel. »Schade, daß deine Mutter nicht da ist«, sprach sie dann. »Sie war auch schon bei Knie ... Claus, halte den Mund, die Leute schauen uns nach, man kennt mich in Basel.«

Nach dem Tee brachen wir auf. Wir steckten in der Windtür, die uns aus der Hotelhalle ins Freie schob, da wurde sie angehalten, und wir fühlten uns mit Gewalt ins Innere zurückgedreht. Was war los? Der Portier händigte Tante Sidonia eine Depesche ein. O weh! Der rote Streifen verriet ihre Dringlichkeit. Ich überlegte, ob ich sie unterschlagen hätte, wenn sie in Tante Sidonias Abwesenheit in meine Hände gelangt wäre.

»Öffne du sie!« befahl sie. Abergläubisch, wie sie war, traf sie für den Fall, daß die Depesche eine schlechte Nachricht enthielt, die entsprechende Vorkehrung des »Blitzableiters«.

Nach dieser wissenschaftlichen Theorie leitet ein unschuldiges Kind den Blitz vom bedrohten Haupte ins Wesenlose ab.

Ich öffnete, wie mein Vater Depeschen zu öffnen pflegte: langsam, Falte um Falte, mit mürrischem Gesicht nach dem Aufgabeort spähend – denn ich befürchtete, ich würde heute noch heimgerufen, weggerafft von der Schwelle des Zirkus.

»Rheinweiler von Venedig –« las ich, und weiter kam ich nicht. Tante Sidonia hatte mir das Papier aus der Hand gerissen, und da stand sie, in der einen Hand die Depesche, die andre, krampfhaft geballte gegen das Herz gedrückt. Alles Blut schien ihr mit eins in den Kopf geschossen, nur die Lippen waren weiß und zitterten armselig. Sie streckte die Hand aus, als wollte sie mir die Depesche reichen, ließ sie aber gleich wieder sinken. »Donja«, flüsterte ich mit einem halben Schluchzen, und endlich wurde ihr bewußt, wo sie sich befand, sie fuhr mit dem ganzen Körper herum, und richtig, der Portier stand hinter seinem Tisch und betrachtete uns, sichtlich erschrocken. Auch ein paar Hotelgäste schauten zu uns herüber, und ein alter Herr rang sich gerade von seinem Sessel auf, um der Tante zu Hilfe zu eilen. Inzwischen hatte sich diese zum zweitenmal verändert, als wäre sie mit der jähen Bewegung um ihre Achse in ihre frühere Gestalt zurückgekehrt. Sie nickte dem alten Herrn einen Dank zu und sagte, indem sie mir über das Haar strich: »Bitte, warte einen Augenblick, bin gleich wieder da.«

Als jedoch der Fahrstuhl, der sie hinaufgebracht hatte, zurückkam, stürzte der Liftjunge aufgeregt auf mich zu und bestellte mich auf Tantes Zimmer. Ich fand sie, wie sie, in Tränen aufgelöst, am runden Tisch in der Mitte des Zimmers saß, die Hand auf der Rückseite der Depesche, hilflos in ihrem Fleische und in ihren Gedanken.

»Claus, es ist sicher eine ganz, ganz schlimme Nachricht. Lies du sie erst, dann tut sie mir nicht mehr weh. Claus, du mußt sie lesen«, flehte sie.

Kaum streckte ich aber die Hand aus, da warf sie sich mit beiden Armen über den Tisch und begrub die Depesche unter sich.

»Es geht nicht«, murmelte sie geschlagen, »Claus, es geht nicht. Bitte, laß mich allein«.

Jetzt glaubte ich meinerseits etwas Auffallendes unternehmen zu müssen, um so mehr, als ich selbst die Tränenflut in mir bis zum Springen gestaut fühlte. Ich schielte nach der Wasserkaraffe auf dem Waschtisch – ich hatte gehört, daß selbst Ärzte gelegentlich zu solch einem Mittel griffen. Da ich indessen nicht sicher war, ob ich den Weg zum Waschtisch in guter Form zurücklegen würde, noch das Vertrauen in meine Hände besaß, daß sie die erwogene Taufe aus der Karaffe mit der gebotenen Ruhe und Überlegenheit des Mannes gegenüber dem Weibe auch richtig vollzögen, kurz, aus Angst, aus hilfloser Angst schrie ich statt dessen aus Leibeskräften los.

»Lies doch deine Depesche selbst, du Gans! Was gehn denn mich deine Geheimnisse an!«

Und dann schlug ich hinter mir die Türe zu, genau wie mein Vater, wenn er einmal den unbeholfenen Versuch gemacht hatte, mich zu züchtigen.

Allerdings empfand ich das Türschlagen als die denkbar größte Strafe, und ich hätte es vorgezogen, geprügelt zu werden, wenn nur dafür das Zuschlagen der Tür unterblieben wäre ... Aus meinen Alpträumen fuhr ich auf das Signal einer zugeschlagenen Tür empor, hörte ich irgendwo auf der Straße, wie in einem Hause eine Tür zuschlug, wurde mir übel. Der Begriff »Mord« hatte irgendwie etwas mit einer zugeschlagenen Tür zu tun, und es war noch nicht allzu lange her, daß ich das Türzuschlagen in einer Reihe gedämpfter, aber nicht schwächer werdender Echos vernommen hatte: – ich stand, von der Hand des

Vaters festgehalten, am offenen Grabe der Großmutter und hörte die kleinen Schaufeln Erde auf den Sarg fallen ... Ich nahm die hingehaltene Schaufel nicht an, wohl aber warf ich meinem Vater einen derart haßerfüllten Blick zu, daß er vor Überraschung meine Hand losließ und ich entwischte. Daran dachte ich jetzt, als ich über den Korridor schritt, mit bebenden Knien, die Ohren von einem Sausen erfüllt und maßlos erstaunt, weil diesmal ich es gewesen, der eine Tür zugeschmettert. Darauf stellte ich fest, wieviel leichter es sei, so etwas zu tun, als zu erleiden, und dann mußte ich unbändig über das erstaunte Gesicht lachen, das die Tante vom Tisch erhoben hatte, mit Tränen, die plötzlich auf den Wangen stillgestanden, ich lachte krampfhaft, in irrer Scham und Trauer, ich lehnte mich mit der Stirn gegen die mit dunklem Holz beschlagene Mauer der Treppe, bis es vorüber war und ich eine Erleichterung empfand wie nach Beichte und Absolution. Und irgendwie wollte mich dünken, als ob auch Sidonia in ihrem Zimmer nunmehr erleichtert und befreit sei.

In der Halle bestellte ich eine Zitronenlimonade, zur Feier dessen, daß die Depesche nicht aus Breuschheim gekommen, und auch, um den ersten Beweis männlicher Entschlossenheit zu belohnen, wie er mir soeben unversehens geglückt war. In dieser Richtung fortfahrend, ließ ich mir durch den Liftjungen von Meyers Konversationslexikon, das auf einem Regal in der Portiersloge stand, den Band mit »Venedig« bringen und las. So, wohlig in den Sessel gelehnt, das dicke Lexikon auf der Lehne und das Glas mit der Zitronenlimonade in der Hand, sah ich die Tante auf mich zukommen. Ich erhob mich mit einer ganz neuen Art von Höflichkeit. Wenig fehlte, und ich hätte ihr die Hand geküßt, nur, um es zum erstenmal mit dem richtigen Gefühl für Abstand und Courtoisie zu tun, wie die Großen.

»Mein Herr Neffe«, sagte sie halblaut, »Sie haben sich aufgeführt wie ein Lümmel. Die Abrechnung folgt später. Jetzt ...«

Jetzt wurde ich nach Hause geschickt! Ich war im Begriff, alle Fassung zu verlieren, schnell unterbrach ich sie.

»Tante«, flüsterte ich mit heißem Atem, »Tante Donja, Sie haben sich viel zu stark gepudert. Sie sind ganz weiß im Gesicht.

Es klang ein wenig kläglich, ich hörte es, und der Zorn darüber klopfte mir in der Brust. Ein Achselzucken, und Sidonia fuhr fort:

»Jetzt gehn Sie sofort in Ihr Zimmer und packen Ihren Koffer. Wir fahren in einer Stunde nach Venedig. Ich telegraphiere inzwischen Ihrem Vater.«

Da saß ich. Ich saß gleichsam auf dem Boden und sperrte den Mund auf. Aber ich fand nicht die Zeit, es zu bemerken, denn ohne die geringste Rücksicht auf die Anwesenden schrie ich: »Hurra!« Voll barbarischen Selbstgenusses schrie ich, so, wie sie in der Schule schrien, wenn wir zum erstenmal Hitzferien bekamen (doch hatte ich, muß ich gestehn, an solchem Geschrei niemals teilgehabt, es vielmehr mit nachsichtigem, nur ein klein wenig verächtlichem Lächeln abgelehnt) und stürmte die Treppe hinauf in mein Zimmer.

Eine Stunde später saßen wir im Zug.

Alle meine Versuche, den Groll Tante Donjas (dies der Kosename, den ich ihr als Kind gegeben) mit meiner guten Laune zu überrennen oder auch ihre Fremdheit mit meinem stillen, heftigen Dasein zu versüßen, alle Versuche erwiesen sich als verfehlt. »Sie haben sich benommen wie ein Lümmel«, wiederholte sie. Gut. Ich gab es zu:

»Ja, wie ein grober Lümmel. Tante, Sie haben recht.«

Seitdem sie böse auf mich war, sprach sie Französisch, und französisch war es leichter einzulenken.

»Einer Dame gegenüber!« betonte sie.

»Ich bitte Sie um Verzeihung, Tante.«

Sie schüttelte den Kopf.

»So billig kommen Sie nicht davon. Sie sind ein Scheusal, mein Lieber.«

Ich wollte sie fragen, warum sie mich denn dann mit sich nach Venedig nähme, wenn ich ihr gar so verhaßt wäre. Statt dessen rief ich:

»Ach, liebe Donja, Sie sind ja so hübsch! Und war es vielleicht eine schlechte Nachricht, die Sie da erhalten haben? Nein, eine gute! Und Sie sind ja so froh!« …

Wir hielten gerade in einer Station. Neben unserm Wagen lag ein großer, unbehauener Stein.

»Siehst du diesen Stein?« rief ich deutsch, denn mein Einfall schien mir der großmütigsten Verzeihung wert. »Der ist dir vom Herzen gefallen.«

Statt aller Antwort wandte sie sich an eine ältere Dame, die mit uns im Abteil saß:

»Madame, darf ich Sie etwas fragen? Würden Sie es für möglich halten, daß dieser junge Herr hier mich vor zwei Stunden eine Gans genannt hat?«

Entrüstet sprang ich auf. Zwar vermeinte ich hinter mir ein gepreßtes Lachen zu hören, aber das wäre für meinen gekränkten Stolz unerträglich gewesen – ich vergaß es auf der Stelle und ging durch die Gänge bis in den Schlafwagen, wo ich das untere Bett meiner Kabine von einem freundlichen Monsignore belegt fand. Nun, mit den geistlichen Herren kannte ich mich aus. Wir hatten sogar welche in der Familie.

»Soso?« empfing mich dieser hier und ergriff, ohne sich zu erheben, meine Hände. Er sprach ein gebrochenes Französisch, und da ich nach Venedig fuhr, erriet ich in ihm sofort den Italiener.

»Das ist also mein kleiner Schlafkamerad. Wie heißt du denn?«

Ich nannte meinen Namen. Der Monsignore nickte feierlich.

»Und du bist der Neffe des hochwürdigsten Herrn Erzbischofs von Freiburg.«

»Großneffe«, verbesserte ich.

»Richtig, Großneffe. Und du hast auch schon die erste heilige Kommunion empfangen?«

Ich hätte gern gewußt, wieso ihm denn das alles so geläufig wäre, aber ich wagte nicht, an einen Monsignore eine Frage zu richten, die leicht die fahrlässige Sünde der Neugier hätte einschließen können – bei einem Kinde, wohlgemerkt. Wenn Erwachsene Neugier an den Tag legten, so taten sie es aus Pflicht, wenn nicht in Verfolgung tieferer Pläne. Auch stellten sie oft Fragen, auf die sie selbst nur zu gut Antwort wußten, Fragen, die Fallen waren. Das kam, weil sie furchtbar zusammenhielten. Die Kinder dagegen standen auf sich allein. Wäre ich etwa imstande gewesen, Seine Hochwürden zu fragen: »Sind Sie nicht der Monsignore Soundso?« Übrigens – ein Monsignore war ein Monsignore, er steckte in einer violett geränderten Soutane und wartete darauf, Bischof in partibus infidelium zu werden. So viel wußte ich, und nach mehr fragte ich nicht.

»Ja, ja«, nickte der Monsignore lächelnd, »die Kirchenleute wissen alles.«

»Würden Eure Hochwürden die Gnade haben, meine Hände loszulassen?« fragte ich.

Er lachte auf.

»Ich schwitze, nicht wahr, ich schwitze«, und er wollte nach einem großen gelben Taschentuch greifen, das neben ihm lag. Aber da hatte ich schon seine Rechte ergriffen und sie in schmeichelnder Demut geküßt, genau so, wie es mir in der Hotelhalle bei der Tante nicht geglückt war.

Der Monsignore war tief erstaunt, fast erschüttert. Mit Bärenkräften ergriff er mich und küßte mich auf die Wangen.

»Allen Respekt! Ein Kavalier!« meinte er.

Und dieses, einem gewaltig starken und allwissenden Monsignore abgerungene Geständnis machte ihn mir zum Freund. Als wir zum Abendessen gingen, hätte er gern an meinem Tische Platz genommen, auch die von Sidonia als Schiedsrichterin angerufene Dame trennte sich ungern von ihr, aber die Nummern unsrer Billette, die sich Sidonia bereits vor Abfahrt unseres Zuges in Basel hatte einhändigen lassen, wiesen uns beide an einen kleinen Tisch. Stumm und stolz aß ich, soviel ich bekam. Bisweilen streifte ich mit einem höflichen Blick das Gesicht der Tante. Sie lächelte über mich hinweg ihrer Dame zu. Bisweilen auch ließ sie ihren Blick hoheitsvoll auf mir ruhn. Ich lächelte, an ihr vorbei, meinen Monsignore an. Ernsthaft überlegte ich, ob ich ihn nicht nach Tisch den Damen als meinen Schiedsrichter vorbringen sollte. Doch war ich des Ausgangs eines so kühnen Unternehmens nicht gewiß genug, vielmehr wollte es mir scheinen, als ob es in meinem Vorteile läge, wenn die beiden Parteien getrennt blieben.

»Wir legen uns gleich schlafen«, erklärte Sidonia, wie ich gerade das letzte Stück meiner dritten Orange in den Mund schob. »Übrigens könnte man meinen, daß du daheim nicht genug zu essen bekommst.

»Bekomme ich auch nicht!« versicherte ich.

Sie blieb ernst.

»Bist du jetzt satt?«

»Nein!«

Da sah ich es nun doch wieder um ihre Schläfen zucken und in ihren Augen wetterleuchten, ich sah es wieder, das Licht, das seit ihrer Rückkehr in die Halle hinter der strengen Maske umging, aber wiewohl ich sie beim Abschied aufs Ohr überfiel, es küßte und hineinflüsterte: »Schön bist du, Tante Donja, wirklich schön – wie ein junges Mädchen!« (ich war ihr ja so selig dankbar für den länderüberfahrenden Zug, den Speisewagen, den Schlafwagen, den Monsignore, vom fernen Venedig ganz zu schweigen!) wiewohl ich sie auch noch am andern Ohr packte und etwas hineinsagte, was mich ihr als einen um seinen Anteil am Glück geprellten Mitverschworenen empfehlen sollte, nämlich: »Du hast gut grollen, du denkst an die gute Nachricht und an Venedig«, trotzdem ich, an ihr hängend, plötzlich fühlte, wie ihre Starrheit sich unter mir löste, gelang es mir an diesem Abend nicht, ihre Verzeihung zu gewinnen.

»Energisch bist du, sagt die Mutter«, rief ich aus, aber so, daß der Hohn wie eine Liebesklage sang, und wünschte ihr, mit wehmütig sieghaftem Anstand, eine gute Nacht. Sie bewohnte natürlich ihre Kabine allein, während ich (»Plantsch-Plantsch!«) zweiter Klasse schlief.

Der Monsignore saß, schon halb entkleidet, auf dem Bett und las in seinem Brevier. Als ich eintrat, klappte er das Buch zu und half mir unter vergnügten Reden aus den Kleidern. Jedoch duldete er nicht, daß ich Hemd und Unterhose gegen den Schlafanzug vertauschte, den er verwundert musterte und dann weglegte. »Man kann nicht wissen, was passiert, und dann bist du nackt«, sagte er. Damit wir aber diese Nacht nicht entgleisten, mußte ich mit ihm niederknien und laut den Englischen Gruß beten. Ich betete deutsch, er, um mir näher zu sein, gleichzeitig französisch, denn das Italienische verstand ich nicht, und ich war gewohnt, mit meiner Mutter deutsch zu beten. Dann hob er mich auf das obere Bett, klopfte das einzige Kissen, verpackte mich in die Decke.

Beim Einschlafen fiel mir ein, wie wir den Englischen Gruß ganz und gar zusammen hätten sprechen können – wir hätten ihn nur lateinisch zu beten brauchen! Es tat mir leid, nicht rechtzeitig daran gedacht zu haben.

Als ich erwachte, war es Tag, und ich lag allein in der Kabine. Hurtig kletterte ich von meinem Bett, zog den Vorhang auf – »Au!« entfuhr es mir. Ich rieb die Augen. Wir schienen sehr schnell durch einen blendend blauen, dabei tiefdunklen Himmel zu fahren, gleichzeitig aber war es, als ob wir stillständen. Dann erkannte ich eine fächerförmige Fläche, sie war unnatürlich grün und drehte sich langsam, jedoch immer nur ein Stück weit; noch hatte sie nicht einen Halbkreis beschrieben, als sich schon eine andre, gleiche Fläche vorschob, die begann dieselbe Bewegung von vorn und so fort. Bäume, Häuser, Bäche, Straßen glitten auf der seltsamen Drehscheibe vorbei, nur die in einem rosalila Dunst entrückten Berge standen fest. Ein Seespiegel blitzte auf, wir zerrten vergeblich an ihm, auch ihn mußten wir liegen lassen. Doch hatte er, ein Funken im Helldunkel von Erde und Himmel, gezündet. Die ganze Weite flammte auf.

Das also war, stellte mein kleiner, aufjubelnder Körper fest (die Hände im sausenden Luftzug, den Kopf mit den schauenden Augen in den Nacken gelegt, den Mund gierig geöffnet) das also war Italien, war Griechenland! Denn so, wie ich sie als Zwillingsschwestern kannte, galten sie mir gleich. Rasch folgten die Wappenzeichen: die Zypresse, die Rebe am steinernen Spalier, blühende Mandelbäume, einen Hügel krönend die feste Stadt, die auf grüne Hänge weiße Terrassen auswarf, mit ihren Kirchtürmen indes an den Himmel gespießt war, grelle Platanen in schattenversunkenen Garten, auftauchend ein Palast, Wanderstraßen durch üppige Felder, die in der Morgensonne schwammen ... Ich stieß den Warnungsruf der Breuschweilener Räuberbande aus, um mich dem großen Pan bemerkbar zu machen. Da brachen drei Kühe, die Büffeln glichen, entsetzt durch die Reben, und gleichzeitig tauchte aus einem Maulbeerbaum ein halbnackter Junge; er riß das Maul auf und drohte dem Zuge mit der Peitsche.

In einer Minute war ich gewaschen, in zweien angezogen und eilte nun zu sehn, was im Innern unseres rasenden Zuges alles los sei ... Als ich nach dem Hut griff, flatterte ein Blatt heraus, ich fing es im Flug, erkannte in ihm, ohne es näher zu betrachten, ein Muttergottesbild mit Spitzenrand, wie man es in Gebetbücher legt, dachte, der verschwundene Monsignore habe es mir zum Andenken dagelassen (zu Hause besaß ich ein halbes hundert solcher Geschenke), steckte es in die Brusttasche und trat in den Gang.

Ich trat in den Gang. Vier Gestalten hielten sich darin auf. Rechts von mir ragte ein gebieterischer Herr, dessen Kopf auf zwei roten Nackenwülsten ruhte, und dieser Herr blitzte durch ein Monokel in das Rosengesicht einer wohlgestalteten Göttin. Diese aber ließ ihre Augen, an mir vorbei, den Gang hinunterlaufen, wo ein junger Gott und ein Mädchen am Fenster verweilten. Von dem Mädchen sah ich vorerst nur den Kopf. Der war so schwarz wie eine Elster, gleichsam gefirnißt, mit einem leuchtend schwarzen Schein über einen stumpferen Grund. Der junge Mann hatte ähnliches, ebenfalls glattgestrichenes Haar. Es saß ihm, noch naß von der Morgentoilette, wie eine schwarze Kappe auf dem Kopf. Er trug einen langen Pelz, vom Schnitt eines Bademantels, und blaue Pantoffel. Über das schmale, blasse Gesicht huschte, von den Wimpern bewegt, ein Schattenspiel. Er blickte lächelnd auf die Kleine hinab. Der Mund hielt sein Lächeln wie eine Rose, der Atem bewegte sie leise ... Ich war in seine kleine Schwester hinter ihm verliebt, bevor ich sie noch gesehn hatte. Denn daß die Elster mit dem roten Schmetterling auf dem Zopfende die Schwester des jungen Mannes sei, daran konnte ich nicht zweifeln.

Inzwischen stand ich immer noch vor meinem Abteil, keins der vier beachtete mich. Ich aber schwebte in hellichtem Frohsinn, die Seele eines schönen Tages durchdrang mich, ich vernahm einen geflügelten Tritt, den Boten des Glücks ... Glühte ich wirklich schon für das unbekannte Mädchen? Jedenfalls hatte ich Zeus in Gestalt des Stiers erkannt und die von seinem Rücken gerutschte Europa, wie sie mit Ganymed neugierige Blicke tauschte!

Da öffnete sich eine Tür, und ich flog Tante Donja in die Arme. Es war nicht nötig zu fragen, ob sie noch böse sei. Ich sagte ihr nicht einmal auf der Schwelle des Tages, wie schön sie ankam. »Du Morgenstern!« dachte ich, »du riechst nach frischer Wäsche und sogar ein wenig nach der Mutter. Wie gut, daß du dich, mit Ausnahme von katastrophalen Fällen, erst gegen Abend puderst und parfümierst!«

»Donja«, sprach ich, »komm schnell, ich bin schrecklich hungrig und habe dir so früh am Tag schon viel zu erzählen.«

Und erzählend frühstückte ich denn, solange im Speisewagen Frühstück verabreicht wurde. Ich hinterbrachte ihr über Europa, Zeus und Ganymed haarsträubende Geschichten, von denen sie jedenfalls mehr verstand als ich, der sie als Kenner zum besten gab. Sie mißfielen ihr nicht. Nur wenn sie, ich nahm an: vor Begeisterung, errötete, unterbrach sie mich: »Claus, iß nur, du wächst jetzt so stark.« Oder: »Claus, schnell, die Kellner räumen die Tische ab.«

Schließlich wollte sie wissen, von wem ich all die lustigen Geschichten hätte. Vom Abbé Simon, erwiderte ich stolz.

»Nein, wirklich?!« Sie lachte. Ach, sie konnte lachen, daß es klang wie ein Taubenflug. Und wenn sie lachte, kamen ihre braunen Locken ins Tanzen und enthüllten die Goldstücke, womit sie gewickelt waren. Wenn sie lachte, schlossen sich die wonnigen Schlitzaugen noch mehr, so daß man nur noch einen grünen Streifen sah, und die Brauen vereinigten sich zu einer Lachwellenlinie, die auf und ab wogte. Und alle Zähne klirrten ihr im Mund. Die kleinen Hände aber waren fromm unter dem Kinn gefaltet. »Die Javanerin« nannte sie mein Vater, und er behauptete, der Rheinweilener »Amerikaner« habe sie von einem

Abstecher nach den Inseln heimgebracht. Auch war ich, seitdem ich das gehört hatte, entschlossen, bei der ersten Gelegenheit nach Java zu fahren ... Vorläufig hätte ich Donja gern geküßt, aber das konnte erst wieder am Abend geschehn.

»L'Abbé Simon!« sagte sie sinnend. »Bohrt er noch immer in der Nase wie ein Gott?«

»Donja! Der Abbé Simon bohrt in der Nase, das ist wahr, nämlich wenn er über ein besonders tiefes Problem nachdenkt, aber die Götter, die Götter, Donja, tun das nicht. Sie kennen keine Probleme.«

»Warum nicht, Clans? Sie tun doch sonst alles, was Menschen tun, nur großartiger. Hast du etwa nie in der Nase gebohrt?«

Ich zuckte die Achseln. »Nie?! Ich weiß nicht. Jedenfalls hat man es mir abgewöhnt!«

»Claus, wer sollte es den Göttern abgewöhnen?

»Ach, weißt du«, sagte ich, »darüber mag ich gar nicht nachdenken. Die Götter verleidest du mir doch nicht.«

So kamen wir in den Schlafwagen zurück. Im Gang lehnten Europa und Ganymed an einem Fenster: Ganymed zierlich wie ein Mädchen, das den Buben spielt, Europa mit dem schmachtenden Ausdruck einer jungen Mutter. Sie lachten einander in den Mund und achteten unser nicht. Aber wo war Zeus? Ich sah aus dem Fenster: galoppierte er am Ende auf allen vieren im Himmel? Und da war sie. Da stand sie, vier Schritte vom tändelnden Paar entfernt, und paßte auf. Um heuchlerischerweise an den Tag zu legen, wie sehr sie sich langweilte, tat sie, als spielte sie weltversunken mit ihren Zöpfen. Aber in Wirklichkeit ward sie vom augenstichelnden Studium des Paars erst abgelenkt im Augenblick, wo ein großer Junge in den Gang einbog, und dieser große Junge war ich. Und das also war sie! Ich betrachtete sie ohne Verstellung, fleißig und achtungsvoll. Ich merkte sie mir, Zug um Zug, und hätte am liebsten dabei die Hand aufs Herz gelegt, um sie meiner Hochachtung noch auf besonders ausdrückliche Weise zu versichern. In das Jungensgesicht mit der leichtgebogenen Nase schienen die großen Frauenaugen, die Wimpern, der rote Mund geradezu hineingemalt, das fiel mir vor allem andern und schon von weitem auf. Ich ließ die Tante vorausgehen, wir schoben uns an Ganymed und Europa vorbei, die beim Ausweichen dicht aneinander gerieten, und als die Kleine sich vor uns an die Wand drückte, nahm Donja ihren Kopf in die Hände.

»Quelle gentille demoiselle!« sagte sie dabei.

Die Kleine wollte knicksen, dazu war es zu eng. Aber mich am Rock festhalten, das konnte sie, dafür war es gerade eng genug. Gehorsam blieb ich stehn. Die Tante tat, als hätte sie nichts bemerkt und schlüpfte in ihr Abteil.

Das Mädchen und ich schwiegen nun eine ganze Weile, vollauf damit beschäftigt, einander zu betrachten. Die Augen waren es, die mir zu denken gaben. Sie waren nicht nur auffallend groß, sondern, wie bei manchen Katzen, heller als ihre Grundfarbe, mit einem feuchten Hof um die dunkle Pupille ...

»Der Herr dort ist ein Flirt«, sagte ich endlich, mit einem Blick auf Ganymed.

Todernst antwortete sie:

»Ich auch.«

Obwohl ich es mir als Mann schuldig gewesen wäre, wagte ich doch nicht zu lachen.

»Ich heiße Claus«, sagte ich. »Claus, Maria, Raymond. Ich habe außerdem noch zwei Namen aber die gefallen mir nicht.«

»Ich heiße Maria. Maria Capponi. Ich habe nur einen Namen.«

Sie schlug die Augen nieder, und ich dachte: »So ein Gesicht machen bei uns die kleinen Mädchen, wenn der Herr Pfarrer mit ihnen spricht.

»Schade, da haben Sie ja gar keine Auswahl. Wenn nun Ihrem Mann der Name Maria nicht gefällt?«

Sie hob die Wimpern, mit einer gewissen Anstrengung, als wären sie sehr schwer.

»Ich bin Marchesa«, sagte sie.

Lächelnd erwiderte ich:

»Nichts desto weniger kann der Name Maria ihrem Gatten mißfallen. Ich bin übrigens Baron.«

Jedoch sie legte es augenscheinlich darauf an, mich zu ärgern.

»Marchesa!« meinte sie, »ist mehr als Baron.«

»Nicht immer«, wandte ich ein.

»Doch, immer«, behauptete sie.

»Nun gut, meine kleine Marchesa, ich bin aber Reichsfreiherr.«

Sie bog horchend den Kopf, wobei sie die Brauen fast bis zu den Haaren emporzog.

»Wie, bitte?«

Ich wiederholte: Reichsfreiherr, und nun wollte sie wissen, was das für ein Reich sei, dessen Titel ich trüge. Inzwischen musterte sie mich, als ob sie auf mir die Stücke meines Adelsbriefes einzeln zusammensuchte.

»Das alte römische Reich«, sagte ich. »Das Reich Karls des Großen«, sagte ich und hielt ihr einen kleinen geschichtlichen Vortrag, dem sie gespannt lauschte. »Marquis«, schloß ich, »Marquis gab es meines Wissens damals noch nicht.«

»In diesem Fall«, meinte sie nachdenklich, »in diesem Fall kann man nur bedauern, daß ihre Familie es in der langen Zeit nicht weiter gebracht hat.«

Ich behauptete:

»Wir wollten nicht.«

Sie lachte auf.

»So fragen Sie doch Ihren großen Bruder dort«, äußerte ich voll verhaltenen Grimms, denn sie hatte in einer Art gelacht, die fast einer körperlichen Beleidigung gleichkam. »So fragen Sie ihn einmal, was ein Reichsfreiherr ist. Vielleicht weiß er Bescheid.«

»Sehn Sie nicht, daß er beschäftigt ist, Herr Baron? Wir heißen, wie gesagt, Capponi.«

»Das haben Sie schon einmal gesagt, ganz richtig, und ich habe wohl vergessen zu danken. Capponi also. Danke. Danke sehr. Ich habe den Namen nie gehört.«

»So? Sie haben den Namen Capponi nie gehört? Und Sie? Wie heißen denn Sie, wenn ich schon fragen muß?«

»Ach so! Claus von Breuschheim. Entschuldigen Sie! Bitte, entschuldigen Sie! Ich bin offenbar zerstreut.«

»Clau-? Brö-?«

Sie machte sich steif, um nicht zu lachen, und blies die Backen auf, bis sie platzten. Als ich aber, von ihrem Gelächter wiederholt ins Gesicht geschlagen, in herrischer Beschwörung ihren Arm ergriff, zuckte sie furchtsam zusammen, so daß ich sie schnell wieder losließ.

»Ah!« sprach ich leise, »Sie werden zu Hause geschlagen. Vortrefflich! Sie sind, Marchesa, nicht zum besten erzogen, ich bedaure aufrichtig, es Ihnen sagen zu müssen. So lacht man nicht, es ist unerlaubt, so zu lachen – ich muß es Ihnen aufs ernsthafteste versichern.«

Die tollen Augenbrauen machten einen Sprung, und der Mund wölbte sich mürrisch, plötzlich war er doppelt so rot, und ich fand ihn entzückend, ja, ganz entzückend fand ich ihn, diesen mürrisch dargebotenen großen, roten Mund auf der bleichen Tiefe des Gesichts, in den die Flut des Blutes aus der Tiefe des Körpers getreten war, während die Brauen sich gleich Sturmvögeln aufgeschwungen hatten ...

»So? Wer zwingt Sie denn, es mir zu sagen?« fragte sie da.

»Der Anstand, Marchesa, nichts, als die einfache Sorge um den Anstand.« Und ich suchte eilig, wie ich es einrichten könnte, um nun in schnellem Übergang auf den Mund zu kommen, über den unbedingt etwas ausgesagt und bekannt sein wollte. Leider hielt sie nicht still, übrigens zu ihrem eigenen Schaden, sondern entließ mich in aller Form mit den Worten:

»Schade, Sie kleiner Poseur. Ich habe Sie ein wenig aufgezogen, aber Sie sind grob geworden. Au plaisir de vous revoir, Monsieur le Baron!«

Ich verbeugte mich, sie nickte, ja, ich glaube, wir versuchten zu lächeln, jedenfalls kehrten wir uns, sehr aufmerksam, zu gleicher Zeit den Rücken.

»Nun?« empfing mich meine Tante. »Was für eine Göttin ist sie?«

Ich antwortete, das werde sich erst noch herausstellen.

»Ach, ihr habt wohl ein Rendezvous ausgemacht?«

Das sei, sagte ich, unter Göttern nicht üblich. Sie träfen sich von ungefähr. Aber scharf dahergeschwätzt hätten wir, Stoß und Parade in einem, ein wenig barbarisch, diebisch, rauhstimmig, aus rotem Mund und, sie möge verstehn, mit stürmisch gerafften Brauen, doch käme es mir vor, als wäre ich vorerst nicht unbedingt Sieger geblieben. Worauf Sidonia sich über das hochfahrende Wesen verwunderte, das ich mir »urplötzlich« zugelegt: nicht auf den gestrigen Wutanfall solle damit gezielt sein, da handelte es sich mit aller Wahrscheinlichkeit um eine erbliche Belastung von väterlicher Seite, die ich hoffentlich mit der Zeit abwerfen werde, nein, was sie beunruhige, sei so eine kecke Handbewegung, womit ich Gott weiß wen herausforderte, eine etwas ungenierte Verbrüderung, sogar mit Göttern. Jawohl, gab ich zu, ich fühlte mich als Eroberer, als ein harter, aber nicht unliebenswürdiger Herrenräuber unter fremdem, fast blendendem Himmel, als ein geheimer Hohenstaufe etwa, ein Privatkaiser, der mit glänzendem, wenn auch unsichtbaren Gefolge und im weithin hörbaren Rauschen von Bannern gen Süden reite. Jawohl, dies sei es, ich könne, ich wolle es nicht leugnen. Und auf einmal machte Donja ein Gesicht, als billige sie mich, ja, als nähme sie, bewußt und sichtbarlich, an meinem Zuge teil.

Gegen Mittag drangen wir unversehens in funkelnde Gewässer vor. Wir fuhren auf einem schmalen Damm durch das Meer. Dann trat Sonnenfinsternis ein. Der Zug hielt in einer halbdunkeln Halle.

Die Türe wurde aufgerissen, wilde Männer fielen ein, die alle Heiligen in die Hölle fluchten, aber sobald man sie ansah, lächelten sie, flüsterten »Please, Sir« ... »A moi, Madame« ... »Gepäckträg«. Andre, die noch niemand gefunden hatten, der sie ansah, sprangen brüllend, mit Gebärden der Verzweiflung von Tür zu Tür. Koffer und Handtaschen flogen aus den Fenstern und wurden von zappelnden Händen aufgefangen: »Madonna!« ... Zwei Schritte vom Zug entfernt, mit verschränkten Armen, ergingen sich die Schaffner in einer Art von kirchlichem Singsang. Als wollten sie die heiligen Streiter anhalten auszuharren, sangen sie: »Venezia! – Venezia!«

Ich stand, ängstlich an Sidonia gedrückt, vor dem Bahnhof. Stufen führten auf den gepflasterten Platz, von dem wiederum eine breite Treppe zum Kanal hinabstieg. Unter uns wogte unübersehbares Handgemenge. Uniformierte Männer eilten mit erhobenen Stöcken hin und her und brüllten Kommandos – niemand hörte auf sie. Massenhaft drängten schwarze Kähne an die Landungstreppe heran. Durch die Kähne kam plötzlich Ganymed gefahren. Er stand aufrecht in einer Gondel und rief. Einer der uniformierten Männer reichte ihm den Stock, so zogen sie die Gondel an die Treppe, Zeus und Europa stiegen ein.

Und Maria Capponi? Ich entdeckte sie am Ende der Treppe in einem Motorboot, von wo sie sowohl ihren Bruder, wie mich im Auge behielt. Mit einem Satz war Ganymed neben ihr. Der Motor fauchte, das Boot bahnte sich mit dem Hinterteil einen Weg durch die schaukelnden Kähne, und dann trieb es auf schwanken Spiegelbildern, die, flüssige Stücke von Kirchen, von Palästen, glucksend aus dem blauen Himmel zu laufen schienen. Während das Boot wendete, suchten Ganymeds Augen Europa. Ich sah Maria winken. Ich sah, daß alle Häuser im Wasser standen und das Wasser im Himmel, und wie, hoch über alledem, Sidonia in königlicher Haltung schwebte, nachlässig, sicher, und wartete. Worauf wartete sie?

Da erhob sich von der Kanaltreppe ein mehrstimmiger Schrei, auf den Stille folgte. Sidonia stieg die Treppe hinab. Ein weißes Motorboot landete, dem ein weißgekleideter Matrose entsprang, die uniformierten Männer umringten ihn mit geschwungenen Stöcken, ein Pfiff gellte.

Sidonia und ich schritten durch ein Spalier stumm gaffender Menschen. Einige griffen verschüchtert an die Mütze.

Der weißgekleidete Matrose reichte Sidonia die Hand, um ihr ins Boot zu helfen, ein zweiter Matrose führte sie bis zum weißen Polster am Heck, wo eine schwarzgelbe Fahne hing, und als sie Platz genommen hatte, umschlang der erste meine Hüfte und sprang mit mir an Bord.

Schon hatten wir uns aus dem Knäuel der Gondeln gelöst, schon überholten wir das Boot mit Ganymed und Maria. Ganymed grüßte federnd, wie der kleine Mohr auf meiner Sparbüchse, ich winkte, stolz, in diesem Augenblick Marias würdig zu sein, und sie, sie war wiederum darauf stolz und winkte lebhaft zurück. Wir hatten alle Boote hinter uns gelassen und pflügten allein durch das seidenfarbene Wasser.

»Donja, was ist das für ein Boot, und wer ist es, der uns abholen läßt?

»Es gehört zu einem russischen Kriegsschiff.«

Trotz dieser offenbar ungenügenden Antwort wunderte ich mich nicht. Zu sehr erstaunte mich die Wasserstadt, die, in Teppichen hängend, wie ihr Spiegelbild sie unaufhörlich aus Millionen Stückchen Wassers und Himmels zusammenknüpfte, zugleich aufdringlich modisch und ein altes Guckkastenbild war.

Zwischen einem rosaweißen Palast aus Tausendundeiner Nacht und einem kleineren, weinroten mit Fenstern aus weißen Spitzen gingen wir an Land. Ich war aus allen Himmeln gerissen, denn gerade hatte ich große, graue Schiffe voller Kanonen gesichtet.

Ein Hotelportier mit den Petrusschlüsseln auf den Aufschlägen des Rockes erwartete uns an der Spitze grünbeschürzter Knechte. Hinter diesen trat auf einmal ein rundlicher, nicht mehr junger Kellner mit einem kahlen Kugelkopf hervor und reichte mir die Hand. »Guten Tag, Signor«, sagte er, und zur erstaunten Sidonia gewendet: »Ich bitte um Entschuldigung, Signora. Ich habe gehört, daß Kinder ankommen, deshalb bin ich da.« Darauf beugte er sich zu meinem Ohr: »Ich bin Emilio«, vertraute er mir an. In der Halle begrüßte uns der Direktor. Er ließ uns in den Lift steigen, der, kaum, daß er zu sausen begonnen, gleich wieder hielt, und geleitete uns in einen Saal, wo man das Meer und den Himmel und dazwischen, wie in die bunte Watte einer Weihnachtskiste gepackt, die Kriegsschiffe erblickte. Mich aber nahm er an der Hand und führte mich, während ein ahnungsvoller Zorn in mir aufstieg, einen endlosen Gang entlang bis vor eine Türe, die er mit einem Ruck vor mir aufstieß. Er wünsche, sprach er mit einer betont scherzhaften Verbeugung, dem kleinen Baron einen angenehmen Aufenthalt in Venedig, und der kleine Baron solle das runde Pappstück mit seiner Zimmernummer nicht verlieren, denn sonst könnte er vielleicht einmal nicht in sein Bett finden und müßte im Keller schlafen.

Zögernd trat ich ein. Das Zimmer war klein und verschlissen. In Breuschheim hatte kein Dienstbote ein solches Gemach. Der Hof, auf den das einzige Fenster hinausging, diente als Abzugskanal für die Küchendünste. Nein, da dankte ich. Das war kein Zimmer für einen Privatkaiser, der überdies im Begriff stand, sich eine Luxusstadt wie Venedig zu unterwerfen. Entschlossen ging ich den Korridor zurück, bis ich vor der Zimmernummer Sidonias stand. Auf mein Klopfen öffnete die Tante und trat zu mir hinaus.

»Was wünschst du?«

»Taschengeld«, sagte ich. »Wir sind in einer fremden Stadt.«

Sie lachte schwirrend auf. »Einen Augenblick. Warte hier.«

Bald darauf kam sie mit einem Zehnlireschein zurück, den sie mir in den Kragen schob. »Du Wackes«, sagte sie zärtlich, und obwohl ich eigentlich dafür schon zu schwer wog, hob sie mich auf, und obwohl nicht die geringste Veranlassung vorlag, küßte sie mich.

In der Halle schrieb ich ein Telegramm an meinen Vater, worin ich ihn bat, der Tante Geld zu schicken, damit ich ein anständiges Zimmer bekäme. »Wollen Sie mir die Depesche besorgen?« fragte ich den Portier. »Dringend.« Er las und stutzte. »Was kostet die Depesche?« fragte ich. Er zählte. »6 Lire, 80.« Ich reichte ihm den Zehnlireschein: »Bitte, behalten Sie den Rest« – »Danke, Herr Baron«, hieß es. »Die Depesche geht sofort ab. Am andern Tag erhielt Sidonia ein Telegramm, das ich öffnen mußte. Vater schickte Geld für mich und bat, mir ein gutes Zimmer anzuweisen.

Dies geschah auf der Stelle. Das neue Zimmer lag im höchsten Stockwerk und bildete einen Erker im Himmel. Die Kriegsschiffe hingen unter mir in der Lagune. Auf kleinen Inseln läuteten Kinderglocken den Englischen Gruß. Weit hinten tauchte ein Ozeandampfer aus dem freien Meer in das Spiegelbild Venedigs. Es roch nach köstlicher Fäulnis.

Beim Abendessen saß ich allein am kleinen Tisch, Sidonia war in die Oper gegangen. Jedoch, dem Kellner mit dem Erdbeereis folgte Maria auf dem Fuß.

»Ich muß Sie um Verzeihung bitten, Baron«, sagte sie. »Mein Bruder hat in einem Buch nachgesehn – Sie sind so gut wie ein Marquis.« Sie machte eine Pause, als erwarte sie eine Antwort. Aber natürlich überhörte ich ihre Exküsen, übersah auch ihre noch kleinmütigeren Blicke, und so seufzte sie denn nach einer Weile reuig auf und fuhr fort: »Wissen Sie, daß wir auf demselben Stockwerk wohnen?« worauf unser Gespräch ohne weitere Schwierigkeiten sich munter fortsetzte.

Wie wir noch über dem Eis beisammensaßen, brachte der Portier ein zweites Telegramm, diesmal an mich. Er überreichte es mir auf dem Dach seiner Mütze. Es lautete:

»Mach' dir nichts daraus. Wenn genug hast, abreise. Geld bei deutschem Konsul. Ihm schreibe gleichzeitig. Portier führt hin.«

Mein Vater, muß ich hier einfügen, war außerhalb des Hauses eifersüchtig auf meine Bewegungsfreiheit bedacht, vermutlich, weil er selbst ein (allerdings nachlässiger) Tyrann war. So oft ich nach Rheinweiler fuhr, erhielt ich die ausdrückliche Ermächtigung, wenn »es nicht mehr ginge«, ohne vorherige Verhandlungen »durchzubrennen.« Das kam, weil Sidonia für »herrschsüchtig wie ein Zar« galt und »romantisch bis zur Verrücktheit.« In Wirklichkeit beseelte sie eine leidenschaftliche Energie, die sich mit ihrer ausgesprochenen praktischen Natur sehr wohl vertrug, und es bestand kein Zweifel, daß sie ihr Gut musterhaft verwaltete, während mein Vater an dem verhängnisvollen Fehler krankte, sein Steckenpferd allzuoft zu wechseln. Und mit ihrer Romantik war es so bestellt, daß sie alles, was sie liebte, wie Reiten in Feld und Wald, auch bei Mondschein, Debattieren, Lachen, Reisen und Lesen russischer Romane, mit dem gleichen inneren Drange gleichsam zu laden schien. Wirklich unverträglich wurde sie nur in Breuschheim, wenn ihr, die bei russischen Verwandten aufgewachsen war, plötzlich die Enge unsrer westeuropäischen Verhältnisse aufstieß und sie begann, Vater und Mutter mit dem Entwickeln vielleicht sehr vernünftiger, aber aussichtsloser Pläne für die gemeinsame Bewirtschaftung der Güter zuzusetzen. »Sie möchte uns alle regieren, begehrte dann mein Vater belustigt auf, »die ganze Familie bis in den zehnten und zwanzigsten Grad, von Rheinweiler bis Carcassonne, von Herbert Castle bis Madras und Cincinnati, vom Ural bis zu den Pyrenäen. Sicher macht sie auch noch einen Vetter linker Hand in Java ausfindig und bringt ihn unter ihr Zepter.« Auffallend war, daß der »Platzmangel« und die »Unzulänglichkeit unsrer Wirtschaftsform« ihr nur in Breuschheim bewußt wurde, wiewohl dieses das Rheinweilener Gut an Größe um das vielfache übertraf. Lag es an der tiefstillen, immer zufriedenen, jedes Gewitter in Gottvertrauen anlächelnden Art ihrer älteren Schwester, meiner Mutter, oder mehr an der unbesorgten Phantasterei meines Vaters, dieses »ewigen Kindes«, der »ein Ulrich Rheinweiler geworden wäre«, hätte er sich nicht damit begnügt, »einzig und allein seinen Launen zu leben«? Ich selbst machte mir wenig Gedanken darüber. Immerhin war mir soviel klar, daß Sidonia, die mit mir wie ein gleichaltriges Kind sein konnte, sich schrecklich erwachsen gab, sobald Vater oder Mutter ins Zimmer traten. Sie zog, wie ich den Vorgang im stillen nannte, »ihr Korsett an«. Korsette aber waren mir ein Greuel, sie schlossen mich aus der Gemeinschaft der Frauen aus, ich griff eine Säule, wo ich gehofft hatte, eine Mutter, eine Tante zu finden.

An jenem zweiten Abend in Venedig spielten Maria und ich bis zehn Uhr Dame, und wenn wir auch nicht, wie besonders Maria hoffte, die Heimkehr der schönen Sidonia erlebten, so gelang es mir dafür, nach meinem Familiennamen auch noch den eigenen Vornamen in Marias Gunst zu setzen. Lehrte ich doch die kleine Marchesa die für eine italienische Kehle tatsächlich schwierige Silbe »Claus« deutlich aussprechen. Dies brachte mir den zweiten Sieg an diesem Tage, den dritten, wenn auch nur schattenhaften Lorbeer pflückte ich beim Abschied im halbdunklen Korridor. Von einer flüchtigen Berührung Marias wie verwandelt, trat ich in mein Zimmer, den Himmelserker, der jetzt bestirnt war, und ein neues Gefühl, duftend und klangvoll zugleich, dehnte meine Brust.

Erstaunt betrachtete ich mich im Spiegel, lehnte aus dem Fenster, suchte das Bild Marias, ihren Mund, ihre vielfarbigen Augen in der Lagune und sann dem Wunder nach, das mit mir geschehn war, schritt lange hin und her und pflegte, was mein Auge im Zimmer und draußen sah und immer wieder sah, mit hundert zärtlichen und übermütigen Gedanken. Und wenn ich in meinem toll genußsüchtigen Wandern und Schauen innehielt, überfiel mich der Feuerschein einer fern lodernden Angst – so klopfte das Schicksal in meinen Adern Alarm.

Heute, nach mehr als zwanzig Jahren, wo ich hier im nachtverlorenen Waldhaus an Urgroßvaters Schreibtisch sitze und eine Wartezeit erdulde, wie sie nicht mehr von der armen zerstörten Tante, wohl aber von derselben Maria Capponi erfüllt werden kann, die damals, Dame spielend und »Claus« lernend, auf die Heimkehr der schönen Sidonia wartete, heute noch und während ich dies schreibe, sehe ich das hochgelegene Zimmer des Hotels Danieli in Venedig, und wie nachts auf der Lagune Mondkatzen mit Silbermäusen spielten, und wie auf den Stein fliesen der Riva degli Schiavoni (ich spuckte freundlich hinunter) die Sonne lag wie ein braver, dicker Hund.

Il Felze

»Il felze«, so heißt das schwarze Zeltdach, das die Gondeln bei regnerischem Wetter aufsetzen. Die Gondeliere holen es wirklich nur bei Bedarf hervor, und zur Entschädigung erwarten sie vom Paar, das sich darin verbirgt, eine entsprechende »mancia«, ein Handgeld.

Ein schöner Felze hat eine Schleppe, die bis zu den Füßen des Gondeliers reicht. Kein Brautschleier kann dichter sein. Bunter dem Dach des Verstecks, auf der »Poppa«, steht der Gondelier und rudert; die aufgereckte Hellebarde des Bootschnabels hält ihm das Gleichgewicht. Hellebarde und Gondelier bilden die Endpunkte einer Ellipse, in der das Boot, etwa an die Bewegung einer Schlange erinnernd, sich vorwärts bewegt. Mit dem einzigen langen Ruder führt der Gondelier das Versteck, aber er selbst ist durch zehn Meilen davon getrennt. Er sieht nichts, er hört nichts, und wenn er dem Kollegen, der ihn auf dem Wasser kreuzt, einen Ruderschlag überspringend geheimnisvolle Zeichen mit den Händen macht, zu denen der andre grinsend nickt, so spielt er sich nur auf. Wer sagt ihm denn, ob nicht seine Fahrgäste damit beschäftigt sind, das Vaterunser auf italienisch zu lernen?

Il felze spielte in den Gesellschaftsräumen des Hotels eine besondere Rolle, hinter der Maria und ich bald ein Geheimnis witterten, gleichsam eine ganze Geheimsprache in einem einzigen Wort. »Il felze« rief man zwar auch, wenn einer jener entzückenden venetianischen Frühlingsregen einsetzte und alle zu den Fenstern drängten, um die erste bedeckte Gondel in die Lagune stechen zu sehn, – gewöhnlich ließ sie nicht lange auf sich warten, und ihr Erscheinen wurde mit Hallo und Händeklatschen begrüßt. Aber viel öfter hörte man das Wort im übertragenen Sinne gebrauchen. Bei hellstem Wetter konnte jemand mit einem Blick auf einen Herrn oder eine Dame leise ausrufen: »il felze«, was bei den Hörern immer ein bestimmtes Lächeln auslöste. Andrerseits hatte ich es auch in wütendem Tone aussprechen hören, ja in einer ganzen Abwandlung des Zorns und der Entrüstung, und zwar von einem Herrn und einer Dame, die laut streitend vor mir den Korridor entlang gegangen waren.

Eines Morgens, als Maria und ich aus dem Hotel und mit freudig zum Empfang erhobenen Armen in einen sonnendurchschienenen Sprühregen hinausliefen, bemerkten wir eine reich geschnitzte, mit ornamentalen Figuren aus getriebenem Messing geschmückte Gondel, die gerade aus dem engen Kanal in die Lagune fuhr. Sie trug ein nicht minder festliches Dach (»il felze!«, Maria deutete mit dem Finger darauf) und war bis auf Bug und Heck hinauf mit roten Teppichen ausgelegt; auch auf den Treppchen zu beiden Seiten des Bootsinnern lagen, unter Messingstangen, rote Läufer, ja, der Gondelier selbst trug eine breite, rote Schärpe um die Hüften. Dies viele Rot auf dem spiegelnden Schwarz der blankgeriebenen Gondel wirkte wie ein Freudenschrei. Wir eilten die Landungstreppe am Ende des Damms hinab und bückten uns, um in das Innere des vorbeigleitenden Felze zu spähen. Und da erblickten wir etwas, was uns schnell wieder in die Höhe fahren, aus entsetzten Augen den herüberdrohenden Gondelier anstarren und dann fluchtartig die Treppe hinaufstürzen ließ. Atemlos standen wir hinter dem Konzertflügel in der Halle und wagten nicht, einander anzusehn. Wir hatten den Schlüssel der Geheimsprache »il felze« gefunden ...

Ich muß nun, um die Folgen dieses Ereignisses leichter verständlich zu machen, vorausschicken, daß Maria sowohl wie mir verboten war, des andern Zimmer zu betreten. Wir durften auch nicht allein ausgehen. Infolgedessen verbrachten wir oft ganze Tage in der Hotelhalle. Bei schönem Wetter fanden wir nichts dagegen einzuwenden, denn dann konnten wir in der leeren Halle unsre Spiele treiben, den Gästen aufpassen, wie sie kamen und gingen, einander Szenen machten und sich versöhnten, beim Portier Erkundigungen einzogen, aus denen ihre Absichten ziemlich klar hervorgingen, auch zog hinter den Scheiben auf der Riva degli Schiavoni der Frühling in einem endlosen Reigen von Menschen vorbei. Drohte uns einmal der Stoff auszugehn (es war aber wohl mehr das Bedürfnis der Abwechslung oder noch etwas anderes, was uns dann trieb), so streiften wir das Hotel ab, vorn Keller bis unters Dach, wobei unser Atem um so schneller ging, je einsamer es um uns wurde. Es konnte geschehn, daß wir minutenlang dicht vor einander standen, uns mit den Augen verzehrend, schwer atmend, von unserm Herzklopfen wie betäubt, und nicht imstande waren, einen Finger zu rühren, bis Maria sich losriß und die Flucht ergriff. Halb befreit, halb enttäuscht jagte ich ihr nach ... »in die Oberwelt«, wie wir es nannten, was jedoch abfällig gemeint war und einzig zu dem Zwecke erfunden, die leider so flüchtige Welt der Versunkenheit, des Zwielichtes, des einsamen Entrücktseins auf zwei taumelnden flatternden Herzen, auf einem einzigen abgründigen Augenblick zu ehren und im überhellen Gedächtnis zu verschließen. Lachend machten wir Halt und gingen zu gefahrloseren Spielen über. Da gab es zum Beispiel im Speicher eine Ecke, wo die leeren Koffer aufbewahrt wurden. Sie boten uns Gelegenheit, zuerst auf die Nationalität des Besitzers, dann auf die Besitzer selbst zu raten. Die Schrankkoffer der Amerikaner glichen reisenden Geldschränken, die Koffer der Engländer waren leichter und von heller Farbe, aber mit vielmehr Leder, als die der deutschen Faserkoffer. Die Franzosen zogen wenigen großen Stücken ein Dutzend Handtaschen vor, wozu halb soviel Hutschachteln traten, und alle schienen schon den Großvätern und Großmüttern gedient zu haben, auch der einzige größere Behälter für die Roben Madames. Die Italiener erkannte man an den absonderlichen Farben und Formen, die vom grauen Holzkasten mit grüner Leiste bis zum eidottergelb gestrichenen, ein wenig zu kurzen oder zu schmalen Amerikanerschrank in bunter Reihe die Entwicklung des Koffers im letzten Jahrhundert darstellten. Von der Regel bildete nur der Staatskoffer Sidonias eine Ausnahme. Er war fast viereckig, aus hartem Leder und mit großen, gelben Knopfnägeln gespickt Sie hatte ihn sich von Rheinweiler nachsenden lassen, und er schien so alt wie das Schlößle selbst, verriet aber weder seine Zugehörigkeit zu einem Volk, noch zu einer Zeit. Am meisten glich er noch einem mittelalterlichen Kasten, den man mit Leder verputzt und mit englischen Schlössern versehen hätte. Schwieriger war es, zu den Koffern nun auch die Besitzer herauszufinden. Die aufgemalten Initialen und Kronen zogen wir selten zu Rate, nur in ganz problematischen Fällen, sonst griffen wir erst nachträglich nach ihnen, wie Rätselsucher, nach getaner Arbeit, zur verkehrt gedruckten Auflösung. Maria behauptete sogar, an den Damenkoffern zu erkennen, wie sehr ihre Besitzerinnen geliebt würden. Ja, das behauptete sie, allen Ernstes und mit Nachdruck.

Was war das für ein Kerl, die Maria! Ich mußte lächeln, wenn ich an die verschlafenen Puppen, meine Kusinen, dachte, nur geschaffen, um von uns Jungens verachtet zu werden, und ich zögerte nicht, sie Maria in ihrer ganzen Verkehrtheit preiszugeben.

»Kennen Sie Sacré-Coeur, Maria?«

»Nein, was ist das?«

»Ein katholischer Zirkus für Mädchen, in dessen Sprechzimmer wir Jungens am Seil geführt werden, um zu sehn, wie artig unsre Kusinen zu knicksen verstehn. Von meinen fünf Kusinen, die ich zweimal im Jahr mit der Mutter besuche, hat keine je vergessen, mich zu fragen, ob ich auch vor dem Einschlafen immer mein Abendgebet verrichte.«

»So gehört es sich auch«, sagte Maria und nickte mir tiefsinnig zu. Mit der Religion ließ sie nicht spaßen, wenn sie auch die Kusinen im übrigen gering schätzte.

Da gab es ferner das Bügelzimmer im Hof. Zehn Mädchen bügelten und strichen mit braunen Händen über die weiße Wäsche – schweigend in sich versunken verrichteten sie ihre Arbeit. Es sah fromm aus und roch stark. Ohne sich zu unterbrechen, überschütteten sie mich mit Blicken, die nachhaltig bebten, wenn sie in mir festsaßen, und bestreuten meinen Weg mit Lächeln und Händezucken, unter dem das Bügeleisen eine Sekunde stillstand. Maria, die mir ungern hierher folgte, ergriff auch bald meinen Rockärmel und zog mich unauffällig hinaus. »Ich möchte nur wissen, was das ist«, äußerte sie. »Alle Büglerinnen kokettieren wie die Spatzen.« Ein andermal bezeichnete sie die Mädchen als weiße Fledermäuse, die in ungelüfteten Betten nisten – was eine krasse Verleumdung darstellte, denn die Luft ihres Zimmers war von einer geradezu penetranten Reinlichkeit.

Zuweilen leistete der Kellner Emilio uns Gesellschaft. Er war ein leidenschaftlicher Familienvater und wußte von seinen Kindern rührende, sowie drollige Geschichten zu erzählen, aber auch von fremden Ländern und Rassen erzählte er, wie jenen märchenhaft schönen Königskindern in Ceylon (Emilio hatte dort »als Kellner gearbeitet«), unter denen die plumpen Engländer hochnäsig mit der Reitpeitsche in der Hand umherstolzierten. »Plumpe Zauberer, diese English«, urteilte er. »Machen alles mit dem Willen. Jeder einzelne ein Dummkopf, aber zusammen entwickeln sie eine verteufelte Intelligenz.‹ Dafür mußten wir Emilio über uns selbst und unsre kleinen Verwandten berichten, über die römische Gesellschaft, und wie man in Deutschland die Landwirtschaft betrieb, und ganz besonders interessierte ihn der Stand der Wissenschaft, darauf kam er immer wieder zurück. Denn nicht nur mußte er wegen seines Berufs von Frau und Kindern getrennt leben, in dem lombardischen Nest, wo sie auf dem winzigen Erbgut saßen, konnten die Kinder auch keinen »aufgeklärten Unterricht« erhalten! Wir unterhielten uns vortrefflich, jedoch, ehe wir es uns versahen, tauchte »Petrus«, der Portier, hinter Emilio auf und bedeutete ihm mit einem Blick, die Halle zu verlassen. Für diesen Fall hatten wir uns verabredet, im Speicher wieder zusammenzutreffen und dort, auf den Koffern sitzend, ungestört weiter zu plaudern. Nicht immer hielt Emilio die Verabredung; er entschuldigte sich dann bei der nächsten Mahlzeit, indem er uns zuflüsterte: »Unterwegs gekapert worden«, oder »Seeräubern in die Hände gefallen« oder kurz: »Zwangsarbeit.«

Und dann gab es schließlich noch die Küche. Leider durften wir sie nicht betreten. Indes hatte Maria ein Zimmermädchen als die Freundin des Patissiers ermittelt, und ich mußte der hageren Diana den Hof machen, indem ich begeistert von der Kunstfertigkeit des Bräutigams sprach und vor allem ihr kleine Geschenke zusteckte, Musterfläschchen französischen Parfüms für sie, bunte Krawatten für den Koch, mit denen geschmückt der Adonis im nachmittäglichen Frühlingsreigen der Riva degli Schiavoni vorbeitanzte. So kam es, daß wir auf dem Tisch unsres Zimmers noch einmal das Dessert des Abendessens vorfanden, nicht selten sogar um einige kandierte Früchte, eingestopfte Pralinen, einen Guß Maraschino oder Schlagsahne vermehrt.

Der Abend sank, und wir saßen in der Dämmerung vor dem Hotel. Alles, was Venedig an überquellender Freude enthielt, warf es um diese Stunde auf die Riva degli Schiavoni. Die Liebenden, die sich solang wie möglich verschwiegen hatten, sprachen, wenn die Bogenlampen aufflammten, plötzlich überlaut und warfen frech mit der Schleppe ihres Schattens um sich, Sirenen heulten in das Geläute San Marcos. Weiter unten, dem Arsenal zu, standen unbewegliche Gruppen am Rand der Lagune, und wenn die Glocken in die Ruhe zurückgefunden hatten, hörte man von dort Musik. Sie kam von den russischen Kriegsschiffen, wo die Balalaika sehnsüchtige Gesänge der Matrosen anführte.

An solch einem Abend beichtete ich Maria, daß ich Sidonia liebte.

Sie murmelte: »Armer Junge!« und dazu seufzte sie auf eine besondere Art, die ihr natürliches Interesse für meinen Fall deutlich überstieg.

»Ich habe auch noch eine Freundin«, sagte ich. »Viviane von Bock«.

»Wie, bitte?« fragte Maria mit hochgezogenen Brauen, obgleich dieser Name gewiß nicht schwer auszusprechen war.

»Viviane von Bock«, wiederholte ich, bemüht, die Laute gradezu melodisch zu formen. Und um ihrem künstlichen Erstaunen ein Ende zu machen, fügte ich hinzu: »Sie nennt mich Puleinella.«

»Pulcinella? Warum das?«

Ich erzählte ihr von unserm Komödienspiel, worin ich in der Haltung Vivianes, mit hängenden Armen und seitlich geneigtem Kopfe auftrat und mich, als spräche ich zu mir selbst, über die Welt beklagte und ebenso an mich gerichtete Fragen beantwortete. Es war der Gegensatz zwischen der spitzen Rede und der schwärmerisch versunkenen Haltung, der die andern zum Lachen brachte. Nur Viviane lachte nicht, sondern schaute verzückt zu dem Jungen hinauf, der ihr in so überragender Weise glich.

»In dieser Rolle kann ich Sie mir nicht vorstellen, Claus«, sagte Maria.

»Mit Ihrer Erlaubnis, Marchesa: in der Stegreifkomödie sprudle ich von unfreiwilligem Witz.«

»Pulcinella!« rief sie, jählings erleuchtet, und klatschte in die Hände. »Komisch, es war mir bisher gar nicht aufgefallen.«

Sie musterte mich aus den Augenwinkeln, und da ich ein ernstes Gesicht bewahrte, lachte sie von neuem los.

»Vielleicht heiraten Sie Viviane?« meinte sie.

Ich nickte bedächtig:

»Wahrscheinlich, Maria, heirate ich sie. Ich fürchte nur, wenn es darauf ankommt, erlauben Sie es nicht.«

»Wir wollen sehn«, sagte sie.

Es zeigte sich, auch sie hatte schon geliebt: einen römischen Lausbuben ohne Hemd und Schuhe, seinen Namen kannte sie nicht, aber vielleicht hieß er Peppo. Einmal war sie Zeuge gewesen, wie er im Hof des Palazzo einen andern, größeren Jungen verprügelt hatte, mit dem er am Faß voll Küchenabfälle zusammengestoßen war. Nun war Peppo ein außergewöhnlich schüchterner Junge. »Das ist mein Faß!« hatte er ängstlich ausgerufen, »ich habe keinen Vater mehr.« Der andre war herausfordernd auf ihn zugetreten. »Mein Vater ist ein Lump, ich habe ihn nie gesehen.« Peppo hatte erst gezaudert, aber dann: »Deine Mama wäscht für den Vatikan. Die meine liegt im Bett und spuckt Blut. Geh! Geh sofort! Du willst nur Hundefutter verdienen, um mit dem Geld Orangen zu kaufen. Via! Via!« Dabei zitterte er vor Angst und faltete flehentlich die Hände. Der Große sprang Peppo an die Kehle. Da, in der Wut der Verzweiflung, hämmerte der Kleine auf ihn ein, bis der andre blutend am Boden lag. Mit Fußtritten trieb Peppo ihn aus dem Hof. Aber er kehrte nicht zum Faß zurück.

»Ich folgte Peppo heimlich bis zu seinem Haus, und am Nachmittag besuchten Mama und ich seine Mutter. Mama brachte sie in unsre Villa. Von dort kam sie in ein Sanatorium im Apennin. Am 6. Dezember starb sie, gerade, als der Nikolaus eintrat, um den bei ihr weilenden Peppo zu belohnen. Peppo Ist seitdem bei uns und hilft dem Chauffeur. Ich liebe ihn nicht mehr, und er heißt gar nicht Peppo.« Das war eine schöne Geschichte, o ja, wenn auch Peppo schließlich gar nicht Peppo hieß. Was aber meinen Fall anlangte, so rückte ihn die Geschichte kraft ihres heroischen und gefühlvollen Inhalts in eine Sphäre, wo lauter Glanz und Zuversicht herrschten. So fragte ich mit fester Stimme:

»Maria, glauben Sie, ich könnte Sidonia heiraten? In zehn Jahren bin ich gut vierundzwanzig – und Sidonia erst vierunddreißig. Das geht doch?«

Maria schüttelte den Kopf.

»Sidonia liebt einen andern.«

Ich rührte mich nicht. Ich fragte nicht.

»Und Sie, Claus, sind leider nicht mein Typ. Schade. Aber wissen Sie, Claus, wenn ich erst einen Mann habe und Sie eine Frau, da werden wir fabelhafte Freunde sein ... Sie müßten eine Frati wie Donja haben, nur jünger. Und ich einen Mann wie Boris.«

»Boris?« fragte ich leise, »wer ist Boris?«

»Ach so«, seufzte Maria, und sie blickte scheu auf die Lagune hinaus. »Sie kennen ihn nicht? ... Boris ist der Verlobte Sidonias ...

Ein russischer Fürst, es sind seine Kriegsschiffe, die da draußen liegen. Wenn er es befiehlt, bombardieren sie Venedig. Er ist sehr schön.«

»Ich kenne ihn nicht!« flüsterte ich verbissen, in Scham verloren, mit einem Zittern ums Kinn. »Ich will ihn nicht kennen.«

Maria sprang auf.

»So spricht ein eifersüchtiger Mann!« rief sie, und dicht vor mir stehend, begann sie schwärmerisch: »Boris trägt meistens Tennisschuhe, müssen Sie wissen, mit einer Schnalle aus Brillanten. Er hat einen Mund, man möchte auf ihm einschlafen, da ist gut ruhen, Claus, soviel glaube ich Ihnen versichern zu können. Und überhaupt, wenn Sie einem Manne begegnen, dessen Augen, wenn er sie anguckt, nur so auf einer unmerklichen Brise durch Sie hindurchsegeln, und hinter dessen langen Gliedmaßen die Frauen stehenbleiben – dann«, schloß sie in nüchternem

Ton, »dann ist das Boris. Und ich wünsche Donja von Herzen, daß sie ihn kriegt – Sie dummer Bub!«

Ich erwiderte nichts. Sie wartete ein Weile, dann ging sie hurtigen Schrittes davon. Die Promenade war voller Liebender, und auf den Kriegsschiffen spielte die Musik. Festlich bunte Dämmerung. Die Frauen schwenkten ihre großen schwarzen Schals und hüllten sich darin ein. Es war, als zögen sie jemand an ihre Brust.

Beim Abendessen saß ich allein am kleinen Tisch, und mein Herz war so leer, so im Stich gelassen wie das Gedeck gegenüber, Donjas Gedeck. Dies war ihr Platz, und sie speiste irgendwo anders, mit Boris, zu Abend. Wie festlich meinte es dieser Abend! Sie dachte gewiß nicht an mich. Ich aber sah, ich hörte sie lachen. Die kleinen Zähne klirrten ihr im Mund, und sie hielt die Hände unter dem Kinn gefaltet ... Auf ewig verloren! Immer gab es jemand, der schöner und von höherem Adel war als ich ... Und Maria hatte mich beleidigt. Das Essen widerstand mir. Ich sehnte mich nach meiner Mutter.

Zum Dessert kam Maria, die ebenfalls allein gegessen hatte. Ihre ersten Worte entwaffneten mich.

»Claus«, fragte sie mit der reuigen, biegsamen Eindringlichkeit in der Stimme, im ganzen Körper, die ich schon kannte, »Claus, ist Ihre Mutter so schön wie Sidonia?«

»Viel schöner«, antwortete ich tiefsinnig zerstreut, »doch hat sie es immer so einzurichten gewußt, daß man es nicht merkt. Sie war zu schamhaft, um schön zu sein«

»Das verstehe ich nicht«, sagte sie errötend.

Ich hob den Blick zu ihr, sah sie fest an.

»Aber ich, Maria, ich verstehe es jetzt. Schöne Menschen, sind schamlos, sie demütigen die andern. Maria, Sie haben keine Religion, sonst wüßten Sie, was ich meine. Komisch, ihr Italiener habt den Papst im Land und kennt nicht die Religion.«

Sie zog die Augenbrauen zusammen, senkte die Lider, duckte den Kopf, sie machte ihr »Fauchende Katze«-Gesicht und schielte mich aus den Augenwinkeln an.

»Und Sie, Claus, wissen nicht, daß sie jede Nacht in Bobs Zimmer Karten spielen.«

»Wer ist das – ›sie‹?«

»Aha! Aha! Sie, das ist Bob und Zeus und Boris. Es sind aber noch andre dabei. Manche schickt der Portier, aber die meisten bringt Boris mit.«

»Woher wissen Sie das?«

»Ja, woher weiß ich –! Kleine Jungens müssen um neun ins Bett und schlafen ein. Kleine Mädchen können geistern. Oder sie träumen allerhand so genau, als wären sie dabei … Doch sagen Sie mir, Claus: was halten Sie von Bob?«

»Was soll ich von Bob halten? Was weiß ich von Donja? Ebensoviel wie von eurem Boris. Sie sind nie da. Vielleicht schickt der liebe Gott Regen –.«

Es blieb schön, und Donja und Bob Capponi fehlten immer öfter bei den Mahlzeiten. »Es ist Zeit, daß Mama kommt«, meinte Maria eines Tages, »Bob gerät außer Rand und Band. Er spielt und trinkt.« Und dann wollte sie von Boris sprechen.

Rasch ergriff ich ihre Hand und drückte sie, ein zorniger Eroberer, und beugte mich finster auf die überhellen Augen. In einer fast schmerzhaften Anspannung meines Willens befahl ich ihr, ich befahl, als ob ich schlüge …

»Mag Ihr Bob spielen und trinken, soviel er will, aber das mit Donja ist unwahr. Ich verbiete Ihnen, so etwas zu denken! Haben Sie gehört, Marchesa? Ich verbiete es Ihnen! Ich will nicht! Ich will nicht! …«

»Au«, machte sie kläglich, »lassen Sie los! Meinetwegen!«

»Gut, sagte ich, und das sollte mein letztes Wort in der Sache sein.

Der Zwischenfall konnte bald für abgetan gelten und vergessen, um so mehr, als Maria am gleichen Nachmittag Europa überraschte, wie der lasterhafte Ganymed, der also Bob Capponi hieß, sie hinter der halbgeöffneten Tür eines Ortes, wohin er durchaus nicht gehörte, an sich gepreßt in den Armen hielt und, Mund auf Mund, immerfort schüttelte, bis, von der empörten Hand Marias geschleudert, die Tür ins Schloß gekracht war. Und wenig später wohnte ich einer, die sonst menschenleere Halle erschütternden Ohrfeige bei, womit Zeus aufleuchtenden Stiernackens Europa, die beim plötzlichen Anschlag von Bobs Stimme aufgesprungen war, ebenso rasch wieder in den Sessel zurücklegte. Als ich Maria den Vorgang berichtete, schloß ich mit der Versicherung, daß Zeus ein Ungeheuer sei. »Und Bob ist ein Nichtsnutz«, erklärte sie. »Die Dame ist doch verheiratet. Er wird sich noch mit Zeus schießen müssen. Ich sag es Mama, wenn sie kommt.« Auch mit der Moral ließ sie nicht spaßen.

Man sieht, Maria kannte das Leben. Sie hatte aber auch von klein an aufgepaßt. »Wenn meine Mutter mich säugte«, so behauptete sie einmal, »verdrehte ich die Augen, um zu sehn, was für ein Gesicht sie machte.« Aber das war ein Ausspruch Bobs, wie sie auf meine Vorhaltung, das könne sie doch unmöglich aus eigenem wissen, schließlich auch zugab. Aufruhr und Lichtblick! Da sagte ich mir im stillen: sie behauptet soviel zu wissen, daß das mit Donja und dem Boris auch nicht wahr zu sein braucht. Sicher verhält es sich damit wie mit den Erinnerungen aus ihrer Säuglingszeit ...

Trotzdem, sie war ein wahrer Schießhund und mir immer weit mehr als nur um ihre eine, feine Nase voraus. Auch lehrte sie mich mehr, als ich sie hätte lehren können, zumal es für sie in der Mythologie längst keine Geheimnisse mehr gab. Ich aber erfuhr alles, womit Frauen sich beschäftigen, und das war genug, um sich jahrelang nicht zu langweilen.

So stand es mit mir bis zur Stunde, wo ich jenen Blick in den Felze der wahrhaft hochzeitlichen Gondel warf. Auf roten Polstern lag Sidonia an der Brust eines Mannes ...

Ich erkannte ihre dunkeln Locken, in denen ein Irrwisch umhersprang, und hoch darüber andre, blonde Locken – der Kopf des Mannes hing zaudernd über ihr. Sie hatte das Gesicht zurückgeworfen, ich sah nur ihr Gesicht, es lag flach da, haltlos im Raum, weiß, mit treibenden Augen, weiß wie eine Maske, und wie hinter einer Maske schwankten auch die Augen, und der unnatürlich rote Mund war ein wenig, nur eine Messerschneide breit geöffnet, aber gerade deshalb kam es mir vor, als ob er über ihren Zähnen blutete. Niemals hatte ich ein so schmerzliches Antlitz gesehn!

Als ich neben Maria in der Halle stand und mich, vor Kälte schlotternd, am aufgeklappten Deckel des Flügels festhielt, tauchte in Sidonias Gesicht, auf das ich in Gedanken weiterstarrte, ein andres, verlöschendes Antlitz auf, der Mund verschwand und die Augen und alles Blut, bis auf das schmale Rinnsal an einem Mundwinkel, das langsam über das Kinn und den Hals hinablief: das Gesicht meiner sterbenden Großmutter, des einzigen Menschen, den ich, vor diesem hier, sinken gesehn. Ich griff nach dem Kragen, mir war plötzlich unerträglich heiß. »Das war Boris«, hörte ich noch sagen. Auch schien es mir, als ob Maria sich auf mich stürzte und wir gemeinsam, wie auf einer Rutschbahn, nur viel langsamer, in die Tiefe führen, und ein süßes Wohlsein durchrieselte mich.

Vielleicht erwachte ich schon durch den Aufschlag meines Körpers aus der Ohnmacht. Jedenfalls lag ich noch an derselben Stelle, wo ich hingefallen war, und Marias Tränen näßten mein Gesicht. Kniend hielt sie die Arme mit den krampfhaft gefalteten Händen über mir und weinte zwischen ihnen auf mich hinab. Und es war wirklich, als ob ich unter ihren Anrufungen der Madonna, von unsichtbarer Hand gezogen, die Stufen hinauf ins Leben zurückkehrte ... Ich hatte mich aufgerichtet.

»Was ist?« rief sie, sich mit beiden Ärmeln die Augen trocknend.

Sie sprang auf die Füße, blickte mich forschend an, lächelte ein seltsames, ein sehr seltsames Lächeln und lief aus der Halle. Ich erhob mich mühsam und schleppte mich am Flügel entlang bis zu einem Sessel, von dem einzigen Gedanken beseelt, möglichst schnell mein Zimmer zu erreichen und Ausschau nach der roten Gondel zu halten.

Der Kellner Emilio kam mit einem Glas Wasser. Ich fragte nach Maria.

»Die Marchesa hat eine Gondel genommen«, erwiderte er eilfertig, und »Lieber kleiner Baron«, sagte er plötzlich in verändertem Ton, hob mich auf die Arme (»No!« schrie er den Liftjungen an, der ihn beim Vorbeigehen in den Fahrstuhl ziehen wollte) und trug mich die Treppe hinauf in mein Zimmer. Da war ich, fiel mir ein, als Kind einmal vom Baum gefallen, und mein Vater trug mich so ins Haus. Ich weinte nicht ...

»Ans Fenster«, bat ich.

Und jetzt konnte ich die Jagd einer Gondel, in der Maria saß, hinter dem Hochzeitsschiff her verfolgen. Es lag auf ihm wie Blutlachen, und seine Fahrt selbst verriet den Raub. Ich stöhnte auf ... Welche Angst war in ihren Augen gewesen! Lieber Gott, was geschah mit ihr. Aber es war ja ihr Verlobter, in dessen Armen sie starb! Das also war die Liebe, wenn man sie eine glückliche hieß. Dafür waren wir von Basel nach Venedig gesaust. Was aber, was plante Maria da draußen? Was denn, wenn nicht Sidonia einzuholen, neben dem Bett der selig Verblutenden aufzuspringen und ihr zuzurufen – was? Daß es im Hotel einen kleinen Ohnmachtskandidaten gab, der sie liebte, ja, und dazu noch einen, den sie, Maria, deshalb einen dummen Bub geschimpft hatte. Eine neue, unheimliche Beleidigung bereitete sich vor, ich fühlte es, aber ihrer achtete ich weiter nicht, meine ganze Überlegung richtete sich darauf, was ich tun sollte, wenn der Streich gelänge und Sidonia mit Maria umkehrte – und ich beschloß, in diesem Fall aus dem Fenster zu springen. Die rote Gondel befand sich jetzt auf der Höhe des ersten russischen Kriegsschiffes, Marias Gondel etwa in der Mitte zwischen diesem und dem Hotel. Sie rückte schnell voran. Da stieß ein weißes Motorboot, dessen Kabinenfenster im Sonnenregen schimmerten, vom Kriegsschiff ab und legte sich neben die rote Gondel. Ich erkannte das Boot, das uns vom Bahnhof abgeholt hatte.

Maria war aufgesprungen. Ich sah, wie sie heftig winkte, auch ihr Gondelier schwenkte die Arme, ich konnte es nicht hören, aber sicher riefen sie. Dann drehte Maria sich um, der Gondoliere warf sich ins Ruder, sie mochten fünfzig Meter von dem Motorboot entfernt sein. Zum Glück zeigte ein dünner, weißer Rauch an, daß der Motor in Gang war, also konnten sie dort nicht hören, wie man hinter ihnen rief. Das weiße Kleid Donjas huschte vorbei, eine zweite Gestalt, die folgte, verweilte länger. Endlich tauchte auch sie in das weiße Boot. Ein Streifen Wassers blinkte zwischen dem. Boot und der Gondel, – da, mit einem Sprung, stürzte es davon. Dem Lido zu, ach! ich wußte es, der Adria entgegen, deren grünen Streifen ich in der Ferne flimmern sah, hinaus ins Meer ... Marias Boot hielt bei der verlassenen Gondel.

Es legte am Kriegsschiff an, und Maria stieg die Treppe hinauf und stand, unter einer Turmkanone, in einem Halbkreis von streichholzdünnen Gestalten, die sich leise rührten und manchmal zusammenknickten.

Was trieb sie dort? Erzählte sie nicht den Offizieren des Fürsten seine und Sidonias und meine Liebesgeschichte? Verlangte sie nicht, daß man die Jagd mit einem andern Motorboot fortsetzte? Sie war toll, vollständig toll! Sie stellte uns alle bloß. Sie ruhte nicht eher, als bis wir zum Weltgespött geworden wären – nur, um zu beweisen, wie gut sie aufgepaßt ... Maria, dachte ich, du bist des Teufels!

Die Tür meines Zimmers öffnete sich, und Emilio eilte mit einem Tablett herbei, worauf eine Flasche Champagner und ein Glas standen, »Zu spät?« fragte er mit einem Blick aus dem Fenster, gleichzeitig entkorkte er die Flasche. Und als sie entkorkt war, zog er ein zweites Glas aus der Rocktasche, lächelte: »Permesso, Signore barone?« – und schenkte in beide Gläser. »Bene, bene, petit Baron, trink, very good!« Die Sprachen gingen ihm wie ein Lottorad im Kopf herum, er schüttelte den Kopf, als ließe er keine Ausreden gelten, und schnalzte bekümmert mit der Zunge. Maria, du bist des Teufels!

Auf der Lagune ruderten das Hochzeitsschiff und Marias kleines Jagdboot Seite an Seite zurück. Das Motorboot war hinter einer Insel verschwunden. Der schmale, grün flimmernde Streifen des Meeres versperrte wie ein stählerner Schlagbaum den Horizont.

»Emilio, mir ist ganz wohl, ich danke Ihnen«, sagte ich aufatmend. Das Sterben war vorbei, und Leben flutete zurück.

Er nickte, schenkte mir noch ein halbes Glas ein, wobei er in die Kniebeuge ging und mit dem Finger den Kelch maß, verbarg ein Glas in der Hosentasche, flog auf gebreiteten Frackschößen davon ... Damals legte mich mein Vater auf Mutters Bett, als gehörte ich in großer Gefahr dorthin und nirgendwo anders, und er lächelte mir, während die zitternde Mutter meine Schuhe aufknöpfte, über mich gebeugt so innig in die entsetzten Augen, daß ich trotz der Schmerzen die Arme um seinen Hals schlang und ihn küßte ... Als ich mich aus dem Fenster lehnte, sah ich Emilio an der Landungstreppe stehn; er wartete auf Maria. Da nahte sich auch schon der Portier, offensichtlich in der Absicht, Emilio in gewohnter Weise zu verscheuchen. Es kam zu einem heftigen Wortwechsel, und diesmal war es »Petrus«, der das Feld räumte. Außerordentliche Umstände machten auch diesen Vater frei und kühn.

Nun blieb mir noch zu erdulden, was Maria, ins Hotel zurückgekehrt, gegen mich unternähme. Ich befürchtete, sie könnte sich über Sidonias Verbot hinwegsetzen und jählings in mein Zimmer eindringen; sie ließ aber durch Emilio bestellen, daß sie mich, wenn ich mich wohl fühlte, bei der Abendmahlzeit erwartete, wenn nicht, würde sie mich sofort in meinem Zimmer aufsuchen. Ich antwortete, daß ich zum Essen käme, und nun war ich endlich allein und vor der Heftigkeit Marias eine Weile geborgen. Endlich geschah nichts mehr.

Obgleich mir jene Tage bis in zahlreiche Einzelheiten (auch solche, die ich unerwähnt gelassen habe) aufs lebhafteste gegenwärtig sind, so klafft in meinen Erinnerungen doch eine Lücke, und das sind die zwei oder drei Stunden, die ich, am Fenster sitzend, den Blick auf den mattfarbenen Streifen der Adria gerichtet, scheinbar stumpfsinnig in meinem Erkerzimmer zubrachte. Dies erscheint mir um so merkwürdiger, da es ohne jeden Zweifel entscheidende Stunden meines Lebens waren. Zwar bin ich mir bewußt, daß der anscheinend katastrophale Akt der Einweihung in jene grausame Unschuld, die das Leben heißt, gründlich vorbereitet war, daß ich vielleicht sogar vor Ungeduld gefiebert hatte, die lang gereifte Frucht zu pflücken, und etwas Ähnliches muß ich auch dunkel empfunden haben, denn in meinem grenzenlosen Leid herzklopfte es: »Gottseidank! Gottseidank!« Wofür ich so im Innersten dankte, das wußte ich nicht, und wäre aus dem sich langsam vorbereitenden Sonnenuntergang mit eins mein Beichtvater gesprungen and hätte mich darnach ausgeforscht, ich hätte, nach einigem Besinnen, höchstens aussagen können, die Erleichterung meines Gemüts rühre daher, daß ich mich nunmehr sicher fühlte vor den ewig drohenden Enthüllungen Marias. Der Hohlweg, wo ich vor einem Überfall gezittert hatte, lag hinter mir! Ich war erdolcht worden und – ich lebte. Es war also nicht lebensgefährlich, hinterrücks erdolcht zu werden! Es drehte einen nur herum, den ferneren Stößen zu, wie sie nun von vorn kommen mußten, und die, so schlimm sie auch sein mochten, nicht mehr auf dein Blitz der Überraschung als ihrem furchtbareren Bundesgenossen gefahren kämen.

Man muß sich vergegenwärtigen, was ein vierzehnjähriges Kind ist: eine Windharfe, die ein Hauch zum Klingen bringt, und die kein Sturm zerreißt. Mit einemmal konnte ich gleichsam die Noten des schreckhaft bezaubernden Seemannsliedes lesen, das unser Oberschweizer, ein früherer Matrose, in der Trunkenheit zu singen pflegte (es war immer abends, und er sang wütend, mit haarsträubendem, blasphemischem Hochmut) und worin von Liebe, Mord und höhnisch erwarteter Sühne berichtet wurde, wenn ich auch natürlich den tiefern Sinn des Liedes nicht »verstand«. Ich will nicht bei dem zweifelhaften Begriff »Verstand« verweilen, der vermutlich nicht viel mehr besagt, als daß jemand in der Entzifferung des Lebens eine gewisse Routine erlangt hat. In jener Stunde begriff ich alles, aber, da ich ein Kind war, glaubte ich nur, mich von Maria und dadurch auch irgendwie von Sidonia befreit zu haben. Ich entdeckte, daß ich auf mich allein angewiesen war, und daß ich von Fehlschlag zu Fehlschlag ginge, wenn ich, wie bisher, abwartete, was mit mir geschähe. Ich mußte handeln, wollte ich frei sein. Ich machte mich zum Nachtrab und Sklaven der andern, wenn ich sie handeln und über mich verfügen ließ. Und ich wollte ein Herr sein, nicht nur zum Spaß. Ja, es muß schon ein rechter Aufstand gewesen sein, den ich da durchmachte, soviel müßte ich, wenn aus nichts anderm, aus der Haltung schließen, wie ich am Abend Maria und darauf Donja entgegentrat.

Maria empfing mich mit gespielter Unbefangenheit.

»Was haben Sie auf dem Kriegsschiff getan?« fragte ich ohne alle Vorbereitung.

»O nichts Besonderes«, antwortete sie. »Ich habe die Gelegenheit benützt, mir ein Kriegsschiff anzusehn.«

»Maria, bitte, ist das die Wahrheit? Sie haben nicht von ... den andern gesprochen?«

»Kein Wort ... das heißt, ich habe gefragt, ob der Admiral streng sei.«

»Sonst nichts?«

»Ich schwöre, kein Wort.«

»Ich danke Ihnen.«

Sie lächelte, ein wenig ängstlich:

»Claus, mir scheint, Sie sind strenger als der Admiral.«

»Warum sind Sie den andern nachgefahren?«

Marias Lächeln verzog sich zu einer kleinen Grimasse, die mich von neuem beunruhigte.

»Maria, sagen Sie mir alles. Wir wollen ein Ende machen.«

Demütig legte sie die Hand auf mein Knie.

»Ja, Claus, es war eine gräßliche Dummheit. Als ich Sie sah, wie Sie ... wie Ihnen schlecht war ... Ich habe nur an Sie gedacht, Claus, ich wollte Donja holen. Es war blödsinnig.«

Kaum aber waren wir freundschaftlich übereingekommen, wir hätten beide den Kopf verloren, ich auf dem Teppich der Halle, sie auf der Lagune, als sie sich gleichsam in ein neues Geheimnis hüllte und nachdenklich jenes seltsame Lächeln auf mir ruhen ließ, das mir schon nach meiner Ohnmacht aufgefallen war.

»Wollen Sie mir wieder wehtun?« fragte ich freundlich.

Sie wurde plötzlich ernst, beinah feierlich. »O Claus, im Gegenteil. Ich schwöre Ihnen, daß ich Ihnen nie mehr wehtun könnte.« Dabei errötete sie tief.

Ich sah sie bestürzt an, da fügte sie mit leiser Stimme hinzu:

»Nur gut, daß Sie jetzt nicht gelacht haben.«

Ein kitzliges Bangen beschlich mich ... Es war, wie wenn wir manchmal im Keller oder im Speicher gebannt voreinander gestanden hatten, aber jetzt saßen wir in der Halle, in strahlendem Licht, unter Menschen, nein, es war doch ganz anders, auch in uns war es ganz anders. So verweilten wir eine lange Minute. Dann errötete auch ich.

Schweigend saßen wir und lauschten dem Klavierspiel. Es waren elende Gassenhauer und Tänze, aber irgend etwas verwandelte sie für uns in beseligende Musik. Leid blühte. Weit hinter mir sank die glühende, grünlich zehrende Adria in Asche. Ein Gefangener sang sich frei und los. Breite, bestirnte Nacht, in der die Reben zu beiden Seiten der weißen Straße dufteten. Maria und ich gingen Hand in Hand, wir hörten nichts als unsre Schritte. Der Rand der Vogesen zeichnete sich mattsilbern vom Himmel ab. Dies dauerte noch an, als der Klavierspieler schon lange die Halle verlassen hatte und die Mehrzahl der Gäste ihm gefolgt war, und wurde erst durch den Ansturm Emilios vernichtet, der uns aufforderte, eiligst ins Bett zu gehn; die Zofe der Baronin stehe schon eine Stunde vor der Halle und warte auf die Marchesa.

»Ach«, rief ich aus, »die Marchesa weiß noch gar nicht, daß ich heute aufbleibe. Jawohl, Emilio, heute warte ich auf meine Tante.«

Ich hatte den Plan, Sidonia, koste es, was es wolle, heute abzufangen, bereits in meinem Zimmer gefaßt.

»Gerade heute sollten Sie das nicht tun«, redete Emilio mir zu. »Heute, wo Sie so krank gewesen sind!«

»Aber jetzt bin ich gesünder als vorher ... Ich weiß nicht, was die Marchesa tut, ich jedenfalls bleibe auf«.

»Selbstverständlich bleibe ich dann auch auf«, sagte Maria gewichtig.

Nach Emilio kam der Portier, und der Portier holte den Direktor. Alle drei standen, ein jeder in einem Abstand vom andern, vor uns, und Emilio und Petrus begleiteten die Rede ihres Chefs mit beifälligen Lauten. Ich versicherte, daß ich meiner Tante eine wichtige Mitteilung zu machen hätte, eine Mitteilung, die sich mitnichten auf morgen verschieben ließe, und ebensowenig wäre es mit einem von mir geschriebenen Zettel getan, den der Portier, dem Vorschlag des Direktors zufolge, überreichen würde, – und auch nicht mit einem Brief. Es handle sich um eine unaufschiebbare, nur mündlich zu erledigende Familienangelegenheit. Schließlich zuckte der Direktor die Achsel und ging, desgleichen der Portier. Emilio wäre gern noch geblieben, aber der Portier hatte an der Tür halt gemacht und lauerte ihm auf. Ich holte das Damenbrett.

Nachdem wir einige Partien gespielt hatten, unterbrach Maria das Schweigen:

»Claus, darf ich wissen, was Sie vorhaben?«

Ich sagte es ihr, ruhigen und bestimmten Tones. Ich war dieses »Gefängnisses mit Ausgang« überdrüssig und verlangte meine Freiheit.

»Das ist sehr vernünftig von Ihnen«, meinte Maria. »Und ich schlüpfe dann mit Ihnen durch«.

Nach elf Uhr begannen wir unsre Müdigkeit zu spüren. Zuerst schlummerte Maria ein, und ich zögerte nicht, mich ebenfalls dem Schlaf zu überlassen, in der Gewißheit, der Portier werde Sidonia zu uns führen.

Und so geschah es. Ich erwachte von einem Lachen, das schon lange in der Luft zu schwirren schien. Als ich den Kopf nach der Seite wandte, von wo es kam, sah ich Sidonia auf uns zuschreiten. Schnell griff ich nach Marias Schulter.

»Ist sie da?« fragte sie verschlafen.

»Ja«, stieß ich hervor und sprang auf die Füße.

Maria rieb sich umständlich die Augen. Plötzlich rief sie: »Nein –!«, da stand sie neben mir und starrte zu Sidonia empor. »Sind Sie es?«, und sie gab ihrem Köpfchen schnell ein paar Rucke, als wollte sie damit feststellen, ob sie wachte oder ob sie träumte. In Sidonias Haar funkelte ein Diadem. Sie trug ein dunkelrotes Kleid mit Silberstickereien, darüber einen Umwurf aus Hermelin. Auch die roten Schuhe waren silbern durchwirkt. Ein schwarzer, irisierender Gürtel hing in Fransen um ihre Hüften. Sie streckte Maria eine Hand hin, die bis an den Ellbogen in einen weißen Handschuh gehüllt war, und hier, dicht unterm Ellbogen, wo ein ebenfalls weißer Pelzstreifen den Handschuh abschloß, bildete der Arm eine Ausbuchtung, in der eine Quelle zu sprudeln schien. Ich hätte gern meine Lippen hineingetaucht, aber Sidonia schwebte, ein Diadem im Haar, auf einer Morgenwolke. Bei aller Erhabenheit schimmerte sie vom rosigen Schmelz eines Mädchens, das nach einem schnellen Lauf durch den Garten ins Zimmer tritt.

»Wollen Sie mir nicht die Hand geben?« fragte sie Maria. Maria beugte sich, sank auf Donjas Hand, sie ergriff die Hand, legte ihre Wange darauf.

»Ich schlafe noch, murmelte sie.

Sidonia lachte wieder, daß es leise in den Ecken der Halle klirrte.

»Ihr hättet sitzen bleiben sollen, Kinder. Ihr wart eine reizende Gruppe. Aber jetzt gehn wir alle drei zu Bett.«

»Ich muß mit dir sprechen«, sprach ich und ging zum Angriff über. Maria hatte das Signal verstanden, sie fuhr, wie unter einem Schlag, in die Höhe und blickte mich mit großen Augen an, über denen ein mondsteinfarbener Hof hing.

Das Haar, Brauen und Wimpern und auch der Mund waren wie mit Lackfarbe auf das blasse, runde Gesicht gemalt. Es zuckte und knisterte darin. Ich mußte zwischen ihrem und Donjas Gesicht hin und her blicken, und ich fand Donjas Antlitz schöner, weil es menschlichere Züge trug.

»Maria, Sie können schlafen gehen«, sagte ich ruhig. »Ich will Sie nicht aufhalten.«

Sie verzog ein wenig den Mund.

»Ich muß doch bei Ihnen bleiben«, flüsterte sie. »Ich will auch«, fügte sie laut hinzu.

»Ach so, Kinder, ich bin in eine Verschwörung geraten. Dauert es lange?

»Nein, Tante«, antwortete ich, »aber du solltest dich setzen. Bitte.«

Maria fiel ein:

»Sie sollten sich setzen, geliebteste Donja. Es ist gemütlicher, wenn wir alle sitzen«, eifrig schob sie einen Sessel heran. Da ich aber bereits zu Beginn des Abends einen Sessel für Donja bereitgestellt hatte, so waren es deren jetzt vier, die an unsrer Beratung teilnahmen, und Donja konnte, auf ihrer Morgenwolke niedersteigend, zu mir sagen:

»Claus, in dem scheinbar leeren Sessel sitzt deine Mutter und hört dir zu.«

»Von alledem, Donja, möchte die Mutter nichts wissen«, antwortete ich.

Mit beträchtlichem Gewicht war das gefallen, und dem entsprechend sah Sidonia mich an, erstaunt und ein wenig ängstlich, und, langsam ihr Gesicht zu mir neigend, fragte sie halblaut:

»Nun?«

Sie verharrte in der gleichen, ruhigen Erwartung, während ich mein Anliegen vorbrachte, gleichzeitig aber schien sie sich nur mühsam, ja, nur mit Gewalt in ihrem Sessel festzuhalten, und ihre Augen, so sehr sie mich bedrängten, brachen in einem fort zu einer Reise auf.

Ich begann.

»Donja, ich lebe in diesem Hotel wie in einem Gefängnis. Allein darf ich den Käfig nicht verlassen, und ich bin immer allein. Bei schönem Wetter bist du unterwegs, und wenn es regnet, fährst du im Felze.«

Sie nahm meinen Kopf in die langen Handschuhe, die rochen wie ein parfümiertes Tier, und lachte, ja, sie lachte mir den so gehaltenen Kopf voll, und von ihren Augen war nur noch ein mattfarbener Meerstreifen zu sehn.

Ich fuhr, mich aufbäumend, fort.

»Wenn es regnet, fährst du in einer roten Gondel, und man meint, du seist am Sterben.«

Sie ließ sofort meinen Kopf los.

»Wo hast du die rote Gondel gesehn?« Ich glaubte, sie sei jetzt im höchsten Grade gespannt, trotzdem kam ihre Frage langsam und wie aus weiter Ferne.

»Hier, vor dem Hotel, wie Ihr in die Lagune hinausfuhrt.«

Sie dachte nach, das Kinn auf die Hand gestützt, mit niedergeschlagenen Augen. Nach einer Weile schüttelte sie den Kopf und sah mich mit einem Ernst an, der mir unsagbar hoheitsvoll erschien.

»Ja, ja, hier beim Hotel ... als wir in die Lagune hinausfuhren. Und – was weiter?«

Ich nahm mich zusammen, um nicht kopfüber in Tränen zu stürzen.

»Weiter? Nichts. Ich kenne das ganze Hotel auswendig, vom Keller bis zum Speicher. Ich möchte auch Venedig kennenlernen.«

Sie nahm meine Hand, ließ sie aber gleich wieder los.

»Claus, wie oft bin ich mit dir ausgegangen?«

»Dreimal, Donja, seitdem wir hier sind.«

Sie dachte wieder nach.

»Wie lange sind wir eigentlich schon hier?«

»Vier Wichen!« rief Maria.

Donja reckte sich. Mit aufgerissenen Augen:

»Vier Wochen?

Und sie lachte, sie lachte, als hüpfte sie ganz allein auf einer Wiese, einen Kranz von Gänseblumen über den Augen, und würfe die Glieder.

Spaßeshalber hatte sie ein Diadem aufgesetzt, das tanzte mit.

»Claus, wie sie lacht!« sagte auf einmal Maria.

Die ganze Zeit hatte ich dagesessen, von Trauer beschattet, doch ein Mann. In solchem Tone bat ich:

»Donja, habe Mitleid!«

»Schäme dich, Claus«, erwiderte sie, scheinbar ernst. »Habt Ihr Mitleid nötig?«

Wieder schüttelte sie den Kopf, aber ich sah wohl, daß sie in ihrem Gemüt noch immer lachte – verschlafen lachend ruhte sie auf ihrer Morgenwolke.

»So so, hier beim Hotel?« wiederholte sie. »Als wir in die Lagune hinausfuhren? – Höre, Maria!«

Damit zog sie Maria zu sich hinüber und legte ihren Arm um sie.

»Wenn ich Euch jetzt erlaube, in ganz Venedig zu jagen, sagte sie rasch, »statt nur hier im Hotel, auf dem Markusplatz Eis zu essen und Gondel zu fahren, sogar in einer Gondel mit roten Teppichen, meinetwegen unter dem Felze, kann ich mich dann auch darauf verlassen, daß Ihr ... daß Sie, Maria, keine Jungensstreiche zulassen?«

Maria stand steif wie eine Puppe.

»Das können Sie, geliebteste Donja.«

»Gut.«

Sidonia erhob sich, nahm uns beide an der Hand. »Gut«, wiederholte sie. »Ihr könnt also laufen.«

Wir schritten in Donjas Duft.

Manchmal streifte der Hermelin meine Wange.

Manchmal schielte Maria mich triumphierend an, und zwischen ihren Brauen knisterte unsichtbar ein Feuer.

»Gut.«

Donja brachte Maria in ihr Zimmer und mich in das meine.

Vor der Tür küßte ich ihr die Hand.

»Verzeih, Donja«, sagte ich. »Ich mußte ein Ende machen.« Sie strich mir über das Haar.

»Ach, Kind –« seufzte sie.

»Du bist glücklich«, sagte ich.

Sie küßte mich auf den Scheitel.

»Ja, Claus, ich bin glücklich. Verzeih mir, wenn du es auch einmal bist.«

Ein Toter liegt auf der Schwelle

Fortan genossen Maria und ich nicht nur volle Freiheit, Kirchen und Museen abzustreifen und, wann es sich schickte, nämlich um zwölf und um sechs, auf dem Markusplatz zu verweilen, wir wurden auch, wie auf Befehl, in die Gesellschaft der Großen aufgenommen. Geld holte ich beim Konsul. Hotelgäste, von denen wir bisher nicht gemerkt hatten, daß sie mit den Unsern verkehrten, luden Maria und mich an ihren Tisch ein, und dann dauerte es gewöhnlich nicht lange, bis Bob Capponi oder Sidonia, der wehmütig lächelnde Lord Berrick mit dem ein wenig scheelen Auge, Zeus, dessen menschlicher Name Baron Steinberg lautete, seine Frau Camilla und noch andre sich hinzugesellten. Der Markusplatz karrt mir vor wie ein Salon ohne Decke, es war ein richtiger Himmel, in den man blickte, kein gemalter, und an Stelle von Gobelins weiteten den Raum steinerne Gebäude, unter deren Bogengängen Menschen aus allen Erdteilen vorüberzogen, und ein bunter Dom, wo zahlreiche Tauben mit ebensoviel Glockentönen zusammenwohnten. Die Standuhr in der Ecke war ein blauer, goldgestirnter Turm, unter dem ein Leiterwagen bequem durchgefahren wäre, wenn es hier Wagen gegeben hätte. Manchmal wurden wir von Leuten aus dem Kreis in die Hotels am großen Kanal mitgenommen.

Sidonia kam fast immer verspätet, immer in Eile. Kaum hatte sie aber ihre Entschuldigung vorgebracht und sich gesetzt, als alle Ungeduld, sowohl ihre eigene wie die der andern, einer prickelnden Beschaulichkeit wich, einem Sommergefühl, worin alle sich farbig und mit ihrem besonderen Duft erschlossen. Sie erinnerten mich dann an wohlerzogene Kinder, die keine andre Sehnsucht kannten, als zu sprechen, zu lauschen, leise die Glieder zu rühren und sich mit Blicken mehr, als mit Worten anzuvertrauen. Das Glück hielt Hof und machte alle, die es berührte, zu Liebenden. Sidonia, die selbst nie lächelte, war überall von einem Lächeln umgeben.

Als sie sich wieder einmal verspätet hatte (wir warteten im Hotel Bauer) und Bob ihr beim Ablegen des Mantels behilflich war, hörte ich, wie er ihr galant einen Satz zuflüsterte, von dem ich das Wort »Doppelleben« auffing. »Bob«, rief sie kühn, »ein anderes Leben lohnte sich nicht.

Mit diesen Worten, die mich innerlich zu gegenstandsloser und darum besonders tumultuöser Tapferkeit hinrissen, trat sie leichten Schrittes aus dem. Seidenmantel, den Bob noch hinter ihr in der Luft hielt: ganz weiß und so klar, daß sie fast leuchtete, und deutlich bis zur Schärfe in dem vor lauter farbiger Üppigkeit verschwommenen Salon, an dessen Möbeln die wahllosen Gruppen der Gäste als Parasiten klebten. Es schien mir ein Bild, eine »Geburt der Venus«, doppelt zauberhaft in solchem Raum und solcher Umgebung. Vom »Doppelleben« aber verstand ich soviel, daß es das Leben der Götter war, das Leben in verschiedenen Gestalten, hier und dort. Auch ich, das wußte ich, würde es einmal führen, auch ich ...

Bob! Wie Maria und ich nannte auch sie Marias Bruder Bob, und Bob genoß ihre Freundschaft. Schon saß er neben ihr auf dem Sofa, was einer ausdrücklichen Ehrung gleichkam angesichts des Umstandes, daß sich noch mehr Damen in unserer Gesellschaft befanden, die mit Stühlen vorliebnahmen. Ja, er war keineswegs nur mein und Marias und Donjas Bob. Alle Damen, alle ohne Ausnahme hätten ihm gern eine bevorzugte Stellung eingeräumt, aber Bob war wählerisch. Obwohl er viel trank, blieb er zuverlässig, anspruchslos, verschwiegen. In der Schlafwolke, die ihn umgab, ihn allen ein wenig entrückte, schritt ein Adonis, und die Wolke selbst war der Atem der Anmut. Verschwatzte er sich auch einmal, so vergaß er doch nie, wer ihm zuhörte, und statt einen Freund zu verraten, warb er ihm einen Verbündeten. Nicht als ob er ein »Menschenkenner« gewesen wäre, wie sich gewisse abgebrühte Egoisten gern nennen! Im Gegenteil, er begegnete den Menschen zutraulich, überließ sich unbekümmert ihrer Gesellschaft, ertrug ihre Laster ebenso wie ihre Tugenden, er hatte keine Ahnung von Psychologie, aber den Instinkt eines Tieres. Er verurteilte keinen, und wenn er jemand ablehnte, so geschah es aus einer Art unwiderstehlicher Laune, gegen die er sich selbst mit verdoppelter Höflichkeit zur Wehr setzte. Bobs Freundinnen erfuhren von ihm Huldigungen und Aufmerksamkeiten, wie sie sonst nur Geliebten zuteil werden. Mehr als einmal überraschte ich Europa bei einem qualvoll neidischen Blick auf eine dieser Freundinnen, die ihm, ein Kußmäulchen schneidend, ungezwungen die Hand, sogar die Wange streicheln konnten. Die einzige, die Bobs nicht froh zu werden schien, war Europa.

Heute weiß ich, warum. Aber damals hielt ich die Art, wie Bob sich mit Schwert und Flederwisch abmühte, die Baronin Steinberg Würde und Bescheidenheit zu lehren, für zarte Rücksicht auf ihre Tugend und Furcht vor dem stiernackigen Gatten.

Ein wie guter Freund Bob war, zeigte sich bald darauf bei Gelegenheit eines überraschenden Zusammentreffens. Bob, Maria und ich hatten mit Donja das Hotel verlassen und uns gleich darauf vor dem Uhrturm, verabschiedet. Donja ging über den Markusplatz weiter, wir drei bogen in die Merceria ein. Wir bummelten die Gassen hinauf bis zum Rialto und kehrten durch die Calle Goldoni zurück. Kurz vor dem Albergo

Bonvecchiati bogen wir, von. Bob unmerklich geführt, auf dessen Rückseite in eine Gasse ab, die das Hotel umging.

Plötzlich sah ich die rote Hochzeitsgondel vor mir. Sie lag an einem grünen Tor, dessen Schwelle das Wasser des Kanals bespülte. Das Tor stand offen. Im Tor erschien Sidonia.

Als wir sie vor einer halben Stunde verlassen hatten, war sie in Hut und Schneiderkleid gewesen, jetzt trat sie in einem Nachmittagskleid, Nelken im Gürtel, einen schwarzen Spitzenschleier über dem Haar, aus der Wassergrotte ... Ich stand am Rande des Kanals, sie vor der Gondel im Tor, reglos starrten wir einander an.

Da stieß Bob einen gräßlichen, italienischen Fluch aus, gleichzeitig ergriff er mich am Arm und Maria am Zopf: »Mein Zigarettenetui«, jammerte er, »ich habe mein Zigarettenetui verloren«, und fluchend und klagend trieb er uns vor sich her, bis wir wieder in der Galle Goldoni angelangt waren. »Sucht, Kinder, sucht!« eiferte er weiter, »es ist aus Gold mit einem Rubin. Wenn Ihr es findet, dürft Ihr mit mir auf dem Lido Thee trinken«. Wir suchten, wenn auch mit abwesenden Augen, bis zu S. Bartolomeo. Hier fand Bob das Zigarettenetui in seiner Hosentasche. Nachdem er ihm, unter angestrengter Betrachtung der Kirchenfassade, eine Zigarette entnommen und sie angezündet hatte, stellte er uns nebeneinander auf und sprach:

»Ihr bildet Euch natürlich ein, da hinten Sidonia erblickt zu haben – leugnet nicht! Ich selbst habe gemeint, sie wäre es: sie, Sidonia, und keine andre. Aber die Gondel? Es war die Gondel des russischen Admirals, das ist nun ganz sicher. Dafür könnte ich meine ewige Seligkeit verpfänden. Also kann es nicht Sidonia gewesen sein. Wie sollte die Gondel des Admirals dazu kommen, Sidonia in einem Hotel abzuholen, das sie gar nicht kennt? Also!«

Ich nickte, wie ein Mann, der sich auf Diskretion versteht. Maria aber ergriff Bobs Hand, machte die »Katze, die Milch schleckt«.

»Schön. Bob«, mauzte sie, »gerade in dieser Gondel haben Claus und ich Sidonia neulich mit dem Fürsten gesehn.«

Bob sah mich fragend an.

»Wir wissen alles«, bestätigte ich, und Maria fiel mit singender Stimme ein: »Wir sind schon sehr groß.«

Er warf zornig die Zigarette weg.

»Warum habt Ihrs nicht gleich gesagt – Ihr Spitzbuben!?«

»Weil du immer Whisky trinkst«, antwortete Maria ...

Wir waren, wie gesagt, zwei Dutzend Menschen, die, mit Sidonia als Mittelpunkt, ständig in Verabredungen miteinander lebten. Alle kannten den Fürsten, obwohl er an ihren Gesellschaften nicht teilnahm, wenigstens nicht, solange Maria und ich anwesend waren. Sie schienen nur nachts mit ihm zusammenzutreffen. Es fiel uns auf, daß die Frauen gern und mit Eifer von »Boris« sprachen, die Männer dagegen hinter einer Verschanzung heraus, so, als unterhandelten sie, in Deckung, mit einem selbst in seiner Abwesenheit gefährlichen Gegner, was wiederum die Frauen zu allerhand Sticheleien, ja, zu offener Entrüstung antrieb. Jedoch gab es keinen, der nicht Sidonia geradezu überschwenglich gehuldigt hätte. Da waren es dann die Frauen, die bedenkliche Gesichter schnitten.

In Sidonias Abwesenheit mußte man überhaupt auf der Hut sein. So hatten sie zuerst vom Fürsten als Sidonias »Freund« gesprochen, wie sie mich Marias »Freund« nannten. Dies letzte war richtig, aber wir »vergassen uns« auch nicht, »draußen auf dem Meer«, wie die Damen von Donja sagten, wir »verspäteten uns« nicht »beim Taubenschießen«. Ich verwies sie denn auch, daß der Fürst, wenn sie etwa auf ihn abzielten, der *Verlobte* meiner Tante sei, ich hingegen Marias *Freund*. Sie gaben mir Recht und richteten sich darnach. Für's gewöhnliche hielten sie uns für zu dumm, ihre Manöver zu durchschauen, oder sie bildeten sich ein, der viele Rauch verberge uns das Feuer, und kamen sich als große Feldherren vor, wenn sie ihren Mummenschanz vor uns aufführten. »Glück in der Liebe, Unglück im Spiel«, war ein Wort, das häufig wiederkehrte; Maria und ich fanden es reichlich grob. Als es wieder einmal vor uns fiel, sagte Maria ruhig: »Sowas sollten Sie vor uns nicht sagen, meine Herren. Es paßt sich nicht.« Und als man sie sprachlos ansah, fuhr ich fort: »Es ist sehr freundlich, daß sie uns erlauben, bei Ihnen Platz zu nehmen, aber wir sitzen nicht hier, um Indiskretionen über Familienmitglieder anzuhören.«

Wir ernteten den Beifall der Damen, Lord Berrick nickte zustimmend, Bob ließ den Strohhalm los, mit dem er seinen Whisky schlürfte, um Maria die Hand zu küssen und mir eine Zigarette anzubieten, der Baron Steinberg aber murmelte: »Lausejunge … Wenn du wüßtest –« und verließ mit flüchtigem Gruß den Tisch. »Madame, Sie tun mir leid«, sagte ich darauf beziehungsvoll zu Frau Camilla. Ich sprach zu ihr als zur Freundin Bobs, und meine Taktlosigkeit mochte als eine Art von impulsiver Kundgebung meiner Sympathie hingehn.

»Aber nehmen Sie sich in acht, Claus«, scherzte sie. »Mein Mann hat heute seine Versetzung zur Regierung in Straßburg erhalten.«
»Wieder einer«, entfuhr es mir.
»Was für einer? wollte Maria wissen.
Mit dunkler Drohung erwiderte ich:
»Wieder einer von drüben.«
Frau Camilla nickte ironisch:
»Ganz recht, wieder ein Barbar, der zu Ihnen leben kommt, wie der Herrgott in Frankreich. Nicht wahr, so sagt man bei Ihnen? Ich werde Sie beschützen, Claus. Er darf Ihnen nichts tun.« Dabei legte sie mir eine weiße, runde Hand auf den Kopf.
Dankbar für diese mütterliche Liebkosung vertraute ich ihr an:
»Die Marchesa und ich nennen Madame – Europa.«
»Europa?« Sie war erschrocken. Um die Augen des Lords flügelte ein Lächeln.
Maria flüsterte in ihr Gefrorenes: »Kennt sie nicht«, und Bob anstoßend, rief sie:
»Du, lade uns zum Tee im Stabilimento ein. Aber du mußt einen Tisch ganz vorn am Meer belegen.«
»Also«, antwortete Europa. »Trinken wir Tee auf dem Lido.« Bob, über sein Glas gebeugt, nickte, ohne seinen Strohhalm loszulassen. »Nur müssen Sie mir erst sagen: sehe ich aus wie eine Landkarte?
Ich brach aus:
»Wie eine Göttin, Madame. Europa ist eine Göttin des Altertums.«
»Des Altertums«, rief sie wahrhaft entsetzt.
Indessen beruhigte sie sich, als der Lord, wehmütig lächelnd, bestätigte: »Gewiß, Baronin, Europa ist eine Göttin des Altertums, und sie soll eine ganz reizende Dame gewesen sein. Zum Beweis wird erzählt, kein Geringerer als Göttervater Zeus habe die Gestalt eines Stieres angenommen, um sie zu entführen.« Die Frage, warum der Göttervater Zeus dafür gerade die Gestalt eines Stieres gewählt habe, blieb unbeantwortet, weil die Kaffeehauskapelle plötzlich gewaltigen Schlages die »Marcia reale« anhieb.
Sofort fielen die Kapellen der andern Cafés ein.
Man sprang auf, stieg auf Tisch und Stühle, man schrie, man winkte.
»Sehen Sie den kleinen Leutnant dort, der über den Platz geht?« fragte Bob. Wir standen eng zusammen auf dem kleinen Tisch, Maria,

Bob und ich, und Bob zeigte mit dem Whiskyglas hinüber. »Das ist der König.«

An diesem Tag also, kurz vor dem Mittagessen, sah ich den König von Italien. Es war mir nichts an ihm aufgefallen, was an einen Eroberer gemahnt hätte. Um drei waren Maria und ich unterwegs nach dem Lido.

Wir fuhren in einer gedeckten Gondel. Weit um die Stadt lag ein Kranz von Gewittern, eine sterbende Sonne schien über der Lagune, und Fische schnellten an unsichtbarer Angel aus dem Wasser. Die weißen Gebäude der Riva degli Schiavoni schmerzten die Augen, so arg weiß waren sie, und die dunklen saugten sich, aufquellend wie Schwämme, voll Finsternis. Über die fernen blauen Höhenzüge wischten Blitzfeuer, dann leuchteten Berge und Täler auf, man erkannte das Grün der Wälder und Wiesen und die hellere Farbe des Gesteins. Von dorther vernahm man keinen Donner, und auch die Blitze über dem Meer, die wie Peitschenschnüre in der Luft hingen, gaben nur einen schwachen Laut. Das Boot schien in dem dickflüssigen Wasser nur mühsam vorwärts zu kommen.

Ob es losginge, bevor wir am Lido wären, fragte ich.

»Hoffentlich«, flüsterte Maria, die Hände um die Knie verschränkt, und sie lehnte sich mit einem Seufzer an meine Schulter. Für ihren Teil fängt sie an, dachte ich ... Vor dem Besteigen der Gondel hatte ich sie verwarnt, daß es uns ja nicht beifiele, Sidonia und den Fürsten nachzumachen. »Nachmachen?« hatte sie finster geantwortet, »nachmachen?«, und kaum war das Boot abgestoßen, da hatte sie mich beim Handgelenk gepackt und ausgerufen: »Ich mache nichts nach, verstehn Sie mich, Claus? Ich habe es nicht nötig gehabt, auf Sidonia zu warten.« Der letzte Satz war mir ein Rätsel geblieben. Darauf hatte sie neben mir auf der Lauer gelegen, geduckt, mit weit entspannten Brauen.

Übrigens zitterten mir die Beine. Maria lächelte. Lächelte hartnäckig und auf besondere Art. Jetzt nahm ich ihren Kopf in die Hände und sah sie an, ich suchte dem Lächeln bis auf den Grund zu kommen, das um Augen und Mund schwamm, jenem Lächeln, das am Tage von Sidonias »Hochzeitsfahrt« geboren war.

»Seit damals lächeln Sie so«, sprach ich mit gepreßter Stimme.

»Ja, Claus, seit damals.«

»Warum? Bitte, warum? Ich verstehe nicht, Sie verletzen mich, was soll das heißen?«

»Sehr viel soll es heißen.«

»Was? Bitte, Maria!«

Das Mädchen entzog mir den Kopf und schob ihn bis an meine Brust vor, krallte sich mit den Händen in meine Arme, streckte die langen Beine aus, so daß ich ihr ganzes Gewicht trug, und wir sanken hintenüber auf die Kissen.

»Weil Sie mir seit damals gehören«, flüsterte sie. »Ich spürte ihren warmen Atem in meinem Ohr. Mir, statt Donja, mir!« Ihre Lippen eilten feucht über mein Ohr, sie wühlten sich in den Hals, ich wollte mich aufraffen, ihren Kopf ergreifen, sie küssen oder schlagen, aber sie drückte mich mit ihrer Schläfe nieder.

»Nicht gucken, Claus«, knirschte sie, »nicht gucken.« Zuckend lag sie über mir, die Hände noch immer in meine Arme gekrallt, die Beine auf meinen Knien. »Laß mich dich liebhaben, nein, du tust mir nichts, du tust mir nichts, still, Claus, still! Laß mich dich küssen, oh, wir tun nichts Böses, nein, o laß mich nur wenig, nur ein wenig ...« Sie sagte du, immerzu du!

Da schleuderte uns ein Schlag auseinander, das Mädchen flog seitlich zu Boden, ich rücklings in die Ecke. Der Felze bebte, das Boot schwankte. Eine braune Hand erschien in der Fensteröffnung, mit gestrecktem Zeigefinger, und die Stimme des Gondeliers schrie:

»Schaut, Kinder, da fährt ein Admiral!«

Halb von Sinnen gehorchten wir, beeilten uns hinauszusehn. Maria erhob sich gar nicht erst vom Boden, sie zog nur mit einem Griff den Rock über die Knie. Draußen fuhr, im weißen Motorboot, der Fürst vorbei – an der Seite einer großen, blonden Dame. Beide blickten mürrisch vor sich hin. Die Sonne schien nicht mehr. Die dunkle Lagune war in den Himmel erhoben, und das Wasser kräuselte sich wie in einem lautlosen Sieden. Der Fürst deutete mit langem Arm in den Himmel. Dann waren sie vorbei.

Das Mädchen und ich starrten einander mit aufgerissenen Augen an, bis es plötzlich blitzte. Dem Blitz folgte ein zerreißender Schlag. Maria setzte sich neben mich, ohne Eile, und ein Rasen ging über die Lagune. Die Blitze verknäulten sich, der Donner wollte sie mit Kolbenschlägen entwirren. Die Gondel flog, vom Regen gepeitscht. Warum sanken wir uns da weinend in die Arme? ... Wir empfanden keine Furcht. Es war herrlich, so dahinzufliegen ... Wir bekümmerten uns weder um den Admiral, noch um Sidonia, noch um. die fremde Frau, die den Platz der andern im weißen Boot eingenommen hatte. Wenn ich an Sidonia dachte, so nur weil ich annahm, daß ich glücklich sei und ihr also jetzt verzieh. Maria liebte mich! Nie hätte ich gewagt, im Ernst daran zu glauben, daß sie mich so, über allen Verstand, daß sie mich wirklich liebte, toll, wie sie es angefangen, ach! wunderbar, statt mir nur, wie bisher, auf ihre tückisch zärtliche Art zu schmeicheln. Was konnte mir noch geschehn? Wer hätte stärker sein können als ich, ich mit allen beseligenden Kräften der Welt im Busen? Maria! Ich und Maria! Als wir indessen aufgehört hatten zu weinen und einander töricht anlachten, fiel es uns schwer, Zittern und Zähneklappern zu verwinden.

Die Gondel lief hart auf dein Strand auf, wir sprangen an Land. Im dichten Regen halfen wir dem Führer, das Boot aus dem Wasser zu ziehn. Dabei schlug uns die Brandung bis über die Schenkel. Als wir damit fertig waren, liefen wir alle drei, der Gondelier voran, in den Regen hinein, bis wir unversehens vor einer Droschke standen, deren Kutscher sich in das Innere seines Wagens geflüchtet hatte. Er machte uns Platz und vertröstete uns auf das Ende der Sintflut, was Maria in eine ekstatische Wut versetzte, der sie sich mit sichtlichem Genuß überließ. Es sei unverschämt, rief sie aus, sfacciato, eine patschnasse Dame, zudem eine Marchesa, in einer übelriechenden Droschke warten zu lassen, und sie bestand darauf, daß der Kutscher uns sogleich zur Badeanstalt fahre, wo sie die Kleider wechseln könnte. Er weigerte sich lachend, aber als ich ihm ein Trinkgeld versprach, schlüpfte er ebenso vergnügt in den Regen, und im Galopp, durch eine kompakte Masse, in der nur die Strahlen platzender Pfützen als Flüssigkeit wirkten, durchquerten wir die Insel.

Während wir hin und her geschleudert wurden, löste ich das rote Band von Marias Zopf und verwahrte es in der Brusttasche. »Zum Andenken«, sagte ich. »Das ist nicht viel, Claus, aber für den Anfang lasse ich's gelten. Was mache ich jetzt mit meinem Zopf? Hast du ein Taschenmesser?« Schnell streifte sie ein Strumpfband ab, schnitt es der Länge nach durch und band, nachdem sie die eine Hälfte wieder angezogen hatte, die andre um das Ende des Zopfs zu einer Schleife, knipste mit den Fingern dagegen, blies darauf:

»So. Weiß, wie für die Hochzeit. Es fehlt nur noch die Orangenblüte ... Weißt du was? Ich kaufe mir ein paar Orangenblüten und stecke sie an das Strumpfband. Ja, Claus, das tue ich.«

»Und ich?« fragte ich, »was soll ich tun?«

Sie dachte eine Weile nach, bevor sie, den Mund an meinem Ohr, antwortete:

»Donja vergessen.«

Wir hatten keine fünf Minuten bis zum Strand gebraucht, und als wir die weitläufige hölzerne Terrasse des Stabilimento betraten, lag reinster Sonnenschein über dem Meer. Zum erstenmal sah ich die Adria.

Sie glich in nichts der Nordsee, vor der ich mich immer gefürchtet hatte, obwohl meine Mutter sie liebte und mir Geschichten erzählte, die mein Vertrauen erwecken sollten. Dieses Meer hier war lauter Liebe! Hand in Hand liefen wir bis an die Brüstung der Terrasse, sie hallte unter unsern Schritten.

Maria Capponi, dachte ich, das ist dein Himmel, das ist dein Herz – so muß es in dir aussehn, wenn du schläfst ... Es ist unsre Spielwiese, wir sollten mit bloßen Füßen darüber hinlaufen ... Wir sollten blaue, weiße und goldne Bälle haben und große Reifen aus Silber, die wir durch die Meinen Wellen jagten ... Ich möchte ein Stück davon mit nach Hause nehmen, für den Weiher im Garten, dann wärst du immer bei mir, und wir spielten mit dem winzigen Stückchen Meer.

An der Brüstung angelangt, forschten wir genau unsre Züge aus, und je länger wir einander betrachteten, umso ernster wurden wir, und schließlich hoben wir die Hände, legten sie flach aneinander und betrachteten auch sie, schoben die Finger ineinander und beobachteten, wie sie sich aneinander bewegten.

»Ich möchte deine Brüste sehn«, sagte ich leise.

»Wenn du willst«, antwortete sie ebenso.

»Alles?«

»Alles – wenn es keine Sünde ist.«

Doch ließen wir hastig unsre Hände los, als ob sie uns auf einmal brennten, und da erblickten wir Bob.

Er saß aufrechten Hauptes am Tisch und musterte eine Front von Traumgestalten. Seine Hand drehte langsam ein Glas, das mit einem himbeerfarbenen Getränk gefüllt war. Als wir zu ihm traten, sagte er kameradschaftlich:

»Denken Sie, Claus, sie hat mich versetzt.«

Ich bat ihn, du zu mir zu sagen. Er klopfte mich auf die Wange und griff gleichzeitig nach Marias Hand.

»Sehr nett. Danke. Ihr duzt euch wohl auch?«

Wie ich mich noch darüber ärgerte, daß ich errötet war, was Bob sichtlich amüsierte, machte meine Freundin einen Hofknix:

»Mit Ihrer gütigen Erlaubnis, Marchese Ganymed.«

Er runzelte die Stirn.

»Ganymed?«

»Hat nicht Demoiselle Europa, verehelichte Steinberg, euch versetzt?«

»Ja, denke, rief Bob und hob das rote Glas in die Sonne. »Sie hat mich versetzt. Es ist fabelhaft.«

Um mein Erröten wettzumachen, äußerte ich keck:

»Vielleicht hat sie Prügel gekriegt.«

Bob trank das Glas aus.

»Das kann sein«, meinte er und nickte mir ernst zu.

Jetzt erst, da er sich nach dem Kellner umsah, bemerkte er, wie die nassen Kleider uns am Leibe klebten. Überrascht fragte er, ob wir ins Wasser gefallen seien, wunderte sich, als wir vom Sturm über der Lagune erzählten, und erst, nachdem Maria wiederholt auf den nassen Boden gewiesen hatte, erinnerte er sich, daß auch hier ein kleiner Regenschauer niedergegangen war:

»Ihr seht, ich bin nicht naß.« Nein, außen nicht, meinte Maria mit einem Blick auf das leere Glas. Sie setzte ihm zu, bis es sich herausstellte, daß er vor dem Regen in die gedeckte Halle geflohen war und das Glas mitgenommen hatte. Bob schien ihrer Hänseleien nicht zu achten, vielmehr reichte er ihr freundlich die Brieftasche und bat sie, für uns beide in einem der Läden, die in die Wandelhalle eingebaut waren, Kleider zu beschaffen.

Als wir in einem Schaufenster Matrosenanzüge liegen sahen, traten wir ein, und Maria verlangte zwei solcher Anzüge für Knaben.

»Wir haben einen passenden Rock für die Signorina«, tröstete die Verkäuferin. Nein, Maria Capponi wollte Jungenshosen. Ich stieß sie vorwurfsvoll an, aber sie drehte mir, ausplatzend, den Rücken und folgte der Verkäuferin in die Hinterstube. Gleich darauf stürzte die würdige Frau, Marias Halbschuhe in der Hand, an mir vorbei aus dem Laden. »Claus«, hörte ich rufen, und plötzlich schlug das Herz mir im Hals – ich trat drei Schritte vor.

»Claus, du darfst kommen.« Da hob ich den Vorhang. Maria saß nackt auf einem Plüschsofa, vielmehr auf einer Zeitung, die über das schmierige Polster gebreitet war. Mit einem Wort hielt sie mich an:

»Halt ... Da bleibst du stehn.«

Es war ein altes Möbel, worauf sie saß, und sie selbst schimmerte feucht vor Jugend. Wie ein großes gedämpftes Licht schwebte sie in der Rumpelkammer. Ich sah auch: um ihre runden Brüste lag ein Hof, wie um ihre Pupillen, aber von tiefer Bernsteinfarbe.

»Jetzt geh, gleich kommt die Alte.«

Sie rührte sich nicht und sprach durch die Zähne, ohne eine Miene zu verziehn, offenbar, um mich nicht im Anschauen zu stören; wir hatten nicht viel Zeit, und ich sollte sie gut sehn, ohne durch eine Bewegung an ihr in Verwirrung zu geraten ... Als ich den Vorhang hinter mir sinken ließ, hörte ich, wie sie einen tiefen Seufzer tat und auf die Füße sprang.

Da schoß auch schon die Matrone herein, eine Schuhschachtel unterm Arm, und zwei Minuten darauf stand ich einem Jungen gegenüber, der seine Hände in den Hosentaschen vergrub und, nachdem er wie ein Seemann zur Seite gespuckt hatte, mich mit einer Kopfbewegung zur Eile anhielt – er habe keine Zeit, lange zu warten, sein Kasten mache bereits klar nach Cythere. Da mußte ich allerdings staunen.

Marias Zopf war unter einem Südwester aus grünem Samt versteckt, alle ihre reizenden Formen waren gröblich maskiert, und sie schien viel kleiner als in ihrem Kleid. Welch plumpes Geschöpf – sie, die ich eben noch in so ausgefeilter Zartheit, ein jedes Teilchen an ihr fein ausgewogen, wie schwebend vor mir gesehn! Ich war tief enttäuscht und, da ihr Beifall heischender Blick unerwidert blieb, sie vermutlich nicht minder.

Bob, das frisch gefüllte Glas vor sich, sah uns kommen, oder, vielmehr nein, er sah uns nicht. Erst, als Maria sich vor ihm aufgepflanzt hatte, kam Leben in seine Augen, und das war erschreckend. Die Augen wurden größer und größer, der Kopf fiel zurück, und plötzlich flog er, wie von einer Feder abgeschnellt, in die Höhe. Er beugte sich tief, umfaßte Marias Beine, hob sie, drückte sie an sich, und dann, als kletterte er an ihr empor, ließ er sie langsam, Griff um Griff, an sich herabgleiten. Wie ihre Gesichter sich in der gleichen Höhe begegneten, erschrak ich über ihre Ähnlichkeit. Und nun stieß Maria einen durchdringenden Schrei aus. Sofort öffnete Bob die Arme. Sie wäre gestürzt, wenn ich sie nicht aufgefangen hätte.

»Du bist toll, nicht ich«, stammelte er und ließ sich schwankend auf den Stuhl nieder.

Maria zischte:

»Was fällt dir ein, mich zu kneifen! Ohrfeigen sollte ich dich!« Drohend holte sie aus, und vielleicht schlug sie nur deshalb nicht zu, weil ihr Bruder sich in diesem Augenblick bekreuzigte. Diese Gebärde verblüffte sie derart, daß sie, mit einem ängstlichen Seitenblick auf mich, schnell auf die andre Seite des Tisches hinüberging und dorther ihren Bruder beobachtete. Bob wischte sich mit dem Taschentuch das Gesicht.

»Verzeiht, Kinder«, sagte er außer Atem, »denkt euch, ... ich wäre fallsüchtig.«

»Was wärst du?« fragte Maria, die Finger am Mund. Bob hob seine dunkeln Augen zu ihr auf:

»Soso ... fort – wie Großmutters Kutscher.«

»Pfui«, sagte Maria kurz. Sie ergriff die Teekanne und begann einzuschenken. »Trinken wir, unser Gondelier wartet. Claus, willst du mir beim Streichen der Brote helfen? Bob kann das nicht.«

»Er ist unzählige Male vom Bock gefallen, erzählte Bob mit abgewandtem Gesicht, »und nie hat er sich einen Schaden zugezogen. Die Leute haben Glück.«

Da nahm Maria sein Glas – »Lord Whisky, Sie gestatten? – und schleuderte es ins Meer.

Während er sich über die Brüstung beugte, um zu sehn, was mit dem Glas im Meer geschah, murmelte er:

»Es war ein Amerikano, kleine Schwester. Dir zuliebe habe ich nicht Whisky bestellt. Dies ist der Lohn der Welt – und eine viel zu große Ehre für ein Glas Limonade, im Weltmeer unterzugehn.

»Sei munter, Bob! Wir sind so vergnügt, Claus und ich! Weißt du was? Segne unsre Verlobung! ... Du, Bob, wir haben den Fürsten mit einer blonden Dame gesehn. Sie waren geradeso schlechtgelaunt wie du.«

»So? Habt ihr die auch schon gesichtet? Ja, ihr wißt ja alles.«

»Bob, sie sah aus wie seine Frau ...«

Er malmte mit den weißen Zähnen den Toast, ohne die Teetasse anzurühren, die seine Schwester von Zeit zu Zeit in die Nähe seiner Hand schob.

»Um gerecht zu sein, muß man schon sagen: wie seine geschiedene Frau.«

Ich wußte nicht, was das sei, eine geschiedene Frau, und Bob fiel es schwer, mir die gewünschte Belehrung zu erteilen, weil Maria ihn dauernd mit der Behauptung unterbrach, die Kirche erlaube keine Scheidung, oder wenn sie etwas Ähnliches erlaubte, so müßten die Ehegatten ihr Lebtag bei Wasser und Brot sitzen bleiben, keiner dürfte sich von neuem verheiraten ... Als ich schließlich begriffen hatte, wollte ich wissen, warum die blonde Dame, obwohl geschieden, nun trotzdem beim Fürsten sei. Bob stöhnte.

»Geld. Er braucht Geld. Er wird ihr telegraphiert haben.«

»Geld?« forschte Maria, die das Problem der Ehescheidung vergessen hatte. »Er hat verspielt?«

Ihr Bruder lächelte wehmütig.

»Alles, was sie an Bargeld besaß, dann hat sie sich scheiden lassen. Das ist aber schon ein paar Jahre her. Seht, Kinder, Alkohol ist billiger als das Spiel. Ich also verspiele nie mehr als hundert Lire. Und auch die nur aus Höflichkeit.«

»Bob, trink deinen Tee ... Und jetzt? ... Claus, bitte, sag' dem Kellner, er solle Bob einen Schuß Rum in den Tee gießen.«

»Kellner«, rief ich und blieb sitzen, denn ich ahnte, daß die Rede jetzt auf Sidonia käme ... Inzwischen sah Bob zu, wie der Rum seinen Tee färbte. »Halt, Kellner!« befahl Maria. »Und jetzt?«

Der Bruder nippte an der Tasse.

»Sie gibt nichts.«

»Warum ist sie dann gekommen?«

Er streckte ihr über das Tischtuch die Hand hin.

»Frauen sind oft grausam, kleine Schwester. Wahrscheinlich macht es ihr Spaß, zuzusehn ...« Und Bob sprach von etwas anderm.

Als wir aber ein wenig später über die Lagune, die sich mit den ersten zarten Farben des Abends überzog, nach Venedig zurückfuhren, da hielt Maria es nicht länger aus. Sie schlang den Arm um mich und fragte, die Wange an meiner Schulter:

»Und Sidonia?«

Obwohl wir seit einer halben Stunde von anderm gesprochen hatten, verstand Bob sogleich die Frage, ja, mich dünkte, er habe darauf gewartet, jedenfalls waren seine Gedanken auf der gleichen Fährte geblieben. Doch rief er, der die ganze Zeit über Marias Anblick gemieden hatte, auf einmal verzweifelt aus:

»Deine Beine sind schamlos, Maria!«

Sie wiederholte nur:

»Hat Sidonia ihm Geld gegeben?«

Bob beugte sich aus der Fensteröffnung des Verdecks. »Wir sind gleich da«, fuhr er in größter Unruhe fort. »Du mußt durch die Hintertür ins Hotel.« Und er rief dem Gondelier zu, bei der Kirche La Pietà anzulegen, die zweihundert Schritte vom Hotel Danieli entfernt lag.

»Claus schämt sich meiner nicht«, lachte Maria. »Und das Hotel kennen wir, in- und auswendig. Und jetzt sage mir: hat Sidonia ihm Geld gegeben?«

Halb aus dem Fenster gelehnt, antwortete Bob:

»Ihr Diadem ist weg. Aber gestern abend hatte sie noch die Perlenkette.«

»Arme Donja«, seufzte Maria ... »Hast du sie nicht gewarnt?

»Ich habe es versucht ... Warne du den Vogel vor der Schlange.«

Wir stiegen bei La Pietà aus, und Maria und ich schlichen durch den Küchenhof in das Hotel. Die Büglerinnen drängten sich, plötzlich lebhaft geworden, zu den Fenstern und riefen uns Scherzworte zu: »Il marchesino!« und beglückwünschten mich zur Verwandlung meiner Freundin. »Geh!« stieß diese mich an, »geh zu deinen Weibchen und laß dich auffressen.« Ich reichte den Mädchen die feuchten Kleider, die ich unter den Armen trug: »Bügeln, Signorine, in einer Stunde lasse ich sie durch Emilio abholen!«

Keinesfalls ging ich zu ihnen, o nein, ich gehörte jetzt Maria, und die Büglerinnen konnten mir gestohlen werden.

Sieh da, Donja und Bob nahmen am Abendessen teil. Maria winkte ihnen freudig zu, als sie in ihrem weißen Abendkleid neben mir den Speisesaal betrat. Es war ein Fest, nun ja, unser Verlobungsessen. Den Zopf hielt eine neue Atlasschleife, und er hing ihr über die Schulter auf die Brust, denn sie hielt es für unschicklich, den Zopf auf dem Rücken zu tragen, wenn sie »angezogen« war. Mein Gott, wie schön sie da neben mir herging und nach ihrer Mandelseife duftete, alle Leute guckten wohlgefällig zu ...

»Ich habe Orangenblüten im Strumpfband«, verkündete sie mir heimlich. »Im linken?« fragte ich, weil ich merkte, daß sie mit dem linken Fuß stärker auftrat als mit dem rechten. »Natürlich!« Natürlich, trug man doch auch den Verlobungsring an der linken Hand! Bob erhob sich feierlich zu unserer Begrüßung.

Dann hörte Sidonia uns zu, wie wir, in einer Sprache, die wir undurchdringlich wähnten, törichte Geschichten ausplauderten, wie die

Verliebtheit sie auch größeren Personen eingibt, und die meist nur aus Stichworten und unbeendeten Sätzen bestanden. Als ob nicht der Schlüssel dieser Sprache der liebenden Sidonia in der Hand gelegen hätte! Sie ließ es sich nicht anmerken, sondern nahm, gleichsam als der Tölpel, der auf einer Verfolgung eines Schmetterlingspaars strauchelt, hinfällt, sich ächzend aufrafft und weiterstolpert, mit ernster Heiterkeit an unserm Spiele teil.

Sie trug ein ausgeschnittenes Kleid, und plötzlich fiel mir, zu meinem Entsetzen, die Kahlheit des Ausschnittes auf: die Perlenkette fehlte! Die köstliche Landschaft des Fleisches zwischen Hals, Schultern und Brust war wie ausgeplündert, mein Blick kreuzte sich mit dem Marias, und gleichzeitig schloß Bob, der aus einem Traum aufgewacht und meinem Blick vorausgeeilt war, langsam die Augen. Wahrscheinlich hatte sein Erschrecken, wie es über den Tisch gehuscht war, meine Aufmerksamkeit erregt. Dies alles dauerte nur drei Sekunden. Drei Sekunden saßen wir alle wie gelähmt. Dann hob Sidonia abwehrend die Hand, und Bob schlug die Augen auf. Auch die Hand war leer, der gewohnten Ringe beraubt – doch wie schön in ihrer nackten Armut!

»Das ist ja noch kein Unglück«, sagte Bob scheinbar zu sich selbst.

Und Donja antwortete wie ein Echo: »Aber sie spielen schon wieder seit fünf.«

Da erhob sich Bob und verließ den Saal.

Bis heute weiß ich nicht, ob Bob etwa den Fürsten im Spielzimmer aufsuchte, oder was sich sonst in der Zwischenzeit ereignete, ehe Maria und ich, die nach dem Essen zitternd in einer dunklen Ecke des Korridors gestanden und das Kommen und Gehen Bobs, des Fürsten und seiner geschiedenen Frau beobachtet hatten, die Standuhr an der Treppe zehn Uhr schlagen und kurz darauf in Sidonias Salon einen Schuß fallen hörten. Ich glaube, ich wußte sofort, daß es ein Schuß war, obwohl er nicht lauter klang, als ob ein Fenster zuschlüge.

Der erste, der aus dem Zimmer trat, war Bob Capponi. Er schob uns, wie wir uns auf ihn warfen, mit beiden Händen zur Seite, stellte sich vor die Standuhr und zog die Taschenuhr. Dann schritt er, ohne uns weiter zu beachten, die Treppe hinunter.

»Bis zehn«, hörten wir ihn klagend ausrufen, »bis zehn war es nicht zu schaffen!«

Auf dem Korridor war es totenstill. Ebenso in Sidonias Zimmer, als wir an der Türe lauschten. Es war eine Stille, die sich mit unheimlicher

Schnelligkeit ein Loch grub, und in dies Loch strömte alle Stille, die es sonst in der Welt gab. Bald standen wir erstarrt an einem Abgrund, wagten uns weder vor noch zurück. Meine Spannung wuchs bis zu einem heftigen Schmerz in den Schläfen und im Nacken.

»Marchesa«, flüsterte ich heiser, »ich will hineingehn.«

Sie ließ meinen Arm los, den sie erst furchtsam umklammert hatte, und strich mir mit der Hand über die Hüfte. Dann trat sie schnell zur Seite und sah mit brennenden Augen zu, wie ich behutsam die Tür öffnete und mich durch den Spalt zwängte.

Der Fürst lag, in Frack und weißem Hemd, dicht vor der Tür, ein graugelber Schmelz rann über sein Gesicht und erstarrte, ich sah weder eine Wunde noch Blut. Atmete er? Ein Arm deutete mit einer herrischen Gebärde, die zu Boden gefallen, in den Salon hinein, die braune behaarte Hand hielt einen Revolver, und in dieselbe Richtung blickten die Augen. Und sonst war niemand im Zimmer. Da überkam mich eine dunkle Erinnerung an eine alte Frau, an deren Bett mein Vater mit ausgestrecktem Arm getreten war, und ich kniete nieder und schloß mit Daumen und Zeigefinger dem Toten die Augen. Meine Kehle stieß ein stöhnendes Schluchzen aus, von dem ich nichts wußte – ich hörte es erst viel später, als ich auf dem Sofa meines Zimmers lag, im Begriff einzuschlafen, und es mich aufschreckte und mir zum erstenmal in meinem Leben den Schlaf raubte, während die Atemzüge Marias wie Engel durch den Raum gingen und draußen die Sirenen der russischen Kriegsschiffe heulend die in Hotelbetten schlafenden Offiziere an Bord riefen ...

Meine Hand lag noch auf dem Toten, als die Tapetentür des Schlafzimmers sich öffnete und Sidonia erschien. Sie glitt wie ihr eigener Geist herein. Es war ihr Haar, ihr Kleid, aber ihr Gesicht, ihr Gesicht war es nicht – oder doch nur ein verstümmeltes Abbild von ihm.

»Bitte, Fürstin«, sagte sie, »ich weiß nicht, was Sie hier noch tun.« Sie drückte mit dem gestreckten Arm die Tür an die Wand, und an der Holden, wie eine edle Vase Geformten schritt hochbusig die Fürstin vorbei und auf den Toten zu. Einen Schritt vor ihm blieb sie stehn.

»Da liegt er, der beste Tänzer Europas! ... Ja, wer bist denn du?« wandte sie sich an mich. »Steh auf! Sag', wer du bist? Wie ein kleiner Heiliger kniet er da, als ob – Steh auf!«

Da flog die Holde lautlos auf mich zu, hob mich auf und küßte mich zwischen die Augen. Und sie führte mich um die Füße des Toten in die Mitte des Zimmers und behielt mich im Arm, bis es Gott gefiele, uns von dem unheimlichen Weib zu erlösen.

»Wenn das Ihr Neffe ist, Baronin, kann er etwas lernen. Anschauungsunterricht. Man hängt in den Schulen Bilder an die Tafel –«

Ihre ganze, große Gestalt strotzte von der finstern Gewalt des Schicksals, sie war nicht der Henker, sie war der Richtblock, sie war das Beil, nicht die Hand, die es führte. Und sie sprach! An meinem Knabenkörper lag, noch in der Erstarrung bewegt, aus verschwiegenen Buchten schweifend, sich darin verbergend, der Liebe verhaftet noch im Tod, eine Blutsverwandte, und ich hörte sie sterben. Sterben? Ich wußte damals nicht, was das war. Ich hörte sie verstummen, abfallen, vergessen. Und das da mit Brillantohrringen und blitzenden Fingern, eine dreifache Perlenschnur um den feisten Hals, redete recht. Sie stieß Worte hervor, die wie Steinblöcke niederfielen und den Toten zum zweitenmal erschlugen. Ihre weichliche Hand schürte das Höllenfeuer. Sie sagte lauter Dinge, die mir aus Büchern und Predigten vertraut waren, jene überhellen Gesetzsprüche von Schuld und Sühne, woran Gott sein Wohlgefallen habe. Und alles, Haß und Mitleid, Anklage und Freispruch, alles war ein erbarmungsloses Gericht über Sidonia und sollte sie vernichten. Ich riß mich los.

»Schämen Sie sich«, schrie ich, »schämen Sie sich, Madame Sortez! Le mort pourrait regretter de ne pas vous avoir abattu avant de mourir.«

Wie hätte ich es sein können, der so sprach! Ich war nur der Mund, aus dem Sidonia aufschrie. Ich war ein Zittern, das ihrer Starrheit entsprang, wie der erste hörbare Atemzug eines Ohnmächtigen, den die andern vernehmen, nicht er. Und sie erschrak und verschloß mir mit der Hand den Mund.

Indes hatte mein Ausbruch, dieser gleichsam das Dunkel um den Toten erhellende Blitz aus dem Gehirn eines Kindes, offenbar Eindruck auf die gewalttätige Frau gemacht. Einen Augenblick schien sie in ihrer Stärke erschüttert, ihre Hand griff hastig an das goldne Kreuz, das ihr auf der Brust hing. Aber dann geschah in ihrem Gesicht ein Ruck, wie bei gewissen Wagen, wenn man die schwankenden Schalen mit einem Hebeldruck in die Gleiche bringt, und die Kraft übermenschlicher Verachtung ergoß sich in die eben noch bebenden Züge. Sie beugte ein wenig den Oberkörper vor.

»Wer schreit denn so vor einem Toten?« sagte sie mit abgewürgter Stimme.

Tatsächlich hatte sie selbst die ganze Zeit leise gesprochen. Aber gerade dadurch war die Bosheit ihrer Rede um so schärfer und eindringender gewesen, und ich zeigte ihr meine Entschlossenheit, sie zum Schweigen zu bringen, selbst gegen Sidonia – im Bund mit dem Toten. Ich nahm Donjas Hand von meinem Mund und blickte die Fürstin erhobenen Hauptes an. Denn ich fürchtete sie nicht. Ich haßte sie. Wie unter einer Einflüsterung hatte ich mit eins nicht nur ihre Falschheit erkannt – diese war mir durch ihr erstes Wort enthüllt worden – sondern auch, daß sie gar nicht so stark war, wie sie sich den Anschein gab, und ihre Frechheit nur die Maske, hinter der sie ihre Furcht verbarg. Und diese Maske hatte sich soeben bewegt! Dies stählte meinen Blick, und mein Zorn machte ihn glühend. Mit einem wollüstigen Erzittern im Tiefsten fühlte ich, wie mein Blick langsam, langsam den ihren niederwarf, fühlte, wie mein Haß den Popanz ihrer Verachtung zu Asche verbrannte, wie ihre Rüstung abfiel, und wie ich, ein David, mit dem Schwert über den ausgehöhlten Riesen kam ... Noch immer hielt ich Donjas Hand.

Die große Blonde hatte die Stirn gesenkt, ich sah von ihrem Gesicht nur noch die herrisch gekrümmte Nase, den dunkeln dicken Mund und zwei schmale, weiße Falten unter dem Kinn, die wie mit einem Messerrücken eingezeichnet waren. Sie schien in die Betrachtung des Teppichs versunken, auf dessen Rand sie stand – nein, sie lauschte einer unhörbaren Stimme, die sie ausschalt! Ohne zu zögern, nahm ich meinen Vorteil wahr.

»Klammern Sie sich nur recht fest an unsern Heiland an«, sprach ich laut, als die von funkelnden Ringen geschuppte Rechte wieder nach dem Kreuz auf der Brust tastete ... »Sonst holt Sie der Teufel, ehe Sie sich's versehn, Sie böse Person, Sie!«

»Meinst du?«

Ein gemeines Lächeln quoll ihr aus dem Mund.

»Aus dir kann was Schönes werden! Ich gratuliere!«

Schnell raffte sie die Röcke und stieg über den Toten.

Als sie die Türklinke in der Hand hielt, drehte sie sich um und rief, jetzt ebenfalls laut:

»Machen Sie mir das nach, Baronin, wenn Sie können!«, und höhnisch nickte sie uns zu.

»Nein«, hörte ich Sidonia hinter mir aufschluchzen. »O nein, nein, niemals.«

Den Kopf in der Türspalte, drückte die Hochbusige mit den Schultern gegen den Flügel, der Körper des Toten rutschte ein wenig über den Parkettboden, ich sah das Blut. Eine kleine, dunkle Lache im Schatten des Hauptes ... Donjas Hand entfiel mir.

Erschrocken wandte ich mich nach ihr um. Die Arme vor dem Gesicht, schluchzte sie. Die schmale Gestalt war von einem Sturm geschüttelt, dessen ganze Gewalt auf die zart geschweiften Schultern drückte. Ruckweise gaben sie nach. Ruckweise brach der Körper unter ihnen zusammen. Ich umschlang sie mit den Armen, um sie zu halten, es war ein Beben von Leib und Seele, ein Brechen, Stürzen, Fliegen, von dem ich in seinen unbändigen Wirbel hineingerissen worden wäre, hätte es nicht fast im gleichen Augenblick aufgehört. Kaum hatten sich meine Arme um sie geschlossen, als Donja sie auch schon wieder löste und mich wie ein kleines Kind, an den Schultern, vor sich her zur Tür führte. Nur ihre Stimme zitterte noch, als sie sagte:

»Ich will ein wenig allein sein, Claus ... Bald holen sie ihn, und ich habe noch nicht mit ihm sprechen können ...«

Vor den Füßen des Toten angelangt, ließ sie mich los.

Den Blick zu ihm wendend, faltete sie die Hände, und ich hatte den Eindruck, als wäre sie auf einmal weit von mir entfernt und rückte körperlich in eine andre Welt. »Beten«, sagte sie vor sich hin, »mit aller Kraft beten« – und ich setzte, auf den Fußspitzen und mit angehaltenem Atem, allein meinen Weg fort, den langen Weg um den Toten bis zur Tür.

Auf dem Korridor gingen drei Herren schweigend auf und ab: Bob, der Direktor und ein russischer Offizier. Als Maria, die sich hinter der Standuhr versteckt hielt, mir zuflüsterte, die Herren warteten auf den Arzt und den Polizeikommissar, um den Todesfall festzustellen, trat ich auf Bob zu und nahm ihn zur Seite.

»Bob, sie hat ausdrücklich gewünscht, jetzt mit Boris allein zu sein.«

Er drückte meinen Arm und ging mit mir zu Marias Versteck.

»Kleine Schwester, hier ist Claus, und jetzt macht, daß ihr hier fortkommt ... Noch was! Claus ist ein feiner Kerl, ich bin stolz auf meinen jungen Freund. Er kann also auf mich zählen – fürs Leben, Claus! Hört jetzt ... Niemand im Hotel darf wissen, was vorgefallen ist. Der Direktor wäre sonst ruiniert. Alle Gäste würden ihm davonlaufen, es käme in die Zeitungen, und auf Jahre traute sich kein aufgeklärter Europäer in sein Hotel ... Komisch, nicht? Von dem Standpunkt wären ungefähr alle Häuser der Welt unbewohnbar ... Es ist so ... Darum schweigt. Heute nacht also, wenn alles schläft, wird der Admiral von seinen Offizieren hinausgetragen und auf dem Flaggschiff aufgebahrt. Morgen erfahrt ihr, der arme Boris sei in der Nacht einem Herzschlag erlegen, der Stabsarzt« – er zeigte auf den russischen Offizier – »der Stabsarzt muß es ja wissen, nicht? Na, er weiß es also jetzt schon, daß der arme Boris heute nacht von einem Herzschlag ereilt wird. Und morgen abend fährt das Geschwader mit seinem toten Admiral nach Hause, die Flaggen sind auf Halbmast gehißt, das Arsenal schießt Trauersalut, und die Schiffe antworten, und das alles geht mich einen Dreck an also. Die Frage ist, was mit Donja geschieht. Wie wir Donja über die nächsten Tage hinwegbringen. Nicht? Also, das nehme ich auf mich, und wenn ich euch brauche, rufe ich ... Geht jetzt schlafen.«

Mitten in der Nacht kam meine Freundin: im Schlafanzug, Kleider und Wäsche auf dem Arm. Sie fürchtete sich, allein zu sein, sie hatte gefroren. Kaum war ich aus dem Bett, als sie auch schon hineinschlüpfte. »Ach«, flüsterte sie, »es ist noch ganz warm von dir! ... Und du?

»Wenn du mir ein Kissen leihst, werde ich es hier recht bequem haben«, antwortete ich. Ich hatte mich auf dem Sofa unter einer Reisedecke ausgestreckt, und als ich das herüberfliegende Kissen aufgefangen und Maria das Licht gelöscht hatte, verfolgte ich am Gang ihrer Atemzüge, wie sie einschlummerte.

Und dann lag ich mit steifen Gliedern in der Einsamkeit und horchte auf die Geräusche im Haus und auf der Lagune. Es war ein Wimmern, Schlürfen, Knarren im Käfig der Nacht, der mich zugleich mit Sidonia, Maria, Bob und Boris gefangen hielt, eine von stumm eilenden Menschen immer nur halb erstickte Unruhe der Natur, die nicht erlöschen wollte ... Ich hörte Uhren schlagen, einmal, einmal, einmal, zweimal, einmal ...

Ein Schrei, ein Todesschrei, dachte ich, der die Nacht selbst zu einer Säule des Grauens erstarren ließ, jagte mich aus dem Schlaf, und ich wäre vor Schreck aus dem Bett gefallen, hätte mich nicht das Entsetzen an jene hohe Säule gefesselt, an der jetzt die Stille wie ein dunkles Wasser niederrann.

Gab es denn das: Todesschrei? ... Die Toten schrien nicht. Schrien die Lebenden, wenn sie starben? Jedenfalls hatte der Fürst nicht geschrien. Ich hatte geträumt ... Marias ruhiger Atem drang durch die Erstarrung allmählich bis zu mir, er berührte die eine Seite meines krampfhaft gestreckten Körpers, von den Zehen bis zu den Haaren über den Schläfen, überlief ihn, sich kräuselnd, eine winzige Brandung. Endlich empfand ich einen warmen Kitzel im Nacken, und die Wiederbelebung unter Marias Atem begann. Ich schöpfte Luft, warf mich herum, lag, während es in den Wänden rieselte, wieder in krampfhaft gestreckter Lage und biß die Zähne aufeinander, bis der Schmerz im Kinn überhandnahm, dann riß ich den Mund auf.

Ich fand die Kraft, den Ruf »Maria« in der Kehle zurückzuhalten. Doch rührte ich mich nicht und ließ nur den lauen Wellengang ihres Atems über mich hingehn, der mich jetzt völlig überschwemmte. Ich war mir weder eines Gefühls noch eines Gedankens bewußt, von jeder Trauer ebenso weit entfernt wie von jeder Freude. Ich hörte nichts als den Atem des schlafenden Mädchens, ich sah nichts als den Schein hinter den Fenstervorhängen, der mählich heller wurde.

Endlich erhob ich mich, nahm meine Kleider, verließ lautlos das Zimmer. Die Morgensonne färbte den Korridor. Ich duschte und kleidete mich im Badezimmer an. »Morgenstunde hat Gold im Munde« ging es beständig durch den Kopf, und auf dem Rückweg zu meinem Zimmer ertappte ich mich dabei, wie ich vor mich hinsummte.

Über ihren guten Nachtduft gebeugt, weckte ich Maria. Als sie, mit einem gähnenden Lachen, das an den Ruf eines Käuzchens erinnerte, die Arme um meinen Hals warf, hob ich sie auf und stellte sie vor dem Waschtisch auf die Füße. Zwei-, dreimal fuhr ich ihr mit dem nassen Schwamm über das Gesicht, dann konnte sie ihn selbst halten.

»Ich habe Hunger!« rief ich. »Mach' schnell!«

Ich frühstückte ein erstes Mal allein in dem leeren Saal, den die Morgensonne in einen Wintergarten voll blitzend-knospender Blumen verwandelte, ein zweites Mal mit meiner Freundin – da füllte sich der Saal schon mit Hotelgästen, und was nach fremdartigen Blumen ausgesehn hatte, entpuppte sich als eine Schar winziger Paradiesvögel, die allenthalben von den Tischen aufflogen, sowie man daran Platz nahm. Die Lagune unterhielt ein weißes Wetterleuchten an der Decke des Saales. Maria und ich wußten, wir gehörten zusammen. Wir wagten weder zu weinen noch zu lachen.

Es geschah, wie l'amico vorausgesagt hatte. Den ganzen Tag waren Boote zwischen der Riva und dem Flaggschiff unterwegs, Militärs, angezogen wie zur Parade, und Herren im Zylinder gingen an Bord, um sich vor dem hohen Katafalk zu verneigen und einem dort wartenden kleinen, graubärtigen Offizier die Hand zu drücken. Das Trauergerüst war unter dem vorderen Kanonenturm errichtet, das Rohr beschützte mit funkelnder Mündung den Sarg, an dessen vier Ecken außerdem die Degen der Wache haltenden Offiziere in weißen Bündeln glühten, gleich flammenden Schwertern der Engel. Viele Kränze mit bunten Schleifen schwammen über die Lagune, fast immer einer allein in einer Gondel, und alle Glocken der Stadt und der Inseln läuteten zu ungewohnten Stunden, was die Möwen ebenso beunruhigte wie die Menschen. Statt die gewohnten Kreise zu ziehn, hingen die Vögel flatternd und einander überkreischend in der Luft oder bildeten feurige Strudel.

Gegen Abend trat das Geschwader unter Glockengeläut und Geschützdonner die Heimfahrt an. Der Katafalk führte die Schiffe, die ihm in langer Linie folgten. Ihren toten Admiral an der Spitze, bewegten sie sich, durch das brodelnde Wehr des Sonnenuntergangs, der Nacht entgegen, und die Kanone über dem Sarg zeigte leuchtend und blitzend in den Horizont, als brennte sie darauf, aus der tosenden Lagune in den stillen Ernst des östlichen Himmels dort über dem Meer zu tauchen.

Maria und ich saßen mit Ferngläsern versehn, zwischen dem Hotel Danieli und dem Arsenal auf der Quaimauer. Als wir unsere Gläser auf das Hotel richteten, fanden wir, daß Sidonias Fenster die einzigen leeren des ganzen Gebäudes waren. Aber dann entdeckten wir in einem von ihnen ein winkendes Taschentuch ... Sie verbarg sich im Innern des Zimmers für ihr Lebewohl!

»Sicher ist Bob bei ihr«, sagte ich.

»Sicher«, sagte sie.

Dann saßen wir schweigend, bis plötzlich, wie auf ein Zeichen, Stille eintrat. Die Kanonen feuerten nicht mehr, die Glocken schwiegen. Und obwohl in allen Fenstern der Häuser und auf der weitläufigen Riva die Menschen dichtgedrängt standen, war es doch so still wie in einer Kirche während der Kommunion, ehe das letzte Klingelzeichen die Gläubigen aus dem größten aller Geheimnisse entläßt.

Wer weiß, wie schlimm es Donja noch in Venedig ergangen wäre, hätte nicht l'amico, wie ich Bob seit seiner Freundschaftserklärung auf dem Korridor nannte, sie schließlich mit Gewalt ihrer trostlosen Lage entrissen.

Täglich begehrte sie aufs heftigste abzureisen. Täglich wurde die letzte Rechnung bezahlt, unser Gepäck fuhr zur Bahn, Maria und ich warteten vor dem Hotel, und jedesmal erschien Bob allein in der Hoteltür, die Gondel wurde weggeschickt, das Gepäck vom Bahnhof zurückgeholt.

Und bei jedem Mal zog sich die Wolke, in der Bob tragisch wandelte, dichter zusammen. Man sah nur noch seine Augen, große, angsterfüllte Augen, die unempfindlich, verhärtet schienen. Er verkehrte mit niemand mehr, übersah selbst Maria und mich, verbrachte Tage und Nächte in Sidonias Salon, ohne sie öfters zu sehn, als des Morgens, wenn sie ihn beschwor, die Abreise für den Abend vorzubereiten, und abends, wenn er vergeblich versuchte, sie über die Schwelle hinwegzubringen, wo Boris, mit der kleinen Blutlache neben der Schläfe, gelegen hatte.

Da auch die italienische Zofe gegangen und Donja somit völlig allein war, wagte er kaum, den Salon auf eine Stunde zu verlassen. Er schlief auf dem Diwan, worauf man Boris gebettet hatte – nur, wie er mir eines Abends verzweifelt sagte, »um Donja Mut zu machen«.

»Ich telegraphiere meinem Vater«, sprach ich. »Er muß sie holen.«

Bob schien mich nicht gehört zu haben, jedoch nach dem Abendessen suchte er uns in der Halle auf:

»Hast du schon telegraphiert?«

Ich verneinte.

»Es ist nicht nötig. Morgen wird es gehn ... Weißt du, warum sie sich vor deinem Vater fürchtet?«

Das war nicht schwer zu erraten.

»Er würde sie einfach aufpacken und in die Gondel tragen«, erklärte ich.

Ohne einen einzigen Gruß der anwesenden Bekannten zu erwidern, verließ Bob mit großen, schwebenden Schritten die Halle. Hinter ihm rückte man flüsternd zusammen. Die Dame, die zum Tanz aufspielte, ließ ihre Paare stehn und flog, klirrend wie ein Feldhuhn, hinzu. Europa tauchte hinter ihrer Zeitung unter. Zeus schüttelte ein von Befriedigung fettglänzendes Haupt.

»Du«, meinte meine Freundin, »Bob trägt große Trauer, das ist gewiß. Es fällt ihm nicht einmal ein, daß er mit seinem Benehmen Donja schadet.« Denn wir, Maria und ich, bemühten uns, in der gewohnten Weise mit den Mitgliedern unsres Kreises umzugehn und duldeten ebenso, daß sie mit ihrem faustdicken Mitgefühl auf uns losschlugen, als auch, daß wir sie durch unsre Anwesenheit störten. Nur Frau Camilla machte eine Ausnahme. Sie stahl sich zu uns, begleitete uns auf Spaziergängen, umgab uns mit ihrer geruhigen Güte, in der wir ein Herz klopfen hörten. Sie habe einen Sohn, erfuhr ich, Arno mit Namen, und sie versprach, er und ich, wir würden Freunde. Ein scharmanter Junge sei er, sanft und stolz, im gleichen Alter wie ich. Bob, dem ich davon sprach, empfahl ihn mir mit überzeugenden Worten, obwohl er ihn gar nicht kannte, und dies genügte, damit Arno Steinberg wie durch Offenbarung in mein Leben trat; bevor ich ihn noch gesehn hatte, liebte ich ihn.

»Es ist schrecklich«, sagte Maria leise. »Ihr müßt fort, Ihr macht Euch sonst unmöglich. Furchtbar ist das.«

Ich seufzte:

»Morgen, hat er gesagt, wird es gehn.

Diesmal hatte Bob ein Motorboot bestellt. Die Freundin und ich standen beim Steuer und blickten gespannt auf die Hoteltür, als diese sich unter einer unsichtbaren Hand öffnete, und eine Sekunde später Bob, Sidonia auf den Armen, in der gebückten Haltung eines Ringkämpfers hervorbrach. Er machte große Sätze, und nach jedem blieb er stehn, als lauschte er in sich hinein. Und als er Sidonia abgesetzt hatte, streckte er die Arme empor, taumelnd von der heftigen Anfahrt des Bootes, und stieß einen Schrei aus, der körperhaft in die Sonne stieg – den Triumphschrei eines großen Tieres.

Auf dem Molo erkannten wir Emilio, er winkte uns und hielt laufend mit uns Schritt. Er warf uns gerade eine Kußhand zu, als Sidonia die Augen aufschlug, er sah sie erröten, nicken, er stolperte, fast wäre er gefallen, die ganze Gestalt zappelte von Entschuldigungen.

»Warum? Warum?« murmelte Donja.

Sie schüttelte das Dunkel aus den Haaren, hob die Hand, da sahen wir gerade noch, wie Emilio sich bückte und mit der flachen Hand über dem Boden zeigte, daß er nur die Kleinen gemeint habe.

»Warum denn?« wiederholte Donja ernst, »Ich hätte auch gern etwas abgekommen. Ist er abergläubisch?

Sie wandte sich an Bob: »Malocchio?«

Ich rief zornig:

»Was fällt dir ein, Donja! Du – und der böse Blick, das ist, das ist … wie wenn eine Rose Rheumatismus haben sollte!«

Sie lachte schwirrend und bat Bob, der vor ihr stand, um eine Zigarette. Als er ihr die geöffnete Dose hinhielt, ergriff sie sein Handgelenk und zog sich in die Höhe. Rauchend stand sie neben ihm.

Wir fuhren in der Mitte des abendlichen Kanals. L'amico, der seine Wolke verloren hatte, zeigte lebhaft nach rechts und links, in das Wasser, in den Himmel, nannte die Namen der Paläste, versammelte, ein federleichter, dunkelschöner Gott dieses Abends, schnell noch die ganze Pracht Venedigs um die enteilende Holde. Sidonia sprach sinnend die ihr so geläufigen Namen nach, mit einem Nicken über die eine und die andre Schulter, mit einem leisen Neigen, von den Füßen bis zum Nacken, das, vom Rhythmus des Bootes bewegt, ein einziges atmendes Erkennen, ein unaufhörliches Danken war.

Als aber die Stunde umschlug, als durch die sich zerreißenden Farben und Schatten, wie durch die Risse in einem Firniß, die Asche des Tages zu rieseln begann und gleichzeitig von unten her, aus den Kanälen und schmalen Gassen, die alles auslöschende Flut der Finsternis stieg, da trat der liebliche Gott mit weniger als einem halben Schritt abseits in die Nacht, und die vereinsamte Gestalt der Holden, die ihn noch immer sprechen hörte, immer noch Zeugen ihres Glückes wiedersah und dankte, schien lautlos schluchzend über ein Grab gebeugt, das unter ihren Füßen mit ihr fuhr. Seitlich aus dem Dunkel hob sich eine Hand, sie hielt eine Rose, Donja nahm sie ...

Im Gang des Schlafwagens zog Maria aus ihrem Strumpfband ein welkes Zweiglein mit Orangenblüten und schenkte es mir. Schon wurden die Türen geschlossen. Da lehrte sie mich schnell noch das Küssen, indem sie mit der Hand mein Kinn zusammenpreßte, daß die geschlossenen Lippen, mit denen ich ihrem Mund gerade begegnet war, sich öffneten, und so küßte sie mich, eindringlich, nachhaltig, obwohl ihr Bruder, die Türklinke in der Hand, bittend und drohend neben dem Trittbrett tanzte. So mußte ich sie wieder küssen.

Darauf wandte sie sich wortlos ab und ließ sich vom fahrenden Wagen in Bobs Arme fallen.

»Ich will sie in Venedig wiedersehn ...«

Der Knabe war heimgekehrt, aber die Hälfte seiner Gedanken verweilte wachträumend in dem Märchenland, dessen Meerfarben um eine edelsteingespickte Krone rauchten, und dem er ebenso unerwartet entrissen worden war, wie der Entschluß einer Liebenden ihn jählings hineinversetzt hatte. Die andre Hälfte empörte sich gegen die von einem großen, fremden Gewitter aufgetürmten Hindernisse, die ihn abgehalten hatten, der Wirklichkeit seines eigenen Erlebnisses näherzukommen. Sie waren schuld, daß dieses nur wie ein helldunkler Schein und das Echo einer Musik in seinem Bewußtsein haften geblieben. Und sieh da! In seiner Trauer über Sidonias Geschick lebte keimhaft ein Siegesgefühl, der Triumph, daß jener Sturm sie aus seinem Wege geräumt und ihm das Land der märchenhaften Wirklichkeit als einzigem Herren überliefert habe. Es genügte, dahin zurückzukehren, damit sich alles erfülle …

Er dachte an nichts andres, als wie es möglich wäre, dies zu bewerkstelligen.

Seine Umgebung war ihm in quälender und bedrückender Weise entfremdet – dort im Osten, am Ende des Kontinents, so schien es ihm, am Rande der Erde, öffnete, aus Wasserdunst und Feuerschein wie aus einem Spiegel tretend, das ihm bestimmte Leben kühlhäutig die Arme.

Ich habe ein sehr schlechtes Gedächtnis für Winter. Es muß wohl ein Winter verflossen und noch einer dagewesen sein, bevor ich zum zweitenmal, »zum richtigen Mal«, wie ich mir sagte, nach Venedig aufbrach. Aber in meiner Erinnerung wölbt sich ein einziger blauer und goldgelber Sommer über dem Elsaß meiner Schülerjahre.

Tagsüber verwahrte mich Straßburg, sein Münster war das schlankeste der Welt, demselben Boden entsprungen, wie ich und die Meinen. Der rote Vogesensandstein atmete Licht, und in manchen Stunden zitterte der durchbrochene, spitze Turm wie kaum erstarrte Luft. Mich dünkte, er recke sich so, er vergehe vor Sehnsucht nach dem Himmelsstrich, von wo er den ersten Kuß der Sonne empfing.

Ich aß bei der uns befreundeten Familie Bock zu Mittag. Nach Tisch gingen Viviane von Bock, ihre Gouvernante und ich an den Kanälen, den alten Wallgräben, entlang spazieren, die mattgrün spiegelnd die innere Stadt umgeben. Der Münsterturm hing wie in einer Dampfwolke, die Fensterläden der Häuser auf der Sonnenseite waren geschlossen, unsre Schritte klangen auf dem heißen Pflaster des Stadens. Viviane schritt mit hängenden Armen, den Kopf lauschend zur Seite geneigt, und ihre Tritte waren die sanfteren Schwestern der meinen. Sie hatte ein gelblich blasses Gesicht und braune Augen, die sie gesenkt hielt. Wenn ein warmer Windstoß die Uferstraße heraufpuffte, sah sie ihn rechtzeitig kommen und führte die Hände mit einer langsamen, runden Bewegung zum Hut, als höbe sie einen antiken Wasserkrug auf ihren Kopf. Sie schien kostbare Gedanken zu verwalten in ihrem Ernst.

Ich sprach wenig und nur in allgemeinen Wendungen von Venedig und Maria, aber alles, was ich immer sagen mochte, erzählte von ihr und ihrer heimlichen Residenz. Alles erinnerte mich an sie: der in der Hitze blaßblaue Himmel und der schiefe Regensturz, der plötzlich das Wasser des Kanals mit Ruten strich, die gestutzte Akazie der Uferstraße, die Blumen auf dem Universitätsplatz und die gräßliche Garnisonskirche – das Wasser unter den breiten Hängeweiden fühlte sich mit dem Blick so kühl an, wie ihre Haut unter meiner Hand gewesen. Von tausend Dingen sprach ich und immer nur von ihr. Erriet Viviane das Vexierbild, das die Welt für mich geworden war? Sicherlich. Denn schlug sie einmal die Augen auf, so waren sie ungeheuer groß vor lauter Andacht und Mitgefühl.

»Pulcinella!« sagte sie dann oft mit einem Lächeln, das sich von den Mundwinkeln langsam zum Kinn hinabschlängelte.

Dort, wo der Kanal mit eins wieder zur Ill und einem lebendigen Wasser wird, machten wir zögernd kehrt ... Die tänzelnde Strömung zwischen den üppigen Ufern wollte uns weiterlocken, wir kannten die wilde, verworrene Flußlandschaft, die unvermittelt hier am Rande der Stadt begann und sich, von einem Versteck zum andern, bis an den Rhein erstreckte – ein herrliches Land, nicht auszuforschen, darin sich der Fluß in Windungen erging, die den Himmel umarmten, und in Buchten, auf deren Grund die Wiesen in ein unterirdisch Reich hinabführten, dann wieder ganz schmal, unter überhängenden Bäumen begraben, man mußte sich bäuchlings in den Kahn legen, um hindurch zu kommen! Früher, da hatten wir uns hineingewagt, zu zweit und mit Freunden, wohl ein dutzendmal, und waren dann immer aufatmend hier am Rande der Stadt »gelandet«, als wie von einer weiten und gefahrvollen Reise, und hatten gleichsam den Blütenstaub exotischer Gewächse auf dem Gesicht in die elterlichen Stuben getragen. Jetzt, fühlte ich, würde Viviane sich nicht mehr meinem Schutze anvertrauen, und ich – hätte ich im tiefsten des Rheindschungels etwas andres gesehn als die in buntgestreiftem schwanken Wasser getürmte Stadt und ihre goldhäutige, kleine Königin? Keiner von uns verspürte mehr Lust zu solch verzwickten Unternehmungen, wobei es galt, sich aus der Aufsicht zahlloser Menschen wegzustehlen und unbemerkt zu ihnen zurückzukehren. Doch veranlaßte uns irgendeine Anhänglichkeit, irgendein Bedauern, unter den Augen der Gouvernante eine Weile stillzustehn und die Augen auf dem Wasser ruhn zu lassen, das mit winzigen, glitzernden Wellenkämmen über breiten, sommerlich heiteren Flächen in unser verlorenes Paradies fuhr. Auf dem Rückweg zeigte sich die Gouvernante jedesmal wieder beunruhigt über unser Schweigen. Und wenn Viviane einmal die Augen aufschlug, so sagte sie nicht mehr: »Pulcinella!« Bei der Wilhelmer Brücke, die zum Bischöflichen Gymnasium führt, verließen mich die Damen. Es war fünf Minuten vor zwei, die Schulglocke läutete zum erstenmal, erst im Hof der Kleinen, dann im Hof der Großen.

Nach dem Unterricht begleiteten mich meine drei Freunde bis zum Schlachthausstaden, von wo das Bimmelbähnel nach Breuschheim seinen Weg nahm. Wurde ich im Wagen abgeholt, so setzte ich sie, einen nach dem andern, an ihrer Haustür ab. Die Landstraße lief zwischen zwei Reihen Obstbäumen, die mit der kleinen Dampfbahn ebenso wie mit der Kutsche im Schritte gingen.

Maria besuchte uns mit ihrer Mutter – ich freute mich nicht lange. Unter unsern Verwandten und neben der alle Luft verdrängenden Mutter glich mein Bronze-Idol in fataler Weise den andern weißgekleideten Mädeln mit fliegenden Zöpfen, wie der Ferienwind sie herbeitrug. Außerdem waren wir beide bigott geworden, sie, weil »Sidonias Unglück ihr eine Warnung gewesen«, ich infolge eines Sprunges in einen Tannenwipfel, von dem noch die Rede sein wird.

Kaum aber war die Freundin abgereist, da kehrte ihre ursprüngliche Gestalt zu mir zurück, so, wie sie damals gewesen war und in Ewigkeit für mich bleiben sollte. Mit frommer Scheu stand ich vor ihr, und oft mußte ich kämpfen, um nicht sündigen Gedanken zu erliegen. »Ich will sie in Venedig wiedersehn«, sprach ich wie ein Gebet, ich atmete nur dafür. Als meine Heiligen dann allmählich in ihre Rahmen und auf ihre Postamente zurückkehrten, herrschte sie wieder ganz allein im Palast der aufgehenden Sonne. Und ich konnte wochenlang des Glaubens leben, sie sei eine Prinzessin, die mich dort in dem weißen, von der Morgenröte berankten Haus erwarte. Die banale Sprache unsrer Briefe war nur ein Siegel, ja wir selbst nur ein Gespenst jenes andern Paares, das sich in Venedig in die Arme fiel.

Endlich geschah es.

»Los von hier! Unter Menschen!« rief meine Mutter eines Tages im Spätherbst. Ich stimmte nachdrücklich bei, nicht so sehr in der Freude, die soeben wieder eröffnete Schule zu schwänzen – ich stand nun glücklich in der Obersekunda – sondern, weil ich beschlossen hatte, bei der Gelegenheit mit Maria zusammenzutreffen. »Unmöglich«, behauptete ich, »unmöglich, es länger auszuhalten in diesem Breuschheim«, und zehn Minuten später saß ich in meinem Zimmer und schrieb an die Freundin. Sie möge, bat ich, ihre Mutter reiselustig stimmen, wozu, wie ich gerade an der meinen erprobt, weder List noch Tücke, sondern nur freundlicher Zuspruch gehöre. Mütter seien immer erholungsbedürftig. Natürlich würde sie, Maria, sich als nicht minder bedürftig erweisen und gehorsam die Mutter begleiten. Ich meinerseits werde versuchen, als Reiseziel Venedig durchzusetzen. Sollte es mir jedoch wider Erwarten nicht gelingen, so sollte sie, »nimm alle Kraft zusammen, die Lust und auch den Schmerz«, und koste es, was es wolle, ihre Mutter bewegen, an den von der meinen erwählten Ort zu reisen, der angesichts der Jahreszeit ja doch nur irgendwo im Süden zu finden sein werde. Sobald hier etwas bestimmt sei, würde ich es ihr mitteilen, und ich bat sie, unverzüglich das gleiche zu tun. Diesen Brief versiegelte ich mit einem Petschaft, das ich mir kürzlich hatte schneiden lassen, und brachte ihn behenden Schrittes zur Post.

Daran schloß sich, wie immer nach bedeutungsvollen Taten, ein Spaziergang durch den Park an. Da nun gab es merkwürdige Dinge zu sehn. Der Drommetenstoß, der den Sommer angemeldet hatte, gellte jetzt, im Spätherbst, von neuem durch den Garten: der türkische Riesenmohn glühte in verwüsteten Rabatten. Seit acht Wochen blühten auch die Veilchen zum zweitenmal, ein wenig blasser, kleiner als im Frühjahr, mit deutlichen Anzeichen von Überanstrengung, jedoch sie dufteten und blühten, massenhaft, und spannen noch übers Beet hinaus. Wahrlich, sie taten zuviel des Guten, indem sie jetzt noch einmal ihre blaue Zipfelmütze in den Wind hingen, der nicht mehr der Frühlingsbote war, sondern sein bitterer Bruder, der Herbstwind!

Wie verstand der es, dem Winter den Weg zu bereiten! So daß wir uns nicht mehr fürchteten, wenn der weiße Schrecken in Person erschien, vielmehr dankbar waren, nach soviel Geschrei und Gezerre, den eindeutigen Druck seiner Hand zu verspüren, und seinen Gang bewunderten und die Klarheit seines Blickes, bis die Größe der Pax hiemalis, des Winterfriedens, uns gar entzückte. Ja, inzwischen aber fieberte man und starb ... auf Abzahlung, »Los von hier! Unter Menschen!« widerhallte es im Schloß.

Schön waren die Herbstfarben – wie ein Haus, das am lichten Tag abbrannte. Die Natur gab ihr letztes hin, dann folgte die Kirchhofsruhe, ein Gedankenstrich, auf dem weißes Moos wuchs ... Warum nur wollten die Veilchen dabei sein, da die Sonnenblumen das Halali des Sommers bliesen, daß das Goldblech schier zersprang, und die hohen Staudenastern ihr schummeriges Murmeln und Flüstern vom Winter begannen? Dem Riesenmohn sah man es wenigstens an: er war toll geworden. Aber die Veilchen! Die lieben Mädchen taten einem leid, sie wurden alt und grau und konnten nicht fort. Was hielt sie fest und zwang sie, Jungmädchen zu spielen und immerfort zu blühen und zu spinnen?

Der Abbé Simon brachte es heraus: sie hatten für den Sommer gutgesagt und waren gekommen nachzuschauen, wie es um ihre Bürgschaft bestellt sei. Da indes der Sommer ausgeblieben war, so versteiften sie sich auf ihr Versprechen, sinnlos, wie die Kinder, meinten, die blaue Postkutsche, worin sie uns im Frühling verfrachtet, habe nur einen Unfall erlitten, wir säßen allzu ungeduldig an der Landstraße, aber die Reparatur sei bald beendet und dann, dann ginge es, juchheisa, über den Berg ... Da konnten wir lange warten! Die blaue Postkutsche saß bis über die Deichsel im Dreck, und dem Kutscher war gekündigt.

»Los! Aber wohin?«

»Nach Venedig«, bat ich.

»Nach Venedig? Warum nicht gar!« Meine Mutter war nie in Venedig gewesen. Wohin dann? Herbstwind stürzte mit blödem Humor, tagelang, nächtelang, übers Land und suchte, wen er erwürge. Es regnete dreimal am Tag und die halbe Nacht.

»Los von hier! An die Sonne!« Ich kam mit einem Zeitungsblatt angelaufen. Vous voyez, auf dem Markusplatz lustwandelte man in Sommerkleidern. Die Tauben brüteten von neuem. So stand hier im »Figaro« zu lesen. Ich las es vor, morgens und mittags und abends. Ich trieb es tagelang, und endlich gab meine Mutter nach. Sie schrieb Briefe, in denen sie für einen »festen Kern« von Menschen warb, den sie in Venedig vorfinden wollte. Es handelte sich für sie, die sich bisher zur Nordsee gehalten hatte, um eine so unerhört neue Unternehmung, daß ihr meine alleinige Waffenhilfe nicht genügte. Ohne ein sicheres Minimum von Bundestruppen, erklärte sie die Entdeckung des meerumflossenen Venedigs nicht auf sich nehmen zu können.

Sidonia antwortete, sie habe wichtige Arbeiten zu überwachen und könne nicht abkommen, worüber mein Vater die Hände zur Decke hob: was das für Arbeiten sein mochten?, mußte er sich immer wieder fragen, wir hier warteten darauf, die eingeregneten Kartoffeln herauszuhacken.

Es gab nichts, fast gar nichts zu tun. Unwirsch ging man im Wirtschaftsgebäude an den bereitgestellten Säcken mit der Wintersaat vorbei, die darauf warteten, daß die Acker frei würden. Die Knechte ließen fluchend den Wein ab, droschen, und abends saßen sie mit den Bauern im Wirtshaus und politisierten über das alte, ferne Welschland und das nahe, durch den biertrinkenden Kreisdirektor vertretene Reich. So schlechter Laune waren sie, abends angetrunken, morgens verkatert, daß man sich wohl hütete, ihnen den Besuch des Wirtshauses zu verbieten. Anders konnte die Welt in Rheinweiler auch nicht aussehn, und dies also war die wichtige Arbeit, die Sidonia überwachte! Vaters Schwester Mary dagegen machte keine Ausflüchte. Sie lud in die Touraine ein. Nun, die Touraine, das war ihr Kloster, die alte Jungfer verließ es nie. Onkel Albert-Léo, der ebenso fest hinter Paris saß, teilte zornig mit, seine Frau leide an Gicht, und sein Sohn, der Leutnant, verbringe seinen Afrika-Urlaub damit, durch das Fenster auf die grundlosen Wege zu glotzen, kurz, sämtliche Verwandten versagten. Was nun? Wir taten es Vetter Léo gleich und blickten morgens und abends stumm auf den regenüberschwemmten Garten. Maria blieb die Antwort schuldig. Mit trüben Ahnungen, schon halb entmutigt, fuhr ich zwischen Breuschheim und Straßburg hin und her.

Die einzigen Blumen, die dem Ungemach lächelnd standhielten, waren die japanischen Anemonen. Diese Fürstinnen bewahrten auch unter einer Traufe Haltung, wuchsen, von allen ihren weißen Blüten bedeckt, dem finstern Himmel entgegen. Sie machten mir Mut! Nachdem acht Wochen lang Wasser gefallen war, hatte es heute gehagelt. Nie hatten die Blüten der japanischen Anemone so groß und lauter dagestanden wie nach diesem Massaker.

Um die Ecke dicht versammelt, duckmäuserten noch immer die Veilchen und teilten sich mit den lebensgroßen Kimonos in den Triumph des Widerstands, wo doch die dramatische Situation sich bereits auf den Donnerkeilen der Äquinoktien zuspitzte. Der Hagel hatte es ihnen aber gezeigt und, in der Tat, plötzlich welkten sie. Bald waren sie nur mehr Asche. Wir fanden uns um einen Sommer betrogen.

Als unsre schlechte Laune so weit gestiegen war, daß wir einander im Hause auswichen, traf ein Brief der Marchesa Capponi ein. Sie war in Venedig im Hotel du Globe, einem alten, vornehmen Haus ohne Komfort, aber mit berühmter Küche, das gewisse italienische Kreise bevorzugten, von reizenden Freundinnen und geistvollen Herren umgeben, worunter sich auch der dem jungen Claus bekannte Lord Berrick befand, und ihr Brief bestätigte die Meldung des »Figaro«: in Venedig lachte blauer Sommer.

»Venedig, geistvolle Herren und schöne Damen – nous serons en pleine Renaissance«, sagte meine gute Mutter, und zwar ganz ungewöhnlicherweise französisch.

Die Marchesa hatte uns, wie schon erwähnt, mit Bob und Maria besucht. Um bei Bob anzufangen, so hatte sich dieser mit dem Abbé Simon angefreundet, niemand wußte warum, denn man hörte sie nie ein Wort wechseln. Der Abbé saß über Papieren und Büchern, und Bob, Whisky und Sodawasser vor sich, schaute ihm zu. Sie unternahmen, ebenso schweigsam, weite Spaziergänge und Fahrten in die kleinen elsässischen Städte, von denen sie tief befriedigt heimkehrten.

»Ein gefallener Engel«, äußerte der Abbé gelegentlich über Bob, und Bob über den Abbé: »Ein geborener Kirchenfürst.«

Die Marchesa und meine Mutter dagegen schwatzten sich innig aneinander, man traf die eine nicht mehr ohne die andere. Die Marchesa bevorzugte die Wagenfahrten im frischen Wald, und jedesmal, wenn sie an der Rottanne vorbeikamen, an deren Wipfel ich mit dem Madonnenbildchen des Monsignore in der Brusttasche geschaukelt hatte, kamen sie auf die Kinder zu sprechen.

Bald nach meiner Rückkehr aus Venedig nämlich hatte ich es mit meiner aus den Dorfbuben gebildeten Räuberbande unternommen, ein angeblich auf dem Vorsprung eines mächtigen Felsgebildes verborgenes Falkennest auszuheben. Die Räuber hatten ihren Hauptmann an der Leine unseres Schäferhundes hinabgelassen.

Die Leine war gerissen, der abstürzende Hauptmann zu seinem Glück mit dem Gesäß auf den Vorsprung zu sitzen gekommen. Während die Räuber noch oben beratschlagten, ob sie im entlegenen Dorf eine Leiter holen oder noch besser ein paar Stricke von einem Heuwagen, entschloß ich mich, aus Furcht vor einer Aufdeckung des aus vielen Gründen verwerflichen Unternehmens, eine zwei Meter entfernte Tanne unter mir anzuspringen und auf diese Weise den Boden zu erreichen. Ich sprang und griff mit ausgestreckten Händen in den Wipfel der Tanne. Der Wipfel krachte hellauf, bog sich mit mir hin und her, einmal, zweimal, der ganze alte Baum, so schien es, erbebte. Mit den Händen ziellos nach ungewissen Stützpunkten tastend, ließ ich mich am Stamm hinunter, rutschend, fallend, von Ästen aufgefangen, von denen ich mich wieder in die Nähe des allmählich dicker werdenden Stammes hinschwang. Mit blutendem Gesicht, zerrissenen Händen, in zerfetzten Kleidern, vom Tumult eines frommen Siegergefühls erfüllt, so langte ich auf dem Waldgrund an.

Und da stand, zwei Schritte von mir entfernt, sehr bleich, der Abbé Simon. In der Hand hielt er ein zerknittertes Blatt, das mir voraus zu Boden geflattert war, und in dem ich, als er es mir wortlos vorwies, die Madonna in Papierspitzen wiedererkannte, die der fremde Monsignore mir im Schlafwagen als Andenken zurückgelassen hatte. Ich küßte die Madonna auf das zerknüllte Gesicht, der Abbé nahm mich an die Hand, führte mich zu einer nahen Quelle und begann, mir Gesicht und Hände zu waschen. Als die Räuber, die inzwischen auf einem Umweg herbeigeeilt waren, sich erstaunt und furchtsam näherten, vertrieb er sie mit drohend geschwungenem Stock. Das Madonnenbild aber, das mir das Leben gerettet hatte, kam in einen goldenen Rahmen. Es steht noch heute neben der Evangelientafel auf dem Altar unserer Kapelle.

Dieses Bildchen war eine der ersten Sehenswürdigkeiten, die meine Mutter der Marchesa bei ihrem sommerlichen Besuch in Breuschheim zeigte. Maria und ich fanden uns oft vor dem Bildchen in der Kapelle ein, um dort, Seite an Seite, zu beten. So kam es, daß der Anblick der Rottanne die Damen bei ihren Spazierfahrten im Wald immer wieder auf die gleichen Gedanken brachte. »Der arme Junge!« seufzte die Marchesa, »der gute Monsignore«, meine Mutter. »Wenn ich nur seine Unterschrift unter der frommen Widmung lesen könnte! Ich ließ sie im ganzen Straßburger Domkapitel herumzeigen, alles umsonst. Unterschreiben die Italiener alle so unleserlich?« – »Vielleicht«, meinte die Marchesa, »tat er es absichtlich, aus Diskretion.« Die Damen kannten das Vermögen unsrer beiden Familien, deren Geschichte und die Verhältnisse der Verwandten. Sie beichteten und kommunizierten gemeinsam ...

Jetzt also hatte die Marchesa geschrieben und sich, nach den Worten meiner Mutter, als wahre Retterin in der Not erwiesen. »Madame! Claus! Ich bitte zu reisen!« drängte mein Vater, den die langen und wechselvollen Vorbereitungen beunruhigten. Alle Mädchen mußten helfen, und trotzdem dauerte es volle zwei Tage, bis die Mutter fertig war. »Ob du wohl auch Maria vorfindest?« äußerte sie, als sie schließlich auch noch das Packen meines Koffers überwachte. »Hoffentlich!« rief ich stolz, trotz aller Zweifel so stolz, daß ein sorgenvoller Ausdruck sich in Mutters Gesicht stahl. Ich umarmte sie, und auch hierbei übertrieb ich wohl, denn unwillkürlich hielt sie den Kopf ab. »Hast du Angst vor Maria?« neckte ich. »Nein«, sagte sie und ließ sich nun doch auf die Wange küssen. »Aber vielleicht tätet ihr gut, euch ein wenig voreinander zu fürchten.«

Es sollte scherzhaft klingen, ich lachte, und sie war lieb und lachte, wenn auch ein wenig nachdenklich, mit mir. Ich konnte mich nicht entsinnen daß wir, wenn wir beisammen waren, je einer ohne den andern gelacht hätten. So flohen wir, Mutter mit Zofe Annele, der Abbé und ich. Mein Vater selbst kutschierte uns im Jagdwagen nach Straßburg.

Ernst erwartete uns. Die weiße Primanermütze ein ganz klein wenig schief auf dem rechten Ohr, so, wie die Studenten der guten Korps sie trugen, die Handschuhe in der linken Hand, kam er mit eiligen Schritten auf uns zu, führte, nachdem unser Vater sich verabschiedet hatte, die Mutter an eine Stelle des Bahnsteigs, wo es nach seiner Behauptung nicht zog, und unterhielt uns mit erleuchtetem Wohlwollen, bis der Zug einlief. Seiner ganz klein wenig hochmütigen Freundlichkeit sollten wir absehn, er wisse es zu schätzen, daß niemand auch nur den Versuch gemacht hatte, den pflichteifrigen Oberprimaner zu einer derart frivolen Unternehmung zu überreden, wie eine »Lustreise« nach Venedig in voller Studierzeit sie darstellte. Er war noch immer der Junge, der sich, von der Schule heimkehrend, geweigert hatte, an einem Kinderfest teilzunehmen, und auf Mutters Frage, warum er nicht mit den andern spielen wolle, geantwortet hatte: »Null Fehler. Recht gut. Erster Platz.« Auch unterließ er es jetzt nicht, den Abbé scherzhaft zu ermahnen, mich in der »Ansichtskartenbude da unten« im Auge zubehalten, damit ich nicht »total verbummle«, wozu der Abbé, der diese Art Landsknechtsprache nicht schätzte, mit einem zerstreuten Kopfnicken hoch über die weiße Primanermütze hinweg lächelte.

Auch meine drei Freunde waren zum Abschied erschienen, zu meiner großen Verwunderung aber, wie sich herausstellte, mit gutem Grund. Von den dreien beachtete Ernst nur Arno von Steinberg, dessen Vater, der stiernackige Zeus, als Staatssekretär unter einem alten, liebenswürdigen Fürst-Statthalter, das Reichsland Elsaß-Lothringen zu regieren unternommen hatte. Der andre, François Kern, war eines namenlosen Bürgers Kind, Hubert Adam gar der Sohn eines Weinbauern. Ihn liebte ich am meisten, zeichnete er sich doch sowohl in der Philosophie als auch in der Dichtkunst aus, woraus er uns mit verschwenderischen Händen zu spenden wußte. Auch kannte er jedes Dorf im Land und die hintersten Wälder der Vogesen. Und schlau war er wie keiner, das zeigte sich auch jetzt.

»Du«, sagte Hubert Adam, »wir sind gekommen, weil wir im Streit liegen, wegen deiner Idee, weißt du. Ich meine, das Elsaß, natürlich mit dem unentbehrlichen Anhängsel Lothringen, müßte offen und ehrlich internationalisiert werden. Der Kern aber will davon nichts wissen, weil das, wie er behauptet, auf die Wiederherstellung des Kirchenstaates hinausliefe, weißt du, wegen unserer felderbeherrschenden Pfarrer –.« Francois Kern unterbrach ihn, indem er an die schöne, schwarze Halsschleife griff, die im Luftzug um sein gebräuntes Mädchengesicht flatterte, und mit weicher Stimme ausrief: »Natürlich, natürlich, freies Elsaßland, freies Pfaffenland, ich verlange mindestens das französische Protektorat. Und paar Regimenter Zuaven als Garnison.« Bei dem Wort Zuaven verabschiedete sich Arno Steinberg, der mit einem Ohr zugehört hatte, eilig von Ernst, um, auf den Absätzen herumschießend, »mit Verlaub dazwischen zu fahren«. Halblaut und eindringlich sprach er von der Schärfe des deutschen Schwertes, das jeder zu spüren bekäme, der an das deutsche Reichsland Hand anlegte, und drohte uns dreien, ganz einfach, mit Krieg. Dies für den Fall, daß wir es mit unsrer staatsfeindlichen Verschwörung weitertrieben, statt auf seinen eigenen Vorschlag von Elsaß-Lothringens Erhebung zur »Kaiserpfalz«, einem wunderbaren Luxusgebilde und persönlichem Besitz des jeweiligen deutschen Kaisers, einzugehn. Protest, heftigster Protest.

»Darum, erklärte Adam Hubert listig, »darum sind wir hergekommen. Claus soll dir in aller Form bekanntgeben, daß deine Kaiserpfalz ein für allemal abgelehnt ist.«

»Genug Kaiserpfalz, mehr als genug, was sind wir denn viel andres, als das, jetzt schon!« ereiferte sich François Kern und dabei drückte er mit schmeichelnder Hand die Lavallière an die Brust. »Allez, messieurs«, sagte ich – Arno belegte mich mit einem Lächeln wie mit einer Absolution die aber, auch das stand in seiner Miene, nur mir, mir allein galt

– »so zwischen Tür und Angel Italiens läßt sich, das nicht recht bereden.« – »Nein«, fiel Kern wieder ins Wort, »wir wollen auch nur die Kaiserpfalz endlich vom Programm absetzen.« Hubert Adam sagte nichts, er sah mich nur mit lustigem Augenzwinkern an.

»Ach«, warf ich hin, »das ist ja gar nicht Arnos Ernst. Er will uns ja nur aufziehn.« Da meldete sich Adam: »Gut. So ist von der Kaiserpfalz keine Rede mehr. Ehrenwort?«

»Ehrenwort«, sagten Kern und ich gleichzeitig. »Los Arno!« Ich nahm seine Hand, »schnell dein Ehrenwort, ich muß einsteigen. Kaiserpfalz und französisches Protektorat fallen gemeinsam – einverstanden?« – »Ehrenwort«, murrte Arno. Sodann grüßten sie gemeinsam zu meiner Mutter hinüber und machten kehrt.

Als Ernst die Mutter im Abteil eingerichtet hatte, schob er mich auf den Gang hinaus und drückte mir ein kleines Paket in die Hand: »Steck das zu dir, Claus«, sagte er. »Ich denke, du bist alt genug, eine ernste Sache mit Ernst zu behandeln. Du wirst da unten Frau Hartmann kennen lernen und dich ihr von deiner scharmantesten Seite zeigen und ebenso ihrer Tochter, die du ebenfalls antreffen wirst da unten. Dieser übergibst du unter vier Augen das kleine Paket.« Er räusperte sich. »Übrigens kannst du deinem Freund, dem jungen Steinberg, nach deiner Rückkehr mitteilen, er habe zu warten, bis ich ihn verabschiede, wenn ich mit ihm spreche. Ich bitte dich darum. Danke.« Darauf zog er, was ich seine Grimasse nannte, nämlich er griff hastig zur Mütze und riß sie seitlich bis zur Schulterhöhe herunter, was mich bei einem so anmutigen Menschen als ein erstaunlich stilwidriges Kunststück jedesmal wieder aus der Fassung brachte. Unwillkürlich, ebenso automatisch kehrte ich ein Grinsen heraus, das wohl ein Reflex seiner krampfhaften Bewegung war, und das ihn veranlaßte, sich mit zusammengezogenen Brauen und unwilligen Mundwinkeln abzuwenden. Der Zug fuhr ab, ohne daß er mich eines weiteren Blickes gewürdigt hätte. Aber er grüßte auch nicht mehr mit der Mütze, sondern hob nur die Handschuhe, unter leisem Neigen des Oberkörpers bewegte er sie ein ganz klein wenig in der Luft, was recht hübsch war.

In Rheinweiler, das wir in sausendem Schwunge streiften, stand Donja, sie war von der Mutter benachrichtigt worden, hinter einem offenen Fenster des Schlößchens und winkte. Man sah nichts von ihr, als das weiße Tuch.

Wir aber, wir eilten zu den Sommerkleidern auf den Markusplatz, das weiße Tuch im finstern Fenster verwandelte sich in sie. Zu den brütenden Tauben ... Ich hörte Donjas schwirrendes Lachen, dann lag sie wie eine glückselig Sterbende im Hochzeitsboot ... In den Sommer.

Da flog ich in Gedanken bereits durch die blau und grün strahlende Poebene.

In mein Schlafabteil mußte ich mich indes wiederum mit jemand teilen, und zwar mit dem Abbé. Dafür durfte ich mich diesmal entkleiden, und von möglichen Entgleisungen, gegen die es gegolten hätte anzubeten, war nicht die Rede.

Liebe und Weltgeschichte

Bei unsrer Ankunft lag Venedig in dickem Nebel – das ganze große, hellblaugoldene Spielzeug eingewickelt in Wasserdampf. Und auch uns befiel eine Schläfrigkeit als wären wir als zum Spiel gehörig mit eingepackt und beiseite gestellt. So blieb es bis zum Tag unsrer Abreise.

Die Wahrheit zu sagen, löste sich der Nebel manchmal in Regen auf, oder er sog, kaum, daß er überwältigt schien, frische Trauerkräfte an der Sonne, die er denn auch bald wieder gepackt und eingesponnen hatte, bis Gottes Herz, wie meine Mutter das Gestirn nannte, nur mehr als ein Marienkäferchen im grauen Flor hing.

Mich selbst kleidete er nicht übel, hatte doch Maria ihre schwierigen Studien am römischen Konservatorium nicht unterbrechen dürfen! Mit dieser Mitteilung empfing mich die Marchesa Capponi in der Halle des Hotels, wobei sie mit forscher Hand unter mein Kinn griff, um sich teilnahmsvoll an meiner Enttäuschung zu laben. »Sehr schade«, murmelte ich, und indem ich mich ermannend den Blick mit ihr kreuzte fügte ich laut und bestimmt hinzu: »Ich bedauere unendlich, es liegt gewiß nicht an ihr.«

»Bravo«, sagte die Marenesa und hob sich auf die Fußspitzen, um mir bequem in die Augen zu spähen. »Bravo, mein Junge. Sie gefallen mir immens. Aber Sie hätten nicht intrigieren oder, wenn doch, es geschickter anfangen sollen. Versiegelte Briefe an meine Tochter passieren nicht, verstehn Sie, die lese ich allein.« Und sie entließ mich mit einem Klaps auf die Wange und einem eindrucksvollen Zähneknirschen, das den Mund der nicht mehr jungen Dame zu einem spitzen, braun verwitterten Rüssel formte.

Und da war Frau Hartmann, klein und allseits gerundet, mit schönen weißen Haaren um das rosige Gesicht, worin kleine, spitze Zähne über junge Lippen sprangen, bei Gott, Frau Hartmann gefiel mir – wer hätte es gedacht! Sie nahm meine Begrüßung nur entgegen, um sie unverzüglich an ihre herbeihüpfende Tochter Anne-Marie weiterzuleiten. Anne-Maria schüttelte lachend den Kopf, was völlig sinnlos oder doch zum mindesten unverständlich gewesen wäre, wenn wir einander nicht insgeheim bereits recht gut gekannt hätten. Bei solchen Begegnungen war sie an der Seite Ernstens geschritten, während ich, nicht ganz so aufrecht wie mein großer Bruder, Viviane von Bock vor den Gefahren der Straßburger Orangerie behütet hatte. Allerdings waltete eine stille Übereinkunft, auf Grund deren die beiden Parteien als von einer Nebelkappe unkenntlich gemacht, laut- und blicklos aneinander vorbeiglitten. Nun sah ich die braunen, lockeren Haare, von denen immer eine Strähne herabhing, die braunen, in einem brennenden Punkt gesammelten Augen zum erstenmal aus der Nähe. Was ihr Blick unbekümmert aussprach, verriet, wenn man ihn aufmerksam betrachtete, auch schon ihr Körper, der klein, straff und eigensinnig war. Sie hielt einen Malkasten in der einen, ein Klappstühlchen in der andern Hand und war im Begriff auszugehn. Ich hob die Hand, die den Griff des Malkastens umklammerte, unter tiefer Verbeugung an die Lippen und küßte sie auf das Handgelenk. Es war, als berührte ich mit den Lippen eine Billardkugel, so rund, glatt und kühl gab sich das Ding. Da erstand aus einem Klubsessel ein Herr, trat mit den leise gesprochenen Worten: »Ob Sie sich meiner wohl entsinnen« auf mich zu und schüttelte mir die Hand: Lord Berrick.

Wie hätte ich ihn vergessen haben können, wußte er doch Bescheid in der Mythologie und hatte Maria und mich gegen die Barbaren beschützt, vor allem war mir sein warmes, etwas trauriges Lächeln gegenwärtig geblieben, ja, ich hatte es selbst hin und wieder bei großen Gelegenheiten nachzuahmen versucht! Inzwischen hatte er sich, so erfuhr ich am Abend im Salon, mit einer Dame aus einer allerersten Familie Schottlands verheiratet, deren Mann bei einer Nilpferdjagd am Kongo ums Leben gekommen war, einer »Führerin«, wie die Marchesa Capponi gewichtig mitteilte, einer »society leader neuesten Stils«, die für die Befreiung der Frauen kämpfte, und »durch deren Salon der Weg zum

Kapitol ging.« Ingels (sprich: Ingols), der schottische Chauffeur, den Lady Isabel nebst zwei Töchtern in ihre zweite Ehe eingebracht, hatte das gefährliche Tier in der nächsten Minute erlegt – sollte man, so fragte die Marchesa in einem ihrer Anfälle von brutaler Koketterie, die ich bald als Würze ihres Gesprächs würdigte, sollte man sagen: leider zu spät? Die zweite Ehe galt für glücklicher, als die erste, so überraschend geschiedene nach allgemeiner Meinung gewesen war. Nein, die Marchesa, die Lady Isabel liebte und den Lord hochschätzte, erklärte keinen immensen Zorn gegen das schuldige Nilpferd aufbringen zu können, um so mehr, als dieses seine Intervention mit dem Leben gebüßt. Lady Isabels erster Mann war eine Null, eine Jugendliebe ohne Titel und Vermögen, ein gipserner Apollo von Belvedere mit Jagdflinte gewesen ... Während dieses Gespräches hörte ich auch zum erstenmal den Namen der deutschen Dichterin Aggie Ruf. Es hieß, das sei die einzige lebende Frau, der die Führerin den Vortritt lasse. So etwa verhielt es sich mit den beiden: Kleopatra stellte Sappho über sich, und dies kennzeichnete sie beide. Leider – hier mußte man allerdings leider sagen – mied die Führerin das taubenbewohnte Venedig, das sie ein altes Gerümpel und schlimmeres schalt, eigentlich nur der Tauben wegen, welche Vögel sie unbegreiflicherweise mit Haß und Verachtung verfolgte. Als ob die Tauben tatsächlich in weibischer Weise sanft und fromm gewesen wären, wie der Volksmund töricht nachplapperte!

Statt ihrer hatte die Führerin zur Betreuung des Lords den schottischen Chauffeur Ingels (sprich: Ingols) nach Venedig delegiert, der sich aber hier, wie man denken konnte, als Chauffeur in einer wagenlosen Stadt ganz entsetzlich langweilte. Auch ergab er sich offenbar dem Trunk. Er lief mit blaurotem Kopf und hervorquellenden Augen herum und grinste, statt zu grüßen. Der Lord schien es nicht einmal zu bemerken.

Er bemerkte es wohl, wie ich bald feststellen konnte, als wir eines Nachmittags auf unserm gewohnten Nebelgang in einer engen Gasse auf einen Mann stießen, der beim Anblick des Lords verlegen nach rechts und links rückte und, in der Unmöglichkeit auszuweichen, hilfesuchend an der Häuserwand hinaufstierte, um schließlich kehrtzumachen und mühevoll davon zu torkeln. »Das war Ingels, Lady Berricks Chauffeur«, sagte der Lord und, als Antwort auf meinen erstaunt fragenden Blick: »O nein, ich mische mich nicht in die Angelegenheiten

Lady Berricks, das wäre unhöflich. Übrigens bekomme ich ihn selten zu Gesicht. Zu Giacomuzzi geht er nicht.«

Wir waren vor dem Café Giacomuzzi, dem Endpunkt unsres Spaziergangs, angelangt, wo wir diesen einzigen schönen Teil des Tages zu beschließen pflegten, seitdem der Lord mich, mit der Erlaubnis meiner Mutter, zu seinem Weggenossen erwählt hatte. »Lieber junger Freund«, hatte er damals gesagt, »obwohl wir im leeren »Globe« wie eine Familie in einem etwas primitiven Wasserschlosse hausen, langweilen Sie sich dennoch nicht weniger als ich. Das kommt, weil unsre sonst scharmanten Damen nach besten Kräften zu dem Nebel beisteuern, indem sie ausschließlich sein Verschwinden erwarten, besprechen, beschwören. Ich finde Venedig sehr angenehm im Nebel. Sie nicht?«

Ich war viel zu erstaunt gewesen, um gleich zu antworten, und der Lord hatte fortgefahren: »Es ist so leer! Kommen Sie mit mir. Sie sollen sehn. Der Nebel saugt die Fremden auf, Cook selbst scheint für ihn zu arbeiten. Rudelweise verschwinden sie. Und mit ihnen die fliegenden Händler, die Zutreiber der Glasfabriken, die geschnürten Capitani, die Bettler, und in den Cafés wird keine Musik mehr gemacht. Endlich bietet sich die Möglichkeit, die Reststücke des einst so stolzen venezianischen Theaters in Muße zu betrachten.« Seitdem zogen wir täglich nach Tisch in den Nebel hinaus und kehrten erst gegen Abend zurück.

Da saßen wir also wieder an unserm Ecktisch im Café Giacomuzzi, und der Lord lächelte, wehmütig den Kopf zur Seite geneigt, vor sich hin.

»Ich liebe diese Stadt sehr«, sagte er. »Seit dem Frühling, seit damals … Sein krankes Auge sah mich an, und mir kam es vor, als wäre der Fremdkörper in der Iris eine verhörnte Träne. »Seit den herrlichen Tagen, die so traurig endeten, habe ich Venedig oft besucht. Nun, zum erstenmal seit damals finde ich es wieder … vielsagend, farbig, tief, lebendig. Seitdem der Nebel wie eine Wolke Gottes hereinhängt. Endlich habe ich auch ein Modell gefunden … Sie müssen nämlich wissen, mein Freund, ich vertreibe mir die Zeit mit kleinen Malereien, Skizzen von Frauen, die, zur Liebe geschaffen, es auch nicht verhehlen – sie brauchen nicht gar so jung zu sein … Ich entstamme nämlich der puritanischsten Familie Schottlands, ich weiß nicht, Claus, ob Sie ermessen, was das heißt. Einer stolzen Familie. Einer blutigen Familie. Ich versichere Ihnen, meine frommen Vorfahren marschierten nur so durch Blut. Als es in England spärlicher zu fließen begann, machten sie sich in die Kolonien auf, die frommen Berrick ... Und denken Sie nur: ihr Vermögen nahm nicht ab, obwohl dies doch sonst die Regel ist, wenn jemand verschwenderisch reist, großen Aufwand treibt, außerdem noch die Tugend belohnt, wie schwachsinnige Greise das Laster, und das alles, ohne viel zu arbeiten – im Gegenteil! Woran Sie ohne weiteres erkennen, daß der liebe Gott ein Auge auf den Berrick hatte, das Auge eines alten Vaters auf dem Erben seines Namens. Sie verstehn, Claus: so bin ich dahin geführt worden, mich neben meiner Malerei mit der Weltgeschichte zu befassen. Und ich kann Ihnen versichern, die Malerei gewinnt durch die Beschäftigung ...«

Ich war nicht wenig überrascht, den Lord so kühn daherreden zu hören, am allerwenigsten hätte ich erwartet, er werde gerade mich zum Vertrauten seiner empörerischen Gedanken machen. Zwar war es mir schon immer vorgekommen, zumal bei den Wortgefechten mit Donjas »kleinem Kreis«, als ob er etwas hinter der Rede halte, und Maria und ich hatten es ihm gelegentlich mit der Überreichung einer Blume oder einer in einer entlegenen Butike billig erworbenen Antiquität gelohnt. Kinder sind empfänglich für Ermutigungen, Heimlichkeiten bilden ihre Wonne, indes, welcher Erwachsene erzählte ihnen je ernste Geheimnisse? Nun war ich ja kein Kind mehr, sondern Obersekundaner und der Welt erschlossen, und hätte statt des Lords etwa Sidonia oder Bob Capponi an meiner Seite gesessen, ich hätte ihnen mit ungemischter Befriedigung gelauscht. Der fremde Lord aber flößte mir zuviel Lust ein, und er machte mich schaudern.

»Wie gesagt« wiederholte er in seiner gemächlich dahingleitenden Redeweise, »wie gesagt, lieber Freund, ich gehöre nicht zu den Menschen, denen der Nebel für gewöhnlich das Gemüt bedrückt, vielmehr lenkt er meinen Geist auf die großen Gegenstände der Menschengeschichte. Die großen Gegenstände der Weltgeschichte aber sind es, die mich unweigerlich heiter stimmen. Wenn Sie erlauben, erzähle ich Ihnen etwas von Venedig. Um es gleich zu sagen: Dieses Venedig war eine der komfortabelsten Räuberhöhlen der Welt, und das Gesindel, das hier herrschte, von ebenso guten Eltern wie ich selbst. Nur noch klüger, glaube ich, ja zweifellos klüger.

Es war atemstickend. Ich mußte vom Plüschsofa aufstehn und mich dem Lord gegenüber auf einen Stuhl setzen. Einen Mokka bestellte ich und Zigaretten. Aber da ich noch nie Zigaretten geraucht hatte, versuchte ich es auch gar nicht erst mit ihnen und blickte sie nur mutig an.

Welch ein Mann – vom blinden Himmel gefallen!

Während er nach seiner Aussage in Witzblättern, die sich ausdrücklich so nannten, lange blättern konnte, ohne auf den geringsten Anlaß zur Heiterkeit zu stoßen, brauchte er nur die Rede eines Volksführers, dieses Sozialisten Strata zum Beispiel zu lesen, und gleich war er alle Sorge los und schwelgte, wie im deutschen Volkslied, in den Rosen. Redete dieser Strata nicht, schrieb nicht seine Zeitung, der venezianische »Popolo« auf ihre Art ebenso Weltgeschichte wie die Professoren in Oxford, die auf historischem Abstand dichteten? Also daß der Lord wohl sagen durfte, der Nebel stimmte ihn vergnügt, indem er ihn von den leichtsinnigen Eindrücken, wie sie einem an der Sonne und unter dem Sternenhimmel zuflogen, auf den ehernen Gang des kalten Ritters lenkte, den wir, die einen aus schlotternder Ehrfurcht, die andern aus Höflichkeit, Völkerschicksal nannten. Im Grund, nebenbei, war diese Bezeichnung *Schicksal* ein Selbstlob, Überheblichkeit, ja grausame Frechheit der Sieger, aber davon wollte er nicht sprechen, es hätte zuweit geführt, da doch die ganze »Weltgeschichte«, wie wir armen Luder sie in unsern nationalen Schulen lernen mußten, aus nichts als dem Triumphgeheul von Siegern und dem nicht minder musikalischen Zähneknirschen der Besiegten bestand.

Ich nickte, das war wahr! Niemand konnte es besser wissen, als ein Elsässer!

Einige Tage sah ich dann den Lord nur im Hotel, wo er eine venezianische Gräfin malte, die er mit Hilfe der Marquise Capponi überredet hatte, ihm unter Aufsicht der Damen zu sitzen, und zwar, wie ich gelegentlich zu hören bekam, in einem äußerst leichten, »immens duftigen« Kostüm. Er war sehr aufgeräumt und hielt den Damen bei Tisch kleine, schwärmerische Vorträge über die venezianische Malerei, die den Vorzug besaßen, stark nachgedunkelte Schönheiten aufzulichten und alte Stoffe zu bewegen, als wären es die Kleider der ihm zuhörenden Damen.

Meine Mutter nannte ihn »gescheit wie einen Teufel«, wogegen die Marquise bei den Heiligen schwor, er scherze nicht, und Madame Hartmann, die Frau des reichen elsässischen Knopffabrikanten, die ihn drei Monate im gleichen Hotel beobachtet hatte, nahm es ebenfalls auf ihren Eid, er sei der feinfühligste, gebildetste, wohlanständigste aller Lords, die ihr je begegnet.

»Il vous repose de cette espèce de débraillé, le lord Byron«, rief sie aus. Ein andermal brandmarkte sie den Dichter des »Child Harold« als die »coqueluche vénitienne des nouveaux mariés« und lobte den Lord Berrick als einen »Gentilhomme, qui cache un artiste«.

Ihre Tochter Anne-Marie erwies sich als die einzige, die, von der Mutter zu einem Bekenntnis gedrängt, am Lord auszusetzen fand, er betrachte die himmlische Liebe, als wäre sie auch nur eine irdische Erscheinung, womit sie den Nagel auf den Kopf traf. Außerdem, behauptete sie, sei er ein Schmeichler, ein Damenschmeichler, man brauche allerdings einige Zeit, bis man es merke, aber dann fühle man sich geradezu überwältigt. Kurz, ihr sei der Lord unheimlich, um nicht zu sagen verdächtig ... »Aber Kind!« rief Frau Hartmann errötend, während die Marchesa den Vorwurf der Schmeichelei mit den Worten zurückwies: »Gar nicht. Er ist nur etwas keck in der Art, die Wahrheit zu sagen.«

Anne-Marie ging in den Nebel hinaus, um weiterhin den Dogenpalast zu aquarellieren, wie er in der Sonne erstrahlte.

An diesen Tagen saß ich allein bei Giacomuzzi und las die Reden des jungen Volksführers Strata, der in Turin einen Streik anführte, sowie deren Kommentare in den Zeitungen, unter andern eine erstaunliche Nutzanwendung auf lokale Unglücksfälle, wie die Ermordung eines stratistischen Steuereinnehmers durch einen Matrosen in einem Hause der Calle della Mandolina, für die niemand anders als der König selbst verantwortlich gemacht wurde. Gleichzeitig vertiefte ich mich in den Cäsarenkopf des Tribuns, aus dessen Zügen der »Popolo« die Lebenslinie der italienischen Nation, die »Gazetta« deren Todeslinie herauslas, beide mit einer Aufdringlichkeit, als kratzten sie nach Trinkgeld.

Als das Bildnis der venezianischen Gräfin beendet war – es hieß nur allgemein »das lebende Stilleben«, und französisch klang es noch komischer: »une nature morte vivante« –, nahmen der Lord und ich die unterbrochene Wanderung durch die verschwiegene Stadt von neuem auf. Diesmal führte er mich in die Vorhalle von San Marco und zeigte mir drei rote Steinplatten. Hier sollte Kaiser Barbarossa vor dem Papst Alexander III. gekniet und der Papst dem Kaiser dabei den Fuß auf die Schulter gesetzt haben. »Non tibi, sed Petro«, war der einzige Protest, den der Kaiser einzulegen wagte, worauf der Papst unter verstärktem Druck des Fußes ihn zurechtwies: »Et mihi, et Petro.« Venedig, die Verbündete des Papstes, hatte ihn hierher gelockt, als »ehrlicher Makler«, ganz wie Bismarck das Wort gemeint, bemerkte der Lord, und es half auch zum Frieden. Der Gewinn Venedigs bei dem Handel bestand keineswegs nur in dem Ring, den der Papst dem Dogen verehrte, und kraft dessen die Dogen von Venedig sich fortan mit dem Meere vermählten im berühmtesten aller venetianischen Prunkfeste, weit gefehlt, auch die Vermählung mit dem Meer war nur ein gemaltes Bild auf dem Geschäftsschild einer kriegsgewaltigen Kolonialwarenhandlung ...

Zu meiner nicht geringen Verwunderung erregten die also erworbenen Einblicke in die Weltgeschichte, wie ich sie bei dem Abbé Simon probeweise zum besten gab, allem Anschein nach dessen Beifall, was ich an dem launigen Schmunzeln erkannte, womit er sie, übrigens wortlos, entgegennahm. Dies bestärkte mich noch in meinem wachsenden Vertrauen zum Lord und der eigenen Kühnheit. Ich traf den Lord gewöhnlich schon morgens bei der Schiffslände des Rialto, wo er in einem kleinen Café sein Glas Frühstückswein trank. In der Nähe, in S. Bartolomeo, las der Abbé die Messe, bei der ich nicht fehlen durfte, daher es kommt, daß mir die Heiligen Sebastian und Bartolomeus Seb. del Piombos, die das Seitenschiff der Kirche in der Nähe des Chors schmücken, heute noch leibhaftig vorstehen. Dagegen sind mir die beiden andern Heiligen von des Meisters Hand aus dem Gedächtnis entschwunden, denn diese hingen neben der Orgel, und ich eilte, ohne einen Blick für sie, kaum daß der Segen gesprochen, aus den Augen der Damen, aus den Augen der Heiligen Sebastian und Bartolomeus, zu meinem Lord.

Manchmal, wenn es auf der Piazetta stark zog, saß auch Anne-Marie Hartmann dort und malte zur Abwechslung den Rialto in der Sonne; sie hatte die Frühmesse in San Marco gehört, um bei der »guten Beleuchtung« ihrer Motive nicht zu spät zu kommen. Wenn wir sie wegen der »Hartmannschen Sonne« neckten die sie aus eigner Kraft erschuf, lachte sie so reizend, daß die umherstehenden Tagediebe die Gelegenheit wahrnahmen, zu applaudieren und nach dieser Arbeit die Hände herzuzeigen, um ein Trinkgeld entgegenzunehmen. Dann strich sich Anne-Marie mit dem langen, dünnen Pinsel eine Strähne des Haares aus dem Gesicht und sagte, sie könne eben ohne Sonne nicht leben, und überhaupt sei das Ideal nichts andres als ewige Sonne.

Hier, am Rialto, steckte ich ihr endlich das Paketchen meines Bruders Ernst zu. »Ich hatte leider noch nicht die Gelegenheit, murmelte ich. Sie legte es auf die Staffelei und sagte laut: »Das ist stark! Nach vierzehn Tagen! Eigentlich sollte ich es Ihnen zurückgeben, um Sie zu bestrafen.« Ich wollte mich entschuldigen, ich sei bisher niemals mit ihr allein gewesen.

»Wieso allein?« sprach sie gedehnt und weitete angestrengt die Augen. »Das hätten Sie mir auch vor Mama übergeben können.«

Lord Berrick stand wartend auf der Brücke.

»Vielleicht vor Ihrer Mama«, sagte ich kurz, »aber nicht vor der meinen«, und eilte zum Lord.

»Womit haben Sie die Kleine erzürnt?« fragte der Lord. »Sie blickte ja geradezu wütend hinter Ihnen her.

»Habe ich sie erzürnt?« sagte ich gleichgültig, und wir traten unsern Rundgang an.

Eines Nachts vernahm ich zwei starke Schläge im Weltraum, gleich darauf beugte sich eine Gestalt über mein Bett, die eine Mittagssonne in beschwörend erhobener Hand hielt. Während ich mich noch bemühte, in dies tolle Licht zu schauen, erstand mit eins der Name Maria in mir, gewaltig wie der Schatten, der in Schleppen von dem Licht herabhing und mit seinem Schwanken das Zimmer füllte. Ich sprang aus dem Bett und faßte die Hand, die das Licht hielt. »Ja, ja, Herr Baron«, stammelte die Gestalt, »es ist wahr und wahrhaftig die kleine Marquise. Sie steht unten und wartet.«

Unser Annele! Ganz blaß war sie vor Aufregung, ihre Schultern bebten in kleinen Stößen. »Es scheint, sie muß gleich wieder mit dem Zug fort«, fügte sie hastig hinzu. Nun hatte sie die Kerze auf dem Nachttisch an der ihren entzündet, und sie eilte auf den Fußspitzen hinaus.

Zu einer innern Sturmmusik flog ich in die Kleider, stürzte davon, den Flur entlang, Treppen hinunter, ich hielt mich nicht einmal am Geländer fest? ich mußte mit der Hand die Flamme schützen, es war ein halsbrecherischer Tanz, so kam ich in die Halle und bis zur Hoteltür. Sie war verschlossen. Ich kehrte in die Halle zurück.

Die Kerze in der gereckten Faust stand ich mitten im finstern Raum. Nichts. Kein Laut.

Da stampfte ich mit dem Fuße auf und schrie aus Leibeskräften: »Maria!«

»Mio dio!« tönte es aus dem Dunkel zurück, es klang wie ein Angstruf.

»Maria!« flüsterte ich flehentlich.

»Stelle das Licht auf das Rauchtischchen neben dir!«, befahl sie mit durchdringend leiser Stimme ... »Und jetzt komm!«

Ich folgte der Stimme, ohne eine Spur von Maria zu sehn.

»Halt! Setze dich da in den Sessel«, flüsterte es. Tastend ließ ich mich in einem geräumigen Fauteuil nieder, an dem ich mich gerade gestoßen hatte. Im nächsten Augenblick brach die Nacht um uns auf, und sie war da. Erst hing sie schwer an meinem Hals und küßte mich, und mir war, als würde ich von den Füßen bis zum Scheitel in die Glut getaucht, die das Herz der Ewigen erwärmt. Dann kauerte sie auf meinen Knien. Mit der einen Hand drückte sie meinen Kopf an ihre Brust, die andre Hand wühlte in meinen Haaren, es verschlug mir die Luft. Ich zwang sie neben mich nieder, und nun lagen wir nebeneinander im Klubsessel und liebkosten uns ruhig.

Auf sicherer Wanderung gingen ihre Hände streichelnd über meine Wangen, Kinn, Schläfen, Hals und Nacken ... Ich bat: »Jetzt ich!«, und sie hielt still, damit ich sie mit dienenden Händen erkenne, und deutlicher als je im Licht sah ich sie vor mir: den reichen Mund, der mürrisch war vor lauter Ernst, und in den alles Blut aus dem Gesicht geströmt zu sein schien, die sich kühn in die Stirn emporschwingenden Brauen, das von Schläfe zu Schläfe gespannte Licht unter den unruhigen, schwarzen Haaren, alles das, was mehr war, als nur Mund, Augenbrauen, Stirn – ein gewitteriges, aus gelb beleuchtetem Laub mit zahllosen Früchten herzbebendes Land, in dessen brauendem Himmel große, dunkle Vögel auf ihren Flügeln ruhten ...

»Du bist's«, flüsterte ich, »o, du bist's!« Und ich lauschte dem ein wenig rauhen Wohlklang ihrer Stimme, die, wie in verhaltenem Lachen, antwortete ...

»Was ist euer Annele für ein gescheites Ding!« begann sie plötzlich zu erzählen. »So eine Zofe möchte ich auch einmal haben. Kaum hatte sie mich gesehn, da lief sie davon, um dich zu holen. Ich konnte ihr gerade noch nachrufen, ich müßte gleich wieder abreisen, und du solltest Mantel und Schirm mitnehmen.«

»Mantel und Schirm?«

»Spürst du nicht, wie ich klatschnaß bin?«

Richtig, sie war klatschnaß, – welch ein Jammer!

»Claus, in Mailand war schönstes Wetter, und hier regnet es in Strömen, und um 1 Uhr 47 geht mein Zug. Keine Gondel zu haben! Um Gottes willen, wir müssen fort!«

Mit einem Ruck fuhr sie aus dem Sessel, aber vorher hatte sie noch rasch meine Hand ergriffen, daran zog sie.

»Hol die Kerze! Wir müssen durch die Hintertür. Gut, daß der Portier noch nicht in seiner Kabuse schläft, er hätte dich bestimmt gehört, vorhin, als du Maria schriest. Er sitzt in der Kneipe gegenüber – ein Fürst unter Packträgern. Wir wären verratzt gewesen, du Schlaumeier!« Sie hob ihren Hut vom Boden auf und stülpte ihn über. »Klatsch«, sagte sie.

Als ich mit der Kerze zurückkam, sah sie auf die Uhr.

»Wir haben noch 45 Minuten«, stellte sie fest. »Wo ist dein Schirm?«

Von Schirm und Mantel hatte Annele nichts gesagt. Wir standen und hörten den Regen brausen. Ihre Kleider dunsteten in der warmen Luft der Halle. Der breite Samthut bog sich vor Nässe bis zu den Schultern.

»Fahre ich mit dir?«, fragte ich.

Sie lachte einen kurzen, gurrenden Schlag.

»Du wärst es imstand! Nein, nein, um 2 Uhr 15 liegst du wieder in deinem Bett.«

»In diesem Fall, erklärte ich, »haben wir keine Zeit zu verlieren«, und ich eilte mit der Kerze voran durch den Gang, der, wie ich wußte, zur Hintertür führte, einer schmalen, unsauberen Pforte für die Lieferanten und das Gesinde.

»Hier irgendwo steckt euer Annele mit einem Kavalier«, flüsterte sie. »Als ich kam, standen die beiden verschlungen unter der Tür und sahen zu, wie es um die Laterne herabregnet. Schöne Aussicht! Lösch' die Kerze und stell' sie dort in die Ecke. Gut, daß Streichhölzer darauf liegen. Und nun: Mut, wenn du mich liebst!«

Damit warf sie sich in den Regen. Ich schlang meinen Arm um sie, und wir liefen, nein, wir torkelten durch verzwickte, verwinkelte Gassen, in denen der Regen mit haushohem Besen kehrte, durch Wasserhosen von Plätzen, treppauf, treppab über die Kanäle, Fensterläden rasselten, die Wellen klatschten gegen die Häuser, knirschend rieben sich die Gondeln an den Pflöcken, kämpften uns von einer spärlich leuchtenden Laterne zur andern durch, und um ja nicht in die Irre zu gehn, riefen wir einander zu: »Calle Goldoni – da ist sie, gut! ... San Lucca, famos! ... Links geht's zum Rialto, also rechts, es ist ein kleiner Umweg, aber sicher ... S. Giovanni Crisostomo, gut! ... Ha! die Vittore Emanuele, die Champs Elysées von Venedig, wir können uns nicht mehr verlaufen.«

Wir verliefen uns dennoch, auf einmal standen wir am großen Kanal. Die Gasse mündete stracks in das Wasser, das dicht unter unsern vom

Schreck gelähmten Füßen lag gleich einer großen, schlafenden Schlange, auf die wir unversehens gestoßen. Das kam daher, daß wir in Streit geraten waren.

Nachdem Maria mir, so deutlich, wie Sturm und Regen es zuließen, mitgeteilt hatte, wie alles gekommen: daß sie mit ihrem Vater nach Mailand gefahren und, als er sich um 1/2 7 zum Essen beim Präfekten begeben, im Wagen nach dem Bahnhof gesaust und nach Venedig abgedampft sei, nicht, ohne vorher ihr Bett im Hotel künstlich in Unordnung gebracht zu haben, glaubte ich in meiner Aufregung über die ungewöhnlichen Vorgänge, sie ebenfalls von einer Merkwürdigkeit in Kenntnis setzen zu müssen. Nach jahrelanger, brennender Erwartung eines Wiedersehens in Venedig, sagte ich, hätte ich die Enttäuschung über ihr Wegbleiben verhältnismäßig ruhig, ja recht eigentlich gedankenlos getragen – ob sie sich das erklären könne? Da stapften wir noch, vom Regen aneinandergeklebt, vorsichtig über die glatten Steinfliesen des Corso Vittore Emanuele.

»Du bist eben erschreckend herzlos«, stieß sie hervor. »Ich habe es gleich gemerkt, als ich dich kennenlernte, damals im Schlafwagen. Brutal warst du, einfach brutal.«

»Aber nein«, sagte ich überzeugt, »wie töricht du bist, Maria! Ich wollte dich doch nur auf der Stelle erobern – verstehst du: mit stürmender Hand!«

»Mag sein, daß ich töricht bin«, erwiderte sie. »Mag gern sein, aber du, du bist roh. Hast du nicht behauptet, ich würde zu Hause geschlagen?«

»Und wenn es wahr wäre?«, rief ich aus und blieb stehn, und dieser Einfall, stehnzubleiben und die Krempe des Samthutes aufzuheben, so daß ein Guß Wasser ihr seitlich ins Gesicht platschte, dieser wirklich unangebrachte Einfall, mitten auf der spritzenden Vittore Emanuele haltzumachen, als ob nicht die Ehre einer Marchesa Capponi am Faden einer Minute hinge, und überdies noch Anstalten zu treffen, sie umständlich in das nasse Gesicht zu küssen –

»Fort! In dein Hotel!« fauchte sie und riß meine Finger vom Hutrand. »Ich werde nicht geschlagen!«

Dieser Einfall verdarb alles. Blindlings rannte sie davon, der schlafenden Schlange vor den Rachen. Ihre eine Fußspitze ragte wohl schon über die letzte Steinplatte der Gasse, als ich ihren Arm zu fassen bekam. Damals war mir die Gefahr nicht bewußt, aber dann habe ich jahrelang davon geträumt, wenn auch die Bilder immer andre waren, als gerade jener regenverwischte Rand zwischen Erde und Wasser. Die Angst, die mich träumen ließ, sie ward an der finstern Grenze empfangen, wo nur ein zartes, im Heulen des Windes kaum wahrnehmbares Intervall verriet, daß hier der Regen den Stein traf und dort, einen Millimeter weiter, in die Tiefe, den Kanal versank.

»Mein Hut!«, hörte ich sie schreien. Ein. Windstoß hatte ihn ihr vom Kopf gerissen.

»Der schwimmt jetzt durch den Kanal von S. Felice nach der Kirchhofsinsel«, sagte ich scherzend. »Siehst du, Maria, so geht's, wenn du anderswohin durchbrennst, als in meine Arme!«

Als Antwort kam ein brüllendes Kleinmädchenschluchzen: »Was soll ich Papa sagen, wo mein neuer Hut ... – noch ein andres Kleid mit, in Mailand, aber Hut nicht ... – keinen Hut ...«

Vorsichtig zog ich sie vom Wasser fort, jedoch sie sperrte sich und fragte, ob die finstre Leere vor uns wirklich der Canal grande sei, und als ich bejahte, erklärte sie: »Dann will ich in Gottes Namen auch gleich hineinspringen.«

»Der Zug!« rief ich. »Maria, der Zug!«

»Mio dio!« gab sie zurück. »Laufen wir! Schnell!«

Sie war es, die dann im Laufen den Arm um mich legte. Immerfort küßte sie meine Hand, und manchmal, unter einer Laterne, hob sie das Schmerzensantlitz zu mir empor, in den leuchtenden Regen. Das Haar hing in unförmigen Strähnen in das Gesicht. Der Regen lief ihr in den Mund. Die Pfützen, die wir durchquerten, spritzten bis zu unsern Hüften. »Au«, machte sie manchmal, »au!«

Doch sie blieb tapfer. Mit sturmzerrissenen Worten beichtete sie, es sei wahr, ihr Vater habe sie früher geschlagen, weil sie ihn zu arg geliebt ..., um es ihr auszutreiben, habe er sie geschlagen, nur darum, aber dann hätten sie sich ausgesprochen, und seitdem rühre er sie nicht mehr an. »Unsinn!« unterbrach ich sie. »Als ob wir nicht Wichtigeres zu besprechen hätten!« Darauf erkundigte sie sich, immer noch weinend, nach Viviane.

»Du wirst sie ja doch heiraten müssen!«, stieß sie hervor.

»Warum?« widersprach ich. »Ich heirate dich.«

»Aber das ist ja das Schreckliche, daß es unmöglich ist.«

»Unmöglich?«

»Ich will einen Fürsten! Claus, ich muß einen Fürsten haben. Es steht in den Sternen.«

»So?«, stürmte ich, »es steht in den Sternen? Dann lösche ich es aus. Verstehst du?«

Sie antwortete nicht. Doch ich fühlte, wie sie im Dunkel das tränen- und regenüberströmte Schmerzensgesicht zu mir emporhob und traurig den Kopf schüttelte ...

Unser Erscheinen auf dem Bahnsteig rief Heiterkeit und Mitleid hervor. Während die Ausländer lachten, bekundeten die Italiener auf das lebhafteste ihr Mitgefühl, ja eine alte Dame beugte sich mit geöffneten Armen aus ihrem Abteil, um uns in Empfang zu nehmen. Die Uhr zeigte 1 Uhr 50, die Türen der Wagen waren schon geschlossen, aber die Schaffner setzten sich rechts und links von uns in Trab, und von der Maschine her kam der Zugführer gelaufen. »Arme Kinder!« rief der eine Schaffner, »ein solches Unwetter!« Der andre meinte, wir müßten ins Wasser gefallen sein, wir hätten weder Hut noch Mantel.« – »Alles fort, nur das nackte Leben!« meldete er den bei uns eintreffenden Zugführer. »Wohin, Ihr Armen?« antwortete der. Und sie hoben zu dritt Maria in den Wagen. Mir aber rieten sie, unverzüglich Glühwein zu trinken. Der Zug setzte sich in Bewegung.

»Herrlich!« rief ich zu ihr hinauf. »Es war ganz herrlich, Maria! Ich danke dir! Ich vergesse es nie!«

Sie warf mir Kußhände zu, weinend und lachend, und fuhr sich zwischendurch mit den nassen Ärmeln über das Gesicht. Zum erstenmal an diesem Abend sah ich sie deutlich. Wahrlich, sie war ergreifend schön in ihrem Jammer, mit dem ganz verwehten Mund und der verschütteten Stirn.

»Ich lösche es in den Sternen aus!« rief ich und deutete in die Höhe.

Erschreckt erst, doch gleich darauf in Entzückung lächelnd faltete sie die Hände auf der Brust.

Weit, weit breitete ich die Arme ...

In strahlendem Selbstbewußtsein, als ein bekränzter Eroberer erschien ich am Morgen beim Frühstück. Ich leugnete den Nebel und erklärte, mich zur Partei der ewigen Sonne zu schlagen, zur Partei Anne-Maries. Diese nahm die Annäherung mit einem zweideutigen Lächeln entgegen, aus dem ich nicht klug wurde. Sie war übrigens im Aufbruch begriffen, streckte mir aber noch die Hand hin, wobei sie sagte: »Was auch Ihre Gründe sein mögen, ich danke Ihnen für Ihre Einsicht«, in seiner Art ein delphischer Spruch, wie mich dünkte. Die Damen hatten mich noch nie so munter gesehen, die alte Marchesa betonte es wiederholt. Schließlich spielte ich gar Pulcinella, und die lachende Gesellschaft saß doppelt so lang bei der Schokolade, als es ihrer Gewohnheit entsprach. Dabei sah ich wohl, wie meine Mutter mich die ganze Zeit über mit fast ängstlicher Aufmerksamkeit betrachtete, vielleicht ahnte sie etwas, auch überraschte ich einen gewissen Blick, den die Marchesa mit ihr wechselte. Jedoch ich war Anneles sicher, und wenn Annele geschwiegen hatte, so konnte niemand wissen. Mochten sie ahnen, soviel sie wollten! Ja, sie sollten ahnen, etwas von dem ungeheuern Feuer ahnen, das aus den Wolken einer Sturmnacht auf mich herabgestürzt war und mich also verwandelt hatte.

»Claus«, sagte die Marchesa, als sie vom Tisch aufstand, »Claus, ich muß Ihnen fünf Minuten von Ihrer Zeit rauben. Wollen Sie mir in den Salon folgen?«

Und als wir einander im halbdunkeln Saal gegenüber saßen, behauptete sie mir ins Gesicht:

»Sie haben einen Brief von Maria erhalten.«

»Leider nicht, Madame«, antwortete ich mit einem Theaterseufzer.

»Um so schlimmer«, sagte sie streng. »Dann war sie heute nacht hier.«

Sprachlos starrte ich sie an. Das überstieg alle meine Erwartungen. Ich spürte eine prickelnde Kälte auf dem Rücken, dann stürzte mir alles Blut in den Kopf. Bei Gott, ich mußte mich zusammennehmen, um nicht zu zittern.

»War sie in Ihrem Zimmer?« fuhr sie mit einem Lächeln fort, dessen Falschheit ins Herz schnitt.

Ich sprang auf, ob, um besser zu kämpfen oder um zu fliehen, das wußte ich nicht.

»Nein!« stöhnte ich.

»Bleiben Sie sitzen, junger Mann, und sagen Sie mir ruhig, ob sie noch da ist.«

»Nein.«

»Schwören Sie?«

»Ich schwöre.«

»Gut. Bitte, sich zu setzen. Das heißt: drücken Sie erst dort auf den Knopf, jawohl, da auf den Knopf, so, und nun setzen Sie sich, mein Freund. Ich muß Ihnen sagen, Sie gefallen mir immer besser.«

»Vortrefflich«, wandte sie sich an den eintretenden Kellner, »Sie haben flinke Beine, famos. Nun, bringen Sie mir mal schnell den Fahrplan ... Und was meine Tochter anlangt, Claus, so kann man ihr weder Begabung noch Energie abstreiten. Ihr Papa eröffnet heute in Mailand die erste internationale Automobilausstellung, ein nationales Ereignis von größter Tragweite. Die Kleine hat ihn natürlich gebeten, sie mitzunehmen, einem so bedeutenden Ereignis wohnt man gern bei – nicht wahr, mein Freund? ... Vortrefflich, Kellner, jetzt schlagen Sie mir die Strecke Mailand–Venedig auf. So, danke, Sie können gehn.«

Die Marchesa reichte mir das aufgeschlagene Buch.

»Wann könnte sie also von Mailand abgefahren sein?«, fragte sie mit freundlichem Ernst.

Ich stand auf und gab ihr das Buch mit einer tiefen Verbeugung wortlos zurück.

»Nun gut, ich verstehe«, sagte sie, und den Fahrplan in der einen, das Lorgnon in der andern Hand, begann sie nach dem Zug zu suchen. »Ganz recht. Mailand ab: 6 Uhr 50, Venedig an: Punkt Mitternacht.« Sie wendete die Seite. »Venedig ab ... jawohl, sehr gut: 1 Uhr 47, an Mailand 6 Uhr 40.« Sie ließ Buch und Lorgnon sinken und sah mich an. »Claus, da hat sie heute morgen noch Zeit gehabt, Toilette zu machen. Der Marchese frühstückt um halb acht.«

»Donnerwetter!« rief sie aus und sprang mit jugendlichem Schwung auf die Füße, »das Mädel hat immenses Talent! Pscht, ruhig, ich sage nichts mehr. Hier können Sie mich hinküssen.« Mit gestrecktem Zeigefinger zeigte sie auf ihren rechten Backenknochen. Ich gehorchte.

»Adieu, junger Mann. Diese skandalöse Geschichte bleibt unter uns. Der Marchese würde sie totschlagen, wenn er wüßte. Sagen Sie danke.«

»Merci, ma belle-mère«, lachte ich und drückte mich schnell durch die Tür.

»Ah non!« rief sie hinter mir her. »Ça, c'est fort!«

Eine Viertelstunde später war ich mit Lord Berrick unterwegs. Leider lehnte er meine Bitte, mir seine Bilder zu zeigen, mit den Worten ab: »Ach, Claus, meine Malerei gehört zu den Frivolites, wie die Franzosen gewisse Handarbeiten nennen, es lohnt sich nicht für Sie, so was zu sehn. Bleiben wir bei den großen Gegenständen der Weltgeschichte.«

Schade, denn hätte mich der Lord soweit seines Vertrauens gewürdigt, daß er mir seine »duftigen« Bilder gezeigt, so wäre es mir auch nicht zu schwer gefallen, ihm von Maria und der letzten Nacht zu erzählen.

Nun konnte ich Maria nur als stumme Begleiterin auf die Wanderung durch das alte Venedig mitnehmen.

Statt mich auf die künstlerischen Eigentümlichkeiten der Bauwerke hinzuweisen, erzählte Lord Berrick mir deren Geschichte. Da waren eines Tages einige hundert Pferdehirten in Venetien vor den Goten ins Laufen gekommen, sie liefen Tage und Nächte, und eines Morgens standen sie am Meer. Sie warfen sich mit ihren Pferden ins Wasser und schwammen ums Leben. Stießen auf Inseln, und auf der größten, dem Rialto, gründeten sie ein Gemeinwesen. Schon 697 gab es einen Dogen. Schon findet man unter seinen Wählern, den zwölf Stämmen der zwölf Inseln, die Namen Tiepolo, Gradenigo, Memmi, Falieri, Dandolo und andre, die ein Jahrtausend lang glanzvoll an der Spitze der Firma gestanden und als Filialleiter im Orient wie auf der nahen Terra ferma über den Gang der Geschäfte gewacht haben: mit Feuer und Schwert, solange sie die Stärkeren waren, als die unehrlichsten Händler der Welt, wenn sie überlegenen Kräften gegenüberstanden, Pazifisten mit gespickter Börse, wenn es galt, aus dem Streit andrer großen Herren Gewinn zu ziehen. Im Grunde hatten sie vom Tage an, wo sie reich, wo sie satt waren, vom 15. Jahrhundert an, immer diese Methode bevorzugt. Es war nicht ihre Schuld, wenn sie später noch kämpfen mußten, sondern der primitiven Sultane, mit denen ein fortgeschrittener Kaufmann sich unmöglich verständigen konnte. Schon 735 wurde der erste Doge, weil er sich mausig machte, ermordet, wenn auch nicht so feierlich wie seine Nachfolger, deren Kopf vor einer glänzenden Versammlung und unter prunkvollen Zeremonien die Gigantentreppe des Dogenpalastes hinabrollte. Und schon der nächste Doge bekam zwei Aufseher, deren Zahl im Lauf der Jahrhunderte dauernd wuchs, weil sich die Notwendigkeit herausstellte, die Aufseher zu beaufsichtigen und wiederum diesen Aufsehern andere Aufpasser ins Genick zu setzen, so daß die Gesellschaft, die in die Herrenstube zugelassen war, bald genug aus einem Haufen von Leuten bestand, die einander gegenseitig bespitzelten, wie das bei geschäftstüchtigen Konkurrenten heute noch üblich war. Als der einsamste, gefährdetste aller dieser Gefangenen thronte der Doge. An hohen Feiertagen wurde er als lebender Leichnam, spazierengetragen ... Ein entsagungsvolles Lächeln aus dem Gesichte streichend, verwahrte sich der Lord gegen die Möglichkeit eines Vergleiches mit seinem King.

Als einmal der Doge nicht von wem rechtens, seinen Aufsehern, sondern von einem Außenseiter beseitigt ward, setzte der Große Rat eine zehnköpfige Kommission ein, die der Verschwörung nachgehen sollte. Sie erhielt diktatorische Vollmachten für zehn Tage, aus denen fünf Jahrhunderte wurden. Bonaparte traf sie noch an. Da waren aber aus den fünf Tagen des Karnevals auch schon dreihundert geworden! ... Im 15. Jahrhundert genügten noch fünf Ziehungen durch Los und fünf Abstimmungen, um den Dogen zu wählen. Die folgenden Geschlechter zeigten sich unermüdlich beflissen, die Fußangeln und Selbstschüsse ins Zahllose zu vermehren.

Venedig war eine Republik ... Welch eine Republik war Venedig!

Im Dogenpalast zeigte mir mein Mentor den schönsten Briefkasten der Welt. Er war aus Marmor und für anonyme Anzeigen bestimmt! Der Dogenpalast enthielt auch die Kerker für die politischen »Verbrecher« – Löcher des Grauens, zu niedrig, um dem Henker das Ausholen mit dem Schwerte zu gestatten, weshalb er es vorzog, die Opfer am Boden zu erdrosseln. Die berüchtigten Bleikammern dagegen, das Gefängnis für gemeine Verbrecher, hätten sich mit Hilfe eines Tapezierers mühelos in ein komfortables Boardinghouse verwandeln lassen.

Dieser Adel bestand aus ewigen Parvenüs – genau wie bei den Berricks, meinte der Lord. Die Kasse, immer die Kasse! Kein Geld durfte außerhalb Venedigs angelegt werden, kein Vermögen, auch keine Erbschaft Venedig verlassen. Am Kanal stand das Kontorhaus, die Villa auf der Terra ferma, dem nächsten festländischen Besitz der Republik. Die Burschen waren, wie sie sich im »Mahl des Reichen« von Bonifazio abmalen ließen: fett, wollüstig und pöbelhaft demonstrativ. Aber sie kauften eine ganze große Herrlichkeit schöner Dinge zusammen und stapelten sie in ihrer Wasserburg auf, es gehörte zum guten Ton, und wer es sich leisten konnte, der mäzenierte mit Pomp. San Marco bestand aus kunterbunt zusammengekauften und geraubten Kunstgegenständen, Orient und Okzident vermählten sich in einer Ehe, wie sie so schön allein im webenden Licht der Lagune möglich war.

Ältester Adel? Das Wort paßte schlecht auf die unbarmherzigen Kaufleute, die die Gründung keiner Dynastie zuließen aber deren dreißig unterhielten und später hundert, mit Schikanen, wie kein andrer Staat auf der Welt sie je gekannt. Diktatur und Karneval begannen mit der Ankündigung: »Achtung, nur zehn Tage!« und endeten nie. Zuletzt lebten beide, Diktatur und Karneval, vergnügt miteinander in den Tag. Denn als das Geschäft stockte, das Verdienen mühsam wurde, setzten die Erben sich an den Spieltisch. »Unsre Geschichte«, sprach Lord Berrick leise, »unsre eigene Geschichte, lieber Freund.«

Zwei Jahrhunderte lebten sie so weiter. Am. Spieltisch glänzte und mordete und verriet Venedig, so lang, wie jemand sich fand, der seinem Schein Glauben schenkte. Vom gerissenen kleinen Korsen, der, mit 80 000 Mann siegreicher Truppen hinter sich, an die Tür klopfte und ihr ein Bündnis gegen den gemeinsamen Feind Österreich antrug, hätte die Republik nicht erwarten dürfen, daß er sich durch hinausgeschickte Hausmeister beschwatzen ließe. Zu ihrem Schaden versuchte sie es trotzdem. Es war das Ende der Republik. Und der Beginn ihrer Legende.

Müdgelaufen, in feuchten Kleidern standen wir am Bahnhof. Wir hatten den großen Rundgang um Venedig, dazu noch einen Abstecher in den Palazzo Giovanelli hinter uns, wo auf einer Staffelei das herrliche Bild Giorgiones steht, das die Kunstgelehrten den »Sturm« nennen, weil es den tiefsten Frieden atmet, in den Tönen einer Schalmei.

»Stai premi!«

Der Gondelier hätte nicht zu rufen brauchen. Alle Gondeln Venedigs lagen, von ihren Führern verlassen, reglos am Eisenring. Niemand antwortete. Wir selbst hatten unsern Gondelier in einer Kneipe aufsuchen müssen.

»Per gli rii Manin, San Paolo, San Lucca«, hatte der Lord fahren heißen, das war sein Weg, er nahm ihn immer, und er empfahl ihn mir, zumal für den Fall, daß ich in der Reisezeit ankäme und nicht willens wäre, mich zwischen bockenden Gondeln, von Motorbooten angespuckt, von Lastkähnen an die Mauer gedrückt und im Gezeter der Gondeliere durch die Kanäle bis vor das Hotel treiben zu lassen. Es war ein leiser Weg abseits der Fremdenbeförderung. Man begegnete nur Liebespaaren, die sich sichtlich um niemand kümmerten, und Särgen, die, ebenso still, nach der Kirchhofsinsel San Michele reisten.

Am Molo stiegen wir aus. Den Markusplatz überquerend, ließ mich der Lord noch im Nebel das militärische Genie Napoleons mit den Augen greifen, der eine Kirche auf der Ostseite des Platzes abtrug und an ihrer Stelle einen den bestehenden Prokurazien angepaßten Säulengang errichtete, was ordentlicher aussah und an ein Karree von Soldaten gemahnte, wodurch aber auch der Markusplatz erst die rechte sinnvolle Form erhielt: die eines großen geschlossenen Hofes, Vorplatzes eines für die Verhältnisse der Stadt unerhört weitläufigen Antrittes zu San Marco, einer Freilichtbühne, zwischen edlen Kulissen. Dies tat Bonaparte zwischen den zwei Ohrfeigen, die, ohne viel Geräusch, die eineinhalbtausendjährige Republik hinwegfegten.

Lord Berrick nahm meinen Arm. »Ich frage mich, Claus, ob er die alternde Josephine aus Eifersucht liebte, oder mehr, weil deren Gegenstand der Volkskommissar Barras war, der, in ihrem Bett die höhere, republikanische Eifersucht verliegend, den Gatten einen zauberhaften Sieger werden ließ, den Abgott nicht nur der Soldaten. Natürlich, wer einen Thron besteigt, spottet des Bettes, darin ein Rivale seiner Pflicht vergaß, und verstößt die Frau, die ihn satt gemacht, ohne daß sie selbst dabei gehungert ... Natürlich. Dem konnte Venedig nichts vormachen. Wenn Sie wollen, Claus, werden wir uns jetzt mit einem Viertel alten Chiantis aufwärmen.«

Als wir die Piazza Goldoni betraten, segelte Ingels barhäuptig an uns vorbei, ohne seines Herrn ansichtig zu werden. Er leuchtete aber nicht blaurot aus dem Gesicht, wie im Hotel behauptet wurde, sondern ziegelrot, unter knappem, rotem Borstenhaar, und seine Augen quollen nicht hervor, sondern schwammen in blauem Wasser. Die Trattoria all' Ombra di Goldoni war ein langer, niedriger Raum mit Tischen und Stühlen aus grobem Holz, darin saßen Männer aus dem Volk und gutgekleidete Herren beisammen. Alle tranken sie denselben dunkelroten Wein, alle sprachen sie gleichzeitig von Strata, diesem »Stern der neuen Welt«, nach den einen, »dieser Brandfackel in der Hand eines Irrsinnigen« nach den andern.

»Geben Sie acht, Claus«, sagte Lord Berrick, »der Strata wird noch der große internationale Tenor der Arbeiterschaft. Allein er singt zu schön, um treu zu sein, und er weiß, er gleicht Bonaparte.«

Der Wein schmeckte erdig und strich angenehm über den Gaumen. Vor lauter Geschrei war es still um uns, der Zigarrenrauch machte uns so gut wie unsichtbar. »Wirklich«, meinte der Lord, »es bleibt nichts andres übrig als die Revolution. Von unten oder von oben, wenn nicht beides nach- oder durcheinander. Wir sitzen fest. Es ist nichts los. Wirklich, in absehbarer Zeit muß etwas für die Menschheit geschehn ... Da also«, er deutete mit einem Kopfnicken auf eine eintretende Gruppe von Fischern, »da also kommen unsre neuen Herren ... Gott grüß euch, Jungens, wir haben alle einmal angefangen wir ihr.«

Draußen auf seinem Postament schritt der Dichter Goldoni im Marquiskostüm und lachte vor sich in den Nebel. Fröstelnde Tauben wärmten sich an ihm, sie saßen ihm auf Schultern und Hut, und eine war da, die wippte auf seiner Nase mit dem Schwanz.

Angeekelt vom »nordischen Nebel«, entrüstet über die kleine Hartmann, die immer eine Sonne aquarellierte, die nur auf den Ansichtspostkarten verweilte, während die Mama ihrerseits in den Museen und Kirchen auf »gute Beleuchtung« pirschte, von der heiteren Chronik des venezianischen Adels, die die Marquise Capponi unter Vorzeigung etlicher Probestücke zum besten gegeben, zu kreatürlicher Trauer gerührt (»Pauvre humanité!«) reiste meine Mutter mit uns ab am ersten hellblauen Tag, der lichte Schatten warf und den Kropf der Tauben auf dem Markusplatz vergoldete.

Genau so, meinte sie, verhielten sich die säumigen Lieferanten, wenn man, der Schlamperei überdrüssig, ihnen energisch absage. Da liefen sie einem plötzlich das Haus ein. Annele weinte bis Vicenza, ohne einen Grund angeben zu können. Der Abbé las mit befriedigtem Gesicht im Brevier. Noch einmal war sein Schützling den tausendfältigen Gefahren der Fremde entgangen! Wir fuhren in die eingehegte Heimat zurück.

Zu Weihnachten brachte ich von der Schule ein Zeugnis heim, worauf als Leistung in Geschichte eine Vier vermerkt war mit dem Zusatz: »Teilweise beschlagen, jedoch ohne alles Verständnis für große historische Erscheinungen und Weltereignisse.« Mein Vater las das Orakel wiederholt mit Verwunderung. Schließlich meinte er: »Du mußt etwas gegen den Kaiser gesagt haben.«

Der Abbé Simon indes zeigte das Schmunzeln des Eingeweihten. Auf seinen Vorschlag strich ich den Vermerk des Lehrers an und schickte das Zeugnis an Lord Berrick nach London. Er antwortete mit einem Glückwunschtelegramm. »Nur nicht nachgeben«, lautete es. »Wahrhaft große Männer triumphieren nicht als Kannibalen.«

Zweiter Teil

Olivenland

Auf einmal wimmelte es im Zug von weißgekleideten Frauen mit roten Hüten, roten Mündern, gleich darauf tauchte das Meer auf. Es war hartblau und blitzte.

Was sollte man aber von dem jungen Mann halten, der da plötzlich vom Polster aufsprang und sich mit ausgestreckten Armen ins Fenster legte, als wollte er das Meer oder doch zum mindesten die roten Felsen, an die es rührte, mit den Händen greifen? Sicher zählte er seine einundzwanzig Jahre, eher etwas mehr als weniger, und benahm sich gedankenlos wie ein Knabe.

Im Abteil saß noch ein holländisches Ehepaar, seit Stunden blinzelte es schlaftrunken vor sich hin. Als nun der junge Mann sich umdrehte, lachte er es laut an, hahaha! lachte er, völlig grundlos und recht eigentlich erschreckend, und nickte erst Mevrouw, dann Mijnheern ausschweifenden Blickes zu. Sie wischten sich über die Augen und rückten ein wenig das Gesäß, um nach dem Anlaß des plötzlichen Alarms auszuspähen. Da war der junge Mann bereits zwischen ihren Knien auf den Gang des ins Blaue rasenden Zuges hinausgeschlüpft.

Ja, das war Claus Breuschheim, der, vom Licht des Südens mächtig berührt, sich wieder einmal in einem D-Zug umsah, was Märchenhaftes darin los sei. Jetzt, wo die Fahrt den offenen Himmel streifte, mußten auch die Menschen sich irgendwie ihrer irdischen Staubhülle entäußert haben, und in der Tat begegnete Claus in den Wagengängen lauter neuen Gestalten von zartestem Körperbau und entschlossenem Ausdruck. »Im Feuer versilbert«, fiel ihm ein, da er die schmalen harten Hälse, die dünnen, aber wie sich bei jeder Bewegung erwies, überaus festen Schulteransätze, Knie und Fesseln betrachtete, und damit meinte er nicht nur die Verbindung von Kraft und Grazie, sondern auch die weit getriebene und anscheinend sprungfeste Politur der Erscheinung. Alle diese Frauen waren weißgekleidet und trugen kleine rote Hüte oder Turbane, und alle hatten einen tollen roten Mund. Ihre Begleiter hüteten sie mit männlichem Gewicht, zuweilen auch mit Musik. Claus mußte achtgeben, daß er nicht auf Schritt und Tritt hahaha! lachte und den aus dem Blauen in den Zug geschneiten Engeln ebenso vertraulich zunickte wie jenen Leuten aus der alten Welt, den Holländern in seinem Abteil.

Ja, das war Claus Breuschheim, hochgeschossen in den Jahren, sogar etwas gebückt, ein Mann jetzt und doch noch ein Kind. Ein Mann, immerhin, ein gewesener deutscher Soldat, auch schon verlobt, ein gebrochener Soldat aber, den man mit einem knapp ausgeheilten Lungenspitzenkatarrh in den Süden entlassen hatte, in den welschen Süden, bitte, und als Bräutigam ein Liebhaber, der noch mit keinem ernsten Gedanken der Ehe nahegetreten ... Ja, das war ich, und hoch im Norden, in Köln, träumte ein Mädchen von mir, Doris, meine Braut, Doris von Kieper, wir waren uns in die Arme geflogen, ohne etwas voneinander zu wissen. Ich hatte sie auf einem Offiziersball kennengelernt, in Köln, meiner zweiten Garnison, wir setzten sofort mit einem phantastischen Duett ein, erwählten uns auf der Stelle, nach einer Minute Heimlichkeit traten wir ohne Scheu vor die Welt, selbst in Köln hatte man so etwas noch nicht gesehen – wir waren nicht wenig stolz darauf. Noch während des Balles fuhr ich sie mit ihrer Schwester Pia nach Hause. Als um Mitternacht die Eltern nachfolgten, fanden sie uns bei einem improvisierten Verlobungsessen versammelt: Doris, Pia, mich, sowie Arno von Steinberg und eine Freundin der Mädchen, die telephonisch herbeigerufen worden waren. Und dann ging es sehr lustig her, wir »kämpften« gegen unsre Familien. Die Familien nämlich erklärten mit feierlicher Verschämtheit, wenigstens meine Volljährigkeit abwarten zu wollen, bevor sie sich aussprächen – welch eine sprudelnde Quelle der Heiterkeit für uns drei, Doris, Pia und mich, diese halb erschrockenen, halb entzückten und ganz verwirrten Ahnen, die taten, als ob sie Schicksal spielten!

Jedoch bei einer Nachtübung holte ich mir einen Lungenspitzenkatarrh, lag fiebernd und gar nicht mißvergnügt im Bett, Ärzte kamen und gingen, schließlich trat ein berühmter Professor auf, der nickte freundlich und schickte mich in den Süden.

»Ihnen fehlt nur noch gute Luft und Sonne«, sagte er, »dann können Sie es leicht bis zum General bringen, das heißt: wenn Sie wollen.«

Ich wollte nicht.

Ich erbat meine Entlassung und erhielt sie. Zum Soldaten war ich nicht geboren, nein, das gewiß nicht. Schon der Gefreitenknopf hatte mich verlegen gemacht vor Gott und den Menschen. Bald kam ich mir als ein verabscheuungswürdiger Tierbändiger vor, bald als Verräter an meinen Landsleuten wie an Kaiser und Reich. Offen heraus, ich liebte die Uniform nicht, der Soldatenstand schien mir die verzwickteste und bösartigste aller menschlichen Einrichtungen, und der Soldatenstand erriet wohl meine Abneigung, er gab mir voll heraus, auf Heller und Pfennig.

Der das vor allen andern besorgte, war der Rittmeister von Stulpnagel, Eskadronchef bei den Straßburger Husaren. Bei denen war ich mit Arno Steinberg zusammen als Einjähriger eingetreten, leichtsinnig, wie es meine Art war, weil nun einmal die Husaren in Straßburg lagen, und ohne zu ahnen, daß in dem Regiment der Teufel kommandierte. Und gerade in seine Eskadron ward ich gesteckt, in des Teufels Eskadron, in keine andre. Der Wachtmeister half mir, wie er konnte, nur fand sich keine Gelegenheit, den Stulpnagel zu ermorden. Dafür, meinte der Wachtmeister, müßten wir erst Krieg haben, aber das könne er mir versprechen, fügte er hinzu: sobald die ersten Kugeln pfiffen, führe der Rittmeister von Stulpnagel in die Hölle zurück, von wo er gekommen. Bob, der zuweilen in seiner Wolke angereist kam, um Frau Camilla Steinberg darin aufzunehmen und für kurze Zeit mit ihr zu verschwinden, kündete mir an, daß dieser Augenblick, der Krieg, sichtlich näherrücke.

Einmal stiegen wir zu dritt in Bobs Wolke ein, Maria, Frau Camilla und ich, die Wolke ließ sich in einem Schwarzwaldtal nieder, Bob und Frau Camilla gurrten und schliefen in Büschen, verschwiegenen Winkeln, Maria aber drohte. Wenn Strata es nicht verhindere, versicherte sie, so könnte der Krieg, der große Krieg, jeden Tag ausbrechen. Dann wäre es um mich geschehn. Bei diesem Gedanken lachte sie! Dafür, dachte ich, hätte sie die große Reise nicht zu machen brauchen, darüber hätte sie auch ganz allein in Rom lachen können. Warum dann das Gerede, daß sie es »vor Sehnsucht nach mir nicht mehr ausgehalten« und mit Bobs Hilfe eine »Riesengeschichte aufgemacht« habe, nur, um mich einen halben Tag zu sehn?

Strata, fragte ich, ein kleiner italienischer Volksmann, den Krieg verhindern? Strata, erwiderte sie, Strata? Der konnte Minister werden, wenn er wollte! Strata? Der hatte nicht nur die italienischen Arbeiter, sondern die Arbeiter der ganzen Welt in der Hand! Bob kannte ihn, Bob stellte sich gut mit ihm, wegen seiner Automobilfabrik in Mailand – Strata, mußte ich wissen, war von Turin nach Mailand übergesiedelt, und Bobs Fabrik beschäftigte mehrere hundert Arbeiter! Ich erklärte, die Übersiedelung Stratas von Turin nach Mailand ließe mich kalt, was sie herzlos fand.

Doch Maria drohte nur mit dem Krieg, ganz wie sie mit einem italienischen General drohte, den sie angeblich heiraten wollte – da war es nun an mir zu lachen. Ein General? Maria! Der mußte doch schon hoch in den Jahren sein, und was war aus ihrem Fürsten geworden? Den meinte ich, der in den Sternen stand! ... Nun, der General entstammte mütterlicherseits einer fürstlichen Familie, und er hatte kaum die fünfzig überschritten. »Der General? Ach, mein armer kleiner Claus, welch ein Mann!« Übrigens wartete er ungeduldig auf ihr Jawort, der Schlaf floh ihn, seitdem er sie gesehn, er war schön wie Herkules. Wie gesagt, sie drohte mit Strata, sie machte sich über Viviane lustig, die ihr vor Jahr und Tag anvertraut hatte, sie werde »mir ewig die Treue halten«, die Arglose, und die jetzt einen französischen Offizier geheiratet hatte; das Lachen verging mir; sie drohte mit ihrem General; seit dem verregneten Wiedersehn in Venedig vor vier Jahren hatten wir uns nicht mehr geküßt; es war das Ende.

»Warum lachst du denn so töricht?« fragte ich.

Ja, sagte sie ernst, wie sollte sie denn auch nicht lachen, hier säße sie, Maria, und da säße ich, Claus, die Hälfte des halben Tages, der uns gehörte, sei verstrichen, und ich fände nichts Besseres zu tun, als mich von ihr aufziehn zu lassen.

»Nein«, sagte ich verstockt, »in der Tat, ich finde nichts Besseres zu tun.«

Was konnte das bedeuten? Es bedeutete – mochte es bedeuten, was es wollte, ich treibe hier keine Psychologie! Ich erklärte es mir so: die ungleiche Strömung der Jahre hatte uns auseinandergeführt, unsere immer selteneren Zusammenkünfte waren nur gut gewesen, die wachsende Entfremdung festzustellen, so erklärte ich es mir, in diesem Augenblick glaubte ich sogar klar zu erkennen, in wie »natürlicher, vernünftiger Weise« wir uns von Anbeginn gegeneinander gewehrt hätten.

»Maria«, schlug ich vor, »ich meine, es wäre jetzt an der Zeit, daß wir gute Freunde würden –«

Weiter kam ich nicht, sie lachte wieder wie außer sich, ja, sie warf sich auf den Rücken ins Gras, dort lag sie und lachte mit ihrem schweren, bebenden Mund in den Himmel.

Bob und Frau Camilla traten auf die Waldlichtung. »So oder so«, meinte Maria, indem sie sich erhob und ihrem Rock einige Klapse versetzte, »es kommt Krieg, und der wird schon alles in Ordnung bringen.« Dabei beobachtete sie mich aus den Augenwinkeln, ob ich mich fürchtete, aber ich fürchtete mich nicht im geringsten vor dem Krieg. Er schien mir noch lange nicht das Schlimmste, konnte er mich doch vom höllischen Stulpnagel befreien. Wer konnte sich denn damals vorstellen, was das war: der Krieg!

»Maria«, murmelte ich, »denk' daran, ich lebe schlimmer als ein Sklave.«

Wahrhaftig, da schossen ihr Tränen in die Augen, es dauerte nur eine Sekunde, doch ich sah es, sah es deutlich, eine Sekunde, da rief sie ihrem Bruder lachend entgegen: »Bob, das Militär hat unserm Jungen den Rest von Verstand geraubt, ich bin unglücklich, er liebt mich gar nicht mehr – und ich ihn auch nicht!« Sie warf sich Frau Camilla in die Arme, es sollte ein scherzhafter Auftritt sein, indes der Heimweg verlief still und traurig, wir saßen alle vier wie hinter Schleiern.

Tags darauf verließ Frau Camilla auf immer die eheliche Wohnung. Der Baron reichte die Scheidung ein und ging in Urlaub. Aus dem Urlaub kehrte er heim nach Posen. Ganz Straßburg sprach von dem Skandal, und die Elsässer erklärten sich scheinheilig für neutral, wobei sie zugaben, eine Dame, die das Schicksal vor die Wahl zwischen einem preußischen Staatssekretär und Tyrannen und einem italienischen Marquis und Großindustriellen stelle, dessen Ehrenhaftigkeit die Breuschheim und die Bock gewissermaßen verbürgten, eine solche Dame könne sehr wohl »in letzter Stunde zu einer Verzweiflungstat getrieben werden«. Wilhelm Tell war ein Mann, und er hatte Schlimmeres getan. Außerdem hatte die Baronin als Gattin eines Protestanten und protestantisch getraut, streng gesehn, in keiner kirchlich gültigen Ehe gelebt. Arno verließ die Husaren und trat in ein Kölner Infanterieregiment ein.

Natürlich schloß ich mich ihm an, meinem einzigen Freund in der Hölle. Mit viel Mühe gelang der Streich, gemeinsam entflohen wir dem Stulpnagel und seinem Marterreich. Und über Köln, über Köln ging die Erlösungssonne mir auf wahrhaft »Gottes Herz«, über Köln, – mit erhobenen Armen taumelte ich hinein!

Als ich Maria meine Verlobung mit Doris mitteilte, erhielt ich erst keine Antwort. Nach etwa drei Wochen, ich lag krank in meiner

Wohnung, Doris und Pia pflegten mich, kam eine gedruckte Karte, das Zirkular der Familie Capponi, das Freunde und Bekannte von der kirchlichen Trauung ihrer Tochter Maria mit dem General X. benachrichtigte. Die Adresse war von Marias Hand geschrieben, dafür wenigstens wußte ich ihr Dank ...

Die Holländer im Rivieraexpreß sahen beunruhigt den offenbar nervenkranken jungen Mann in das Abteil zurückkehren. Ja, das war ich, der junge Mann, aufgeschossen in den Jahren, ein wenig blaß noch, mit fiebrigen Schläfen, nicht im geringsten nervenkrank, ein wenig gebeugt nur, kein Soldat mehr, ein freier Mann, der mit beiden Armen das Tor des Lebens aufstieß, und sieh nur! da legte ein zärtliches Meer großen, rothäutigen Felsen winzige Schaumkränze vor die Füße, in der Höhe stand, flammende Zuversicht, die Sonne, zwischen Meer und Sonne ging die Fahrt, sie schlitzte den Himmel auf, es schneite weiße Engel, weiße Engel mit einem roten Tupfen im Gesicht und einem roten Helmschein darüber, ja, das war wohl ich, ich, der mit lautem Lachen und heimlichem Jubelruf an der Côte d'Azur, zu deutsch: der himmelfarbenen, der himmelblauen, der himmlischen Küste vorfuhr!

Bob hatte geschrieben: »Geh nicht in ein Sanatorium! Es würde dich nur aus deiner provinziellen Enge in eine andre, gefährlichere führen. Komm hierher –«

In Cagnes-sur-mer, einer kleinen Station vor Nizza, wo ich ausstieg, äugte ich vergeblich nach L'Amico, der mich hier erwarten sollte. Als ich mich schließlich hinter zwei Engländern auf die ramponierte Trambahn setzte, brach diese unversehens mit betäubendem Gepolter auf, so daß wir alle erschraken. Aber auch der Schaffner erschrak, denn dicht vor uns bremste ein Auto, in das wir um ein Haar hineingefahren wären. Eine Frau lächelte mir ins Gesicht.

»Madam«, flüsterte in ehrfürchtigem Tone der eine Engländer, er sprach das Wort *englisch* aus, worauf der andre, der sich mit einem farbigen Seidentuch die Stirn trocknete, einen bemerkenswerten Fluch ausstieß.

Das Auto war ein starker Wagen, breit und geräumig, mit blauem Polster, worin die Dame in einem narzissenweißen Brokatkleid die Umwelt zur Cour empfing. Ein rundes, nicht sonderlich hübsches Gesicht, hellaschblonde Haare, ein geschwungener Hals, dessen Fülle, sich hemmungslos erweiternd, zu den Schultern abglitt, breit in die Brust verströmte – hütende, brütende Augen. Diese Augen, ich sah sie nicht zum erstenmal. Das im Fleisch geschwungene Lächeln dieses Mundes flog mir, wie mein Blick auf ihm verweilen wollte, in ferne Vergangenheit davon. Da war ein Obstgarten, Hühner pickten, am Kopf, Rücken oder Schwanz von einem Sonnenstrahl, der durch das Laub stach, grell gefärbt, verschlafen schlug die Uhr einer Dorfkirche. Die Kirchenuhr Rheinweilers, die Kirchenuhr Breuschheims? Oder jenes weltentlegenen Dorfes eine Stunde hinter Paris, wo mein Onkel Albert-Léo ein Obstgut besaß? Oder war es in der Touraine? In diesem Falle lag Tante Mary, in wollene Schals gehüllt, fröstelnd auf der Terrasse, während ich mit den Buben zwischen dem Fluß und dem halbverwilderten Garten des Pächters in Badehosen herumstreifte. Hatte man jene mit den hütenden, brütenden Augen nach mir ausgesandt? Oder war es einfach nur eine Fremde, hinter einem Zaun erblickt, wie sie sich auf die Zehen hob, um einen Apfel zu pflücken? Wo hatten diese Augen auf mir geruht, wo meine unklaren Wünsche auf diesem Mund? Aus großer Tiefe in mir kam das Erinnern, doch meine Kindheit war voller Gärten, in denen Frauen gingen. Diese hier fand ich nicht wieder.

Und nun fuhr der Zug, barbarisch klappernd, in eine, wie vom Himmel zurückgeworfene, wie fernher gespiegelte, im Traume vielleicht vorhergesehene Landschaft ... Ich aber sprach zu mir: »Wie unerwartet, nie geschaut, nie erdacht« und geriet außer mir, so sprangen meine Gedanken, von den äußeren Eindrücken gejagt, kreuz und quer vor dem Neuen. Bei einer Biegung, wo man auf die Heerstraße der himmlischen Küste zurücksah, stieß ein letzter Mimosenbaum sein »Lobet die Sonne!« aus. Das sinkende Gestirn färbte ihn kupfern.

Für die Rosen der Gärten nahte indessen die Stunde, wo sie am schönsten sind, die große Klarheit, die der Dämmerung vorangeht, wenn eine jede von ihnen wie auf einer Geisterhand ruht. Am Ende des weiten, von der Olive bewohnten Tales, rund und fest auf seinem Gipfel schwebte St. Paul. Zu ihm stieg das Tal auf, in Mulden und Hängen, die mit zahllosen Mäuerchen bewehrt waren, auf daß der Regen die kostbare Erde nicht entführte, die all den Reichtum nährte: Orangen, Mandarinen, Rosen, äckerweit niedere Rosen, Levkoien, Spargeln, Artischocken und wiederum Rosen. Kleine Hügel, mit kastellartigen Häusern, die Pinie als Sonnenschirm, die Zypresse als Blitzableiter neben sich, wachten über dem bewegten, in der Tiefe unübersichtlichen Aufmarsch. Seine gewaltigen Mauern in den Abhang gegraben, von Wällen gegürtet, eine Front von Häusern zeigend, von denen jedes eine Festung schien, den viereckigen Kirchturm in den Himmel gereckt, so erwartete St. Paul die dem Meere entstiegenen Vasallenvölker, die früchtebeladen und blumengeschmückt zu ihm emporstrebten. Ein wenig abseits, doch auf gleicher Höhe, hielt eine Gruppe Zypressen die Hauptwache: das Gros der über das Land verteilten Aufseher. Das war der Kirchhof, wie ich von meinem englischen Nachbar erfuhr. Nun, da war also vorgesorgt, daß man in den hundert Mulden und in der Ebene dieses Reiches selbst die Toten St. Pauls nicht vergaß!

Plötzlich begannen die Olivenbüsche, die jungen Olivenbäume von einem unsichtbaren Leben zu erzittern, ein Rieseln ging durch ihr Laub, silberne Dämmerung umfloß ihr Dunkel – gewiß doch, die Luftgeister des Tages gingen in ihnen mit den Vögeln zur Ruhe! Die alten Bäume standen auf den Gräbern von Helden.

Ein Frohgeläute in der Brust, sprang ich auf. Kindliche Arme breitete ich, kindliche Rufe sprangen mir von den Lippen, ich drehte mich um mich selbst, nur, um das alles zu verlieren und in der nächsten Sekunde wiederzufinden, nur, um mit in dem großen Umzug zu sein, der im Abend angehoben! Da erblickte ich in der Ferne das Meer.

Es dämmerte. Ein Leuchtturm flitzte. Den beschmutzten Purpur des Ertrunkenen mit Füßen tretend, kam die Nacht über das Wasser. Jeden dritten Herzschlag flitzte der Leuchtturm, in sinnloser, rundum schweifender Angst.

Doch hier oben glühten tiefer die Orangen, meiner Hand erreichbar. Doch goldklare Äcker entsandten Levkoiendüfte. Doch in Filigranlaub musizierten zahllose kleine Rosen, vom Himmel gefallen, auf ihren Drähten gereiht. Der Zug hielt. Dicht über mir thronte die Stadt, in einer Wolke rosigen Wohllauts, und Bob schloß mich in die Arme.

Einen weißen Anzug trug er und strahlte. Er warf den Kopf zurück, da erschienen bunte Lichter in seinen Augen, und die Freude hob sich auf den schwarzen Brauen wie auf Flügeln. Nach bittern Mandeln roch er ...

Bob, frisch gewaschen, gekämmt und gebügelt, wie du bist, mit einer Nelke im Knopfloch dem Goldhaupt des Tages entsprungen, sei gegrüßt (mitsamt Maria, die dir das Schönste vom Mund gestohlen hat)!

Willkommen, Claus, du mit Sidonias Stirn, Sidonias Händen – wir werden mit Orangen Ball spielen, damit etwas von deinen Händen, etwas von deiner Stirn mit den Vögeln um die Wette fliegt!

»Verzeih, daß ich dich nicht drunten abgeholt habe«, sprach der Freund. »Ich mußte einen Brief aufgeben, eine sehr wichtige Arbeit, die erst vor einer Stunde fertig geworden ist ... Also, das da ist Kaspar.«

Am Wegrand stand ein Maler vor einer Staffelei, vielmehr er führte aufrecht einen Kampf mit der Leinwand, die unter seinen Schlägen erzitterte. Ich beobachtete ihn neugierig. Aus den Tuben preßte er Farbkleckse in Form gewaltiger Kommata auf die Leinwand, einen unter den andern und immer die dünne Spitze nach unten, sodann ergriff er ein Malmesser und begann seine kriegerische Handlung. Bald machte er einen Satz zurück, bald schoß er nach vorn, er beschrieb mit halb zugekniffenen Augen, wie zögernd, einen Halbkreis, um darauf die Staffelei von neuem zu stürmen. Mit großen Spatelhieben verteilte, mischte er die Farben, doch so, daß die Kommaform des Auftrags erkennbar blieb. Zwischendurch beschrieb sein Arm beschwörende Bewegungen in der Richtung der hoch erblühten Stadt, als wollte er sie durch Zauberei auf seine Leinwand bannen. Bob rief ihn an:

»Hallo! Kaspar, hier ist mein Freund Claus Breuschheim. Also, er bewundert Sie fest – kaum, daß er aus dem Zug gestiegen.

Der Riesenkerl mit dem kleinen, runden, kurzgeschorenen Kopf schob die Hemdsärmel höher und wandte sich uns erhobenen Hauptes zu.

»Der Baron!« Er nickte, kurz, freundlich. »Kunstfreund! Hoffen auch, echter Saufbruder. Marquis Capponi leider nicht. Jetzt leider nicht Zeit, Stimmung gleich futsch.« Er nickte wieder, schon verdüstert, den Blick der rötlichen Augen mörderisch auf St. Paul gerichtet. Ja, da oben schwebte sie, die Rosenrote, im mattblauen Feuer ... und entfärbte sich langsam. Stöhnend warf der Messerheld sich auf die Staffelei.

»Der größte Maler Schwedens«, klärte mich Bob im Weitergehn auf. Von hundert Rivierabildern, die in den Salons des nördlichen Königreichs hingen, waren neunzig von Kaspars Hand modelliert. Telegraphische Bestellungen platzten in St. Paul wie Bomben und hielten das Städtchen in Atem – aus Indien sogar kamen sie, aus Australien, ja, aus Polynesien, wo nur immer in der Welt ein Schwede ein nationales Kunstwerk an der Wand vermißte. Niemand wußte, wie er hieß, er nannte sich, zeichnete seine Bilder nur: Kaspar. Er und »Madam« waren die Berühmtheiten des Städtchens. Ich hatte bereits von Madam gehört? Kein Wunder. Von Engländern in der Trambahn? Also, da hatte ich Fürsten aus dem Abendland getroffen, die sich aufgemacht hatten, der Kleopatra des Olivenlandes ihren Tribut zu zollen. Es kamen übrigens auch manche aus dem Morgenland, glitzernd von Ringen und gesalbt, mit Dienern hinter sich, die Geschenke trugen, und Bob hätte nicht gewettet, daß Madams künstlerischer Ruf hinter dem Kaspars zurückstehe. Kaspar hatte sie denn auch als Kleopatra gemalt, mit einer goldenen Schlange und einem chinesischen Sklaven. Madam war aber heute zum Weißen Ball nach Nizza gefahren. Auch Bob sprach das Wort englisch aus.

Vor uns erhoben sich zwei ockergelbe Gebäude, »die erst in jüngster Zeit vorgeschobenen Corps de Garde oder Wachen der Stadt«, wie Bob sich ausdrückte. Sie standen einander gegenüber und waren mit feindlichen Mannschaften belegt, die dauernd weit ausgreifende Annäherungsarbeiten zwecks Überrumpelung der gegnerischen Position, sowie an Festtagen Ausfälle mit bewaffneter Hand wider einander ausführten. Das eine prahlte in kindshohen Drucklettern: »Grand-Hotel du Roi René« das andre hing ein altes Herbergsschild aus Schmiedeeisen aus, worauf mit Schwung das einzige Wort »Hostellerie« gemalt war. Unter diesem traten wir in einen Hof.

Da war eine niedrige, mit Nelken bestandene Mauer, von wo man in einen andern Teil des Olivenlandes blickte, eine sprödere Erde zweifellos, mit rauheren Tiefen, zerrissen, die Hänge in Winkeln kletternd, und erst in großer Höhe über uns, wie es schien, gewann das Land die schwellenden Kurven, die geruhigen Flächen, das Klingen, Verschweben, die ebenmäßige Bewegtheit des Vorgeländes zurück. Zuhöchst hing ein dunkelbelaubter Garten, groß genug, nicht nur zahlreiche Villen und Gehöfte, sondern gleich eine ganze Stadt mit seinen Hainen und Blumenfeldern zu umgeben. Dahinter jedoch steilte unvermittelt ein Felsengebirge, nackt und rot in den Himmel geschleudert, ohne Beziehung zu der Landschaft – über sie hinaus in Urfeindschaft dem Meere zugewandt: die Luft- und Sonnenklippe des »Baou«. So nannte Bob das Gebilde, und die Stadt zu dessen Füßen hieß Vence. Angesichts seiner wilden Fremdheit zeigten die Siedlungen dort oben einen schier menschlichen Ausdruck, ja, die jähe, nackte Gewalt des Ungetüms bewirkte, daß jenes bewohnte Hochland, von ihm angezogen, sich selbst abstoßend und in dieser Bewegung erstarrt, zu schweben schien.

»Dort oben wächst Weizen«, sagte Bob und, als ich immer noch hinaufstarrte: »Schau dich auch mal im Hofe um! Hier rösten vormittags die Damen und Katzen des Hotels in der Sonne. Mir ist der Ort zu öffentlich, ich gehe also nach ›Afrika‹, das ist ein einzigartiges Sonnenbad, niemand kennt es, dir werde ich es zeigen.

Große, geschwungene Töpfe, die einen aus roter gebrannter Erde, die andern aus Majolika, standen im Hofe verteilt. Sie trugen Blütensträucher, Mandelbäumchen, Myrten und quollen über von Kapuzinerkresse und wohlriechender Wicke. Drei, vier provenzalische Bauerntische mit ebensolchen Stühlen luden zum abendlichen Tafeln ein. Die Abdrücke der Körper in den Liegestühlen wirkten vertraulich – das konnten nicht Fremde sein, die dort mit der ganzen Last ihres Körpers geruht hatten.

»Hier ist es schön!« seufzte ich.

»Komm, wir sind eingeladen«, sagte der Freund, und er führte mich dem Hause zu, in dessen Tür jetzt ein kalabresisches Räuberlein mit einem Spitzhut auftauchte. Unter dem Hut blickte mausartig ein braunes Gesicht hervor, die Äuglein fuhren musternd über mich hin. Wohlwollen breitete sich über die Züge, sank langsam tiefer, bis zu den Lackspitzen der Schuhe. Ich mißfiel ihm nicht, ei ja, und eine nervige Hand ergriff die meine, und die andre schwang den Hut.

»Unser unvergleichlicher Wirt, Monsieur César-Marie Roux«, stellte Bob vor.

Den Hut in der Hand, dessen Rand ihm bis an die Schuhe reichte, geleitete der Edelmann, bei dem ich nunmehr zu Gaste war, uns in mein Zimmer. Dort angelangt, verbeugte er sich wieder, schwang den Hut, schloß hinter uns die Tür. Der Freund klärte mich dahin auf, daß alle wichtigen Persönlichkeiten hier oben Roux, Marie Roux hießen: der Wirt, der Pfarrer, der Stationsvorsteher, der Briefträger und auch der Hotelier gegenüber, der Feind, Monsieur Antoine-Marie Roux – Cäsar und Antonius also, in der schärfsten Form. Inzwischen kleidete ich mich um.

Wie wir dann zum Fenster traten, legte Bob den Arm auf meine Schulter ... Schon witterte ein Hauch von Mondschein über die Olivenbäume, die den Raum zwischen dem Orangengarten unter dem Fenster und dem fernen Meer füllten. Der Leuchtturm funkte jetzt taktfest aus dem grauen Dunkel.

»Claus«, sagte der Freund, »ich glaube, Maria kommt auch.« Im selben Augenblick schlug eine jähe Hitze über mir zusammen. Aus dem Nacken lief mir ein Zittern in die Schultern, schauerte blitzschnell den Rücken entlang und sammelte sich in den Knien.

»Mein Freund!« rief ich außer Atem, ich floh, ich floh, »Freund«, rief ich, »mein Freund, herrlich ist es hier, schau nur«, und ich deutete mit dem Kopf hinüber, wo der Baou im höchsten Abendleuchten aufflammte.

»Hier«, antwortete mit zärtlicher Stimme der Freund, indes sein Arm sich fester um mich schloß, »hier, Claus, bin ich eines Morgens aufgewacht, also, da schlotterte ich nur so lose in der Puppenhülle des alten Bob, ich spürte Neues, atmende Flügel, frische Lebensfarben, aber es war schlimm, Claus, ich fühlte mich elend bis ins Herz. Großer Gott, dachte ich, und bangte vor dem Tod. Also, ich dachte allen Ernstes, ich sei im Begriff, gleichsam in der Narkose zu sterben. Ich wehrte mich aus Leibeskräften, und in der drosselnden Angst ... schlüpfte ich aus. So ist es bei den Schmetterlingen, mein Lieber, nur daß die Schmetterlinge vermutlich nicht Todesschweiß vergießen müssen, wenn ihnen das Licht aufgeht. Dann saß ich eine Stunde lang auf der Fensterbank und wiegte die Flügel an der Sonne. Hübsch war's. Sehr angenehm, und ich wünschte, du –«

In alledem brauste mir der Name Maria. Es läutete in meinen Ohren: Maria. Nicht, als ob ich den Namen vernommen hätte, nein, es war etwas ungeheuer weit Reichendes, abgründig Stilles, eine alles ansaugende Leere, ein beseligender Lärm, es war sie. Und wie durch olivengrauen Nebel, in dem weit, weit entfernt jemand eine Laterne schwang, in diese entsetzliche Leere fallend, worin es sogleich erlosch, ... blitzte ihr Knie auf, vom herabgestreiften Strumpf entblößt, eine Schulter schmolz, ihr Hals, und glühendrot, ganz nah, brach ihr Mund auf, und gleich darauf, gar nicht sichtbar, aus Luft geschaffen, und doch sprang es mich an wie ein Tier: die Bewegung ihrer Hüften. So blieb ich eine Zeit, mit zitternden Knien, den Rücken krampfhaft gestreckt, hörte Bob sprechen, verstand ihn und verstand ihn nicht. Und dann lachte ich! Wie ein Hahn. Den Kopf zurückgeworfen, die Arme gespreizt, in einem lang ausgehaltenen, schmetternden Ton.

»So bist du jetzt ein ... Schmetterling?« rief ich, nach Luft ringend, und konnte oder wollte mich von der überaus komischen Vorstellung, daß Bob ein Schmetterlingsabenteuer gehabt haben wollte, nicht trennen. Schließlich ergriff mich der Freund an den Schultern, drehte mich um, schüttelte mich, lachend auch er, und in dieses so verschiedene, schmerzlose Lachen sank ich aufatmend und ihm an die Brust.

»Kindskopf«, flüsterte er, »schnell den Zylinder auf und los zu Lord Berrick!«

O ja, gern, schnell zu Lord Berrick. Trug er noch hellgraue Anzüge? Neigte er noch immer ein wenig den Kopf zur Seite, wenn er sprach? Ging er noch oft nach Venedig? Sprach er manchmal von uns?

Der Lord, ward mir zur Antwort, kleidete sich noch immer hellgrau, er neigte ein wenig wehmütig den Kopf, wenn er sprach, aber er ging nicht mehr nach Venedig, denn er trennte sich nicht mehr von seiner Frau. Von mir sprach er als von »jenem kleinen Liebling der Götter – wahrhaftig, jetzt, gerade jetzt war ich es wieder geworden, das Zeichen brannte mir auf der Stirn! Und auch von Sidonia sprach er oft, ja, erst kürzlich hatte er einer Liebhaberaufnahme, die er seinerzeit von ihr gemacht, den Kopf für eine Diana entliehn, und das Bild war im Pariser Salon mit einer Medaille ausgezeichnet worden.

Damit war Bob bei Peggy angelangt, ich betrat Neuland. Wer war Peggy? Ursprünglich die »parlour-maid« einer Nizzaer Teestube. Doch eines Tages willigte sie ein, für die Diana des Lords Akt zu stehn, da erhob sich hinter ihr das Glück und bekränzte sie mit dem dauerhaften Lorbeer ... Lady Berrick selbst hatte das Girl überredet, sich in den Dienst der Kunst zu stellen, nicht ohne Mühe, das verstand sich von selbst. Weniger dem Akt des Lords als der Gesellschafterin der »society leader« oder, wie man sich beschönigend ausdrückte, der »Freundin« der Führerin eröffnete sich die große Welt: winters im schottischen Schloß, auf dem internationalen Kapitol der Freude vom April bis in den Herbst: Algier, die Riviera, Florenz, Rom, Taormina, Girgenti. Reiselust hatte die kühlhäutige Scham, wie englische Mädchen sie gern als Wettermantel tragen, in einem Windstoß entführt, das reichliche Taschengeld ihrer Sehnsucht Flügel geliehn – mehrmals kam Bob darauf zurück, wie beseelend die Gewohnheit sei, dem jungfräulichen Körper ins Auge zu blicken und ihn vertraulich um die passende Bekleidung zu befragen.

Wir überschritten einen Platz, den rundum alte Platanen einfaßten, und der Freund wünschte, daß ich ihn bewundere. Zwischen zwei Bäumen stand immer eine Steinbank. Es war der Markt- und Vorhof, die St. Pauler hatten ihn ihrem Berggipfel abgerungen. Auf der einen Seite lief eine kleine Mauer, auf der die Mädchen saßen und den Männern beim Bocciaspiel zuschauten, während die Alten die Bänke drückten; die beiden andern Seiten nahm die mächtige Stadtmauer ein.

Die zwei ockergelben Hotels schlossen den Raum. Zwischen diesen konnten die Wagen auf den Platz fahren, dann aber waren sie für diesmal am Ende der Welt angelangt, denn das Stadttor ließ nur Handkarren durch ... Einige Schritte vor diesem Tor zielte eine Kanone dem Wanderer ungeniert auf die Brust. Ich bemerkte, daß sie im Wall eingemauert war. Unmöglich, sie zu stehlen! Deshalb brauchte St. Paul auch keine Polizei.

»Vielleicht ist es ein Automat mit Pfefferminzschachteln«, hörte ich Maria sagen, »Claus, zieh mal! ...« Würde sie wirklich kommen? Ich lachte in mich hinein – ein neuerstandener Liebling der Götter!

In scharfem Winkel bogen wir vor der Kanone in das Tor ein. Die Gassen lagen eng, tief unter dem Himmel – wie aus dem Kuchen geschnitten, äußerte ich, was Bob auf allerhand Rosinen brachte, die in dem Kuchen stecken sollten. Es dunkelte schnell, schon erkannte man im Ausschnitt zwischen den Dächern die Sterne, hie und da brannten kleine Lampen: Sternschnuppen, die auf einer Leimrute festsaßen. Die Straßen oder vielmehr die Pfade waren roh gepflastert, mit einem Streifen lehmiger Erde in der Mitte, wo es sich weich genug ging. Die schweren Gebäude verfielen schamlos, einige wenige hatten sich aufgeputzt. Zu unsrer Linken stiegen steile Gäßlein in geräumigen Absätzen, andre steilere, in Treppenstufen empor, zu unsrer Rechten stürzten sie ab, und alle waren sie so schmal, als seien sie im Laufe der Zeit vom Regen ausgewaschen worden, nicht von breitspurigen Menschen angelegt. Zuweilen klemmten sich kleine Torbogen zwischen die Häuser, ohne ersichtlichen Grund.

Auf einem Miniatursquare, wo eine Renaissanceurne stolze Wasserstrahlen in ein Marmorbecken spielte, das fast den ganzen Platz einnahm, hämmerte Bob mit dem Klopfer gegen ein frisch gestrichenes Tor. Plötzlich glaubte ich an eine bevorstehende Überraschung: Maria war bereits hier, sie wartete hinter dem Tor – die Knie versagten mir ...

Es war Peggy, die aufschloß und uns über eine schwach erleuchtete Treppe in das Atelier führte, das als Gesellschaftsraum diente. Die Art ihrer Begrüßung und wie sie im Atelier die ersten Worte mit mir wechselte, machten mich auf der Stelle zu ihrem Mitverschworenen. Ich käme in Verlegenheit, wenn ich erklären sollte, wie sie es anstellte. Sie gab mir einfach zu verstehn: »Sie kennen mich, Sie kennen mich gut, trotzdem mögen Sie mich leiden – sehen Sie, ich bin aufrichtig, und ich bin hübsch. Seien wir Freunde!« Sie sprach nichts Derartiges, mit keiner Silbe; beim ersten Blick stand es fest.

An der Decke des Ateliers klebte eine Kiste, worin an Stelle des Deckels eine Mattscheibe eingelassen war, dahinter brannten elektrische Birnen und verbreiteten ein angenehmes Licht. Überall hingen Bilder: badende Frauen von Renoir, zwei Landschaften von Cézanne, das große Bildnis eines Jünglings, ich erkannte die Züge des Lords, sowie ein Stilleben von Manet. Um diese Meisterwerke prasselte, gleich Spatzen um adlerhafte Erscheinungen, ein Schwärm von geschmackvoll geschürzten, vielleicht etwas zu bunten Ölskizzen, lauter mehr oder minder entkleidete Frauen, irgendwie reizvoll durch die Art des Vorwurfs, über deren künstlerische Unzulänglichkeit der Maler durch den Schein des Skizzenhaften hinwegtäuschte. Das einzige ausgeführte Bild dieser Art hing über dem Diwan, ein lebensgroßer Akt, der mit Mühe und Not nach Ingres kopiert schien: die Diana, von der mein Freund gesprochen. Ich erkannte sie sofort an der Ähnlichkeit der Gesichtszüge mit denen Sidonias.

»Entschuldigen Sie, Claus«, sagte der Lord nach der herzlichen Begrüßung, als ich daran ging, all die Frauenblüten an der Wand zu betrachten, »ich bitte Sie sehr, zu entschuldigen; andre dichten, spielen Klavier«, und er suchte mich wiederholt durch allerhand Vorwände von seinen »shocking toys« wegzuziehn. Auch klagte er sich der Sünde wider den heiligen Geist an, weil er vor »seiner Frau und andern Damen die Libertinage der eigenen Malerei mit dem Namen der benachbarten Meister zuzudecken suche ... Ich sah nur die Diana, das enthüllte Geheimnis jener Peggy, die uns die Tür geöffnet und sich auf der Stelle mit mir verbündet hatte – sicher nur, weil ich Bobs Freund war. Doch machte der Anblick des Aktes diese Vertraulichkeit zu etwas Überwältigendem, ich fürchtete mich vor dem Augenblick, wo sie wiederkäme ... Daß der Akt Donjas Kopf trug, erhöhte meine Verwirrung bis zum Gefühl von Scham über heimliche Sünde, von Schändung.

Lady Berrick trat ins Zimmer. Was sie da um Kopf und Hals trug, das war der kühn zurückgeworfene Schleier der befreiten Dame, ich merkte es gleich – dieser Spitzenschleier mit dem Maltakreuz war etwas Besonderes, ein Symbol, das Insignum der Führerschaft; er stand ihr vortrefflich. Ihr maskenhaft gleichmäßiges Gesicht lächelte etwas mühsam. Es leuchtete, stärker als das Lächeln, zartrot mit einem weißen

Schein um Nase und Augen, man konnte es schön nennen, weil man es unmöglich häßlich hätte nennen können, von einer traurigen Schönheit war es, ich wußte nicht, warum, aber traurig war dieses schöne Gesicht, traurig wie der Tod ... Mit jedem Schritt setzte sich Mylady ihr eigenes Gesetz, jede ihrer Bewegungen kündete ihre Souveränität, und dies alles ergab ein merkwürdiges, fast allzu vollendetes Bildnis: bunt, wie ein großer Pariser Schneider bunt arbeitet, wenn die Mode es verlangt, scheinbar willkürlich, doch nach einem Plan, hochmütig, mit dem Wissen um das Zweifelhafte des Anspruchs, und sichtlich geadelt durch den Glauben an ihre Berufung ... Sie hielt zwei Mädchen an der Hand, reizende Geschöpfe in Pyjamas und offenen roten Wollmänteln, die Füße noch rosig vom Bad – wie zierten sie ihre Mutter! Es waren Lady Berricks Töchter aus erster Ehe, Betty und Brigitte. Als ihre Mutter sie losließ, eilten sie in Bobs Arme, Betty in den rechten, Brigitte in den linken – von dorther kundschafteten sie mich aus. Leider war ihnen die Zeit karg bemessen, aber beim Abschied hingen sie sich doch ein wenig an meine Hände, Betty, die ältere, an die rechte, Brigitte an die linke.

Wie Mylady sodann auf dem Eisbärfell des Diwans die Glieder löste, bewies aufs klarste, daß sie sich weder um ihre Beine noch um ihre Schultern sorgte. Allerdings waren jene bekleidet und die Maße des Ausschnitts durchaus nur tagesüblich. Fiebernd von Belehrungswut, forderte sie mich auf, neben ihr Platz zu nehmen. Sie legte mir gesprächsweise die Hand auf das Knie, sie reichte mir die Rose von ihrer Brust. Kurz, sie behandelte mich, unter geänderten Umständen, wie ein Missionar den ältesten Sohn eines Negerhäuptlings. Jedoch der Moschusduft, den jede ihrer Bewegungen entfesselte, kränkte mich, ich rückte unwillkürlich von ihr ab, und plötzlich stützte sie sich auf dem Ellbogen auf und bekannte sich blitzenden Auges – wozu? Zum Moschus. Parfüme, die Moschus enthielten, seien in der sogenannten guten Gesellschaft verpönt – um so besser für den Moschus! Moschus, das war Atem von Mänaden. »Mänaden?« fragte ich bestürzt. Jawohl, Mänaden. Was waren sie denn anders, die Damen der »outguard«, wie sie, von London bis Kalkutta, über das Parkett hingeschmetterter Clubmen hinwegstürmten, was waren sie anders als die ewigen Mänaden? Die Priesterinnen der fruchtbaren Unruhe! Die Tollen, die nie den Kopf verloren! Möglich, sagte ich, doch schiene mir bei Mylady insofern eine Verwechslung vorzuliegen, als die Mänaden im allgemeinen eher für Freiluftwesen angesehn würden, während es von den Flötenbläserinnen allerdings heiße, sie hätten starke, duftende Salben – Man ließ mich nicht aussprechen. O pfui! So pervers konnte nur ein Mann sein, »schlechtgeborene« Kreaturen, die sich für Geld hingaben, mit den Priesterinnen des leopardenbegleiteten Dionys zu verwechseln. Das war, als ob ich zu Madam ginge, wenn ich bei ihr, Lady Berrick, eingeladen wäre.

»Ein gefährlicher Wink«, warf der Lord lächelnd ein.

Lady Isabels entflammtes Gesicht büßte alle Poesie ein, ihr Mund verzog sich vollends, aber sie faßte sich und schwang scherzhaft den schönen Arm, als schleuderte sie den Speer gegen den Gatten.

»Was für Zweideutigkeiten, Lord Berrick!«

Der stellte sich, als finge er das Geschoß im Fluge, um es alsdann freundlich auf dem Kaminsims niederzulegen. Ich begehrte in geheuchelter Unschuld zu erfahren, wer »Madam« sei.

Nach einem kurzen, forschenden Blick ließ sich die Lady in die Kissen fallen und schlug die Knie übereinander. Die Fesseln der Füße erwiesen sich als so zart wie die eines ganz jungen Mädchens.

»Nun, eine Kreatur«, sagte sie nach einer Pause.

Verwirrt blickte ich um mich. Der Lord senkte den Kopf. Bob musterte mit angestrengtem Ernst die Beleuchtungskiste an der Decke. Indes zeigte sich, daß die Lady noch nicht beim tiefsten Ton ihrer Verachtung angelangt war, wie man hätte meinen sollen, denn als sie die Beine abgeworfen, die Arme unter dem Nacken gekreuzt und sich gestreckt hatte, zornbebte sie:

»O Ihr Männer! Eure Frauen möchtet Ihr in Knechtschaft halten, mit Fackeln und Dolchen rottet Ihr euch zusammen, wenn sie ihre Fesseln sprengen, aber eine feile Dirne, die scheint euch immer entschuldbar.«

»Das muß wohl an den armen Dingern liegen«, sprach der Lord halblaut zu sich selbst.

Worauf Bob geradeaus die Bemerkung wagte: das eine schließe das andre nicht aus, Konventionen seien die Kodifizierung jahrhundertealter Erfahrungen, und seit dem grauen Altertum –

Weiter kam nun er wieder nicht, im grauen Altertum blieb er stecken, trotzdem er mächtig ausschritt. Lady Isabel saß auf dem Rande des Diwans, ihr Kleid hüllte sie bis zu den Füßen ein … und verschloß sie. Was man eben noch als weibliche Schwäche hätte ansprechen, worauf ein Mann, der Nachsicht brauchte, unter Umständen noch hätte bauen können, war uns mit eins entzogen. Verbaut jede Ausflucht. Wohin jetzt mit dir, Bob? Die Führerin hob das Kinn ...

Und die Tür öffnete sich. Was auch immer folgen mochte, vorerst galt es, die eintretenden Damen zu begrüßen. Schon eilte Bob der perlmutternen Diana entgegen. »Wo in aller Welt bleiben Sie denn, verehrtes Fräulein?« flüsterte er eindringlich. »Wo haben Sie sich die ganze Zeit herumgetrieben? Also, Peggy, es war eine Ewigkeit.« Ich aber küßte schnell einem Mädchen die Hand, das die größte Hornbrille auf der kleinsten Stupsnase zum Nestrand und Auslug des lustigsten Vogelpaars gemacht hatte. Man lachte, wenn man sie nur ansah. »Die Schwester des Lords«, sagte sie selbst. Die weißhaarige Dame, die wartete, daß ich ihr die Hand reichte, überschwemmte mich mit einem wasserblauen Blick, eine schmeichelnde Stimme schlug an, ich lauschte ihr. Unverzüglich vertraute sie mir an, sie glaube an Gott, an die welterlösende Menschenliebe Englands und an die drahtlose Telegraphie. »Die Schwester Lady Berricks«, stellte der Lord vor. Inzwischen hatte sich seine eigene Schwester vor der Lady aufgestellt. Hinter der großen Brille ging es lebhaft zu: der eine Vogel überschlug sich vor Spott, der andre schoß hin und her und haßte. »Der Führerin Heil!« sprach die Hornbrille. Ein Diener trat ehrfürchtig murmelnd zu Peggy, und Peggy teilte der Lady laut mit, die Tafel sei bereitet. Bei jeder Bewegung schimmerte die Diana an ihr durch!

»Seit dem grauen Altertum«, scholl es da in das Schweigen, das der Ankündigung gefolgt war, »seit dem grauen Altertum, Marquis Capponi, sind die Männer Heuchler und Wucherer an der Schwäche der Frauen, lautlose Mörder, schreiende Diebe.«

Zufrieden lächelnd erhob sich Mylady und nickte mir zu: »Baron, darf ich bitten?« Bob wollte Peggy den Arm reichen, doch scheuchte ein Blick der Lady ihn an die Seite der weißhaarigen Dame, und es war der Lord, der Peggy führte.

Am Tisch herrschte erst eine Stille, wie sie ganz der Feierlichkeit der großen, weißen Tafel entsprach, in deren Mitte ein buddhistisches Altärlein voll Blumen und Früchte prangte. Als aber der Diener den Suppenteller vor die Lady hingestellt hatte, beugte sich diese leichthin über den Dampf und schwor, ohne Bitterkeit: »War to the philistines.«

»Bis die Raben sie fressen«, ergänzte Peggy, wozu sie eine Faust ballte, die neben der roten Nelke auf dem Tischtuch an eine zusammengerollte kleine Katze aus Porzellan erinnerte. Dem mißtrauischen Blick ihrer Herrin begegnete sie mit spiegelweit geöffneten Augen. So konnte jedermann sehn, mit wem sie es hielt, nämlich, bedingungslos, mit den Mänaden. Gleichzeitig berührte ihr Knie das meine, und, bei Gott, das Knie lachte – es bebte und schlug vor Lachen aus!

Krieg den Philistern, – gut, wir zeigten uns alle bereit, Lady Isabel Gefolgschaft zu leisten und wider die Philister zu Felde zu ziehn. In der nächsten halben Stunde setzte es nur Hiebe für sie. Dann artete die Polemik in wahren Kannibalismus aus. Die Opfer wurden geschlachtet, aufgeteilt, warm verzehrt. Jeder von uns bekam sein Teil Philister hingeworfen. Peggy schluckte es, während ihr Knie gegen das meine Karneval trommelte, tief bekümmert und gehorsam würgte der Lord. Bob und ich schoben das uns zugedachte Stück der Priesterin des mit Leoparden Wandelnden höflich wieder zu. Sie drohte den Meuterern neckisch mit dem Finger, ließ es liegen. Bob hatte am Moselwein geschnuppert, darauf am Burgunder, jetzt nahm er, über den Champagner gebeugt, den Bericht seiner Tischdame über ein seelisches Ferngespräch zwischen Glasgow und Neuorleans entgegen. Er trank nicht. Keinen Tropfen.

»Es ist auch wahr«, rief Peggy begeistert, »warum soll eine unverheiratete Frau nicht Geld nehmen dürfen? Ich hasse die Philister.« Hier lag auf seiten Peggys ein offenbares Mißverständnis vor, unverheiratete Mänaden nahmen natürlich kein Geld, doch ließ die Führerin es in Anbetracht von Peggys Tapferkeit in dem soeben siegreich beendeten Gefecht mit den abwesenden Philistern bei einer stummen Zurechtweisung bewenden. Mit einem mißbilligenden Blick auf die revoltierende Diana hob sie die Tafel auf. Wiederum schuf, für einen Augenblick, schöne Feierlichkeit zwischen uns einen Abstand, ich reichte Lady Isabel den Arm, Bob eilte, die Hand auf dem Herzen, zu Peggy: »Warum sie kein Geld nehmen darf? Weil sie sonst vielleicht keinen Mann fände«, antwortete er laut. Der Wein, den er nicht getrunken, hatte ihn kühn gemacht.

»Abwarten!« rief Peggy leise. Es flog wie ein Pfeil, die Sehne schwirrte.

Die Lady, im Schreiten das Abendkleid belebend, wandte ein wenig das Haupt, damit wir es alle hörten: sie war keine spießige Frauenrechtlerin, sie würdigte alle guten Scherze, wie sie über die aristokratische Avantgarde der Frauen fielen, und sooft einer fiel, wünschte sie wie bei einer Sternschnuppe schnell einem Manne das gräßlichste Herzeleid.

Denn daß er Kinder gebäre, dieser Wunsch sei leider vergeblich. Ach, nun hatte ich die ganze Zeit nicht an Maria gedacht ... Tritt ein, bestricke sie, alle, wie sie hier sind, schweige, nicke mir zu! ...

»Miß Peggy, schauen Sie nicht Lord Berrick an, auf ihn ist nicht gezielt, er gehört zu den Männern, die uns Frauen anbeten, eine Form der Entwürdigung, an der wir ungern Kritik üben«, und die Führerin wandte sich zu Bob:

»Sollten Sie je das Haus von Madam betreten, Herr Marquis – es gibt kein Bad, das Ihnen den Geruch nähme.«

»Vielleicht Moschus?« fragte Bob.

Sie zuckte über den törichten großen Jungen nachsichtig die Achsel ...

Gesittetes England! Die Herren zogen sich in das Rauchzimmer im oberen Stockwerk zurück.

Hier begannen wir eifrig, Madam zu rehabilitieren. Sie nahm Geld, gut – die Tugendhaften auch. Und von denen gaben die meisten dafür nur magere Kost und Ärger obendrein. Die alten Griechen waren weise ... Die katholische Kirche war weise ... Sie hielten auf saubere Scheidung. Romanschreiber und Politiker, diese geborenen Emporkömmlinge, verdrehten der Frau den von Natur schon unsoliden Kopf. Seit Rousseau wagte kein Autor mehr, ein vernünftiges Wort über die Frauen zu schreiben. Einige hatten geschimpft, von diesen die klügsten – sich gerächt. Jetzt waren wir an der Reihe, Tapferkeit zu beweisen!

Keiner von uns hatte bisher ein Wort mit Madam gewechselt. Keinem, weder Bob noch dem Lord war sie bemerkenswert erschienen. Jetzt beschlossen wir, ihre Bekanntschaft zu suchen. »Wie heißt sie denn?« erkundigte ich mich.

Sie hieß Giulietta Var, und ich behauptete, ohne zu zögern, daß ich niemals einen klangvolleren Namen gehört hätte.

Bob sagte noch:

»Der Name ist Konfektion, aber er sitzt wie angemessen.«

Die Hornbrille kam und wollte auch rauchen – obwohl das bei den Mänaden für shocking gelte. Der Diener, der ihr auf dem Fuße folgte, bugsierte sie ohne Umstände hinaus.

Bald mußten wir denselben Weg gehn, im Atelier war Bobs Mutter in Begleitung des Abbé Roux eingetroffen. Die glatt rasierten Wangen des Dieners, der uns zu Myladys Füßen befahl, waren fiebrig wie bei Schauspielern, wenn der letzte Akt naht. Doch rauchten wir die Zigarre zu Ende, was dem Seelenhirten von St. Paul gestattete, zu uns heraufzusteigen, um ein Wort unter Männern zu reden.

Auf dem stämmigen, in den Gelenken knotigen Körper des Mannes war ein Prälatenkopf aufgepfropft, Bauernschläue, zu Weltweisheit veredelt, erhellte die Augen. Nachdem er mich als Neuling in seinem Gesichtskreis mit auszeichnender Höflichkeit in diesem seinem Staat willkommen geheißen, legte er ohne Umschweife dem Lord die Frage vor, warum seine mit allen Tugenden, auch Klugheit und Nächstenliebe ausgezeichnete Gattin gerade Giulietta Var gegenüber jedes Erbarmens, jeder Nachsicht entrate. Er nannte Giulietta einfach beim Namen, ohne vorgesetztes »Madame«, ging gerade aufs Ziel los, man sah, es war ihm ernst.

»Ich kenne Giulietta Var«, so hob er, scheinbar stockend, an, »seit zwanzig Jahren. Wir kamen gleichzeitig nach St. Paul, ich als Pfarrer, sie als Kurgast. Wir stießen sofort zusammen. Unter den Frauen meiner Gemeinde hatte sich ein großes Wehklagen erhoben: alle Männer, die noch gesunde Beine hatten, tanzten, sit venia verbo, um das seidige Kühlein. Mit dem Stock fuhr ich dazwischen. Es war eine schlimme Zeit, solang sie sich mit den Eingeborenen abgab ... Sie wollte zwei Wochen bleiben, und sie ist noch immer da. Ich auch. Mit unsern Männern gibt sie sich nicht mehr ab, aber alle grüßen sie, aus Dankbarkeit. Sie gehört zu den Sehenswürdigkeiten der Riviera. Mein Kirchenschatz auch Sie und ich, wir werden beide hier sterben ... St. Paul verdankt ihr seine Wohlhabenheit. Wir haben keine Armen mehr, und die Wohlhabenden geben reichlich für die Kirche. Sie gibt nichts, das ist eine Sache für sich. Pourtant –, wenn ich in den schweren Zeiten der Trennung von Kirche und Staat den weltberühmten Kirchenschatz gerettet habe, so ist das, indirekt, ihr Verdienst. Sie schickte mir reiche Kurgäste, die bezahlten, einzig und allein, um den Schatz bewundern zu dürfen. In den andern Kirchen unsres Landes nahmen sie ihn mit. Wieviel unersetzliche Kostbarkeiten sind auf diese Weise aus unsern Kirchen verschwunden, für immer, messieurs, für ewig und immer! Der Staat gab uns keinen Pfennig mehr, meine Pfarrkinder sind nicht reich. Wir haben gehungert und gefroren. O, diese Freimaurer!«

Er kniff den Mund zusammen, forderte tückischen Blickes einen unsichtbaren Feind heraus.

»Messieurs, ich kenne einen alten Pfarrer, einen wahren Heiligen, der nährte sich von wilden Spargeln und den halbverfaulten Orangen, die er nachts unter den Bäumen auflas. In einer bitterkalten Nacht begann er das romanische Gestühl seines Chors zu verfeuern. Wir haben kein Holz hier. Es war ein strenger Winter. Im Frühjahr war das Meisterwerk Jacopo della Portas in Rauch aufgegangen. Eh bien, in meiner Kirche fehlt nicht ein Stück. Ich habe gelebt und mich gewärmt. Der hochwürdigste Herr Bischof nennt St. Paul als ruhmreichen Ort und als Vorbild. Wie war das möglich? Hélas, ersparen Sie mir die Wiederholung, ein Wunder war es gerade nicht! Ich bin nicht Giuliettas Richter, ich vermag nicht ihr Herz zu ergründen, obwohl ich es oft versucht habe.

Der Pfarrer seufzte, die Falten seines wetterroten Gesichtes standen starr, bei Gott, es war ihm ernst. Wir kamen uns plötzlich wie Schulbuben vor. Da warf der Geistliche den Kopf in den Nacken und blickte dem Lord in die Augen:

»Lord Berrick!« sprach er mit bebender Stimme, »wir erwarten Giulietta auf ihrem Sterbebett. Ich oder mein Nachfolger, einer von uns wird zu ihr treten, wenn der Todesengel nach ihr greift. Das ist eine Sache zwischen uns, zwischen ihr und uns, zwischen Giulietta, die einst ein unschuldiges Kind war, und ihrem Gott. Voilà. Ich dulde nicht, daß man sie in der Fremdenkolonie schlecht macht, daß man sie verschreit von St. Raphaël bis Menton, als wäre sie die leibhaftige Tochter der Hölle. Abgesehn davon, daß sie das nicht ist, nie und nimmer, verlange ich im Namen der Nächstenliebe, verlange ich, verstehen Sie mich recht, Lord, verlangt meine Gemeinde, verlangen alle hier bis zur letzten Waschfrau, daß man Giulietta Var unbelästigt, wenn Sie wollen: unbeachtet, ihrer bittern Stunde entgegengehen läßt.«

Während wir noch beklommenen Herzens schwiegen, trat Pfarrer Roux an das offene Fenster. Er atmete tief, und jetzt erst bemerkten wir den Duft der Rosen, den Duft der Levkojen, den Duft des Goldlacks, alle die Düfte, die, einzeln wahrnehmbar, in das Zimmer drangen. Die Kirche von St. Paul und eine entferntere im Tal kündeten langsam hintereinander die Stunde, so daß die Klänge der einen nach einer Weile drunten in der Tiefe aufzuschlagen schienen.

»Es fehlt den Herren Fremden nichts, und ihre Damen behaupten, in Wonne zu schwimmen«, hörten wir ihn sagen. Die Hände in der Schärpe, näherte er sich freundlich dem Lord, der auf einmal vergnügt, ja schalkhaft vor sich hinlächelte.

»Ich sehe es Ihrem Gesicht an, Lord Berrick, ich brauche mich nicht ausführlich wegen meines etwas brüsken Schrittes zu entschuldigen. Gern erlaube ich Ihnen, über uns zu lächeln, nachdem Sie mir gütigst gestattet haben, offen zu Ihnen, zu sprechen – fast hätte ich gesagt: zu drohen. Ich denke, wir sind alle im Bild ... Der Herr Baron, der erst heute abend angekommen ist, hat natürlich längst von unsrer armen Giulietta gehört. Der Herr Marquis – mein Gott, der Herr Marquis! Nicht wahr?! Nun fragt es sich noch, Lord, ob Sie es übernehmen können, einen Appell an die Güte, die Klugheit, die Einsicht der Lady zu richten, der, ich muß hinzufügen, den erwünschten, den unbedingt nötigen, den dauernden Erfolg bringt?«

Einen halben Schritt trat Lord Berrick zurück, und das Kinn in seiner bezaubernd sanften Art zur Seite geneigt, erwiderte er:

»Monsieur le Curé, ich gehöre nicht Ihrer Religion an. Trotzdem muß ich sagen, ich habe vielleicht noch nie eine so treffliche Predigt gehört, wirklich, ich danke Ihnen, und was Lady Berrick anlangt, so will ich es mit Vergnügen unternehmen, sie aufzuklären. Die Lady, müssen Sie wissen, Herr Pfarrer, bekämpft weniger eine Person als einen Verstoß gegen die Spielregel, verstehn auch Sie mich, bitte, recht: sie meint, derartige Damen kompromittieren die Sache der Frauenbefreiung. Aber natürlich haben die Pläsiers Madam Vars mit einer so ernsten Sache, wie die Lady sie vertritt, nicht das geringste gemein, und da Madam Var nicht bloß Geld nimmt, sondern, wie wir eben gehört haben, auch welches gibt, so glaube ich, den Punkt gefunden zu haben, wo ich ansetzen kann. Er verbeugte sich gegen uns. »Meine Herren, die Damen erwarten uns.

Funkelnd von Schminke, die Augen von Belladonna geweitet, den Arm unserm Kuß entgegengehoben, als lockte sie mit verkehrter Hand einen Vogel, so empfing uns die Marchesa Capponi. Neben ihr wirkte Lady Berrick in ihrer künstlichen Frische wie der leibhaftige Frühling.

»Herzensjunge!« rief die Marchesa bei meinem Anblick aus, »welch ein Teint, welch eine Haltung! Küssen Sie mich alte Dame auf die Stirn. Sie dürfen es, Sie allein. Warum wohnen Sie nicht bei mir unten in Cap d'Antibes? Ein Breuschheim vom Scheitel bis zur Sohle!« Und zur Lady gewandt: »Sie werden uralt, die Breuschheim, sie sterben nicht, die Breuschheim. Eines Tages befehlen sie: Genug!, und der Tod greift ihnen leicht an den Kopf, oder er drückt ihnen mit dem Daumen ein wenig in die Herzgrube. Und, eia, sind sie im Himmel. Mein Wort,

Isabel, eine fabelhafte Rasse! Warum sind Sie eigentlich nicht mein Schwiegersohn geworden, Claus? Nicht böse gucken, Claus! Pscht, ruhig, ich sage nichts mehr.«

Der Pfarrer hob mit gestreckten Fingern ein wenig den Stock. »Gnädigste Marquise«, lächelte er, »ich halte es aus gewissen Gründen für meine Pflicht, Ihnen zu versichern: sterben tut weh.«

»Ich weiß, darauf bestehn Sie«, eiferte fliegenden Atems die Marchesa, »Sie fürchten, nicht zurecht zu kommen, natürlich. Beruhigen Sie sich! Sie haben neunundneunzig Chancen auf hundert. Wie die Bank in Monte Carlo.«

»Leider nicht, Frau Marquise, leider nicht! Ich frage bloß: steht es uns an, einen jungen Mann anzuleiten, oder dürfen wir ihn auch nur ermutigen, den Tod en canaille zu behandeln?«

»Ganz gewiß«, antwortete Lady Isabel. »So ehrwürdig das Opfer, so abscheulich der Henker. Der Tod verdient durchaus, en canaille behandelt zu werden.«

Der Lord murmelte: »Ich finde, wir sprechen heute abend etwas viel vom Tod«, und die Marchesa war ganz seiner Meinung. Durch die Manie, bei jeder Gelegenheit in unangenehmer Weise an den Tod zu erinnern, büßten die Herren Geistlichen viel von ihren so mannigfachen Reizen ein. Waren sie denn Wucherer, daß sie immerzu den Schuldschein schwenkten? »A propos, Claus, der General hat sich vorgestern nach Abessinien eingeschifft, in einer sehr, sehr wichtigen Mission. Pscht! Bob, deinem Freund wird schlecht, ein Glas Wasser! ... Nicht? Gott sei Dank! ... Ich sage nichts mehr ... Der ausgezeichnete General! Ich gebe zu, er hat etwas von einem Gespenst, erschreckend, sogar in seiner Abwesenheit.«

»Warum?« Der Glaubensstreiter schlich sich von neuem an: »Darf ich in aller Ehrerbietung fragen: warum ist der zweifellos hochachtbare, vermutlich sogar bedeutende Mann, den Sie, Frau Marchesa, den General nennen, auf so besondere Weise erschreckend?«

»Ein Schwiegersohn, der zehn Jahre älter ist als ich, finden Sie nicht, daß der sozusagen im Hause meiner Tochter ... spukt?«

»Also wiederum die Angst vor dem Tod?« griff der Abbé zu.

»Ja, wieso denn, Herr Abbé?!« Die Marchesa schüttelte sich vor Ungeduld. »Der Mann lebt doch, ist aktiver General, fährt mit Waffen und Geld nach Abessinien, um Geschäfte zu machen – wo sehn Sie da den Tod?«

»Ja, spuken denn in der Familie der Frau Marchesa auch die Lebenden?«

Meisterlich bemüht, der also zugespitzten Unterhaltung jetzt eine humoristische Wendung zu geben, kniff der Pfarrer mit komischer Listigkeit ein Auge zu. Seine ganze Gestalt drückte Wohlwollen für das zerzauste Weltkind aus.

Die Hornbrille sprang ihm bei.

Die Kassiopeia

Ihre Scherze entstiegen einem Paternoster-Aufzug, der in einem menschenleeren Hause lief; sobald einer dieser Kobolde drei Schritte gemacht hatte, löste er sich in Luft auf, und der Paternoster-Aufzug warf den folgenden ab. Und seltsam, niemand schien an den grauenhaften Tod von Lady Isabels erstem Mann zu denken, der bekanntlich von einem Nilpferd zertrampelt worden war, am allerwenigsten sie selbst. Oder war es am Ende doch kein Zufall, daß die Hornbrille begann: »Die Männer büßen ihr Leben mit dem Tod – es ist reinste Nächstenliebe, wenn man sie schnell vergißt?«

Die Lady lachte mit uns.

»Meine Schwägerin«, ging es weiter, »sieht im Tod den Kasperl, der den Gendarm, will sagen: den Mann nach längerer, wenn auch immer noch unzureichender Stäupung endlich erschlägt. Vielleicht ist das zuviel der Gnade für einen Mann.« – »Oh! Oh!« machte mißbilligend der Pfarrer. Doch als sie fortfuhr: »Die Frauen sterben nicht, sie entschlafen in eine bessere Sommerfrische«, überließ auch er sich der allgemeinen Heiterkeit.

»Einmal war Lady Isabel krank«, erzählte die Hornbrille mit ernstem Gesicht, »todkrank. Statt des Notars ließ sie die Stenotypistin kommen und diktierte einen Aufsatz für die Londoner ›Elegante Welt‹. Der Titel hieß: ›Wie schützen wir uns am besten vor den weißen Kopfjägern? Ratschläge einer Sterbenden!‹ Die weißen Kopfjäger, meine Herren, das sind Sie. Als sie ihren Namen unter dies ihr Testament gesetzt hatte, stand sie auf und war gesund.« Darauf ging die Hornbrille zur Londoner Gesellschaft über, und wir erfuhren, daß Lady Isabels beste Freundin, die Frau des Ministerpräsidenten B., statt seiner das Empire regiere – das verstand sich von selbst. »Aber raten Sie, womit sich inzwischen der Premier beschäftigt? Er beaufsichtigt die Heime für fortgeschrittene junge Mädchen, die seine Frau patroniert!« Die Herzogin von Glasgow umgab sich mit Greisen, die viel geliebt hatten. Sie galt für die frömmste Dame des Reichs. Einer ihrer Vertrauten hatte von ihr gesagt: »Wer unbedingt die Engel pfeifen hören will, der soll ihre Hoheit um eine gemeinsame Andachtsstunde bitten«, und der Herzog von Wight tanzte nur mit Damen, deren Füße genau in die von ihm als Reliquien verwahrten Ballschuhe Lady Hamiltons hineinpaßten. Er nannte den lieben Gott »unsern erhabenen Standesgenossen.«

Vor den Stufen des Thrones angelangt, machte die Hornbrille halt. Wir wußten nicht mehr, wohin vor Lachen. Komischer noch als ihre Erzählungen und die unbewegliche Brille, hinter der die Bosheit tollte, war der mürrisch verzogene Mund, der die Anekdoten zutag förderte. Schließlich war es unser eigenes Gelächter, das uns lachen machte. Lady Isabel lag hingestreckt, wie einer jener Clubmen, über die die ewigen Mänaden von London bis Kalkutta hinwegstürmten. Lachend erstickte der Lord in seiner Wehmut, er konnte sie nicht sprengen. Bob jauchzte italienisch, wie in einem Walzer wiegte sich die Marquise, mit erhobenen Armen, von einem Tänzer zum andern gestoßen; Lady Isabels Schwester war ein Brustbild stiller Entzückung, das ein Schluckauf als Uhrwerk bewegte, und ich ... ich blickte auf Peggys Füße. Erst hatte sie sie artig für mich hin und her gedreht, jetzt klammerte ich mich wie mit beiden Händen an die Knöchel und verhinderte sie so, mit den Beinen zu strampeln. Dafür streckte sie, aufrecht sitzend, in einem fort hilfesuchend die Hand aus, bald nach Bob, bald nach dem Lord, bald nach mir. Als sie schließlich fassungslos aufkreischte, trieb dieser Möwenschrei Lady Berrick auf die Kommandobrücke des trunkenen Schiffes.

»Genug! Genug!« herrschte die Kapitänin.

Und der Sturm faltete die Flügel.

»Wie geht es Ihrem Vater?« rief die Marquise nach einer Atempause mir zu. »Meinem Vater?« Eine Lache spritzte über mich weg. »Danke. Meinem Vater geht es gut.« Das glaubte sie! Schnitt und band er nicht einen Teil seines Weinberges selbst? Seit dreißig Jahren? Bob prustete. »Genug, bat die Lady mit einem Gesicht aus Emailleguß. Da platzte Peggy aus.

Die Marquise blieb fest. Heute war er sechzig und hackte, schnitt, band, erntete, preßte noch immer seinen Wein – ob Isabel das glauben konnte? »Ein Mann«, sie maß mit den Blicken die Breite des Zimmers,

»mit solchen Schultern. Immens.« Nein, so ging es nicht. Alle, mit Ausnahme der Führerin, lachten schallend los.

Zum Glück kannte der Abbé den Typ und sprach ihm ernsteste Bedeutung zu: »Ein katholischer Landedelmann, macht seine Ostern, sonst nichts. Kantig, rauh, zuverlässig, ein Stein in der Grundmauer. Vortrefflich!«

Vergebens erhob die Marchesa Einspruch: Balthasar Breuschheim sei weder rauh, noch kantig, sondern die rundliche Gentilezza in Person.

In Lady Isabel, die den Typ auch kannte, waren Bedenken aufgestiegen. Sie spitzte den Mund:

»Und die Baronin?«

Suchend blickte die Marquise sich um, lächelte zu der noch immer in stummer Musik versunkenen Weißhaarigen hinüber: »Lady Berricks Schwester in Schön. Ein wenig sportlicher. Aktiv.«

Worauf sie schnell hinzufügte, sie kenne keine Frau, der die weißen Haare so wohl zu Gesicht stünden, wie –

»Lady Mac Shene«, erklärte der Lord … Doch die endlich eigen benannte schüttelte das Haupt. Sie brauchte hier für sich keinen Namen. Sie war der Lady weißhaarige Schwester. Berrick beugte sich tief und küßte die auffallend weißen, gefalteten Hände.

Da sprang die Führerin, die Beine anziehend, ein Stück über den Diwan, lehnte sich gegen die Wand:

»Und jetzt, liebste Marquise«, befahl sie, »jetzt erzählen Sie uns von Missis Dolly Perkins. Was treibt sie? Wen sieht sie? Wann wird bei ihr getanzt?«

»Man weiß noch nicht?!« Die Marchesa flüsterte einen Namen.

Ein Engel schwebte durchs Zimmer, in erhobenen Händen trug er die Krone Englands … Lady Berricks Augen, die Augen der Marchesa öffneten sich einem Weltreich, darin ertrank der Diwan mitsamt der »society leader« und der Akt Peggys darüber, der verlegen lächelnde Lord und die Marchesa Capponi und der mit roten Ohren lauschende Pfarrer, wir alle.

Die Lady kam als erste zur Besinnung.

»Sie sind unterrichtet?« flüsterte sie. »Prinz Albert?«

Die Marchesa nickte.

Steil aufgerichtet, alle ihre Farben schillerten, fragte die Führerin: »Wann?«

»Gestern.«

Ich fürchtete, man erwarte von uns, daß wir alle zu Stein erstarrten, der »demokratische Fimmel der Breuschheim«, wie Donja sagte, meldete sich, ich sann auf Flucht.

»Komm hierher«, hatte Bob mir nach Köln geschrieben. »Du wirst die große Welt sehn ...« Mich dünkte, ich stände am ersten Abend bereits mitten darin. Die Wahrheit zu sagen, fand ich sie sinnlos anstrengend, verheerend. Bückte ich mich nicht selbst unwillkürlich unter der Peitsche, die diese Menschen über sich und den andern schwangen? War nicht auch der Lord ein ganz andrer als der, den ich in Venedig gekannt? Wozu die verquälte Hast? Warum die Angst? Wohin der Weg?

Plötzlich hörten wir Bob stöhnen, und fast gleichzeitig lachte Peggy, als ob sie gekitzelt würde. Bob sprang auf.

»Peggy«, sprach Lady Berrick mit mildem Ernst, »Sie gehn am besten zu Bett.«

Bob nickte mir zu: »Wir auch ... Diese äußerste Enthüllung, Mama, geht über meine Kraft. Mir fehlt es an Genie, verehrteste Lady Berrick, ich kann nur das Ihre bewundern. Was wie Klatsch aussieht, verwandelt sich vor Ihnen, aber auch nur vor Ihnen, in hohe Politik, in zu hohe für mich.«

»Ein wenig plump, Marquis Capponi«, äußerte Mylady.

Wir küßten ihr, die trotzdem geschmeichelt mit dem Finger drohte, die Hand, aus der meinen nahm sie der Pfarrer, wobei er den Stock wie einen Degen hielt. »Ich ziehe mich vor den Sünden der Großen zurück«, sagte er mit dem einfachen Lächeln eines Bauern.

Peggy stand erschrocken hinter dem Lord. Die Hornbrille aber erklärte in einem Ton, als gäbe sie es zu Protokoll: »Ich bleibe, ich muß dabei sein, wenn unsere Mänaden sich hinlegen, um den ersten jungen Mann des Reichs über sich hinwegstürmen zu lassen – der Länge nach, meine Herrn, von London bis Kalkutta.«

In der Küche schnarchte der Chauffeur Ingels. Der ziegelrote Kopf mit den Borstenhaaren lag auf der Stuhllehne. Es roch nach versengtem Leder, des Schotten Stiefel brieten im Kaminfeuer; die fest geschlossene Hand hielt den Hausschlüssel. Er öffnete das Tor, ohne recht zu erwachen.

»Schade«, sprach der Pfarrer, als wir uns vor der wasserspeienden Urne verabschiedeten, »jetzt hätten wir gehört, was es in der höchsten Gesellschaft der Riviera Neues gibt. Eigentlich muß ich von Amts wegen auf dem Laufenden bleiben.«

Bob schlug ihm vor, im Hotel den Orvieto des Schweden zu versuchen. »Der erzählt Ihnen, was es Neues gibt, mehr noch, als selbst meine Mutter weiß.«

Nein, meinte der Pfarrer, so hoch reichte Kaspar nicht hinauf. Er deutete mit dem Stock auf meine Brust. »Herr Baron, Sie sind ein Neuling an der himmlischen Küste, merken Sie sich, bitte, eins: die Königin von England ist eine achtbare Person, knixt nicht vor ihr, wer will, sie wohnt in den Sphären, aber Missis Perkins, Missis Perkins, diese babylonische Hure, gilt mehr.« Auf das Pflaster stampfte er mit dem Knüttel. »Und unsre Giulietta schimpfen sie eine Kreatur! Warum? Sie ist nicht groß, nicht sichtbar genug in ihrer Sünde.« Mit einem Blick auf das bestirnte Streifband, das zwischen den Häusern lief:

»Ich will sie sehn, beide, nebeneinander, am Jüngsten Tag. Ja, ich will sie sehn, Messieurs. Ich wünsche Ihnen eine gute Nacht.«

L'Amico und ich beschlossen, uns noch eine Stunde unter den Sternen umzutun. An den laut belebten Hotels vorbei schlugen wir die Straße nach Vence ein, der Stadt auf dem Hochland, das ich vom Hotelhof am Abend erblickt hatte, wie es, emporgerissen, unter dem feurigen Felsen des Baou erblaßt war. Bob erzählte mir von der Stadt. Ein Lieblingsaufenthalt für pensionierte englische Kolonialbeamte, Lungenkranke und Maler, lag sie eine Stunde von St. Paul entfernt, wir konnten sie von der Straße nicht sehn, ebensowenig wie den Baou, wohl aber zahlreiche weiße Villen am Rande der Hochebene. Bob sprach, und aus den Worten, die ich vernahm, machte ich im gleichen Atemzuge Märchen ... Zarte, junge Frauen, die auf der Terrasse der Villen lasen, erhoben sich vom Liegestuhl, beugten sich über das Geländer, griffen mit weißem Arm in das dunkle Laub des Orangenbaums. Die Frucht funkelte in ihrer Hand, sie bissen hinein wie in einen Apfel. Im Garten übte ein kleines Mädchen, den Rücken der Sonne zugewandt, mit Mandarinen das Ballspiel der Gaukler. Vor ihr stand ein weißgekleideter Mann, schmal, ein wenig gebückt, mit müde hängenden Armen, und schaute zu. Sein Schatten lag neben ihm wie ein Bündel Lumpen. Er war unheilbar krank. Aber er lächelte zufrieden ... Gegen Abend befiel sie alle dort droben ein leichtes Fieber. Die Rosen wuchsen in die Fenster. Nachts rief ein mondsüchtiges Meer die Erwachten zu Ufern, die zu fern waren; sie waren zu nah ... In der Stadt selbst gab es Volk, das hatte seine einfachen Gewohnheiten, von der Geburt bis zum Tod –

lachte über die Fremden, wenn sie komisch waren, und staunte die erhabenen an. Ein Bischof residierte in Vence. Man war nicht wenig stolz darauf, obwohl man bei den Wahlen für die Freimaurer stimmte. Starb der Bischof, so kamen viele andre Bischöfe zum Begräbnis, und man hätte glauben können, man sei in Rom. Blühende Frauen, man hatte sie soeben mit einem Arm voll Nelken über den Platz kommen sehn – Herren, die noch kürzlich um vier Uhr vor dem Café die Zeitung gelesen hatten, reisten in der Nacht plötzlich ab auf einem schwarzen Wagen. Manchmal lag ein Blumenkranz auf dem Sarg. Neben dem Kutscher saß ein Mann in Gehrock und umflortem Zylinder, er war betrunken und machte im Halbschlaf jeden Sprung des Wagens mit ... Die ansässigen Maler holten an der Kleinbahn schöne Pariserinnen ab. Sie kamen und gingen. Die meisten kamen nicht wieder. Die Kinder hatten Schwärmereien, die einen Frühling dauerten; dann versteckten sie sich in der Umgebung der Hotels, um die Geliebten ungesehn zu erblicken. Die Vergänglichkeit war kein Makel ... Wenn ich bald sterben sollte – so hier! Nicht in Breuschheim, wo mein Sterben zwischen lauter Gesunden so einsam gewesen wäre wie das eines Tieres im Wald.

»Bob, meinst du, daß ich lungenkrank bin?« Er blieb stehn, starrte mich an. »Bist du von Sinnen? Weil ich dir von Vence erzähle, wirst du plötzlich lungenkrank?«

»Ich habe abends immer ein wenig Fieber.«

»So? Ich auch, seitdem ich hier bin. Sogar der Schwede holt abends nach sechsstündiger Arbeit das Thermometer hervor. Ich glaube an eine Koketterie des Klimas. Hör' mal, mein Lieber, als ich von deiner Erkrankung erfuhr, habe ich natürlich einen Schrecken bekommen. Ich habe an deinen Vater geschrieben. Davon weißt du nichts. Aus dir hätte ich nichts Gescheites herausgebracht. Ich habe Arno Steinberg zu deinen Ärzten geschickt. Also, ich gebe dir mein Ehrenwort, alle haben mir versichert, daß von Tuberkulose nicht im entferntesten die Rede sein könne.«

Ich ergriff seine Hand:
»Sicher nicht?!«
»Claus, mein Ehrenwort.«

Tief aufatmend lächelte ich in sein Gesicht und hing an seinen Augen, die, mitten in dieser Nacht, wie ein klarer Waldmorgen waren, wenn plötzlich alle Vögel verstummen. Da zeigte mir mein Freund die Sterne.

Ich war in der Furcht vor der Nacht aufgewachsen: »La nuit n'a pas d'amis«, das einzige unheimliche Wort, das meine Mutter je zu mir gesprochen! Dafür wurde sie nicht müde, es zu wiederholen. Der Abbé Simon, der mich die kühnsten Allegorien der Alten und alle Sündengeschichten der Götter lehrte, unterschlug mir die Sternkarte. Nicht aus Liebedienerei für die Mutter, er fand es überflüssig und unehrerbietig, den Wert unsres Planeten durch abwegige Betrachtungen eines unerforschlichen Kosmos herabzusetzen. »Fangen wir erst an, uns mit Sonnensystemen zu beschäftigen«, pflegte er zu sagen, »so verlieren wir bald die Lust an unserm irdischen Familienleben. Mir wenigstens ginge es bestimmt so.« Nun, und mich nahm das irdische Familienleben vollauf in Anspruch, so daß ich mich jetzt, wo Bob den Arm hob, gewissermaßen zur Besteigung himmlischer Urgebirge bereitmachte.

Als erster war es der Sirius, der mit Namen vor mir aufstieg in seinem Stolz, dann die schmelzend süße Kapella, es folgten Castor und Pollux – »unser Bild, Claus, vergiß es nicht!«, und ich küßte rasch die Hand des Freundes auf meiner Schulter – der herrschende Orion, von dem ich den Jakobsstab kannte, aber Bob zeigte mir sein Herz: die morgenrötliche Riesensonne Beteigeuze. Unter dem Sirius wogte Argo, ein Berg, der in die Himmelstiefe segelte. Wir machten einen Sprung ... Und siehe da, aus der angeblich durch den Weltenraum sausenden Gletscherlandschaft wurde eine strahlende Mythologie, eine Musik, die Menschen sich zu unbegreiflich großen Erscheinungen für ihre kleinen Ohren gesetzt hatten. Ich erkannte sie wieder, meine Brüder! Was da oben hing, erwies sich als eine handliche Registratur, die einige hundert Mathematiker beim Anblick des Unendlichen angelegt hatten, und die sie weiterhin fleißig klarhielten, als Titel von Gedichten, als eine Anzahl figürlicher Kompositionen von Malern, und die Physiker trugen durch Messungen und Entnahme von Gasproben und andern Ingredienzien durch das Fernrohr das ihre dazu bei, daß die Sterne sich bei uns zu Hause fühlten.

Da war also der »Wagen«, ja, den kannte ich auch. Daß aber auf seiner Deichsel ein Reiterlein saß, Alkor mit Namen, dies hörte und sah ich zum erstenmal. Und dem Wagen voraus ritt Arktur, der prächtige Pikör, auf seinem gelbrötlichen Frack zitterte der Wind. Manchmal wandte er den Kopf nach rechts, manchmal nach links, dort ritten die Amazonen Spica und Denebola – vergeblich mühte er sich, sie einzuholen. Welch eine Heerstraße zog diese Mail-coach! Die Fahrt schien nach links zu gehn, doch die »Jagdhunde« hielten sich rechts. Nun mußte ich von dien Hinterrädern des Wagens eine gerade Linie in die Höhe ziehn, so erreichte ich durch das lange, gewundene Bild des Drachens den Polarstern. Schön war er, doch bald nur mehr der Ausblick auf die herrliche Kassiopeia. Da hatte ich den Gipfel des Himmels erreicht!

Sie habe die Form eines W, behauptete Bob, doch mir hing sie deutlich als ein M in der Höhe, alle andern Sterne überragend, alle überstrahlend – »Maria!« jubelte ich heimlich, »Maria! Maria!« Nur flüchtig blickte ich noch hin, wo Andromeda Sternenhaufen vor Perseus ausschüttete, all ihr Geschmeide, mit vollen Händen geworfen, und hinter ihm auf die wimmelnde: Schar der Plejaden, die Frauen des Großtürken Aldebaran. Ich kehrte schnell zum Sternbild Marias zurück. Und Bob mußte mir recht geben. Die Kassiopeia bildete kein W, sondern, unbestreitbar, ein M – und was für ein M! Ausladend wie ein Gebirge, breit wie das doppelte Delta eines Stromes, schwebend wie der Flug eines Volkes himmlischer Wandervögel, ein solches M.

»Sie kommt sicher«, sagte ich plötzlich. »Sie muß kommen, meine Sehnsucht ist zu groß – oh, sie ist sicher schon unterwegs.«

»Von wem sprichst du?« fragte Bob, erstaunt über meinen plötzlichen Ausbruch.

»Von Maria«, erwiderte ich stolz.

Er antwortete nicht. Schweigend schritten wir nebeneinander her. Dann bogen wir von der Straße ab, erkletterten durch Gestrüpp eine kahle Anhöhe. Bob sagte: »Vor zwei Jahren war dies hier ein Pinienwald, der schönste, den ich je gesehn ... Sieh, ein Muster haben sie übriggelassen.«

Auf dem Gipfel des Hügels breitete eine uralte Pinie ihre Arme, darunter war es dunkel wie in einem Dom, wir umgingen sie scheu. Bald trafen wir auf ein mondhelles Wässerlein, das, mit hellen Steinen eingefaßt, eilig bergab lief, dem folgten wir.

»Nicht wahr, Claus?, man sieht, die Steine haben Frauen aneinandergesetzt. Das Tälchen gehört zum Klostergut.« In der Tat, man sah es. Eine solche Arbeit konnten nur Klosterfrauen verrichtet haben. Männer wären mit dem Wässerlein härter umgegangen, Kinder unaufmerksamer, andre Frauen hätten sich so oft darin gespiegelt, sich soviel umgeschaut, bis ein vorüberziehender Ritter sich erbarmt und sie auf sein Roß gehoben hätte.

»Claus, sie kommt bestimmt«, sagte mit eins L'Amico. »Ich freue mich für euch beide und auch für mich.«

Das Wässerlein sprang in einen umzäunten Garten, ein großes Haus tauchte auf, wir gelangten auf eine breite, vernachlässigte Straße, und da drängte sich St. Paul mit glänzenden Dächern um seinen Kirchturm. Er glich einem Festungsturm. Und auch die Wehrhaftigkeit der Häuser kam jetzt, in der Nacht, noch stärker zum Ausdruck, als bei Tag, wo die atmenden Hänge immer ein wenig des Gemäuers zu spotten schienen. Ja, diese Stadt war angelegt, um das weite, schluchtenreiche, von Bauern und Fischern bewohnte Land zusammen und in einer Faust zu halten. Zwischen den hellen Lichtern der Häuserfront brannte ein einziges rotes. »Lady Berricks Schlafzimmer«, sagte Bob.

Er versicherte, man gewahre das rote Licht aus weiter Entfernung. Und die Fremden, die nachts vorbeikamen, und selbst viele Ansässige glaubten, es sei die Liebesfackel Madams, obwohl deren Haus nach der andern Seite, neben der Kirche lag. War das nicht zum Lachen? So diente die Lady ahnungslos dazu, dem romantischen Ruf ihrer Feindin eine Leuchte aufzusetzen, wie sie nicht tiefer in die Einbildungskraft des Philisters hinein brennen konnte!

Kurz vor dem Hotel begegnete uns eine mit einer Kapuze bedeckte Frau, die englische Brocken unverständlich vor sich hinmurrte – die Hornbrille.

»Passa presto«, rief Bob ihr nach, und wahrscheinlich erkannte sie seine Stimme, denn sie gab zurück:

»Passo piano – io! Non mi ruba alcuno.« Sie sang es fast, es klang tragisch wie das abgerissene Stück einer Arie. Wohin eilte sie in der Nacht? Sie wohnte im Kloster, in dessen Garten der fraulich eingefaßte Bach geschlüpft war, und das jetzt Schwestern gehörte, die sich mit Geschick der Fremdenindustrie angeschlossen hatten. Früher war das Kloster von Mönchen bewohnt gewesen, offenbar robusten Gesellen, hieß es doch im Lande, daß sie Mädchen und junge Frauen von der Straße weg raubten, weshalb das Kloster bis auf den heutigen Tag den Namen »Passa presto« führte, zu deutsch: »Lauf schnell vorbei!« Sie barmte mich. Einsame, verlassene Hornbrille, sprach ich, die man nicht einmal in der Nacht nach Hause begleitete! Warum auch, die Mönche von Passa presto waren schon lange tot, und arme Mädchen brauchte man hier nicht zu überfallen – sie gar zu rauben, dazu hätte man den ärmsten Orangenhändler nicht einmal mit Stockschlägen gebracht. Lustiger Vogelbauer mit einer Spottdrossel auf dieser, einem Kanarienvogel, dem aber der Schnabel zugebunden, auf der andern Seite! Trauerhaus, worin einzig und allein ein Paternosteraufzug umging, ein Mühlrad der Bosheit – wieviel lieber mahlte es wohl das weiße Mehl der Freude! Sie hatte einen Lord zum Bruder und eine reiche schottische Edeldame zur Schwägerin, schöne Kinder, ihre Nichten, tanzten in ein sorgloses Leben, die manikürten Füße schauten aus seidenen Pyjamas, und zwischen Meisterwerken der Malerei zeigte die Vorkämpferin der Frauen Hundert-Pfund-Toiletten. Die arme Vogelhändlerin aber hauste in einem Klosterzimmer, und wochenlang fragte niemand nach ihr. Man wußte, am ersten Tag des Monats stellte sie sich von selbst ein, um ihr Taschengeld in Empfang zu nehmen ... Wenig fehlte, und ich hätte mich in sie verliebt! Schon malte ich mir aus, was für ein Gesicht sie machen würde, wenn ich sie in meine reiche, fröhliche Heimat, in das Breuschheimer Schloß mit den großen hellen Zimmern heimführte ... Hei, wie würde der Kanarienvogel schmettern, die Spottdrossel verlegen, ergeben tun!

Der Anblick des Speisesaals, in den wir traten, unterbrach meine Betrachtungen. Die Tische waren zur Seite geräumt, im üppigen Renaissancekamin brannte ein Scheiterfeuer, provenzalische Kronleuchter an der Decke trugen in gerundeten Armen das Licht. Ein dutzend Paare drehte sich zum Spiel eines arg mißhandelten, aber immer noch angenehm klingenden Klaviers.

Am Kamin saßen zwei Herren, der eine, in dem ich meinen Trambahngefährten erkannte, hatte die Beine ausgestreckt und seine Aufmerksamkeit auf das lichterlohe Feuer gesammelt, der andre blickte überlegen auf das Treiben im Saal, wobei er ein Monokel vor seiner Kravattennadel pendeln ließ. Diese Bewegung schuf ein eigenartiges Feuerwerk, denn das Kaminfeuer setzte die dicke Perle der Nadel in Brand, das vorbeischlagende Glas aber verstreute die Farben.

Der Feuerwerker selbst war einem alten Modejournal entstiegen, um sich, verwittert und verknittert wie er war, an diesem Kamin niederzulassen und von dorther das junge Geschlecht zu mustern. Sein Eindruck schien nicht ungünstig. Er lächelte in seinen fahlblonden, gesträubten Schnurrbart, neigte wohlgefällig den Kopf, so daß der Feuerschein auf die Glatze übersprang, wo er sich mit dem einer gerupften Hahnenfeder vergleichbaren Scheitel zu schaffen machte. Der richtige »vieux beau«, wie die Franzosen solche überalterten Jünglinge nennen. Seine Blicke folgten einer jungen Frau, deren glattgekämmtes Haar das Oval ihres Gesichtes noch betonte, wie ihr kurzes Mieder die starken, hohen Beine, die schwellenden Schultern hervorhob. Während ihr Tänzer auf sie einredete, hing ihr Blick starr an der feurig atmenden Perle, die der Zauberer am Kaminfeuer mit seinem Monokel künstlich am Leben erhielt. Ihr Tänzer, ein Franzose, vielleicht von einem Amerikaner in Korsika gezeugt, hager, mit einem knochigen, kranken Gesicht, hielt sie, zog sie, als wollte er in die säulenartige Gestalt unauffällig eingehn, während sie, erhärtend, sich ihm entzog. Mit der schmalen, schwarzäugigen Frau des Wirtes kam der Schwede angetanzt, er führte uns zum Kamin.

Der Engländer, Hände in den Hosentaschen, das Gesicht von der Hitze verblödet, rührte sich nicht. Der Beau machte mit übertriebener Höflichkeit Platz, wobei er sich bemühte, seinen Vexierspiegel in Gang zu halten. »Hallo! entschuldigte sich Kaspar, hob den Engländer mitsamt seinem Stuhl fürsorglich wie einen Schlafenden und setzte ihn ebenso an der Ecke des Kamins ab. »Ich höflich – wie?« fragte er lachend den Mann. Der schnurrte, ohne seine Haltung zu ändern: »Damned Madam!«, worauf Kaspar sich zu meinem Ohr beugte: »Die zwei hier überzählig«, sagte er. »Madam nicht daheim, weißer Ball Nizza. Ich alten Geck mit Macht aus ihrem Haus fortschaffen hierher, jetzt er Hirschkuh belauern. Rien ne va plus, alter Esel, Hirschkuh mein.« Er ging und kam gleich mit einer Flasche Gin und einem Wasserglas zurück, die er neben die Füße des Engländers stellte. »Hier, Gentleman, für Trost.« Schnell bückte sich der Mann und sicherte Flasche und Glas. »Ice!« herrschte er in den Saal. »Ice!« brüllte er, »ice!« Der Klavierspieler hörte auf zu spielen, die Paare blieben stehn, wo der Schrei sie getroffen hatte, dem Beau riß die Schnur des Monokels, das langsam bis vor die Füße der Schönen rollte. Den Spitzhut in der Hand, eilte der Wirt herbei. »Ice«, wiederholte der Mann, auf die Flasche mit Gin deutend.

Nachdem alle im Saal Bescheid wußten, dem Engländer am Kamin sei es um die Erlangung eines Eiskübels zu tun, hoben Klavierspiel und Tanz von neuem an, nur der vermutlich von einem Amerikaner in Korsika gezeugte Franzose zögerte errötend ... Seine Tänzerin hatte sich gebückt und das Einglas in den Ausschnitt des Kleides geschoben.

Dem Schweden war es nicht entgangen. »Immer Sparbüchsen«, meinte er, an Bob gewandt. »Ich es ihr heute Nacht in den – stecken.«

Da verbeugte sich der Beau:

»Mein Herr«, fragte er mit äußerster Höflichkeit, »hätten Sie wohl die große Güte, mir den Namen jener blonden Dame –«

»Hirschkuh«, sagte Kaspar.

Das Ohr des Beau näherte sich Kaspars Mund:

»Wie bitte?«

Eine Weile betrachtete Kaspar aufmerksam das Ohr, bevor er, die Hände zum Trichter formend, hineinflüsterte: »Hirschkuh, mein König Midas, Hirschkuh. Auch Agathe genannt, wenn genau wissen wollen.«

Wir gingen spät zu Bett. Nachdem Kaspar die beiden überzähligen Besucher Madams, alle, auch die Franzosen sprachen das Wort englisch aus, mit allerhand Spaßen vom Kamin vertrieben und sich statt ihrer sein Modell, die Hirschkuh, zu uns gesetzt hatte, brachte Bob ihn unschwer auf das Geschäft eines Fremdenführers durch St. Paul. Erst aber wollte der Maler von uns erfahren, wie er sein heutiges Bild benennen sollte: »Die Gralsburg im Abendschein« oder »St. Paul rüstet sich auf die Nacht«. Seine Freundin erklärte vorlaut, das erste zu bevorzugen, worauf er sich, ohne unsern Rat abzuwarten, für das zweite entschloß. Sodann riet er ihr, sowohl den Beau wie auch den Americo-Korsen von der Schwelle ihrer Träume zu verweisen: »Agathe, aufpassen! Alter Franzose abgestanden Käse – puh! Schlechter Schneider, nicht viel Geld. Junger Franzose leere Wursthülle – pah! Gar kein Schneider, gar kein Geld.«

»Sie, Baron, wissen, ich großer Maler?« fragte er noch, und als ich bejaht hatte, war sein Ruhm, seine Ehre, sein Reichtum, alles, was einem Künstler unter den Menschen Glanz verleiht, abgetan. In Demut bekannte er sich zum Handlanger und Packdiener Giuliettas. Selten hatte er mit ihr am gleichen Tisch gesessen, im Vorzimmer nahm er die Gäste in Empfang, denen er in ihrem Auftrage St. Paul zeigen, die er in den Privathäusern und Hotels einquartieren, denen er helfen mußte, ihren Frauen Körbe mit Orangen und Blumen zu schicken. Nie kaufte einer von ihnen ihm ein Bild ab. Was waren auch diese Bilder im Vergleich mit der in Farbe und Zeichnung vollkommenen Giulietta?! Viel zu teuer, sonst nichts. Ein Luxus für Leute, die Giulietta nicht kannten. Er aber kannte sie, darum: sooft er ein Bild verkaufte, schenkte er ihr ein andres. Agathe starrte traurig in den Kamin, und so, im Feuerschein, erinnerte sie an die alten Madonnen, die auf Goldgrund gemalt sind und dünnhäutige, rote Gesichter haben. Kaspar zog die Uhr. »Vorwärts, Hirschkuh, wechseln in Bett!«

Wortlos, mit einem Lächeln, das über uns hinstrich, schwand Agathe aus dem Halbkreis um den Kamin.

Dem Schweden wuchs die Erde ins Große.

Madam war eine um ihre Krone betrogene Christine von Schweden, eine verhinderte Kleopatra, die große Katharina der himmlischen Küste, eine Lady Hamilton der Provence, nicht weniger bedeutend als sie, aber so schön wie sie alle zusammen. Mit einem Regenschirm und einer Handtasche war sie nach St. Paul gekommen, und jetzt besaß sie »Goldminen« in fünf europäischen Ländern, in Amerika aber stand sie an der Spitze eines Trusts, nicht in Nordamerika, sondern in Argentinien. Dabei lebte sie einfach, viel einfacher, als etwa Lady Berrick, so einfach wie hier Madame Roux. Und Madame Roux, die zwischen uns Platz genommen hatte, bestätigte dies.

Inzwischen führte Monsieur Roux seine Flaschen gleich vornehmen Damen an die Tische, wo die Gäste nach dem Tanz versammelt blieben. Kaspar trank einen weißen Orvieto, »un petit vin«, sagte Madame Roux, »que la maison réserve pour le maître«, aus einer Zehnliterflasche. Die Damen und ich hielten mit. L'Amico hatte die Erlaubnis erhalten, in einer Zeitschrift für Maschinenbau zu lesen, zuweilen roch er an meinem Glas. Zuweilen trat der Wirt herzu und leerte »mit gütiger Erlaubnis« das Glas seiner Frau. Als die Flasche wiederum zur Neige ging, begann das Bild Madams aus dem Reich der Geschichte in das der nordischen Sage zu treten. Schön und gefährlich lagerte sie als Norne an den Wurzeln der Welteiche, sie wußte die Vergangenheit und weissagte die Zukunft, sie war imstande, von den Augen des Marquis Capponi die katastrophalsten Ereignisse seines Lebens abzulesen, oder sie hörte sie aus seiner Stimme heraus. Nein, sie schlug nicht die Karten, so dummes Zeug trieb sie nicht – sie hörte, sie sah.

»Und Orangen?« unterbrach ihn Bob. »Wo kauft man Orangen? Mein Freund möchte Orangen nach Hause schicken.«

Ich erfuhr es auf der Stelle. Die saftigsten Orangen, Blutorangen, pflückte man sich selbst im Garten der Mère Barat, und man bezahlte, was man wollte, einen Franken für einen Korb voll. Die zartesten Artischocken wuchsen bei La Colle, auf Spargelzucht verstand sich nur der Hauptlehrer von Vence. Die schönsten Rosen, edle Sorten, auch die neuesten, nicht der Massenartikel für die Parfumfabriken von Grasse, gediehn bei Captain Neil Johnson. Es schmerzte Kaspar, zugeben zu müssen, es verdrehte ihm das Gedärm, jedoch der Teufel in Person hätte es nicht leugnen können: die fabelhaftesten Nelken erstanden in den Glashäusern der Missis Perkins. Jedes Jahr kamen dort neue Wunderkinder zur Welt, Geschöpfe von skandalöser Schönheit, Ungeheuer an Pracht, vor denen die Orchideen sich verkrochen. Oh, so hoch wie jene Missis sollte auch Giulietta steigen. Noch höher! Kaspar wollte nicht ruhen, als bis auch diese einen Palast am Meer bewohnte, an der Seite eines geschmeichelten amerikanischen Milliardärs, der nicht viel anders Figur machte, als ein Kassenschrank in einem sehr großen, mit Blumen überladenem Zimmer. Bereits war allerhand Vorarbeit getan, um für Giulietta den letzten, steilen Teil des Weges freizulegen. Ja, das war bereits getan. Der Präfekt, führende Mitglieder der englischen Kolonie, der große Hotelier, der hier an der himmlischen Küste auserwählte und verwarf, Dichter, Maler und Journalisten stritten offen, noch viel mehr aber geheim für ihre Königin Giulietta. Der Hauptschlag sollte in kurzem geführt werden, bei der Eröffnung von Kaspars Ausstellung in Nizza.

Je näher der Maler auf die Einzelheiten der gesponnenen Intrigue einging, um so nüchterner wurde er. Alle hingen mit leidenschaftlicher Aufmerksamkeit an seinen Lippen: »Es geht um die Ehre St. Pauls«, rief der Wirt und schob den Kalabreser in den Nacken. Seine Frau nickte fromm – sie hatte glühende Augen. Mit Giulietta, betonte der Maler, würde endlich einmal nicht einfach die Unzucht siegen, sondern das erdhafte Genie der Frau.

Nun äußerte ich auch mein Erstaunen, daß Madam, von der ich bei unserer Begegnung in Cagnes nicht das geringste gewußt, mir gleich so bekannt vorgekommen sei, ja, daß ich in meinem Kinderland nach ihr gesucht hätte ... Der Maler packte triumphierend meinen Arm: »Sie sehn, Baron, Sie sehn! Das vielen so gehn. Sie sein Weib unserer frühesten Begierde, ohne Gesicht fast, nur Glanz – Mutter, von der unmerklich später Geliebte sich ablösen. Ich auch sie als Knabe kennen, alle sie kennen, nicht wissen, woher. Weib, Alleswisserin, mystisch, bitter, erdhaft, Himmelfahrt.« So schwärmte er noch lange weiter.

Als er beim Aufbruch schwankte, ergriff er voll Entrüstung den Sektkübel des Engländers und stülpte ihn sich über den Kopf. Prustend und lachend trocknete er sich ab, dann schritt er leichtfüßig vor uns die Treppe hinauf.

In meinem Zimmer ging ich auf und ab. Ich wollte an Doris schreiben, die Ferne ... An Doris, die um mich verweilte wie ein besorgter Wald ... Doris, die Undurchdringliche in ihrer Liebe, die Ruhende, die Stumme ... Nur sie liebte ich! Leben und Tod war in ihr, ich erkannte keine Grenze. Als ein Glied fühlte ich mich in einer langen Kette. Die Eimer, aus denen man den Lebensbaum begießt, gingen von Hand zu Hand, in der Schwebe hing er zwischen ihr und mir, und wir hielten ihn – wie zuversichtlich, wie vertrauenerweckend war ihre Hand! Unsere Liebe war Arbeit an unsrer Einsamkeit wie an der Welt, der wir verpflichtet waren, Treue um des Ewigen willen, werktätige Geduld ...

Und so oft ich die Arme öffnete, um Doris entgegenzueilen, trat, mit einem luftigen Schritt, Maria dazwischen und wollte spielen.

Mistral

Wir lagerten auf dem Südhang hinter dem Kirchhof, in »Afrika«, wie der Ort von Bob benannt war. Hier nahmen wir unsre Sonnenbäder, und zwar, streng gegen ärztliche Vorschrift, gleich nach Tisch.

Sooft wir die Augen aufschlugen, gewahrten wir, allerdings hoch über uns, ein bedenkliches Schauspiel. Die Sonne feuerte steil auf die Zypressen herab, die sonst so deutlichen Wappen- und Totenbäume St. Pauls, die jetzt, eine dumpfe Masse, in der Blitzluft schwankten gleich einem Ungeheuern, mit buntgeflammten Banderillas gespickten Stier. Sonst sahen wir sie meilenweit ragen: sprühend, zuckend, mit einem Dunstkreis um sich, dunkles Feuer, höchster Glanz des Olivenlandes – zuvorderst der Stadt, die ein Bergschloß war, als mittägliche Fahne gehißt. Jetzt aber empfingen wir, nackt in der Sonne zwischen der Kirchhofsmauer und dem schütteren Kiefernwald, der dicht an unsern Sohlen in die Tiefe sank, mit den geblendeten Augen die Stöße ihres Kampfes mit dem Gestirn, und wir rochen ihren Schweiß.

»Bob«, lallte ich, »paß auf, daß du nebenhinaus in den Schlaf einlenkst! Sonst setzt dir der Tauro da oben die Hufe auf die Brust.«

Der Freund antwortete nicht, er schlief, und sein Atem zog mich dahin, schon trieb ich in rotgelber Entzückung ... Ein Vogel sang! Und bald nahm mich eine heimatliche Waldlichtung auf, deren Frische meine Haut überzog, ein schräger Strahl der Abendsonne wies mir, vor einem Felsen, zwischen spitzen Gräsern eine Quelle und ihr feuchtes Goldauge.

Lord Berricks Dackel, der mir über die Beine kroch, weckte mich, gleichzeitig fuhr Bob mit einem Angstschrei in die Höhe, denn der Hund rutschte, in Verfolgung seines Weges, nunmehr über die andern Beine, die den Paß sperrten: »Madonna! Ich dachte schon: eine Schlange.«

Als ich eingeschlafen war, hatte der Dackel neben mir gelegen. Jetzt hielt der Wipfel einer Kiefer einen durchbrochenen Fächer zwischen mich und die Sonne, und der Alte hatte es in dem hauchdünnen Schatten nicht mehr heiß genug gehabt. An seinem neuen Ziele angelangt, streckte er sich gähnend aus.

»Sauvieh«, brummte Bob. »Wie kann man sich mit krummbeinigen Hunden abgeben! Vermutlich, weil der Herr ein scheeles Auge hat.« Und da hatte ich von Bob das erste böse Wort über einen Freund vernommen! »Der letzte Satz«, rief ich aufgeregt, »war von deiner Mutter, nicht von dir.«

»Ich hasse die Schlangen!« antwortete er ebenso heftig.

Ich stützte mich auf, um seinen Blick zu suchen, da schloß er langsam die Augen. Ich wußte, jetzt bat er den Lord heimlich um Entschuldigung, und nun war es an mir, mich meiner Heftigkeit zu schämen ...

Um meinen Vorwurf in Vergessenheit zu bringen, sagte ich nach einer Weile:

»Wenn Adam wie du gewesen wäre, langweilte er sich heute noch im Paradies.«

Er schlug die Augen auf, wie eine schwere Blume hing das Lächeln an seinem Mund ...

»Du irrst, mein Lieber. Keinesfalls hätte ich des kupplerischen Zuspruchs einer Schlange bedurft, um auf Evas Körperformen aufmerksam zu werden.«

Da löste sich von den Gedanken, die mich in Rufweite umgaben, unversehens ein Schnelläufer, und den Kopf von dem heraneilenden zu Bob wendend, fragte ich:

»Bob, was machst du eigentlich in St. Paul?«

»Ja, lieber Junge, wie soll ich sagen? ... Ich schäme mich ...«

»Weil du nicht mehr trinkst?«

»Spotte nicht, Claus ... Ich trinke nicht mehr, weil – ja also, weil ich meinen schottischen Herrensitz Whisky übermütigerweise in Brand gesetzt habe, ... mit zwei Revolverschüssen, die ich meine Frau abgeben ließ. Ja, aber, du darfst nicht meinen ... Es hat wirklich geknallt! Zwei junge Leute aus der besten Mailänder Gesellschaft kränkeln heute noch daran. Der eine spaziert sogar täglich mit der Kugel als Acrochecœur zwischen den Rippen in der Galerie, vom Domplatz zur Piazza und wieder zurück.«

»Camilla hat geschossen?«

Ich setzte mich vollends auf, um sein Gesicht besser unter den Augen zu haben.

»Gott sei Dank schlecht«, sagte er, »aber, immerhin: geschossen hat sie, zweimal. Mitten in der Nacht. Und wie gesagt, zweimal getroffen ... In die Vorderseite. Ich hätte das vom jungen italienischen Adel gar nicht erwartet, daß er sich von vorn treffen ließe. Du? Allerdings, Camilla hat eine fixe Hand. Warum geschossen, fragst du? Lieber Junge, wie soll ich dir das erklären, ohne ... Natürlich war ich betrunken. Also in der Trunkenheit führte ich meine Freunde, mit denen ich im Garten zechte, in Camillas Schlafzimmer. Ich wollte ihnen meine schöne Frau zeigen – verstehst du? Also, da schoß sie, und was das Merkwürdigste ist, nicht einmal auf mich, sondern auf die andern ... Seitdem hüte ich mich vor jedem Tropfen Alkohol.«

An der braunen Hüfte des Freundes blühte ein gelber Krokus, dessen Same der Wind hierher getragen haben mochte, ferner entdeckte ich in dem Gärtchen zwischen unsern beiden Leibern zwei wilde Spargeln, eine Anemone, zwei Levkoien. Ich versuchte, mir den schönen jungen Mann mit den schattenwerfenden Lidern unter der Sonne in jener nächtlichen Szene voll Wüstheit, feurigen Lärms und angstvollen Dunkels vorzustellen, als er sich mit einem Ruck aufrichtete:

»Also, Claus, wir wollen uns anziehn ... Es geniert mich, daß wir nackt sind, wenn ich an jene Geschichte denke. Komisch, nicht?«

Während wir uns noch ankleideten, griff aus heiterm Himmel ein Windstoß die Zypressen und wirbelte sie herum, ein zweiter brach in die Kiefern, der Wald gab einen stöhnenden Laut von sich, der hinter einem Wimmern her in Abstufungen weiterlief ... Dann hörten wir die Läden im Städtchen gegen die Mauern krachen und in allen Tonlagen Scheiben klirren. Das Waldwimmern hatte sich in die Glocke auf der Schule verkrochen.

Von der Höhe erblickten wir das veränderte Land. Bei überklarem Himmel und Horizont hockte eine stumpfe Helligkeit auf der Erde, mit

Streifen und Flecken gelben Lichtes behangen, die der Wind hierhin und dorthin trug. Zuweilen wehte solch ein Fetzen auf das hellgraue, starre Meer hinaus.

Es erwies sich als unmöglich, zu sprechen, der Wind drückte uns den Atem in den Leib. Unter dem Tor aber packte uns der Luftzug, wir schossen durch die Gassen, zugleich mit allen Katzen der Stadt, und von den Dächern erklang eine tolle Musik: Oboe, Triangel, Cello und Holztrommel. Frauen, Männer und Kinder eilten, dicht an den Wänden entlang, in die Häuser und mit Geschrei durch die Zimmer, wie alarmierte Schiffsmannschaften. Als wir die Kirchgasse schnitten, hörten wir die große Glocke summen. Der Mistral blies.

Da wurden wir angehalten. Aus einem Haustor fuhr ein grobleinener Sonnenschirm und versperrte uns den Weg. Es war der Schwede, der uns zurief:

»Hier unterstehn, Ziegel fallen.« Wir traten zu ihm in den Flur. »Staffelei, Farben, Stuhl, alles fort, am Schirm festhalten, fünfzig Meter fliegen, bis Hohlweg. Nicht wehtun. Sanft Fallschirm. Durst.« – »Im Hotel gibt es zu trinken, Meister. Vorwärts!« sagte Bob.

»Vorwärts, Meister, im Hotel wird getanzt«, sagte ich.

Wir nahmen ihn unter den Arm, um ihn ins Freie zu ziehn, aber, unsern Ermutigungen zum Trotz, wehrte er sich hartnäckig.

»Furchtbar aufregend draußen«, knurrte er. »Ganz wild auf Weib.«

Bob erinnerte an die Hirschkuh, aber er schüttelte verzweifelt den Kopf.

»Hier trinken ... Hier wild!«

»Also dann«, meinte Bob und wies auf die Innentür. »Hinauf Meister, hinauf zu Madam.« Wir standen, erfuhr ich auf diese Weise, im Hausflur Madams.

»Richtig«, nickte der Maler. »Aber nicht solo. Solo Verfolgungsangst.«

Bob zog die Uhr und fand, es sei ein bißchen früh für den Tee, was Kaspar mit den Worten zurückwies:

»Nie zu früh für kühne Männer.« Alsdann schritten wir, den Maler zwischen uns, lachend und abenteuerselig die breite Treppe hinauf, Kaspar läutete, ein Page öffnete.

»Wollen Sie uns, bitte, Madame melden!« sprach der Marquis Capponi. »Was treibst du da, Knirps?« setzte er unwillig dazu.

Der Knirps beschrieb grinsend mit dem Finger einen Kreis auf der Stirn. Als einzige Antwort auf Bobs Frage aber öffnete er schnell die Flügeltür.

»Ein Herr Marquis«, schrie er, »ein Herr Baron und der Maler aus Schweden.«

Madam flog uns mit ausgebreiteten Armen entgegen, ein wehendes Leuchten fiel von den Haaren, ihr Gang war rauschend und duftete nach Jasmin, und als sie vor uns stand, erkannte ich das brokatne Ballkleid, worin ich sie in Cagnes gesehn hatte. Sie faltete die Hände.

»Seien Sie gesegnet, meine Herren, daß Sie gekommen sind, einer armen, einsamen Frau beizustehn«, flüsterte sie. »Beachten Sie, ich habe mein schönstes Kleid angezogen, um zu sterben.« Sie glitt um die Schleppe des Kleides, eilte an das Balkonfenster, drohte mit der rundlichen Faust hinaus.

»Du Ungeheuer«, – rief sie leise, »du brüchiges! Erschlägst du mich oder nicht?«

Kaspar war ihr nachgeeilt und spähte, an ihre bloße Schulter gelehnt, ohne es zu bemerken, ängstlich aus dem Fenster.

»Sie wissen, meine Herren«, fuhr Madam mit leiser Stimme fort, »je älter sie sind, um so unberechenbarer.«

Kaspar drehte sich um.

»Sie meint den Kirchturm«, sagte er. Er bot Madam den Arm und führte sie zur Bergère. »Schrecklich, schrecklich«, seufzte sie, während sie sich, eine weiße Leda, in die blauen Kissen duckte. »Das ist mein Mörder, glauben Sie mir, meine Herren, der bringt mich eines Tages um … oder eines Nachts … Sie, Herr Schwede, Sie können doch singen! Kennen Sie das Champagner-Couplet aus ›Don Juan‹? Tatata-tata-titata? Man kann die Matschitsch darauf tanzen. Wohlan! Sie werden es singen.«

Leichthin zurückgelehnt, ruhte sie in den blauen Kissen. Ich staunte wieder über den glücklichen Fluß dieser Gestalt, die, in dem runden Kopf ansetzend, ohne Stockung, ohne Kanten und Ecken den schmalen, kurzen Hals entlang auf die fast geraden Schultern abfiel, von dort über das Wehr der gerundeten Achseln in die Brust trat, dann, sich verengend, in die weichen Hüften, den leicht gewölbten Bauch strömte, um erst wieder in den kleinen Füßen aufzutauchen, die gekreuzt unter der Robe hervorsahn. Das Haar lag wie ein ausgebranntes Feuer, tatsächlich wie Asche, flockig und doch zäh um Schläfen und Stirn, es schien voller

Leben, ja, unruhig im Gegensatz zu den hütenden, brütenden Augen, die, sie mochten berühren, wen und was sie wollten, niemals ihren Ausdruck änderten.

Kaspar war ans Fenster geeilt, um sich zu sammeln, und als der Wein eingeschenkt war, nahm er das Glas aus Madams Hand entgegen und trat zum Flügel. Ich schickte mich an, ihn zu begleiten, indes Bob lässig an der Bergère lehnte und Madam einen Frühlingswind über den klaren Scheitel ihres kribbeligen Haares blies. Seht nur, dachte ich, er ist immer noch ein Gott, obwohl er jetzt ohne Wolke herumgeht. Ich würde mich nicht wundern, wenn er sich plötzlich in einen schwarzen Schwan verwandelte, mit einem roten Schnabel ... Und der Arme hat ein Verbrechen begangen! Aber machten sich nicht auch Götter schuldig?

»Jetzt!« rief Madams verhaltene Stimme.

Wir begannen – ich zögernd, mit Intervallen wie Liebkosungen, Kaspar ausbrechend, er stampfte aus Protest mit dem Fuß, als wäre das »Jetzt!« Madams das Kommando gewesen, die Kette zu sprengen und loszurasen. Er sang schwedisch, es klang für meine Ohren barbarisch, bums, waren wir fertig. Madam streckte die Beine:

»Herrlich«, schnaubte sie. »Meine Herren!«

Sie reichte Kaspar die schmelzende Hand zum Kuß. Während er sich darüber beugte, fuhr Bob ihr mit leichtem Mund über den Scheitel, sie zuckte schnurrend zusammen, und Kaspar, überrascht und beglückt, hob ein wenig den Kopf, doch sank er, ohne den Zusammenhang erfaßt zu haben, gleich wieder vornüber und drang, ein Korsar, mit den Lippen bis zu ihrem Handgelenk vor. Mit sanfter Bewegung schüttelte Madam ihn ab.

»Beefsteaks«, sprach sie, und schon rauschte sie jasminduftend aus dem Saal. Der Schwede, der sich mit finstrer Energie gefaßt hatte, erklärte: »Beefsteaks! Köchin Perle. Aber Beefsteaks, nein! Nur Madam!«

Die Türflügel öffneten sich, und unter Vorantritt Lancelots, den hübschen Namen hatte der Page von Madam erhalten, trugen zwei weißgekleidete Mädchen einen gedeckten Tisch herein. Ohne uns eines Blickes zu würdigen, rückten sie Bestecke und Gläser, verteilten sie Blumen über das Tischtuch, stellten sie Stühle zurecht, während Lancelot, der das Tun der Mädchen überwachte, die Champagnerflasche im Eiskübel rollte. Dann äußerte Lancelot halblaut: »Bien!«, und die Mädchen stellten sich im Hintergrund des Zimmers zu beiden Seiten der Anrichte auf, Lancelot aber entschritt durch die Tür. Er schloß sie nur, um sie gleich wieder vor Madam zu öffnen. Sie war überaus malerisch anzusehn, wie sie, vom Pagen geleitet, mit einer großen silbernen Platte auf den ausgestreckten Händen vor uns erschien! Von der gegenüberliegenden Seite glitten die Mädchen heran, die eine nahm die Platte, die andre die Serviette, die Madams Hände vor der Berührung mit dem Geschirr bewahrt hatte, der Page trat, einem jeden von uns zunickend von Stuhl zu Stuhl, und da saßen wir und bewunderten das Dutzend kleiner goldbrauner Beefsteaks, auf denen eine Messerspitze Butter in der Petersilie zerschmolz, Lancelot schenkte ein.

Das alles vollzog sich fast lautlos. Nicht nur Madam bewegte sich und sprach leise, das ganze Haus war auf ihren gedämpften, heimlich spannenden Ton gestimmt.

Ich weiß nicht mehr, wie es kam, daß auf einmal alle von Träumen erzählten. Vermutlich hatte Kaspar, lüstern nach sibyllinischen Enthüllungen Madams, das Gespräch darauf hingespielt. Er selbst produzierte, sei es, um uns Mut zu machen, sei es, um die Gastgeberin in Stimmung zu bringen, mit sichtlicher Anstrengung, der leider der Alkohol nicht rasch genug beihalf, angebliche Traumgebilde von geradezu scheußlichem Ausmaß. Schließlich gab auch ich einen Traum zum besten, den ich in der letzten Nacht gehabt hatte und keineswegs zum erstenmal in der letzten Nacht. Vielmehr handelte es sich um einen Traum, der seit Jahren regelmäßig wiederkehrte. Nur der Ort wechselte, die andern Umstände blieben sich immer gleich. Einmal war es ein halberleuchtetes Restaurant oder eine Hotelhalle, das andre Mal eine Kirmes unter freiem Himmel, manchmal aber auch eine Kirche, ein tiefer Wald – die letzte Nacht war es der Saal des Herrn Roux gewesen. Ich betrat ihn in erregter Erwartung, wofür ich indes keinen Grund wußte, und wurde von der Musik dreier Kapellen empfangen, von denen jede ein anderes Stück spielte. Melodie und Takt stellten sich als so ungleich heraus wie die Stücke selbst, doch empfand ich eine besondere, schmerzlich lustvolle Harmonie, die, ohne den drei musikalischen Persönlichkeiten im geringsten Abbruch zu tun, mich beglückt an ein großes, dreifach schlagendes Herz hinaufzog. Und gleich darauf war ich die Kirche, der Wald, der festliche Platz und diesmal der Saal der Hostellerie, war ich also, um von der Zufälligkeit des Ortes abzusehn, der intelligente Raum, worin die drei Melodien in mich als ihre höhere Einheit wesenhaft eingingen. In diesem Augenblick höchsten Lustgefühls pflegte ich dann zu erwachen.

So wie hier vermochte ich nun allerdings Madam den Traum, nicht zu schildern, ich blieb bei der Erwähnung des groben, gleichsam stehenden Gerüstes. Trotzdem hatte sie sofort eine Deutung zur Hand, und diese beschämte mich derart, daß ich die Eilfertigkeit, mit der ich Kaspars Verlockungen nachgegeben, aufs ärgste verwünschte. Kaum hatte ich nämlich meine Erzählung beendet, da schaute Madam mit dem im Fleisch geschwungenen Lächeln von mir auf Bob, von Bob auf mich und fragte, zu Bob gewandt, in einem Ton, als stände er in verschwiegenem Einverständnis mit ihr:

»Wer sind die beiden andern? Die eine mag Ihre Schwester sein – Sie haben doch eine Schwester, Herr Marquis – aber die dritte, wer mag wohl die dritte sein?« Und, indem sie sich über den Tisch beugte und mit ihrem Blick von unten in die Augen drängte: »Suchen Sie einmal in ihrer Kindheit! ... Nun?«

Obwohl ich mich der Eindringlichkeit der Stimme, dem heißen Zwang der Augen, der plötzlichen, irgendwie ergreifenden Aufmerksamkeit der Anwesenden nur mit Mühe erwehrte, hätte ich dennoch die Zumutung mit Entrüstung zurückgewiesen, wäre nicht dem fast ebenso fassungslosen Freund unversehens der Name Sidonia entfahren. Die Überraschung lenkte mich völlig ab, der Neugier Madams war aber für diesmal genug getan. Während das Gespräch neue Wege einschlug, konnte ich mich ungestört den tumultuösen Gedanken über die erfolgte Enthüllung überlassen, deren Folgen mir gefahrkündend und glückverheißend zugleich erschienen ... Sidonia, Bob und Maria – es war so, sie hatte ich am meisten geliebt; und nun fürchtete ich, plötzlich erbebend, die beiden zu verlieren, wie ich Sidonia verloren hatte, und gleichzeitig fühlte ich, wie sie Doris bedrohten, sie wollten nicht weichen vor ihr, sie weigerten sich, mich ihr allein zu überlassen ...

Als die Platte zum zweitenmal herumgereicht war, mußten die Dienstboten, unter Vorantritt des Pagen, das bereits von zartfüßig heiteren Geistern wimmelnde Feld räumen. Giulietta, die von Zeit zu Zeit in den Himmel äugte und sich jedesmal bestätigen ließ, daß der Sturm nachgelassen, begann eine lange Geschichte vom Herrn Pfarrer und dem Kirchturm. Die Geschichte war übrigens amüsant genug. Es ging aus ihr hervor, daß sie Pfarrer Roux vorgeschlagen hatte, den schwanken Kirchturm auf ihre Kosten befestigen zu lassen. Worauf der Pfarrer geantwortet: »Wenn es dem lieben Gott gefällt, ihn einstürzen zu lassen, so werden Sie ihn nicht daran hindern. Nehmen Sie ihn, Madam, als das, was er ist: eine ernste Mahnung an den Tod, der auch ein so herrliches Geschöpf wie Sie nicht verschonen wird.« Zu guter Letzt hatte sie sich erboten, den Turm abtragen und neu aufrichten zu lassen, in der Hoffnung, ein so großmütiges, ja ruinöses Angebot werde den Pfarrherrn erweichen. »Madam«, war seine Antwort gewesen, »wenn Sie sich an gewissen Tagen gebrechlich fühlen, ein wenig alt, wenn ich so sagen darf, können Sie da befehlen, daß Giulietta sechzehn Lenze zähle?« Und wie wir, ein wenig geniert, auflachten, schlug Madam vor, wir sollten alle als Siebzigjährige auftreten und eine entsprechende Unterhaltung führen. Der Schwede machte den Anfang. Es stellte sich heraus, daß er als Engel auf einer Wolke segle und sich nach dem Kirchturm von St. Paul umschaute, um da eine Landung zwecks Rekognoszierung des Nachbarhauses vorzunehmen. Denn, so erklärte er: »In dreißig Jahren ich mausetot und schon großer Engel.«

Giulietta ließ ihre Rolle, die sich beim Versuch als undankbar erwies, mit eins im Stich, um als Pfarrer Roux von jener längst verstorbenen Giulietta Var zu erzählen, die im Nachbarhaus spuke und bei Mistral sogar an die Fenster des Pfarrhauses klopfe, um den armen, wackeligen, zittrigen Kanonikus zu beschwören, herauszukommen und den Turm seiner Kirche festzuhalten. »Ach, Herr Marquis, war das bei Lebzeiten eine verzwickte Person! Zwar: eine vermögende Dame. Aber: woher der Reichtum? Ich weiß es nicht. Das Christentum kennt keine Götter, die auserwählten Damen in Form eines Goldregens ihre Aufwartung machen, wie ich es sonst bei erwähnter Person anzunehmen geneigt wäre. Ach ja, sie versäumte nie den Gottesdienst, sie gab den Armen, nur mir gab sie nichts, Herr Baron, mir nichts. Und wenn ich ihr bei der Osterbeichte, ungern, muß ich sagen, und nur auf den direktesten Befehl meines Gewissens, wie Sie sich denken können, die bewußten Fragen stellte, so glaubte ich im Dunkel des Beichtstuhls ein Kichern zu vernehmen – es mag aber auch der Teufel gewesen sein. Ob das Genie der Freundschaft eine Sünde sei, wagte die Person mich zu fragen. Denn wenn man sie mit soviel Männern Umgang pflegen sehe, so beweise das nur ihr Genie der Freundschaft – meine Herren! ... Schon wenn ich in unsre gute kleine muffige Kirche trat, roch ich sie, ich schlug die Augen nieder, um sie nicht zu erblicken, und meine Füße waren plötzlich von Blei. Und sobald sie in den Beichtstuhl kniete, schlug das Blut mir lichterloh ins Gesicht, ich erkannte sie an ihrem Parfüm, bevor sie den Mund geöffnet ... Gott, Herr Baron, wieviel

Qualen stand ich in jenen fünf Minuten aus, ich war in Schweiß gebadet, so kämpfte ich um die dunkle Blumenseele dieser Frau, und während sie noch ihre Buße betete, eilte ich nach Hause, um das Wollene auf dem Leib zu wechseln, aus Furcht vor einer Lungenentzündung. Gott sei Dank ist nur einmal Ostern im Jahr! Im Freien fürchtete ich sie nicht! ...«

»Im Freien, Herr Kanonikus?« unterbrach Bob mit einer fadendünnen Stimme, wobei er versuchte, Lippen und Augen lüstern hervorzukehren, was ihm aber nicht recht gelang, so daß seine Grimasse eher der eines schmollenden Mädchens glich. »Pflegten Sie denn die Dame auf der Gasse anzusprechen?«

»Gewiß doch, Herr Marquis. Nicht gerade auf der Gasse, aber draußen, unter Gottes freiem Himmel, auf unsern herrlichen Bergwegen, die kein Menschenhauch verpestet, und wo das Gelispel des Verführers im Quellenlachen und Gesang anbetender Vögel ohnmächtig vergeht, wo –«

»Schnell!« krächzte Bob, »was machten Sie da, Herr Abbé?«

»Da versuchte ich zu Madam Var zusprechen, wie unser Herr mit Magdalena gesprochen.«

Der Engel Kaspar lispelte:

»Oh, ich wissen, was Sie sagen.«

»Nun, was denn, mein Engel?«

Die Stimme aus der Höhe antwortete:

»Herr, Erlaubnis, mit Kaspar sündigen, will ich mit niemand anders sündigen!«

»Das verstehe ich«, erwiderte im leisen Tonfall Madams der edle Greis. »Der Schwede war ein reizender Kerl.«

Da forschte, jählings abstürzend, mit unverkennbar irdischem Laut der Engel:

»Sie mit ihm sündigen?«

Auch der Kanonikus wich einige beträchtliche Striche von seiner Rolle ab, als er mit weltlicher Ausgelassenheit erwiderte:

»Möglicherweise. Aus Genie der Freundschaft.«

Nun stellte ich die Frage nach den Umständen ihres Todes.

»Der Kirchturm ist eingestürzt und hat sie im Bett erschlagen«, gab der sanfte Greis Bescheid, »und, Herr Baron: keinen Sou für mich in ihrem Testament.«

»Im Bett erschlagen, nur weil sie unbeschützt liegen«, eiferte Kaspar, ob seiner Keckheit erblassend, aber das Spiel war aus. Giulietta, bei der die Wirkung des Champagners merkbar wurde, wandte sich »philosophischen Fragen« zu, nämlich den landläufigen Gespenstergeschichten, denen sie aber einen psychologisch merkwürdigen Doppelsinn zu unterlegen verstand. Als sie eine wüste Geschichte vom Palazzo Briamin, so hieß Bobs Haus in Mailand, zu erzählen begann, dessen Besitzer, ein junger Edelmann, seine schöne Frau mit nichtsnutzigen Jünglingen betrog, hob mein Freund langsam herausfordernde Augen zu ihr auf, und da sie, nach kurzem Zögern, unschuldig lächelnd fortfuhr, schüttete er mit eins sein Glas in den Eiskübel und füllte sich ein neues. Madam blieb mitten im Satz stecken. »Sie schütten Champagner fort?« stammelte sie und setzte nach einer Weile sentenziös hinzu: »Man soll nicht auf Brot treten, man soll auch keinen Champagner verschütten.«

»Madame«, entschuldigte sich Bob sehr laut, »Sie hätten mir nicht verwehrt, ein zweites Glas zu trinken ...« – »Zehn, zwanzig!« rief sie leise. »Warum darf ich nicht ein zweites Glas *riechen*? Die Blume vergeht ... Blume, so sagen die Deutschen, ich finde es schön: die Blume des Weines. Nun, auch sie hält nicht ewig, sie verwelkt ...«

Diese Bemerkung aber gab Madam Anlaß, nunmehr die Säufer aufmarschieren zu lassen, die sie in ihrem Leben gekannt. Es war ein tobsüchtiger, ein trübseliger Aufzug, Dionyse im Frack, Dionyse in Hundegestalt, Pierrots, fahrende Ritter, Ekstatiker und Affen, von denen sie in der Art eines sanften Kindes erzählte ... Aus zehn Völkern, zwei Weltteilen häufte sich der Schatz ihrer Erfahrung. Bob wandte sich zu mir:

»Also komisch – man ist noch empfindlich ...«

Um dem Gespräch eine andre Wendung zu geben, bat ich höflich um die Erlaubnis, fragen zu dürfen, welches Volk Madam vorziehe, nicht für den Trunk, sondern in der Liebe ... Sie machte keine Umstände. Am besten bekamen ihr die Deutschen, sie meinte die langen, blonden, ruhigen. Aber? Ihr Schwarm waren? ... Die Chinesen! Die Chinesen? ... Kannte sie auch Chinesen? ... Ein Wunder, stammte sie doch aus Genua! Bob glaubte gehört zu haben, daß sie Pariserin sei. Väterlicherseits, sie gab es zu, auch geboren war sie in Paris, jedoch ihre Mutter, ja, ihre Mutter, die galt zwei Jahrzehnte für die schönste des mit schönen Frauen begnadeten Genua.

»Im Hafen«, triumphierte sie, »im Hafen von Genua stolpern Sie über Chinesen!«

Ach so, sie trieb sich als Mädchen im Hafenviertel herum! Bob verbeugte sich, was soviel bedeuten sollte wie: »Allen Respekt, daß Sie nicht heute noch dort sind.« Giulietta brauste ein ganz klein wenig auf. Herumtreiben? Ihr Vater besaß das größte Hotel am Hafen, das »Bristol«. Sie flüsterte begeistert, und Bob, die Hände in den Taschen, bummelte gelassen hinter ihren beschwipsten Lügen drein. Das »Bristol«? Das war noch keine fünf Jahre alt! Worauf sie errötend hinwarf, nun ja, viel älter sei sie damals auch nicht gewesen.

Gut – da waren also diese Chinesen, Mandarine wohl? Das waren sie, reiche, vornehme Herren, sie machten einen verrückt, und sie selbst kamen nie aus der Ruhe – ja, daran durfte sie gar nicht denken, meine Herren!

»Jedoch, bekömmlich waren sie nicht?«

»Nein, gar nicht.« Giulietta blickte angestrengt auf ihre fleischigen Arme, die sie auf dem Tisch gekreuzt hielt, und zog ein Gesicht, als verurteilte sie ihre Vergangenheit. »Und geizig sind sie auch. Man kann froh sein, wenn sie einem nicht die Hosen mitnehmen.

Jawohl die Hosen, sie spitzten sich auf die Hosen, die Chinesen. Oh, die Nattern! Giftschlangen waren sie, alle ohne Ausnahme.

»Erzählen Sie! rief Bob, »erzählen Sie, göttliche Giulietta, von den Mandarinen, wie sie Ihnen die Hosen klauten.«

Doch Giulietta schüttelte schmerzlich das Haupt.

»Gewiß nicht, Herr Marquis. Ich ziehe mich jetzt zu einem Schläfchen zurück. Kaspar kann bleiben.«

Dieser, ein märchenlesender Junge, der plötzlich vor die Königin gerufen wird, schwankte aufgeschreckt auf seinem Stuhl. Er warf uns einen hilfesuchenden Blick zu, dann sprang er auf und stand reglos, die Augen in wilder Demut Giulietta zugewandt. Weder sah er, wie Bob im Vorbeigehn seiner Herrin freundlich über die Hüfte strich, noch, daß ich ihr einen Geldschein in die Hand drückte, mit Dank für das improvisierte kleine Gelage, das sie mit ihrem Geiste so reich gewürzt. Bei diesem Wort sprang ihr eben noch gutmütig dumpfes Gesicht hellauf, Mund und Augen wölbten sich feucht, als sie eindringlich leise sprach:

»Improvisiert? O nein! Ich hatte meinen Falken nach Ihnen ausgesandt, Herr Baron. Hätte ich Sie anders in diesem Kleid empfangen? ... Freuen Sie sich, mon petit, morgen kommt Ihre Geliebte!«

Mit einem Rätsel entließ uns die Schutzherrin des Olivenlandes im Augenblick, als wir vermeinten, bis auf den Grund ihres Wesens geblickt und dabei nichts Ungewöhnliches entdeckt zu haben.

Vor dem Haus blieb ich stehn:

»Bob, jetzt das mit dem Falken? Ohne den Überfall durch den Mistral wäre es ja alles nicht so gewesen?

Er zuckte die Achsel. »Es dämmert mir, Claus, wieso man darauf verfiel, sie als Hexen zu verbrennen. Aus Unbehagen über ihre Wichtigtuerei. Scheint sie dir übrigens noch immer so bekannt?«

»Das nicht – das heißt, ich weiß bestimmt, daß ich sie früher nicht gekannt habe. Trotzdem kommt sie mir schon irgendwie erlebt vor. Ihr leises Wesen hat diesen Eindruck noch verstärkt. Natürlich ist es eine Selbsttäuschung ... Und was sagst du zu ihrer Traumdeutung?«

Der Freund streifte mich mit einem forschenden Blick:

»Ein gerissenes Frauenzimmer«, antwortete er. »Hände weg! Aber hältst du nicht diese Traumdeutung für baren Unsinn?

»Das schon – das heißt ...«

»Also, und auf Maria werden wir wohl auch noch warten müssen«, fügte er unwirsch hinzu.

Wir hielten uns noch im provenzalischen Hof des Hotels auf, erstaunt über den Ausdruck entzückter Bosheit, den der Baou an den Tag legte, da packte der Schwede unsre Schultern und drehte uns mit einem Griff um.

»Messieurs, Sie vielleicht glauben, ich wild sein, Weib rasend? Nicht Spur. Ich sollen in Nizza Bilder verkaufen, die ich ihr in Jahren schenken. Was Sie sagen? Immer wieder mich fragen, warum ich Komma untereinander malen. Madam nicht glauben, Erde sausen mit Kosmos senkrecht durch Raum! Bild auch, Hirschkuh auch, wenn bei mir liegen, alles! Alors, wenn sie nicht glauben, ich auch nicht ihre Bilder verkaufen.«

Wir zeigten ihm den Baou, und er betrachtete ihn lange mit bedenklicher Miene. »Er sein wütend auf Madam«, sagte er endlich, ließ uns stehn und machte sich pfeifend daran, die vom Mistral zerzausten Kapuzinerranken in den Tongefäßen zu ordnen.

Auf meinem Tisch lag eine Depesche. Ich riß sie auf, daß der Text in Stücke ging, aber die zwei Worte, die mir in die Augen sprangen, ließen mich in lauten Jubel ausbrechen: »Domani ... Maria.«
Ich sang es zum Fenster hinaus, in die blankgefegte Welt.
Domani ... Maria!

Die Stadt voll Kreaturen

Und dann kam sie.
Lady Isabel stellte Bob das Auto zur Verfügung, um seine Schwester in Nizza abzuholen. Es gab eine rechte Lustfahrt durch die Frühlingsfrühe, in der alle Farben und der Himmel selbst noch frisch im Saft standen, sogar aus dem Straßenstaub der Tau herauszuschmecken war und von den Olivenbäumen eine herbduftende Frische ausging. Von allen Hügeln lachten die Straßen das Meer an.
Ingels (sprich: Ingols) durfte drauflosfahren, keine Herrin überwachte argwöhnisch den Schnelligkeitsmesser. In die Straßen Nizzas teilten sich die Milchkarren mit den Spritzwagen, Gardinen blähten sich im Wind, Staubwedel winkten, eine ungekämmte Frau warf zwischen halbgeöffneten Fensterläden einen Blick herab, den ein Polizist verstohlen beantwortete, indem er zugleich breitbrüstig die lustvolle Morgenluft einatmete.
Ich entdeckte Maria an einem Fenster des einfahrenden Zuges, und als sie mit einem Sprung ausstieg, fing ich sie, obwohl sie nicht gar so viel kleiner war, als ich, wie eine Puppe auf, so stark fühlte ich mich an diesem Morgen.
Während Bob sich entfernte, um das Gepäck zu beaufsichtigen, fragte sie mit scherzhaftem Vorwurf:
»Küßt man so eine verheiratete Dame?« Worauf ich nur zurückzufragen brauchte, ob so ein kleines Mädchen küssen dürfe? Ob man ein kleines Mädchen so küssen solle? Was sie natürlich entrüstet verneinte.
»Nun so hat ein gewisses kleines Mädchen mich nicht nur geküßt, sondern, es tut mir leid, Maria, daran erinnern zu müssen, mich armen kleinen Jungen ausdrücklich noch küssen gelehrt.«
Da geschah neben mir etwas wie das Aufflattern einer Elster und gleichzeitig eine selbst im hellen Sonnenschein des Bahnhofplatzes sichtbare Illumination. Maria lachte!

»Ach, damals in Venedig«, sagte sie.

Jawohl, damals in Venedig, und ihr Lachen hatte sich nicht im geringsten geändert.

»Aber groß bist du jetzt doch geworden«, sagte ich. Wir lachten uns die ganze Zeit töricht an, nicht ohne einander dabei sorgfältig zu mustern. Geradezu herausfordernd aber klang ihr Lachen, als ich die Frage hinwarf, wie lange wir uns eigentlich nicht gesehen hätten. Sie geruhte nicht einmal, der Form halber zu antworten, sie lachte, mit Sordine zwar, gurrend, wie ein lautes Gelächter sich nun einmal in ihrem Halse formte, doch immerhin laut genug, daß zwei vorübergehende Herren lächelnd das Gesicht herwandten, und auch Ingels, ohne aus seiner korrekten Haltung zu fallen, herzhaft mitlächelte. Jetzt erst fiel mir ihre Kleidung auf, ein langer Seidenmantel, der sie fast bis zu den Füßen einhüllte und ihr etwas elegant Nonnenhaftes verlieh, darüber ein kleiner Hut aus dem gleichen Stoff, grau wie auch die winzigen Schuhe darunter, die sie beim Gehen schnell und vorsichtig aufsetzte. Dies hurtig Zögernde des Ganges bemerkte ich zum erstenmal an ihr, es war vorläufig die einzige Neuigkeit, die sie mir verriet.

»Du bist nicht mehr so träge, wie früher«, lobte ich sie.

»Richtig«, sagte L'Amico, der mit den Gepäckträgern eingetroffen war. »Aber sie ist ja auch eine Exzellenz und muß repräsentieren.«

Die Bemerkung machte mich wider Willen verlegen. Ich mußte Maria daraufhin von neuem studieren, auf die Exzellenz hin, was militärisch klang oder doch zum mindesten knifflich, ein wenig streng, in Ehren gealtert ...

»Wir müssen uns«, sprach sie spitz, genau so, wie es zu meiner Vorstellung von einer Exzellenz paßte, »wir müssen uns alle daran gewöhnen, daß ich nunmehr verheiratet bin.«

Übrigens, bemerkte ich, war es ihr irgendwie ernst, wenn auch nicht mit ihrer scherzhaften Pose, so doch mit etwas anderem, was sich dahinter versteckte, und woraus ich deutlich einen Vorwurf, ja eine Art von Strafe und jedenfalls eine neue Maßgabe für unsere Beziehung heraushühlte.

»Oder hast du gemeint, Claus, ich würde bis zu meinem Tode unverehelicht durch deine Träume wandeln, als Angestellte sozusagen? Ja, hast du das wirklich gemeint?«

Das war unangenehm, wahrhaft bitter und es half nichts, daß sie ihre seidigen Katzenaugen machte und sich einladend in den Schultern duckte, nein, sie hatte mir wehtun wollen, und es war ihr leicht gelungen.

»Aber warum denn gleich Exzellenz?!« entfuhr es mir.

Es war echter Schmerz, der sich, komisch genug, in diesem Ruf entlud, und er hatte wohl auch unverkennbar dessen Farbe, denn Maria schlug die Augen nieder und Bob blickte mich mit ernster Freundlichkeit an. »Nämlich« fuhr ich erschrocken fort, »bei uns pflegen die Exzellenzen nicht weit von den Sechzig zu sein.«

So, da lächelten wir wenigstens wieder – alle drei. Wozu das Lächeln nicht alles gut war! Außerdem überholen wir gerade die letzten roten Sonnenschirme der Promenade, unter denen ein paar Exemplare jener die weißen Städte der himmlischen Küste durchblühenden Geschöpfe einher gingen, weiß gepudert mit knallrotem Mund, in weißen Kleidern unter knallrotem Hut, weiß von den Schuhen bis über die Augen, und schnell zeigte ich sie Maria. Sie kannte sie, auch in Rom trug man sich so. Ein gleiches Kostüm, aus leichtem Flanell, lag in ihrem Koffer, und von kleinen roten Hüten besaß sie eine sorgfältig getroffene Auswahl. Ob mir die Mode gefiel?

O gewiß, entzückend fand ich sie, gab sie doch den Frauen etwas von einer luftigen, nur durch zwei rote Punkte befestigten Erscheinung, einem soeben gerade materialisierten, sommerlichen Liebesgedanken ... Der Frühling hier war ja auch eigentlich schon Sommer und das gerade das Schöne an der Riviera!

Ich schwatzte nicht übel.

Maria beschloß, weil ich gar so sehr darauf brannte, als erstes ihr weißes Kostüm aus dem Koffer zu holen. Gleich nach Tisch wollte sie es anziehn, wenn wir mit Lady Isabel nach Monte Carlo führen. Es war Bettys Geburtstag, und die Kleine hatte sich gewünscht, »ein Spielchen zu wagen«. Dazu waren wir alle eingeladen. »O, ich spiele auch gern«, sagte Maria, »– besonders diesmal. Ich muß doch erfahren, ob Claus mich noch liebt ...«

Das scheinbar gutgelaunte Geschwätz brachte uns ohne weitere Störung bis zur Landstraße nach Cap d'Antibes, in die wir einbogen. Hängende Gärten eilten herbei, Städte aus Treibhäusern. In den Treibhäusern fiel die Sonne, wie durch ein Sieb, auf hunderttausende von Nelken. Unsre Augen haschten das saftige Grün des Laubes und die vielfarbigen Blüten, die gläsern brannten. Die Gärten gingen tief, die Villen wirkten wie Tempel im Grünen ...

Maria, hatten wir ausgemacht, sollte ihre Mutter begrüßen und am Nachmittag nachkommen, das Gepäck nahmen wir mit.

So folgte gleich nach dem Wiedersehn die Trennung. Wieviel näher war sie mir gestern abend gewesen! Die Tränen stiegen mir in die Augen. Warum? warum? fragte ich mich immer wieder, während der Wagen in rascher Fahrt dem Hügel St. Pauls zustrebte: warum? Was hinderte uns, als die alten zärtlichen Freunde miteinander zu leben? Sie war verheiratet, ich verlobt – hatten wir es uns nicht schon immer gesagt, daß es einmal so käme? Warum aber dann ihre Bosheit? Denn böse war sie gewesen, und mit Überlegung. Ich konnte nicht an Doris denken, ich wollte nicht, es schien mir unrein, peinlich, gefährlich. Ich trauerte über Maria, und dies öffnete einen Abgrund ...

Wohin mich wenden?

Bei diesem Hilferuf ertappte ich mich. Schämte mich. Seufzte einigemal tief auf, wie als Kind, wenn ich geweint hatte, und hob die Augen zur Landschaft, die viele wehende Arme öffnete, und betrachtete sie verliebt, mit heftig klopfendem Herzen, doch gefaßt.

Am frühen Nachmittag kam sie im Auto ihrer Mutter. Sie trug das weiße Kostüm, einen kleinen, roten Hut, das machte sie mir nun gleich wieder vertraut. Wie hundert andre blühte sie so im weißen Licht der Riviera, wenn auch als die Schönste und zu meiner alleinigen Freude bestimmt.

Lady Isabel begrüßte sie herzlich, erkundigte sich nach der Marchesa, die kränkelte, setzte mich zwischen sich und Maria in den Hintergrund des Wagens, und unter ihrem Befehl fuhren wir ab, über Gattières, St. Jeannet, hoch über dem Tal des Var, hinunter nach Monte Carlo. Wir waren fünf, Maria, die Führerin, die Tochter Betty, Kaspar und ich. Bob war mit Lord Berrick zum Golf gefahren.

Quer über die Hochebene führte ein Höhenweg, den legten wir zu Fuß zurück. Hurtig zögernden Schrittes liebäugelte Maria mit dem Baou, der hier, mit einem Stoß, aus dem tiefen Stromtal aufschoß und leuchtend von Kraftbewußtsein über uns im Himmel verharrte.

»Er trägt einen Stern«, bemerkte sie ruhig und deutete hinauf.

Kaspar riß die Augen auf: »Was er tragen?«

Es stimmte, in der siedenden Bläue über dem Felsen fütterte ein kleines, außerordentlich grelles Licht. »Der heilige Geist«, sagte ich. »Die Fahnenspitze«, brüllte Kaspar, er schlug sich an die Stirn, daß es klatschte. Sogar Lady Isabel versuchte zu lachen und zog den schönen, gefrorenen Mund in die Breite, ein Versuch, der, so freundlich er gemeint sein mochte, ihr gleichmäßiges Gesicht zu einer geradezu schmerzlichen Fratze verzog. Dort oben also, auf der Spitze des Baou, befand sich eine Fahnenstange, an der man allerdings nie ein Fahnentuch gesehn hatte – wie Kaspar vermutete, aus dem Grund, weil sich niemand hinauf bemühte, um ein solches zu hissen. Doch schwor er sogleich »beim Stern des Baou«, niemand, er wiederholte das Wort, wobei er die Führerin mit einem Blick wie einem Steinwurf streifte, niemand werde ihn hindern, an einem gewissen Tag dort hinaufzusteigen und über dem Land des Var, dem Varland, wiederholte er anzüglich, die Siegesfahne des Schönen und Guten zu entfalten.

Gern hätte ich gewußt, was das für ein Tag sein werde, aber das Dunkel seiner kriegerischen Anspielung war so absichtlich, daß eine Nachfrage sich von selbst verbot. Immerhin lag die Vermutung nahe, daß auf etwas gezielt sei, was mit Madam zusammenhing, und Maria bewegte sich offenbar im gleichen Gedankengang, fragte sie doch unvermittelt, ob Giuliettas Familienname, der Name Var, ihr vom Vater überkommen, oder ob er nicht bedeutungsvollerweise dem Fluß, dessen weitläufigen Weg im Tal wir verfolgen konnten, entlehnt und ein Nom de guerre sei.

»Taufschein«, protzte der Maler, so schroff, daß ich mich verpflichtet fühlte hinzuzufügen, ich fände es eigentlich imposanter, wenn Madam sich im Vollgefühl des eigenen Wertes den Namen des befruchtenden Stromes selbstherrlich zu eigen gemacht hätte. Zwar schien es erst, als ob das Argument bei Kaspar Anklang fände, er stutzte, spähte zu mir hinüber, doch riß er gleich darauf den Kopf zur Seite: »Taufschein« knurrte er.

So setzten wir belustigt unsern Weg fort. Zu unsrer Rechten streckte sich das Meer, schwer wie ein Raubtier, das gefressen hat, zu unsrer Linken wogten, dem Baou untertänig, leichte Höhen, unübersehbar. Der Schwede schüttelte die Faust gegen den Baou: »Ich ihm trotzen, Marchesa, dem Kaiser des Mistrals!« Dabei forschte er in Marias Blicken, und alle seine Muskeln, die Stirnadern schwollen. Wie er so neben ihr her wuchtete, fragte ich mich in der Tat, ob er nicht mit eins einen tierischen Schrei ausstieße und mit Maria auf den Schultern zwischen den Felsen des Abhangs verschwände.

Die Straße entlang verrieten verstümmelte Bäume, verkümmertes Gestrüpp, Felsen, vom Wind Verblasen, von der Sonne verbrannt, daß dies die Stelle war, wo der Baou seine luftigen Spießgesellen und Knechte und die Überläufer des Meeres zur Schlacht versammelte in den Nächten, da selbst der Leuchtturm von Antibes wie ein geringes Nachtlicht im Luftzug flackerte und in den Villen die zarten Frauen sich an ihre kranken Männer klammerten und in den Hotels von Vence ein Flüchten war von Zimmer in Zimmer … Einer einzigen Hütte begegneten wir, vielmehr einem Dach, seitlich eingetreten wie zum Hohn. Ich mußte Betty aufheben und an der Hütte vorbeitragen, sie war, nachdem sie sich schon die ganze Zeit über ängstlich umgeschaut hatte, beim Anblick der Hütte in eine Art Starre verfallen. Erst viel später, im lachenden Monte Carlo, gestand sie, die schottische Nurse habe den Kindern erzählt, hier oben wohnten die armen Seelen von katholischen Irrlehrern und warteten um Erlösung wimmernd, auf das Erscheinen eines schottischen Heilsboten.

Nach einer Stunde vereinsamender Wanderung bestiegen wir wieder das Auto, es schaukelte uns surrend durch Schwaden Sonne von Gärten zu Gärten. Sie hingen an den Abhängen, wohin man sah. Viele, in denen Nelken gezogen wurden, glichen Kindergärten mit ihren langen Reihen gleichfarbiger Blumen zwischen Schnüren, andre gab es, wo von tausend Nelken eine jede einzeln an ihren kleinen Stecken gebunden war. Und überall harrten die Orangen der erntenden Frauen. Lady Isabel selbst gestand, sie würfe am liebsten ihr Kleid ab und träte mit nackten Beinen und Armen zwischen die frischen, dunkeln Bäume. Worauf Betty, die noch nie die nackten Beine ihrer Mutter gesehn hatte, erstaunt und ein wenig ungläubig zu den Orangenbäumen hinüber blickte …

Wir überquerten den Var, die alte Grenze zwischen Savoyen und Frankreich. Der breite Strom, in dessen Bett winzige Wässerlein und Tümpel zwischen Kieselfeldern in die Luft sprangen, um ein Stück Himmelsbläue zu schnappen, bildete nicht mehr die Grenze, aber am linken Ufer bot das sonst unbefestigte Nizza den Fremden mit seinem Oktroihäuschen die Stirn. Erfreulicherweise war die Zigaretten rauchende Besatzung gerade unter sich in eine lebhafte Debatte geraten, so daß wir ungeschoren passierten.

Der Wagen drehte sich in spitzem Winkel, als schlitterte er auf nassem Asphalt, wir liefen in eine Eukalyptusallee und einem mächtigen, blauen Auge zu. Das also war sie, die Engelsbucht, das war sie, die weiße Stadt, vom blauesten Meer bespült! In einer hinstreifenden Umarmung lehnte ich an Marias Schulter. Langsam rollte der Wagen. Alle Spaziergänger schritten in Adel gekleidet. Auf den nackten Kieseln des Strandes schliefen Männer und ließen sich die zerlumpten Kleider von der Sonne flicken, dazu machte ihnen das Meer überdies noch Musik. Wir streiften lauter glückliche Häuser, wo die Sonne als Hausmeisterin vor dem Tor stand, und wenn ein Kind über die Straße lief, verlangsamten nicht nur die Wagen die Fahrt, auch die Brandung hielt eine Weile den Kopf hoch und paßte auf, daß kein Unglück geschah. Die Frauen blickten prüfend vom Meer in das Gesicht ihrer Begleiter. Die Paare schritten im Himmel.

Ein gräßliches Gebäude tauchte auf, ich hörte, es sei das Kasino von Nizza – sogar Ingels deutete achselzuckend mit dem Daumen darauf. Indes: »Schwamm drüber!« sagte die Brandung und: »Ich bin auch da!« der Himmel, die Sonne aber sagte nichts, sondern blendete mich gleich einem Feuerbusch, worin Maria erschien, nackt, wie ich sie einmal vor langer Zeit gesehn, braun und kühl, mit einem flimmernden Hof um die Augen.

Ihre Hände waren stark und klar.

Von Betty angestiftet, nahm Ingels den weiteren Weg über die Corniche. Bald eröffnete sich uns die herrliche Straße, einsam in ihrer Jugend, und nachdem das weiße Nizza uns himmelwärts Entschwebenden zwei-, dreimal nachgewinkt hatte, wogten wir, uns selbst überlassen, zwischen Meer und Himmel dahin. Das Meer warf eine Fata Morgana an den steilen Abhang: Abgründe, worin Gärten hingen, an einem Haus verankert, und alle diese Gärten und die Häuser schienen Meerfahrer, Küstenfahrer, ein luftiger Spuk. Vom Himmel sanken bleigraue Felsen und saßen in rostbrauner Erde fest. Auf einem von ihnen wehte die Trikolore, und Betty hatte voriges Jahr die Stange mit der Hand berührt.

Unterhalb eines steil im Himmel nistenden Häuserhaufens mit Namen Eze packte Ingels den Vesperkorb aus, denn da hinauf, in die Ortschaft, meinten wir, könnten nur Ziegen. Es war sehr heiß, selbst die Telegraphendrähte hatten schlapp gemacht auf dem Weg zu dem blendenden Felsennest und hingen tief herab. Alle übrigen Werke der Zivilisation, Hotels, Benzintanks, Autos und Wagen, ja die Maulesel samt den gröbstbesohlten Ausflüglern hielten hier auf dem sonnigen Platze an und begnügten sich damit, ein wenig den Hals zu verrenken nach jenem Horst. Nur Betty war oben gewesen, das verstand sich von selbst.

Maria, bist du da? fragten unablässig meine Augen, während wir vesperten (welch ein Salz, diese Sonne, für die Speise, welch ein Gewürz für das Getränk!), und unermüdlich antworteten die ihren. Ja, da bin ich, sagten sie mit samtenem Laut, schau' mich nur an, das bin ich: Maria ... Und je inniger unsre heimliche Unterhaltung wurde, umso lebhafter widmeten wir uns der Unterhaltung der andern. Sie sollten mithalten, da wir siegreich die Begegnung mit der mächtigen Welt bestanden!

Vom Augenblick an, wo wir das Fürstentum Monako befuhren, warf Maria mit grimmigen, ja meuterischen Ausrufen um sich. Das war ein Wintergarten, ein Kalthaus, Blumenetageren in einem Salon, kein Hauch von Natur. Die Rasenplätze erklärte sie für chemisch gereinigt, die Bäume für aufgebügelt. »Lady Berrick, Sie reden es mir nicht aus«, erklärte sie, »diese Bäume werden jeden Morgen mit dem Vakuumreiniger entstaubt. Dann kommt der Coiffeur.«

Im Kasino aber befiel sie die Angst.

»Setze du dich, Claus«, bat sie. »Spiel' du!«

»Aber, Maria, ich werde doch verlieren!«

Sie legte mir die Hand auf die Schulter.

»Ich passe auf«, sagte sie verwirrt.

Ich setzte mich, und sofort gab der Croupier mir sein Wohlwollen zu erkennen durch ein kurzes ermunterndes Wort, einen Augenwink, ein Kompliment. Einmal wies er höflich lächelnd einen Einsatz zurück, der erst beim »Rien ne va plus« ankam, während er einen andern, gleichzeitig erfolgten stehn ließ. Und siehe da: hätte er meinen Louis angenommen, so wäre er verloren gewesen. Wenn ich gewann, entrichtete ich, wie ich es den andern abgesehn, dem Chef der Croupiers über den Tisch hinweg meinen Obolus. Wofür, konnte ich in der Eile nicht erfahren, aber da sich bei der Darbietung des Opfers die Damen als die Eifrigsten und Gewissenhaftesten zeigten, schloß ich auf die Ausübung eines Aberglaubens. Jedenfalls war dieses Geld das einzige, das nicht, bald verloren, bald wiedergewonnen, auf und ab tanzend, mit einemmal in einem Abgrund verschwand. Nachdem ich genug verloren hatte, erhob ich mich, blieb aber, Marias Atem im Nacken, noch eine Weile auf meinem Platze und schaute zu.

»Herrlich!« hörte ich sie flüstern. »Unglück im Spiel –«

Ich drehte mich um:

»Es hat einige Zeit gedauert, bis es feststand«, sprach ich, »es gab da allerhand Gegenströmungen, jetzt aber wissen es alle mit mir am Tisch: du liebst mich, Maria!«

»Und du?« gab sie ernst zurück. »Liebst du mich? Laß sehn!«

Sie machte Anstalt, sich auf meinen Stuhl niederzulassen, den ich noch in der Hand hielt.

Er wurde mir entrissen, um uns entstand ein leises Beben, das sich durch den menschengefüllten Saal fortpflanzte, es wurde noch stiller, als es schon gewesen, eine Gasse entstand, und durch sie bewegte sich ein rundlicher Herr auf meinen Stuhl zu, den ein Diener ihm unterschieben wollte, aber er trat nur an den Tisch, der rundliche Herr setzte sich nicht. Er stand, jedermann wurde es sichtbar, daß er das Befehlen gewohnt war, und ich erkannte Herrn Charles Hartmann aus Mülhausen im Elsaß.

Eingekeilt in der Menge, die sich um den sieghaften Mann geschlossen hatte, flüsterte ich:

»Schau', Maria, das ist der Erzeuger von meines Bruders Flamme, wie du siehst, ein Prometheus, der Vater der kleinen Hartmann, und wahrscheinlich mein zukünftiger – ja, wie nennt man ein so unvorhergesehenes Familienmitglied? Gefällt er dir?«

Sie meinte, so sähen in Rom die frisch geadelten Kohlenimporteure aus, die zu Hofe gingen, und jetzt werde sie nie erfahren, ob ich sie liebte, der Kohlenimporteur habe sie bestohlen ...

Stehlen? dachte ich, nein, das hatte er nicht nötig, ich sah ihn mir an, den demokratischen Höfling. Ja, das war er, ein demokratischer Höfling, in vollendeter Form. Rundlich wie die Kieselsteine eines Stromes, die einen langen Weg gemacht haben. Wo ein Parkett war, brauchte man ihn nur anzustoßen, geradeswegs rollte er bis vor den Thron – ob darauf nun ein Kaiser saß oder der Präsident einer Republik. Ich vermutete, vor dem Kaiser, mit dem er einigemal zusammengetroffen war, fürchtete er sich ein wenig, weil Wilhelm II. einen lahmen Arm besaß, was ihn launisch und bösartig machte, und dann wegen des Firlefanzes, mit dem so ein Monarch sich umgab, und dem ein Biedermann im Grunde seines Herzens in Ewigkeit abgeneigt blieb. Ein Präsident der Republik dagegen wußte, ohne viel Hokuspokus, einen guten Tisch zu schätzen, man stammte gewissermaßen aus benachbarten Dörfern, mit ihm trat man auf festen Grund. Zwar war Charles Hartmann Ritter eines preußischen Ordens, doch rühmte er sich, ihn niemals angelegt zu haben, nicht einmal vor dem Kaiser. Ebenso liebte er den Adel, weil der Adel ihm mit Rücksicht auf seinen Reichtum gestattete, auf mehr oder minder närrische Weise als Republikaner großzutun. Das Volk hieß ihn den »König von Mülhausen«, und er herrschte, eine Art von Louis-Philippe, mit bürgerlichem Anstand von der pfälzischen bis zur lothringischen Grenze. Er machte politische Wahlen, ohne zu erlauben, daß man ihn selbst wählte. Überhaupt schien er in seiner Heimat, außerhalb des Geschäftes, nur mit den Dingen zu spielen, vermutlich weil er sich eines höheren Ruhmes bewußt war, und in der Tat las man seinen Namen auf den meisten Knöpfen der Welt. Doch »drüben«, in Paris, da galt er für einen mondänen Bourgeois mit einem leidenschaftlichen Herzen, das für die schönen Frauen aller Völker, unter den Völkern indes einzig für Frankreich schlug. Kurz, ein großer Mann ...

Inzwischen ließ der Professionelle des Rings, der Hartschläger, unter dessen Hieb Goldquellen aufsprangen, und Gladiator der Kalkulation die hellgrauen Rundaugen um den Tisch laufen. Die Croupiers lächelten untertänig vor sich hin, während der Mann, der den Ball warf, diesem eine leichte Verbeugung nachsandte, die Charles Hartmann galt, und das Publikum, wie im Theater beim Auftreten des Stars, sich zusammenriß, um ja nichts zu versäumen.

Ein einziger machte eine Ausnahme, ein junger Mann mit dem gramzerfressenen Gesicht eines Charakterspielers, den das Leben plötzlich beim Wort genommen. Er saß Hartmann gegenüber. Nachdem er auf den Monsieur, der mit biederer Artigkeit den angebotenen Stuhl abgelehnt, einen Blick geworfen hatte, der das ganze Wissen Hamlets um die Nichtigkeit der irdischen Dinge enthielt, beugte er sich über den Stapel von Fünffrankenstücken und stierte daran vorbei auf das grüne Tuch. Zitternd glitten die mageren, langen Finger der Rechten an dem kleinen Stapel entlang, und ich fragte mich, ob sie nicht in den Nerven, wie ein Zentimetermaß mit Strichen, in Millimeter geteilt und also imstande wären, durch die bloße Berührung die Anzahl der gehäuften Fünffrankenstücke zu ermitteln. Tagtäglich, ahnte ich, saß er hier, morgens und mittags und briet in der Hölle, um abends mit den zwanzig gewonnenen Franken in die entlegene kleine Pension zu wanken – Gott allein wußte, welchen Monolog eines Menschenanführers oder eines großen Opfers in der vertrockneten Kehle! Hätte er mich beachtet, ich wäre vielleicht sein Freund geworden. Er beachtete mich nicht. Er kannte das Geheimnis, wie man plötzlich mitten unter Menschen in die Ferne reist, unbekannt, wohin ... Charles Hartmann imponierte ihm nicht.

Erst jetzt fiel mir auf, daß die älteren Damen, die am Tisch Tabellen führten, um dem Glück hinter die Schliche zu kommen, ein neues Blatt aufgelegt hatten, einzig und allein für Charles Hartmann. Dieser drehte sich, immer noch um sich schauend, gemächlich eine Zigarette, die er aber natürlich nicht anzündete. War er doch im Begriff, das Kasino zu verlassen und hatte nur auf dem Weg von den Bakkaratsälen, galant, wie er war, und Demokrat, Station beim Spieltisch der kleinen Leute, der Roulette, gemacht! So, jetzt war die Zigarette gedreht und geklebt, er klemmte sie in den Mundwinkel und setzte je zweitausend Franken auf zwei Dutzende von den dreien. Gehorsam schlüpfte der Ball in eines der besetzten Felder. Die Bank legte ihm einen Tausendfrankenschein auf seine zwei, die da als doppeltes Leimpflaster für den heranhuschenden Glücksvogel gelegen hatten. »Croupiers«, murmelte er und warf einige Goldstücke, die er seiner Hosentasche entnommen, über den Tisch und vollführte eine Bewegung mit dem Oberkörper, die allen Staatsoberhäuptern eigentümlich ist, wenn sie sich vom herzklopfenden Volke verabschieden, und war verschwunden, wie eine Vision.

Die Damen schoben das mit einer einzigen Ziffer beschriebene Blatt unter den Stoß der bekritzelten Tabellen, dieser Schatzgräberakten. Ohne aufzublicken, drehte der arme Spieler mit dem gramgrauen Gesicht den Stapel in den Fingern langsam um, bis das unterste Fünffrankenstück nach oben zu liegen kam, und senkte ihn auf den Tisch, als pflanzte er eine Gedankenblume in mystische Erde.

Der Ballwerfer, die zwei Herren der Bank, die sechs Croupiers atmeten dem Gewaltigen nach, das Publikum fieberte, ein Greis, der mit flatternden Händen Goldstücke zählte, stöhnte auf. Da das Glück eine Dirne war, so machten sie sich alle auf, es zu erringen, billig oder teuer, und warfen sich in die Bresche, die Charles Hartmann gelegt. Sie setzten, zögerten, mit Angstschweiß auf der Stirn, verdoppelten, und die Adern ihrer Schläfen glichen Würmern, die sich krümmten. Auf den vier Seiten des Tisches erhob sich eine ekstatische Menschenmauer, rot und blau gefleckt, mit brennenden Augen. Die Luft zitterte von unhörbaren Atemstößen, und einzig ein unruhig dumpfes Rollen war vernehmbar, das die auf der Stelle galoppierenden Herzen hervorriefen. »Rien ne va plus«, da kam der Zusammenbruch – auch das war Lust.

»Douze!«

Die eine von den hundertfünfzig, die auf die Zwölf verfallen war, wie in ein Loch, weil die Nummer leer gewesen, rannte mit den Händen voll Scheinen in die Arme Lady Isabels, es war Betty. Sie wollte ein Auto kaufen, eins, das ihr allein gehörte, sofort, und stammelnd vor Erregung stopfte sie die Scheine in ihre Strümpfe. Darüber wäre nun Lady Berrick fast in Ohnmacht gefallen, jedoch, da packte Betty sie mit beiden Händen am Arm und zog sie ins Freie ...

Bettys Gebärde hatte mich an eine ähnliche Marias erinnert ... Vergeblich suchte ich mir auszumalen, wie Doris Geldscheine oder Orangenblüten in ihren Strümpfen verwahrte. Es war undenkbar. Und von diesem geriet ich auf anderes, was, bei vielen Frauen möglich, erlaubt, ja lockend, da ich es mir jetzt vorstellen wollte, bei Doris unerlaubt, abstoßend, ja beleidigend gewesen wäre ... Welch ein Urwald war doch die Welt! Welch ein Glück, daß sie dennoch umhegte Siedelungen enthielt, mit Häusern, die gegen Unwetter und Überfälle von Grund auf befestigt waren! »Doris«, betete ich voller Angst, »o du meine sichere Doris!« Und zugleich fühlte ich, wie mächtig die flüchtige Erscheinung mir zur Seite mit ihrer Hand die meine streifte ...

Kaspar öffnete die Tür des Café de Paris:

»Bitte Sie, Baron, Mädchen in Auge fassen«, gebot er. »Reizend. Sprechen alle Weltsprachen mit Hüften. Haufenweise reizend. Lachen und haben Angst vor Zimmerwirtin. Beine wie Rehe. Schultern wie Meerschwein. Prächtig. Keine Menschen.«

»Sagen Sie das nicht!« Maria machte kehrt und blieb vor ihm stehen: »Wäre ich ein Künstler, ich malte nur sie, ich würde nicht satt, ich malte nur sie. Und wäre ich ein Mann –«

Der Schwede schüttelte heftig den Kopf:

»Sein süffig wie Moselwein«, sagte er. »Wenn sie aufwachen – nichts! Gar nichts zu malen. Zu flüssig. Nichts. Höschen. Fast aus Luft mit rotem Band, zu Hut passend. Vielleicht etwas für Lord Berrick, nichts für mich ... Ich meinen, für Malen.«

An einem Tisch bei der Musik bildete Frau Hartmann einen dunkeln Fleck, und einen Schritt abseits markierte ein aufmerksamer Kellner die Weite des Kreises, der ihre Wohlanständigkeit umgab. Sie ließ ihr Schnupftuch in der Hand als ein Blinkfeuer spielen, um uns den Weg zu weisen, und neben ihr, aufrecht, den Daumen der Rechten in der Hosentasche, wie Eduard VII. die Großen der Erde zu stehn gelehrt, machte sich mit runden, blanken Augen ihr Gatte bereit, uns zu empfangen. Er trug eine weiße, gefranste Nelke im Knopfloch, in der Entfernung wirkte sie wie ein abgerissenes Stück des Spitzentuchs, das seine Gattin, dem Geist des Ortes nachgebend, neckisch in der Luft hielt.

»Au, Missis Perkins«, hörte ich da Lady Isabel ausrufen, gleichzeitig stieß Betty mich an: »My friend, we must part«, rief sie klagend.

Ich sah, wie Charles Hartmann sich gehorsam gegen den Tisch verbeugte, auf den Lady Berrick, von der mürrischen Betty zögernd gefolgt, mit eins losstürzte, indes ein leicht ergrauter Sportsmann dort eine entschuldigende Gebärde gleich einer Brieftaube in die Richtung des Ehepaars Hartmann entließ.

»Herr Baron von Breuschheim, Claus, sehr erfreut, einen Landsmann zu treffen, und das dort drüben ist der Herzog von Wight«, flüsterte Herr Hartmann mir in zwei verschiedenen Tonlagen, einer höheren und einer tieferen, zu, und Madame, die mich neben sich auf den Stuhl zog: »Lady Perkins ... Die Herrschaften dinieren.« Sie vergaß ganz, mich zu begrüßen, und auch, daß Missis Perkins keine Lady war.

Da hatte Charles Hartmann sich wiedergefunden:

»Wir auch«, sagte er trocken, Maria und mich mit einem freimütigen Lachen als Verbündete werbend, und er winkte dem Kellner. Nun überließ sich auch Frau Hartmann laut der Freude über das unerwartete Wiedersehn, das übrigens, wenn sie ihrem kleinen Finger hätte glauben wollen, so unerwartet nicht gewesen wäre. »Unsre kleine Anne-Marie hatte mich benachrichtigt«, hauchte sie mir ins Ohr.

Leichtfüßig durchwandelten die weißen Mädchen den Raum, die kleinen, roten, in den Kopf gestülpten Hüte riefen zur Schlacht, und die geschminkten Münder zitterten vor Hunger, sanken doch Hunderte von Hors d'œuvres, auf Silberschüsseln geordnet, wie himmlische Speise um die Blumengläser auf den Tischen. Und das alles hing in einer Wolke von Musik.

Hier und da thronte eine alternde Schönheit einsam an einem Tisch und fraß. Ich zählte sie: es waren drei. Sie trugen dicke Perlenschnüre um den Hals, die fütternden Hände blitzten von Edelsteinen. Jede hatte neben sich auf dem Sofa einen King-Charles, den sie mit ihrer Gabel speiste, aus ihrem Kelchglas tränkte und zwischendurch mit zärtlichem Gemurmel an einer kostbaren Nelke riechen ließ. Alle drei verfolgten argwöhnischen Blickes den Maître d'hôtel der sie mit den erpreßten Beweisen seiner Hochachtung überschüttete. Musik schwebte herab, der gelockte Primgeiger überschritt aufjubelnd die Schwelle der Wolke, wo die Vergessen spendenden Blumen wuchsen, und trug die beseligende Botschaft an den Tisch des Herzogs von Wight.

Maria beugte sich zu mir:

»Claus, welcher gäbst du den Vorzug?« fragte sie, das junge Antlitz üppig entfaltet, die Musik in den Gliedern, mit schweren Lippen ...

Ich deutete mit dem Kopf nach der Tür ...

Dort sang ein von Schnee ein gebröseltes Vögelchen, von niemand beachtet, gegen die heimtückischen Schnabelhiebe eines Geiers an, der sich mit beiden Händen an den Aufschlägen seines schwarzen Rockes festhielt, vermutlich, um das widerstrebende Tierchen nicht einfach zu erwürgen.

»Die da, die der Kerl beschimpft!«

»Poveretta!«

Schnell erhob sich Maria und schritt durch die Tische bis zur Tür, ich sah, wie sie ihre Tasche öffnete, der Geier entfernte sich rücklings unter Verbeugungen, und das Mädchen hielt, ohne Maria weiter zu beachten, ihren Einzug zu den tausend Speisen, wobei sie einem Musiker auf dem Podium blitzschnell mit dem Geldschein zuwinkte. Noch einen Schritt, und sie saß, die Speisekarte in der Hand, und erteilte dem Maître d'hôtel Befehle. Hilflos vor Erstaunen verweilte Maria an der Tür ... Ich erhob mich, um sie zurückzuholen, da sprang der Herzog von seinem Tisch auf, Herr Hartmann überholte ihn, doch mir lief sie entgegen und schier in die Arme, mir! »Hast du das gesehen, Claus?« eiferte sie. »Nicht einmal gedankt. So sind deine Erwählten.«

Wir waren beinah aneinandergeprallt, die drei einsamen Damen lachten alle drei laut auf, und Kaspar erklärte: »Essen abgezogen, kriegen große Trommel Hälfte, andre Hälfte junger Mann im Cut.« Der Herzog von Wight stand noch immer und blickte zu Maria hinüber, mit einem Blick, der die Beute festhielt und sie an sich ziehen wollte. »Na, na«, murmelte Hartmann mißbilligend. Da raunte Lady Berrick dem Herzog einige Worte zu, und er setzte sich, wie auf Befehl.

»Was?« fragte Maria, »Meister Kaspar! Was erzählten Sie soeben?«

Doch die Geigen liefen Hand in Hand über elysäische Felder, der Primgeiger kehrte in die Heimat zurück. Lady Berrick warf Maria eine Kußhand zu, Missis Perkins hob eine Rose und senkte sie wie einen Degen. Der Herzog machte ein auffallend ehrerbietiges Gesicht. »Man entschuldigt sich«, stellte Hartmann fest. Ein Waldhorn rief mit schmeichelnder, ein ganz klein wenig rauher Stimme ...

Ich ergriff die Vase, die in der Mitte des Tisches stand, entnahm ihr die Blumen, blindlings, wie Monsieur Hartmann in einem Anfall von Wahnsinn ein Bündel Tausender in seinem Kassenschrank ergriffen hätte, um es wegzuschenken, und reichte sie Maria.

Immer noch wandelten weiße Mädchen auf roten Schuhen, den roten Mund in der Luft, das Gesicht geöffnet wie unter einem zurückgeschlagenen Visier, von der Musik in den Hüften bewegt – armselig unter dem meerentstiegenen Unisono des Orchesters, die Augen voll frecher Angst ... Die Kellner setzten bunte Gebirge von Fruchteis auf die Tische, die Platten mit den Likörflaschen klingelten heran, es roch nach Mokka.

Der Herzog hatte die Rose der Missis Perkins genommen und neben seinen Teller gelegt. Frau Hartmann, die ihn demütig verschwärmt im Auge behielt, den Kopf wie lauschend geneigt, als wäre er ihr Beichtvater, der ihr zwischen ihren Gedankensünden mit Hilfe eines ausgezeichneten Orchesters von fernen Ländern erzählte, Frau Hartmann berührte den Boden wieder, der die Kraft der Bourgeoisie birgt. Sie seufzte: »Schrecklich, all diese Kreaturen! Mir tut der Herzog leid. Da lachte Charles Hartmann. Er lachte, wie ein Hirsch röhrt, glücklich, daß der Tisch des Herzogs auf seinen zurückgeworfenen, geschwollenen Hals starrte und der ängstlich herbeigeeilte Maître d'Hôtel gerührten Lächelns den Kellermeister heranwinkte. Geduldig verharrten sie hinter dem Mann, der hier so lachen durfte. »Meinen Champagner!« warf er ihnen endlich über die Achsel zu. Betty schlief an der Hüfte der Mutter.

Auch der Schwede war nicht mehr von dieser Welt. Er trank und träumte. Zuweilen schaute er sich freundlich um, nickte bald mir, bald Maria zu und schloß wieder die Augen. Er saß wie ein Denkmal.

Jetzt stimmte die Kapelle »God save the king« an, zweihundert Nichtsnutze reckten die Hälse, ob der Herzog zur Ehrung seines Blutsverwandten aufstände, aber er blieb sitzen. Von soviel Kühnheit oder Leichtfertigkeit angesteckt, begannen die Mädchen zwischen den Tischen zu tanzen, auch hatte gerade ein geheimnisvoller Befehlshaber, der Herr mit dem übernächtigen Gesicht, der immer gleichsam blitzend aus dem dunkeln Schlamm geschossen kam, umständlich die Tür abgeschlossen und war, den Schlüssel in der Hand, langsam und scharf beobachtend durch den Saal geschritten. Darauf hatte sein Fischblick oberflächlich den Kellermeister gestreift, und einige Minuten darauf begann eine

Prozession von Kellnern, die Sektkübel vor sich hertrugen: die »Spende des Hauses«. Ein Freudenschrei scholl durch den Saal. Endlich hatten auch die Chefs der monegassischen Sittenpolizei ihr Teil. Als die beiden Herren, die Charles Hartmann uns als solche bezeichnet, das erste Glas geleert hatten, ließen sich, wie gerufen, Engel mit kleinen, roten Hüten an ihrer Seite nieder, die mit weißen Zähnen abwechselnd in den Spiegel der geöffneten Handtasche und in die scharfen Augen der Polizeikommissäre hineinlachten.

Die Kapelle spielte nur mehr Tanzweisen, Musikern und Kellnern rann der Schweiß in den Hemdkragen, immer heftiger strichen die Mädchen, wenn sie zum Tanz antraten oder davon kamen, mit beiden Händen über Lenden und Hüften. Wie heiratsfähige Töchter die Ballmutter, so suchten sie, an ihren Platz zurückkehrend, mit dem Blick einen Spiegel.

Frau Hartmann, der bei ihrer Vermählung Amor auf der Tournüre gesessen hatte, erging sich halblaut über »die entblößende Tendenz der Mode«. Die Kreaturen stellten Busen, Hüften, Schenkel, ja die Knie dem Manne zur Schau. Was blieb ihnen danach zu zeigen noch übrig?

»Mein Gott, Madame«, meinte Hartmann, »alles ändert sich, entwickelt sich, auch die Mode, sogar der Teufel.«

Madame fuhr ein wenig auf.

»Que dites – vous là? Der Teufel?!«

Nun hielten wir es alle für gewiß, Herr Hartmann spiele auf die Verführungskünste der Kreaturen an, aber nein, und dies war eben der Scherz, den er sich gestattet, er wollte von richtigen Teufeln sprechen, von den Teufeln im Straßburger Münster. Eines Tages, allerdings war es lange her, hatte er Madame die Teufel im Straßburger Münster gezeigt, zuerst die alten, grobschlächtigen, abstoßenden Teufel, von denen man nicht glauben konnte, daß jemand sich mit ihnen einließe, Teufel für Gesellen mit einem unmäßigen, unsauberen, mit einem elementaren Appetit. Wahrscheinlich hatte soviel unzweideutige Teufelei bei fortschreitender Verfeinerung der Sitten dann keinen rechten Zuspruch mehr erfahren, denn zu Ende des dreizehnten Jahrhunderts tauchte eine neue Generation von Teufeln auf, und diese war mit wahren Liebreizen ausgestattet, wie sie vordem noch nie an Ausgeburten der Finsternis beobachtet worden waren. Erinnerte sich Madame nicht an die zwei Teufelinnen, von denen die eine über das ganze Gesicht lachte und die andre wonnig schlief? Wäre nicht der Pferdefuß oder die Kralle gewesen, man hätte ein Heiliger sein müssen, um ihre Herkunft zu erraten, ihren gesundheitsschädigenden Umgang zu meiden und sein Haus mit dem Zeichen des Kreuzes gegen so anmutig geartete Geschöpfe der Tiefe zu verriegeln.

Madame erinnerte sich an die Teufel, aber:

»Sie werden mir doch nicht einreden wollen«, sagte sie, »die Bildhauer oder Zeichner oder wer sonst sich damals mit der Darstellung der Teufel abgegeben, habe sich nun beflissen gezeigt, die Kreaturen des Höllenfürsten möglichst ansprechend zu gestalten?«

»Selbstverständlich«, sagte Herr Hartmann. »Ich habe Sie sogar nur deshalb an unsern Wonnemond und unsern damaligen, so zeitgemäßen Besuch bei den Teufeln in Straßburg erinnert, um Sie davon zu überzeugen.«

Es war erstaunlich, welche Fülle von zweideutigen Gedanken er in seinem Gesicht zu sammeln verstand; die glatte runde Fläche funkelte feucht.

»Und was haben Ihre Teufel mit diesen Kreaturen hier gemein?« fragte Madame errötend.

»Alles.«

»Dann hätte nach Ihrer Auffassung die Kirche die Teufel protegiert?«

»Selbstverständlich. Die Teufel gehören in die Kirche wie ... wie Ihre Kreaturen hier zur guten Gesellschaft.«

Worauf Madame mit einem stolzen Lachen, das leise und doch klangvoll war, und das denn auch am Tisch des Herzogs nicht unbeachtet blieb, ausrief:

»Gewiß doch, Hartmann, indem man sie draußen vor der Tür läßt.«

Aber auch Herr Hartmann lachte hinüber, als er zur Antwort gab:

»Mir scheint, es sind nicht wenige hier drin. Alle natürlich kann man nicht hereinlassen.«

Und die Gatten, die ihren Erfolg gerecht geteilt fanden, wechselten einen zärtlichen Blick.

»Hätte ich nicht gedacht«, ließ Maria sich vernehmen. »Gar nicht schlecht.« Sie blickte, um über die Spur ihres Gedankenganges zu täuschen, auf den Maître d'Hôtel. »Möchte gern wissen, warum man den Kompagnon bemitleidet.«

Der Kompagnon, das war mein Bruder Ernst, und ich sollte keinen Grund haben, ihn wegen seiner Flamme, der jungen Hartmann, und der zukünftigen Anverwandten, die sich gemeinsam ihres Mutterwitzes freuten, zu bemitleiden. Auch ich fand, dieses Ehepaar passe nicht übel in unsre »letzten Salons, wo man plaudert«, wenn auch nicht gerade nach Breuschheim. Beide sprachen die Sprache, die bei gutem wie schlechtem Wetter fleißig zu üben an der Zeit war, und die sich übrigens ebenso leicht aneignen ließ wie das vorgeblich angeborene Talent, die »Schöpfung« eines »großen Schneiders« zu tragen. Schade, dachte ich, daß die neuen Herren, die Industriellen, immer seltener auf Adelstitel Wert legten und auf einen Salon nur dann, wenn ihre Frauen zu schwächlich waren für den Sport.

»Claus«, sagte Maria, den Blick immer noch auf den Maître d'Hôtel gerichtet, »ich könnte schwören, der Herzog von Wight selber betrachtet ihn mit Wohlgefallen. Man kann nicht ohne weiteres annehmen, daß Seine Hoheit ihn anpumpen will.«

Diese letzten Worte hatten zur Folge, daß Kaspar erwachte und seine ganze Aufmerksamkeit dem Maître d'Hôtel zuwandte, der ahnungslos am Serviertisch in der Saalmitte hielt und das Manövrieren seiner Kellner beaufsichtigte.

»Jaja«, rief der Maler mit lauter Stimme, »ihn sehr wohl anpumpen können! Maître d'Hôtel besitzen zwei Hotels und Zuneigung Guiliettas. Ich fürchte, sie ihn noch heiraten, statt groß, ganz groß werden.«

Da war drüben auch Betty aufgewacht. Während der Herzog ihr mit genäßter Fingerspitze die Schläfe bestrich, rieb sie sich, unwirsch von ihm abrückend, mit dicken Fäusten die Augen. Lady Isabel nickte uns zu, und wir brachen auf.

Von rasenden Autos überholt, von andern heulend im Rücken bedrängt, vor uns die geduckte Gestalt des Chauffeurs, die alle Minuten phantastisch aufleuchtete, um gleich wieder zu erlöschen, in ständiger Furcht vor einem Zusammenstoß, der tödlich gewesen wäre, blendend und geblendet und mit den Wölfen heulend, so gut es mit unsrer Sirene ging, so legten wir die schönste Meerpromenade der Erde zurück. Maria lehnte schwer an meiner Schulter.

Zu Hause angelangt, ging Maria sofort in ihr Zimmer. Im Saal wurde noch getanzt, und ich setzte mich mit ausgestreckten Beinen vor das Kaminfeuer, müde und unruhig wie nach der Jagd. Weil dann die Hirschkuh, die auch Agathe hieß, wenn man es genau wissen wollte, immerzu so freundlich an meinem Rücken vorbeischweifte und mir dabei jedesmal mit der Hand über die Haare strich, erhob ich mich und tanzte mit ihr. Noch nie hatte ich so beschwingten Fußes, gleichsam in einen ewig blauen Himmel hinein getanzt. Mit halbgeschlossenen Augen regte ich mich im Farbenatem des vergangenen Tages, dort, wo die Luft lind war, und höher, im bestürzenden Weißlicht über dem Meer, vom Spuk der starr glühenden Felsen, der schwimmenden Gärten, der zitternden Häuser umringt, und höher, noch höher. Dort flog ich, ruckweise oder schwebend auf ausgespannten Flügeln gleich einem großen Vogel, und die namenlose Ferne umgab mich mit ihrem prickelnden Gischt.

Manchmal brachen in den lichten Raum die Kreaturen ein, wir tanzten in Getöse, zwischen Spiegeln, in einem Menschenbrodem. Wir tanzten, wir tanzten! Wir sprachen kein Wort miteinander.

Der Kaspar war, die Toreroweise aus Carmen auf unwilligen Lippen und von einer Mannschaft gestützt, die der kalabresische Edelmann, Herr César-Marie Roux, anführte, nach einem Umzug im Saal, wobei alle sich vor ihm verneigt hatten, ebenfalls durch die Hintertür abgezogen. Agathe und ich tanzten. Wir allein tanzten noch, und wir tanzten, bis sowohl Herr Roux wie der angelsächsische Korse, die am Kamin die von Kaspar zurückgelassene Korbflasche mit Orvietowein geleert hatten, sich nicht nur weigerten, das Grammophon zu unserm alleinigen Vergnügen aufzuziehn, sondern auch gemeinsam auf das bestimmteste behaupteten, es wäre nun Zeit, die Gäste nicht länger durch Tanz und Musik in ihrem Schlummer zu stören. Auf der dunkeln Treppe huschte eine Gestalt an mir vorbei. Sie verweilte auf dem Treppenabsatz, ich herzklopfend einige Stufen unter ihr. Dann verschwand sie. Im Dunkel blieb ihr hergehauchtes: »Je vous aime« zurück wie ein Duft.

Ich schlief schlecht. Einmal übte ich ganz allein auf dem Straßburger Kasernenhof den Paradeschritt. Auf der Bank bei der Wache saß der Rittmeister Stulpnagel und rauchte eine Zigarre. Er winkte Maria ab, die in stolzer Haltung mit der Schildwache verhandelte, ob es ihr nicht möglich wäre, mir eine wichtige Nachricht zu überbringen. Wie ich, immer im Stechschritt vor mich hinstampfend, die Augen zum Fenster meines Wachtmeisters erhob in der Hoffnung, er werde mir behilflich sein und Maria durch eine Hintertür einlassen, erblickte ich Doris. Ihr Kopf stand in einer unteren Ecke des Fensterausschnitts und schwankte zwischen Licht und Schatten, denn der Fensterausschnitt lag nur zur Hälfte in der Sonne – sie stickte, und als ich plötzlich, mit einem stechenden Schmerz in der Brust, stehnblieb, hob sie das Gesicht und nickte mir zu ... Ich sprang aus dem Bett und machte Licht. Es war kalt im Zimmer. Ich entzündete das Feuer im Kamin, was geraume Zeit in Anspruch nahm, setzte mich mit einem Buch hinzu und las. Aber ich konnte nicht ruhig sitzen, schlotternd ging ich im Zimmer spazieren und legte mich schließlich wieder ins Bett, um weiterzulesen.

Endlich brach der Tag an, grau und kalt wie das Olivenland vor den Fenstern, über Orangenbäumen, deren Früchte sich im bereiften Laub verkrochen, in einer Stille wie nach dem letzten Atemzug eines Menschen, von nichts als dem ohnmächtigen Ticken des Leuchtturms am Horizont belebt. Da lief ich, auf bloßen Sohlen, unter denen der Gang und die Treppe knarrten, und ich tat es wohl nicht, doch hätte ich geglaubt: ich sang, so lief ich, ein Bote der Sonne, dem noch dumpf brausenden Meere entschlüpft, und ein großer Zug jubelnder Vögel geleitete mich ...

Agathe saß aufrecht im Bett, das Gesicht mit einer einzigen dünnen Schicht Rosenrot gemalt – ach, es ruhte in seinem blonden Haar das Madonnenantlitz wie in einem Schrein!

»Ich habe die ganze Nacht auf dich gewartet«, sagte sie. »Schau' mich nicht an, ich muß häßlich sein, und gar noch in diesem Licht ...«

Sie hatte mich, wie mein Lauf plötzlich weglos vor ihr hielt, in ihre Arme gezogen, jetzt öffnete sie das Bett. »O wie bist du kalt, mein armer Liebling«, murmelte sie, zog die Decke über unsre Köpfe, grub mich in eine Wärme, die mich verschlang. Fand ich irgendwelche Worte? Ich weiß es nicht. Dies war der Urwald, wo große Lianen zwischen den Bäumen schaukeln und unsichtbare Tiere schweifen, und die Pflanzen, die man berührt, einen mit dem Geruch ihrer Säfte betäuben. Einmal hörte ich sie kichern: »Du Kind, du, ach, du Kind, hab' ich mir's doch gedacht!«

Als sie das Grab öffnete und mich aufstehn hieß, war es lichter Tag. Ich eilte die Treppe hinauf und, plötzlich wie ein Dieb, an Marias Tür vorbei über den Gang. In meinem Zimmer wohnte säuberlich die Sonne, das weiße Leinen des Bettes blühte. Das aufgeschlagene Buch auf dem Nachttisch begrüßte mich.

Ich warf den Schlafanzug ab und betrachtete mich im Spiegel des Kleiderschrankes – erstaunt, daß meine Gestalt dieselbe geblieben war nach meiner ersten Liebesnacht, erstaunt über mein blasses, schmerzlich verklärtes Gesicht.

Und ich kniete nieder und sprach:

»Nie wieder. Ich danke dir, Agathe, ich küsse dir die Füße. Nie wieder!«

Mein Gewissen regte sich nicht. Ich bereute nicht. Freude durchströmte mich, ein lauer Atem.

Die Fahrt auf dem Baou

Als ich nach dem Frühstück an Marias Tür klopfte, trat sie, fertig zum Ausgehn, auf den Flur. »Guten Morgen, Claus«, sagte sie und blieb vor mir stehn. Langsam zog sie die Handschuhe an, kurze Handschuhe aus weißem, rauhem Leder. Ich sah zu, wie erst die eine Hand hineinschlüpfte, dann die andre: kleine reizende Tiere, mit denen ich unermüdlich hätte spielen mögen.

Sie knöpfte die Handschuhe nicht zu.

Dann hob sie den Kopf, und es fiel mir auf, wie breit eigentlich das zart gerundete Kinn auslud.

»Hast du gut geschlafen?« fragte ich verlegen.

»Kein Auge geschlossen. Und du?«

»Ich auch nicht«, antwortete ich – und erschrak.

Ihre großen Augen, die im halbdunkeln Flur unruhig geflammt hatten, standen mit einem harten Ausdruck, ja geradezu entsetzt auf mich gerichtet.

Nein, nein, wollte ich ausrufen, so meinte ich es nicht! Ich wollte nicht frech sein! Überdies, fügte ich gleich hinzu: sie weiß ja nichts.

Da verschleierte ein feuchter Glanz die Pupillen, ihre Augen waren nur noch ein einziges Schimmern, eine Wirrnis von Licht, das geheimnisvoll in der Finsternis umgeht, die weit in die Stirn gespannten Brauen fielen in kleinen Sprüngen herab.

»Pulcinella!« flüsterte sie lächelnd und senkte den Kopf ...

Im provencalischen Hof lagen Herren und Damen, Kinder und Katzen in der Sonne. Kein Blättchen rührte sich unter seinem Sonnenlack, die vielfarbigen Blumen der Majolikatöpfe und des Mäuerchens glühten wie im Feuer geblasenes Glas. Ich ergriff Marias Arm und schritt eilig durch das Tor; der Schatten des kunstvoll geschmiedeten Gasthausschildes zeichnete sich mit allen Feinheiten seiner Arabesken haarscharf im roten Sand ab. Vor uns trugen die Platanen des Marktplatzes mit riesiger Lust die Bürde des Lichts.

Wir nahmen ein Schattenbad, kamen an der eingemauerten Kanone vorbei, unter dem Gewölbe des Stadttors lachte ich laut auf, nur um es tönen zu hören, und nun schritten wir auf den alten Wällen – durchleuchtet von Himmel und Meer und der weiten Luft zwischen ihnen, die aus beiden und einem Dritten gemacht war ... Was mochte nur dieses Dritte sein? Es floß mir durch die Finger, durch die Haare, ich schritt darauf. Ich lebte in einer namenlosen Ferne.

»Maria«, sagte ich, »mir kommt es vor, als wandelte ich in ganz besonderen X-Strahlen. Und schau nur die Orangen und Mandarinen in den Gärten zu unsern Füßen, wir streifen sie wahrhaftig mit den Füßen, die schlangenglatten, fein geschnittenen Feigenbäume, die wuchtigen Maulbeerbäume, merkst du? denen geht das Licht auch durch und durch, nicht nur durch den Schatten, nein, durch Holz und Frucht. Weißt du auch, daß der Orangenbaum als einziger zugleich Frucht und Blüte trägt? Vielleicht hängt das mit meinen besonderen X-Strahlen zusammen? Jedenfalls gedeiht er ausschließlich in deren Bereich ... Übrigens, wenn ich jetzt so nachdenke, möchte ich gar nicht, daß er am Rhein und an der Breusch gediehe. Jedem das Seine! Was meinst du?«

»Ich meine, daß du mir schon wieder untreu warst«, antwortete Maria scherzhaft. »Es geht Schlag um Schlag bei dir, wie beim Pendel einer Uhr. Jetzt zum Beispiel ging es von der Riviera zum Rhein, von Maria zu Doris.«

»Du bist habgierig«, gab ich im selben Ton zurück. »Du möchtest alles allein haben. Ich schenke dir doch schon die Olivenbäume samt den besonderen X-Strahlen!«

»Und in deren Bereich soll ich verbannt bleiben?« warf sie ein. »Auch ich war am Rhein! Ich war sogar an der Breusch ... vor jeder andern.«

Ich setzte die Neckerei fort, indem ich Viviane, wie es sich gehörte, den Vortritt lassen wollte, aber Maria focht die Berechtigung des »Kindes Viviane« an, in diesem fraulichen Wettstreit vor dem Götterliebling Paris aufzutreten. Wobei Paris, betonte sie, sich gründlich täuschen würde, wenn er in seiner männlichen Eitelkeit etwa annähme, es ginge bei dem Wettbewerb um ihn, den Götterliebling. In Wirklichkeit war er nur der zufällige Anlaß für einige Damen, eine gewisse, ganz persönliche Angelegenheit unter sich auszutragen.

»So sag' mir doch, mein Sonnenflirt«, rief ich aus, »du weißer Sturmvogel mit schwarzen Flügeln, sag' mir, Exzellenz, wie du dir vorstellst, daß ich dir die Treue halten soll!«

Hastig antwortete sie:

»Indem du mir nicht völlig mein Leben verdirbst.«

Erst staunte ich, dachte angestrengt nach – und dann ...

Es war ein seltsamer Zorn, der mich erfaßte, und der damit begann, daß ich ihre Handgelenke packen und mit Gewalt die Handschuhe abstreifen wollte, um meine Zähne in das Innere ihrer Hände zu wühlen, das weich gefurcht und zugleich fest war, ein Zorn voller Verlangen, Selbstvorwürfe und Anklagen, der ausgewachsene Bruder jenes Zornes, der mich bei der ersten Begegnung mit Maria im Gang des Schlafwagens angefallen hatte, der »Zorn auf Maria«, der jetzt alles enthielt, was seit damals unsre Lust und unser Leid gewesen war und, im Grund, unser ganzes Leben bleiben sollte, bis heute. Ja, bis heute – obwohl dies sein letzter Ausbruch war und wir in den folgenden Jahren völlig vergaßen, welch urmächtiger Streitfall unter unsern Umarmungen begraben lag. Ich vermochte kein Wort hervorzubringen, so übermannte mich die Wut, nur in meinen Gedanken raste ich los, und ich zwang meine Füße, mit den ihren Schritt zu halten, und zwang den Kopf, frei auf seinem Halswirbel zu federn, ich blickte um mich, ohne etwas zu sehn ...

Du Gauklerin, dachte ich, die du mich immer nur gereizt hast, um dich an meinem hilflosen Kummer ebenso zu befriedigen wie an meinem Entzücken, herzlose Allgewandte, warum hast du mir nie mit einem einfachen, guten Wort geholfen? Du willst nur immer spielen, spielen, spielen! Ich liebe die Orangenblüten, die bei der Frucht stehn, nicht solche armen Zweiglein, wie gewisse kokette Mädchen sie in den Strumpf stecken, verstehst du? Ja, ich durchschaue dich, ich kenne dich – seit heute kenne ich dich genau! Jetzt weiß ich, was das ist, was die Leute Liebe nennen – eine schöne Sache, gewiß, aber siehst du? ich brauche mehr. Herz brauche ich, Herz, das ganze Herz! Man könnte es auch anders nennen, aber im Augenblick weiß ich keinen besseren Ausdruck. Herz also. Und du? Du hast nur Phantasie! Deine Phantasie füttert mich mit Hoffnungen und triumphiert auf meinen Enttäuschungen, wie ein Kannibale auf der Leiche des Erschlagenen. Was wagst du, dich mit Doris zu vergleichen, die Blüte, die mir unversehens in die halb geöffnete Hand fiel, du Equilibristin! Wo findet sich die Treue, die du meinst, wenn nicht auf dem Trapez? Weiß ich, woher du kommst, wenn du wie eine Geliebte vor mich hintrittst? Wohin gehst du, wenn du in einem gurrenden Lachen über mein enttäuschtes Gesicht verschwindest? Habe ich dich nicht mehr geliebt als Viviane, ja selbst als Donja? Ach, vielleicht, wenn ich um dich gekämpft hätte ... Ich war zu dumm, oder ich glaubte, man dürfe nicht um eine Frau kämpfen, die man wirklich liebte, eine solche Liebe, meinte ich, müßte wie ein heller Tag sein, der da ist, wie diese Bäume, diese Früchte, dieses Meer, um die ich auch nicht gekämpft habe ... Warst du jemals mein? Diese Orange da ist mein, die in ihrem dunkeln Laub leuchtet, prachtvoll verschwiegen, oder jene Rose, die erhobenen Hauptes in der Sonne steht, ohne zu taumeln ... Aber du?! ... Und doch war ich um dich still wie diese Luft um den Orangenbaum, war glühend über dir wie diese Sonne – oder nicht? War ich es am Ende nicht? Nein. Nein. Vielmehr war ich es, der dich bedrängte, der dich unterwerfen wollte, ein wahrer Barbar, schon damals im Schlafwagen, ich entsinne mich genau ... An deinen Zöpfen hätte ich dich ergreifen mögen, weil sie so schwarz glänzten, und dich mit mir fortführen als meine Sklavin – die Sklavin eines heimlichen Hohenstaufen, haha! Dafür hätte ich dich dann Herrin genannt, vom kriegerisch tänzelnden Pferd herab, im fröhlichen Wispern des Lorbeers, im Sausen der unsichtbaren Fahnen, auf meinem Triumphzug, ich Narr ... Und eines Tages hatten wir verspielt. So wird es wohl sein ...

»Laß nur, Claus«, raunte da eine gleich wieder geliebte Stimme.

Der Ton fuhr mir mit der Dringlichkeit einer Hand, von Marias Hand, an die nackte Brust, dorthin, wo das Herz schlug, und griff zu. Es war ein hoher, reiner Ton, wie ich ihn noch nie gehört zu haben meinte, ein Ton aus tief gebeugtem Haupt, der aus der Erde zu kommen schien, aber hell ... und von unergründlicher Kraft. Er löste allen Widerspruch in der Schöpfung, er löschte den Zweifel. Ich blieb stehn, legte den Arm um ihre Hüfte –

»Laß nur, Claus«, und es kam nur als eine nachträgliche, recht eigentlich hilflose Erklärung, als sie, den Kopf zurückwerfend, nach einer Weile fortfuhr:

»Wir wären ja doch kein gutes Ehepaar geworden!« Und plötzlich, in einem andern, hastigen Ton: »Aber, sag' warum ...«

Da sie stockte, mißverstand ich die Frage und antwortete: »Weißt du, Maria, im Traum gefunden, im Traum verloren.«

Ich spürte, wie etwas in ihr langsam anzog, aber sie bewegte sich nicht, blieb so an mich geschmiegt, nur die Augen loderten auf, bevor sie in einem wilden Entschluß erstarrten:

»Nein«, sagte sie ruhig. »Nicht gefunden und also auch nicht verloren.«

»Was dann?« fragte ich. »Maria, was dann?«

Sie entzog sich mir, indem sie meine Hände in die ihren nahm und ein wenig zurücktrat. Lächelnd:

»Ich wollte etwas anderes fragen.«

»Was? Was? So sprich doch!« drängte ich, und zugleich schlug mir das Blut in den Kopf, denn ich erinnerte mich, wie die Arme Agathes sich mit großem Schwunge um mich geschlossen hatten, als ich an ihrem Bett angelangt war ... Da errötete auch Maria, und wir begannen gleichzeitig eiligen Schrittes weiterzugehn.

Wir befanden uns jetzt auf der *Vence* zugekehrten Seite des Städtchens. Eine helle Landstraße blitzte dort oben aus den morgengrünen Gärten. Die Glocken des unsichtbaren Münsters surrten im Himmel.

»Unmöglich«, rief sie lachend aus. »Ich brächte es nie und nimmer über mich«, und obwohl ich ihr nunmehr in jeder Weise zusetzte, gelang es mir nicht, in den Besitz dieses unbegreiflich aufregenden Geheimnisses zu gelangen.

Wir tummelten uns unter dem Baum der Erkenntnis, nur soviel war mir klar, und über uns blitzte die Schlange. Herrlich!

Mit eins hatte eine neue Musik eingesetzt, und sie bewegte nicht nur uns beide, sondern schlug in Baum und Stein – und machte sie sprechend. Auf Millionen weißer Flügel stürzte das Licht des blaugrauen Hochlandes von Vence auf uns herab – ich sprach die Hoffnung aus, daß Maria dort oben, wo es keinen Schatten mehr gab, um irgend etwas oder sich selbst darin zu verstecken, ihr Geheimnis entlassen müßte, »so wie man die Hand öffnet«, sagte ich und zeigte es ihr mit der Hand. Dabei ergriff ich die ihre, wir liefen den Wall hinunter, und das tat gut: als liefen wir mit allen Sinnen, nur die Augen geschlossen, durch uns hindurch, so tat es.

»Gelobt sei unsere gute Mutter, die Sonne!« sang ich zu Bobs Zimmer hinauf. »Die Erde ist wohlauf und hängt an ihrer Brust.«

Wir blickten mehrmals zurück, ob nicht L'Amico eigens zu unserer Freude in einem Fenster erscheine, der dunkelschöne Gott des Abends im anhebenden Mittag ...

Wir sahn uns nach dem gewohnten Verbündeten um, wir suchten einen Zeugen des Tanzes, dem wir uns mit schweren, wie gelähmten Gliedern, doch immer stärker beflügelt überließen.

Leider blieb die ersehnte Erscheinung aus, und auch das innere Bild zerstob bei den ersten Schritten auf der Landstraße, die uns nahm und mit zäher Gewalt hinaufhob, dem Himmel entgegen, in dem der unsichtbare Glockenschwarm wogte. Wir begegneten niemand.

Zum erstenmal warb ich um eine Frau, listig und vor Übermut sinnlos.

»Dein Geheimnis!« bettelte ich und drohte: »Es wäre ein Verdienst, wenn du es mir jetzt sagtest; droben verrät es die Sonne.«

Sie warf den großen, schönen Mund in die Luft, den die Sonne wahrhaft küßte, er bebte unter ihrer senkrechten Berührung, und lachte: »Vielleicht!«

Die Landstraße schwang und schlang sich um Felsen und kahle Hänge, höher, immer höher, Brücken mit niedrigen Mauern preßten sie über Abgründe, ausladend entlief sie der Gefahr. Wir atmeten Sonne, sprachen Sonne, vergingen und kamen wieder in ihr. Mit eins ruhte die Straße weich an einem Pinienwäldchen. In seinem Schatten küßten wir uns – flüchtig, immer wieder, ohne einander zu berühren, wortlos. Dann nahm sie ein grelles Geröllfeld im Sturm. Ich schrie wie ein Raubvogel, und Maria antwortete ebenso. Unter der hohen Stützmauer eines Orangengartens machte die Straße halt und schaute lange zurück auf das Meer.

Der Glockenschwarm hatte sich in der Bläue aufgelöst. Ein dumpfes Sieden war um uns, sonst kein Laut.

»Maria! Warum aber … Warum aber bist du oder hast du – was?«

In kühner Haltung stand sie vor mir, am Rande der seitlich ein wenig erhöhten Straße, am Rande des fernen Meers, sie nahm den Hut ab und schüttelte das Haar. »Pulcinella!« rief sie. Sie wirbelte den Hut.

»Als ob du meinen Skalp schwängest«, sagte ich demütig.

»Vielleicht tu' ich das auch«, rief sie und warf sich mit jubelnd erhobenen Armen an mich.

Ich bat: »Sag' es mir doch!«

»Warum willst du nicht warten, bis die Sonne es verrät? Wir sind ja gleich oben.« Die Gärten um Vence standen voller Evabäume, es blitzte im Laub.

Wir betraten die Stadt, immer noch lachend, voll Sonne auch noch im Schatten der Gassen. »Komm«, befahl Maria, »mitten auf den Marktplatz! So. Jetzt mußt du es sehn.«

Wir standen in der Mitte des großen, leeren Platzes, sie hielt die Arme mit geöffneten Händen ein wenig von sich ab, der Kopf lag auf dem Haarknoten im Nacken: »Nun?« fragte sie ernst.

»Am Ende«, meinte ich, »ist es gar kein Geheimnis, sondern nur eine tolle Liebeserklärung?«

Mit einem Ruck wandte sie sich ab, und während sie mit langsamer Gebärde den Hut überzog, spionierte ein ebenso langer Blick aus den Augenwinkeln zu mir herüber. »Gewiß doch!« bekräftigte ich. Mürrischen Gesichtes antwortete sie: »Vielleicht«, und wir schritten dem Hotel zu.

Um unsere Verlegenheit zu zerstreuen, sprach ich: »Siehst du? Die Sonne hier oben! Hatte ich nicht recht?«, aber sie leugnete, daß ich recht gehabt hätte, und schlug ironischen Tones vor, zur weiteren Klärung der Angelegenheit durch die Sonne nach Tisch den Baou zu erklettern, was ich als unnötig ablehnte. Noch während des Essens, drohte ich, würde ich den von ihr angefangenen Satz richtig zu Ende führen.

Das hatte zur Folge, daß sie bei der Suppe und auch noch beim Fisch die Unterhaltung mißtrauisch überwachte, und erst als ein mit getrüffelter Farce gefülltes Huhn sie an das gleiche Gericht erinnerte, das wir einmal gemeinsam mit Bob und Frau Camilla in Straßburg gegessen, vergaß die Kluge aufzupassen und vertraute sich begeistert unsern Erinnerungen an. Da, von der lebhaften Unterhaltung angetrieben, wagte ich die Überrumpelung und sprach unversehens in das Gespräch hinein: »Warum aber lieben wir uns nicht trotzdem, als ob –«

»Claus!!«

Sie hatte Messer und Gabel sinken lassen und versuchte, mich mit ihrem empörten Blick zu bändigen.

»Maria?« fragte ich freundlich, und ich erhob das Haupt, bereit, die erstürmte Stellung nun auch kaltblütig zu überschreiten.

Es sollte mir nicht gelingen. »Ich bitte dich, Claus!« sagte sie, während sie sich über den Tisch zu mir herüberbeugte, voll ernsten Vorwurfes, und als sie den Blick niederschlug und wieder in ihre frühere Haltung zurückkehrte, vollzog sich damit nichts Geringeres als ein anschaulicher kleiner Zusammenbruch. Sie saß sprachlos, blicklos, vernichtet ... Endlich aber führte sie das Weinglas zum Mund, netzte die Lippen und wandte den Kopf langsam nach rechts, wo ein älteres Paar still mit einem überaus blassen, schmalwangigen Mädchen speiste, dann, wie aus einer flüchtigen Ohnmacht erwachend, nach einem Tische links, der von lärmenden Amerikanern besetzt war.

»Niemals habe ich das sagen wollen«, entfiel es ihren Lippen. Dabei schien sie die Champagnerflaschen auf jenem Tisch zu zählen.

»Auch nicht dem Sinne nach?« fragte ich überlegen ... Statt zu antworten, griff sie zu ihrem Glas und trank mir mit einem wehmütigen Blick zu. Nun wußte ich es: ich hatte eine Dame schwer beleidigt, aber, siehe, ihrem alten Spielkameraden verzieh sie mehr, als erlaubt war. Ich lächelte spöttisch zurück, und ich wartete mit dem Trinken, und auch Maria wartete, bis ihr Mund, den ich dabei ansah, sich in den Winkeln zu kräuseln begann.

»Ahnst du noch, was Auguren sind? Im Hotel Danieli habe ich es dir erzählt«, sagte ich. »Gewiß, Claus, und glaube mir, zu den allerschlauesten gehörst du gerade nicht.«

Und der Ball, der zwischen uns hin und her flog, blitzte wieder wie der Wind im Laub der Evabäume.

Als wir aber kurz hernach auf der Terrasse saßen, wo nur der Duft des Kaffees etwas wie Kühle in die Parfüms und die Körperwärme der Männer und Frauen streute und die Liebe gleich einer Flamme im hellen Mittag zwischen den Gruppen umhertanzte (wie Kinder schlugen oder griffen sie darnach), in dieser menschenschwülen Gemeinschaft und Gefangenschaft vor dem lichtwütigen Mittag, der das Olivenland unter uns beschlief, in dieser Licht- und Atemnot dachte ich an nichts mehr, als an das seraphische Morgengeläute des Domes von Vence, wie es hoch über uns im Himmel gehangen, und wie die Landstraße uns lautlos emporgezogen hatte, höher und höher, und daß, kaum, daß wir unter Menschen weilten, wieder alles verspielt und verloren sei und unserer Irrfahrt kein Ende. Meine Augen suchten die Kranken auf der Terrasse, und ich verweilte dienenden Herzens bei ihnen, ja, ich wünschte, ihresgleichen zu sein und einzig und allein unter ihnen zu leben – so, wie sie eben lebten, indem sie, ein wenig matt, doch mit einem heimlichen Jähzorn, ein wenig fiebrig und verantwortungslos, schnell noch nach dem Leben griffen, ihm allerhand abstahlen. Die Mondnachtvision von den Kranken in Vence, die ich in jener Stunde der Kassiopeia gehabt, umgab mich mit ihrem weißen Schauder. Und jetzt war Maria da! Hatte ihre Anwesenheit mich lebendiger gemacht? ...

Auch Maria hatte geschwiegen. »Hundert!« sagte sie plötzlich, und als ich sie erstaunt ansah: »Hundert Orangen habe ich jetzt da unten gezählt. Nun, meine ich, ist unsre Zeit hier abgelaufen.«

Wir brachen auf.

Großer Gott, wie stark und klar verlief unser Heimweg um die abfallenden Olivenwälder, Steinterrassen, goldgrünen Haine und über die Klüfte an diesem Mittag! Das Städtchen Vence, das wir kreuz und quer durchforscht hatten, war der Vision unter der Kassiopeia sehr unähnlich gewesen, auch abgesehen davon, daß es jetzt nicht im Mondschein schwamm, sondern von einer mächtigen Sonne gezeichnet war. Es strotzte von Leben, und dieses Leben zeigte sich sogar recht rücksichtslos in manchen Gassen, wo die Haustüren aufstanden und nur die schmale Schwelle die Gasse von der Stube trennte. Wir sahen Menschen arbeiten, schlafen, zanken, lieben, in einer Schusterstube krähte, als wir vorbeigingen, ein Hahn.

Nun schritten Maria und ich Hand in Hand die starke, standhafte Landstraße hinab, die uns so schön beieinander hielt, und ich dachte über den »kranken Punkt« in mir nach, jene morbide Schwäche, die mich zuweilen befiel und aller Lebenskraft beraubte, so daß ich mich nach Krankheit und Behütetsein sehnte, nach einem Liegestuhl am Rande des Todes, und, wenn ich wirklich einmal krank war, die Krankheit mit Wollust genoß. Darüber dachte ich nach, mit festen Schritten und Maria in einem tiefen, ruhigen Gefühl verbunden ... Wieder standen zu Seiten der Straße die Gärten voller Evabäume, doch in einer Stille, die hochgemute Gewißheit atmete, nicht das geringste Zittern war in ihnen, keine Heftigkeit des Lichts brach ihr Laub auf, versonnen hingen die reifen Orangen. Ich fühlte mich stark, ich fühlte mich froh. Mein Anfall von wehleidiger Schwäche war bald vergessen, nur ein Geschmack wie von abgestandenem Weihrauch lag mir noch auf der Zunge, o ich kannte ihn gut, die peinliche Erinnerung daran reichte bis in meine Kindheit zurück, oft hatte ich geglaubt, es sei der Geschmack Venedigs ... Und plötzlich kam mir eine Erleuchtung. Hatte ich nicht erst wieder angefangen, mit Sehnsucht an Maria zu denken, als ich in Köln auf dem Krankenlager gelegen, war nicht die lyrische Wehleidigkeit zuerst wieder unter dem geschwungenen M der Kassiopeia aufgebrochen? Und die Jahre unserer Freundschaft im Geiste zurückschreitend, fand ich jene Trauer überall wieder, wo Maria meinen Weg gekreuzt hatte. Die süßliche Wehmut der Schwäche, sie war der Geschmack meiner Liebe zu Maria, der Nachgeschmack ihrer spärlichen, heftigen Küsse!

Von der sich neigenden Sonne umdonnert, blieb ich stehn, ich faßte Maria bei den Schultern und musterte sie: Augen, Mund, Stirne und Kinn, ich versuchte, in ihr zu lesen, doch alles: Augen, Mund, Stirne und Kinn, die edeln Schultern ... und die Hände, die sie fragend zu meinem Gesicht hob, alles stand so klar, so fest in der Welt, deutlicher, als irgend etwas, Baum, Felsen, Strauch, womit ich sie, wegblickend, verglich, und war mir so restlos vertraut, daß ich sie als die allergrößte Gewißheit mit Händen griff. Mitten auf der Straße umarmten wir uns, bis zum Taumel. Sie muß mein sein, schrie es in mir, *das ist's*, und ich wußte nicht, wollte ich damit eine Qual vernichten oder den Gipfel des Glücks erstürmen, wollte ich sie auslöschen und mich erhöhen, um »frei zu sein«, oder einfach nur meine süße Sklaverei gekrönt sehn. Aber eines ist gewiß: nicht an Maria dachte ich – nur an mich. Die Hände in ihre Schultern geschlagen, hielt ich sie von mir ab und sprach glühend in ihr offenes Gesicht: »Du mußt mein sein ... Je te veux.«

Langsam, wie mit Anstrengung, schlug sie die Augen nieder, der große, weiche Mund zuckte, das Kinn hob sich ein wenig, sie schwankte, dann schlug ein Jubel durch ihren Körper, sie warf sich an mich.

»Laß nur, Claus«, flüsterte sie. »Laß nur. Seit heute ist alles gut«, und Hand in Hand, die Augen voll Erdenglanz und Himmel, schritten wir weiter, die Straße klang unter unsern Tritten, und das war der einzige Laut, der in der Sonne zu hören war ...

Im Hotel angelangt, übergab man uns einen Brief Bobs, der mitteilte, daß Frau Camilla komme und er es aus verschiedenen Gründen vorziehe, mit ihr in Cap d'Antibes zu wohnen; er war schon vormittags abgereist.

»Weißt du was?« sagte Maria ruhig. »Wir lassen gleich packen und fahren auch hinunter.«

»Schau mich, bitte, mal an«, gab ich nach einer Pause des Staunens, der Verlegenheit zurück, und das war dumm von mir, denn als sie entschlossen das Kinn hob, konnte sie mit aller Muße beobachten, wie ich gerade bis in die Augen errötete. Ich hatte mich gefragt, ob sie nicht doch am Ende meinen nächtlichen Spaziergang belauscht hätte, und nun erinnerte ich mich mit eins, daß ich ihr während der zwei Minuten, die sie gestern nach der Rückkehr von Monte Carlo hier im Saal verweilt war, »eine hübsche Frau« gezeigt hatte, nämlich die Hirschkuh, die auch Agathe hieß, wenn man es wissen wollte ...

»Darum?« fragte ich von ungefähr.

»Ja, darum«, erwiderte sie festen Blickes.

»Du machst dir unnötigerweise Sorgen.«

»Ich mache mir keine Sorgen. Ich bleibe nur keine Stunde länger in diesem Hotel. Und ich bitte dich, Claus, mich nach Cap d'Antibes zu begleiten.«

»Unter die durchdringenden Augen deiner Mutter?«

»Warum nicht?« fragte sie arglos. »Haben wir etwas zu verbergen?«

»Zum Donnerwetter, nein!« rief ich aus und eilte zum Telephon, um die alte Marchesa zu bitten, uns ihren Wagen zu schicken.

Er ließ nicht lange auf sich warten. Als wir eine Stunde später, vom kalabresischen Räuberlein mit tiefgesenktem Hut betrauert, den Hof durchschritten, lag Agathe, weich von der Sonne gegossen, in einem Lehnstuhl. Ich glaubte ein leises Beben unter den geschlossenen Lidern zu bemerken und grüßte, wobei ich die Hand ans Herz führte. Sie lächelte reglos, ohne die Augen zu öffnen.

Das Hotel stand dicht am Meer, auf der Spitze der Halbinsel. In windigen Nächten war es vom Brausen des Wassers erfüllt, und auch wenn Wind und Wellenschlag sich gelegt hatten, sauste es bis zum Morgen gleich einer großen Muschel.

Auf einer Landzunge hinter dem Hotel aber blühte ein einzigartiger Garten. Ein spleeniger Franzose hatte ihn vor vielen Jahren bauen lassen, zugleich mit einer Moschee als Villa und seinem eigenen Marmorgrab. Dieses hatte er früher bezogen als das Haus, dessen innere Einrichtung nie beendet worden war, denn die Erben kümmerten sich nicht um das Paradies eines toten Narren, und der Garten durfte ungehemmt verwildern. Als Maria und ich ihn zum erstenmal betraten, drangen wir nur zögernd, mit weit geöffneten Augen vorwärts, wie man in einem alten, feierlich schönen Münster geht. Der gelbe Ginster blühte massenhaft in großen Büschen, überall reckten sich ganze Lanzenbündel von Aloeblüten aus ihrem Buschwerk, karminrot, rosa angehaucht. In einem klarblauen Tümpel wie ihrem eigenen Duft und Schweiß standen Fackellilien und schossen die Kolben ihrer Purpurblüten in die Sonne, die Felsen waren mit Kakteen übersät. Alle möglichen Arten von Palmen und Schirmpinien standen leicht über den Garten verteilt, so war dafür gesorgt, daß sie sich als Vasallen benahmen und der Sonne den »großen Zutritt« ließen. Am Strand, zwischen den Kieseln, blühten Krokusse. Eine Heine Bucht öffnete sich in der zerklüfteten Riesenmauer der Muschelkalkfelsen, und darin spielten zwei nackte Knaben. Entzückt blieben wir stehn ...

> Der Küste felsengewaltiges Wehr
> Macht sich ganz klein und rund:
> Zwei Kinder spielen mit dem Meer
> Wie mit einem großen Hund.
> Die Sonne in ihrem weißglühenden Schuh
> Stellt als ihre Amme sich dazu.

Es war mir nicht bewußt, ein Gedicht gemacht zu haben, als ich, leicht mit den Worten kämpfend, dieses langsam drei-, viermal und immer deutlicher vor mich hingesprochen hatte ... Inzwischen begrüßte Maria die Kinder, ließ sich von ihnen einen Strauß Krokusse pflücken und beschenkte sie.

Von den Rufen der Kinder angelockt, tauchte hinter einem Felsen der Bucht ein alter Fischer auf, Hosen und Hemdärmel aufgekrempelt; er winkte uns großartig zu. Dann setzte er mit auffallender Sorgfalt in seinen Bewegungen die Arbeit fort, wobei er die ganze Anmut eines bejahrten, aber rüstigen Südländers entwickelte. Und da er uns also ein Schauspiel gab, verbeugten wir uns lachend und machten es uns auf einem Felsvorsprung bequem. Er fing Seeigel, stachelige Kugeln, die einen braun und noch dunkler, die andern lila. Mit langen Stangen stöberte er im felsigen Boden und löste die Tiere, die sich mit den Stacheln zwischen den Steinen festklammern, mit dem Messer los. Winzige Schaltiere warf er uns herüber, die wir kosten mußten – sie schmeckten besser als Austern. Krabben, Muscheltiere folgten, nicht größer als die Spitze des kleinen Fingers. »Kein richtiger Fischfang«, erklärte er, als er schließlich zu uns trat (das dunkelbraune, bärtige Haupt leuchtete vor uns, aus dem Ausschnitt des roten Hemdes quollen weiße Zotteln), »aber die rechte Arbeit für Alte wie mich.« Darauf entleerte er einen Sack, der neben den Kindern gelegen hatte, und zeigte uns Polypen, Tiere von der Größe eines Teetisches, ein formgewordener Schleim, über dessen Kraft wir uns wunderten, manche weißlichgrau, andre mit dunkleren und rosa Flecken, die Saugnäpfchen wie Backenzähne, wieder andre braunrot, aufglühend im Licht. Der Fischer tötete einen solchen Kopffüßer mit einem Messerstich »neben das Auge«, aber Maria und ich konnten uns in dem komplizierten Organismus nicht zurechtfinden, wir sahn viele Augen, und was das Auge war, hätte geradeso gut etwas andres sein können … Gleich machte das Tier schlapp. Es öffnete sich wie eine große Blume, die Fangarme glichen langen Blättern – eine Blume, würdig der tollen Sonne!

Nachdem wir eine Weile geplaudert hatten, entrollte er Hosen und Hemdsärmel, strich sie sorgfältig glatt und lud »uns und die ganze Familie« zum Essen ein: zum Essen mitten im Wildgarten, unter der Sonne.

Es stellte sich heraus, daß er mit seinen beiden Söhnen seit zwanzig Jahren in der Moschee wohnte, ohne Zins zu bezahlen, ohne die Besitzer je gesehn oder von ihnen gehört zu haben, es war sein Reich hier, niemand bestritt ihm die Herrschaft. Als er in edlem Stolz die Arme in die Luft warf, klirrten die geweihten Medaillen auf seiner Brust.

»Ich habe auch eine Tochter«, sagte er, und nach einer Pause, die Augen aufreißend: »Giulietta Var!«

Sein Arm deutete groß nach Nordosten, in den Himmel, in die Richtung St. Pauls.

»Der Schwede Kaspar«, fügte er hinzu, während er bescheiden die Augen niederschlug und die Stimme senkte, »der Schwede Kaspar hat mich als ägyptischen König gemalt.«

Das Gartenessen wurde für den nächsten Sonntag verabredet. Wir hatten uns schon einige Schritte entfernt, als er uns anrief und, die Hände in den Hosentaschen, schlendernden Ganges nachkam. Seine Haltung drückte sündhafte Vertraulichkeit aus.

»Wenn Sie erlauben, sagte er, »will ich Ihnen unser Felsenbad zeigen. Ein Geheimnis. Ich wäre glücklich, es Ihnen zu schenken. Solange Sie hier wohnen, soll es Ihnen allein gehören.

Wir bestiegen einen Nachen, der in der kleinen Bucht hinter einem Felsen versteckt an der Kette gelegen hatte, der Alte ruderte uns ins Meer hinaus, um die dünne Spitze der Halbinsel und dann geradeswegs auf ein gewaltiges Gebilde aus Muschelkalk los, das sich wie eine steinerne Orgel aus der niedrigeren Küste erhob. Das Wasser davor lag fast reglos, was daher rührte, daß sich eine Schicht glatter Felsen, allmählich abfallend, unter dem Wasser bis weit ins Meer erstreckte. Nachdem wir seitlich der Brandung gefolgt waren, landeten wir auf einer breiten Terrasse, die sich am Fuß der Steinorgel entlang zog und gegen das Massiv hin mit einer Reihe von je zwei zusammenstehenden Säulen abschloß. Das Meer hatte sie aus der Felsenmasse gehauen, sie geglättet und mit zahllosen Arabesken geschmückt. Während wir auf der glatten, sonnigen Terrasse an ihnen entlang gingen, bemerkten wir, daß die Säulenpaare ebensoviel Eingänge in graugrüne Höhlen bildeten, in deren Hintergrund hie und da weißes Sonnenlicht platzte. Die Steinorgel erwies sich als von beträchtlicher Tiefe, sie war vom Land aus unzugänglich, viele der Höhlen aber öffneten geräumige Licht- und Luftschächte in den Himmel, und an diesen Stellen wuchs auf dem Boden ein dichtes, grünes Moos, das mit winzigen weißen Sternen bedeckt war. Herrlich!

Der Fischer ruderte zurück, übergab uns den Schlüssel des Vorlegeschlosses, und nachdem er wie ein ägyptischer König gegrüßt hatte, der Tochter und Schwiegersohn in die üppigen Gefilde der ihnen verliehenen Provinz entläßt, beeilten wir uns lachend, das dünne Kap zu umschiffen und von unsrer neuen Residenz Besitz zu ergreifen. Wir entkleideten uns, ohne einander anzusehn, und liefen gleichzeitig so schnell wie möglich die Steinböschung ins Meer hinunter. Als wir den Boden unter den Füßen verloren hatten, schwammen wir aufeinander zu und küßten uns. Wir versuchten auch zu tauchen und uns unterm Wasser zu küssen. Nach vieler Mühe gelang es. Da waren wir aber auch schon erschöpft, und wir legten uns, eine Armlänge voneinander entfernt, auf die Terrasse, um zu trocknen. Maria hatte ihr Haar gelöst und es in Form eines großen schwarzen Fächers über den warmen Stein gebreitet – in der Mitte lag das blasse Gesicht mit den geschlossenen Augen, darüber die Brauen, die ein wenig zu schwarz, mit den Lippen, die ein wenig zu rot waren, und so erinnerte sie an eine große, fleischige Blume, Geschöpf und Opfer dieser Sonne …

Fortan verbrachten wir die halben Tage auf der Terrasse und in den Gewölben der Steinorgel; wir wurden rot wie Indianer und mußten uns viel salben, bis unsre Körper die edle Farbe der Nubier annahmen. In der übrigen Zeit fuhren und wanderten wir durch das Land, rund um den Baou, bis an die Alpen, von einem Ende der Riviera zum andern.

Nur den Baou hatten wir noch immer nicht bestiegen, und zwar aus dem einzigen Grund, weil angeblich die Fahne noch nicht fertig war, die wir dort oben hissen wollten, und zu der Maria einen weißen, mit

Flittersilber bestickten Venezianerschal herrichtete, den sie bei unserm ersten Aufenthalt in jener Stadt gelegentlich getragen hatte.

Was inzwischen die andern um uns trieben, das geschah in einer Welt, in der wir nur besuchsweise auftauchten. So wurden in Nizza die Ausstellungen Kaspars und Lord Berricks an ein und demselben Tag eröffnet und beide vom Prinzen Albert in Begleitung des Prinzen von Wight besucht. Dem Prinzen von Wight gefiel das Bildnis Madams als Kleopatra (mit der goldenen Schlange und dem chinesischen Sklaven) über die Maßen, er bedauerte wiederholt, daß es nicht käuflich sei. Darauf wollte der Künstler ihm Giulietta vorstellen, was aber auf Veranlassung der anwesenden Lady Isabel durch den Adjutanten Seiner Hoheit im allerletzten Augenblick verhindert wurde. Madam mußte in die Ecke zurücktreten, aus der sie schon mit dem Schritt der Siegesgöttin gerückt war, und Kaspar, der sofort den Ausstellungsraum verließ, konnte sich nicht enthalten, dem vor der Tür wartenden Ingels (sprich: Ingols) seine abfällige Meinung über die Lady ins Gesicht zu schleudern. Da traten die hohen Herrschaften auf die Straße und wurden Zeugen, wie Ingels den Künstler mit einem kurzen Faustschlag aus dem Weg räumte; zwei Geheimpolizisten fingen ihn auf und führten den vor Rachedurst Verzweifelten um die Ecke in eine Nebenstraße. Als hinter ihnen die Autos tuteten, ließen sie ihn frei ... In Lord Berricks Ausstellung hingegen kaufte Prinz Albert die »Diana« und ließ die anwesende Peggy durch Missis Perkins nach Beaulieu einladen, in der freudig ausgesprochenen Hoffnung, ihr dort wieder und nicht gar so kurz zu begegnen. (Und dort ist sie auch geblieben, bis sie Herzogin von Wight wurde.) Am selben Abend war dieser traurige Sachverhalt in St. Paul verbreitet ...

Maria und ich fuhren oft in der Frühe nach Nizza. Hatte der Blumenmarkt uns enttäuscht, so waren wir dafür vom Fischmarkt geradezu überwältigt, und wir versäumten es nie, ihn aufzusuchen, gab es doch auf den Tischen der Händler wahre Wunder an zartester Farbe und kostbarer Zeichnung zu bestaunen. Darauf wogten wir in der weißgekleideten Menge der Spaziergänger, schaukelten auf der Heiterkeit des schönen Vormittags ... Wir aßen in einem Hotel des Quai du Midi und fuhren in unser Bad.

Dieses Hotel war hauptsächlich von Engländern besucht, und hier, im Speisezimmer und in den Salons, ging mir allmählich die Bedeutung Lady Isabels, der Führerin, auf. Sie war in der Tat eine Revolutionärin!

Angesichts der englischen Herren und Damen, die feierlich wie ungeölte Maschinen beisammenhockten, in einem gequälten Winkel voreinander standen und, genau nach der Uhr, dieselbe Plattitude von Leben täglich von neuem begingen, Höhlenmenschen, Maulwürfe, die merkwürdigerweise die freie Luft liebten und Sport trieben, sehnte ich mich heftig, daß die mit dem Leoparden wandelnde Lady hier einbräche und den Philistern einen panischen Schrecken einjagte, ach ja, mit Wort und Gebärde, mit jedem Wort, mit jeder Gebärde, mit jedem Blick ... Einmal kam sie auch – in Begleitung ihrer Freundin, der deutschen Dichterin Aggie Ruf, einer langgliedrigen, eckigen, jungen Dame, die angstvolle Blicke um sich warf und viele Brotscheiben verkrümelte. Jedoch sie kümmerte sich gar nicht um die Philister, und als sie uns nachher im Salon begrüßte und ihrer tief errötenden Freundin vorstellte, war sie von einer ganz großen, vollendet schönen Einfachheit.

»So hat sie uns alle in ihrem Hause als Philister behandelt?« sagte ich auf der Heimfahrt zu Maria. »Oder sie hat geglaubt, uns gleich politisch bearbeiten zu müssen, je stärker, um so besser? Eine nette Art, für ihre Ideen Propaganda zu machen!« Maria vermutete, wohl mit Recht, sie sei einfach schlechter Laune gewesen (Politiker: die launenhaftesten Menschen der Welt!), oder aber es sei vielleicht ihre Art, gleich ihre dickste Visitenkarte abzugeben. Die Wahrheit zu sagen, habe ich das Wesen Lady Isabel Berricks niemals klar erkannt, obwohl ich später noch oft genug von ihr gehört habe. Alle Welt stellt ihr das Zeugnis aus, daß sie wahrhaft eine Vorläuferin, Führerin, ein society leader eigenen Stils gewesen, eine Art Marathonläufer, der in der englischen Gesellschaft der Jahrhundertwende erschien, um einen Sieg auszurufen, von dem die verschlafene Welt noch nichts gewußt hatte. Der Lord sagte mir einmal: »Ich halte nicht viel von der Politik und mag sie auch nicht. Aber ich liebe meine Frau und schätze sie hoch.« Zweifellos gehören bei einer führenden Frau die Manieren noch in viel höherem Maße zur Politik als bei einem Mann, und sicher ist, daß die Lady die Philister verachtete und die Snobs nicht zu fürchten brauchte. Je schlechter sie diese behandelte, um so begeisterter folgten sie ihr, jene hielt sie sich durch ihren Rang und ihre Wildheit vom Leibe. Um so komischer will es mich dünken, daß sie nach ihrem Tode gerade der Abgott der liberalen und sozialen Spießer geworden ist und ihr »Charakterbild« nicht um einen Millimeter »in der Geschichte schwankt«.

An diesem Tage, im Hotel am Quai du Midi, habe ich sie zum letztenmal gesehn ...

Maria und ich kehrten im Segelboot nach Antibes zurück.

Wir blieben die ganze Nacht im Wildgarten, bis die große, dünne Scheibe des Vollmonds aus dem Himmel fortgenommen war. Wir konnten uns nicht voneinander trennen und sagten es uns immer wieder.

Während Maria, die dicht neben mir unter einer Schirmpinie lag, von Rom, Verwandten, Bekannten erzählte, von Bob und Camilla, die jetzt, wo sie sich zum erstenmal seit jener Unglücksnacht wiedergesehn, so glücklich miteinander lebten, verfolgte ich den zunehmenden Schatten einer Zypresse, die unter uns im vollen Mondschein stand. Ich dachte an die Wiesen um Breuschheim, auf denen jetzt ein Mondscheinnebel schwamm, während die Vogesen säuberlich ausgeschnitten und flach gegen den dunkelvioletten Himmel lehnten, an den Rhein zwischen seinen Pappeln, von denen jede einen Stern trug, und ich reiste auf ihm zu Tal – eine rasche Reise, schon war ich in Köln. Ob Doris und Pia im grünen Zimmer mit Arno Steinberg musizierten? Nein, dazu war es wohl zu spät – ich hob ein wenig den Kopf: der Schatten meiner Zypresse begann sich an seiner Spitze, wo er einen Felsen berührte, zu krümmen. Wieder war mindestens eine Stunde vergangen. Das Kiepersche Haus lag im Schatten seines Gartens verankert, durch die Gitter des Parktors leuchtete das weiße Mondmeer ... Die *Sprache* meiner Gedanken war nicht mehr dieselbe, die ich den ganzen Tag und die halbe Nacht gesprochen hatte, nicht deutlich, nicht behend, nicht mehr den Dingen entnommen, so daß man die Maserung noch erkennen konnte, ihren Klang und den Geruch. Nur Maria sprach sie noch ... In rascher Folge wischte das Licht des Leuchtturms über den Mondschein.

»Maria, willst du mal zuhören?« fragte ich endlich. »Gern, Claus, gern!« Sie wußte schon, was kommen sollte, und dann sprach sie mir die Sätze des Gedichtes nach, und als es fertig war, begannen wir von vorn und lernten es zusammen auswendig.

> Antibes! Hängende Gärten ohne Zahl
> Und weiße Vögel die Villen, auf Pinien –
> Millionen Blumen tragen des Mondes Mal.
> Der See entsteigen in melodischen Linien

Geliebte, Freunde deiner heimlichen Wahl,
Sie kommen und gehn – wie waren sie dein!
Du nahmst sie, verlorst sie – wie bliebst du allein,
Gebadet in der Sterne entzückendem Wein!
Ach fühl': wirst du nicht hold besessen
Vom Schönsten, was dir fern und fremd?
Die Lust – kein Sterblicher kann sie ermessen!
Du ruhst im Hochzeits- und Totenhemd,
Stumm bei der Monduhr der Zypressen.

Ich habe weder vor, noch nach dieser Zeit in Cap d'Antibes jemals Gedichte gemacht und trotz meines Bemühens, recht scharf aufzupassen, wenn solch ein weißer Hase sein Ohr herausstreckte, es alles in allem nur auf ein Dutzend gebracht. Sie waren für Doris! Die Musik, die sie veranlaßte, kam von ihr, und mein Kommentar über die zwei, drei hohen Geigentöne, die aus dem Norden bis zu mir gedrungen, ging mit der nächsten Post an sie ab ...

Erst als wir das Gedicht gut auswendig konnten, wandten wir uns wieder das Gesicht zu und ließen unsere eigene, katzenhafte Sprache sich rollen, sich sonnen, in den Mond blinzeln und springen, wie sie es gewohnt war.

Später holten wir im Hotel Mäntel und Decken und streckten uns zum Schlaf unter der Schirmpinie aus. Wir konnten uns nicht trennen. Bei Morgengrauen schlichen wir uns in unsre Zimmer, badeten und gingen in den Nelkenhäusern spazieren, wo die Gärtner bereits an der Arbeit waren und den Blumen aus großen Handspritzen ihr Morgenbad verabreichten.

– – – – –

Maria wurde mein. Es war ebenso einfach wie damals, als sie eines Nachts zu mir kleinem Jungen gekommen war, weil Boris mit durchschossener Stirn in Donjas Zimmer lag und sie sich fürchtete, allein zu sein: es rieselte in den Wänden des Totenhauses, und die Stille war zu tief für ihr jagendes Herz. Eines Abends trat ich in ihr Schlafzimmer. Sie stand im Nachtkleid vor dem Spiegel, im Begriff, das Haar für die Nacht zu ordnen. Die Türklinke in der Hand blieb ich stehn. Sie wandte den Kopf, ohne die Stellung der Hände, die das Haar gefaßt hielten, zu verändern. Ihre Lippen bewegten sich, aber ich verstand nichts. Ich ging einen Schritt auf sie zu, da schüttelte sie den Kopf, daß der angefangene Zopf auseinander flog, und lief mir in die Arme.

Und seltsam: als sie aus meinen Armen gesunken war und reglos neben mir lag, hörte ich jene Stille wieder, in die damals alle Stille der Welt geströmt war. Erschrocken fuhr ich auf: blanke Mondglut lag auf dem Meer. Sie blendete. Einen Augenblick glaubte ich, es sei das Mondsilber der venezianischen Lagune, ich vernahm die mörderische Stimme der Fürstin. Dann aber schwirrte Donjas Lachen über mich hin – in einem dunkelroten Kleid mit, Silberstickerei schwebte sie auf einer Morgenwolke. Marias Arme legten sich kühl um meinen Hals.

»Mio Dio – es ist geschehn!« rief die alte Marchesa aus, als wir, korrekt wie immer, an den Frühstückstisch traten. »Schauen Sie nur, Camilla, sie tragen beide einen Heiligenschein.« Maria überhörte die Bemerkung, sie saß aufrecht und blickte zerstreut ins Frühstückszimmer. Ich hatte sie noch nie so erwachsen gesehn!

Indes zog ich eine gelbe, blutrot geäderte Rose aus dem Knopfloch, die ich eben in der Halle gekauft hatte, die Hand der Marchesa lag neben mir auf dem Tisch, ich beugte mich tief und küßte sie, dann überreichte ich der Marchesa die Rose.

»Danke«, sagte sie. »Ich lasse sie pressen und in ein Beutelchen einnähen. Es soll gut sein gegen Migräne, und ich glaube auch gegen Gliederreißen. Da kommt der Strata, er kaut schon wieder an seinem Ehrgeiz. Sie wandte sich zu ihrem Sohn: »Bob, du darfst ihn unter keinen Umständen ohrfeigen, selbst wenn er zu Camilla frech wird. Der Schuster wünscht nämlich nichts andres. Er möchte aus dem politischen Teil der Zeitung, den doch nur seinesgleichen liest, in die gesellschaftliche Rubrik springen; die Lackschuhe, siehst du, hat er schon an.«

»Nun, Bonaparte Strata, wie haben Sie geruht zu schlafen?« begrüßte sie ihn mit einem gewinnenden Ruck des immer noch hübschen Köpfchens. Wie fühlen Sie sich in diesem immens schicken Hotel?«

Der Abgeordnete Strata neigte bitteren Lächelns den Zäsarenkopf und rollte die Augen nach den Nebentischen, von wo man mit unverhohlener Geringschätzung auf ihn herüberblickte.

»Ja, jetzt kommen Sie an die Reihe, wie Ihr stiller Gönner, der Lord Berrick, so gern prophezeit«, fuhr die Marchesa fort.

»Marquis Capponi«, sagte er leise, während er eine Zeitung neben sich legte. »Unsere Papiere steigen.« Bob, der im Arbeiterfänger von Mailand »ein Finanzgenie« entdeckt hatte, spielte mit ihm an der Börse. Er warf Camilla einen ironischen Blick zu. Diese aber wußte gar nicht, daß sie mit offener Bewunderung an dem mürrisch-selbstzufriedenen Gesicht des Agitators hing; es war so blaß, daß man erschrak, wenn die Lider während des Gesprächs die schweren, gelbschwarzen Augen einmal zudeckten.

»In zehn, fünfzehn Jahren, Marchesa«, sprach er, »werden Sie vielleicht meine Visitenkarte brauchen, um aus Rom zu fliehen.«

»Das genügt mir, Signor, ich habe nicht die geringste Lust, irgendeine Revolution mit meiner Anwesenheit zu beehren, nicht einmal die italienische. Was aber wird dann aus der Börse?«

»Dieser Spaß, Marchesa, wird von selbst aufhören.«

»Bis dahin also können wir ein schönes Stück Geld verdient haben, Sie und ich«, meinte Bob beschwichtigend. »Möglich. Jedenfalls wird es mir auch der reinste Adel nicht verübeln, wenn ich mich gelegentlich ebenso tief nach dem schmutzigen Geld bücke wie er selbst. Um so mehr, als ich es viel besser verwende als irgend jemand in diesem Saal.«

Langsam ließ er einen drohenden Blick über die Nebentische schweifen – ich habe bei keinem andern Menschen solche rollenden Augen gesehn, sie rollten mit einem gewissen Donner, es lag ein elementares Grollen darin. Er war kein Politiker, sondern ein Soldat und ging mit gesellschaftlich Übergeordneten um wie mit Vorgesetzten, die er in der Laufbahn bald überholt haben würde ...

Eine halbe Stunde später fuhren Maria und ich an den Fuß des *Baou*, um auf ihm die Fahne zu hissen, »die Siegesfahne des Schönen und Guten«, zitierte Maria den Schweden. Wir mußten den Felsen auf einem großen Umweg erklettern. Dabei erzählte sie mir, daß sie schon beim Gang mit Kaspar und den Damen Berrick über das Hochland beschlossen habe, das Heldenstück aus eigenem zu vollbringen, und gleich sei ihr als geeignetes Tuch der venezianische Schal in den Sinn gekommen. Aus alter Anhänglichkeit hatte sie ihn eingepackt. Er, er allein sollte auf dem Baou flattern – wenn der Tag gekommen wäre ... Sie hatte den Kopf nach mir umgewandt. Aus den langen Augenwinkeln blitzte es. Ich lachte.

»Der heutige Tag, Claus!« rief sie ernst. »Was gibt es denn da zu lachen?« Sie drehte sich auf dem steinigen Pfad vorsichtig um.

»Ich bewundere dich«, sprach ich zu ihr hinauf.

»Das kannst du ruhig tun – aber warum lachst du?«

»Aus Freude, Maria, aus lauter Freude! Wir werden ein Sonnenbad nehmen, dort oben!«

Unwirsch kehrte sie sich ab, und wir kletterten schweigend weiter. Mein Lachen aber blieb mir im Gesicht geschrieben, viel Schweiß rann darüber, ohne es abzuwaschen – o du herrliche Welt!

Auf dem Felsen angelangt, packte ich das Tuch aus, und Maria nähte es an das Drahtseil.

»Wird denn das schwere Tuch nicht reißen?« fragte ich.

»Nicht so schnell! Ich habe es auf dem Dach des Hotels ausprobiert. An der Fahnenstange, verstehst du. Da lacht er schon wieder! Die Fahnenstange unsres Hotels befindet sich doch auf dem Dach, du Dummer.«

Als das Tuch mit dem Drahtzug vernäht war, bestand ich darauf, daß wir uns entkleideten, um die feierliche Handlung des Hissens vorzunehmen. Es müßte im schönsten Festgewand geschehn, erklärte ich, so wäre es allgemein üblich, sowohl in Republiken wie in Königreichen, und wir könnten unmöglich schöner sein als in unsrer nackten, nubischen Pracht. Dann zogen wir zu zweit die Fahne hoch, Maria einen Zug, ich einen Zug, und zuletzt mußten wir uns beide an den Draht hängen, um die Fahne bis an die Spitze der Stange hochzubringen. Denn wir hatten es mit dem Winde zu tun! Eifersüchtig zerrte und riß er an dem weißen Seidentuch, das in Wirbeln und Feuerbündeln aus seinem Silberflitter sprühte.

Endlich waren wir fertig. Maria rieb umständlich die Hände an meinen Schultern, bis sie plötzlich mit einem Freudenruf zu einem Büschel Thymian lief, der lila zwischen zwei Steinen blühte. Sie streckte sich flach auf den Boden aus und schnupperte abwechselnd an der Pflanze und an ihren Händen, zwischen denen sie sorgsam einzelne Blüten zerdrückte. Endlich schien der Akkord zu stimmen, sie reichte sie mir, die Hände, und wir nahmen die Fahnenstange in die Mitte und umtanzten sie. »Frère Jacques«, sangen wir, »Frère Jacques, dormez-vous, dormez-vous? Sonnez les matines, sonnez les matines!« – ein völlig unangebrachtes Kinderlied, das sich weder mit unseren Tanzschritten, noch mit den Winden des Baou, noch mit der schon beträchtlich hohen Sonne vertrug und auch bald in einem gemeinsamen Gelächter von

Maria und mir in die Sprünge ging ... Allmählich begann der Felsen trotz des kühlen Windes unter uns zu glühen. Wir brachen auf.

Doch bevor wir den Abstieg antraten, schauten wir noch einmal mit weiten Augen um uns. Ich lehnte gegen die zitternde Fahnenstange und hielt meine Geliebte im Arm. Ihre Hand lag leicht an meiner Hüfte. Über uns im Himmel knatterte und rauschte die Fahne ihrer Wahl, wand sich mit Seufzern und Aufschreien der Lust, in einem ständigen, großen, weißen, überschießenden Blitz. Inbrünstig jubelte sie über dem seligen Land. Zwischen schneebedeckten Alpen und dem Meer spiegelte es in seinen Lebensfarben diesen Himmel, dem wir so nahe waren, wir kannten alle großen Straßen und viele seiner kleinen Wege, viele seiner Gärten, alle weißen Städte am Meer, manches Dorf auch inmitten seiner hängenden Orangen- und Rosengärten, viele der Pfade, die zwischen den Tausenden von kleinen Terrassen herumkletterten. »Danke!« schrie ich in den Wind und die Sonne. »Danke! Danke! Danke! Mein ganzes Leben will ich danken, mein Leben lang danken!« Ich sang es.

Und Maria sang es mit mir.

»Nun, Claus, was sagen Sie zu Ihrem *Bruder* Ernst?«

»Was sollte ich wohl sagen, Marchesa?«

»Soso. Hat Ihnen Maria nichts erzählt?«

»Nein, Marchesa, Maria hat mir nichts erzählt.«

»Es scheint, Ihr Bruder ist gar nicht Ihr Bruder, kaum Ihr Neffe! Als zweijährige Waise haben Ihre guten Eltern ihn an Kindesstatt angenommen. Sie waren noch gar nicht auf der Welt, Claus. Ja, geht denn so was im Elsaß, ich meine: gesetzlich?«

»Mama, das hättest du für dich behalten können.«

»Warum? Der Junge soll das wissen. Er soll seinen großen Bruder kennen. Ich möchte nur wissen, ob das im Elsaß geht, daß man den Kuckuck im Nest zum Kronprinzen macht.«

»Ich weiß nicht, Marchesa, was das Gesetz darüber bestimmt. Aber wir sind als Brüder erzogen worden, und ich war schon fast erwachsen, als meine Eltern mich über mein Verwandtschaftsverhältnis zu Ernst aufklärten.«

»Soso.« Das Naschen der Marchesa schnüffelte ein geringes in der Luft. »Lieber Claus, da steckt was dahinter.«

»Viel Herz, Marchesa, viel Herz! Es geschah auf Veranlassung meiner Mutter.«

»So ... Ihrer Mutter ...«

»Könnte ich von Ihnen erfahren, Marchesa, warum Ernst es für nötig befunden hat, Sie ungefragt über diesen, für Sie doch ziemlich gleichgültigen Punkt aufzuklären?«

»Gleichgültig? Ein sehr interessanter Punkt! Übrigens kannte ich ihn schon, und zwar durch Ihre eigene Mutter.«

»Nun also.«

»Nun also was? Ihr Bruder war so freundlich, Sie hier zu besuchen; sehr nett von ihm, das will ich glauben – scharmant, wie? Aber warum hat er Sie vom zweiten Tag an geschnitten, um mir am dritten und letzten diese Geschichte zu erzählen?«

»Gerade das erlaubte ich mir, Sie zu fragen, Marchesa.«

»Ach so. Aber das ist doch klar! Er hat sich Ihretwegen geniert ... Was heißt ›geniert‹? – moralisch empört war er! Bin ich es etwa nicht?«

»Verzeihung, Marchesa –«

»Was soll ich da verzeihen, junger Freund! Er glaubte einen blassen Rekonvaleszenten anzutreffen, und statt dessen präsentierte sich ihm ein sonnverbrannter Libertiner, der seine Lebensfreude unverschämt zur Schau trägt. Ein Kerl, der ein junges Mädchen aus guter kölnischer Familie betrügt, bevor er sie noch geheiratet hat. So ein Kerl also. Ganz zu schweigen von der Gattin eines hochverdienten Generals, eines zukünftigen Kriegshelden also, die da mit im Spiele sein soll.«

»Richtig, Mama, schweigen wir davon.«

»Ja, Kinder, fangt *Ihr* mal damit an zu schweigen! Ihr schreit ja Euer Geheimnis aus, wenn Ihr nur ›Kellner‹ ruft! Daß eine Sünde, und dazu noch so eine, geradezu ein seraphisches Leuchten ausschwitzen könnte – wer hätte das gedacht! Statt Euch zu verstecken, wandelt Ihr nämlich mit einem Heiligenschein herum, es ist nicht zu ertragen!«

Wir wandten uns alle drei gleichzeitig ab, um nicht zu lachen. »Da kommen sie endlich«, sagte die Marchesa.

Neben der Zypresse im Wildgarten war ein Tisch aufgeschlagen, zwei Böcke und Bretter darüber, und das schöne Linnen, das ihn deckte, schimmerte mit allen seinen Fäden in der Sonne. Giuliettas Vater (Brimbori hieß er, so hatten wir im Hotel erfahren) hielt sich zehn Schritte abseits, um an dieser Stelle, die er nach peinlicher Überlegung als schicklich erwählt, seine Sonntagsgäste zu begrüßen. Als letzte tauchten jetzt zwischen den blühenden Ginsterbüschen Bob und Camilla auf, sie näherten sich im gleichen Gang und mit Bewegungen, die von einem zum andern übergingen, wie man es sonst nur bei berufsmäßigen Tänzerpaaren findet, ja sogar mit dem gleichen Gesichtsausdruck ... Betty und Brigitte spielten mit der Katze. Die Gouvernante hatte im Hotel »vorgegessen« und saß, ein Buch in der Hand, lächelnd unter der Pinie.

»Man schaue nur«, flüsterte Maria mir zu, »man schaue und staune, was aus der Baronin Camilla Steinberg geworden ist, geborenen von Trumm«, und sie blies die Backen auf, um Camillas Mädchennamen zu versinnbildlichen. »Erinnert sie nicht an einen verkleideten Jüngling, einen Jüngling, der Bobs Bruder sein könnte? Doch hat kein Jüngling soviel Allüre! Auch atmet alles an ihr die reinste Weiblichkeit. Die langgezogenen, selbstbewußten, die *adeligen* Hüften! – Kann man das sagen, Claus?«

»Gewiß doch, Maria. Und denke nur: die Frucht welcher Arbeit! In langen Jahren hat Bob sie geformt, in Abneigung und Liebe, sogar Revolverschüsse mußten abgefeuert werden, bevor das Werk vollendet war. Seit ihrer Bekanntschaft in Venedig dauert das ... Jetzt sind sie glücklich.«

»Claus, er hat sie wirklich aus seiner eigenen Rippe erschaffen.«

»Zum einzig möglichen, zu *seinem* Weib.«

»Halleluja! Das kommt nicht alle Tage vor ... Schöne Camilla!«

Sie näherte sich, und ihre Hüften schritten vor der Sonne, ganz schmal vor der gewaltigen Sonne, zu der die tausend Ginsterbüsche, die Aloen und die Fackellilien emporglühten, zwischen den phantastischen Formen der Kakteen und den in der Bläue erstarrten Palmen – sie war nicht mehr Europa und doch immer noch oder wiederum eine mythologische Gestalt: eine blonde Jägerin, die taufeucht aus den großen Wäldern trat, in diese Sonne, an dieses Meer ...

Als wir an der Tafel Platz genommen, versammelte sich eilends der Hühnerhof um uns. Ein Colleoni von einem Hahn versprühte alle Farben des Regenbogens, er brauchte nur den Kopf zu drehn. »Zuerst eine duftende Bouillabaisse!« meldete der alte Fischer. Er saß an der Spitze der Tafel, der älteste Sohn am andern Ende, der jüngere bediente. Der Weißwein zeichnete große Goldstücke auf das Linnen.

Nachdem die Katze die Fischreste vertilgt hatte, legte sie sich pathetisch in die Sonne, und die Mädchen begannen mit mir zu spielen, leise erst, ein wenig unsicher, doch endete es bald damit, daß Betty in ihrer ganzen Länge auf meinen Knien lag, die Glieder gelöst gleich der Katze am Ginsterbusch, und sich in mich hineinduckte, als wäre ich warme Erde. Darauf blieb Brigitte nichts übrig, als sich neben uns auf den Boden zu hocken und den Kopf gegen den Stuhl zu lehnen. Sie kam immer zu spät ... Die andern hörten das Geschwätz des alten Räuberhauptmanns an, der von seiner langen, gewissermaßen militärischen Laufbahn erzählte. Zehnjährig wurde er mit seiner Schmugglerbande von einem Zöllner überrascht und angeschossen, das hatte dem Zöllner kein Glück gebracht. Zwei Jahre später fand man ihn tot in einem Gestrüpp, niemand von der Bevölkerung begleitete den »Kindermörder« (das war der Zöllner) zum Grab. Das »gemordete Kind« aber trat mit siebzehn Jahren in die Reihen der päpstlichen Zuaven ein.

»Und Genua? Da gab es doch solche Chinesen?« fragte Bob. »Ja, ich war auch in Genua«, antwortete der Alte ablehnend. »Seit zwanzig Jahren aber bin ich hier.«

Über dem Esterel-Gebirge sank schnell die Sonne, in einem verschlungenen Gewölk, durch das sie Konfettiwolken auf die Bucht schmiß. Wir wanderten nach Juan, und Maria und ich eilten voraus, denn die von Sonne, Luft und Bewegung berauschten Kinder vollführten eine Heidenmusik.

Plötzlich hörten wir hinter uns einen Kindergalopp – es war Betty, die uns, kurz vor einem Auto, einholte. Sie habe erreicht, was sie gewollt, erklärte sie uns: sie sei vor dem Auto bei uns gewesen. Und wir zogen selbander weiter auf der Landstraße am Meer. Im Piniengehölz von Pins-Juan machten wir halt und warteten auf die andern. Eine fast legendäre Rast in dieser Stunde! Kleine Büsche mit lila Blüten dufteten fein. Die Müdigkeit des Kindes sank wie Tau auf meine Glieder. Es dämmerte. Ein wenig Abendrot horstete in den Wipfeln der Pinien, zwei, drei Paradiesvögel, nicht mehr.

Da fiel mir der unbeendete Satz ein, der Evasatz, um den wir auf der Landstraße nach Vence getanzt hatten, und ich rief plötzlich in die Stille:

»Warum aber –? Maria! Warum aber –?«

»Warum aber«, erwiderte sie sofort im Tonfall eines Rezitativs, »warum aber bist du nicht zu mir gekommen?«

»Was?« empörte sich Brigitte. »Ihr steckt den ganzen Tag zusammen. Zu mir sollten Sie kommen, Maria – zu mir kommen Sie aber nie!«

Da nahm Maria Betty in die Arme, küßte sie und brachte sie nach St. Paul, brachte sie bis in ihr Bett.

Als sie in der Nacht nach Cap d'Antibes heimkam, flüsterte sie heftig: »Claus, ich will ein Kind.« Ein Schleier mütterlicher Zärtlichkeit hing über ihrem Gesicht.

»Unbedingt«, fügte sie lächelnd hinzu.

Zwei Jahre später ging ihr Wunsch in Erfüllung. Nach den Photographien zu urteilen, ist Marietta die reizendste aller Puppen – ich habe sie nie gesehn, ebensowenig wie ihren Vater, den General.

»Es brennt in St. Paul!«

Im Nu war das Hotel belebt wie am Morgen eines Gesellschaftsausfluges. Die Autos wurden aus den Garagen gezogen, man nahm Fremde darin auf, die man kaum dem Namen nach kannte, und wer nicht rechtzeitig Platz gefunden hatte, folgte im Omnibus des Hauses. Die Alten allein blieben in ihren Betten. Sternenklarer Himmel, nicht der leiseste Wind.

Es war zwei Uhr morgens, als wir in St. Paul ankamen. Das Haus Madams brannte lichterloh. Niemand versuchte zu löschen, es gab weder eine Wasserleitung hier oben, noch eine Feuerwehr. Einige umherliegende Eimer verrieten, daß man immerhin versucht hatte, Wasser aus den Brunnen zu schöpfen und das Nachbargebäude damit zu bespritzen. Die Bewohner des Städtchens, Männer, Frauen, Greise und Kinder, drängten sich auf dem Platz zwischen der Kirche und dem Wall zusammen, man schrie und gestikulierte und ließ das Feuer sein Werk verrichten. Wir traten unter das Portal der Kirche, wo wir Lord Berrick mit Betty und Brigitte ausfindig gemacht hatten.

»Madam ist gerettet«, rief Brigitte uns entgegen. »Aber vielleicht lebt sie nicht mehr.« Vor Aufregung steckte sie den Daumen in den Mund und biß darauf.

Der Lord zeigte ein herrisches Gesicht. Erhobenen Hauptes starrte er auf die zusammengedrängten Menschen, deren wimmelnde Köpfe im Feuerschein einen unheimlichen Eindruck machten.

»Sind es nicht lauter Köpfe von Wahnsinnigen?« murmelte er. »Ich hätte mich schon lange entfernt, aber ich fürchte, sobald ich ihnen den Rücken kehre, stürzen sie alle über mich her, die Bestien.«

Und dann erzählte er uns, was geschehn war. Vor einer Woche hatte Kaspar den Chauffeur Ingels angefallen, um sich für den in Nizza erhaltenen Faustschlag zu rächen. Es war im Garten der Hostellerie. Als die Schlägerei dank der Fertigkeit des Schotten im Boxen zu Kaspars Ungunsten auszugehn drohte, warfen sich die Zuschauer unter Anführung des Wirtes dazwischen, packten Ingels und kippten ihn über die Mauer in die Tiefe. Er stürzte acht Meter tief, ohne sich wunderbarerweise ernstlich zu verletzen. Bei der Untersuchung durch die Gendarmerie beschworen alle, die gefragt wurden, und noch einige dazu, Ingels habe den Schweden angegriffen und sei dann, betrunken wie er gewesen, von einer leichten Abwehrbewegung seines Gegners gegen die niedere Mauer und darüber hinweg in den Abgrund getorkelt. Die vom Schweden und Marie-César Roux geführte Partei der »Einheimischen«, die Partei *Madams* stand geschlossen gegen die Partei *Lady Berricks*, die in den Mauern St. Pauls keinen einzigen Verbündeten besaß – ja, der Wirt des »Roi René« selber, der bisher wohlwollende Neutralität bewahrt hatte, stieß mit seinem Häuflein offen zum Heer seines Konkurrenten. Heute nun, wo Ingels aus dem Spital von Cagnes-sur-mer entlassen worden war, erwartete ihn zwischen den beiden Hotels eine feindliche Menge und verwehrte ihm unter Drohungen den Eintritt in das Städtchen. Schließlich machte er kehrt und stieg unter Bewachung der Menge in einen Zug nach Cagnes ein. Keinem Mitglied der Familie Berrick war er zu Gesicht gekommen ... Und jetzt hieß es, Ingels habe sich in der Dunkelheit heimlich über den Kirchhof in die Stadt eingeschlichen und das Haus Madams in Brand gesteckt.

»Sie werden sagen, junger Freund, dies sei eine Stammtischangelegenheit«, schloß der Lord. »Nein. Es ist hohe Politik – oder ich bin unfähig, zwischen beiden zu unterscheiden.«

Vom Platz unter uns stiegen vereinzelt helle Schreie auf, die Menge wankte geschlossen einen Schritt gegen das Haus, und dann brach ein wildes Geheul bis unter die Sterne. In der Tür des Nebengebäudes erschien ein Mann, der eine halbnackte Frau auf den Armen hielt. Wir erkannten den alten Fischer, Giuliettas Vater. »Wie kommt denn der her?« sprach ich vor mich hin. »Er saß ja in unserm Auto«, antwortete Maria. »Beim Chauffeur. Er hat das Hotel geweckt.«

Auf der Treppe blieb der Alte stehn und hob Giulietta bis an die Brust, als wollte er sie der Menge zeigen.

»Sie lebt!« rief der Alte. Da entlud sich das beängstigende Gebrüll zum zweitenmal und noch viel stärker in die Nacht, und plötzlich glaubte ich zu fühlen, wie um diesen Platz voll Flammen und Menschen, diesen Fetzen wild gewordenen Lebens, den der Feuerschein allein der

Finsternis entriß, still und unsichtbar Mörder schlichen, Mörder, Henker, und auf ihren Augenblick warteten … Mir graute.

In diesem Augenblick stieg Strata, der bisher in der Menge gestanden hatte, gemächlich die Stufen des Kirchenportals herauf. Die Hände auf dem Rücken, sprach er ruhig:

»Wenn Sie Lord Berrick sind, so sollten Sie sich zurückziehn. Am besten da durch die Kirche. Ich bleibe hier. Sobald die Türe hinter Ihnen zuschlägt, beginne ich eine französische Ansprache.

Da öffnete sich diese Tür wie von selbst – und ließ den Pfarrer durch.

»Ah, der Herr Pfarrer«, sagte Strata lächelnd. »Sehr gut. Ich bin der italienische Abgeordnete Strata. Bitte, stellen Sie sich hier vorn neben mich, ich will zu den Leuten sprechen.«

Der Pfarrer hielt noch die Kirchentür in der Hand, er sprach schnell.

»Lord Berrick, ich stand am Fenster meines Hauses. Ich konnte nicht sehen, wer sich hier unter dem Portal aufhielt. Aber schließlich erriet ich es an den haßerfüllten Mienen der Leute. Wenn Sie erlauben, bleibe ich bei Ihnen, bis Sie mit Ihrer Familie St. Paul verlassen haben. Ich bitte: durch die Sakristei!«

»Bitte«, wiederholte er, als er bemerkte, wie der Lord zwar die Mädchen durch die Türe schob, selbst aber offenbar auf seinem Posten verbleiben wollte. »Sie auch. Alle. Wir haben keine Gendarmerie in St. Paul. Und wenn sie endlich von unten herauffindet, sind sie zwei gegen fünfhundert.«

In der Kirche hörten wir noch, wie Strata zu reden begann. »Schnell«, bat Maria, »schnell, Claus, mir zittern die Knie …«

Aber auch Lord Berricks Haus stand in Flammen! Das Feuer peitschte aus dem offenen Haustor, und kein Mensch war in der Gasse und in den anliegenden Häusern zu sehn. Der Pfarrer und ich mußten uns an den Lord hängen, der in das Feuer hineinlaufen wollte, er hatte kein Wort gesprochen, nur, die Hände in die Luft werfend, zweimal heiser aufgestöhnt. Die Mädels waren weiß und steif vor Schrecken. Nun rannten wir die Gasse hinab, erstiegen den Wall, um zu versuchen, durch die Hintertür in das brennende Haus zu gelangen. »Mama hat Schlafmittel genommen«, schrie Betty plötzlich im Laufen.

Auf dem Wall stand Kaspar. Er hatte die Hände als Schalltrichter an den Mund gelegt und rief zum Dach hinauf, wo eine Gestalt, die Beine auf den Ziegeln, in der Öffnung einer Dachluke hockte.

»Vorwärts, Sie Teufel«, rief er. »Zeigen, wie Sie können springen!«

Die schwarze Öffnung hinter der kauernden Gestalt erhellte sich, als ob jemand mit einem Licht in den Speicher getreten wäre. Die Gestalt wandte ängstlich den Kopf, und dann kletterte sie vorsichtig auf allen vieren das Dach hinauf. Der Lord war in das Gärtchen gesprungen und rüttelte an der verschlossenen Pforte.

»Ich erwarte dich mit den Kindern im Hotel«, flüsterte hastig Maria – Brigitte schluchzte an ihrem Arm, und Betty starrte abwechselnd in das Gärtchen, wo der Lord sich unaufhörlich mit aller Wucht gegen die Tür warf, ohne sie aus dem Schloß zu sprengen, und auf die vorsichtig kletternde Gestalt, die, droben angelangt, sich rittlings auf den First setzte und wütende Fäuste in den Himmel schüttelte. Die Mädchen ließen sich wortlos fortführen.

Schmal ragte das Haus vor mir auf, mit roten Fenstern in den beiden obersten Stockwerken, still und festlich; nur ein leises Sausen verriet die Arbeit des Feuers. Die beiden Nachbargebäude überragten das Dach mit hohen, weißen Giebelwänden. Kein Fenster, keine Öffnung darin. Aus der Ferne konnte man den schwachen Laut einer Stimme, manchmal einen Schrei und Gemurmel vernehmen.

»Hallo, Mister Ingels«, schrillte Kaspars Stimme, »Sie bemerken? Benzin bei Ihnen ebenso gut brennen wie bei Madam, aber viel schneller zünden. Donnerwetter – was? Das liegen an alte Baracke. Hallo, Mister Ingels! Was Sie können, ich auch können. Jetzt ich freundlich warten. Sie schon springen werden, wenn Flammen am A –!«

Die Fäuste auf dem Dachfirst fuchtelten im bestirnten Himmel, rauhe Schreie und Flüche prasselten herab: »Hund!« verstand ich, »blutiger Hund. Warte nur, wenn ich dich in der Hölle treffe!«

Da legte der Pfarrer die Hand auf Kaspars Schulter.

»Herr Kaspar«, sagte er, »Giulietta lebt.«

Der Maler senkte den Kopf und stierte den Pfarrer aus roten Augen an.

»Giulietta leben?« Er schlenkerte mit den Armen und wiederholte noch zweimal die Frage. Und dann brach er in ein dröhnendes Gelächter aus.

»Hallo, Mister Ingels!« schrie er hinauf. »Sie hören? Madam leben! Jetzt ich Sie Dummkopf retten. Hallo! Sie hören? Sitzenbleiben!«

Mit großen Schritten eilte er über den Wall davon. Nachdenklich folgte der Pfarrer. Da auch Lady Isabels Haus flammte, brauchte er sich über die persönliche Sicherheit des Lords keine Sorgen mehr zu machen. Bereits sammelten sich die St. Pauliner, die vom Kirchplatz auf den Wall gelaufen kamen, still und in achtungsvollem Abstand, wie das Gefolge bei einem Begräbnis.

Die Gestalt auf dem Dachfirst hatte nicht geantwortet. Als Kaspar verschwunden war, lehnte sie sich ein wenig vor und spähte unter sich in die Tiefe, hob den Kopf und sah an der nackten Giebelwand neben sich empor ...

Im Gärtchen, in das ich mich, gleichsam erwachend, nunmehr hinabließ, stolperte ich über ein Holzscheit, ich hob es auf, und mit seiner Hilfe gelang es dem Lord und mir, die Tür zu erbrechen.

Es war vergebliche Mühe. Denn die Kellertreppe führte in den Hausflur, und kaum hatte der Lord die schwere Treppentür aufgestoßen, als im durchreißenden Luftzug gleich eine ganze Garbe von Stichflammen ausschlug und uns zurücktrieb. Der Lord, dessen Gesicht bis zur völligen Ausdruckslosigkeit verhärtet war, konnte nichts andres tun, als die Nacht über in seinem hellgrauen Anzug auf dem Wall zu stehn und die brennenden Augen auf die Fenster des obersten Stockwerks gerichtet zu halten, hinter denen seine Frau im Bette lag.

Im Morgengrauen rückte die Feuerwehr von Cagnes mit Leitern an und begann, die paar glimmenden Sparren einzureißen, die als einzige Überreste des eingestürzten Daches in der Rauchwolke geisterten. So wurde der Scheiterhaufen, auf dem Lady Isabel verbrannte, noch einmal geschürt, als schon hinter den zersprungenen Fenstern nur mehr einzelne Funken gelebt hatten. Jedesmal, wenn einer der Dachbalken zusammenkrachte, lief ein weißer Schauer über Lord Berricks versteinertes Gesicht. Dann war es vorbei.

Was aber hatte er noch den ganzen folgenden Tag auf dem Wall zu tun? Nichts gab es da zu sehn als einen Haufen Schutt und Qualm auf dem durchsichtig blauen Grund eines strahlend schönen Tages! ...

Kaspar, das muß ich noch sagen, hatte Wort gehalten. Er tauchte, ein Seil in der Art der Bergsteiger um den Leib gebunden, auf dem Dach des Nebenhauses hoch über Ingels auf, deckte einige Ziegel ab, die er scherzhafterweise am Kopf des Schotten vorbeisausen ließ, klemmte sich zwischen die Dachlatten – worauf Ingels das Ende des Seils ergreifen und bequem hinaufklettern konnte. Im Speicher reichte Ingels dem Maler die Hand und sagte: »Thank you, Mister Kaspar.« Kaspar antwortete lachend: »Don't mention it«, und sie begaben sich

Arm in Arm und von den erschütterten und längst versöhnten St. Paulinern mit Händeklatschen begrüßt in die Hostellerie, wo sie zu Seiten einer Korbflasche Orvietoweines das Eintreffen der Gendarmerie abwarteten.

Sie leugneten nicht. Sie verteidigten sich nicht einmal. Trotzdem erwiesen sich das neuerwachte Selbstbewußtsein und die Einigkeit der St. Pauliner als so stark, daß Kaspar mit einer wesentlich geringeren Strafe davonkam als Ingels.

Bei Ausbruch des Krieges meldeten auch sie sich als Freiwillige für die Fremdenlegion, und fünf Monate danach waren sie tot.

Lebe wohl, Olivenland mit der himmlischen Küste, lebe wohl! Gestern abend war Maria abgereist, wir hatten die Nacht hier im Hotel des Quai du Midi verbracht – in einer Stunde fuhr auch ich.

Ich öffnete das Fenster. Himmel und Meer! Und dort drüben, am Ende der Engelsbucht, schimmerte Cap d'Antibes, und von ihm bis zu mir rundete sich die Bucht wie eine Sichel. Ich brauchte mich nur zu bücken, um sie am Griff zu fassen, und konnte mit einem einzigen Streich das blaue Feld des Meeres ernten mitsamt den zahllosen, glitzernden Disteln.

Dann fiel mein Blick auf die Stadt, auf Nizza zurück, das sich in gelben, bläulichen, lila Tönen verfinsterte, je mehr es von den Häusern der Promenade zurücktrat, denn diese, die elegante Front der Stadt, glänzte schon in der Sonne, weiß und gepflegt. Es war, als ob eine Frauenhand zwischen den Vorhängen eines Bettes erschiene, das noch voller Nacht. Und ich hielt das ganze Olivenland, das der Bäume und das der Hotels in meinem Blick ... Ich fand sogar, die beiden vertrügen sich nicht schlecht, zumal in dieser Stunde, wo die Promenade noch leer war und die Stadt erst anfing, sich zu rühren ... Die nächste Stunde schon öffnete eine Kluft, die jede weitere vergrößerte ... Jetzt aber war es der Morgen, die Kindheit, die Einheit. In diesem Augenblick liebte ich die Snobs, für die in den Hotels das Wasser in die Badewanne lief, während ein schurkischer Kellner das Tablett mit dem Frühstück auf ihrem Nachttisch abstellte. Auch ihnen war ich dankbar, jawohl, auch ihnen. Ohne sie wäre L'Amico vielleicht nicht darauf verfallen, mich hierher zu rufen, um mir »die große Gesellschaft« zu zeigen, und ich hätte vielleicht nie die Stelle gesehn, wo einmal ein Stück Himmel auf die Erde gefallen ... Mein Herz brannte nicht; es hatte die Wärme der Bäume unter meinem Fenster und war von der Farbe der großen Nelken angehaucht, die Maria mir zurückgelassen. Mein Geist war zart und kühl, wie die Helligkeit in den Schalen der beiden Hände, wenn man sie geschlossen in die Sonne hielt. So ging ich im stummen Freudenschrei der Welt ...

Es war ein Gebet, ein großes Dankgebet am Morgen, wie damals, als Maria und ich unter der Fahne auf dem Baou lehnten!

Ohne zu halten, flog der Zug durch Cagnes, ich grüßte St. Paul, das über seinem silbergrauen Garten schwebte – von allen Hügeln lachten die Straßen das Meer an. Ein weißes Irrlicht im Himmel darüber – unsre Fahne winkte!

In Antibes reichten sie mir alle nacheinander Blumen durch das Fenster des Abteils: Camilla und Bob und die schwarzgekleideten Mädchen Anemonen und Nelken, Lord Berrick, in schwarzem Anzug, einen Strauß weißer Rosen.

»Es ist die Farbe Ihrer Jahre, Claus«, sagte er lächelnd. »Bis wir uns wiedersehn, sind sie vielleicht rot geworden.«

Ja, die Jahre waren rot, als wir einander wiedersahn, blutrot. Der Krieg ging in seinen vierten Sommer. Bob war am Isonzo gefallen, Arno Steinberg vor Verdun, General X., Marias Gatte, als Armeeführer in seinem Bett.

Wenn der Lord und ich uns überhaupt noch wiedersahn, so lag das allein daran, daß wir, ohne voneinander zu wissen, eines Morgens im gleichen Monat Mai zu dem von Geschützfeuer beleidigten Himmel, auf die von Gasgranaten verpestete Erde geblickt hatten und darauf entschlossen davongegangen waren. Der Frühling erschien uns lebenswerter als dessen Vernichtung ... Wir ließen uns zu »diplomatischen Missionen« in die Schweiz abkommandieren; dort also sahen wir einander wieder. Betty, die als Krankenschwester hinter die Front geeilt war, heiratete in Frankreich einen Schlosser. Brigitte blieb zu Hause in England und heiratete einen Lord.

Einen Tag nach dem Waffenstillstand überschritt ich die elsässische Grenze. Doris und Jacquot holten mich in Weil-Leopoldshöhe ab – wir waren sehr glücklich, denn wir glaubten, nun käme der Frieden.

Dritter Teil

Sie kommen. Wir gehn

Als die deutschen Soldaten, schmutzig und die Brust voll widerstreitender Gefühle, aufatmend immerhin, daß die greuliche Arbeit von vier Jahren endlich ein Ende haben sollte, über den Rhein abgezogen waren, schob der liebe Gott ein paar Ruhetage ein, um den Elsässern Zeit zu lassen, ihre Städte und Dörfer fleißig zu putzen, zu scheuern, zu wichsen und sich selbst für den Empfang ihrer Befreier bereit zuhalten (wobei einige wenige eingeborene Vögte und Knechte des Kaisers mit der Uniform gleichzeitig ihre bisherigen Erinnerungen und Überzeugungen ablegten). Und dann, als man im französischen Hauptquartier vernommen hatte, das große Reinemachen zwischen Vogesen und Rhein sei beendet, dann zog die Armee ein.

Sie war prächtig, funkelnd neu, wie aus dem Ei geschlüpft und bereits von allen Resten der Schale gesäubert. Ein großer Schneider hatte dem Mars gleichsam über Nacht einen Streich gespielt, und nun belustigte er sich damit, dem gasstinkenden, von Blut und Kot bedeckten Heidengott über das ganze Land hin eine Nase zu drehn – eine schöne, eine sonntägliche Nase, daß die Kinder in die Hände klatschten und die Frauen lächelnd sich streckten.

Um dieses Augenblicks willen lohnte es sich, jahrelang alle Teufel auf den Fersen gehabt zu haben, von ihnen qualvoll gekitzelt, gezwickt und gespießt worden zu sein, wie man dies auf der von Meister Grünewald dargestellten Versuchung des heiligen Antonius hatte beobachten können, bevor das Bild, bekanntlich ein Hausschatz der Elsässer, von den mißgünstigen Deutschen außer Landes geschafft worden war.

Jetzt aber kamen die Franzosen, sie kamen!

Meine Mutter wachte aus ihren Gebeten auf, um an ihrem Kleid eine Stelle ausfindig zu machen, wo eine Kokarde in der Lage wäre, unauffällig Freude auszudrücken. Sie brauchte Stunden, bevor sie sie entdeckt hatte, und mein Vater rief mich als Zeugen herbei, daß die Kokarde am Gürtel die Mutter unglaublich verjünge. Er selbst überwachte ungeduldig den Tisch, der für den Sohn seines welschen Bruders gedeckt wurde.

Er hatte einigen Grund zur Ungeduld, denn alle Mägde standen mit ihren Kopfschlupfen vor den Spiegeln, und die Diener stritten, ob sie die blauweißroten Schleifen als Leibbinde oder als Schärpen über die Schulter anlegen sollten. Meine Schwägerin, die kleine Hartmann, war seit der Frühe als Niederbronner Bäuerin verkleidet und wartete, ein Fläschchen mit Riechsalz in der Schürze, auf das Telegramm, das die Ankunft meines im Auto durch Deutschland heranrasenden Bruders Ernst vermelden sollte. Vergeblich suchte ich sie vom Grund ihrer furchtbaren Unruhe abzulenken. An mir vorbei starrte ihr Blick auf ein angeschwärztes, ganz und gar undeutlich gewordenes Deutschland, auf dessen riesiger Fläche bald hier, bald da, doch immer näher einer Schlangenlinie, die den Rhein bezeichnete, etwas wie ein Johanniskäferchen auftauchte: das Auto, worin Ernst aus der Hölle entfloh.

Meine Bemühungen um sie waren schon vierzehn Tage alt. Bald hatte ich ihr die Angst vor den »roten Soldaten« ausreden müssen, denn Waffenstillstand und Revolution hatten meinen Bruder auf dem Kasernenhofe überrascht, wie er, nun schon im dritten Jahr, Rekruten drillte oder, vielmehr, den Drill der armen Teufel überwachte ... Er war Rittmeister bei den Pasewalker Kürassieren. Beim ersten Ansturm durch Belgien nach Nordfrankreich hinein hatte er sich zu einer beinahe sagenhaften Heldengestalt emporgereckt, sein Name war in den Kriegsberichten genannt worden. Dann hatte er eine Nacht und einen Tag im Stacheldraht gehangen und war mit einer schweren Nervenerschütterung in ein Sanatorium verbracht worden. Hier langweilte er sich – er setzte es durch, daß er in die Garnison geschickt wurde. Es schien, als ob er geheilt wäre ... Nachdem auf Grund sicherster Nachrichten von ihm feststand, daß keinem Offizier im Innern ein Haar gekrümmt worden sei, bemächtigte sich Anne-Maries eine andre Sorge: was wohl Ernst auf seinem Kasernenhof zurückhalte, von dem die Rekruten längst weggelaufen seien, statt daß er sporenstreichs in ihre Arme und zum bevorstehenden Einzug der Franzosen herbeieile – statt »herbeizufliegen, wohin er gehört, wenn die Franzosen kommen«, wie sie sich immer wieder wörtlich genau ausdrückte.

Ich tröstete sie mit der Behauptung, kein gewissenhafter Angestellter desertiere, wenn in der Hinterstube des Ladens ein Brand ausbräche, vielmehr warte er vor der Tür das Eintreffen der Feuerwehr ab. »Und wenn Vetter Léo plötzlich dasteht, und Ernst ist nicht da?!!« Sie fand Leute, die sie nach Kehl schickte, um zu telegraphieren. Vielleicht wäre sie ruhiger gewesen, hätte sich nicht unser Vetter Léo angesagt gehabt. Indes konnten wir ihn nicht bitten, seinen Besuch zu verschieben, er kam mit der Armee. Zuweilen ärgerte es mich zu beobachten, wie sie es Doris, der Deutschen, mißgönnte, bei dem bedeutsamen Familienereignis anwesend zu sein, während der »älteste Sohn«, der »Stammhalter der Breuschheim«, in dem plötzlich verfeindeten, dem verlorenen Deutschland zappelte, wie Mars in dem Netze Vulkans.

Doris und Anne-Marie waren einander immer steif gegenübergestanden, Doris, weil ihre Schwägerin sie mit einem Mißtrauen umgab, das an Abneigung grenzte, Anne-Marie, weil Doris auch eine Industriellentochter war, jedoch eine Deutsche und überdies von Adel, und weil ihr eine ungezogene Art eignete, bei jeder Gelegenheit zu lachen. Seitdem es hieß, die Franzosen würden den Krieg gewinnen, fühlte sie sich zwar als Mühlhauser Patrizierin und Tochter eines weithin bekannten Franzosenfreundes Doris reichlich überlegen, und im Grunde ihres Herzens hatte sie sie auch schon ausgetilgt: es war nur mehr Dorisens Schatten, der im Morgendämmer des französischen Elsasses umging. Um so mehr peinigte es sie, daß Doris noch immer bei jeder Gelegenheit lachte und gar nicht gespenstisch, vielmehr mit blühendem Mund und mit Augen, die alles zu sehen schienen, nur nicht das nahe Ende ... Ich würde lügen, wenn ich jetzt glauben wollte, ich hätte Anne-Marie ihre kleinen Schönheitsfehler ernstlich verübelt. Ich habe immer Puppen geliebt.

Ihr Blick starrte, wie gesagt, an mir vorbei, und manchmal sah ich es ihm an, wie das Johanniskäferchen aus dem fernen Dunkel der Landkarte schlüpfte, dann lächelte die Puppe, manchmal blieb es auch unsichtbar, dann traten ihr die Tränen in die Augen, und sie entlief in ein anderes Zimmer, um dort »etwas zu suchen«. Das ganze Stockwerk roch nach Baldrian. Inzwischen fütterte meine Frau die Hühner, die Gänse, die Hunde und bestach den Oberschweizer, damit er sich um die paar armseligen Kühe kümmerte, die vergessen im Stall muhten.

Kamen sie bald, die Franzosen? Einige Autos waren durchgefahren, mit pelzvermummten Gestalten besetzt, und eins hatte angehalten, um das Schloß zu filmen. Unter den Brillen waren die Gesichter blau vor Kälte. Die Jungen durften mitfahren bis vor das Dorf. Unterwegs lernten sie zwei Brocken Englisch und kamen mit ebensoviel unbekannten Geldstücken in den gefrorenen Händen zurück ...

Ein französischer Diplomat, ein hervorragender Diplomat, denn er war ein Dichter, mit dem ich mich unerlaubterweise in der Schweiz angefreundet, besaß eine unfehlbare Methode festzustellen, ob die Konstellation der Gestirne ihm gebiete, die Einladung zu einem politischen Tee anzunehmen, der Frau seines Chefs Blumen zu schicken, ein neues Buch zu lesen, entweder sein Bett oder aber die Bar des Hotels aufzusuchen, und nun tat ich wie er. Ich trat alle Stunde an den Spiegel und hob an den Wimpern die Lider hoch, streckte die Zunge heraus, schlug mit der flachen Hand gegen die Kniescheibe, um zu sehen, ob ich wirklich und wahrhaftig Franzose sei. Hatte ich mich vor dem Krieg oft für einen verhinderten Gallier gehalten, so stutzte ich jetzt bei dem Kommando, nicht länger verhindert zu sein, ja (so wunderbar erschien mir die Geschichte) auf einmal als eine Art Moses dazustehn, den die Prinzessin völlig erwachsen im Schilf des Rheins gefunden ... Plötzlich läuteten in der Ferne Kirchenglocken ... Ich zweifelte nicht länger.

Wie am Ende der Karwoche von der Reise nach Rom, kamen sie näher und näher. Jetzt ließen sie sich auf Breuschheim nieder! Unter ihren Fittichen, die maßlos bebten, betrat der erste Zug Franzosen das Dorf. Was folgte, das waren weniger Bataillone, Regimenter, Batterien, Eskadrone, als vielmehr ein fließender Abgrund voll blitzenden Lichtes und betäubender Finsternis. Die Mägde reichten sich den Arm, um nicht kopfüber in die plötzlich vor ihnen aufgerissene Männlichkeit der Schöpfung zu stürzen ... Niemals, solange die Welt steht, haben Menschen einen solchen Einzug erlebt. Niemals, sie mag noch so lange dauern, wird die Welt wieder einen Krieg mit solch einem Festzug enden sehn!

Wahrlich – ich, der ich dies schreibe, ich bin zwei Jahre an der Front gewesen, aber das glückhafte Ende der Laufbahn, das die Gelbkreuzgranaten, Flugzeuge und Tankgeschwader genommen, ihr Versinken in einem Blumenmeer, ihre Schmelze in einem singenden Himmel erscheint mir wunderbarer, als daß ein andrer Prophet, der Prophet Elias, im feurigen Wagen zum Himmel gefahren!

Blaue Soldaten marschierten, unabsehbar, durch die Dorfstraße. Alle lachten über das ganze Gesicht in den kalten Tag und dazwischen noch besonders das Schloß an, als brennte hier ein Feuer, das die Vorbeimarschierenden erwärmte. Man unterschied die Familienväter von den Unverheirateten. Jene fingen glückseligen Ganges die Kinder, die sofort zu ihnen fanden, diese suchten sich unter den Dorfmädchen eine Liebste aus, um sie in ihren Augen bis zum nächsten Dorfe mitzunehmen – gespannt, welch endgültige Gestalt sie in Straßburg annähme.

Eine ganze Division marschierte durch Breuschheim, das sich mit Trikoloren verhängt hatte, damit die Herzen, gefangenen Singvögeln gleich, nicht zu laut schlügen. Die Bauern winkten schwerfällig, riefen »Vive la France«, und der weißhaarige Bürgermeister, der die »Mexiko«-Medaille auf dem Rock trug, war froh, daß die Herren nur grüßten, ohne bei ihm anzuhalten, denn er hätte ihnen unweigerlich von seinem Sohn erzählt, der es bei den Deutschen zum Feldwebelleutnant gebracht hatte. Und ein Auto, an dem ein Fähnlein flatterte, lenkte in den Hof.

Einen Augenblick schien die Heeressäule zu stocken. Ein Offizier schrie ein Kommando, dann schritt Vetter Léo durch das Spalier der Mägde, die er alle der Reihe nach auf beide Wangen küßte. So waren diese Franzosen! Ihre Generäle küßten Mägde der Reihe nach auf die Backen! Die älteren kannten ihn, hörten sich errötend von ihm bei Namen nennen. Er hob Jacquot auf den Arm und trat ins Haus.

Da war er. Sein Bäuchlein und das meines Vaters liebkosten einander. Er küßte uns alle auf beide Wangen. Dann setzte der General sich zu Tisch.

Als wäre er von einem Spaziergang heimgekehrt, ohne Umstände, hauchte er in seine langfingrigen Schreiberhände und sprach:

»Kinder, ich habe Hunger.«

Die Kirchenglocken waren weiter geflogen – wahrscheinlich hatten sich die Jungen, die sie im Nest festhielten, auf und davongemacht, um auch die Franzosen zu sehn. Die Musikkapellen spektakelten weiter. Wenn sie für einen Augenblick innehielten, vernahm man Kommandorufe: Offiziere, Korporale, die sich im eisigen Wind Luft machten.

Anne-Marie begann sogleich von ihrem Gatten zu sprechen.

»Ernest?« meinte Vetter Léo. »Er ist Elsässer, Franzose«, und erst als er mit dem Fasan fertig war, fügte er, scheinbar zu mir gewandt, hinzu:

»Nur kein Politikergeschwätz! Ich wäre auch für den König von Frankreich in den Krieg gezogen, auch wenn wir es gewesen, die angegriffen hätten ... Und dann! Wenn der Krieg einmal da ist, kennt er nur mehr sein eigenes Gesetz ... Unsere Soldaten denken in der Mehrzahl ebenso vernünftig – bis sie demobilisiert sind ... Dann, ja, dann leben wir wieder in einer Demokratie, worin alle Wähler Heilige sind und der liebe Gott, so wie die Freimaurer ihn sich zurechtgelegt haben, der Onkel des Staatsoberhauptes. Dann fängt der Krieg der Zivilisten an ...« Er stach in den Braten. »Ich pfeife darauf. Claus, mein Junge, du warst zwei Jahre draußen ... in der Infanterie. Haben wir dir hart zugesetzt?« Hart zugesetzt? In der Infanterie? Fragend blickte ich meine Frau an. Saß ich nicht verliebt neben ihr? War sie nicht schön? Hatten wir es nicht längst überstanden?

»Nun ja, lieber Vetter, gewiß, gewiß ... Aber mit deiner gütigen Erlaubnis, um die ich bitte, erzähle ich dir lieber nichts von den zwei Jahren, oder doch nur so viel, als daß ich immer vorn war, und daß ich eines schönen Abends meinen Freund, den kleinen Baron Steinberg (seine Batterie war in unsrer Ruhestellung eingegraben) dreimal in einer Blutwelle aus seiner Grube in die Luft springen sah. Es war eine schöne Grube mit dicken Eichenbohlen ausgelegt – du verstehst? Gleich darauf wurden wir ein bißchen verschüttet, nicht schlimm, die Hälfte von uns kam mit dem Leben davon. Statt für den Rest des Krieges im Hinterland Soldat zu spielen, ließ ich mich lieber gleich in die Schweiz abkommandieren. Und denke nur, Léo, wie abscheulich, wie unmenschlich: in Bern, da speisten wir Samstagabends im Louis XVI.-Salon eines alten guten Restaurants: Lord Berrick von der englischen Gesandtschaft, der deutsche Graf Schmal, Professor Valtin von der französischen Botschaft, ein Amerikaner namens Walter, der schon nach der Suppe betrunken war, der italienische Journalist Sta, dazwischen ein halbes Dutzend andrer Aufpasser, die gelegentlich von Genf und Zürich herüberkamen – nun, lieber Vetter, und da besprachen wir eure Todessprünge, fachmännisch. Wir wetteten nicht, nein, das nicht, aber wir griffen eure Muskeln ab, eure Nerven, euer Portemonnaie, ermittelten den Grad der Bestechlichkeit eurer Munitionsarbeiter. Ich wage es, dir zu gestehen: wir alle behandelten euch ein wenig von oben herab! Ohne falsche Scham besprachen wir die Form unsrer Mannschaften, die hinter den Bergen lagen und in jedem Nerv, mit jeder Muskel eines jeden einzelnen erlitten, was unsere Zeitungen schrieben ... oder auch nicht schrieben, wie man es nun gerade nimmt. Und als die Schwarzweißroten aufgaben, gingen wir auseinander, nicht ohne daß ihren Vertretern die Hand gedrückt worden wäre.«

»Pfui, Claus«, rief Anne-Marie aus, und ich sah, die grauen Ringe um ihre Augen hatten sich vertieft. »Pfui«, rief sie, »während die andern starben, soupiertet ihr.«

Alle schauten erstaunt auf. Mein Vater schüttelte unmerklich den Kopf. Es lag mir auf der Zunge zu antworten: »Meine kleine Puppe, das ist eine prächtige Ohrfeige für die, die sie verdient haben, nur hast du falsch gezielt. Ich gehöre nicht dazu.« Da aber Anne-Marie mich doch nicht verstanden hätte, schwieg ich.

Über den Igel aus Schokolade, den man gerade vor ihn hingestellt, schielte mich Vetter Léo eine ganze Weile an. Er schien bitter traurig.

»Valtin«, brach er endlich das Schweigen, »der gute Valtin ist leider vorige Woche an seiner alten Zuckerkrankheit gestorben. Er konnte, er wollte nicht Diät halten.«

Mein Vater klärte seinen Neffen auf – nebenbei und indem er gleichzeitig die Kleine Verzeihung heischend anlächelte:

»Anne-Marie hat wenig Sinn für Ironie.«

Da wurde sie ans Telephon gerufen. Wir hörten ihre Stimme sich überschlagen, singen, ersterben ... Als sie sich wieder unter uns niederließ, trug sie die Schwingen einer Siegesgöttin. Ernst war in Straßburg, und er berichtete, es sei ihm nach vieler Mühe gelungen, sich über die Kehler Brücke durchzuschlagen. Vetter Léo ließ die Gabel sinken, um höflich zu gratulieren. Doris sprang vom Tisch auf und umarmte ihre Schwägerin. Die Freude der Kleinen war so groß, daß sie Doris herzhaft wiederküßte.

»Eure Birnen sind wirklich ausgezeichnet«, meinte Léo und nickte meinem Vater respektvoll zu. »Sie schlürfen sich wie Fruchteis. Machst du einen Sommerschnitt?«

Indessen verweilte Anne-Marie bei der Musterung von Dorisens leichtsinnigen Locken. Sie hatte sich gefaßt. In ihren schmalen Lippen, die sie jetzt seltsam breitzog, zeichneten sich, wie die Lettern einer noch nicht entzündeten Lichtreklame, die Worte ab:

»Dehors les boches!«

Ich war der einzige, der sie las.

Unsere Blicke begegneten einander. Errötend, während schon der Trotz ein Ausrufungszeichen auf ihre Nasenwurzel setzte, schlug sie die Augen nieder.

Draußen marschierten noch immer die Soldaten.

Dem sinnbetörenden Laut des Franzosenschwarms, der sich auf das Elsaß niedergelassen, folgten die Liebenden wie in schönen Sommernächten dem Gesang der Zikaden. Uns hatte er entzückende Vettern und Kusinen ins Land gebracht, denen ich bisher nur flüchtig, dazu noch in fremder Umgebung begegnet war, während sie jetzt als wahre Weihnachtsengel und Nikolasse zu uns ins Haus kamen. Sie machten es sich bequem, sie verweilten wie der beglückende Frieden selber, um den ich als Kind vor dem Einschlafen gebetet.

Da war nicht ein einziger Franzose (im Grunde doch für uns alle, die wir für den Kaiser marschiert waren, ein Sieger, ein Kerl also, wie geschaffen, uns den gestiefelten Fuß auf den Nacken zu setzen), der uns nicht freundlich entgegengekommen wäre. Nicht ein einziger fragte, ob er sich die Uniform der Pasewalker Kürassiere anschauen dürfte, die unsern Ernst so gut gekleidet hatte. Jeder küßte meiner deutschen Frau die Hand, und wenn er nur drei Worte deutsch konnte, so bestand er darauf, sie mit ihrer Hilfe zu üben. Ja, sie lachten heimlich über die allzu offensichtliche Eifersucht meiner Schwägerin, der kleinen, ein wenig provinziellen Tochter des großen, durchaus weltmännischen Hartmann, deren deutsche Sprachkenntnisse gleichsam über dem Reif einer einzigen Nacht erfroren waren. Zu ihrer Entschuldigung muß ich hinzufügen, daß es die Nacht nach Ernstens Heimkehr war.

Wahrlich, unsre Sieger waren scharmant. Welch eine Wohltat für uns, wenn sie in den Salon traten, ohne daß gleich unter ihrem Schritt der Erdball erdröhnt wäre! Wie dankte man es ihnen, saßen sie anspruchslos heiter in einem Restaurant, in das man ging, um zu essen, nicht aber, um die sich zum Knock-out rüstenden Champione unsers Erdteils zu bestaunen oder von den nicht immer wohlerzogenen, weil zu absichtlich auffallenden Söhnen von Großgrundbesitzern, Fabrikanten und Oberlandesgerichtsräten auf Reichtum und Herkunft abgeschätzt zu werden! Die Sieger zeigten sich zurückhaltend und vergnügt. Ihr Übermut selbst war leichtfüßig.

Anders verhielt es sich mit meinen Landsleuten. Wir hörten, sie rotteten sich in den Städten zusammen, zögen gröhlend durch die Straßen, anerkannten oder verwürfen den Patriotismus der Einwohner (der nunmehr französischen, versteht sich), rissen hier Fahnen ab, schrien dort »Vive«. Ja, sie versammelten sich zur Feme, vor der angesehene Bürger wie Schulbuben erschienen, um über sich und ihre Familie auszusagen und einem Narrenrat die heimlichsten Türen ihres Gewissens zu öffnen. Auf der Kehler Rheinbrücke sollten Gelehrte von namenlosem Lumpenvolk verhöhnt, arme Teufel von minderen Intellektuellen mit Roßäpfeln beworfen worden sein.

Erst lachte ich, wenn Ernst, zwischen Furcht und Begeisterung bangend, Einzelheiten dieser Volksbelustigungen zum besten gab. In meinen Augen war das – die elsässische Revolution, ein von einem wohlbewaffneten Heer und ein paar hundert eilig zugereisten Verwaltungsbeamten gehätschelter Aufstand, der den steinernen Tyrannen die Köpfe abschlug und die lebenden außer Landes, über den Rhein trieb, ohne daß ein einziger dieser Sansculotten sich selbst dabei im geringsten aufs Spiel gesetzt hätte, nicht einmal bis zu einem Nasenbluten, das Revolutionstribunal in Krähwinkel, Jakobinersprünge in Volkstrachten und »historischen Kostümen«, die Karrenzüge zur Rheinbrücke statt zur Guillotine, ein von den Veranstaltern wie von den Teilnehmern völlig mißverstandener Rumor im Elsässer Ländle, das sich, o Ironie!, dadurch als die Diaspora des soeben geborenen deutschen Freistaates erwies. Doch verging mir das Lachen angesichts der Verwüstungen, die diese andauernde und immer weiter um sich greifende geistige Pest in unserm Volk anrichtete.

Inzwischen tanzten bei uns in Breuschheim die Fliegeroffiziere und die Kavalleristen, die bereits wieder die Köpfe über die Infanterie erhoben, lauter junge Leute, die sich tadellos hielten, und die zu ihrem freudigen Erstaunen ihren guten alten Namen durch die Kothölle eines schon halb vergessenen Krieges gerettet hatten.

Wenn wir Verwandten nach dem Tanz noch ein halbes Stündchen am Kamin beisammensaßen, versäumte Ernst nie zu versichern, wie er sein Leben lang auf die Franzosen gewartet habe, und daß es nicht seine Schuld sei, wenn sie nicht schon früher eingetroffen wären.

»Hast du auch in Pasewalk gewartet?« fragte ich einmal leise, als er es zu bunt trieb, ein andermal: »Und als jener Assessor, der davon träumte, hoppehop Unterstaatssekretär zu werden?«

»Auch dann«, antwortete er jedesmal mit erhobener Stimme, »gerade dann. Ich wollte meinem Lande dienen, bis eben die Franzosen kämen«, und jedesmal rief er seine Frau zum Zeugen an. Auf diesen Augenblick hatte Anne-Marie den ganzen Tag gewartet. Sie hob beschwörende Augen zur Decke: »Ils ne t'auraient jamais fait ministre«, sagte sie, »crois-moi, mon ami, jamais.« Das glaubte ich auch, und ich sprach schnell von unsern Kühen, die die Milch aufhielten, wogegen man endlich etwas unternehmen müsse.

Die französischen Verwandten, die unser kurzer, in freundlichem Ton gehaltener Wortwechsel in Verlegenheit zu bringen pflegte, interessierten sich dann immer auf das lebhafteste für die Kühe, und der eine oder andre Herr küßte Doris die Hand, während die jüngeren Damen einen wahrhaft mütterlichen Blick auf Ernstens ereiferten Stirne ruhen ließen. Und mein Vater schüttelte den Kopf ... über die Kühe. Meine Mutter aber, mein Gott, sie konnte nicht anders: sie streichelte Ernst flüchtig die Hand. So taten die Kühe, die keine Milch gaben, in jenen Tagen immerhin ihren Dienst.

Eines Nachmittags jedoch fuhr ein Auto vor, und ihm entstiegen sechs, nicht besonders gut gekleidete Zivilisten, die, nachdem sie einen behördlichen Ausweis vorgezeigt hatten, in den weißen Salon geführt wurden, eine Räuberbande, aus dem Busch gebrochen in der Absicht, die nationale Gesinnung der Familie Breuschheim nachzuprüfen. Ein säbelbeiniger Drogist aus der Langestraße in Straßburg, bei dem wir zu unsrer Räuberzeit Pulver gekauft hatten, empfing mich, freundschaftlich, an der Spitze seiner Bande ... Was mich und meinen Vater angehe, sagte er, wobei er mich wiederholt zum Sitzen einlud, so habe die Kommission nur die Frage an uns zu richten, was uns veranlaßt habe, deutsche Frauen zu heiraten. Mit meinem Bruder Ernst dagegen werde sich eine ausführliche Auseinandersetzung nicht vermeiden lassen. Er bediente sich eines Französisch, das durch seine hitzige Eile zu einem schier unverständlichen Kauderwelsch verkochte. Jedoch, die Kommission blickte mit Stolz auf ihren Wortführer, ohne sich übrigens an die altseidenen Bezüge der Louis-XV.-Stühle heranzuwagen.

Ich antwortete sehr höflich, erklärte entschuldigend die Abwesenheit meines Vaters, der in Paris sei, was mir einen rätselhaften Seitenblick des Drogisten, dagegen die sichtliche Billigung der Kommission eintrug, worauf ich mich mit dem Versprechen entfernte, meinen Bruder zu benachrichtigen. An der Tür holte mich der Drogist ein:

»Halt, Herr Baron, Sie haben uns noch nicht gesagt, warum Sie eine deutsche Frau –«

»Das ist auch nicht nötig«, unterbrach ich ihn. »Schauen Sie mal, Herr ..., ich weiß nicht einmal, ob Sie verheiratet sind.«

Einige Minuten danach erschien im Salon mein Bruder Ernst, bleich und steif, zwischen mir und Vetter Léo, der sofort mit seinem Bäuchlein als wie mit einem Tank auf den Drogisten losfuhr.

Vetter Léo trug seine Generalsuniform. Er warf die Kommission aus dem Haus. Er sagte: »Messieurs, je vous prie de sortir«, und es wäre ihm außerordentlich peinlich, so fügte er hinzu, wenn er die Wache im Gemeindehaus herbeirufen müsse, um den Herrn beim Einsteigen in ihr Auto behilflich zu sein. Léo und ich geleiteten die Herren die Treppe hinunter bis zur Tür.

Der Drogist wahrte das Gesicht, indem er »eine Beschwerde an höherer Stelle« in Aussicht stellte. Da stand er aber bereits im Wagen.

»Faites, Monsieur«, nickte Vetter Léo, »faites toujours, allez, soignez vos relations!« Vergnügt schaute er zu, wie die zusammengepferchte Kommission in rascher Fahrt durch die Dorfstraße entfloh. »Ah, les braves Alsaciens«, wandte er sich zu mir. »Il n'y a que nous pour avoir du courage! Mais où est Ernest?«

Wir bekamen ihn erst abends nach dem Tanz zu Gesicht, wo er mich am Kamin sichtlich auszeichnete, indem er mir das Mißgeschick mit unsern Kühen auf das gewissenhafteste auseinandersetzte. Damit verhielt es sich, wie folgt: Unsre Kühe waren fast alle während des Krieges requiriert worden, und mit dem Ersatz, nach dem mein Vater sich umgetan, haperte es. Die neuen Kühe trotzten, sie hielten die Milch zurück. Warum? ... Nein, die Politik war da nicht im Spiel, obwohl in unserm armen Elsaßland (»zagend zwischen Krieg und Brand«) wohl wenig Schlupfwinkel ausfindig zu machen wären, wo nicht das Spitzohr eines politischen Teufelchens herausguckte. Zu diesen seltenen Schlupfwinkeln gehörte indes ohne Zweifel das Euter einer Kuh. Die Damen sollten entschuldigen ... Die Damen fanden die Geschichte amüsant? Um so besser!

Ernst lehrte mit Würde, wobei er sich an mich wie an einen Lieblingsschüler wandte. Zwar enthielt, was er da scheinbar mir erzählte, nicht die geringste Neuigkeit für mich, doch wußte ich ihm Dank für die Bemühung um den verwilderten und seiner Meinung in allen ernsten Lebensfragen unbewanderten Bruder. Also, die Kühe! Die Handgriffe beim Melken der Kühe waren bekanntlich verschieden, die eine Magd melkte mit voller Hand, sie »fäustelte«, in andern Ställen wiederum wurde »gestrippt«: zog man die Zitzen und kitzelte gleichsam die Milch aus dem Euter. Kam nun eine Kuh in andern Besitz, so hielt sie unter der Praktik der ungewohnten Hand erst mit Staunen, dann mit Entrüstung die Milch an. Natürlich konnten auch andre Ursachen vorliegen, Euter- und Zitzenkrankheiten, in diesem Fall ergab sich die Beseitigung des Übels von selbst. Unsern Kühen aber fehlte nichts! Unser Vater hatte durch die Viehhändler die Gewohnheiten einer jeden einzelnen in den früheren Ställen ermitteln lassen. Und sie beharrten auf ihrer Weigerung! Was tun?

»Man gebe der Kuh beim Melken Futter oder Saufen vor«, sprach ich gelassen, »rede ihr gütlich zu und klopfe sie mit einem Schlüssel sacht an die Hörner.« So hatte ich's gelernt.

Während alle lachten, zog mich mein Vater zur Seite und flüsterte: »Dein Bruder weiß so gut wie ich, daß der Oberschweizer die Milch hinter unserm Rücken an das Militär verkauft.« – »Die Tiere sind unschuldig«, sprach er laut zum Kamin hinüber. »Die Gretel ist schuld.«

Wiederum lachten alle hellauf, und keiner versuchte zu verstehn, allein schon aus dem Grund, weil eine Frage, wie sie jetzt zur Lösung des Rätsels nötig gewesen wäre, ganz und gar gegen die Regeln einer muntern Konversation verstoßen hätte. Und nur meine Frau nahm den von Humorlichtern umspielten Grimm meines Vaters beim Wort.

»Schicke die Gretel fort«, riet sie mir am andern Morgen. »Ob es nun dem Ernst paßt oder nicht. Sie ist schon zu lange bei euch. Durch den Schweizer beherrscht sie den Hof. Das kränkt den Vater.«

Ich hatte Doris nie verraten, daß ich als Knabe meinen Bruder dabei betroffen hatte, wie er mit der Gretel über die Streu gerollt war – und mit welch einem Ausdruck unsäglicher Gefräßigkeit im Gesicht, mit wie bleckenden Zähnen, die Augen von Gier und Haß wie geweitet, sie dabei seinen Kopf mit beiden Händen von sich abgehalten hatte, um ihm, während er sie besaß, in die Augen zu sehn! ... Jahrelang beherrschte mich dieses Bild, finster. Meine Jugend lang, bis zu jenem plötzlichen Aufbruch bei Morgengrauen in St. Paul habe ich geglaubt, das Weib liebe den Mann, indem es ihn verschlinge ... Es war keine leichte Sache, Gretel vom Hof zu verweisen. Sie verlangte Geld. »Gib ihr, was sie fordert«, rief Ernst aufatmend aus. »Dieses Bauernmädel, es würde mich für meine Jugendsünden verfolgen bis ins dritte und vierte Glied.« Der Schweizer ging mit ihr, nicht aber, ohne vorher das Geld, das Gretel grinsend angenommen, unter zornigen Reden über den Boden der Gesindestube verstreut zu haben.

»Boches!« schrie Gretel, als sie vor dem Tor auf der Dorfstraße stand, zu den Fenstern des Schlosses hinauf, und der Schweizer, der aus dem bayerischen Allgäu stammte, legte die Hände an den Mund, um zu gröhlen: »Boches, Boches, Boches, dreckete Boches ihr!«

Am Abend wurde wieder im weißgoldenen Saal getanzt.

So verging mehr als ein Jahr. Doris und ich blieben in Breuschheim. Das Zusammenleben mit Ernst und Anne-Marie gestaltete sich immer schwieriger, und am meisten drückte es uns zu sehn, wie die Eltern darunter litten. Die Mutter kam nie zu uns herauf, ohne Doris oder mir auf die eine oder andre Weise zu sagen: »Vergeßt nicht, daß Ernst krank ist, ich schwöre es, er ist wirklich krank, wenn es auch fast niemand merkt. War er je böse vor dem Krieg? Böse? Nie. Er wird sich bald erholt haben, und wir werden es wieder haben wie zuvor. Geduld, liebe Kinder, Geduld. Zu Jacquot ist er ja immer gut.«

Ich rührte schon lange keine Zeitung mehr an, aber Ernst machte sich eine Aufgabe daraus, besonders gehässige Artikel bei Tisch vorzulesen – in der Tat, nie hätte er sich früher eine solche Taktlosigkeit erlaubt. Er wütete, mit einem nach innen gekehrten Fanatismus, oft dachte ich: als ob er sich selbst bestrafen und quälen wollte! So leidvoll war sein Gesicht, wenn er sich in politische Betrachtungen stürzte.

Die wenigen Freunde, die der Krieg mir gelassen hatte, waren vollauf beschäftigt, sich eine neue Existenz zu schaffen in dieser Gründerzeit, die der Abzug der Deutschen, der Umtausch der Mark gegen den Franken und die Möglichkeit, Deutschland billig auszukaufen, herbeigeführt hatten. Jedesmal, wenn ich in Straßburg war, bekam ich Streit; in einem Nachtlokal, wohin ich mich nach einer Soiree bei den Bock geflüchtet hatte, kam es zu einer regelrechten Boxerei mit drei Franzosen, die meine Landsleute am Nebentisch gegen mich aufgehetzt hatten. Dem einen zerschlug ich eine Champagnerflasche auf dem Kopf; natürlich wurde ich zu einer Geldstrafe verurteilt. Ich (nicht etwa Ernst) bildete eine ständige Rubrik in den Zeitungen, deren Geschäft noch immer in der Deutschenverfolgung bestand. Ein andrer als ich wäre darüber zum deutschen Patrioten geworden ... Nur Viviane von Bock, die wir oft besuchten, hielt sich wacker. Vielleicht weil sie eine Kriegswitwe war – doch die Witwe eines bereits im August 1914 gefallenen *französischen* Offiziers, worauf sie die höchsten Ansprüche auf patriotische Dummheit hätte gründen können. Bei ihr durfte ich mich aussprechen, eine Feigheit eine Feigheit nennen und meine pazifistische »Idee« entwickeln, von der ich behauptete, daß jetzt, jetzt erst ihre Zeit gekommen sei. Wie verstand sie es, dem aufgeregten Menschen zuzuhören! Wahrlich, es galt mir mehr als Liebe ... Nur wenn ich übertrieb, hielt sie mich an und rief mit dunkel strahlendem Vorwurf: »Pulcinella!«

Ich reiste nach dem Lido – mit dem Erfolg, daß ich Maria verlor, und kaum war ich zurückgekehrt, ging die Hetze von neuem an. Hubert Adam, der seit dem Waffenstillstand ein »grand médecin« geworden war, mit einer Privatklinik von einer modernen Fasson, einer Fülle sowohl wissenschaftlicher wie ästhetischer Einrichtungen, wie man sie in Paris vergeblich gesucht hätte, kam zuweilen abends spät nach Breuschheim hinausgefahren, um mir stillen Zuspruch zu spenden. »Warte nur«, sagte er pfiffig, während er mit gesenktem Kopf an seinem Kneifer rückte, »warte nur drei Jährchen oder vier, da werden allerhand Leute ihr blaues Wunder erleben.« François Kern aber unternahm es, mir in seiner Zeitung beizuspringen, aber da diese Zeitung eine der ganz wenigen (wenn nicht die einzige) war, die das Elsaß tatsächlich verteidigte, galt sie bei den Gutgesinnten für ein Radaublatt, und er schadete mir mehr als meine ärgsten Feinde.

Was blieb mir da noch? Meine »Idee«. Sie war alt und zäh, meine Idee, mit sechzehn Jahren hatte ich sie gefunden, und wer mit sechzehn Jahren eine »Idee« findet, der ruht nicht eher, als bis er sie sich einverleibt hat, der umhegt und pflegt sie und bewehrt sie mit Türmen, in die er Musikspiele einbaut und eine Sturmglocke für die Stunden der Gefahr. Als die Verkörperung und leibhaftige Predigt meiner Idee hatte ich Straßburg, das Land und zuletzt meine Familie aufgestellt, und dies war der Grund, warum ich ihrer Geschichte so leidenschaftlich nachspürte: der Geschichte Straßburgs, des Landes, der Geschichte meiner Familie, die sich schon tausend Jahre hier umtat, lebhaft, deutlich, unverkennbar, als sei sie nur immer ein und derselbe Mensch. Ein ermüdeter Läufer warf sich in den Jungbrunnen und sprang, kaum, daß er untergetaucht, mit einem Knabenlachen auf den grünen Rasen, das waren die Breuschheim, und von den sich reckenden Armen deutete der eine auf die Vogesen, der andre zum Rhein ... Das waren die Breuschheim, das war Straßburg, das war das Elsaß. Das Reich Karls des Großen, hier lebte seine Seele weiter, während die Trümmer seiner Gestalt über Europa verstreut lagen – o du kleine, an der Grenze zweier großer Nationen, zwischen den beiden unermüdlichen Ringern um die verlorengegangene Krone in wieviel Karnevalen und Ostern ausharrende Provinz der einigen Christenheit: Elsaß! ...

Was half mir aber nun meine Idee? Hubert Adam, der in der Obersekunda an sie geglaubt hatte, warf den Kopf zurück, wenn ich darauf anspielte, und schmetterte gutturall: »Ach was, heute gibt es nur zwei lebendige Ideen, die des Besitzes und die des Nichtbesitzes! Schauen wir zu, daß wir das Leben genießen, bevor die Bolschewiki über uns kommen. Was kostet euer neuer Wagen?« Dagegen verfolgte Francois

Kern, der sie früher bekämpft hatte, jetzt eine Politik, die manche Beziehung zu meiner Idee aufwies ... Wer weiß, sagte ich mir, wer weiß: in drei Jährchen oder vier ...

Eines Tages fand zwischen Ernst und mir eine Unterredung statt. Sie war kurz und schlicht.

»Doris und ich«, sagte ich, »wir fahren morgen in den Schwarzwald für sechs Monate. Wir lassen Jacquot hier. Visa haben wir nicht. Wir benutzen Léos Brigadeauto, damit kommen wir nach Offenburg.«

»Vortrefflich«, sagte Ernst. »Und dann?«

»Dort finden wir schon ein andres Auto, das uns bis vor unser Waldhaus bringt.«

»Zweifellos. Und dann? Wie denkst du dir das übrige?«

»Welches übrige?«

»Hör' zu, Claus, ich wünsche nicht, daß du mit dem Vater über Geldangelegenheiten sprichst. Er gäbe für dich sein letztes Paar Hosen her ... Ich muß dir sagen, das Gut ist nicht die Kravattennadel wert, die du da im Schlips trägst. Unser Großvater hat, wie du weißt, sämtliche Reben ausgerissen, jahrelang ganze Wagenzüge burgundischer Erde hergeschafft. Bei seinem Tod lag derselbe Wein im Keller, wie der Urgroßvater ihn ohne burgundische Hilfe gezogen hatte! Unser Vater ... Aber nein, davon wollen wir lieber nicht reden. Er ist stark in der Theorie, man könnte ihn geradezu einen Gelehrten nennen, einen Nationalökonomen, sozusagen den Erfinder der vergleichenden Wirtschaftsgeschichte ... Dann, im Krieg haben wir viel verdient, wie alle Bauern. Es war unvermeidlich. Aber Vater hat das Geld in deutschen Papieren angelegt. Warum? Dein Schwiegervater Kieper erzählte, schrieb, telephonierte ihm dauernd Märchen von der gewaltigen Zukunft der deutschen Industrie. Und als Praktiker überragte er ihn, das hatte Vater immer zugegeben. Die Papiere, mein Junge, werden täglich weniger, ich fürchte, Privatleute wie du können demnächst Feuer damit anzünden oder darin für ihre Jacquots Figuren ausschneiden, ohne sich einem Vermögensverlust auszusetzen. Kieper selbst – ja, mein lieber Junge, das ist eine andre Sache! Kieper ist groß geworden, riesengroß! Wenn er will, kann er sich ein früheres Großherzogtum kaufen oder den Montblanc. Eine Kleinigkeit für ihn. Drum, was ich sagen wollte: hier in Breuschheim schließt deine Rechnung mit einem Passivum, in Köln jedoch liegt das Geld – bergehoch! Halte dich an deinen Schwiegervater. Richte deinen Blick auf Köln. Nimm deine liebe Frau an die Hand und

... und ... Hör' zu, Claus. Ich habe keine Kinder, und wir werden auch nie welche haben. Unter uns gesagt. Drum ... Wenn nicht bis dahin unsre Welt völlig zusammengekracht ist, so wird Jacquot, euer Jacquot, heute oder morgen ein kleines Königreich sein eigen nennen. Denn die Kieperschen Söhne sind tot.«

Ich muß gestehn, ich war überrascht. Es war das erstemal, daß ich die tatsächliche Überlegenheit meines Bruders erkannte. Bis zu diesem Augenblick hatte ich ihn für einen geschäftehungrigen, auf seine feudale Abstammung erpichten Landjunker gehalten, wie sie in den letzten dreißig Jahren zahlreich aufgetreten waren. Er liebte Automobile, viel weniger Frauen und von diesen nur solche, die einen heftigen Hautgeruch ausströmten. Er plauderte ebenso geläufig über die Großen der Höfe, die er zu bespötteln vorgab, wie über die Prominenten der Weltbörsen, von denen er mit echter, wenn auch herablassender Hochachtung sprach. Ein Gedicht Goethes von einer Schillerschen Ballade zu unterscheiden, wäre er nicht imstande gewesen, wenn er auch mit viel Geschick in jedes Buch hineinsah, von dem »man sprach«. Soweit war alles in Ordnung. Dumm war er nicht, o nein, im Gegenteil, klug war er, sehr klug, und seine Konversation galt nicht nur in Pasewalk und Charleroi für blendend. Wenn er gut aufgelegt war, fiel es ihm leicht, ein Französisch hinzuplaudern, das blühte, duftete, ja von Tau funkelte, und manchmal, vom ergriffenen Schweigen ebenbürtiger Damen oder sehr vermögender Herren ermuntert, konnten seinem Talent Schwingen wachsen, daß sich seine Sprache fugenartig zu schwindelhaften Höhen erhob. Auf diesem Gipfel angelangt, prophezeite er. So hatte er in Paris wiederholt den Weltkrieg vorausgesagt, den Sieg Deutschlands einbegriffen. Deshalb und weil Frankreich schließlich doch nicht geschlagen worden war, verzieh man ihm, daß er zur Erfüllung der Prophezeiung auf deutscher Seite tatkräftig mitgeholfen. Auf den Schreibtischen schöner Pariserinnen stand heute schon wieder sein Bild, wenn auch in der neuen französischen Uniform. Auch das war in der Ordnung. Jetzt aber ...

»Und da wäre ja dann noch die Autofabrik«, sagte ich und blickte durch das Fenster. Hinter dem Park, von einem guten Gärtner an ihn angeschlossen, ja, in das grüne Reich einbezogen, murrte Tag und Nacht eine kleine Fabrik, ein wahres Muster, das Vater Kieper in den Mußestunden seiner kurzen Ferien dort angelegt hatte. Früher hatten die Kraftwagen unter der Marke »Alsatia« ihren Weg in die Welt genommen, jetzt lieferte das Werk »Nouvelle-Frances«, die sich bei den automobilkundigen Franzosen rasch beliebt gemacht hatten.

»Welche Autofabrik?« fragte mein Bruder mit erstaunten Augen.

»Wie kannst du nur so dumm fragen, Ernst! Vater Kiepers Ideal, die Freude seines Alters, das Bijou von einer Fabrik, das er uns zu Dorisens dreißigstem Geburtstag geschenkt hat.« Ich zeigte durch das Fenster.

Ernst erhob sich langsam, sah, die Hände an den Bügelfalten der Hose, mit immer noch wachsendem Staunen auf mich herab, und es dauerte geraume Zeit, bis er die Sprache wiederfand. Dann setzte er sich.

»Ja, mein lieber Junge, die gehört doch mir! Die habt ihr mir doch alle feierlich überschrieben – weil ich unter euch allen der einzige Geschäftsmann bin!«

Richtig. Die Fabrik gehörte ihm. Feierlich hatten wir sie ihm überschrieben, damals, als er aus dem Sanatorium auf Urlaub heimgekommen war, niedergeschlagen wie nur einer und alle Welt seines Bedürfnisses nach Trost versichernd. Annemarie hatte mich telegraphisch herbeigerufen. Seine fassungslosen Hände waren dauernd aus denen seiner Frau in die Dorisens, manchmal sogar in die meinen gewandert. Er hatte nicht mehr gewußt, was in der kunterbunt durcheinandergewürfelten Welt anzufangen. Da hatten wir ihn in die Mitte genommen und waren alle zum Notar gezogen. Kein Zweifel, die Fabrik gehörte ihm. Und wir andern Breuschheim waren arm wie Kesselflicker!

Jedoch, was konnte das bedeuten, tröstete mich Ernst, wo der alte Kieper so groß geworden war, riesengroß, und wo unsre eigenen Eltern kaum Bedürfnisse hatten und nicht einmal die bescheidensten Anforderungen ans Leben stellten, wie sie mein Vater mit Kopfschütteln an meinem früheren Erzieher, dem Kanonikus Simon, bemerkt hatte, der, kaum daß er den Marschall Foch im Münster empfangen hatte, plötzlich nach Jerusalem gereist war?! Gewiß doch, es blieb mir nur übrig, mich wegen meines unangebrachten Hinweises auf die Fabrik zu entschuldigen. Die Schornsteine hatten mich dazu verleitet, die eine Handbreit über den Parkbäumen hervorsahn. Natürlich gehörte die Fabrik Ernst, nur ihm, ihm allein ...

Auch der Wagen war sein, der Doris und mich wie auf Händen nach Straßburg trug. Ein ganz prachtvoller Wagen!

Als wir Viviane aufsuchten, um uns von ihr zu verabschieden, trafen wir große Gesellschaft, Männer, Frauen und Kinder. Der Präsident der Republik beehrte an diesem Tage Straßburg mit seinem Besuch, die Stadt war von Fremden überfüllt. Auch im Hause Bock wehte festliche Luft. Für die Bock und Dürckheim, die in den Salons versammelt waren, um ihnen bekannte oder empfohlene ortsfremde Offiziere und deren Damen zu empfangen und sie mit den rechten Anweisungen für den Besuch der Stadt und des Landes zu versehen, war das Elsaß, ihre Heimat, wahrhaft befreit. Demaskiert, von allen Wolfsgruben des Eroberers gesäubert, lag es klar unter dem Himmel, als ihre Heimat, ihr Elsaß, wie es vor 1870, dem »großen Verrat«, wie die einen sagten, dem »Gottesgericht«, wie es die andern hießen, immer gewesen ... Immer? Unwillkürlich dachte ich an die alten, schon im Boden versinkenden Steine an der Kirchhofsmauer des Glöckelsberges, auf denen die Grabschriften auch dieser Familien in deutscher Sprache weiterklangen, auch diejenigen von Männern und Frauen, die dem Bourbonenhaus in der Kammer oder im Felde gedient hatten.

Doris lachte mit den gleichaltrigen Müttern, nahm die väterlichen Komplimente des Barons entgegen und sprach Jacquot Mut zu, mit dem die Mädels, von ihrer koketten, alle Gäste entzückenden »Landestracht« berauscht, immerfort »Einzug in Straßburg« spielten. Schließlich empfingen sie ihn so stürmisch, daß er sich nicht mehr zu ihnen hineintraute und lieber ein Gespräch mit einem andern Jungen anknüpfte, der im Nebenzimmer einsam auf einem Stuhl saß und verschüchtert zum Sofa hinüberträumte, wo seine Eltern in ehrfürchtiger Haltung einen Hymnus auf den Odilienberg anhörten. Es war Viviane, die ihn auswendig hersagte. Als wir aufbrachen, folgte sie uns in die Halle, um mir zuzuflüstern:

»Mein lieber Claus, ich bin zufrieden, aber – von allen Landsleuten hier, wissen Sie: von den richtigen, den alten, gefällt mir doch am besten der François Kern. Sie haben den Mut gehabt zu sagen, daß Sie sein Freund sind – bitte, grüßen Sie ihn von mir.«

»Eine hübsche Geste, Viviane!«

»... alter Kameradschaft, Claus. Also, Punkt 6 Uhr bringe ich Ihren Jacquot nach Breuschheim zurück, und da ich leider selbst keine Kinder habe, will ich ihn oft besuchen, als wäre er mein Junge und bei Ihren Eltern in Pension.«

Die Kastanien der Kellermannstaden trugen auf ihren gelbbelaubten Ästen das Licht wie auf Lüstern. Im Wasser des Kanals floß ein dunkles Feuer, schwebend verweilte der Tag, von lauter frohen Menschen straßenbelebt, und es war nicht nur die Fülle der Rosen in den Gärten, die Dorisens Blick verwirrte und entzückte, noch das milde und doch so starke Blau eines Rittersporns, der mit seinen kleinen blauen Flammen einen Rasenplatz erhellte, wenigstens war es nicht das allein – nicht die Schaustücke dieses herrlichen Tages allein in den Straßen, durch die wir zogen. Es war Lust und Klage Dorisens über all. das, was sie hier zurückließ, und etwas wie trotzige Treue, so daß sie sich mit ihrer ganzen Gestalt aufhob gegen jenes Andre, das in der allgemeinen Helle und Weltlust, die der Tag über Straßburg ausgeschüttet, sie bedrohte wie eine ungewisse Nacht: jenes Etwas, was plötzlich für sie die Fremde war, drüben über dem Rhein ... Sie hatte Heimweh, bevor sie noch das Land verlassen.

Sie schritt neben mir, ließ die Augen schweifen, ließ alle Freude, die sich ihnen bot, wahllos in sie ein, ließ sich von diesem wahrhaft wunderbaren Sommerwind in einer Wolke federleichter Musik dahintragen, schier gewichtlos Arme und Beine, den Kopf fast leer, und war, ich sah es ihr an, hauptsächlich auf irgendeine Art von Tanz bedacht.

Ohne das Lächeln über ihren Augen, das Lächeln unter ihrem Mund mir zuzuwenden (ach, wie ich es kannte, dieses Visier!), sprach sie unvermittelt:

»Claus, in meinem Herzen gehe ich nicht fort. In Wirklichkeit bleibe ich hier.«

Und sie blickte trotzig-selig an den Häusern der Langestraße hinauf.

Wir waren nach Durchquerung der Stadt beim Schlachthausstaden angelangt, von wo man mit der Elektrischen nach Breuschheim fährt.

»Wie wär's –?« fragte Doris übermütig, indem sie tat, als wollte sie zur Haltestelle hinüberlenken. Aber schon ergriff sie meinen Arm und zog mich lockenschüttelnd weiter.

Da bemerkten wir die alten Stadttürme, deren einen wir als Studenten gegen Zahlung einer geringen Summe von der Stadt »auf Lebenszeit« gemietet hatten. Er gehörte uns noch immer, und Hubert Adam behielt ein Auge darauf. Man stieg auf Leitern ins Dunkel, dann öffnete sich ein einziger großer Raum, den wir mit Möbeln, Bildern, Büchern hübsch wohnlich gemacht hatten. Durch die Schießscharten schien der Himmel herein, Mittag, Abendlicht, Sternenhimmel, Morgengrauen.

»Ja, willst du wirklich weggehn?« rief Doris lachend aus, als spotte sie unser und aller Welt, und ihre Hand griff nach der meinen, und sie wandte mir ein Antlitz zu, auf dem im Augenblick, da unsere Blicke sich berührten, mädchenhafter Übermut fiebernd in frauliche Verheißung umschlug ... »Was meinst du, Claus? Klettern wir in den Turm?«

Wir drehten uns die enge Stiege hinauf, und in der Dunkelheit war es, als ob Doris vor mir flöhe und ich sie verfolgte. Der Turm erdröhnte von unserm Tumult. Sooft der Lichtstreifen einer Guckscharte durch die Finsternis geisterte, hob ich die Augen, um nicht den Anblick der Turnerin zu versäumen, wie sie sich von Trapez zu Trapez durch das Dunkel emporschwang. Dann kam die Leiter. Wir tasteten nach dem versteckten Schlüssel, hurra, wir fanden ihn. Der Raum war unverändert, der mächtige Diwan stand wie nie berührt.

»Noch eine ›Stunde‹ gewonnen!« stammelte sie an meinem Hals, und später schlug sie allen Ernstes vor, wir sollten uns die paar Monate im Turm versteckt halten, das wäre ebenso gut wie über die Grenze abzuziehn; niemand brauchte es zu wissen, mit Ausnahme der treuen Viviane, die uns manchmal den Jacquot brächte. »Mein Claus, ein Spirituskocher! Denk mal! Das ist alles, was wir brauchen. Mein Ehrenwort! Was soll ich im Schwarzwald? ... und es ist gar nicht wahr, daß ich die Schweiz liebe, mit ihren langweiligen Gletschern! Dieses Turmzimmer liebe ich. Großartig wird es, und endlich habe ich dich einmal für mich allein!«

»Doris, in acht Tagen stände es in den Zeitungen«.

»So bleiben wir wenigstens diese acht Tage«, trotzte sie.

»Wir würden uns lächerlich machen.«

»Uns lächerlich machen? Was ist das?«

So ging es noch eine Weile hin und her, bis sie auf einmal schwieg und vor sich ins Leere starrte ...

»Doch«, sprach sie dann entschlossen, »doch! Ich freue mich auf unser Waldhaus. Und Hochgebirgstouren liebe ich über alles. Wirklich!«

...

In früher Nacht trafen wir in Römerbad ein.

Guter Mond

Ich lege die Feder nieder und trete auf die Terrasse meines Waldhauses.

O, ich wohne schön hier oben. Und still – mein Gott, wie wunderlich still nach soviel Lärm!

Vom Gebirg wandert der Hochwald herab. Hinter dem Haus macht er halt und steht in gerader Linie: Eichen, Lärchen, hochgeschossene Akazien, Buchen und ein paar Edelkastanien, die in ihrer Üppigkeit wie gedrungene Eichen wirken – lauter alte Kerle, wie sie anderswo auf einem Platz, den man eigens gerodet, als Schaustücke gezeigt würden. Wir könnten Gedächtnis- und Weihebäume für ganze Fürstengeschlechter, für Generationen von Dichtern bereitstellen. Unten, von den Wiesen, sieht der Streifen aus wie ein hellerer Saum am aufsteigenden Wald. An dieser Waldseite hängt von morgens bis abends alles Licht des Himmels.

Durch den Wald kommt der Tag marschiert, er braucht lange, bis er bei uns anlangt, denn der Wald ist groß, man müßte gewiß zwei Wochen dransetzen, um ihn zu durchqueren. Dafür verweilt er dann an der Waldseite wie vor seinem Spiegel bis zum Abend, wo er zum Abschiedsruf, der die Erde überglutet, die Brust aufreißt und Flammenarme öffnet. Wir aber, hinterm Haus, sehn ihn dann nur in seinem himmlischen Purpur stehn, der langsam zu Asche verfällt.

Durch den Wald folgt ihm die Nacht auf dem Fuß. Eine Leere, weglos, eine Angst, eine Kluft ohne Brücke tut sich auf, indes die Sterne einer nach dem andern in den abgründigen Himmel rollen. Dann erhebt sich der Mond.

Ich fühle ihn, ich atme ihn, noch bleibt er verborgen. Von der Terrasse blicke ich auf die Ebene, die unter derselben Ahnung schauert. Der Himmel ist von einem beunruhigenden Blau, das immer die Farbe wechselt, als schaukelte er in einem Becken mit einem roten und einem gelben Band; bald ist er lila, bald grün.

Eine Nacht, die Herzklopfen macht, mir und den Sternen. Mein Herzklopfen spüre ich mit der Hand, das der Sterne mit den Augen. Suchend biege ich ums Haus.

Hinterm Wald steigt der Vollmond empor, man sieht ihn noch immer nicht, aber er hat den knospenden Wipfel einer Rieseneiche zum Blühen gebracht, der Baum ragt in goldgelber Pracht aus der Finsternis, der Himmel darüber ist wie ein Duft.

Komm, Barry, mein Hund, gehn wir ihm entgegen!
Ich werfe einen Blick zurück auf Haus und Hof. Still liegt die Arche da, im Schatten des Waldrands, nur vorn in der Küche brennt hinter den Läden Licht. Jacquot schläft schon; unbesorgt, daß vielleicht der große, wilde Wald in sein Zimmer einbräche, hat er, wie immer, der Nacht das Fenster geöffnet.
Im Wald ist es noch dunkel, aber ich weiß die Lichtung, wo wir dem Gestirn begegnen ...
Was für ein Menschenfreund ist doch der Mond! Kaum ist er zu einem verkehrten Komma eingeschrumpft und scheint vom grausigen Rachen des Himmels verschlungen, da kehrt er schon wieder zurück. Eines Abends kommt er unansehnlich den Wald herauf und hängt seine Angel aus, tief genug, daß wir anbeißen können. Von diesem Augenblick an sind wir der Bedrohung durch die Raubtiergestirne entzogen, die jenseits durch die Urnacht schweifen. Es ist nicht mehr unsre Nacht – da hinten! Sie verschlägt uns nichts. Das irdische Reich hat einen Hag erhalten, wir sind eingefriedet. Und der Hag beginnt zu blühn.
Da springt der brave Angler auf die Beine, die Botschaft an Heinrich den Vogler hat ihn erreicht, im Osten, hinter dem Wald ist ein Lichtgebäude entstanden von kunstvollster Arbeit. In Parade fährt er bald darauf aus dem schwach erleuchteten Hof seines Palastes. Ein Vivat dem neuen König! Die Erde tritt in hellen Traum.
So schwach und flüchtig wir sind und trunken im Begehren, der Mond schenkt jedem von uns seinen angemessenen Traum. Unser Traum wächst mit ihm, es ist eine richtige Ernte, die da gedeiht, und wenn sie reif ist, so schneiden wir sie mit der silbernen Sichel, und die Frucht des Bösen lesen wir aus und beladen ihn damit und schicken das menschliche Gestirn hinaus in den barbarischen Himmel, der plötzlich wiederum von Feinden leuchtet ...

Barry saust mit einem Satz davon, ich höre ihn anschlagen, dann steht er vor mir und legt mir einen Igel zu Füßen. Daraus ersehe ich, daß die Lichtung nahe ist, denn dort tummeln sich im Mondschein die Igel. Ich muß die stachelige Kugel in das Taschentuch rollen und aufheben, Barry wiche sonst nicht von der Stelle.

Wiederholt versuche ich, mich unauffällig des stachligen Gesellen zu entledigen. Jedesmal bringt Barry ihn zurück. Er weiß, das Tier gehört in die Scheune. Sobald es einmal dort untergebracht ist, kümmert er sich nicht mehr darum. Aber welcher Jäger wirft denn seine Beute weg?! Die Schnauze blutet, er läßt nicht locker.

Der Mond hält mitten über der Lichtung. Jetzt erst wird mir bewußt: der Wald rieselt in einem unfühlbaren Wind. Doch kein Grashalm rührt sich, auch die Äste, die in die Helligkeit hineinragen, und ihr Schatten am Boden bleiben reglos. Vielleicht, denke ich, sind jetzt zahllose Tierchen in Anbetung des Gestirnes befangen, vielleicht leben andre erbebend ihren hohen Tag ... Ich blicke der weißen Majestät voll ins Gesicht, der Glanz des Hauptes fließt über, bildet einen Schein, der lange, spitze Strahlen schießt – ich spüre den erhobenen Kopf des Hundes an meinem Knie. Erst erkenne ich noch Streifen, wie vom Reif, an den Stämmen, an den Ästen, darauf ist der Wald versunken, ich sehe nur noch den Mond, das Rieseln in den unsichtbaren Wipfeln schwillt an, ich höre die Stimme des Meeres ...

Bei unsrer Heimkehr steht der Mond bereits hinter dem Haus. Ich muß auf die Terrasse gehn, um seiner ansichtig zu werden. Und da fällt mir ein Abend ein, wo Maria uns hier besuchte.

Zum erstenmal seit Kriegsbeginn war ich daheim Ich wurde gefeiert ... Aus Breuschheim, Straßburg, Köln hatten sich Verwandte eingestellt. Mein Schwiegervater, der Fabrikant Kurt von Kieper, war mit dem Eisernen Kreuz des Feldzuges von 1870 bei uns erschienen, hatte es aber wortlos abgelegt, als er bemerkte, daß mein Vater, der damals auf französischer Seite gefochten, wohlweislich kein Abzeichen seiner Orden trug. Beim Frühstück unterhielt er sich über den Krieg von 1914 mit der Sachlichkeit eines pensionierten Feldherrn, abends nicht ganz so selbstsicher und deshalb ein wenig zu eifrig über den rheinischen Adel. Die Standeserhöhung der Kieper datierte vom Vater.

Kurt hatte ganz den Kopf der Deutschen von 1870: rosige Gesichtsfarbe, kurzen Vollbart, starke Augenbrauen, den Blick des rechtschaffenen Mannes, hinter dem der Humor gern seine Lichter aufzog. Die beiden Söhne waren gefallen, die Frau an einem Herzschlag gestorben, ungebeugt trug er den ersten großen Schmerz seines Lebens, den ihm Gott also aufgehäuft auf die breiten Schultern gelegt. Frau und Söhne erwarteten ihn auf einer jener Morgenwolken, wie er sie zärtlich liebte, hunderte von Malen gezeichnet und darnach zu Hause koloriert hatte. Sein Reichtum war gewaltig gewachsen, auch dies nach Gottes Ratschluß, der die Deutschen ausersehen hatte, die Rolle seines Weltvolks zu übernehmen. Deshalb machte er Riesen aus ihnen – natürlich ging es nicht ohne persönliches Leid ab.

An dieser wachsenden Bedeutung der Deutschen zweifelte mein Vater nicht, wenn er sich auch weigerte, Gottes Hand im Spiele zu sehn. Nur, meinte er, habe der Krieg die Deutschen auf ihrer Sonnenbahn um fünfzig Jahre zurückgeworfen, was immerhin soviel gewonnen sei für die andern. Seine Gedankengänge waren betontermaßen wirtschaftlicher Art, statt von den Armeen Soldaten sprach er vom Aufmarsch der Getreide- und Baumwollernten, von Eisen, Kupfer, Stahl, Kohlen, Petroleum und den Arbeitskräften, die die großen Industrieverbände mobilisieren könnten. Die Generäle hielt er, ohne Unterschied der Rassen, für alte Esel, die, ohne Einblick in die wirtschaftlichen Verhältnisse, blutige Manöver nach untauglichen Vorlagen abhielten. »Da sie auf beiden Seiten so sind, wird zum Schluß einfach die intensivere Fabrikation siegen.«

»Ganz recht«, pflichtete Kurt von Kieper bei, »und die haben *wir*.« Durch seinen gütigen, fast sentimentalen Blick glitt eine listige Bosheit, verlegen schlug mein Vater die Augen nieder. Nach einer Pause begann Kurt Erlebnisse aus dem siebziger Krieg aufzufrischen, oder er wandte sich an meine Mutter, um ihr von den deutschen Künstlern vorzuschwärmen, unter denen er die Nazarener besonders hochschätzte.

Von den abendlichen Gesprächen wurde mein Vater nur gefesselt, wenn in der Erzählung Frauen auftauchten, die unstandesgemäße Dinge anstellten. Von vornherein ergriff er die Partei der Sünderin, und nur die Anwesenheit der Damen hinderte ihn, seine Gedanken noch lebhafter auszudrücken. Seitdem es diesen Krieg gab, trotzte er. Vielleicht im geheimen sogar Gott, jedenfalls aber unbändig den Menschen.

Auch Tante Sidonia sprach einmal vor, um mich als »Feldgrauen« zu begrüßen. Sie hatte das Rheinweilener Schlößchen als Lazarett für Seuchenkranke eingerichtet und pflegte selbst; sie hatte wenig freie Zeit, ich war stolz auf ihren Besuch. Jedoch sie schloß sich sofort mit meiner Mutter ein, und als ich endlich nach ihr fragte, war sie schon wieder fortgefahren.

Mein Vater war ihr im Garten begegnet, ohne sie zu erkennen. »Wer war der lebende Leichnam?« erkundigte er sich, und wurde aschfahl, als man ihm erwiderte: »Sidonia ...« Er sprang auf und schritt erregt über den Teppich.

»Was haben sie aus dieser Frau gemacht? Seit Jahren läßt sie sich nicht mehr blicken – was um Himmels willen ist mit ihr geschehn?!« Er machte vor meiner Mutter halt, als erwartete er eine Antwort. Sie hob nur die Schultern.

Plötzlich sagte er: »Ich weiß Bescheid, auch wenn ihr euch ausschweigt, und verließ das Zimmer.«

An jenem Abend nun (Maria war am Spätnachmittag eingetroffen) saß Doris am Flügel und spielte Brahms. Langsam vergaß ich, auf Blicke und Gedanken Marias zu antworten, die den verhaltenen, ein wenig rauhen Ton ihrer Stimme hatten. Langsam wurde sie zu einem Bildnis von Bronzino, das man in einem deutschen Museum betrachtet, wenn durch die offenen Fenster die Vögel singen und im Grünen helle Frauenkleider segeln. Wie wir, erst jeder allein, dann alle zusammen und mit dem ganzen Salon, der sich in seinen üppig entfalteten Farben weitete, hinter dem schwarzen Schwan des Instrumentes davonflogen, blickte ich einmal zur Seite. Da stand in der offenen Tür der Mond und hörte zu. Wir waren also richtig im Himmel!

Nach der Beendigung des Musikstückes öffnete sich die andre Tür, und meine Schwägerin Pia trat herein. Weil sie gekommen war, als Doris gerade zu spielen begann, hatte sie im Gang gewartet. Sie trug eine silbergraue Robe und eine lange, goldene Kette von Mondsteinen, die, paarmal um den Hals geschlungen, ihr bis unters Herz reichte. Ich hatte sie ihr aus Ceylon mitgebracht. Ich trat hinzu und hob die Kette mit der hohlen Hand auf, denn das in die Hand rieselnde Wasser der Steine schmeichelte Haut und Augen, und ich konnte die Kette nicht sehn, ohne sie so in die Hand zu nehmen. Durch Doris hatte ich erfahren, daß ich dabei ein verliebtes Gesicht machte, aber sie wußte, daß es mehr der Kette galt als dem verspielten Knaben von einer Schwägerin. Sechzehn Jahre war sie alt, hieß Pia und war dreimal so gewitzigt wie ihre Schwester Doris.

»Frechdachs«, sagte ich leise, als sie mich über die Kette hinweg erwartungsvoll und zugleich spöttisch anblinzelte.

Wir traten alle auf die Terrasse hinaus, da stand der Mond in gleicher Höhe mit uns über der Ebene. Es war eine große Sichel, aber man erkannte deutlich den beschatteten Teil des Balles.

»Wo haben Sie Ihr Messingputzzeug?« fragte ich Maria.

Es antwortete Pia mit Eifer:

»Ja, denke, ich war gerade beim Putzen des Buddha dort oben (morgen ist doch Feiertag), da hörte ich Klavierspielen. Ich spitzte die Ohren. Das muß Doris sein, sagte ich mir, und fort war ich und bei euch im Zimmer. Er blickt noch immer erstaunt hinter mir her, das merkst du doch deutlich?«

Doris rief:

»Tatsächlich! Er erinnert an Papa, wenn wir das Spiel trieben, ihm einen Knopf festzunähn, um nach einigen Stichen davonzulaufen.«

Maria dagegen behauptete, den runden Messingteller des Barbierladens an der Piazza Vittore Emanuele wiederzuerkennen, auf den das Hinterteil von Vittore Emanueles Roß einen Schatten warf.

Wir stritten eine Weile unter Lachen hin und her, ich hielt mich zu Pia, vielleicht nur, um Maria zu necken. Einmal meinte Doris, es sei eine Auseinandersetzung zwischen zwei Rassen ... Da war ich wiederum mit Maria einig, die Bemerkung, die weit hätte führen können, zu überhören. Wir hielten im ersten Kriegsjahr, Maria war Italienerin, und ich mußte in drei Tagen wieder an die Front.

Als die Gesellschaft zu Tisch gebeten wurde, verabschiedete sich Maria. Niemand wußte, wie man den unerwarteten Aufbruch erklären sollte. Während Doris sich im Verein mit den andern laut wunderte, führte Pia die Mondsteinkette an den Mund, unsere Blicke begegneten sich, sie nickte mir spöttisch zu. Und da schüttelte ich, wie vor einer erwachsenen Person, die völlig im Bilde gewesen wäre, bedeutungsvoll den Kopf. »Nein, kleine Tedesca«, wollte ich sagen, »du irrst. Maria Capponi kennt keine Eifersucht.«

Sie aber nickte heftig. »Doch, Monsieur, doch!«

Dann wandten wir uns gleichzeitig unsern Tischnachbarn zu.

Am andern Tag holte ich Maria in ihrem Hotel ab. Ich fragte sie, warum sie nicht den Abend mit uns verbracht habe:

»Die Bemerkung über die feindlichen Rassen?«

Sie dachte nach. Ach so? Du lieber Himmel! Ob ich je bemerkt hätte, daß ihre gute Laune über diesen oder jenen Purzelbaum einer Unterhaltung zu Fall gekommen wäre? »Vergiß doch, bitte, nicht, daß ich eine zwanzigstündige Eisenbahnfahrt hinter mir hatte. Ich gebe zu, wenn ihr allein gewesen wäret, so hätte ich den Wagen warten lassen und wäre geblieben. Ich hätte ja nicht zu schwatzen brauchen. So aber schien es mir billig, euch en famille zu lassen.«

Der Mond war mein Zeuge, daß ich mir genau das gestern selbst gesagt hatte! ...

Während ihr Wagen langsam die Schleifen der Landstraße hinauffuhr, strichen wir durch Wiesen und die kleinen Wälder, die vereinzelt gleich Naturparken am Hang zwischen Hochwald und Ebene liegen – von meinem Tisch hier sehe ich auf sie. Es war Frühling, Buchen und Birken klangen von Vogelsang, wir wandelten in einer Helligkeit, als leuchteten die Stämme und das Laub aus ihrem Saft, oder als wäre der Wald eine Wolke, die sich auf die Erde niedergelassen. Und die Blumen schienen blühend der Erde entsprungen. Ein Wasser spielte seine kleine Tonleiter ab, und hundert Schritte weiter ein andres, und wo ein Sonnenstrahl das Moos traf, schien es ein Beet von Edelsteinen, und die Himmelblaue fiel als ein dünner Regen in den Wonnehain, wo die Freude in endlosem Überschwänge und wie bis zur Selbstvernichtung sang. Und keines wußte vom Tod.

Taumelnd, der Erde halb entrissen und doch köstlich an sie gefesselt, in göttlicher Heimatlosigkeit betraten wir die Landstraße, an der letzten Kehre wartete der Wagen. Maria fuhr nach Römerbad zurück.

»Nun, hat sie gestanden?« empfing mich Pia im Hausflur.

Ich tat erstaunt.

»Wer?«

»Die Marchesa.«

Ich wollte, ohne zu antworten, an ihr vorbeigehn, sie hielt mich am Ärmel fest.

»Wer A gesagt hat, muß auch B sagen. Ich habe gestern genickt, und du hast den Kopf geschüttelt. Wer von uns beiden hat recht?«

Ich machte mich groß und sie sehr klein:

»Bedenke, Kind, daß Maria zwanzig Stunden auf der Eisenbahn gesessen hatte.«

»Die?! Sie sitzt doch auch zehn Stunden im Sattel und geht dann noch zum Ball. Doris hat mir's erzählt.«

Sie trat zwei Schritte zurück: »Eifersüchtig ist sie! *Ich* hatte recht!«

Sie sprach mit solch einem fiebernden Ernst, daß ich laut hinauslachte, und damit hatte ich auch das einzige Mittel gefunden, sie loszuwerden. Im Nu war sie die Treppe hinauf.

Ich schloß mich in mein Zimmer ein und entschlief.

Nachts gingen Doris und ich in den Mond bis zu einer Bank, von der man über ein kleines, vielfach bewegtes und in sich geschlossenes Tal schaut. Sie steht neben einem niedrigen Steinkreuz am Waldrand gen Rheinweiler. Es ist ein wunderbarer Platz zum Alleinsein, Schauen, Horchen, Lieben. Wir sahn den Mond nicht, er stand hinter dem Wald und beschien das Tal. Zwei Käuzchen riefen einander, das eine schluchzend: »Huhuhu!« das andre aufstachelnd: »Kiwitt, kiwitt!«

Das Tal war braun und violett, ohne ein einziges helles Lichtchen, tief um die Bäume gesammelt hingen die Wiesen.

Wir wanderten weiter durch den Wald, der mit langen, mondweißen Stämmen enteilte, dem Himmel, dem Mond zu – in einem Sturm von Farben, die aufleuchteten und erloschen. Ja, es war ein Sturm, doch einer, den der Mondstab in seiner rasenden Bewegung gebannt hatte. Die Lautlosigkeit erhöhte noch den Ausdruck der Gewalt. Welch ein Jubel!

Drunten in der Ebene pickten die Lichter der Dörfer, scharf und hastig, wie die Hühner.

Im Hof kam der Hund uns entgegen und geleitete uns stumm wedelnd bis zur Haustür.

Wir schlichen die Treppe hinauf. Der kleine Jacquot schlief in meinem Zimmer. Es war mondweiß. Durch die offene Balkontür schlug manchmal eine schwere Duftwelle von den Fliederbüschen, das andre Mal waren es Rosen, die uns mit ihrem Duft wie mit einem feinen Gewebe überzogen …

Zweimal noch, bevor ich wieder in die tollste aller Höllen tauchte, fuhr über die Ebene zwischen Schwarzwald und Vogesen (sie gehörte mir, sie war mein Garten, meine ewige Kindheit) einer berauschenden Sonne ein nicht minder mächtiger Mond nach und folgten einander Tag und Nacht wie zwei Schwestern, deren jede nur die Verwandlung der andern war …

Ich glaubte nicht an den Tod.

Ich höre die Kirche in Rheinweiler Mitternacht schlagen. Der Wind hat nach Südwesten gedreht. Morgen gibt es Regen.

Merkwürdig, Barry kommt und geht. Was ist los? Schließlich folge ich ihm. In der Vorküche brennt noch immer Licht, das ist allerdings ungewöhnlich.

Ich öffne mit einigem Geräusch die Tür, und im Flur tritt mir Kathrin entgegen. Sie hat einen wichtigen Auftrag, sie hat versprochen, nicht schlafen zu gehn, bevor sie ihn ausgerichtet, sie bittet vielmals um Entschuldigung: Jacquot läßt dem Herrn Baron sagen – Ich bitte sie ins Zimmer, und nachdem ich damit die Wichtigkeit ihrer Mission anerkannt, bringt sie die Angelegenheit vor, in einer Haltung, als hielte sie den Zweispitz des Diplomaten unterm Arm.

Grether Fritz ist heute nach Rheinweiler gegangen, um an einem Begräbnis teilzunehmen, und Jacquot hat ihn begleitet ... Das weiß ich. Jacquot ist nachdenklich, aber fröhlich heimgekehrt ... Ja, beim Abendessen ist mir sein stiller Übermut aufgefallen, und beim Gutenacht hat er mich umarmt und geküßt, wo wir einander sonst nur wie Kameraden die Hand drücken. Im Bett aber, Kathrin hatte schon das Licht gelöscht und das Zimmer verlassen, hat er sie zurückgerufen und sie beauftragt, mir auszurichten, er wisse jetzt, wie die Mutter in Breuschheim begraben worden sei, gerade so gut, als ob er dabei gewesen. Die Mutter habe Ruhe und er jetzt auch. Und Kathrin solle mir sagen, daß er mich so lieb habe, wie wenn ich außer dem Vater auch noch die Mutter wäre ...

Kathrin, die als Mädchen ein Kind gehabt hat, das an ihrer Armut gestorben ist, spricht als jemand, der Bescheid weiß. Großmächtig blickt sie mich aus ihren dicken, runden Augen an. O gewiß, das war ein wichtiger Auftrag! Ich danke ihr, danke ihr sehr. Wie eine Standesperson führe ich sie bis in die Vorküche zurück, wo auf dem blankgescheuerten Tisch das Gebetbuch aufgeschlagen liegt.

Wieder schweife ich durch den mondhellen Garten. Überall stoßen und sprudeln die Stauden aus dem Boden, ich nenne sie bei Namen: Fliegendes Herz, Akelei, Lupinen, die frühen Flammenblumen, Nelkenwurz, Gartenwolfsmilch, Fingerkraut, Venusschuh, Frühlingsmargerite, Rittersporn, brennender Busch – ich weiß von allen, wo sie stehn. Diesen gebe ich ein Stelldichein zum Neumond, diesen zum nächsten Vollmond, jenen zum übernächsten, und da, zwischen den Buschrosen, knospen die Tulpen.

Wenn sie blühen, soll Maria bei mir sein!

Ich nehme den Brief an sie aus der Schublade, gehe durch den Wald bis zum ersten Briefkasten des Kurorts und werfe ihn ein.

Die Tulpen

Fünfzehn Tage sind vergangen, ohne eine andre Nachricht von Maria, als daß ich in einer Zeitung gelesen habe, bei einer musikalischen Soiree des Finanzministers Strata in Rom seien die Marquisen Maria und Camilla Capponi durch ihre »wahrhaft italienische Schönheit und vollendete Anmut« aufgefallen. Die Zeitung war selbst vierzehn Tage alt, der Krämer in Römerbad hatte seine Ware darin eingewickelt, und Jacquot brachte sie aus der Küche mit den Worten: »Da steht etwas über Tante Maria.« (Dabei hat er sie vier Jahre nicht gesehn und in dieser Zeit kaum ihren Namen gehört.) Ich bin gleich zur Post gegangen und habe telegraphiert. Ja oder nein, ich will eine Antwort haben, ich ertrage es nicht länger.

Der Föhn bläst. Ich kann nicht schlafen, ich kann nicht wachen.

Die Angst arbeitet in mir wie ein Gift. Es war nie Marias Art, eine Antwort zu verzögern ... Dieser Strata! Ein eiserner Hohlkopf, ganz der falsche Bonaparte, wie ihn Berrick vor zwanzig Jahren in der Trattoria all' Ombra di Goldoni angekündigt hatte! Sollte er dennoch jener »Fürst« sein, der für sie »in den Sternen gestanden«? ... Wie alt diese Drohung ist! ...

Wo bin ich? Im Schlaf bin ich, den ich nachts nicht gefunden habe, hinter dem ich hergerannt bin wie hinter einem Pferd, das mich abgeworfen. Als der Morgen graute, hatte ich es eingeholt, hatte ich es mit den Händen an der Mähne ergriffen und das Gesicht hineingeschlagen. Da stürzte es und begrub mich unter sich. Da bin ich. Da liege ich – unter dem taghellen Alb einer schlaflosen Nacht ...

Ich halte mich an die Tulpen. Ja, die Tulpen sind da. Ich besuche sie schon vor Sonnenaufgang, wenn sie vorsichtig das Tageslicht anschlagen. Am Mittag können sie das Licht nicht halten, so daß sie mit ihren übermäßig geweiteten Kelchen wie taumelnd dastehn, außer Rand und Band, schon dreiviertel verschlissen, zerrissen, mit einem Ausdruck schmerzlicher Verworfenheit ... Doch wie artig lauschen sie in ihrer enggeschlossenen Mantille den Serenaden des Mondlichts, eine jede auf ihrem eigenen kleinen Balkon!

Sie blühn wild durcheinander auf allen Beeten des Gartens, von den Mauern mit den Steinpflanzen, aus den Rabatten davor, über die Vierecke mit den Buschrosen, bis in den Spaliergang und darüber hinaus, in versprengten Trupps, auf der Wiese, wo sie als kleine rote, gelbe, weiße Laternen im Grase hängen. Ganz hingerissen aber war ich, als ich sie im Schein einer Gewittersonne erblickte. Ein feiner Regen fiel, es war wahrhaftig Sonne, die regnete, eine Verklärung, die man bis tief in den Boden eindringen fühlte, versetzte den Garten in Ekstase. Die gestutzte Hainbuchenhecke am Sitzplatz erklang wie eine Glasorgel, die Triebe der Sommerstauden quollen in Büscheln, in Strähnen, und das erste Blattwerk des Rittersporns stand wie Helmbüsche da, und dann rührten sie sich, die Helmbüsche, und es war, als wüchsen sie vor meinen Augen aus dem Boden, als begännen Ritter aus dem Boden zu steigen!

Die Kuckucke, ganz nahe, läuteten wie toll zum Turnier.

Die Tulpen aber – Gott, was waren das für feine, zarte Geschöpfe! Lauter verzückte Heilige, von dieser Erde nicht mehr, nur noch die geringe Blutlache, die auf Märtyrerschaft und Seligkeit ein sanft glühendes Siegel gesetzt.

Tulpen? Waren das Tulpen? Sie hatten ihren Namen verloren, sie hatten sich verloren, sie hatten die Welt verloren. »Blume Aufunddavon« nannte ich sie, weil die Menschen doch jedem Ding einen Namen geben müssen – der immer ihr eigener ist. Man braucht ja auch gar nicht von dieser Welt zu sein, sagte ich mir, zumal, wenn diese Welt einen nicht mehr festhält, und lachte befreit in den Honigregen und wusch die Hände in der Unschuld des seraphischen Lichtes, das auf mich und meinen Garten niederhing.

Der Honigregen verfiel, und den glücklichen Abend fraß wolfshungrig die Nacht, in deren Gewölk der Mond voll umhertorkelte. Ich sah ihm zu, bis er hinter den Vogesen ins Bett ging, dann tat ich wie er, ich ging ins Bett, aber ich schlief schlecht. Ich hatte Träume wie zwischen zwei Tunneln, und wenn ich aufwachte, war es Nacht.

So träumte mir vom großen Speisesaal eines Hotels. Das schloßartige Gebäude war von blauem Meer umringt. Die Terrasse führte mit wenigen Granitstufen, die in der Sonne flimmerten, auf einen rosa Sandstrand, und dort wimmelte es von Kindern, die sich in farbigen Badeanzügen zwischen Baracken und Strohhütten herumtrieben. Manche hielten sich an der Hand ihrer Mütter oder Bonnen fest und neckten mit der großen Zehe das Meer. Die Wellen der Brandung rollten sich wie Katzen vor ihre Füße, und die Kleinen sprangen, als würden sie gekitzelt. Andre stiegen mit der Zuversicht alter Seebären in die Fluten.

Frauen und Kinder spielten mit dem Meer, soweit der Blick reichte, prunkend in Farben, auf dem rosa Strand vor dem blauen Meer, das seine weißen und gelben Fransen über den Sand hin und her zog, was an ein andres Kinderspiel erinnerte, wo der Reifen so geworfen wird, daß er nach heftigem Anlauf wie gerufen auf den Werfenden zurückkommt. Im Speisesaal aber stand auf jedem der vielen Tische, in einem schmalen Glas, eine Tulpe. Es gab gelbe, rote, rosa Tulpen, perlmutterne, weiße, so weiß wie Porzellan. Jede stand, wie gesagt, in einem Glas auf einem weißgedeckten Tisch, der Saal war ein einziges Tulpenbeet. Ich saß und erfreute mich an seinem Anblick. Plötzlich ertönte ein Trompetensignal. Die Tür sprang auf, und herein trat ein Paar, das mir bekannt vorkam. Der Direktor eilte ihm entgegen, geleitete es an einen Tisch neben dem meinen. Es war unversehens Abend geworden. Die Kronleuchter brannten, der Saal war gefüllt mit schwarzen Herren und bunten Damen, zwischen den Tischen schössen die Kellner, daß ich dachte: das sind tanzende Hechte – ein Dressurakt!

Das Streichorchester begann eine Tanzweise, ich sah die Dame am Tisch gegenüber an und, als hätte die Musik sie aufmerksam gemacht, blickte sie gleichzeitig auf, wir erkannten einander ... Dann hatte ich einen Augenblick der Bewußtlosigkeit. Als ich aus dem Chaos von Tönen und Lichtern wieder zu mir kam, war ich glücklich. Denn über den Kopf des Herrn hinweg, der sich auf seine Suppe niederbeugte, lächelte, nickte sie mir zu. Die Musik schluchzte vor Wonne auf, und mein Herz blühte.

Nun aber geschah etwas Merkwürdiges. Der Herr ließ den Löffel sinken, wandte sich um, stieß einen Laut freudigen Erstaunens aus, wischte sich hastig mit der Serviette den Mund, erhob sich, augenscheinlich, um mich zu begrüßen. Doch da glitt eine Wolke zwischen uns, eine herrliche Sommerabendwolke, weiß mit rötlichem Flaum, ich erwachte, aber ich wußte: das waren Murillotulpen im Himmel ...

Ich warf mich auf die andre Seite und sehnte mich nach einem Hotel am Meer, nach einem Strand voller Kinder und Mütter, die mit dem Meer spielten, und ich lächelte über die Zurückhaltung der Mütter, die sich weismachten, sie selbst seien keine Kinder mehr ... Ich sehnte mich nach großen Hotels, die gegen die Grausamkeit des Lebens bis in die Kellerlöcher mit Matratzen gepolstert sind, und nach einer Frau, die mir über den Kopf ihres suppelöffelnden Gatten, hinweg zunickte, indes die Geigen uns zu einem Leben erweckten, das schon der Tod gewesen ...

Darauf erging es mir offenbar schlecht, denn als ich das nächstemal erwachte, hörte ich gerade noch, wie ich aufstöhnte. Ich machte Licht. Ein Feind war im Zimmer. Ich fand ihn nicht. Der Engel der Verkündigung des Münsters in Reims, der hinter meiner Nachttischlampe steht, lächelte mich ironisch an ...

Von allen meinen Träumen war dieser der einzige, dessen ich mich deutlich entsann. Die andern blieben Archipele, die auftauchten oder versanken, ohne daß ich mehr von ihnen erkannt hätte als ein paar Farben, einen Umriß. Und wie nachts hinter den bunten Stücken Schlafs, so war ich tags hinter allerlei Geschichten her, die sich von ungefähr einstellten, um ebenso plötzlich zu verschwinden oder sich mit Neuankömmlingen zu vermischen, so daß ich eingekeilt stand in der Menge meiner Gesichte, gedrückt und geschoben und ohne zu erfahren, warum, wohin.

Nur, daß ich immer an Venedig denken mußte! Es kam so weit, daß ich beschloß: die Tulpe ist die Blume Venedigs. Sie schien mir bezeichnend für Venedig, ihm eingewoben, eingestickt in allem, im Wasser der Lagune, in seinen Stoffen, eingelassen in die Steine der Paläste, das Wasser- und Feuerzeichen in jedem Blatt ...

Bald glaubte ich, das Venezianische der Tulpe, das ich doch eben erst entdeckt, sei der Grund gewesen, warum ich all die Tage an diese Stadt hatte denken müssen. Und nachdem ich diese Erklärung einmal gefunden, wunderte ich mich zuerst nicht weiter, daß von den fahrigen Geschichten, die den Tagschlaf enden umgaben, mich eine besonders behelligte. Da fuhr einmal in Venedig ein Paar auf dem Dampfschiffchen mit, ein Liebespaar, versteht sich. Der Vaporetto, von der Lichterkette der Riva degli Schiavoni verjagt, eilte mottengleich den Lichtern des Lido zu. Niemand sprach, als das Wasser und – sie, la signora. Sie machte ihm Vorwürfe, denen man es anhörte, daß sie mit dem Hotelzimmer, von dem die Rede war, nichts gemein hatten, und die auch unverzüglich, der Lüge des Vorwandes entrinnend, mit einem Sprung unter die Sterne setzten. Da konnte keiner mehr mit und etwa erraten, was eigentlich los sei! Er, il signor, stand, ein wenig abgewandt, neben ihr und schwieg. Er schwieg zu lange. Plötzlich, nach einer Schicksalsfrage, die bis in mein Ohr zischte, und die unbeantwortet blieb, verstummte sie. In diesem Schweigen erinnerten mich die beiden, wie sie in einem scharfen Winkel auseinanderstanden und doch zusammengewachsen, an Adam und Eva am Eckpfeiler des Dogenpalastes, denen ich vor dem Betreten des Vaporetto eine gute Nacht gewünscht hatte – Eva hält fragend die, Hand hin, mit einem Ausdruck, der fast verschlafen wirkt vor Spannung ... Indessen erriet ich in seinem Gesicht ein Lächeln, das, nicht ohne Mühe, seine Selbstbeherrschung verwahrte.

»Addio!«

Sie lag über der Rampe.

Doch schon war er über ihr und hielt sie fest, »Ich flehe dich an!« knirschte er. Sie stöhnte; »Oh!«, ein »Oh!«, von dem jemand, einen Schritt entfernt, nicht hätte unterscheiden können, ob Lust, ob Leid es gesprochen ... Dann saßen sie nebeneinander. Er hatte seinen Arm um sie gelegt. In seinem Arm lag sie, la signora, aber beide Arme wären nicht groß genug gewesen, sie zu fassen. Sie brauchte den ganzen Mann. Langsam öffnete sie ihn und begann, in ihm zu verschwinden. Bald war sie nur mehr halb so groß. Er aber wuchs, wuchs ... Nun stand er da, der mächtige Baum unter den Sternen, in dem die Schlange sich wiegte!

Die Cafés von San Niccolo lärmten auf, als spendeten sie mit Tusch und Hurrah Beifall den mutigen Forestieri, die sich bis hierher gewagt, und das Volk eilte herbei, um zu sehn und zu betasten. Adam und Eva schritten über den Landungssteg, Arm in Arm blickten sie auf das strahlende Venedig zurück. Dazwischen lag die dunkle Lagune. Da erst erkannte ich in ihnen Gäste des Badhotels. Eine Weile, nachdem er festen Boden unter den Füßen hatte, sagte Adam:

»Ich habe keinen Augenblick geglaubt, daß du dich töten wolltest, wohl aber habe ich gefürchtet, daß du, über die Schiffsrampe gebeugt, plötzlich verrückt würdest – oder auch nur schwindlig.« Solche klangvoll geschwungenen Brücken wirft die italienische Sprache über das tiefe Wasser der Gefühle!

Sie, la signora, wußte kaum noch, wovon er sprach. Sie lächelte, sie nickte, die Hand an seiner Hüfte, den Blick in den Sternen, mit rotem Mund.

Und ich – ich muß heute noch deutlich hören, genau wie eingeteilt vom Schlag des Metrometers: »Wohl aber habe ich gefürchtet, daß du, über die Schiffsrampe gebeugt ...!« Als hätte ich mit diesen Worten eine Offenbarung erfahren!

Ich lache mich aus. Das also ist die ganze Ausbeute meiner Träume!

»Ihm fehlt der Geschäftsblick« hätte Ulricus Rheinweilerius gesagt, und es wäre ein mildes Urteil gewesen ...

Die einzigen Wesen, die sich immer, Tag und Nacht, für mich bereithalten, sind die Tulpen. Kein Wunder, daß ich mich immer mehr an sie anschließe. Ich wandle zwischen ihnen, und es ist ein ernsthafter Abschied, wenn ich mich von ihnen trenne, um ins Haus zurückzukehren. Es geht nicht, ohne daß ich mich einige Male nach ihnen umsehe. Ich verlasse nicht ihren eigenen Zauber allein, etwas andres lebt da verborgen, und ich höre es atmen, das mich beglücken will ... Seitdem ich auf der Welt bin, so lange ich denken kann, habe ich beglückt sein wollen! Alle Menschen und ihre Werke habe ich immer so angesehn, als ob sie gekommen seien (auf einer Reise, die selbst tausende von Jahren gedauert haben mochte), um mich zu beglücken! Vor den Pyramiden tat es mir leid, daß die Pharaonen sich meinetwegen soviel Mühe gemacht hatten – da ich doch die Schönheit der Zahl nur bei Hausnummern, Eisenbahnbillets und Geburtstagen empfand, sonst aber von der Mathematik nichts begriff ... Wenn ich mich in der Türe ein letztes Mal umdrehe, sucht mein Blick in den Tulpen zu lesen, was es sein könnte, das mich an der Schwelle des Gartens erwartet hat, an der Schwelle des großen Tulpenbeetes, das jetzt mein Garten ist. Chè?? Es war da, es wartete auf mich, aber ich habe es beim Eintritt übersehn, nun ist es fort.

Auch wenn ich über den Zaun in den Wald springe, geschieht es nur, um das Gesicht zu wechseln und mit frischen Sinnen von neuem bei den Tulpen mein Glück zu versuchen. Der Wald bäumt sich im Saft seines Frühlings. Er quillt rechts und links auf die Straße über, die also geschmückt steht für eine Prozession. In der laubgrünen Tiefe der Buchen und Eichen zu beiden Seiten lichtert das helldunkle Schuppenkleid der Tannen. Das kommt von den saftigen Spitzen und Zäpfchen, die jeder ihrer alten Zweige angesetzt hat, genau das Maß, um das sie gewachsen sind. Die ältesten Tanten sind überrieselt davon, sie haben wohl ihr Mädchenkleid hervorgeholt, es in lauter Flecken zerschnitten und sich diese von Kopf bis zu Füßen angesteckt, weil das die einzige Möglichkeit war, das Kleid noch zu tragen!

Die Straße, breit, ein wenig gewölbt, erhebt zum König jeden, der sie betritt. Sie führt festen Ganges durch die triebhafte Fülle des Waldes, niemals steil, immer bergan. Geschaffen, um es vergessen zu lassen, vergißt sie nicht einen Schritt lang zu steigen. Sie steigt empor und über den Wald, der sie erst unter sich begraben wollte, er rinnt an ihr herunter, von der Straße geöffnet breitet sich die Ferne, die Zwiesprache zwischen Himmel und Ebene wird laut.

»Wohl aber habe ich gefürchtet, daß du, über die Schiffsrampe gebeugt, plötzlich ...« Das erste Wort, auf das ich hier oben stoße!

Es foppt mich. Sollte es mich etwa »beglücken« wollen? Kaum, daß Himmel und Erde wieder freien Spielraum haben, da stellt Venedig, das Venedig der Tulpen, sich ein. Allerdings mit der recht alltäglichen Geschichte vom Liebespaar auf dem Vaporetto, die außerdem die Tulpen gar nichts angeht. Eine verflixte Geschichte!

Gut, es ist ein Gassenhauer, ein Gassenhauer aus der Grammatik, der mich bis auf die Berge verfolgt, so was kommt vor, auch wenn kein Föhn bläst und keine Schlaflosigkeit Tage und Nächte vermengt. Es gibt anderes zu sehn, als lackierte Satzteile, die sich auseinandernehmen und wieder zusammensetzen lassen. Schaut, meine Augen, schaut! Das Herz klopft mir in der Kehle, und ihr habt noch nicht gesehn!

Schaut meine Augen, schaut diese Parklandschaft von Berggipfeln und Tälern, und wie sie, ohne jede Hoffart, auf sich hält, in ihren Adel gekleidet! Wieviel zarte Ordnung waltet in dem Neben- und Übereinander der Höhen! Der kleine Gärtner in mir erkennt den großen und spricht ihm Dank. Selbst ihr Untertan, verfolge ich die Hand, die große Wälder betreut und den Apfelbaum auf dem Acker, die Berge in den Himmel steigen und, wo er zu hoch wird, gehorsam niederknien läßt auf die Erde, die flüchtigen Hänge rafft und entfaltet, mit einem Finger in den Boden drückt und ein Stück, das kloßig dalag, vermehrt und beflügelt. Und wie gibt sie acht, daß der große Auslauf der Berge, der wuchtigen Gewichtes ankommt, sich rechtzeitig, teilt und schließlich in Anmut vergeht, wo die Menschen wohnen. O Heimat! Westen Europas! Dieser Garten bist du, so bist du, wenn du zeigen darfst, wie du bist. Du zeigst dich jedem so, der das Herz hat, dich zu sehn. Jede Linie, alle Nerven der Erde beben in dir, du trägst alle ihre Farben, und über deinem kleinen Garten schwebt der Geist, weither geweht und so klar, wie auf den alten Tafeln die Taube der Verkündigung in der winzigen Kammer Mariä ...

Und plötzlich wußte ich alles.

Fröhlich knisternd, wickelte die Rolle sich ab, ich las, wie die Hebräer, von unten nach oben.

Der Saal, von dem ich geträumt hatte, war der Speisesaal des Badhotels auf dem Lido in Venedig. Die Frau, die mich angelächelt, mir zugenickt hatte, als die Geigen auf höheren Wink angehoben, uns von uns Totgeglaubten zu erzählen am blauen Meer, mit dem Frauen und Kinder spielten in bunten Kostümen, war sie, Maria Capponi, und der suppelöffelnde Herr, über dessen Kopf hinweg sie mich aufnahm in ihr Herz, den heimgekehrten Geliebten, der war ich. Über meinen Kopf hinweg lächelte, nickte sie mir zu. O glückhafter Traum! Wir hatten uns also doch wiedergefunden! Jener Aufenthalt in Venedig, vor drei Jahren, war nicht, wie wir beide geglaubt hatten, unser letztes Zusammensein gewesen.

Man braucht nur glücklich zu sein, um alles zu entziffern, selbst die Hieroglyphen des Traumes!

Wie sie, untadeligen Anstands, mich auf den Berg getragen, so trug die Straße mich zu Tal. »Maria«, rief ich, »Maria Capponi!« Mit ihrem Namen setzte ich mir einen Helm auf, ein Ritter wuchs aus dem Boden, im kleinen Rittersspornbeet, das die Tulpen mit ihren Lichtern umstellt hielten.

Von der Straße fällt ein Weg ab, mit rotem Sand bestreut, der führt zum Tor meines Gartens. Als ich in ihn einbog, hingen die Buchen ihre Zweige so tief, daß mein Fuß stockte. »Gib acht«, sagten sie, »gib acht! Renne nicht gedankenlos daher, du wirst erwartet. Nimm dich, nimm dich«, und die Geigen des Badhotels in Venedig fielen ein, »nimm dich in acht!«

Tränen traten mir in die Augen ... Ich sterbe noch nicht, alles rings um meine kindlichen Sprünge sorgt für mich, hütet mich, auch du bist mir noch nicht verloren – ich werde dich bitten, mein Frau zu werden, Maria, wir werden nach Breuschheim gehn, mit Jacquot und Marietta, wir werden neue Kinder haben und *ewig dort bleiben.*

Als ich das Gartentor öffnete, sprang Barry mir entgegen, Jacquot in Hut und Mantel lief hinterdrein. Ah, dachte ich, sie wollten sich gerade auf die Suche nach mir begeben, und ich rief jubelnd: »Ist sie gekommen?«

»Es ist niemand gekommen«, antwortete Jacquot erstaunt. (Als ob wir hier oben je Besuch bekämen!) Und er bat um die Erlaubnis, dem ersten Konzert im Kurpark beiwohnen zu dürfen – die Saison hatte begonnen! »Allein?« fragte ich zerstreut. Nein, mit Barry. Vielleicht begegnete er auch Anna Graeßlin. Er sprach das Wort so wohllautend wie möglich aus. »Aber Barry ist ja bei mir«, wiederholte er, als ich ihn schweigend ansah.

»Natürlich«, sagte ich, »geh nur. Barry ist ja bei dir!« ...

Das ist nun das drittemal, daß »die Saison beginnt«, seitdem ich (auflebend? entschlafend?) hier oben allein bin.

Ende des Idylls

Wie kam es nur, dachte ich zwischen den Tulpen im Garten nach, wie kam es nur, daß wir »unsichtbar Unzertrennlichen«, wie wir uns nannten, nach so vielen Jahren Verbundenseins plötzlich auseinander fielen? ...

Am Tage vor jenem Abend, wo ich mit dem Liebespaar nach dem Lido fuhr, war ich ohne Maria in Venedig gewesen. Es tat mir weh, Maria, die auf dem Liegestuhl schlief, während ich rasch noch einige Briefe schrieb, so zu verlassen, mich gleichsam von ihr fortzustehlen. Sie zu wecken, fehlte mir erst recht der Mut.

Aber – was war das für ein Aufatmen, als ich die Tür hinter mir geschlossen hatte, ohne daß sie erwacht war? Schon lief ich Korridor und Treppe hinunter, von der glitzernden Freitreppe grüßte ich lachend das Meer, das freie, das mich einlud – wozu? Ich wollte nicht reisen. Mir fehlte nichts. Die herrliche Welt, ich besaß sie schmerzlos, geruhig. Schön war Maria, tapfer, gut! Und doch eilte ich geflügelt von meinem Glück davon? Ich schlug die bösen Gedanken in den Seewind, der mich über die Allee zur Lagune trug ... Rosige Meerstadt!

Obwohl ich Venedig seit meiner Kindheit kannte und fast jedes Jahr einige Wochen, sogar Monate hier zugebracht hatte, vermeinte ich mit eins, die Schöne mit der tulpenfarbenen Halbmaske nie berührt zu haben, immer nur über ihr Spiegelbild hinweggeglitten zu sein. Ich schaute mich um, und mein Erstaunen, daß ich in Venedig war, in Venedig lebte, konnte sich nicht genug tun.

Kreuz und quer durch die Stadt suchte ich altvertraute Orte auf, pomphafte und unscheinbare – ich hatte noch nicht angeklopft, da ward schon geöffnet. Still, fast flüchtig war die Begrüßung, so ging es von den einen zu den andern. Die Pomphaften verloren Rang und Geschichte, die Unscheinbaren aber, ruhmlos, ohne Geschichte, hatten in ihrer

Verborgenheit einen Vorsprung gewonnen, der ward jetzt offenbar. Dabei dachte ich die ganze Zeit an meine kleine, grüne, schwellende Heimat, an Doris, an meine Mutter, wie sie am offenen Fenster saß und auf die Dorfstraße hinabsah, ob ich nicht unerwartet heimkäme, an den steinernen Breuschheim und seine Gattin, die seit fünfhundert Jahren am Eingang des hellen Schlosses knieten, und die ebenfalls auf mich zu warten schienen ...

Ich trat in eine unscheinbare Kirche, die mir bisher entgangen war. Der Sakristan enthüllte seine Schätze mit dem zarten Lächeln eines verliebten alten Mannes, er hatte eine Art, einen Gegenstand mit den Fingerspitzen zu streicheln oder den Blick des Beschauers auf eine Stelle in einem Bilde zu lenken, die edelste Beredsamkeit war. Ich sagte ihm, daß einem Manne wie ihm, der sich draußen im Licht zweifellos tüchtiger Kinder und blühender Enkel erfreue, kein Amt besser anstünde, als im matteren Schein hier drinnen, wie dem des eigenen Alters, solche Schätze zu hüten. Während er mich bis zur Kirchentür zurückgeleitete, dankte er mir mit höflichen Fragen nach den Umständen meines Lebens und nahm die Antworten mit einem Nicken entgegen, als legte er eine jede behutsam zwischen die Seiten eines Buches, um sie aufzubewahren. Als er mir zum Abschied die Hand drückte, errötete er bis in die Stirne, so wenig war er gefaßt, ein Geldstück in ihr vorzufinden. Kinder zogen mit mir, die gleichen, die ich gestern mit meiner hochmütig verträumten Miene verscheucht hatte, beim Denkmal des Colleoni schloß sich eine Katze an, und der Colleoni selbst machte mit dem Arm eine Bewegung, als wollte er vom Pferde steigen. »Sitzenbleiben!« rief ich. Alle lachten, die Kinder, ich, der Colleoni. Niemals hatte ich ihn so lebendig gesehn, den Teufelskerl und Vater von vierhundert Kindern. Er war keineswegs da, auf daß Touristen ihn angafften und Kunstgelehrte ihm das Maß nahmen, er war da, weil er, der Sohn einer Stadt ohne Pferde, zu Roß seinen weiten Weg gemacht hatte und so erfolgreich, daß die begeisterten Venezianer den Heimgekehrten nicht mehr vom Pferde steigen ließen. Und da stand er nun seit 450 Jahren ... In den engen Gassen um den Markusplatz, die ich zu meiden pflegte, wie eine unverdorbene Herzogin den Fischmarkt, entdeckte ich nicht nur Kostbarkeiten aus Glas, Stroh und Strickwolle, die ich für Maria kaufte, ich schloß wahre Freundschaften, die ersten in Venedig, und eine Trödlerin mit einem Gesicht wie ein hundertjähriger Kaktus wußte mir Geistergeschichten vom Markusplatz zu erzählen, die ich aufs Wort glaubte. Denn sie waren nicht unwahrscheinlicher als sie selbst.

Mit der Heimfahrt sollte es keine Eile haben. So ließ ich mich im Luftbad der Piazzetta nieder, vom doppelten Rosenschein des Campanile und des Dogenpalastes umflügelt, den Blick auf den Markuskanal, wo alle Viertelstunden ein Vaporetto auftauchte, der nach dem Lido fuhr, und ein andrer, der daher kam. Dies Kommen und Gehn zwischen Maria und mir schuf ein Gleichgewicht und wirkte wie die Verlängerung einer Gnadenfrist. Sie war mir nah – näher, als wenn sie mir hier am Eisentischchen gegenüber gesessen hätte. Schöne, gute, tapfere Maria! Als es dunkelte, brach ich auf. In der Vorfreude, auf dem Lido das Idyll der Leidenschaft wiederzufinden, bestieg ich den Vaporetto.

Das Liebespaar bemerkte ich, als die geschilderte Szene begann. Wir waren gerade an einem verankerten Kriegsschilf vorbeigefahren. Das Signal: »Löscht die Lichter!« wehte uns nach. Das Paar, das neben mir in der Dunkelheit wie unter einer Decke zu ringen begann, war mir unbekannt. Ich konnte keinen Zug in den Gesichtern unterscheiden, kannte nicht ihre Stimmen. Sie waren Fremde für mich durch und durch, und die Gewöhnlichkeit des Auftritts hätte dazu beitragen sollen, das Gefühl der, Fremdheit in mir noch zu verstärken, wenn nicht bis zum Widerwillen zu steigern.

Statt dessen fühlte ich mich bei der ersten Bewegung, die ihren Kampf verriet, ergriffen, und gleich, kaum, daß ich ein Wort verstanden hatte, vom eigenen Schicksal überschattet. Ich wollte nach Backbord hinübergehn, mich auf die Bank beim Heck setzen, es gab kein Entrinnen. Ich mußte alles anhören, auch was nicht bis an mein Ohr drang, und mit ansehen, wovon meine Augen nur das wenigste erblickten. Für die beiden Tragöden mochte die Aufführung alltäglich sein, und ich hätte, aus gewissen Anzeichen, fast mit Bestimmtheit darauf schließen können. Was half es mir? Mein Kampf ward da gekämpft, unser aller Liebenden Krieg, in einer so krassen Verkürzung, daß er schier komisch wirkte. Gerade dies aber gab ihm den Stich heftiger, nackter Menschlichkeit. Vielleicht führten wir andern den Krieg unter uns geschmeidiger oder proprer, in Spitzen womöglich, aber solange man liebte, kämpfte man, bis an den Rand des Wassers, des Todes. Es gab kein Entrinnen. Und ich litt in meinem Fleische, blutig, nicht um mich, so meinte ich wenigstens, nicht um eine Frau – um die Liebe. Und in meiner Angst, im dunkeln Tumult meiner selbst, sehnte ich mich nach Doris ... Ja, ich sehnte mich nach Doris, das war es, nicht mehr, nicht weniger ... Ach, es war ein heißer, wilder Hunger, er zerrte in meinen Eingeweiden und machte mich blind! Es war ein quälendes Ringen der Hände. Es war ein Krampf in den Füßen, die hätten laufen wollen. Es war ein Durst, der Mund und Augen aushöhlte. Meine Lippen zitterten, und ich fühlte mich einer Ohnmacht nahe ... Ich sehnte mich nach Dorisens Gegenwart und sonst nach nichts ...

Der Anfall war ebenso kurz wie heftig. In Marias Umarmung, die mich im Halbdunkeln vor dem Hotel erwartete, verlor ich selbst die Erinnerung daran.

Das Liebespaar und wir bekamen das Abendessen nachserviert, wir vier waren die einzigen im Saal, und unsre Tische standen nahe beieinander. Ich konnte Maria nur im Flüsterton erzählen – möglich auch, daß ihr, als ich bei der Schilderung der Szene auf dem Vaporetto angelangt war, ein forschender oder erstaunter Blick auf den Nebentisch entschlüpfte. »Siehst du«, sagte sie, und ich unterschied nicht, war es Ironie oder Neid – »siehst du, Claus, die lieben!« Indessen stand für das Liebespaar auf einmal fest, daß ich den Auftritt nicht nur mit angesehn, sondern ihn auch soeben meiner Dame erzählt hatte. Die Gesichter, mit denen sie es uns zu verstehn gaben, waren unfreundlich, ohne Wohlwollen die Blicke, womit er, il signor, mich mit Recht, sie, la signora, mit Unrecht Maria strafte. Bald aber merkten sie, und wir sahn ihr Erstaunen zunehmen wie einen Mond, daß Maria und ich mit dem Gedanken an ihren Streit nur angenehme Gefühle verbanden, und es entstand, ohne daß wir einander persönlich nähertraten, ein Freundschaftsverhältnis zwischen uns, das mit jedem Tag inniger wurde. Bald kamen sie wie auf Flügelschuhen gelaufen, bald schlichen sie trüb daher, sie quälten und trösteten und beglückten sich, sie liebten: selig und hoffnungslos. Wir grüßten einander nicht einmal. Soviel Zurückhaltung entwickelte, fast ohne daß wir darauf achteten, Ausdrucksformen für unsre Sympathie, die sich ebenso durch ihre Ungewöhnlichkeit wie durch ihre Unscheinbarkeit auszeichneten. Eilig um die Ecke eines Ganges biegend, man wäre um ein Haar aufeinandergeprallt, stürzte man zur Seite und stellte ein lebendes Bild des sonst so beiläufigen »Scusi«, wie es pathetischer nicht gedacht werden konnte. Im Lesesaal aber, im Restaurant, auf der Terrasse, kurz, überall, wo man im selben Raum verweilte, blieb deutlich erkennbar, daß man sich zwar gelegentlich aus den Augen, nicht aber aus den Gedanken verlor. Es war eine Sympathie wie ein besonderes Licht im Zimmer. Wir aber (Maria und ich sagten es mit herausforderndem Lachen, wir Toren) fühlten uns vor jeder Enttäuschung geborgen. Die andern spielten für uns das tragische Theater ... Die andern! Wir saßen im Parkett ...

Wir saßen bei weitem nicht so ruhig, wie jeder von uns den andern gern hätte glauben lassen. Zuerst war ich es, der Zeichen von Unruhe gab. Ich schickte Telegramme ab und erhielt welche.

»Wie geht es Doris?« fragte Maria freundlich. »Danke, gut. Es scheint, man braucht mich zu Hause.«

Ich sah, wie sie unter ihrer braunen Haut erblaßte.

In der folgenden Nacht fiel mir das Gedicht auf Cap d'Antibes ein:

»Antibes! Hängende Gärten ohne Zahl
Und weiße Vögel die Villen, auf Pinien,
Millionen Blumen tragen des Mondes Mal ...«

Enthüllte sich der gereiften Frau mit eins, daß diese schwärmerische Sprache nicht diejenige *unsrer* Liebe war? Oder schmerzte sie die Erinnerung an unser erstes Sinnenglück, wo sie mich mit Haut und Haaren und tiefer besessen hatte, als es mir damals menschenmöglich erschienen wäre? Mit abgewandtem Gesicht bat sie:

»Still! Ich will es nie mehr hören ...«

»O, wie ich bereue«, stieß sie hervor.

Ich erschrak derart, daß ich mit einem Satz mitten im Zimmer stand. Maria, weinend – in einer aufs deutlichste der Liebe zugewandten Lage, wie der unsern ...?

»Um Gottes willen, was bereust du?«

Es dauerte eine Weile, bis sie, immer lauter schluchzend, fortfuhr:

»Daß ich dich damals nicht für mich behalten habe. Ich hätte mich scheiden lassen sollen, ich hätte dich behalten. sollen, für mich allein, Claus!«

Mehr hörte ich nicht, denn ich befand mich schon im Baderaum zwischen unsern Zimmern und hatte die Tür hinter mir geschlossen. Ich fühlte mich betrogen und bedroht. Betrogen um die heitere Harmonie unserer bisherigen Beziehungen, bedroht von einem dramatischen Szenenwechsel, der durchaus gegen meinen Geschmack war. Der Bruch des stillen Gelöbnisses, einander nichts als Wohltaten zu erweisen, das das blaue Siegel des Rivierahimmels trug, erfüllte mich mit Zorn und

Enttäuschung. Kein hintergangener Liebhaber hätte beleidigter sein können, als ich hinterlistiger Narr es zu sein mich noch ausdrücklich bemühte. Ich kleidete mich hastig an, als gelte es diesmal wirklich die Flucht, und fuhr nach Venedig. Beim Anblick des Hotels Danieli, wo die Gondel anlegte, dachte ich: »Natürlich, wie konnte ich nur vergessen, was sie von Geburt ist: eine große Katze, die ebenso klug wie musikalisch sein kann, und die sich aus unbekannten Gründen von mir hat zähmen lassen – oder vielmehr sich so angestellt hat, daß ich mir einbildete, sie habe sich zähmen lassen.«

Als ich am frühen Morgen heimkehrte, erwartete Maria mich in einem Morgenkleid auf unserm gemeinsamen Balkon: frisch gewaschen und unfrisiert, kaum merklich geschminkt: ein wenig in den Augenbrauen, an Schläfen und Mundwinkeln, aber mit blassem Mund, über den die Zunge, ein rotes Wiesel, erst sprunghaft, dann, als sie meiner sicher war, gleichsam auf dem Bauche rutschend gemächlich hinstrich. Das mantelartige Kleid umfaßte ihre Gestalt und hatte die Farbe eines hellen Opals. Und wie beim Opal verwandelten sich die Töne mit dem Licht, während die Gestalt fest und glatt blieb gleich einer menschgewordenen Säule, und erneuerten sich aus ihrem irisierenden Abgrund. Hatte sie sich da nicht in ein Stück Seide gehüllt, das aus dem Meer geschnitten war, und das, sie also schmückend, fortfuhr, mit dem Meere zu leben?

»Seit wann?« fragte ich erstaunt, denn ich sah das Kleid zum erstenmal.

»Eine Überraschung«, erwiderte sie lächelnd.

Sie hatte selbst Tee bereitet. Als ich ihn einschenkte, stieg der Dampf in die Morgenluft wie der Rauch eines kleinen Opferfeuers – eines Opferfeuers engherzig Liebender, aus einer kleinen, durchsichtig zarten Porzellantasse.

Maria duftete nach dem englischen Salz ihres Bades, und dieser Geruch vermischte sich aufquellend mit dem härteren Geruch des Meeres, wenn der Wind sie anhauchte. Und Maria lachte und winkte der Sonne, und als diese mit der Gewichtigkeit eines Haremsherrn erschien, drehte Maria sich leise, mit kleinen, artigen Sätzen vor ihr, wie niemals eine Maus vor der Katze, aber vielleicht einmal die Katze vor einem verliebten Tiger getanzt hat.

Der Strand begann, sich mit Pfadfindern und Pfadfinderinnen zu beleben, die im kalten Wasser ihre Muskeln für Strata und das Vaterland stählten, dann kamen die sieben alten Herren. Maria kannte sie mit

Namen. Es waren gute, alte Namen. Die »Wächter des Kapitols«, so nannten sie sich, ermunterten den Nachwuchs abwechselnd mit kurzen Bocksprüngen und langen Reden, aber bei den Sprüngen in die Sonne schien ihnen die Haut um die Knochen zu flattern, und ihre Worte verschlang das Meer.

»Schau mal, Maria«, sagte ich, »da unten verrichten sie ihre Morgenandacht an deinen Strata.«

»An den Strata Camillas, willst du sagen.«

»Nein, an deinen.«

»O Claus, er liebt mich wahnsinnig, das ist wahr.«

»Siehst du!«

»Aber ich glaube, Camilla liebt ihn mehr als ich.«

Sie legte eine vogelleichte Hand auf meine Schulter.

»Ich meine, wir sollten jetzt schlafen gehn ... Der eine von den Zentauern betrachtet uns seit fünf Minuten durch das Fernglas.«

»Nein«, sagte ich, »wir gehn baden.«

Maria schrie »Maraviglia!« und sie lief, wie sie war, den Trikot in der Hand schlenkernd, die Treppe hinunter.

Nebeneinander, mit großen Zügen, die wie die Zeilen eines gemeinsamen Gesanges waren, schwammen wir ins Meer hinaus ...

Jedoch, nach Tisch, wenn sie ruhte, saß ich nur noch selten bei ihr, meistens unternahm ich Spaziergänge, von denen ich verwirrt oder abgespannt heimkehrte. Zuweilen traf ich sie dann in der Halle, wo sie auf die telephonische Verbindung mit Rom wartete.

»Wie geht es zu Hause?« fragte ich das erstemal.

»Danke – Marietta ist gefallen und hat sich am Knie verletzt. Nicht schlimm. Eine Schramme.«

Als ich sie zum zweitenmal in der Nähe der Telephonzelle fand, fragte ich nicht mehr. Tapfer taten wir, als ob wir keine Veränderung zwischen uns bemerkt hätten, aber einmal überraschte ich einen eigentümlich finsteren Gesichtsausdruck an ihr, das leidvoll böse Kleinmädchengesicht von früher, das mir ganz aus dem Gedächtnis geschwunden war. Ich erschrak ordentlich, als ich es erkannte, dann stieg der Zorn in mir auf, und ich wandte heftig den Kopf ab. Gleichzeitig fühlte ich, wie Marias forschender Blick sich auf mich legte. Es gelang mir nicht rasch genug, meine Miene zu meistern. Als unsre Blicke einander begegneten, lächelten wir – erbarmend.

»Fahren wir gleich!« sagte sie leise.

Ein wenig vorgebeugt, sah sie mich voll an, mein Gesicht schwankte im Licht ihrer Augen, und der Atem stockte mir, weil sie so schön war. Ich schüttelte den Kopf, beugte mich vor, ich küßte sie, mitten in der Halle, auf den Mund. Sie hielt mit geschlossenen Augen still, erwiderte aber den Kuß nicht. Ich vermeinte zu spüren, wie sie zitterte ... Als ich indessen aufblickte, lächelte sie ruhig.

Wir hörten ein Geräusch und drehten uns, ertappt, um. Da saß das Liebespaar an einem Spieltisch und schlug, allerdings fast lautlos, die Hände gegeneinander. Sie applaudierten! Dann steckten sie mit gespieltem Schuldbewußtsein die Köpfe in die Karten und bedachten uns aus dem Hinterhalt mit komplizenhaften Blicken.

»Ich muß gestehn, ich schäme mich«, murmelte ich.

»Warum, Claus? Es sind gute Menschen ...« In der Folge sprachen wir nicht mehr so freundlich von unsern Komödianten und ihrem Liebesstück, bald verschwanden sie aus unserer Unterhaltung, und wir vermieden es, ihnen zu begegnen.

Der Tag unsrer Abreise kam. Wir standen in der Halle und warteten auf den Hotelwagen, der uns nach San Niccolo bringen sollte. Unsere Freunde hielten sich ebenfalls in der Halle auf, an einer halbdunkeln Stelle, um sich auf ihre stumme Art zu verabschieden. So war es zweifellos gedacht, aber es kam ein wenig anders. Der Wagen fuhr vor, wir wandten uns um, warfen noch einen Blick in die Halle, diesen einen für die andern Gäste, den zweiten aber, wie es sich trotz allem gehörte, für unser Paar. Da sprang sie, la signora, in kleinen Schritten wie in einem Triller herbei, umarmte Maria und küßte sie auf beide Wangen. Gleichzeitig machte er, il signor, mir von seinem Platze aus eine tiefe Verbeugung – die Hand auf dem Herzen.

Ich habe Maria seitdem nicht wiedergesehn. In den paar Stunden, die uns noch blieben, zwischen Venedig und Mailand, fanden wir erst lange nicht den Mut, uns die Gewißheit des Endes einzugestehn. Es war quälend heiß. Wir hielten unsere Gesichter aus den Fenstern in den Luftzug, Marias dunkler Katzenkopf mit den überhellen Augen hing verschwimmend neben mir, und sammelten Andenken und reichten sie einander, indem wir sie bei Namen nannten, wie eilige Geschenke, im Laufen gerafft und gegeben: die Reben, die in Girlanden hingen, eine weiße Landstraße in der unendlich grünen Ebene, von grell gefleckten Platanen geleitet, kleine Gehöfte, hellgelb, rosa, weiß, einen überschlanken Campanile, der aus einem Garten ragte, einen venezianischen Palazzo in einem verfallenen Dorf, Maisfelder, deren rote Erde durchschien, und in denen die Reben an ebenmäßigen Bäumen entlang in die Ferne wanderten, die ersten Berge. Sie spielten mit der Form der Pyramide, diese Berge, und einem von ihnen gelang es, Pyramide zu sein, und diesen nahmen wir und setzten ihn uns als Grenzstein. Von da an gaben wir selbst den Schein unserer Gemeinschaft auf. Schweigend saßen wir in das Polster zurückgelehnt, traurig vor Hitze und Müdigkeit.

Einmal sagte Maria – unbeweglich, den Blick aus dem Fenster, zögernd, als suchte sie dort draußen die Worte: »Nur damit es gesagt sei, Claus, und ohne jemand zu nahe zu treten ... Es war all die Jahre ein ungleiches Spiel. Du hast meine Liebe nicht erwidert. Vielleicht liebst du Doris so, wie ich dich liebe, aber mich – mißversteh mich nicht, Claus, du hast mich beglückt, entzückt, nein, nein, du warst immer gut zu mir, du hast mir Opfer gebracht, und damals, an der Riviera, waren wir ja beide nicht mehr frei ... Ich habe die Rolle der kleinen, immer bereiten, immer munteren Geliebten gespielt, weil du es nicht anders haben wolltest, und diese Rolle hast du geliebt, nicht mich. Im Grunde habe ich dich die ganze Zeit betrogen ... Während du mich blank und fröhlich sahst in meiner Rolle, habe ich in diesem Freilichtgefängnis geschrien und getobt, vor Sehnsucht, vor Eifersucht, vor Scham, o wie habe ich Doris gehaßt, der dein Herz dennoch und in jeder Stunde gehörte, Doris und auch dich, Claus. Ich bekenne es ... Du hast immer nur eine geschminkte Lüge im Arm gehalten ... Du wenigstens hast nicht gelogen. Du warst wirklich der artige Leichtsinn, der mir zwei-, dreimal im Jahr hier und dort in der Welt ein Stelldichein gab.«

Ich beugte mich und küßte ihre Hände.

»Verzeih mir«, bat ich, aber ihre Worte riefen in mir kein anderes Verlangen hervor, als den flüchtigen Abglanz der Leidenschaft, der unsre Liebe gewesen, jetzt, wo er für immer zu schwinden drohte, womöglich in eine andre Art von Beziehung, in *Freundschaft* hinüberzuretten ... Sie sagte noch:

»Auch das sollst du wissen, Claus ... Ich habe nie einen andern Geliebten gehabt.«

Es schmeichelte mir nicht ...

In Mailand trennten wir uns. Maria empfahl mich, indem sie meine Lippen bekreuzte, dem Schutze der Madonna. Ich strich ihr mit dem Handrücken über die Augen und fragte: »Wann wieder?«

Sie sah mich freundlich an, aber sie antwortete nicht, und ich wiederholte nicht meine Frage.

Und trotzdem habe ich sie gerufen, und trotzdem kommt sie.

Mein Leben liegt im Licht und Schatten des einen Wunsches: daß sie mich wieder in ihr Herz aufnähme, wie ich es im Traume gesehn ... Manchmal wird meine Hoffnung zur Gewißheit, oft verzage ich – so wechseln drunten in der Rheinebene Licht und Schatten, und die Nächte hindurch stürmt es.

Wunderbares Vorgefühl! Sie kommt, sie kommt gewiß.

Maria, wir haben zu tun! Seit Wochen, nein, seit Monaten spreche ich zu dir. Ich habe dir die Briefe gezeigt, die mich drängen, nach Hause zu kommen. Den Brief meiner Mutter, die fürchtet, daß ich mich hier oben langsam vergifte. Die Briefe meines Vaters, worin er über das abwechselnd hochfahrende und niedergeschlagene Wesen jenes Ernst Breuschheim klagt, der nie mein Bruder hat sein wollen, obwohl er an Kindes Statt und sogar als Erstgeborener angenommen wurde. Den Brief meines Freundes Hubert Adam voll romantischer Grobheit und List: »Sie haben uns unser Leben gestohlen, dicht vor der Ernte, sie haben unsre Eltern, Brüder, Freunde gemordet, verkrüppelt, verdorben. Gut, ich verstehe, wenn einer sich rächt, auch den, der die Schande nicht überleben will und lieber abkratzt, als zuzusehn, wie die ›Confrérie des animaux supérieurs‹ (so sagt doch dein Vetter General?) sich auf den nächsten Ausbruch von Massensadismus vorbereitet. Aber ein blöder Tölpel allein setzt sich an den Rand des Schwarzwalds mit dem einzigen Lebenszweck, elegisch in das Elsaß hineinzustieren und sich Gott weiß was anzutun, nur, weil sich daheim etliche Leute nicht ganz so scharmant betragen haben, wie man es nach einem so scharmanten Krieg hätte erwarten sollen. Mach, daß du heimkommst! Alles verkracht bei euch, von den Nerven deines Bruders Ernst bis in Stall und Kontor. Vielleicht glaubst du es erst, wenn es in den Zeitungen steht. Sie schimpfen schon lange nicht mehr auf dich (der François Kern war ein Simpel, daß er deine Abreise aus dem Gefilde der Commissions de triage in seinem Radaublatt als eine ›Demonstration‹ hinstellte!), die Stimmung hat umgeschlagen, und wir, d. h. wir, die wir hier daheim sind, wir in *unserm* Land finden mit Recht, Breuschheim, die Sache Breuschheim, die mehr als ein Prinzip, nämlich altes, elsässisches Leben ist, das, o Wunder, noch immer blüht, sei letzten Endes und gerade in diesem Zeitpunkt wichtiger als eure verdammten Familienangelegenheiten. Verbrenne alle lyrischen Papiere, Krankengeschichte und Fieberkurven eingeschlossen, packe deinen Sohn auf und marschiere über den Rhein. Salü!« Und auch die originellste dieser Botschaften habe ich dir wiedererzählt, den Brief unsres Diener-Diplomaten Joseph: »Lieber, verehrter kleiner Herr Baron! Es wäre halt jetzt an der Zeit, daß Sie sich nach Ihrem Sach umsehn ...«

Lustig, gelt? Aber es ist Ernst. Wir haben zu tun. Wir haben uns aus den Trümmern einer Welt herauszuarbeiten, uns und unsre Kinder. Was gewesen ist, liegt in Massenwahnsinn, in blutiger Unschuld begraben. Es war nicht ich, es war nicht du, die jenes gelebt haben, sondern unsre Schatten, eine Vorahnung nur dessen, was wir eines Tages sein sollten, du und ich, Heimat, Welt – – Komm!

Schluß

Diese Nacht werde ich sobald nicht vergessen.

Am Sonntag war Nebel. Zwischen Feuer und Licht fiel Schnee. Tags darauf taute es.

Gegen Abend trat leichter Frost ein. Ich war am Nachmittag ein Stück Weges die Waldstraße hinaufgewandert und hatte den Schneepelz der Bäume bewundert. Sie hatten viel mehr Schnee geladen, als sonst je während des verflossenen Winters, sie waren richtig vollgestopft mit Schnee. Ich sah, daß trotz des Tauwetters kein Tropfen von den Bäumen fiel. Aber der Schnee war mit Licht gesättigt, es herrschte eine vollkommene Stille, und als ich in der Dämmerung die Straße nach Hause hinabging, glich der Wald einem weißen Abgrund. Dann setzte mit der zunehmenden Kälte ein leises Knistern ein. Ich dachte noch: »Der Wald spinnt Glas ...« Jeder Zweig, jedes Blatt war über und über besetzt mit Kristallen, der Schnee auf den breiteren Ästen in Klumpen gefroren – eine ungeheure Last, die ständig wuchs.

In der Nacht wurde das Dach meines Hauses durch einen Stoß erschüttert, gleichzeitig zuckte das elektrische Licht, erlosch, brannte wieder, so, als wenn jemand am Kontakt schnell ein paarmal herumgeknipst hätte. Ich nahm an, daß es draußen wieder taute, daß unversehens Schnee vom Dach gerutscht und der Lichtmast auf dem First darob erschrocken aus dem Schlafe gefahren sei.

Und plötzlich fiel hinterm Haus ein Schuß. Und gleich darauf noch einer. Ich eilte aus dem Zimmer, stand einen Augenblick starr unter der Haustür, stürzte, wie von einer fremden Gewalt gezogen, über den Hof an das Gartentor. Ich wollte, ich mußte in den Wald. Es war wie ein Hilferuf, dem ich folgen, wie eine Drohung, der ich mich stellen mußte. Es war, wie wenn im Bereiche meiner Arme ein Mord geschähe ...

Als ich die Hand nach der Klinke des Gartentors ausstreckte, krachte es über mir, ein Stoß warf mich in die Buschrosen, und Schnee rauschte hinterher. Naß und kalt erhob ich mich. Neben mir lag ein mannsdicker Ast, der war von der hundertjährigen Eiche gebrochen.

»Claus!« hörte ich rufen. Ja, ich glaubte zu hören, wie jemand meinen Namen rief.

Weiter krachte der Wald, und die jungen Obstbäume im Garten brachen, als erreichte der Befehl zu sterben durch das Dunkel nun auch sie. Wieder unter der Haustüre, lauschend, sah ich hochstämmige Rosen in der Mitte durchbrechen, ein letztes, zartes Echo, dicht am Hause, der tönenden Brüche im Wald. Es war der Tod wie eines Singvogels in meiner Hand ... Das alles geschah schattenhaft, in einem Dunkel, das vom Licht der Hauslaterne schwach überhaucht war. Ich hörte viel mehr, als ich sah, aber Gesicht und Gehör vermischten sich, weil ich jede Stelle des Gartens im Dunkel kannte. Ein leiser Laut zeigte mir den Schatten des jungen Obstbaumes, den eine unsichtbare Hand brach, ich sah in einem Streifen Lichts die völlig kristallisierte Krone eines Rosenstocks – plötzlich war sie nicht mehr da. Hinter dem Gartentor aber stand der Hochwald starr und schwarz wie eine Mauer. Was hinter der Mauer vorging, türmte Schlag um Schlag das Entsetzen vor dem Unbekannten, dem Überlebensgroßen, dem Unmenschlichen, bis zum panischen Schrecken.

In diesem Augenblick erhellte sich die Nacht. Die Sirene eines Autos schrillte. Und wie ich zögerte, noch einmal in das Unwetter hinauszutreten, ging die Gartentür auf, und eine Dame in langem Pelzmantel, den Kopf in einen Schleier gehüllt, trat auf den Weg:

»Wer wohnt hier?« rief sie.

Viviane!

Hinaus stürzte ich, sie lief mir entgegen, und in der Mitte des Weges begegneten wir einander. Wir standen und drückten uns die Hände.

»Ihre Mutter schickt mich«, sagte sie schwer atmend, »ich soll Sie sofort heim bringen.«

»Ich komme bald, Viviane. Sicher.«

»Sofort, Claus! Ihre Mutter war heute nachmittag bei mir. Sie stirbt vor Angst.«

»Ich erwarte nur noch eine Nachricht aus Rom ...«

Sie antwortete nicht, aber mir schien es, als hätte sie, während wir nebeneinander zum Haus gingen, erschrocken einen zu kurzen Schritt getan.

»Was wissen Sie von Strata?« fragte ich schnell. »Ich habe etwas in der Zeitung gelesen.«

»Natürlich. Er hat sich mit Camilla Capponi verlobt.«

»Und Maria?«

»Von Maria«, sagte sie zögernd, »von Maria weiß ich eigentlich nichts.«

»Ich habe ihr telegraphiert. Ich habe sie gebeten zu kommen.«

»Ach?« sagte sie ...

Ich schloß die Türe, komische Vorsicht, wie vor einem Bergrutsch. Da krachte es wieder, daß das Haus erbebte, und alle Lichter erloschen. Kaum hatte ich die zitternde Viviane in mein Zimmer geführt und auf die Ofenbank gebettet, als Jacquot hereinstürmte.

»Vater!« schrie er. Da wurde es wieder hell, und ich sah ihn zwischen Viviane und mir auf dem Teppich sitzen, schlotternd vor Angst in seinem weißen Nachtkleid.

»Was ist denn los?« rief er mürrisch und blinzelte erst zu mir, dann zur Ofenbank hinüber. Und dann, nachdem er eine kurze Weile gestutzt hatte, warf er sich stumm über Viviane, die im Schatten lag. Es war ein Sturz wie von einem Turm.

Auch sie sagte nichts, sondern drückte ihn an sich und streifte mit kurzen Küssen über sein Haar. Aber schon saß er wieder auf dem Boden zwischen ihr und mir, der ich bangen Herzens gewartet hatte, weinte und strampelte mit den Beinen. »Was ist denn los?« wiederholte er.

Doch der Schmerzenslaut war diesmal viel stärker, und ich wußte, warum. Viviane war von ähnlicher Gestalt wie Doris, nur schwarz, und Jacquot hatte seine Mutter oft so nachts im aufflammenden Lichte gesehn, wenn sie, spät heimgekehrt, noch in Pelz und Schleier an sein Bett getreten war. Nun war es ihm durch den Kopf gefahren, daß sie am Ende vielleicht doch noch lebte, und um dem grausamen Spaß ein

Ende zu machen, war er auf sie losgestürzt, um sie festzuhalten, und hatte im nächsten Augenblick seinen Irrtum erkannt.

»Vielleicht stürzt die Welt ein?« rief er unter Tränen. »Mir soll es recht sein!«

Während ich ihn noch aufklärte, ging zum drittenmal das Licht aus, und Grether Fritz, der bald darauf Kerzen brachte, wußte zu berichten, daß eine der alten Riesenlärchen unsres Waldrandes entwurzelt worden sei und die Lichtleitung zerschlagen habe. Viviane begleitete Jacquot in sein Bett, Grether Fritz setzte sich zu ihm.

»Claus«, sagte Viviane, »ich bitte Sie, gehn wir. Das Auto wartet vorn auf der untern Straße, wo der Wald beginnt. Wir haben nicht gewagt weiterzufahren. Jacquot und die andern kommen nach, sobald sie Pässe haben. Sie, Claus, brauchen keinen Paß, ich habe einen Brief Léo Breuschheims, und die Deutschen lassen Sie natürlich hinaus. Bitte, nehmen Sie Mantel und Hut, sagen Sie Ihrem Diener ein Wort und – fort!«

»Hat es da nicht geklingelt?« fragte ich aufspringend. Ich stand lange Minuten und lauschte unbeweglich in die krachende Nacht. Das Licht der Kerzen brannte ganz ruhig. Endlich klopfte es. Grether Fritz überreichte mir ein Telegramm.

Ich wartete, bis er das Zimmer verlassen hatte, und sagte unterdessen mit lauter Stimme, die zuversichtlich klingen sollte:

»Da sehn Sie, Viviane, was für ein leistungsfähiger Kurort dieses Römerbad ist! Elf Uhr nachts, die Welt stürzt ein, wie Jacquot sagt, von der Post zu mir ist ein weiter Weg, und trotzdem –«

Und ich öffnete langsam das Telegramm.

»Roma« las ich auf dem ersten Streifen.

»Der Bote wird unten über die Wiesen gekommen sein«, sagte ich aufblickend – und starrte in Vivianes Gesicht.

»*No.*«

Ich schlug den dritten Streifen auf. Kein Name, nichts. »*No*«, das war alles.

Als ich Viviane das Papier reichen wollte, warf sie einen Blick darauf, ohne es zu nehmen.

»Ich wußte es«, hauchte sie.

Wie wir einander reglos ansahn, kam es mir vor, als blickten wir mit genau den gleichen vier Augen in eine sich dröhnend vertiefende Leere ... Darauf saß sie mit lauschend geneigtem Kopf, die Hände im Schoß.

»Also: Nein«, sprach ich und schüttelte heftig den Kopf.

Ohne sich zu rühren, hob Viviane die Augen, ein Lächeln lief über die Lippen in die Mundwinkel, sie sagte mit wehmütiger Neckerei:

»Siehst du, Pulcinella, nun ist es zu Ende.«

Ich schlug die Hände vors Gesicht und sank in den Sessel. Fertig. Und: auch ich, so sprach es weiter in mir, auch ich habe es gewußt! Im tiefsten Innern habe ich es die ganze Zeit gewußt. Einmal mußte diese Antwort erfolgen: genug, fertig, Schluß. Auch *diese* einmal in meinem Leben. Gerade die – und natürlich im bittersten Augenblick der Geschichte. Das notwendige, das unvermeidliche Schlußwort:

»*Nein.*«

Draußen krachte es unaufhörlich weiter.

Ich hob den Kopf, suchte mit den Augen – Maria ...

Still, rosenfarbig brannten die Kerzen auf den drei Tischen.

»Claus!« flüsterte die Frau, indem sie sich heftig vorbeugte und eine Hand nach mir ausstreckte, – »was machen Sie für ein Gesicht?!« ...

»Wenn ich Sie bitten darf, Viviane«, sagte ich, »so lassen Sie sich jetzt von mir zu Ihrem Auto begleiten – wir gehn über die Wiesen. Und wenn ich Sie um ein weiteres bitten darf, so übernachten Sie heute im Hotel und fahren morgen früh mit Jacquot und den Dienstboten hinüber. Der Hotelier, Herr Muser, besorgt die nötigen Papiere telephonisch. Ich liquidiere hier und komme spätestens in drei Tagen nach.«

Sofort erhob sie sich.

»Ihre Hand darauf, Claus?«

»Aber gewiß doch, wenn ich dafür die Ihrige küssen darf!«

Ich begleitete sie bis zu ihrem Wagen, wartete, bis die Scheinwerfer hinter der Kurve verschwunden waren, und folgte dann langsam der Straße hinauf in den Wald.

Es war eine feuchte, dunkle Nacht.

Ich erschrak bis ins Mark, als es plötzlich dicht über mir, dicht neben mir zu krachen und an mir zu zerren begann. Immerfort schlug mir Schneestaub ins Gesicht.

Ich verließ die Straße und ging in die Finsternis des Waldes ein ...

In spätestens drei Tagen, dachte ich – ja, in drei Tagen kann ich gut daheim sein.

Es dauerte lange, bis ich getroffen wurde. Die Finsternis begann mich an der Kehle zu würgen, mir die Augen einzudrücken. Zuletzt ergriff mich eine wilde Angst, ich rannte, fiel, rannte weiter. Nach einer Ewigkeit tobsüchtigen Laufens, während dessen ich ebenso viel Stürze wie Schritte gemacht hatte, glaubte ich den Umriß meines geduckten Hauses zu erkennen. Im selben Augenblick sauste ich von einem Schlag gegen den Kopf – weit hin zur Seite ...

Barry hatte meinen Schrei gehört, er hatte mich gefunden, ein Stück Weges bis an das abgeschlossene Gartentor gezerrt, dann war er über den Zaun gesprungen und hatte das Haus geweckt. Ich blieb lange bewußtlos, aber das war wohl eine Folge meiner großen Erschöpfung, denn die Kopfwunde erwies sich als ungefährlich.

Am Nachmittag reisten Jacquot, Kathrin und Grether Fritz nach Kehl mit der Anweisung, sich dort mit Hilfe Vetter Léos über die Grenze schaffen zu lassen. Ich schloß das Haus ab und machte mich mit Barry auf den Weg zum »Hotel Vogesenblick«. Es war gegen Abend. Im Garten sah es traurig aus. Alle größeren Obstbäume hatten einige ihrer schönsten Äste verloren, viele der jungen und auch die hochstämmigen Rosen waren oberhalb des Baumbandes glatt abgebrochen. Die Tulpen lagen ausgelöscht am Boden.

Durch den erstarrten Wald ging ein Schauer. Die Luft zitterte von einem lauen Atem. Während ich noch draußen im Hofe stand und überlegte, ob ich zwei große Lärchen, die mit ihrer Eislast bedrohlich über dem Stallgebäude hingen, nicht schleunigst sollte fällen lassen – richteten sich die beiden Riesen tropfend und prustend vor meinen Augen auf. Es taute! Ein Regen von Eisstücken fiel von den Bäumen. Der Wald klirrte und sang, so weit das Ohr reichte. Als der erste Stoß des jetzt plötzlich eintreffenden Südwindes die Bäume traf, waren die vereisten Zweige schon halb geschmolzen, der Rest ihrer tödlichen Last ging in Lawinen von Eis und Staubschnee nieder. Nur einige besonders verhärtete Exemplare empfingen vom Wind den Gnadenstoß und weckten mit ihrem Sturz die Erinnerung an den Schrecken der vergangenen Nacht.

In der nächsten Umgebung des Hauses lagen die großen Bäume zu Dutzenden umher, sie versperrten die mit Schnee und Eis bedeckten Straßen. Wir kamen nicht weit. Der Wald, sonst sauber gehalten, fast wie ein Park, war undurchdringlich geworden. Von den Telegraphenstangen war nicht eine einzige stehn geblieben. Die Last der Drähte, von denen jeder eine dreifingerdicke Hülse aus vereistem Schnee trug, hatte sie gebrochen oder zur Erde gebogen. Den Masten der Lichtleitung war es nicht besser ergangen. An manchen Stellen bildeten die auf der Straße liegenden Drähte dicke Knäuel, von denen wir uns fernhielten, als wären es Nester giftiger Schlangen, gleichzeitig mit einem Urwald hierher gezaubert.

Aber schon dröhnte es von Axthieben wie von stockenden Schlägen einer Uhr, die man versucht, wieder in Gang zu bringen. Man sah Männer in Gruppen sich an die Drähte hängen und schreiend im Takte ziehen, während an den aufgerichteten Masten Solisten emporkletterten und, oben angelangt, zu den andern hinuntersangen. Axt und Säge arbeiteten, es roch durchdringend nach frischem Holz. Ein köstlicher Geruch! Erfrischender Weihrauch! Dann wusch ein richtiger Regen den Wald vollends ab.

In der Halle des Hotels »Vogesenblick« stand Herr John Muser, ein vollendeter Edelmann, und empfing die liebsten, die ersten Gäste. Ich war erstaunt, so viel junge Frauen versammelt zu sehn – sie trugen kleine Hüte, kurze Röcke und einen roten Mund. Im Kurpark spielte die Musik. Ein junges, sehr hübsches Mädchen knixte, mit einem, erschrockenen Blick auf meinen Kopfverband. Ach, das war Jacquots Freundin, die kleine Anna Graeßlin, und fünf Schritte weiter stieß ich auf den Baron Breisach, der mich mit überschwenglichem Mitgefühl begrüßte. Ich fand ihn gar nicht so übel, wie die Leute hier ihn haben wollten, ich nahm seine Einladung zum Abendessen mit Freude an und hatte es nicht zu bereuen. Er unterhielt mich vortrefflich, ich erfuhr eine Menge wichtiger Dinge, die ich völlig vergessen hatte – zum Beispiel, daß Lord Berrick meine Schwägerin Pia geheiratet habe und ein glänzendes Haus in Paris führe, daß die deutschen Aktien wackelten, die Bayern darum aber doch ihren König wiederhaben wollten, daß der Adel sich »rücksichtslos« modernisieren müsse, sollte er nicht vor die Hunde gehn – und der Baron verschaffte mir geeignete Leute, die tags darauf in den Dachstock des Waldhauses einzogen.

Am nächsten Morgen fuhr ich mit Barry über die Schiffbrücke bei Rheinweiler.

Ich sah mich um, ob ich nicht irgendwo an einem Fenster oder im Garten Donja entdeckte. Das Weiße, das meine Aufmerksamkeit fesselte, stellte sich jedoch als der Marmor von Liesel Rheinweilers Grab heraus, das verträumt durch das Parkgitter auf den breit und einsam strömenden

Rhein hinabblinzelte. Das geraniumrote Dach des Schlößchens blühte an der Sonne, und seine Hüter, die Pappeln, standen in frischem Laub.